Zwei Jahre lang hat Prinz Tibald mit seiner Mannschaft die Meere des Südens durchsegelt. Erschöpft und voller Sehnsucht nach ihrer Heimat Eckstein machen sie sich auf den Weg nach Hause. Mit an Bord so mancherlei Schätze aus fernen Ländern – und eine blinde Passagierin: Ema, die vor einem Leben voller Gewalt geflohen ist, hofft in Eckstein auf eine friedliche Zukunft. Nicht alle sind begeistert davon, dass eine Frau sich aufs Schiff geschlichen hat. So wird der Admiral nicht müde zu betonen: »Ein Weib an Bord treibt das Glück hinfort.« Doch Tibald fühlt sich immer mehr zu Ema hingezogen. Was Ema nicht weiß: Das Königreich Eckstein ist verflucht. Im düsteren Wald im Süden der Insel, den seit Jahrhunderten niemand mehr betreten hat, lauern zahllose Gefahren. Und auch im Schloss droht Unheil: Tibalds skrupelloser Bruder Jesko will die Krone an sich reißen. Tibald und Ema stellen sich gemeinsam den Abenteuern, die in Eckstein auf sie warten.

PASCALE QUIVIGER, 1969 in Montreal geboren, hat als Kind häufig gehört, dass sie sich zwischen dem Schreiben und dem Malen entscheiden müsse. Doch das hat sie bis heute nicht getan. Nach ihrem Studium der Philosophie und bildenden Künste zog sie zunächst nach Italien, wo sie Zeichenkurse gab. Ihre visuellen Arbeiten wurden sowohl in Kanada als auch in Italien ausgestellt. Heute lebt sie gemeinsam mit ihrer Familie in Nottingham, England. Ihre literarischen Werke wurden mit mehreren Preisen ausgezeichnet, darunter auch die vierteilige phantastische Abenteuersaga *Eckstein*.

PASCALE QUIVIGER

ECKSTEIN

BAND I

DIE KUNST DES SCHIFFBRUCHS

Roman

Aus dem Französischen
von Sophia Marzolff

Atlantis

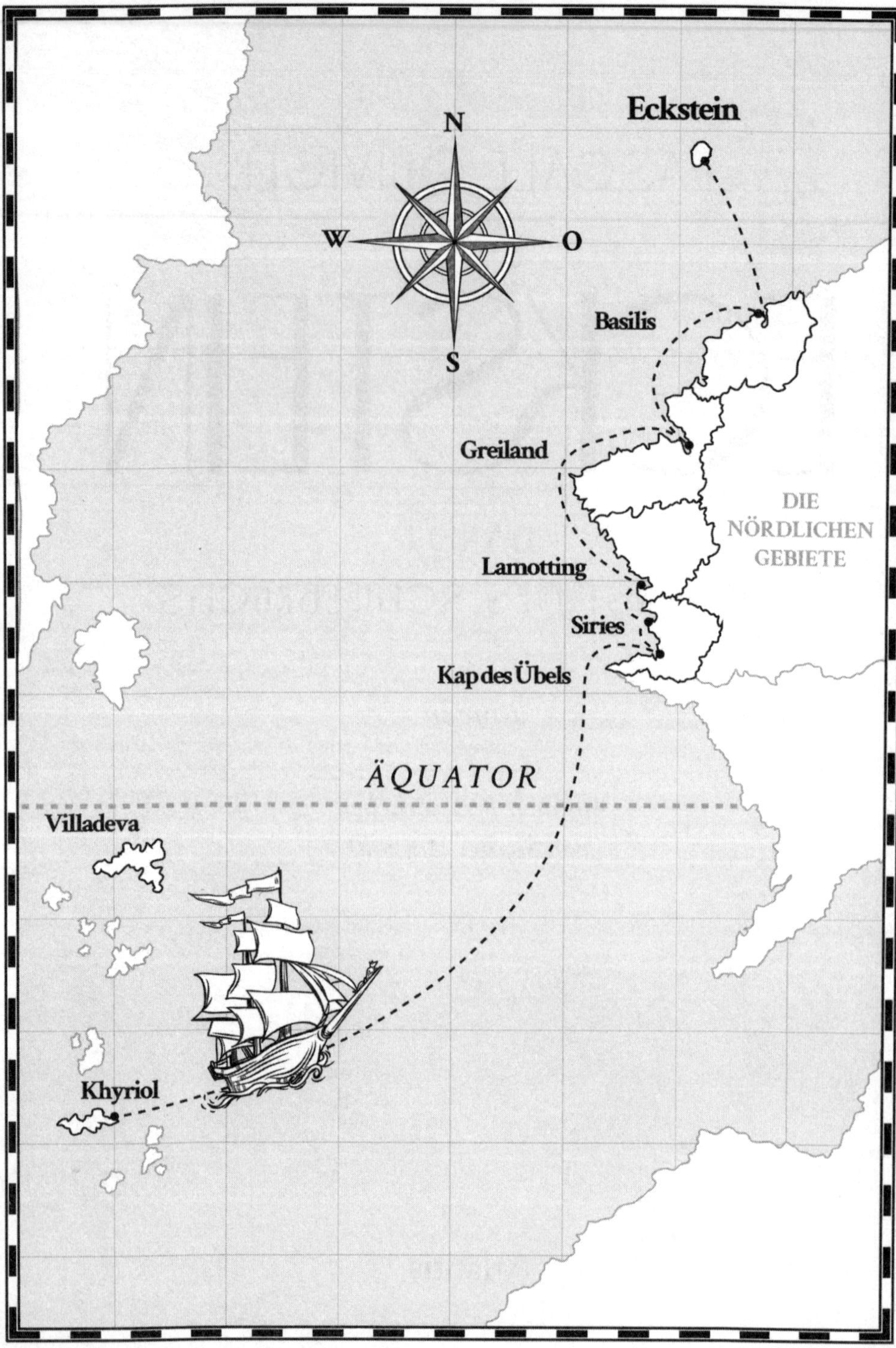

Eckstein
N
W
O
S
Basilis
Greiland
DIE
NÖRDLICHEN
GEBIETE
Lamotting
Siries
Kap des Übels
ÄQUATOR
Villadeva
Khyriol

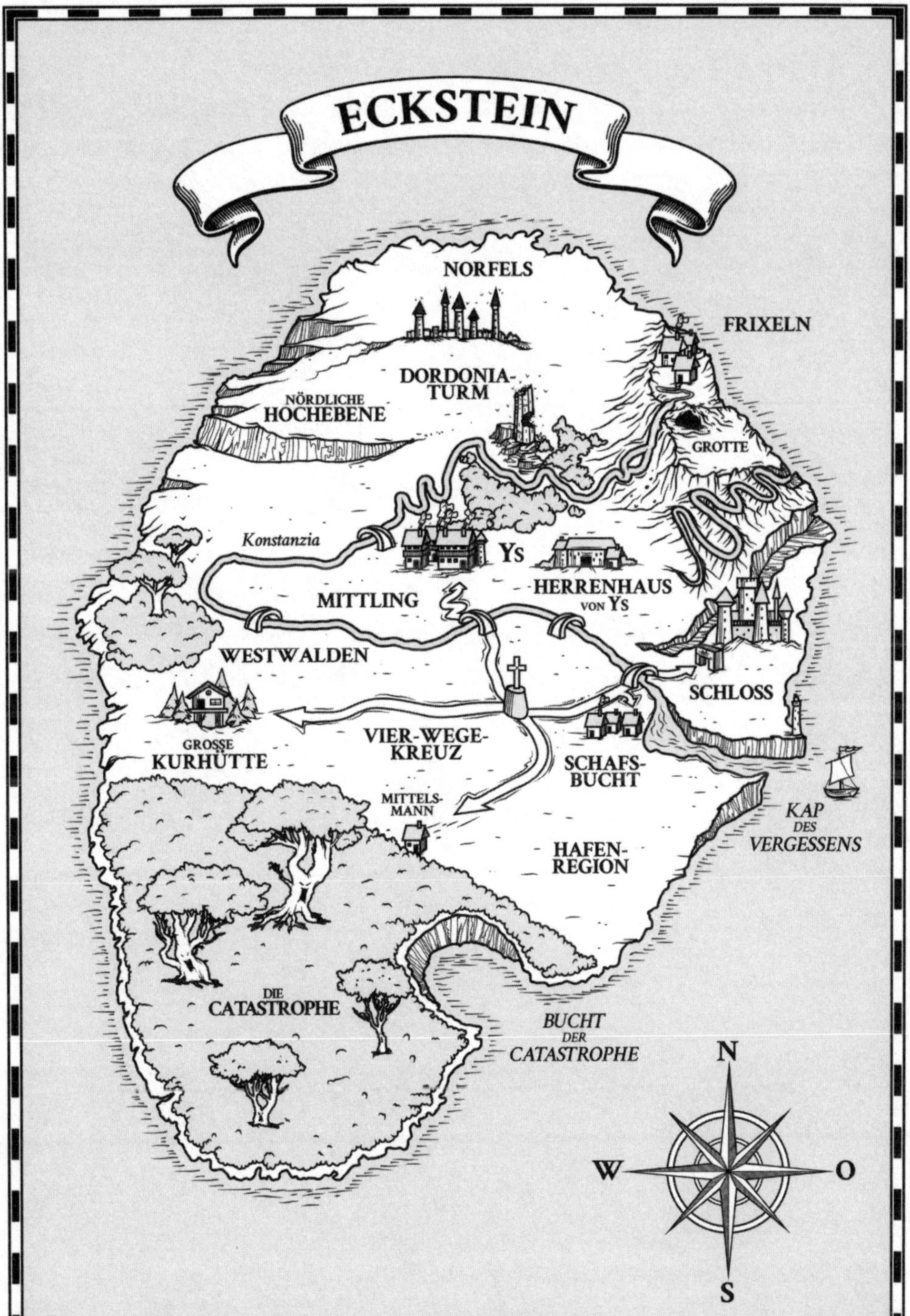
ECKSTEIN
NORFELS
FRIXELN
DORDONIA-
TURM
NÖRDLICHE
HOCHEBENE
GROTTE
Konstanzia
Ys
HERRENHAUS
VON YS
MITTLING
WESTWALDEN
SCHLOSS
GROSSE
KURHÜTTE
VIER-WEGE-
KREUZ
SCHAFS-
BUCHT
MITTELS-
MANN
KAP
DES
VERGESSENS
HAFEN-
REGION
DIE
CATASTROPHE
BUCHT
DER
CATASTROPHE
N
W
O
S

I

Die Woge sah aus wie ein schneebedeckter Gipfel. Das Schiff rollte auf sie zu, und sie rollte auf das Schiff zu. Dies war das Ende, vielleicht, vielleicht auch nicht.

Zwei Stunden zuvor hatten die Seeleute sich den Bauch mit trockenen Keksen und kaltem Reis vollgeschlagen, denn ein gut gefüllter Magen rebelliert nicht. Doch Reis hin oder her, der jüngste Schiffsjunge erbrach sich über die Reling hinweg die Seele aus dem Leib, der Wäscher war froschgrün im Gesicht, und Felix, der hünenhafte Rudergänger, klammerte sich an das Steuerrad.

Wie das Jüngste Gericht brach die Welle über die Isabelle herein. Fast wäre der Schiffsjunge über Bord gespült worden, doch Felix konnte ihn im letzten Moment am Knöchel packen. Die Matrosen, die im Kielraum Wasser pumpten, hörten die Wurzel des Großmasts knarren, und die Männer, die an Deck arbeiteten, hielten sich an den Tauen fest. Es war nicht das erste Mal, dass ihre letzte Stunde schlug. Sie nahmen das Unheil geduldig hin und konzentrierten sich auf die Befehle von Admiral Dorec, der gegen das Donnern anbrüllte. Nur ein einziger Mann an Bord war so mächtig, seine Befehle zu missachten.

»Prinz Tibald!«, rief der Admiral. »Kehrt in Eure Kajüte zurück, ich flehe Euch an!«

Prinz Tibald zog sich nicht gern in seine Kajüte zurück. Genau genommen waren die Isabelle sein Schiff, die Expedition seine Idee und die zweiunddreißig Seeleute seine Mannschaft. Doch wenn man ihn jetzt sah, wie er an Deck mit einem Kessel Wasser schöpfte, die Wachshosen zu den Waden hochgerollt und einen breitkrempigen Hut auf dem Kopf, aus dem es triefte wie aus einer Regenrinne, dann erkannte man keinen Unterschied zwischen dem Thronfolger des Königreichs Eckstein und dem einfachsten Matrosen.

Die Wellen türmten sich so hoch, dass sie dreifach den Großmast überragten. Ihr Kamm brach sich schäumend, ihre smaragdgrün schillernden Hänge waren von seltsamen Figuren durchzogen – schwebenden Pottwalen, fliegenden Delfinen. Bei jedem Unwetter war es das Gleiche: Ein flüssiger Himmel, schwer gewordene Kleider, gerötete Finger, verworrene Taue, erloschene Lampen, grelle Blitze; die Isabelle eine Nussschale auf einem bodenlos tiefen Meer, die Männer bedeutungslose Staubkörnchen auf der Nussschale.

Ihre Not bewirkte, dass die Stunden schnell verstrichen, ihre Erschöpfung, dass sie sich hinzogen. Der Tag ging unverändert in die Nacht über, und als man es am wenigsten erwartete, gab die dichte Wolkendecke plötzlich einen Stern frei, dann zwei, dann ein ganzes Sternbild.

Es war vorüber. Das Gewitter beruhigte sich so schnell, wie es gekommen war.

»Positionsbestimmung!«, schrie Admiral Dorec.

Peupel, der Navigator, kletterte in den Ausguck an der Spitze des Großmasts und rief die überraschende Antwort herab:

»Land in Sicht!«

»Ist es Khyriol, Admiral?«, fragte Prinz Tibald, der sich das tropfnasse blonde Haar aus dem Gesicht strich.

Admiral Dorec gab die Frage an den Mann im Ausguck weiter.

»Ist es Khyriol, Peupel?«

Der Navigator stützte dort oben seine Ellbogen auf den Mastkorb, um das Gleichgewicht zu bewahren, und erforschte das Stück Himmel mithilfe seines Kompasses. »Ja, Admiral!«

»Hm«, machte Dorec.

»Schon Khyriol?«, ertönte eine wohlklingende Stimme hinter ihnen.

Es war Willem Schöne, der Steuermann, der mit hochgekrempelten Ärmeln auf sie zukam. Ihm war die vergangene Anspannung noch anzusehen, doch seine dunklen Augen funkelten wie eh und je. Sein kurz geschorenes graues Haar bildete einen auffälligen Kontrast zu seinem jungen, sonnengebräunten Gesicht.

»Hm«, machte der Admiral wieder.

»Großartig«, freute sich Tibald, »so können wir bei Tagesanbruch im Hafen sein.«

Er hatte der Mannschaft einen wohlverdienten Landgang versprochen und das Gewitter verflucht, das sie aufzuhalten drohte.

»O nein, mein Prinz«, widersprach Admiral Dorec. »Wir werfen sofort den Anker.«

»Aber Admiral ...«, begann Willem Schöne, der sich müde die Augen rieb.

Admiral Dorec bedachte ihn mit einem strengen Blick. Er pfiff seinen Steuermann so oft wie möglich zurück, weil er ihn beneidete. Willem war jemand, dem alles gelang. Seine klangvolle Stimme verlieh ihm Autorität, sein gerechtes und großzügiges Urteil flößte jedermann Respekt ein: Ehe man sich's versah, würde er noch Kapitän werden. Es boten sich nur selten Anlässe, ihn zurechtzuweisen, und die kostete der Admiral genüsslich aus.

»Was der Navigator gesehen hat, Willem Schöne, war ein Leuchtturm«, erklärte er herablassend und formte seine Hände zu einem Trichter: »Nicht wahr, Peupel? Ein Leuchtturm?«

»Mehrere Leuchttürme, Admiral«, bestätigte der Navigator. »Ein regelrechter Leitweg.«

»Genau, wie ich dachte. Komm herunter, Peupel.«

Dorec wandte sich an zwei Männer, die gerade vorüberkamen. »Felix! Ovid! Den Anker werfen, sofort!«

Der riesige Rudergänger und der dicke Schiffsküfer gehorchten, ohne zu murren.

»Ich verstehe immer noch nicht, Admiral …«, sagte Tibald.

»Ach, viele fallen darauf herein, Hoheit. Es ist eine perfekte Täuschung. Man legt niemals nachts in Khyriol an. *Niemals*. Nicht, wenn einem an seinem Schiff gelegen ist. An der Mannschaft. An der Fracht.«

»Was für eine Täuschung denn? Ein Leuchtturm ist ein Leuchtturm, oder etwa nicht?«

»Nicht, wenn er im Landesinneren steht, Hoheit.«

»Im Landesinneren!«, rief der Steuermann, was ihm einen weiteren tadelnden Blick einbrachte.

»Es ist eine allseits bekannte Tatsache, Willem Schöne. Die Schiffe, die sich von Khyriols Leuchttürmen leiten lassen, laufen unweigerlich nahe dem Ufer auf Grund. Ganz gleich, ob Ebbe oder Flut herrscht. Selbstverständlich eilt man ihnen sofort zu Hilfe, und wie gerne! Backbords hilft man der Besatzung an Land, und steuerbords leert man derweil den Frachtraum. Pah, das ist Piratenpack, das sich nicht einmal die Mühe macht, in See zu stechen! Ich hasse Khyriol.«

»Nun, dies habt Ihr schon hundertmal erwähnt«, bemerkte Tibald.

»Tausendmal«, bekräftigte Willem.

»Und ich scheue mich nicht, es ein weiteres Mal zu sagen. Ich *hasse* Khyriol.«

Ein langes Schweigen setzte ein, das nur vom Quietschen der Ankerkette begleitet wurde. Niemand ließ sich gern auf einen Streit mit Albert Dorec ein, jenem klein gewachsenen Mann, der sich »Admiral« nennen ließ, obwohl das Königreich Eckstein niemals eine Armee besessen hatte. Ein halbes Jahrhundert auf See hatte ihm die Gabe des richtigen Worts zur rechten Zeit verliehen und dazu einen Glatzkopf, auf dem sich der Ozean spiegelte. Eine missglückte Polarexpedition hatte ihn einst berühmt gemacht, bei der er, damals noch Matrose, die Mannschaft vor dem sicheren Tod bewahrt hatte. Als die Expedition nach Eckstein zurückkehrte, brachte sie zwei Bärenhäute, etwas Robbenfett, weniger Zehen, als es Seeleute gab, und nicht ein einziges Ohrläppchen mit, doch dem jungen Dorec war eine großartige Laufbahn beschieden.

Jetzt unterstand er dem direkten Befehl von König Alberich, der ihm die Sicherheit von Prinz Tibald anvertraut hatte. Dorec lag seine Aufgabe sehr am Herzen, und er widmete sich ihr nach Kräften. Soviel man wusste, hegte er nur eine einzige Schwäche, die er in einer Blechdose unter seiner Koje versteckte: Marzipanplätzchen aus seiner Heimatstadt. Und an die dachte er nun, als er das Schweigen brach:

»Alle Mann ab in die Heia, bis auf die Wache.«

Die Wache bestand aus Gruppen, die sich alle vier Stunden beim Schlag einer Glocke ablösten; die Nachtschicht war in der Regel die ruhigste. Die tropische Luft, feucht und schwer von Düften, umwaberte die Isabelle. Der weiße Fuchs, die Galionsfigur des Segelschiffs, hatte die Ohren aufgerichtet und streckte seine Schnauze in Fahrtrichtung. Nichts störte die nächtliche Ruhe, nur das Klappern der Seilrollen an den Masten und das Plätschern des Wassers gegen den Schiffsrumpf. Von Zeit zu Zeit pfiff einer.

Siebzehn Monate waren die Seefahrer nun schon unterwegs. Sie hatten allerlei exotisches Getier gesehen, wunderliche Pflanzen und magische Rituale. Im Frachtraum türmten sich Artefakte, Gesteinsproben und Mineralien. Doch in der Vorratskammer gab es nur noch Schiffskekse, die so trocken waren, dass man sie mit einem Hammer zerschlagen musste, und in den Trinkwasserfässern wimmelte es von fetten Würmern. Die Isabelle musste dringend ihre Vorräte auffüllen. Außerdem hatten sich alle einen Landbesuch verdient, nachdem sie Wochen um Wochen immer nur denselben flachen Horizont gesehen hatten – als einzige Zerstreuung eine Handvoll temperamentvoller Stürme, die die Mägen in Aufruhr versetzten und die Deckplanken mit Seepferdchen sprenkelten. Ein bisschen Festland würde allen guttun.

Khyriol also.

Admiral Dorec war entschieden dagegen. Khyriol war eine so malerische wie berüchtigte Insel. Auf der einen Seite saftige Mangos, Straßenakrobaten, bunte Fähnchen; auf der anderen finstere Gassen, Taschendiebe, Schmuggler. Man brauchte Humor, um diese Mischung zu schätzen, und dieser Humor ging ihm gänzlich ab.

Kurz vor dem Unwetter hatte Dorec wie jeden Mittwoch eine Partie Schach gegen Tibald begonnen, ganz im Sinne von König Alberich, dem daran gelegen war, dass sein Sohn »seinen Kopf zwischen den Schultern« behielt. Allerdings war der Admiral ein schlechter Spieler und ein noch schlechterer Verlierer. Und so war er kurz vor ihrem Zwischenhalt mürrischer denn je.

»Jemand sollte an Bord bleiben, mein Prinz«, wiederholte er vor jedem Zug. »Ich habe schon erlebt, wie in Khyriol Schiffe ausgeweidet wurden. Jemand sollte Wache halten.«

»Konzentriert Euch, Admiral. Ihr seid dran.«

»Einer sollte unbedingt den Klüver im Auge behalten, Hoheit«, fuhr Dorec fort, während er zerstreut einen Bauern umsetzte. »Das Marssegel, das Sturmsegel, die Stagfock.«

»Kurz gesagt, die Segel.«

»So ist es, Hoheit. Aber auch die Wanten, die Fallen, die Schote …«

»Mit anderen Worten, das Tauwerk.«

»Ganz richtig, mein Prinz, aber auch die Takelage ganz allgemein. Sämtliche Apparaturen, die zur Bedienung des Segelwerks …«

»Ich weiß, was eine Takelage ist, Admiral.«

»Ja, gewiss, Hoheit. Wie auch immer, ich habe nachgedacht und es ist beschlossene Sache: Ich bleibe an Bord.«

»Sehr schade«, sagte Tibald und musste im Stillen lächeln. »Ich werde Euch ein Souvenir mitbringen. Schachmatt, Admiral.«

Tatsächlich sollte Tibald weit mehr als ein Souvenir aus Khyriol mitbringen. Admiral Dorecs Sorgen hatten gerade erst begonnen.

2

Tibald war in seinen Kleidern zu Bett gegangen und hatte nicht einmal die Schuhe ausgezogen. Er war sofort in einen tiefen Schlummer gefallen. Im Schlaf wie im Wachzustand hatte er große Ähnlichkeit mit seiner Mutter, der Spitzenklöpplerin, die König Alberich so geliebt hatte: helle Augenbrauen, eine breite Stirn, ein Gesicht, das offen, ehrlich und freundlich war, ohne perfekt zu sein. Königin Luise war gestorben, als Tibald noch ein Kind war. Danach war sein Vater nicht mehr derselbe gewesen.

An Tibalds fünfzehntem Geburtstag hatte König Alberich ihm die Isabelle anvertraut, weil er spürte, dass sich sein Sohn in dem kleinen Königtum eingeengt fühlte. Und nun ging der schöne Dreimaster aus Weißeichenholz schon seit einigen Jahren in Eckstein nur noch vor Anker, um möglichst bald wieder abzulegen. In der See hatte der Prinz eine perfekte Gefährtin gefunden: Sie ließ ihn mit jedem Tag reifen, so wie Regentropfen nach und nach einen Felsen formen. Er wusste, wenn er erst einmal König war, würde er nicht mehr die Freiheit haben, den Erdball zu umsegeln. Dann würde er ganz für sein Volk da sein, diese zähen Bewohner eines rauen Landes, in dem noch die kleinste Runkelrübe einen Sieg über Wind und Gestein darstellte. Er würde ganz für seine Insel da sein, die berühmt war für ihre Künstler und ihre Goldschmiede und unter jedem König das Kunststück vollbracht hatte, in einer Welt voller Kriege neutral zu bleiben.

Tibald nutzte also seine jungen Jahre, um zu reisen, aber insgeheim strebte er noch aus einem weniger hehren Grund immer wieder in die Ferne: Die Atmosphäre im Schloss bedrückte ihn. Er hatte das dunkle Gefühl, dass die im Lauf der Jahrhunderte gefestigte Harmonie in allernächster Zeit umschlagen könnte. Etwas versetzte ihn in Unruhe. Er wusste selbst nicht, was es war, wollte es auch gar nicht so genau wissen. Statt darüber zu reden oder darüber nachzugrübeln, setzte er lieber die Segel und brach in immer fernere Regionen auf. Diesmal war er unter dem Vorwand losgesegelt, die Kartierung der Tropen zu verfeinern und ihre geologischen Gegebenheiten zu erforschen. Es war seine bislang kühnste Reise und – ohne dass er es wusste – auch seine letzte.

Am Morgen nach dem Gewittersturm holte der Gedanke an Khyriol ihn schon früh aus dem Schlaf. Er brauchte einen Moment, um seine schweren Lider zu heben, aber was er dann sah, verblüffte ihn so sehr, dass er die Augen weit aufriss und beinahe aus seiner Schlafkoje gefallen wäre. Rings um ihn erstrahlte jeder Gegenstand in einer Art kosmischem Leuchten. Die Laterne, die große Truhe aus Zedernholz, die dicken Nägel in der Tür, die Lupe, der lederne Trinkschlauch, die Knöpfe seines am Haken hängenden Mantels, auch der Haken selbst: Alles war durchscheinend wie Kristall. Die geschnitzten Vogelflügel in der Wandvertäfelung schienen kurz davor, sich zu öffnen. Noch nie hatte Tibald etwas Schöneres gesehen. Ein so großes Glücksgefühl erfasste ihn, dass es beinahe schmerzte.

Er stützte sich auf seinen Ellbogen und schüttelte den Kopf. Plötzlich verschwand das seltsame Phänomen. Alles wurde wieder normal, undurchsichtig, kompakt und gewöhnlich. Die Möbel waren an der Wand befestigt, die geschnitzten Flügel lagen wieder gefaltet im Eichenholz. Die Kissen hatten abgescheuerte Bezüge, auf dem Tisch blätterte an der Stelle, wo der Prinz immer seine Handgelenke ablegte, der Lack ab, der Mantel hatte die üblichen Ölflecken und der runde Türrahmen war wie immer zu niedrig. Hatte er geträumt? Es musste wohl so sein. Tibald stand auf, zog seinen Gürtel zurecht und wusch sich das Gesicht. Heute also Khyriol.

Um sich für den Landgang herauszuputzen, waren sich die Seemänner mit dem Läusekamm durchs Haar gefahren und hatten ihre Matrosenjoppe angezogen, eine Uniformjacke, die sie irgendwie sauber zu halten schafften. Einige waren ins Schiffslazarett gegangen, wo sich der Chirurg heute als Barbier befleißigte, mit sehr unterschiedlichen Resultaten. Doch ob die Männer nun hübscher oder hässlicher herauskamen – als sie erst einmal an Land waren, konnte ihnen nichts mehr die Laune verderben.

Den Hafen im Rücken stiegen sie ein Gewirr aus Treppen hinauf, neben denen sich gelbe Häuser übereinanderschachtelten. Oben angekommen, öffnete sich vor ihnen ein großer Platz, wo ihnen Düfte von Gebratenem, frischem Brot und süßem Karamell in die Nase drangen. Das Kopfsteinpflaster wellte sich über dem Wurzelwerk lampiongeschmückter Platanen. Jongleure, Puppenspieler, Amulettverkäufer und Wahrsagerinnen drängten sich in einem großen bunten Durcheinander, das leicht und fröhlich anmutete.

Die meisten Matrosen der Isabelle wollten den Geburtstag des jüngsten Schiffsjungen zum Anlass nehmen, ordentlich zu feiern. Der Junge, der den Spitznamen »Hänfling« erhalten hatte, hatte beim Anheuern über sein wahres Alter gelogen, um mit auf Fahrt gehen zu dürfen. Nun war er dreizehn Jahre alt geworden, womit seine Tätigkeit auf dem Schiff endlich legal wurde. Tibald, der unsicher war, ob eine krachende Feier ebenso legal sei, schloss sich lieber einem kleinen Grüppchen an, das aus dem Smutje, dem Chirurgen und den beiden Rudergängern Felix und Bugspriet bestand.

Felix und Bugspriet waren denkbar unterschiedliche Brüder. Sie stammten aus einer Familie, in der der Beruf des Rudergängers von Generation zu Generation weitergegeben wurde. Bugspriet (benannt nach dem gleichnamigen Mast) war klein und muskulös, hatte O-Beine und war eine ausgesprochene Spielernatur. Felix, der ihn um mindestens drei Köpfe überragte, war ein fescher Kerl, auf sein Äußeres bedacht, und wechselte im Unterschied zu den anderen regelmäßig sein Hemd. Im Grunde war er ein Mädchen in der Gestalt eines Hünen. An diesem Vormittag hätte er seine Begleiter am liebsten zu dem Verkaufsstand mit exotischem Schmuck hinübergezogen, aber er wagte nicht, darauf zu bestehen. Sein Bruder Bugspriet ermahnte ihn sowieso schon dauernd, er solle sich zurückhalten. Der Smutje, der ihnen wochenlang mit dem berühmten Khyrioler Eintopf in den Ohren gelegen hatte, wollte unbedingt in eine Schenke einkehren. Schon auf dem Weg hatten sie die Arme voller riesiger Weintrauben und entsprechend klebrige Hände.

Sie kamen an zwei Tischen von öffentlichen Schreibern vorbei.

»Oh, là, là! Was für eine Haarpracht …«, seufzte Felix mit Blick auf die junge Frau, die mit tintenverschmierten Fingern über einen Brief gebeugt saß, den ihr eine ältere Dame diktierte.

Am Nebentisch arbeitete ein dicker Mann mit einer kleinen grünen Meerkatze auf der Schulter. Er redete lautstark auf seinen Kunden ein, der ihm eingeschüchtert gegenübersaß. Mitten in seiner Suada schnalzte der Dicke unauffällig mit der Zunge, woraufhin sein Affe unter den Tisch flitzte, um heimlich nach der Geldbörse des Kunden zu fummeln.

Ein Dieb.

Tibald konnte Diebe nicht leiden. Deshalb ließ er eine große grüne Traube neben dem Äffchen fallen, das dieser Verlockung nicht widerstehen konnte. Es rannte der über das Pflaster rollenden Beere nach. Sein Herr rief es laut schreiend zurück, doch Tibald lockte es Traube um Traube vom Tisch des Schreibers weg, wobei er sämtliche Beeren abzupfte. Der Schreiber sprang so heftig auf, dass sein Stuhl umfiel.

»He, Ihr da, der große Blonde!«, rief er im Dialekt der Insel.

Der Prinz tat, als würde er ihn nicht hören, und drückte mit harmloser Miene die Tür zur Schenke auf. Während sich seine Begleiter riesige Eintopfportionen kommen ließen, beobachtete er interessiert eine Runde von Männern, die in der Nähe des Tresens leidenschaftlich Karten spielten. Nur ihm fiel das Kreuzass auf, das ein Spieler heimlich aus seinem Ärmel zog.

Ein Falschspieler.

Tibald konnte Falschspieler nicht leiden. Ohne lange nachzudenken, versetzte er dem Chirurgen einen Rempler, worauf dieser seinen dampfenden Eintopf über den Tisch ergoss. Die bespritzten Kartenspieler fluchten laut und sprangen wie zuvor der Schreiber von ihren Stühlen auf, die polternd umfielen. Prinz, Chirurg und Rudergänger eilten schnell wieder zur Tür hinaus. Der Smutje umklammerte noch einen Augenblick seine dampfende Schüssel, bis ihm bewusst wurde, dass es lebensgefährlich werden könnte, noch länger in der Schenke zu verweilen. Frustriert suchte er ebenfalls das Weite.

Nach diesem Muster verlief der ganze Vormittag. Sicher, es gab da die Gaukler, die Schokoladenbrunnen, die Paradiesvögel und die Blütenketten, doch Tibald sah überall nur Diebe, Betrüger und Schwindler. Ständig mischte er sich in fremde Angelegenheiten ein, er konnte es einfach nicht lassen. In einer Stadt, in der die Bewohner ihr Geld mit Gesetzesbruch verdienten, brachte er alle gegen sich auf. Seine Begleiter blickten nervös hinter sich und suchten bereits nach einem Vorwand, um zum Schiff zurückzukehren. Als der Prinz auch noch bei einer Straßenschlägerei dazwischengehen wollte, verlor Felix die Geduld.

»Bei allem Respekt, Hoheit, Ihr erlaubt?«

Er schob ihn eilig in Richtung Hafen, wobei er ihn fast vom Boden hob. Hinter ihnen erklangen wütende Stimmen. Gegnerische Banden hatten sich zusammengeschlossen, um ihnen nachzufolgen, und der Chirurg, von dem bereits der Eintopf herabtropfte, bekam noch eine Ladung Tomaten ab. Während Felix den Prinzen sicher an Bord brachte, verteilten sich die anderen über die Stadt, um den Rest der Mannschaft zusammenzutrommeln. Und so fanden sich alle viel früher als geplant wieder auf der Isabelle ein, als man dort noch dabei war, frische Waren zu verladen.

Tibald zog sich in die Offiziersmesse zurück – so hieß der Raum neben seiner Kajüte, in dem die Expedition geplant und vertrauliche Gespräche geführt wurden – und sank verdrossen in den schönen, aber recht unbequemen Ebenholzsessel, in dem er in den vergangenen siebzehn Monaten alle wichtigen Entscheidungen getroffen hatte.

Sogleich tauchte Admiral Dorec auf.

»Ihr seid ja schon wieder zurück, Hoheit. Und obendrein außer Atem ...«, bemerkte er im Hereinkommen.

»Khyriol ist eine anstrengende Insel, Dorec. Sie zeigt einem sowohl ihre schöne als auch ihre hässliche Seite.«

»Es ist ein übles Eiland, mein Prinz, Schluss aus. Das völlige Gegenteil von Eckstein.«

Tibald stützte seine Ellbogen auf den langen Tisch, in dessen Schubladen allerlei Navigationsgeräte und Seekarten untergebracht waren.

»Auch Eckstein hat seine hässliche Seite ...«, seufzte er.

Damit spielte er auf ein großes Tabu an, einen wunden Punkt, der jedem bekannt und keinem begreiflich war. Statt zu antworten, klopfte der Admiral auf einer der Sanduhren an der Wand herum, als könnte die unangenehme Minute so schneller vorübergehen.

»Wir müssen den Anker lichten«, erklärte Tibald.

»Jetzt? Aber nein. Unmöglich, Hoheit.«

Dorec ließ sich auf der Sitzbank nieder.

»Die Trinkwasservorräte sind noch nicht aufgefüllt. Außerdem geht nicht die geringste Brise. Da ist nicht mehr Wind als ein Fliegenfurz. Allenfalls der Furz einer Mücke. Vielleicht ein Läusefurz. Ein …«

Steuermann Willem Schöne steckte seinen Kopf durch die Tür: »Alle sind abfahrbereit. Wir lichten den Anker.«

»Aber …«, protestierte der Admiral.

»Die ganze Stadt ist hinter dem Prinzen her«, erklärte Willem und deutete mit dem Kinn zum Hafen hinüber.

Der Admiral wandte sich zu dem großen Fenster um, das aus kleinen Rautenscheiben zusammengesetzt war, und sah, dass sich eine große Menschenmenge auf dem Kai versammelt hatte. Er eilte an Deck, um das Kommando zu übernehmen, musste aber feststellen, dass der Steuermann bereits den Befehl zum Segelhissen gegeben hatte. Die Laufplanke, die das Schiff mit dem Festland verband, hatte man gerade noch rechtzeitig eingezogen.

Es war ein mühseliges Ablegen. Ovid, der Küfer, der alles, was ihm unter die Finger kam, mit einem Seemannsknoten versah, beschwerte sich, er habe weder die Waren sicher verstauen noch die Fässer im Frachtraum so verteilen können, dass das Gleichgewicht des Schiffes gewährleistet sei. Er klagte darüber, dass sie zu wenig Frischwasser hätten und man folglich den Rest der Ekelbrühe trinken müsse, die schon seit Monaten vor sich hin modere.

Die anderen Landgänger hatten zu viel intus. Sie torkelten von Backbord nach Steuerbord, sangen in schiefen Tönen und friemelten an den Tauen herum, ohne recht zu wissen, was sie damit anfangen sollten. Die Luken, durch die man die neuen Vorräte vom Hauptdeck zum Zwischendeck und vom Zwischendeck in den Frachtraum befördert hatte, standen noch offen; in eine fiel ein Toppsgast hinein und brach sich das Handgelenk. Die Isabelle musste wegen des fehlenden Windes lavieren. In großen Zickzacklinien entfernte sie sich in Richtung Horizont, als wäre auch sie betrunken.

Erst gegen Mitternacht nahm sie endlich Fahrt auf. Die wenigen nüchtern gebliebenen Matrosen wurden der Nachtwache zugeteilt. Die anderen hauten sich im Zwischendeck aufs Ohr, ohne sich erst die Mühe zu machen, ihre Hängematten vom Haken zu nehmen und ihre Mäntel zu einem Kopfkissen zusammenzurollen.

Niemand hatte den blinden Passagier bemerkt.

3

Ein Hämmern riss Tibald in aller Herrgottsfrühe aus dem Schlaf. Jemand klopfte ausdauernd mit kurzen, präzisen Schlägen gegen die Tür: ganz sicher der Admiral.

Und tatsächlich war es Albert Dorec, der verlegen stammelte:

»Hoheit, es scheint, dass sich … tja … dass sich ein Problem ergeben hat.«

»Ein Problem?«

»Offenbar ist … nun ja … etwas Unerwünschtes an Bord gelangt, mein Prinz.«

Ganz untypisch für ihn blickte der Admiral zu den Deckenbalken, als wagte er nicht, den Prinzen anzusehen.

»Etwas Unerwünschtes? Erklärt Euch genauer, Dorec. Ein Pirat? Eine Seuche? Schon wieder Läuse? Mehlmotten?«

»Eine Frau, Hoheit.«

»Wie bitte?«

»Ich dachte erst, es handele sich um einen Knaben, aber tatsächlich ist es … ähm … ein Frauenzimmer, Hoheit. Ein junges Frauenzimmer *mit dunkler Haut*.«

Dorec starrte immer noch an die Decke. Tibald kratzte sein zerzaustes Haar.

»Na, so was. Wie ist sie denn an Bord gekommen?«

»Wir vermuten, sie ist geschwommen, Hoheit, und … hat sich dann an einem Tau hochgezogen … das ins Wasser hing.«

»Ein Tau, das ins Wasser hing? Ein Tau *hing ins Wasser*? Seht mich an, Dorec! Wer hat denn ein Tau im Wasser hängen lassen?«

»Wenn ich das nur wüsste, mein Prinz«, seufzte der Admiral und blickte ihm für einen winzigen Moment in die Augen. »Wir waren mit der Warenaufnahme beschäftigt, als …«

»Schon gut.«

»Wie meinen, Hoheit?«

»Es ist gut. Was will sie?«

»Sie sagt nichts, Hoheit. Sie versteht unsere Sprache nicht. Aber wir haben dies hier gefunden.«

Der Admiral ließ mit angewiderter Miene einen alten Beutel aus Wildleder in die Hand des Prinzen gleiten. Der Beutel enthielt Münzen aus drei verschiedenen Königreichen, darunter Khyriol, außerdem ein Medaillon mit dem Bildnis eines kleinen Mädchens.

»Bringt sie zu mir«, sagte Tibald.

Dorec ließ eine sehr junge Frau mit kurzem Haar und großen grünen Augen eintreten, die einen dunklen Mischlingsteint hatte. Ihre noch nassen Jungenkleider hingen an ihrem zierlichen Körper wie an einer Wäscheleine. Anders als der Admiral zeigte sie keine Scheu, den Prinzen anzusehen, während er sie musterte. Sie hatte ein selbstbewusstes Gesicht, eine hohe runde Stirn und einen so herausfordernden Blick, dass Tibald das Gefühl hatte, sie wisse schon alles über ihn. Fast hätte er den Blick vor ihr gesenkt.

»Dein Name?«

»Ich heiße Ema Beatriz Ejea Casarei«, antwortete sie ohne zu zögern.

Tibald sah zum Admiral hinüber, der die Lippen zusammenkniff. Dass die junge Frau plötzlich in der Sprache des Nordens redete, ärgerte ihn erheblich.

»Dein Akzent ist mir nicht vertraut«, meinte Tibald. »Woher kommst du?«

»Ich verstehe sieben Sprachen. Drei davon spreche ich gut, vier nur leidlich.«

»Du hast nicht auf meine Frage geantwortet.«

»Nein.«

Tibald beharrte nicht weiter darauf. Er war der Überzeugung, dass aufrichtige Geständnisse freiwillig kommen mussten. So eine Einstellung konnte man sich freilich nur als ehrbarer Mann eines gerechten Königreichs leisten.

»Was tust du hier auf dem Schiff?«

»Ich suche Arbeit.«

»Hast du schon mal auf einem Schiff gearbeitet?«

Jetzt mischte sich der Admiral ein:

»Mein Prinz! Wollt Ihr sie etwa anheuern? Ihr werdet doch wohl nicht ...«

»Ich lerne schnell«, unterbrach ihn die junge Frau.

»Daran zweifle ich nicht«, sagte Tibald. »Bist du vor jemandem auf der Flucht? Oder vor etwas?«

»Ich fliehe aus einer Stadt, in der nur Betrüger ihr Brot verdienen.«

»Hm. Und wer sagt dir, dass wir besser sind?«

»Ein kleiner Affe hat es mir gesagt. Und auch von einem Eintopf habe ich gehört.«

»Ein kleiner Aff...?« Tibald unterbrach sich. »Zeige mir deine Hände.«

Sie zeigte ihre Hände vor. Die Innenflächen waren vom Tau des Lademasts aufgeschürft, die Finger tintenverschmiert.

»Ich war mir sicher, dass ich dich schon irgendwo gesehen hatte«, murmelte er.

Ohne die lange Lockenpracht, die Felix so bewundert hatte, war die Schreiberin fast nicht wiederzuerkennen. Tibald versank in ein langes Schweigen, bevor er einen Entschluss fasste:

»Admiral Dorec wird dich in die Obhut von Willem Schöne geben, seinem Steuermann.«

»Hoheit, da muss ich protestieren!«, protestierte der Admiral, dessen Augen von links nach rechts irrten. In seiner Panik überlegte er bereits fieberhaft, wie er diese Angelegenheit vor König Alberich geheim halten konnte.

»Und warum?«

»Aber mein Prinz, wir können diese … Casarei unmöglich hierbehalten! Ihr wisst doch, wie abergläubisch Seeleute sind. *Ein Weib an Bord treibt das Glück hinfort*. Es bedeutet *pu-res Un-glück*!«

»Seeleute lassen sich aus Aberglauben auch den Bart bis zum Boden wachsen und kaufen sich völlig überteuerte Amulette. Findet Ihr das etwa vernünftig, Admiral?«

»Vernünftig nicht, Hoheit, aber man muss die Männer bei Laune halten, wenn man will, dass das Schiff fährt.«

»Dann sollen sie eben so tun, als wäre sie ein Junge.«

»So tun, so tun … Das sagt sich so leicht, Hoheit …«

Admiral Dorec war nicht zu beruhigen. Zu oft schon hatte ihn der Prinz in Schlamassel hineingeritten. Er respektierte ihn als Prinzen, konnte ihn sich aber nur schwer als König vorstellen. Doch wieder einmal fand Tibald ein Argument, um sich durchzusetzen:

»Wägt einmal unsere Optionen ab, Admiral. Entweder wir fahren nach Khyriol zurück, wo man uns ordentlich rupfen wird, oder wir werfen die Casarei, wie Ihr sie so ungalant nennt, ins Meer. Mir wäre lieber, sie bleibt vorerst an Bord.«

Der Admiral antwortete nicht. Er hatte wieder begonnen, die Decke anzustarren. Von allen Situationen, in die der Prinz ihn gebracht hatte, war dies bei Weitem die heikelste. Tibald wandte sich der jungen Fremden zu, die ihnen mit gleichgültiger Miene zugehört hatte, ohne sich etwas anmerken zu lassen.

»Kannst du arbeiten wie ein Junge?«

»Ja, das kann ich.«

»Gut, dann wäre das geregelt. Admiral, bringt sie zum Steuermann. Er soll ihr einen Platz am Matrosentisch zuweisen, trockene Kleidung geben und eine Hängematte für sie ausfindig machen. Sie soll einen Krug und eine Schüssel mit ihren eingravierten Initialen bekommen. Und etwas wie eine Truhe, wo sie ihre Sachen hineintun kann. Vielleicht ein Fass? Und schließlich soll er ihr eine Arbeit zuteilen. Kurz gesagt: Er soll einen Matrosen aus ihr machen.«

»Aber …«

»Beruhigt Euch, Dorec. Und lasst es weitersagen: Wer immer den neuen Schiffsjungen belästigt, muss mit Konsequenzen rechnen.«

Eine halbe Stunde später trug die junge Frau Matrosenkleider, die an ihr flatterten wie ein zu schlaffes Segel im Südwestwind: eine wadenlange Hose, von einem Seil in der Taille festgehalten, ein bauschiges Hemd mit abgenutzten Bändeln und um den Kopf ein ausgeblichenes Tuch zum Schutz vor der Sonne. Unter dem Hemd trug sie noch immer den festen Verband, mit dem sie ihre Brust umwickelt hatte, um sich als Junge auszugeben. Es wirkte täuschend echt.

Anders als alle erwarteten, wurde sie nicht seekrank. Und auf den schmalen Treppenstufen, die so steil waren, dass man sie rückwärts hinabsteigen musste, bewegte sie sich so geschickt, als hätte sie nie etwas anderes getan. Rudergänger Bugspriet ließ sie sogar bis hoch in den Ausguck klettern. Lange hielt sie sich dort an der Spitze des Großmasts auf und erforschte mit zufriedener Miene den Horizont: Khyriol war endlich verschwunden.

Den Rest des Tages hörte sie sich nickend die Arbeitsanweisungen an und machte sich ans Werk wie eine eifrige Schülerin. Ihre Handbewegungen waren präzise, von katzenartiger Langsamkeit. Die Männer stolzierten wichtigtuerisch vor ihr herum, und selbst die einfachsten Matrosen spielten sich vor ihr auf. Dorec schützte eine Migräne vor und zog sich schmollend in seine Kajüte zurück.

Gegen Abend begann Tibald, in der engen Offiziersmesse auf und ab zu gehen, wie jedes Mal, wenn er sich Sorgen machte. Der Admiral hatte recht: Die Anwesenheit der neuen Passagierin barg gewisse Risiken. Sogar Rudergänger Felix hatte es zu Beginn der Expedition schwer gehabt, sich auf dem Schiff zu behaupten. Trotz seiner imposanten Statur hatten die anderen sich ständig über ihn lustig gemacht. »Mädel« hier, »Mädel« dort. Bugspriet, sein eigener Bruder, schämte sich dafür, denselben Nachnamen zu tragen wie er. Doch eines Tages, als sie sich in einem Sumpfgebiet befanden, wo das Beiboot im Schlamm stecken geblieben war, hatte Felix mit bloßen Händen ein Krokodil erwürgt, als das Tier gerade in Hänflings Arm beißen wollte, der es für eine Schildkröte gehalten hatte. Damit hatte sich der Rudergänger den Respekt und die Dankbarkeit der ganzen Mannschaft erworben, ganz zu schweigen von der völligen Ergebenheit des Schiffsjungen. Und seither machte niemand mehr einen Kommentar zu Felix' Haartüchern, seinen Muschelarmbändern oder den verzierten Gravuren auf seinem Geschirr.

Das Mischlingsmädchen schien sich ganz gut zu bewähren, doch als Krokodilbezwingerin konnte Tibald sie sich eher nicht vorstellen. Auch würde sie niemals wie Felix ein volles Fass auf ihrer Schulter transportieren, mit bloßen Händen ein Seil durchtrennen oder mit einem betrunkenen Seemann unter jedem Arm aus einer Taverne zurückkommen. Da Tibald sie aber natürlich nicht den Haien zum Fraß vorwerfen konnte, würde er sie in Siries, dem nächsten Etappenhalt, absetzen. Letztlich stahl sich niemand als blinder Passagier auf ein Schiff, um eine Vergnügungsreise zu unternehmen; wenn sie sich an Bord geschlichen hatte, dann weil sie keine andere Wahl hatte. Also konnte man ihr ebenso gut einen kleinen Gefallen tun.

Der Prinz drehte und wendete das Medaillon in seinen Fingern.

Er klappte es auf, und der trotzige Gesichtsausdruck des kleinen Mädchens tauchte auf. Er klappte es wieder zu, öffnete es erneut. Er kam zu dem Schluss, dass er keinen Grund hatte, Emas persönliche Dinge zu behalten, und ließ ausrichten, sie solle sie abholen kommen.

Sie erschien mit leuchtenden Wangen, wie nach einem Ferientag auf dem Lande.

»Hoheit, Ihr wolltet mich sehen?«, fragte sie und verbeugte sich einigermaßen tief.

Offensichtlich hatte ihr jemand Benimmunterricht erteilt.

»Ich wollte dir deine Sachen zurückgeben.«

Tibald hätte sie gerne gebeten, sich zu setzen, weil sie seine Neugier weckte, doch nur der Admiral und sein Steuermann pflegten in der Messe Platz zu nehmen. Also sprach er vom anderen Ende des Tisches zu ihr.

»Darf ich fragen, wer das Kind in dem Medaillon ist?«

»Meine Schwester, Hoheit. Meine kleine Schwester. Unsere Eltern sind tot, sie ist meine einzige Familie.«

»Und aus welchem Land kommt ihr genau?«

Sie sah ihn einen Moment prüfend an. Er hatte ein freundliches Gesicht, ein nettes Lächeln, in seinen blauen Augen lag ein belustigtes Funkeln, aber auch ein Schatten wie eine alte Traurigkeit. Dies alles sprach für ihn, doch Ema schenkte niemals dem Nächstbesten ihr Vertrauen.

»Wie Ihr wisst, Hoheit, bin ich in Khyriol an Bord gekommen.«

»Du hast nicht auf meine Frage geantwortet.«

»Nein, Hoheit.«

»Gut, sei's drum. Wo ist deine Schwester?«

»Verschleppt, Hoheit. Sie wurde von Männern entführt. Sie haben sie nach Norden mitgenommen.«

»So? Wir fahren auch nach Norden, weißt du.«

Das war die Kursrichtung nach Eckstein, und Tibald gedachte, so lange wie möglich auf dem offenen Meer zu segeln, um Höflichkeitsbesuche bei den Herrschern der Nördlichen Gebiete zu vermeiden, denn ihm graute es vor vornehmen Empfängen. Doch musste er wohl oder übel vier Zwischenhalte einlegen: in Siries, in Lamotting, in Greiland und Basilis, Königtümer, die wie Perlen einer Kette an derselben Küste lagen. Bei der letzten Reise hatte er sie vernachlässigt, woraufhin König Alberich ihm beinahe die neuerliche Expedition verweigert hätte.

»Im Norden bleiben Menschen aus dem Süden nicht unbemerkt«, fuhr Tibald fort. »Sollten sie den Äquator überquert haben, stoßen wir vielleicht auf eine Spur von deiner Schwester …«

»Das wäre mein innigster Wunsch, Hoheit.«

Vor Tibald tat sich eine Möglichkeit auf, wie er den Pflichtbesuchen an der Küste doch noch etwas abgewinnen konnte. Er würde die kundigsten Leute befragen und sich so bei den öden Festempfängen weniger langweilen. Je länger er darüber nachdachte, desto besser gefiel ihm die Idee.

»Nach Norden …«, grübelte er. »Nichts Genaueres? Gibt es noch andere Hinweise?«

»Sie sprachen die gleiche Sprache wie Ihr, Hoheit.«

»Hm. Das ist ein Anfang.«

»Sie hatten auch ein sehr schönes Schiff, Hoheit.«

»Ein schönes Schiff … Also schließe ich die Inneren Gebiete aus. Und auch das Königreich Kosta, dessen klapprige Schoner einer nach dem anderen absaufen.«

Tibald entfaltete eine große Seekarte und begann sie zu studieren. In einer Gewohnheitsgeste, die nichts mit Läusen zu tun hatte, kratzte er sich nachdenklich im Nacken.

»Sonst keine Anhaltspunkte?«

»Nein, Hoheit.«

»Und du glaubst wirklich, dass sie den Äquator passiert haben?«

»Ja, Hoheit.«

Ema legte eine Hand auf ihr Herz, was ihn schließlich überzeugte. Doch dabei glitt ihr zu weiter Ärmel zurück und offenbarte dunkle Male rund um ihr Handgelenk. Der Prinz setzte schon zu einer weiteren Frage an, wagte dann aber nicht, sie zu stellen.

»Bis zu den Nördlichen Gebieten ist es noch eine recht lange Strecke«, sagte er stattdessen. »Zwei Monate, vielleicht mehr.«

»Ja, Hoheit. Ich werde so hart wie möglich arbeiten, um die Fahrt zu entgelten.«

»Gut, sehr gut. Geh dich jetzt ausruhen.«

Sie verbeugte sich und ging hinaus. Eine ganze Weile blickte er auf die geschlossene Tür. Völlig grundlos musste er an das seltsame kristallene Leuchten zurückdenken. Später konnte er lange nicht einschlafen.

4

Die Isabelle war eine in sich geschlossene Welt, in der jeder und jedes seinen Platz kannte, sogar die Trinkbecher und die Seilrollen. Welcher Tätigkeit die Männer auch nachgingen, sie gehorchten ihrem Vorgesetzten; ihr Vorgesetzter gehorchte dem Admiral; der Admiral gehorchte dem Wind und den Wellen. Sie alle hatten vergessen, was Bequemlichkeit war. Die Decken der Räume waren zu niedrig, die Masten zu hoch, die Hängematten feucht. Die Läuse erforderten einen stetigen und aussichtslosen Kampf. Das Zwischendeck stank nach Algen, Fisch und verschwitzten Achseln. An warmen Tagen war es dort drückend heiß, an kalten eisig. Der blaue Himmel war nur ein Aufschub bis zum nächsten Unwetter. Das Leben war hart, anstrengend und manchmal Furcht einflößend.

Trotzdem gaben sich die Männer damit zufrieden. Ein bisschen so, wie man einen alten Strumpf lieb gewonnen hat, fanden sie das Schiff heimelig, seinen Gestank beruhigend, sein hölzernes Gerippe gemütlich. Sie wussten, wie sie sich zu bewegen hatten, wie sie zu reden hatten und wann es zu schweigen galt. Vor allem aber achteten und verehrten sie die See, ihre Kraft, ihre unendliche Weite und Tiefe. Sie schenkte ihnen Nahrung, neue Horizonte und grenzenlosen Schrecken: eine wahre Göttin.

Doch bei aller Liebe zur See kamen ihnen die Tage unter den tropischen Temperaturen endlos vor. Völlig ermattet lungerten sie mit nacktem Oberkörper in der Hitze herum und versuchten, die Zeit mit Kartenspielen oder Würfeln totzuschlagen. Manchmal holte

Lukas, der Krankenpfleger, seine Gitarre hervor. Die einträchtige Stimmung hielt jedoch nie lange an: Aus dem einen oder anderen Grund, wohl zuallererst aus Langeweile, lief die Sache jedes Mal aus dem Ruder.

»Schnauze, du Seegurke.«

»Wer, ich? Blöde Fischfresse.«

»Wer, *ich*? Du Hundsfett!«

»Das heißt Hundsfott, Idiot.«

»Sag ich eben fetter Hundsfott!«

Irgendwann kam dann Tibald an und klatschte in die Hände.

»So! Alle der Größe nach aufstellen!«

Sie wussten, was sie nun erwartete: eine Unterrichtsstunde in Kampfkünsten. Es war die bevorzugte Maßnahme des Prinzen, um die langen Nachmittage auf intelligente Weise zu nutzen. Er hatte seine Kenntnisse aus einem fernöstlichen Handbuch, das er auf einem Basar erstanden hatte, und war darin recht gewieft. Sobald sich die Männer in einer Reihe aufgestellt hatten, führte er an jedem Einzelnen die Techniken vor. Anfangs hatten sich die Männer immer schon zu Boden geworfen, bevor er sie überhaupt angefasst hatte.

»Ein bisschen mehr Zack, liebe Leute! Was seid ihr denn so schlaff?«

»Aber Prinz, Ihr seid doch Prinz, was sollen wir denn tun?«, beklagte sich der Wäscher.

Und der Smutje fragte: »Sollen wir Euch eins mit der Faust aufs Maul geben, Hoheit, oder mehr so Tranfunzeln sein? Was ist Euch lieber?«

»Wohl besser Tranfunzeln …«, meinte ein Toppsgast.

»Ihr habt wirklich gar nichts verstanden!«, sagte Tibald ungeduldig.

»Dabei hat der Prinz es euch doch schon hundertmal erklärt«, mischte sich Willem Schöne ein. »Man muss die Kraft des Gegners gegen ihn wenden. Ohne diese Kraft gibt es keinen Griff. Und ohne Griff keine Kampfkunst. Und ohne Kampfkunst lasse ich euch das Deck schrubben.«

Nun, das war eine klare Ansage: Alles war besser, als das Deck zu schrubben.

Mit der Zeit hatten die Männer Muskelmasse aufgebaut. Sie hatten sogar Wetten abgeschlossen, wer von ihnen den Prinzen als Erster aufs Kreuz legen würde. Als Favoriten galten der Rudergänger Felix (wegen der Sache mit dem Krokodil) und der Küfer Ovid (der seinen eigenen Fässern ähnelte). In Wahrheit war Willem Schöne trotz seiner unscheinbaren Gestalt der einzige Gegner, der dieser Bezeichnung würdig war. Aber Willem hätte es nie gewagt, den Prinzen zu besiegen. Er kämpfte redlich und unterlag dann aus Prinzip.

Admiral Dorec empfand nur Verachtung für die Kampfkünste, so wie er auch Wetten, Karten- und Würfelspiele verachtete. Ihm schwebte eine Mannschaft vor, die sich ganz der Pflege und Instandhaltung des Schiffes widmete, denn seine Sorge war, sie könnten die Nördlichen Gebiete auf einem völlig maroden Gefährt erreichen. Sein Feind Nummer eins hieß Verschleiß: Die beweglichen Teile eines Schiffes nutzten sich durch ständiges Aneinanderreiben kontinuierlich ab; das Salz zerfraß das Metall; undichte Stellen waren auf Dauer unvermeidlich; die Nähte der Segel gaben irgendwann nach, ihre Ecken wurden schwarz, und die Sonne zermürbte das Gewebe; das Tauwerk franste aus, drohte steif zu werden oder zu vermodern; die Fangnetze konnten ausleiern, die Masten verwittern und rissig werden; selbst der Schiffsrumpf aus witterungsbeständiger Eiche verzog sich mit der Zeit. Ein Albtraum.

Deshalb hätte der Admiral die Seemänner am liebsten emsig nähen, polieren, streichen, lackieren und teeren gesehen. Er schien erst zufrieden, wenn er Rattenköttel im Kielraum fand, denn das war der schlagende Beweis, dass der Schiffsbauch so trocken wie möglich war.

»Sehr schön! Auf verwahrlosten Schiffen zieht das Ungeziefer in die oberen Etagen um, aber nicht hier, nicht bei uns. Unsere Ratten können sich wirklich nicht beschweren.«

Ema arbeitete fast bei allen einmal mit. Zuerst schälte sie zusammen mit Hänfling in der Kombüse Kartoffeln, dann zeigte Felix ihr, wie man Fangnetze reparierte und Segel flickte (er liebte Handarbeiten). Anschließend war sie einige Tage damit beschäftigt, Taue und Seile zur Festigung mit Schnüren zu umwickeln. Danach wechselte sie zum Kalfatern über, eine andere mühsame Arbeit, die darin bestand, die Ritzen zwischen den Planken mit einer klebrigen Mischung aus Seilfasern und Teer abzudichten. Die Männer überredeten den Admiral, ihr die Waschküche zu ersparen, aus Sorge, sie könnte Anstoß daran nehmen. Daran nahm wiederum der Wäscher Anstoß, weshalb sie am Ende mehrere Tage lang nur Unterhosen wusch. Schließlich wies Ovid sie in die Kunst der Seemannsknoten ein, getreu seiner Devise: »Ein guter Knoten ist ein schöner Knoten.« Er selbst war mehr gut als schön; sein Gesicht hatte etwas von einer zu schnell aufs Blatt geworfenen Skizze.

Kurz und gut, die blinde Passagierin nahm an allem teil, nur nicht an den Kampfkunstlektionen. Sobald sie die Worte hörte: »Alle Mann der Größe nach aufstellen!«, verzog sie sich in irgendeinen Winkel. Sie ertrug grundsätzlich nicht, dass man sie anfasste. Sobald Ovid sich ihrer Hand näherte, um einen Knoten zu korrigieren, zog sie sie sofort weg; wenn jemand sie mit einem Eimer, einem Fischernetz oder einem Tau streifte, machte sie einen Satz zur Seite. Wenn Hänfling sie am Ärmel zog, um ihr einen Wal zu zeigen, befreite sie sich mit einem Ellbogenstoß.

Wie im Umgang mit einem wilden Tier lernten die anderen schnell, den nötigen Abstand einzuhalten.

Tibald beobachtete sie nur aus der Ferne. Er hatte dem Admiral mitgeteilt, der es dem Steuermann mitgeteilt hatte, der es Ema mitgeteilt hatte, dass sie nicht mit den Toppsgasten in die Segel hinaufklettern durfte. Was einen der Toppsgasten jedoch nicht daran hinderte, sich ihr zu nähern. Er war ein blonder Kerl mit hochempfindlicher Haut, der sich stets Schweineschmalz ins Gesicht schmierte, um es vor Sonne, Regen, Hitze und Kälte, also vor Luft ganz allgemein zu schützen. Wenn das Fett trocknete, bröckelte es ihm schichtweise auf die Schultern und in die Suppe, was ihm den Spitznamen »der Lepröse« eingebracht hatte. Seine Lepra hielt ihn jedoch nicht davon ab, regelmäßig mit Dörrpflaumen, Keksen und gut gemeinten Ratschlägen auf Ema zuzukommen.

»Hüte dich vor dem Küfer und seinen Wurstfingern«, sagte er zum Beispiel.

Oder: »Obacht vor dem Krankenpfleger und seiner Gitarre. *Romantisch*, dass ich nicht lache …«

Oder: »Nur nicht von dem Prinzen täuschen lassen. Er wirkt vielleicht ganz nett, aber wenn er dich hier an Bord behält, dann hat er dafür seine Gründe.«

Kurz: »Also, wäre ich ein Mädel wie du, würde ich auf der Hut bleiben.«

Hinter seinen Schorfschichten schien der Lepröse ein ganz anständiger Kerl zu sein. Im Unterschied zu den anderen behandelte er Ema wie ein weibliches Wesen. Aber seine mit Knoblauchatem vorgebrachten Ratschläge waren ganz überflüssig, weil sie sowieso niemandem vertraute.

Das war auch der Grund, warum sie sich nachts wohler fühlte. Dann färbte sich alles blau, die Männer, ihr Schiff und ihre nackten Füße, das Meer, der Himmel. Die Wachtposten bewegten sich langsamer und sprachen leise, die Toppsgasten schliefen in den Segeln. Der Mond ließ kleine Täler in den Wolken entstehen, sein metallischer Abglanz tanzte auf dem Wasser und verschmolz mit dem Lichtschein, der aus den drei Kajüten drang: aus jener, in der der Prinz vor sich hin grübelte, der anderen, in der der Admiral seine Plätzchen knusperte, und der dritten, in der der Steuermann in seinem üblichen Durcheinander sein Tintenfass suchte.

Oft verließ Ema ihre Hängematte, um draußen auf dem erhöhten Achterdeck zu schlafen – im hintersten Teil des Schiffes, fern von den Gerüchen und Schnarchtönen des Zwischendecks. Wenn es regnete, zog sie sich stattdessen in die Back zurück, in einen Lagerraum des Vorderschiffs. Zwischen Segeltuchreserven, Werkzeug, Harpunen und Eimern rollte sie sich dann wie eine Katze in einem Korb mit Seilen zusammen.

Es regnete nicht oft, doch die unbewegte tropische Schwüle konnte ganz unvermittelt ins Chaos umschlagen. Wolkenbruchartige Regenfälle setzten so plötzlich ein, wie sie wieder aufhörten. Eines Tages machte sich der Himmel immerhin die Mühe, die Besatzung vorzuwarnen: Nach und nach ballten sich im Westen Wolken zusammen, grau wie eine Herde Elefanten. Das Wasser färbte sich dunkel, geriet in Bewegung, leckte an den Flanken des Schiffs.

»Das wird ordentlich rummeln«, versprach der Lepröse, und ausnahmsweise glaubte Ema, dass er die Wahrheit sagte.

Eine Viertelstunde später zerriss das Klüversegel. Der Smutje übergab sich in seinen besten Kochtopf. Rudergänger Bugspriet band sich an seiner Stehstütze fest, um das Steuerrad zu halten. Die Wellen hoben das Schiff auf ihren Kamm, stießen es in ihre Täler, bildeten Tunnel, in denen es, ungewiss der Wiederkehr, verschwand. Das Balkenwerk ächzte, die Lampen zersplitterten an den Bretterwänden. Vorne am Bug tauchte die Schnauze des weißen Fuchses tief in die Gischt. Nur die Blitze lieferten für den Bruchteil von

Sekunden ein scharfes Bild von dem überfluteten Deck, den verhedderten Seilen und den stummen Seeleuten.

Da waren zugleich die Angst und die Gewohnheit der Angst. Mechanische Bewegungen, instinktive Reflexe. Es blieb ihnen nichts anderes übrig als abzuwarten, ihr Amulett zu umklammern und Gebete zu sprechen. Dicht aneinandergedrängt, um nicht davonzurollen, schliefen sie so gut es ging auf dem Boden des Zwischendecks – eine Handvoll Erdenmenschen in den irren Händen des Ozeans, an ihr Boot geklammert wie an den einzig bewohnbaren Planeten.

Drei Tage und drei Nächte. Dann plötzlich, am vierten Morgen, lag die Isabelle unter einer gleißenden Sonne und blauem Himmel, und es herrschte Flaute. Willem Schöne gestattete sich erst jetzt, seekrank zu werden, Tibald wechselte seine Kleider, Ovid ging seine Fässer begutachten, und Admiral Dorec verfluchte das Tropenklima als »so flatterhaft wie die Menschen von Khyriol«.

Peupel, der Navigator, versuchte, anhand der Sonne die Position zu ermitteln. Um den genauen Längen- und Breitengrad zu bestimmen, hätte er die exakte Uhrzeit kennen müssen, doch seine Sonnenuhr war aus seiner Tasche verschwunden. Von den drei vorhandenen Sanduhren waren zwei zerbrochen, und die letzte war sonst wohin gerollt. Peupel gab eine grobe Schätzung ab:

»Wir sind fern von allem.«

Admiral Dorec wollte ihn schon anschnauzen, als Marcelino, einer der Toppsgasten, der sich oben in einem zusammengerefften Segel ausruhte, etwas bemerkte. Er schirmte seine Augen mit der Hand ab, um die blendend helle Wasserfläche zu studieren, und rief:

»Segel in Sicht!«

»Ein Segelschiff … Was tun, Admiral?«, wollte Tibald wissen.

»Was tun, mein Prinz? Es weht nicht der kleinste Fliegenfurz, kein Mückenfurz …«

»Es heißt, das hier sollen Piratengewässer sein …«, bemerkte der Wäscher, der sich gerade den Hosensaum auswrang.

»Piratengewässer? Was weißt denn du schon?«, erregte sich der Admiral, dessen Anspannung sich nach einem Gewitter immer auf den Nächstbesten entlud. »Weißt du auch, wo das Schiff da drüben herkommt? Und wenn wir schon dabei sind, weißt du zufällig, wo wir uns befinden? Das wäre mal wirklich was Nützliches zur Abwechslung!«

»Nun ja, Admiral, der Smutje hat es behauptet.«

»Der Smutje!« Dem Admiral versagte fast die Stimme. »Was weiß denn der schon? Weiß er zufällig auch, wo wir uns befinden? Denn das wäre wirklich mal was Nütz…«

»Schon gut, Admiral, bleiben wir ganz ruhig«, unterbrach ihn Tibald. »Denn es sieht so aus, als würde sich das Schiff auf uns zubewegen.«

Der Admiral guckte durch sein Fernrohr. Was er sah, beunruhigte ihn sehr: verwitterte Außenwände, in Fetzen herabhängende Segel, eine Galionsfigur ohne Kopf. Nicht das geringste Lebenszeichen. Ohne das Schiff aus den Augen zu lassen, reichte er das Fernrohr an den Leprösen weiter, den er für den Prinzen hielt.

»Was sagt Ihr dazu, Hoheit?«

»Na, ich würd mal sagen, das ist ein Geisterschiff. Mein lieber Scholli, ob Piraten das verbrochen haben?«

»Weiß ich nicht«, blaffte der Admiral und riss ihm das Fernrohr aus den Händen. »Aber eines ist sicher, sie liegen vor Anker. Wir sind es, die auf sie zutreiben.«

»Aber was ist mit der Besatzung? Wo ist die?«, wollte der Lepröse wissen.

»Hm«, machte Dorec. »Wenn sie nach dem Sturm nicht an Deck gekommen sind … dann, weil keiner mehr an Bord ist.«

»Oder«, meinte Tibald, »weil alle tot sind.«

In diesem Moment drehte sich das Schiff um seinen Anker herum und offenbarte einen noch grausigeren Anblick: An einer der Wanten hing mit ausgebreiteten Armen ein halb verwester Leichnam, der von oben bis unten mit einer schwarzen Masse bestrichen war, nur der Schädel und die gelben Zähne waren vom Regen freigewaschen worden.

»Aaaah!«, ächzte Ovid und rannte davon, erst hinunter ins Zwischendeck und von dort in die Tiefen des Schiffsbauches.

»Er hat Angst vor Geistern«, erklärte der Lepröse, der ihm hin und wieder einen Schrecken einjagte, um sich ein bisschen zu zerstreuen.

»Es sieht wirklich schaurig aus«, räumte Tibald ein. »Aber was ist das eigentlich?«

»Eine Warnung, Hoheit«, meldete Ema sich zu Wort.

Alle drehten sich nach ihr um.

»Eine *Warnung*?«, wiederholte der Admiral mit verkniffenem Mund.

»Die Pest«, fügte Ema hinzu.

»Die Pest?«, flüsterte Willem Schöne.

»Die gelbe Pest«, erklärte sie. »Man taucht die Leichen in Teer, damit sich die Epidemie nicht weiterverbreitet. Ich habe es mit eigenen Augen gesehen.«

»Kürzlich erst?«, fragte Dorec erschrocken, der schon die Geschwüre vor sich sah, die sie unter ihrem Hemd verbarg.

»Nein, Admiral, als ich noch meine Milchzähne hatte. Es war sehr schlimm. In der allgemeinen Panik hat man die Kranken geteert, bevor sie überhaupt tot waren.«

»Na, wunderbar«, spottete der Chirurg, »und anschließend

habt ihr sie für ein obskures Barbarenritual irgendwo aufgehängt?«

Der Chirurg, der Marius hieß, aber von allen »Virus« genannt wurde, war eine sehr nervöse Natur und konnte sich schnell über etwas ereifern. Er war ein gebeugter dünner Mann mit einem bitteren Zug um den breiten Mund, dunklen Ringen unter den Augen und einer kleinen runden Brille, die entweder um seinen Hals hing oder auf seiner Hakennase saß. Mit der Heilkunst von Eingeborenen hatte er eine traumatische Erfahrung gemacht und wollte nichts mehr davon wissen.

»Aber nein, Virus«, seufzte Lukas, sein Krankenpfleger. »Man hängt die Leichen in den Wanten auf, wenn es keine Hoffnung mehr gibt. Um die anderen Schiffe vom Näherkommen abzuschrecken. Eine Warnung eben.«

Während sie noch diskutierten, trieb die Meeresströmung die Isabelle immer näher an das pestbefallene Schiff heran.

»Was sollen wir tun, Admiral?«, fragte Tibald besorgt.

»Nun, mein Prinz, entweder werfen wir den Anker aus, um auf Abstand zu bleiben, oder wir versuchen, gegen den Wind anzukreuzen, um von hier fortzukommen.«

Der Admiral leckte seinen Zeigefinger an und reckte ihn zum strahlend blauen Himmel.

»Allerdings«, setzte er hinzu, »weht nicht das kleinste Lüftchen, nicht der Hauch eines Fliegenfurzes, kein Mückenfurz, kein …«

»Admiralsfurz!«, rief jemand.

Alle brachen in Gelächter aus. Dorec fuhr herum. Aber es war unmöglich herauszufinden, wer das gewesen war. Er presste die Lippen zusammen.

Tibald biss sich auf die Wangen, um ernst zu bleiben. »Admiral«, sagte er, »wir wollen doch gewiss nicht vor einem schwimmenden Grab ankern …«

»Nee, wirklich nicht«, frotzelte der Lepröse, »sonst kippt uns der Küfer noch aus den Latschen.«

»Lavieren wir also«, machte Dorec dem Gerede ein Ende. »Lavieren!«, befahl er. »Willem Schöne, du bist der Steuermann, ich überlasse dir das Kommando.«

»Welchen Kurs nehmen wir?«, wollte Willem wissen.

»Na, weg von diesem Grauen hier. Denk ein bisschen nach.«

Sie brauchten eine ganze Ewigkeit, um sich von dem Geisterschiff wegzubewegen. Zuvor brach noch ein Streit aus, denn Peupel hatte entdeckt, dass die Sonnenuhr, die während des Unwetters aus seiner Tasche verschwunden war, in der des Leprösen wieder aufgetaucht war. Tibald versuchte zu vermitteln (der Dieb bekam für die nächsten Etappen Landgangverbot), dann war er drauf und dran, bei dem Gerangel mitzumischen. Aber als Ema sein Blickfeld kreuzte, blieb er wie angewurzelt stehen: Ein weißer Lichtschein umgab auf einmal die Taue und Segel; er umschimmerte die Wanten, ließ die Seemänner in der Luft schweben und die Blöcke wie Goldbarren funkeln. Das Geisterschiff war ein strahlendes Kristallgefäß, das Meer ein Strom bedingungsloser Liebe, und selbst der Leichnam mit seinen ausgestreckten Armen vibrierte in unbegreiflichem Glück. Völlig verstört zog Tibald sich in seine Kajüte zurück.

Sein plötzlicher Abgang ließ Dorec stutzen. Etwas aus der Vergangenheit kam ihm wieder in Erinnerung: Bei der Taufe des kleinen Prinzen hatte sich ein Sonnenstrahl auf das Gesicht des Kindes geschlichen und die Form einer Blüte auf seine Stirn gezeichnet. Die anwesenden Gäste, darunter auch er, hatten darin ein gutes Omen gesehen. Und eben hatte der Admiral etwas Ähnliches in Tibalds Gesicht entdeckt. Er beschloss, dass es die Lichtspiegelung der Türklinke gewesen sein musste.

5

Ein ganzes Jahr hatte die Isabelle nun schon die immer gleiche Jahreszeit erlebt: Sommer, Sommer und nochmals Sommer. Inzwischen sehnten sich die Männer nach dem typischen Ecksteiner Winter, in dem einem beim Holzhacken die Finger an der Axt gefroren. Ihre am Leibe klebenden Kleider und die salzverkrusteten Hängematten hatten sie gründlich satt. Die Segel erschienen ihnen mit jedem Tag schwerer, die Seile immer glitschiger. Vor allem aber sprach das Meer nicht mehr ihre Sprache. Es überrumpelte sie, täuschte sie. Sie fühlten sich hintergangen.

Erschwerend kam hinzu: Seit der Sache mit dem Geisterschiff verkroch sich Tibald in seiner Kajüte oder der Messe. Manchmal lud er den Admiral oder den Steuermann ein, mit ihm zu essen, aber er tat es nur aus Höflichkeit. Seine Abwesenheit an Deck beunruhigte die Mannschaft zunächst und bekümmerte sie dann regelrecht, denn der Prinz hatte nicht nur am reibungslosen Betrieb des Schiffes mitgewirkt, seine verrückten Einfälle hatten ihnen auch an vielen ereignislosen Tagen Abwechslung verschafft. Selbst Ema, die noch nicht lange mit an Bord war, fand, dass ohne ihn das Wesentliche fehlte.

Was war mit ihm los? Kannten die Männer ihren Prinzen überhaupt? Wenn man es genau bedachte, sprach Tibald niemals von seiner Familie oder vom Schloss oder gar über sich selbst. Machte jemand eine Anspielung in diese Richtung, fand er immer einen Grund, das Thema zu wechseln. Ja, er ließ die Besatzung konstant vergessen, dass er der Kronprinz ihres Landes war, und er schien seinen Privilegien (Kajüte, Schlafkoje und das einzige Paar Stiefel an Bord) keine große Bedeutung beizumessen. Wenn er von seiner Autorität Gebrauch machte, dann aus reinem Abenteurertum – etwa um seine Leute aufzuscheuchen, mit ihm nackt in den Korallenbänken schwimmen zu gehen. Um sie dazu zu bringen, flambierte Grillen zu kosten oder gemeinsam moskitoverseuchte Sümpfe zu erkunden. Aber dieser Tage war nichts mit dem Prinzen anzufangen.

Einer nach dem anderen sammelten die Männer ihren Mut, um an seine Tür zu klopfen, in der Hoffnung, er werde sich zu einer Runde Kampfkunst überreden lassen. Tibald sagte jedes Mal Nein. Als er sich endlich entnervt darauf einließ, zeigte er ihnen einen neuen Griff, der sie alle zu Boden warf, bevor er sich wieder mit den Worten in seine Höhle zurückzog, sie sollten doch bitte fleißiger üben. Er knallte sogar die Tür zu.

Besonders Ema war von diesem Auftritt verwirrt.

»Hat er das öfter?«, fragte sie den Krankenpfleger Lukas, der sich als Einziger mit vorschnellen Urteilen zurückhielt.

»Nein, nie.«

»Er behandelt euch recht gut, wie mir scheint?«

»Er arbeitet sogar mit uns.«

»Und bezahlt er euch anständig?«

»Sehr großzügig, würde ich sagen. Als Prämie schenkt er uns obendrein Pfefferkörner, die ein Vermögen wert sind.«

»Und in seinem Land, was ist er da für ein Prinz?«

»Tja, keine Ahnung. Er ist ja nie in seinem Land.«

»Aber er ist doch dort aufgewachsen«, ließ Ema nicht locker.

»Seine Mutter starb, als er noch klein war. Man sagt, seine Kindheit wurde schwierig, als sein Vater neu heiratete, aber …«

Da ertönte hinter ihnen Willems sonore Stimme:

»Wir reden nicht über Dinge, über die er nicht spricht. Du enttäuschst mich, Krankenpfleger, wo du doch sonst so schweigsam bist.«

Auch Ema war enttäuscht, aber aus dem gegenteiligen Grund. Sie hätte gerne mehr erfahren. Sie ließ noch einmal ihre eigenen Beobachtungen Revue passieren: Tibalds herzhaftes Lachen, seine leichtfüßigen Bewegungen, seine aufmerksame Art und seine großzügige Aufnahme; wäre sie dazu fähig gewesen, Menschen zu vertrauen, hätte sie ihm vertraut. Aber da waren auch sein plötzlicher Rückzug, seine schlechte Laune und dieser Schatten, der tief in seinem Blick lag. Und dann diese alberne Machtdemonstration, die zugeworfene Tür … Er benahm sich wie das tropische Klima.

Mehrere Tage lang bekam niemand den Prinzen zu Gesicht. Es musste erst ein größeres Problem auftauchen, um ihn aus seiner Kajüte zu locken. Ein Problem, in dessen Mittelpunkt zu Emas Leidwesen sie selber stand.

Im Grunde hatte sich die Sache schon länger angebahnt. Es passierte in einer regnerischen Nacht, als Ema im Lagerraum des Vorderschiffs im Halbschlaf vor sich hin döste. Sie war kurz davor, ganz einzuschlafen, als sie hinter sich schleichende Schritte wahrnahm. An schwere Schritte war sie gewöhnt, aber leise Schritte waren verdächtig. Ema hielt den Atem an und wartete regungslos ab. Langsam, ganz langsam näherte sich jemand und berührte ihre Hüfte. Dann legte sich eine Hand grob auf ihren Mund, und eine andere glitt unter ihr Hemd.

Für genau diesen Fall schlief Ema immer mit einem abgebrochenen Flaschenhals in der Hand. Sie warf sich herum und stieß heftig zu.

»Das nächste Mal kriegst du's ins Auge, Hundsfott!«

Der Mann suchte sofort das Weite, aber sie hätte besser nicht so laut schreien sollen, denn Willem Schöne kam über das Deck gerannt. Er fand Ema zusammengerollt in ihrem Seilekorb, wo sie sich schlafend stellte.

Am nächsten Morgen wartete Willem erst eine Weile ab, aber ihm wurde schnell klar, dass Ema niemanden beschuldigen würde. Sie vermied es stets, die Aufmerksamkeit auf sich zu ziehen. Er hatte jedoch für die Disziplin an Bord zu sorgen und konnte nicht einfach über die Sache hinweggehen. Also informierte er Tibald, der Ema zu sich bestellte.

Sie erschien in der Offiziersmesse mit dem müden Gesichtsausdruck von jemandem, der eine schlaflose Nacht damit verbracht hatte, einen Flaschenhals zu umklammern.

»Nun, Schiffsjunge, was ist passiert?«

Seine Frage klang strenger als beabsichtigt; in Emas Anwesenheit war er etwas nervös. Dass sie nicht antwortete, machte die Angelegenheit für ihn nicht leichter.

»Die Männer haben eine klare Anweisung erhalten, Schiffsjunge: Niemand darf dich belästigen. Wer nicht gehorcht, wird bestraft. Das ist die Regel, und das wissen sie.«

Ema hob den Kopf und schwieg weiter. Sie hielt sich so aufrecht, als erwartete sie, eine Ohrfeige zu kassieren. Tibald trommelte mit den Fingerspitzen auf den Tisch.

»Schön. Von heute an wirst du in deiner Hängematte schlafen. Keine Nacht mehr unter freiem Himmel oder vorne in der Back.«

Sie schoss ihm einen wütenden Blick zu, bevor sie rasch die Augen senkte.

»Jetzt sag doch etwas«, bat Tibald, und seine Stimme klang flehender als beabsichtigt.

Ema war eindeutig das sturköpfigste Mitglied der ganzen Mannschaft. Doch als sie daran dachte, dass der Prinz über ihr Schicksal entscheiden konnte, ließ sie sich doch noch zu einer Antwort herab.

»Er ist gekennzeichnet, Hoheit.«

»Gekennzeichnet? Wer? Der Täter? Nenne mir lieber seinen Namen …«

Ema schüttelte den Kopf. Sie hatte den Mann sehr wohl erkannt, würde seinen Namen aber für sich behalten.

»Es scheint mir, als würdest du dich schämen, Schiffsjunge. Aber die Schuld liegt nicht bei dir … Inwiefern gekennzeichnet?«

»Mit einem scharfen Flaschenhals.«

Tibald hob seine blonden Augenbrauen.

»Mit einem Flaschenhals? Na, so was …«

Nachdenklich kratzte er sich im Nacken.

»Gut. Das reicht mir. Du kannst gehen. Aber geh ein bisschen vorsichtig mit Flaschenhälsen um. Die Männer sind zwar recht zäh, aber dennoch …«

Kurz darauf rief der Prinz die Mannschaft auf dem Hauptdeck zusammen. Diejenigen, die noch geschlafen hatten, kamen murrend von unten hoch, die anderen ließen ihre Tätigkeiten ruhen. Zutiefst gedemütigt verkroch Ema sich unten im Schiffsbauch. Tibald sprach jedoch so laut, dass sie seine Stimme noch zwei Etagen tiefer hören konnte.

»Ich habe bezüglich des neuen Schiffsjungen sehr klare Anweisungen gegeben. Jemand hat sich nicht daran gehalten, und ich sage gleich: Nicht der Schiffsjunge hat mir davon berichtet. Der Schuldige soll hervortreten, und zwar sofort.«

Keiner rührte sich, wenn man von den Juckbewegungen absah (alle hatten sich so sehr an die Läuse gewöhnt, dass sie sie nur noch in Momenten großer Verlegenheit wahrnahmen). Die Männer musterten einander. Willem Schöne hatte energisch die Arme verschränkt. Admiral Dorec presste seine Lippen zusammen, fest davon überzeugt, dass es diese Casarei so bald wie möglich loszuwerden galt.

»Also gut«, sagte Tibald und trat näher. »In diesem Fall: Frontal aufstellen und Hände herzeigen.«

Er begutachtete jeden Einzelnen. Nirgendwo die Spur eines scharfen Flaschenhalses. Er wollte schon die Hoffnung aufgeben, als er an der Schläfe von Marcelino eine Schnittwunde bemerkte.

»Was hast du da gemacht?«, fragte er den Toppsgast.

»Ähm …«, stotterte Marcelino. »Ich habe … Ich … bin gegen einen Mastbaum gestoßen, Hoheit. Ein Mastbaum ist gegen mich gestoßen.«

Gegen einen Mastbaum zu stoßen, war nicht sehr ungewöhnlich, denn dieses Holzstück, das orthogonal am Mast befestigt ist, um den unteren Teil des Segels zu stützen, ist immer irgendwie im Weg.

»So. Der Mastbaum ist gegen dich gestoßen.«

Tibald besah sich die Schnittwunde genauer, verglich sie im Geiste mit einem scharfen Flaschenhals und kam zu der Überzeugung, dass der Toppsgast ihn anlog.

»Was habe ich neulich bezüglich des neuen Schiffsjungen gesagt, Marcelino? Wenn jemand ihn belästigt, passiert was?«

»Dann muss er die Konsequenzen tragen, Hoheit, aber …«

»Nichts *aber*. Ab über Bord.«

Marcelino umklammerte das Amulett, das seine Mutter ihm vor der Abreise geschenkt hatte. Das unentbehrliche, kostspielige Ding war dazu da, ihn vor Unglück und besonders vor dem Ertrinken zu bewahren. Trotzdem zitterte er jetzt, als Tibald ihn mit einem Ruck aus der Reihe zog, um ihn zur Reling zu führen. Mit einer Hand drückte er Marcelinos Oberkörper über das Wasser; mit der anderen zog er ihn am Gürtel hoch – übrigens ein bewährter Kampfgriff. Im selben Moment erklang eine heisere Stimme aus den Reihen:

»Wartet, Hoheit! Ich war's, ich bin schuld.«

Doch es war zu spät. Marcelino kippte bereits vornüber und

landete nach einem langen Fall mit dem Platschgeräusch eines Steines im Wasser.

Tibald wandte sich um.

»Wer hat das gesagt?«

Zögernd trottete der Lepröse aus der Reihe, während seine Hände am Saum seines unbeholfen geflickten Hemdes zippelten. Keiner war überrascht. Schon seit Monaten wurde der Lepröse von einer Arbeitstruppe zur nächsten weitergereicht, weil er ein unausstehlicher Geselle war. Die anderen hätten Ema vor ihm warnen sollen, aber Tratschen war in der Mannschaft tabu und so hatten sie lieber den Mund gehalten.

»Zieh dein Hemd aus.«

Der Lepröse zog sein Hemd aus. Eine frische Schnittwunde verlief quer über seinen Brustkorb. Er hatte seinem Glück auf die Sprünge helfen wollen. Schon seit Wochen hatte er Ema in immer entlegenere Winkel gedrängt, um ihr immer weniger wohlmeinende Ratschläge zu geben. Sie duldete nicht, dass man sie anfasste, das wusste er. Aber er wusste auch, dass sie ihn nicht verpfeifen würde. Ein Mädel an Bord, wie sollte man da widerstehen? Er bekam Frauen immer nur an Land zu Gesicht, und die Episode mit Peupels Sonnenuhr hatte ihm jede Aussicht auf einen Landgang zunichtegemacht. Verfluchter Peupel. Verdammter Tibald. Verflixte Uhr. Der Lepröse hatte es einfach versucht. Aber dann war Marcelino an seiner Stelle beschuldigt worden. Das kam ihm zwar gelegen, aber früher oder später würde die Sache auffliegen, er würde sich die anderen zum Feind machen, und sein Leben an Bord würde zur Hölle werden …

»DU GALIONSMATROSE, VERFLUCHTER TOPPSMANN!«, schrie Tibald ihn an.

Da sich vorne im Galion auch die Aborte befanden, handelte es sich um das denkbar schlimmste Schimpfwort, und es war umso wirkungsvoller, als es vom Prinzen kam. Er schrie weiter und deutete mit dem Finger zum Horizont:

»GEH IHN HOLEN! LOS, HOL MARCELINO DA RAUS! UND ZWAR SCHNELL!«

Der Lepröse zögerte. Er verbrachte seine Tage damit, nicht ins Wasser zu fallen, und freiwillig hineinzuspringen erschien ihm als die absurdeste Sache der Welt.

»VORWÄRTS, MACH SCHON!«

Der Leprösе hob sein Bein über die Reling, schaute verstört in die Runde … und sprang. Der Wäscher kicherte laut los, doch der Admiral brachte ihn mit einem Blick zum Schweigen.

Gleich darauf warf Tibald ein Seil hinunter. Marcelino, der verzweifelt neben dem Schiff hergeschwommen war, um nicht zurückzubleiben, bekam erst das Spritzwasser des Leprösen, dann des Seiles ins Gesicht. Tibald sah die beiden hektisch herumplanschen, vergewisserte sich, dass sie das Seil zu fassen bekamen, und drehte sich dann zu den anderen um.

»Haben das alle verstanden?«

»Ja, Hoheit«, antwortete die Mannschaft im Chor.

»Fischt die beiden heraus.«

Er wandte sich ab und verschwand mit eiligen Schritten Richtung Messe, wo er so heftig die Tür zuwarf, dass sie fast aus den Angeln fiel.

Während ein paar Männer die Toppsgasten aus dem Wasser fischten, ging Rudergänger Felix Ema aus dem Schiffsbauch fischen. Da er im Grunde seines Herzens »ein Mädchen« war, hatte er mit Demütigungen so seine Erfahrung. Er ahnte, dass Ema irgendwo da unten kauerte und ebenfalls ein Seil benötigte, um wieder hochzukommen. Tatsächlich fand er sie zwischen zwei Reissäcken, wo sie damit beschäftigt war, sich eine große Muschel ans Ohr zu halten, um die Stimme des Prinzen mit der des Meeres zu übertönen.

Felix hielt Ema seine große Pranke hin, aber sie nahm sie nicht. Seit der Lepröse ihr unter das Hemd gefasst hatte, fühlte sie unablässig kalte Stacheln über ihre Haut laufen. Sie würde niemandem erlauben, sie anzufassen, nicht einmal diesem gutmütigen Riesen.

Dem Leprösen wurden die Zuckerration gestrichen, sein Lohn halbiert, seine Pfefferkörner konfisziert. Jemand gravierte »Schweinskerl« in seine Schüssel. Was Ema betraf, so strengte sie sich jetzt zweifach an, ein Junge zu sein. Sie übernahm Arbeiten, die ihre Kräfte überstiegen, ruhte sich kaum noch aus und vermied jeglichen Schwatz. Sie verausgabte sich so sehr und stellte sich dabei so gut an, dass sich zum Erstaunen aller sogar der Admiral ihr gegenüber wohlwollender zeigte. Er hatte Frauen immer nur als Komplikation betrachtet und dankte dem Himmel für seinen Beruf, der ihn weit von seiner Gemahlin entfernt hielt. Doch er musste zugeben, dass die Casarei einen mustergültigen Schiffsjungen abgab. Felix ertappte ihn sogar dabei, wie er ihr ein Marzipanplätzchen anbot.

»Ab über Bord«, murmelte er hinter seinem Rücken.

6

Als sie sich dem Äquator näherten, kam Tibald von Zeit zu Zeit aus seiner Kajüte heraus, um schweigend aufs Meer zu blicken. Je nachdem, welchen Ort er zum Nachdenken wählte, konnten die Seeleute auf seine Stimmung schließen. Beschäftigte ihn die Vergangenheit, hielt er sich hinten im Achterdeck auf. Dort sah er zu, wie sich im Kielwasser des Schiffes ein Fächer aus Schaum öffnete und dann in der unendlichen Weite verlor. So schnell, wie das Meer die Durchfahrt der Isabelle vergaß, so war auch das Leben, vergänglich und wandelbar. Dachte er über die Zukunft nach, stand Tibald hingegen vorne am Bug, vor ihm der offene Horizont, während das Schiff stur seinen Weg durchs Wasser pflügte. Der Nachteil war, dass genau darunter die Aborte lagen (ein Plankenboden mit Öffnungen direkt über den Wellen). Auch wenn die Männer windkonform zu pinkeln verstanden, ging man auf dem Vorderdeck immer ein gewisses Risiko ein. Trotzdem begab sich der Prinz jetzt täglich bei Sonnenuntergang dorthin, um die faszinierenden Luftspiegelungen zu beobachten, die durch die Hitze hervorgerufen wurden – eine Fata Morgana aus Städten mit Kupferkuppeln und Serpentinenstraßen, Drachen, Karawanen.

Musste einer mal in Richtung Bug, trat der Admiral ihm in den Weg und schlug mit der Kante seiner einen Hand auf die Fläche der anderen, eine Geste, die besagte: »Verschwinde von hier.« Der Prinz war in einer zu sensiblen Stimmung, um gestört zu werden. Dafür tauchte der Admiral selber bei der winzigsten Wolke neben ihm auf, um in schulmeisterlichem Ton anzumerken:

»Das Klima der Tropen ist so flatterhaft …«

»… wie die Menschen von Khyriol«, ergänzte Prinz Tibald monoton.

Eines Abends, als sie so am Bug standen, kam Marcelino aufgeregt angelaufen. Der Admiral machte ihm ein Zeichen zu verschwinden, doch der Toppsgast hatte seine Gründe, nicht zu gehorchen.

»Im Baum des Fockmasts haben wir einen Riss entdeckt, Admiral!«

»Wie schlimm?«

»Übel, Admiral.«

»Hol mir den Zimmermann.«

Während er auf Julius, den Zimmermann, wartete, ließ Dorec das Segel des Fockmastes einholen. Er musste den Tatsachen ins Auge blicken: Trotz ihrer unermüdlichen Wartung zeigte die Isabelle Verschleißerscheinungen. Immer wieder mussten Lecks gestopft und Segel geflickt werden. Die Farbe blätterte ab, am Klüver breitete sich ein Schimmelfleck aus, und die Segeltuchreserven waren zu einem Festschmaus der Ratten geworden. Es wurde höchste Zeit, dass sie nach Eckstein zurückkehrten. Dass sie die Heimat erreichten, wo Spezialisten das Schiff wieder auf Vordermann bringen konnten …

Der eingerissene Mastbaum war aus einem ganzen Baum gefertigt, und nur ein ganzer Baum würde ihn ersetzen können – idealerweise eine schöne gerade Tanne. Doch sie mussten mit den an Bord befindlichen Mitteln vorliebnehmen. Der Zimmermann und sein Gehilfe trieben Keile in die beiden Enden des Spaltes, um ihn weiter zu öffnen und mit Harz zu füllen (dieselbe Methode, die Virus, der Chirurg, für tiefe Schnittwunden anwandte). Danach wollten sie abgeschrägte Holzstücke hineinstecken, die das Harz wie ein Kleber festhalten würde, und schließlich den Baum fest mit Seil umwickeln.

Während sie damit beschäftigt waren, die Holzstücke abzuschrägen, ballten sich auf der Steuerbordseite immer dichtere und dunklere Wolken zusammen. Wieder einmal würde die See in Bewegung geraten, also warfen sie ein gewachstes Segeltuch über den Baum. Bald fielen die ersten dicken, warmen Tropfen, und schnell folgte ein heftiger Platzregen. Der Zimmermann, der es hasste, seine Arbeit im Stich zu lassen, schlüpfte unter die Plane, um weiter das Holz zuzuschneiden. Es galt, keine Zeit zu verlieren, denn ein heftiges Unwetter konnte den Mastbaum endgültig bersten lassen. In aller Eile schnitzte Julius im Dunkeln seine Holzstücke zurecht. Doch das Unheil ließ nicht lange auf sich warten: Er erwischte ein Astloch, der Stechbeitel glitt ihm aus den Fingern, und die Schneide fuhr quer durch seine Hand.

Als fühlte er sich vom Regen herausgefordert, fuhr Julius nur noch verbissener mit seiner Arbeit fort. Bei jedem Hammerschlag spritzte das Blut in seinen Bart. Am Ende musste er sich auf seinen Gehilfen stützen, um zum Lazarett zu gelangen, wo Virus die Verletzung begutachtete, während er die Brille auf seiner Hakennase vor- und zurückschob.

»Sakrament, mein Lieber. Ein Wunder, dass du überhaupt noch die Finger bewegen kannst.«

Der Chirurg und der Zimmermann waren zusammen im hügeligen Landesinneren von Eckstein aufgewachsen. Während ihrer ganzen Kindheit hatten sie vom Meer geträumt, und dann waren sie sich durch einen blanken Zufall an Bord der Isabelle wiederbegegnet.

Virus holte den Rohalkohol aus dem verschlossenen Schrank. Der Admiral war sehr streng, was diese Flasche betraf: »Nur als Betäubungs- oder Desinfektionsmittel, niemals als Getränk.« Doch von Mitleid erfüllt angesichts der Qual seines alten Freundes, reichte Virus ihm das starke Zeug, und Julius trank direkt aus der Flasche.

»Oh, oh! Das reicht, he!«

Der Chirurg nahm die Flasche zurück und begoss jetzt damit die Wunde. Er wollte sie nicht nähen, weil er befürchtete, irgendwelche Keime mit einzuschließen. Stattdessen erhitzte er auf dem Kombüsenherd eine Metallstange, bis sie glühte, um damit die Mikroben zu verbrennen. Es gab ein brutzelndes Geräusch auf der Wunde, und das Gebrüll des Zimmermanns war bis oben im Krähennest zu hören.

»So, mein guter Julius, das hätten wir ausgebrannt. Und nun Salzwasser drauf. Jeden Morgen und jeden Abend Salzwasser, dann den Verband. Die Hand ruhig und warm halten.«

»Wie viele Tage kann ich nicht arbeiten, Virus?«

»Du machst wohl Witze, Julius. Wir sprechen hier von Wochen.«

Der Zimmermann blickte zu seinem Gehilfen, der mit den Schultern zuckte. Er würde sein Bestes geben.

Immerhin zog an diesem Abend kein Sturm auf. Dafür regnete es unaufhörlich. Unfähig, ein Auge zuzumachen, hörte Julius es die ganze Nacht hindurch und den darauffolgenden Tag aufs Deck prasseln. Danach erneuerte Virus den Verband, wobei er immer wieder den Kopf schüttelte.

»Was?«

»Was *was*?«

»Heilt es oder heilt es nicht?«

»Natürlich, was glaubst denn du?«

»Ich kann die Finger fast nicht bewegen …«

»Völlig normal, Julius. Mit der Zeit wird das wieder.«

Es war schwer, Virus Glauben zu schenken, so finster, wie er dreinblickte. Vier weitere Tage vergingen. Die Wunde sah immer wüster aus, und der Chirurg hörte nicht auf, den Kopf zu schütteln und an seiner Brille herumzufingern.

»Was?«

»Was *was*?«

»O Virus, sag mir die Wahrheit.«

Virus sagte nichts, und noch am selben Abend begann das Fieber. Julius stöhnte und ächzte im Schlaf. Bei Tagesanbruch hatte die Schwellung den Verband gesprengt, und seine Hand war gelähmt. Die Wunde in der blau angelaufenen Handfläche nässte, die Finger waren dick wie Würste.

»Verdammt, Julius, verdammt, verdammt, verdammt.«

»Ist es Wundbrand?«

»Feuchter Wundbrand. Das lässt sich noch hinkriegen.«

Virus rief den Krankenpfleger, der gerade dabei war, das Deck zu fegen. Lukas besaß zwar nicht die nötige Ausbildung, um sich Arzt nennen zu können, aber seine Kenntnisse übertrafen trotzdem die des Chirurgen, der ihn oftmals beiläufig nach seiner Meinung fragte.

»Hier, Lukas, sieh dir das mal an«, sagte Virus hektisch und zog den Vorhang der Krankenstation beiseite, ein Tuch, das mit altem braunem Blut und Fingerabdrücken befleckt war.

Der groß gewachsene Krankenpfleger warf seinen Zopf über die Schulter und beugte sich über die Wunde. Er tastete die Handfläche ab und stellte Julius allerlei erstaunliche Fragen, bevor er zu dem Schluss kam:

»Ich denke, das ist feuchter Wundbrand.«

»Ganz richtig«, antwortete Virus, der erleichtert war, seine Diagnose bestätigt zu hören. »Mein guter Julius, wir müssen dir da was rausnehmen.«

»Was rausnehmen? Wie viel?«

»Nur die abgestorbenen Stücke. Einverstanden? Wir machen das sauber.«

Lukas verzog das Gesicht. Er kannte die Methode des »Saubermachens« und hielt sie für ineffizient und grausam. Virus, der Einwände kommen spürte, schickte ihn schnell wieder hinaus aufs Deck. Sobald er mit dem Kranken allein war, legte er einen Verband auf und wartete, bis er sich mit Eiter vollgesogen hatte, dann zog er ihn mit einer abrupten Bewegung ab, wobei er wahllos tote Haut und gesunde Haut, Eiter und Blut mitriss. Wieder drangen Julius' Schreie bis in den Ausguck hinauf und sie dauerten an, während Virus die Wunde mit einem Messer ausschabte, dann mit heißem Öl desinfizierte. Aufgebracht zog Lukas den Vorhang beiseite, und Virus sagte hastig, da er wieder Einwände kommen spürte:

»Ah, Lukas, wenn du schon da bist, hilf mir, ihn auf den Boden zu legen. Das Schaukeln der Hängematte wird er nicht ertragen können.«

»Lass mich sehen, was du gemacht hast.«

»Kusch, Lukas Lindmeyer. Du bist hier der Krankenpfleger, ich der Chirurg. Ich habe getan, was ich tun musste. Abreißen, Ausschaben, heißes Öl. Es ist ein gängiges Prozedere. Kehr zu deinem Besen zurück.«

Ema, die am anderen Ende des Zwischendecks Kartoffeln schälte, hörte die beiden streiten. Sie wusste eine Lösung für ihr Problem. Als der Chirurg aus dem Lazarett kam, fing sie ihn davor ab. Es entspann sich eine hitzige Diskussion, die nicht versöhnlich endete:

»Kusch. Du bist hier Schiffsjunge, ich Chirurg. Kehr zu deinen Kartoffeln zurück!«

Julius wand sich derweil in furchtbaren Schmerzen. Von Minute zu Minute fraß sich der Gewebstod weiter. Vierundzwanzig Stunden später waberte der Gestank seiner wunden Hand durchs ganze Zwischendeck. Durch ein Zusammentreffen unglücklicher Umstände brach auf dem Schiff auch noch ein Durchfall aus, der die Mannschaft niederrang. Die Männer ertrugen ohne Wimpernzucken die schlimmsten Verletzungen, doch Bauchkrämpfe verwandelten sie in wahre Jammerlappen. Auch Virus schleppte sich bald auf allen Vieren zu einem Eimer, weshalb Lukas notgedrungen drei aufeinanderfolgende Schichten übernehmen musste.

Wenigstens hatte der Pfleger so freie Bahn, um Julius' Wunde zu untersuchen. Er musste feststellen, dass sie eiterte und von Blasen übersät war, die eine bläuliche Flüssigkeit enthielten. Die Haut schälte sich und platzte unter Druck auf.

»O Julius … O nein, Julius … Jetzt ist es Gasbrand. Wir haben keine Wahl mehr, mein Guter.«

Er rannte zum Chirurgen, doch der wand sich in seiner Hängematte vor Krämpfen.

»Mach die Fliege, Lukas Lindmeyer, zisch ab.«

»Es geht um Julius, du musst unbedingt kommen …«

»Es ist deine Schicht, schau, wie du zurechtkommst.«

»Du musst mitkommen.«

»Aua, diese verdammten Krämpfe! Aua, verdammt!«

Lukas irrte durch das ganze Schiff, und schließlich hämmerte er in seiner Verzweiflung an die Tür des Prinzen.

»Krankenpfleger?«, fragte Tibald verwundert.

Lukas hatte noch nie einen Fuß in die Offiziersmesse gesetzt. Doch jetzt hatte er keine Zeit, sich in dem Raum umzuschauen, den er sich so oft vorgestellt hatte, sondern kam direkt zur Sache:

»Hoheit, der Zimmermann ist ein toter Mann, wenn wir nicht auf der Stelle amputieren.«

»Wo ist der Chirurg?«

»Der windet sich in seiner Hängematte. Er hat mich zum Teufel gejagt.«

»Eine Amputation … Bist du sicher, Lukas? Immerhin geht es um eine Hand …«

»Ich weiß, Hoheit. Eine Hand ist ein Wunderwerk, das haben mir meine Gitarrenlehrer oft genug gesagt. Aber wir haben keine andere Wahl.«

»Julius wird seinen Beruf nicht mehr ausüben können ...«

»Er wird noch viel mehr nicht mehr ausüben können, wenn wir nicht binnen einer Stunde handeln, Hoheit.«

Ratlos kratzte Tibald sich im Nacken. Julius war einer der besten Zimmermeister von Eckstein, es hieß, er verstehe, mit dem Holz zu reden.

»Ihr wisst, was das bedeutet, mein Prinz, eine Amputation an Bord ...«, fuhr Lukas fort.

»Wir hatten ja bereits das Fingerglied vom Koch und den großen Zeh vom Wäscher ...«

»Das ist richtig, Hoheit. Aber bei Zehen oder Fingern muss man nur einmal kräftig zuschlagen. Bei einer Hand hingegen ...«

Tibald taxierte den Krankenpfleger. Er war hochgewachsen, breitschultrig, schlecht rasiert. Sein dunkles Haar reichte ihm über den halben Rücken, in seinem Ohr glänzten zwei silberne Ringe, und in seinen braunen Augen lebte noch etwas von seiner unruhigen Kindheit fort. Als er nach der Krankenpflegeschule bei ihm angeheuert hatte, hatte Tibald ihn wegen seiner Körpergröße und seiner Gitarre ausgewählt, denn auf langen Seereisen brauchte man einen Musiker an Bord. Wie die meisten anderen Matrosen auch war Lukas ein harter Arbeiter und praktisch veranlagt; wie manche von ihnen war er eine ruhige Natur; aber er war der Einzige, der niemals schlecht über andere sprach.

»Du wirkst mir selbst ein wenig verstört, Krankenpfleger. Hast du so etwas schon einmal gemacht?«

»Ich habe dabei zugesehen, Hoheit, habe viel gelesen ...« Lukas seufzte. »Um ehrlich zu sein, nein, Hoheit. Ich habe so etwas noch nie gemacht.«

Tibald kratzte sich wieder im Nacken.

»Möchtest du, dass ich zum Chirurgen gehe? Und ihm zurede, seine Hängematte zu verlassen?«

»Das ist verlorene Mühe, mein Prinz. Ich habe gesehen, wie er zu einem Eimer kroch.«

»Also gut. Es gibt immer ein erstes Mal.«

»Ja, Hoheit.«

»Ich habe allen Grund, dir zu vertrauen.«

»Danke, Hoheit.«

»Brauchst du etwas Bestimmtes?«

»Ich brauche Schnaps, um Julius so gut es geht zu betäuben, es gibt nicht mehr viel starken Alkohol. Einen Helfer, der ihn festhält, einen anderen, der mir Licht macht. Und noch einen Dritten, der kochendes Wasser bereithält und auf Reinlichkeit achtet.«

»Such dir jemanden aus.«

»Tja, allerdings …«, Lukas betrachtete seine Fußspitzen, »… sind die meisten Männer krank, Hoheit. Ich wollte Euch sogar bitten, den Privatabort der Offiziersmesse für alle freizugeben, wenn es recht ist. Am Vorderdeck stehen sie schon Schlange.«

»Aber was haben sie denn? Liegt es am Wasser?«

»Das Wasser ist in der Kleine-Würmchen-Phase, Hoheit.«

Zwei Monate nachdem das Frischwasser aufgefüllt wurde, färbte es sich in der Regel rot und nahm einen stechenden Geruch an. Dann wurde es auf wundersame Weise von selbst wieder klar und bekam einen faden Geschmack. Nach zwei weiteren Wochen wurde es braun, und diesmal wimmelte es darin von gräulichen Würmern mit schwarzer Nase. Diese Würmer waren zum Glück so groß, dass man sie mit einem Tonfilter abseihen konnte. Sie blieben rund zehn Tage am Leben, und anschließend wurde das Wasser milchig trüb. Dann klärte es sich ein letztes Mal, und die dicken Würmer wurden von winzigen blassen Würmchen verdrängt, die zu wimmelig waren, als dass man sie vollständig heraussieben konnte; nicht einmal sechzehn Schichten Stoff konnten sie abfangen.

»Ah. Die kleinen Würmchen. Und dabei wollten wir uns eigentlich in Khyriol mit Frischwasser versorgen … Siebt der Küfer sie wenigstens ab?«

»Das schon. Aber das große Schlingern neulich hat sie noch mal so richtig aufgewirbelt. Scheint eine recht dicke Suppe zu sein, mein Prinz.«

»Und du, Lukas? Hast du keine Krämpfe?«

»Ich, Hoheit?«

»Ja, du.«

»Um ehrlich zu sein, Hoheit … Wisst Ihr, der Küfer … Seemannsknoten kann er ja richtig gut, aber … Ich habe gesehen, wie er das Wasser filtert … Sagen wir, er ist ein bisschen schnell dabei. Und ich trage immer ein kleines Taschentuch bei mir. Hier, seht Ihr? Ich filtere nämlich lieber doppelt … Dies freilich nur ganz im Vertrauen, mein Prinz.«

Tibald merkte sich, was er sagte. Er würde den Steuermann bitten, ein ernstes Wörtchen mit dem Küfer zu reden. Gleichzeitig fragte er sich, wie er selbst hatte den Darmkrämpfen entgehen können. Lukas, der auf keinen Fall als Petzer dastehen wollte, versuchte das Problem kleinzureden.

»Na, die Männer haben schon Schlimmeres erlebt. Was ist schon so ein kleiner Krampf? Außerdem wird das Wasser ja von selbst wieder klar. Julius' Wundbrand hingegen …«

»Hast du eine Idee, wer dir assistieren könnte?«

»Ähm … ja, Hoheit.«

»Und zwar?«

»Ich habe einmal durchgezählt, wer sich noch aufrecht halten kann, und von denen alle abgezogen, die zum reibungslosen Betrieb des Schiffs nötig sind. Wenn ich den Hänfling in die Kombüse schicke, bleiben nur noch zwei Personen übrig, mein Prinz.«

»Nur zwei? Wird das ausreichen?«

»Was die Beleuchtung betrifft, werde ich schon zurechtkommen. Das Meer ist einigermaßen ruhig, und mit ein bisschen Glück bleiben die Lampen an ihrem Platz. Ich kann einem Helfer das Sterilisieren anvertrauen, wenn der andere einen festen Griff mitbringt. Es ist nicht einfach, Hoheit, aber möglich.«

»Gut. Zwei Männer also. Welche?«

»Der eine, Hoheit, ist kein Mann im eigentlichen Sinne …«

»Ah … Ich verstehe. Ist sie denn nicht krank geworden?«

»Sie findet das Wasser auf dem Schiff schon lange … ähm … widerlich. Deshalb hat sie sich angewöhnt, Regenwasser zu sammeln, mein Prinz. Die anderen haben sich schon über sie lustig gemacht, aber inzwischen wird ihnen das Lachen vergangen sein. Der starke Regen kürzlich hat ihr eine ausreichende Menge verschafft, um etwas davon abzugeben …«

»Wem abzugeben?«

»Euch, Hoheit. Auf Wunsch des Admirals.«

»Er lässt mich Regenwasser trinken?«

»So viel wie möglich, Hoheit.«

»Aber was geht ihn das an?«

»Eure Gesundheit geht ihn an, Hoheit. Auf Wunsch von König Alberich, Eurem Vater.«

Tibald war sprachlos. Aber noch sprachloser war er, als ihm dämmerte, welcher zweite Mann an Bord noch imstande war, Lukas zu assistieren.

»Ich könnte natürlich auch Hänfling nehmen«, sagte der Krankenpfleger schnell, »wenn Ihr stattdessen seinen Platz einnehmen und dreißig Portionen Reis zubereiten möchtet … Aber ich denke, er ist ein bisschen jung für eine Amputation, denkt Ihr nicht? Hoheit?«

»Geh schon vor, ich komme sofort nach.«

7

Mit entschlossenen Schritten verließ Tibald seine Kajüte, in der Hand einen ausgezeichneten Kirschschnaps, den er einst geschenkt bekommen und seither gut versteckt hatte. Er schlängelte sich durch die Hängematten des Zwischendecks hindurch, wo ihm üble Durchfallgerüche und der Gestank der schwärenden Wunde entgegenschlugen. Im Lazarett lag der Kranke auf einer Strohmatratze, die man auf ein einfaches Holzgestell aufgebockt hatte. Er atmete schwer, zitterte im Fieber, und unter seinem schweißnassen Hemd sah man sein Herz schlagen.

Ema war bereits da. Eingenebelt in die Dampfschwaden des Kochwassers war sie damit beschäftigt, Stoffstücke zu sterilisieren. Seit Wochen vermied Tibald es, sie anzusehen, und nun musste er ausgerechnet mit ihr zusammen eine Hand amputieren … Mit einer langen Zange hob sie einen abgekochten Stoffstreifen hoch, den sie ihm ohne langes Federlesen reichte. Die meisten Frauen machten ein Gewese darum, dass er ein Prinz war, und so erfüllte ihn Emas Ungezwungenheit fast mit Dankbarkeit. Er wich ihrem Blick aus, fürchtete er doch, das Lazarett könnte in einem kosmischen Leuchten erstrahlen, und als er den Stoffstreifen nahm, verbrannte er sich die Finger.

»Rollt Eure Ärmel hoch, Hoheit, und wascht Euch die Hände«, sagte der Krankenpfleger, der gerade sein Haar flocht. »Die Überlebenschancen sind dreimal höher, wenn wir alles, auch uns selbst, reinigen.«

Es war eine der erstaunlichsten Entdeckungen der zeitgenössischen Medizin. Chirurg Virus mokierte sich immer darüber, aber der Pfleger hielt sich so eisern daran, dass seine Haut schon ganz wundgeschrubbt war. Jetzt klappte er den Deckel eines kleinen Koffers auf. Er war innen mit Karmesintuch gepolstert und enthielt Ausbuchtungen für sechs unterschiedlich große Messer, vom Skalpell bis zur Machete. Auch eine Brille zum Aufklemmen und Pinzetten befanden sich darin, eine an einen Flaschenöffner gemahnende Aderpresse sowie ein vergilbtes Handbuch, das er schon sieben Mal gelesen hatte, *Abhandlung über die Bordchirurgie mit beschränkten Mitteln und unter ungünstigen Bedingungen*. Die Innenseite des Kofferdeckels füllte der Länge nach ein Instrument aus, das alle anderen in den Schatten stellte: die Säge.

Zimmermann Julius warf einen Blick auf den Koffer und verzog das Gesicht.

»Na, auch nicht viel anders als dein Werkzeugkasten«, versuchte Lukas, ihn zu beruhigen.

In diesem Moment tauchte Hänfling auf, um rasch zwei Holzlöffel auf der nass geschwitzten Brust abzulegen.

»Die hier sind zum Reinbeißen, damit er während der Operation nicht schreien muss«, erklärte er treuherzig.

»Ein schöner Gedanke, Hänfling, ich danke dir«, sagte Lukas mit sichtlichem Unbehagen.

Und schon war der Junge wieder verschwunden.

»Wie lange?«, murmelte Julius.

»Nun ... ein Spezialist kann eine Amputation in zwanzig Minuten durchführen.«

»Den Rekord hält übrigens ein gewisser Spätzel aus Basilis«, bemerkte Tibald beiläufig. »Neunzig Sekunden. Man fragt sich nur, ob der Rest des Patienten überlebt hat.«

Das war ein dummer Schnitzer. Er biss sich auf die Zunge. Der Zimmermann ächzte noch einmal:

»Wie lange, Lukas?«

»Tja. Ich bin weder Spezialist noch Spätzel. Wir befinden uns mitten auf dem Meer. Vielleicht vierzig Minuten? Fünfzig?«

Das Schiff schlingerte stärker. Im Gebälk knackte es. Die Sturmlaternen schaukelten und verbreiteten mehr Schatten als Licht. Lukas atmete tief ein und aus, um nicht zu zittern. Er brauchte jetzt mehr denn je eine ruhige Hand.

»Wir sind so weit.«

Er wandte sich an seine Assistenten.

»Bereit?«

Ema und Tibald nickten.

»Julius, ich werde jetzt reden, und du wirst mir zuhören. Ich werde die ganze Zeit reden, und du brauchst nicht zu verstehen, was ich sage. Du musst nur bei meiner Stimme bleiben, verstanden? Bleibe bei uns.«

Lukas ergriff die Aderpresse, mit der man die Venen abband, um Blutverlust zu vermeiden.

»Es wird empfohlen, beim Schneiden etwas höher anzusetzen, um die brandige Stelle zu umgehen, aber dennoch nahe dem Gelenk, um möglichst viel zu erhalten ... Ein Kompromiss. Hier. Direkt über dem Handgelenk. Nun, Hoheit, haltet gut die Schulter fest, während ich die Aderpresse anlege. Ema, hebe den Arm an. Ich ziehe jetzt fest, mein Guter, ich ziehe so fest ich kann, denn wir wollen ja nicht auch noch einen Blutsturz riskieren. Gebt ihm mal einen kräftigen Schluck, Hoheit. Ema, koch mir das Messer ab, das halbmondförmige dort. Danke. Halte seine Hand. Ich weiß, Julius, das tut weh. Ich weiß, ich weiß. Halte ihm gut die Hand fest, Ema. Der Löffel, Hoheit, gebt ihm einen Löffel zum Draufbeißen. Beiß, Julius, beiß feste rein. Ich lege jetzt los. Drückt seine Schulter auf den Tisch, Hoheit. Rundschnitt. Mein armer Teufel. Genug Haut dranlassen, damit man sie nachher umklappen kann. So, gut abgelöst … das hätten wir. Ich komme jetzt an die Muskeln, haltet ihn gut fest. Himmel, diese verdammte Lampe schwingt ständig herum, die Lampe, Hoheit, die Lampe! Du sollst dich aber auch nicht bewegen, Julius, rühr dich nicht von der Stelle. Haltet ihn fest, Hoheit, vergesst die dumme Lampe. Schrägschnitt, Schrägschnitt … Was ist das denn für ein Pfusch, diese Klinge? Gib mir das andere Messer, Ema, das da. Sterilisiert. Ema? Sterilisiert! So. Ah ja, das hier geht schon besser. Wie Butter. So viel weiches Gewebe behalten wie möglich. Gebt ihm noch einen Schluck, bevor ich an die Nerven komme, einen ordentlichen Schluck. Zwei, nein besser drei. Seid großzügig mit dem Schnaps, Hoheit. Ihr habt da ja eine ganze Flasche … Ema, die Pinzette. So. Beruhige dich, mein Guter, wir sind fast so weit. Kippe die Hand nach unten, Ema. Hoheit, reicht mir die Säge, ist sie sauber? Gebt sie mir. Der Knochen muss immer möglichst kurz geschnitten werden. Anscheinend kann er nachwachsen, und dann ist es ein Debakel, wenn sich die Haut nicht mehr darüber schließt. Also möglichst kurz, recht kurz, aber auch wieder nicht zu sehr. Steckt ihm den Löffel in den Mund. Wie, der ist zerbrochen? Dann nehmt den anderen, gute Güte. Diese Laterne, das verfluchte Geschaukel … Haltet ihn gut fest, alle beide. Ema, drücke seinen Brustkorb fest auf die Matratze. Fest, habe ich gesagt. Er bäumt sich auf, ich weiß, das sehe ich. Dann setz dich auf ihn drauf. Ich werde jetzt sägen, Julius. Verzeih mir, mein Guter. Gott sei Dank sind es ja nur zwei Knochen. Zuerst den Radius. Sag deiner Hand Lebewohl.«

Das Reden hatte Lukas, einem Mann von wenigen Worten, fast so viel Mühe bereitet wie das Operieren. Schweigend brachte er sein Werk zu Ende. Das Ratschen der Säge, das dem Zimmermann so vertraut war und doch an diesem Tag so grausam klang, drang hartnäckig durchs Zwischendeck. Der zweite Löffel ging zu Bruch.

Mit einem dumpfen, unscheinbaren Geräusch, dem eines unnützen Gegenstands, fiel die tote Hand zu Boden.

Lukas brannte das Ende der Venen aus, schlug die Haut über der offenen Wunde zusammen und nahm die Nadel mit dem eingefädelten Faden, die Ema ihm reichte.

»Und nun noch vernähen«, schloss er erschöpft. »Feinste Schneiderkunst, mein Guter.«

Als er den Faden abgeschnitten hatte, blieb er einen Moment einfach nur stehen, reglos, untätig und mit schweißnassen Schläfen. Auf dem Festland hätte er den Stumpf in eine Schweinsblase gewickelt, hier aber hatte er nur abgekochte alte Lappen zur Verfügung.

Ema tupfte dem halb bewusstlosen Julius Gesicht und Hals ab, während Tibald den Boden reinigte. Er kniete sich hin, um die abgesägte Hand aufzuheben, wickelte sie so vorsichtig in einen Lumpen wie ein Schmuckstück in ein Samttuch.

»Mein Prinz, Ema … vielen Dank«, seufzte Lukas. Er zwang sich zu einem Lächeln. »Ein perfektes Gespann.«

Diese Worte klangen seltsam in Emas Ohren. Ein perfektes Gespann? Sie, ein Niemand, und … ein Prinz? Für den Bruchteil eines Augenblicks öffnete sich ihr Leben vor ihr in einer unendlichen Weite, eine Vision, die sie schnell wieder verscheuchte. Stattdessen fragte sie:

»Wechseln wir Julius das Hemd?«

Sie brauchten eine Ewigkeit, um den schlaffen, schweren Zimmermann umzuziehen.

»Jetzt können wir nur noch abwarten«, sagte Lukas schließlich. »Ist noch etwas Regenwasser übrig? Ema, könntest du ihm jede Stunde zu trinken geben?«

Er beugte sich über seinen Patienten.

»Julius?«, murmelte er und strich dem Zimmermann behutsam

das verklebte Haar aus der Stirn. »Komm ja nicht auf die Idee zu krepieren.«

Er räumte die Instrumente in den Koffer. Nahm das Päckchen, das Tibald ihm reichte, und verschwand. Vom erhöhten Achterdeck aus warf er dic Hand ins Kielwasser.

Für die Haie würde es nur ein kleiner Happs sein.

8

An diesem Abend wusch sich Tibald gründlich mit Meerwasser und Kernseife, um die unerträglichen Gerüche des Zwischendecks loszuwerden, die sich in seinen Kleidern, seiner Haut und seinem Haar eingenistet hatten. Vergeblich. Er rührte seinen Reis nicht an und ging früh schlafen. Versuchte, sich vom sanften Schaukeln der Wellen, das er so liebte, einlullen zu lassen, doch er fand keinen Schlaf. Er hatte immer noch das Geräusch in den Ohren, mit dem die tote Hand auf den Boden des Zwischendecks gefallen war. *Plock*. Er sah sie wieder vor sich, steif und blau und von erschreckender Banalität. Der penetrante Geruch bedrängte seine Kajüte, das *Plock* sein Gewissen. Ein guter Prinz sorgte sich um das Wohlergehen seiner Männer. Wenn sein Schiff an allen Ecken und Enden aufgab, sollte er sie nach Hause bringen. Das Spiel hatte lange genug gewährt.

Die ganze Nacht hindurch brachte Ema Julius jede Stunde Süßwasser zum Trinken. Er glühte vor Fieber, sie glühte vor Wut: Das Problem war immer noch nicht aus der Welt geschafft, und dabei gab es doch eine Lösung. Ema würde nicht einem Mann beim Sterben zusehen, den sie noch retten konnte. Sie stieg in den Kielraum hinunter und tastete sich die geteerte Zwischenwand entlang, um von einem Lagerraum zum nächsten zu gelangen. Artefakte. Mineralproben. Fässer. Saubohnen, getrocknete Früchte, Pökelfleisch. Schließlich fand sie, was sie suchte: alte Schiffskekse. Sie erkannte sie an der von staubigen Weben überzogenen Oberfläche. Außerdem wimmelte es in ihnen von Maden. Ausgezeichnet. Ema füllte ihren kleinen Lederbeutel damit und stieg schnell wieder zum Zwischendeck hinauf, mit heftig klopfendem Herzen. Der Diebstahl von Lebensmitteln stellte auf See ein schweres Verbrechen dar. Der Chirurg würde sie umbringen wollen, der Prinz konnte sie bestrafen. Womöglich würde es sie ebenfalls eine Hand kosten. In jedem Fall hieß es: Adieu, Isabelle, und adieu, Reise nach Norden …

Dann sollte es eben so sein.

Sie kletterte den Mast bis zum Ausguck hoch und hängte dort ihren Beutel an einem Seil auf, wobei sie ihn leicht geöffnet ließ, damit die Maden Luft bekamen. Über ihr am Nachthimmel leuchtete Gloriola, das Sternbild der Herrscher, mit ihren dazugehörigen vier Gestirnen: Kraft, Gerechtigkeit, Mitgefühl und Mut. Indem sie sie betrachtete, wurde Ema wieder etwas ruhiger. Anschließend brachte sie noch einmal Wasser zu dem Kranken, der zitterte wie Espenlaub.

Ein neuer heißer Tag brach an. Der Großteil der Mannschaft war wieder auf den Beinen, wenn auch mit wächsernen Gesichtern und Ringen unter den Augen. In Anbetracht des geschlossenen Vorhangs, hinter dem man Julius stöhnen hörte, wagte keiner mehr, von seinen Darmkrämpfen zu reden. Auch Virus' Eingeweide hatten sich beruhigt. Die Nachricht von der Amputation stieß ihm allerdings sauer auf. Als er zu dem Zimmermann eilte, fand er ihn schweißgebadet vor, mit feuerrotem Unterarm und eiterndem Stumpf.

»Lu-kas Lind-meyer!«

Der völlig ermattete Lukas war wie ein Stein in den Schlaf gefallen, die Arme über seinem Gesicht verschränkt. In seine Hängematte verheddert, fuhr er jetzt hoch. Mit nacktem Oberkörper und weichen Knien schleppte er sich zum Lazarett.

»Na? Und? Was ist das hier, Lindmeyer?«

Der Krankenpfleger traute seinen Augen nicht. Niedergeschmettert fuhr er sich mit seiner rauen Hand übers Gesicht. Er hatte einen Fehler gemacht. Einen schlimmen, unverzeihlichen Fehler. Wegen der schlechten Beleuchtung war ihm die genaue Hautfarbe entgangen; noch vor der Operation hatte der Wundbrand bereits den Unterarm erfasst, und er hatte es nicht bemerkt. Dadurch hatte er den Schnitt zu tief am Handgelenk angesetzt. Julius würde es nicht überleben, es sei denn, man machte sich gleich noch einmal ans Werk und setzte diesmal sicherheitshalber am Bizeps an. Aber eine zweite überstürzte Amputation … womöglich machte da das Herz nicht mit.

»Ich …« Mehr brachte Lukas nicht heraus.

»Sieh ihn dir an! Das Fieber bringt ihn fast um, er deliriert, er …«

Eine helle Stimme fiel Virus ins Wort.

»Es geht ihm sehr schlecht, nicht wahr?«

Ruckartig drehte sich der Chirurg um. Es war Ema, die soeben ihr Regenwasser vorbeibrachte.

»*Sehr* schlecht«, knurrte er.

»Vielleicht erinnert Ihr Euch, was ich von den Maden erzählt habe …«

Virus hob abwehrend die Hand, wobei er beinahe Lukas ohrfeigte.

»O Schiffsjunge! Sei still, hör auf damit!«

»Wird er überleben?«, fragte Ema.

Julius selbst gab die Antwort darauf, indem er vor sich hin delirierte:

»Ratten im Kochtopf, lauft schnell, da sind Ratten, Ratten, aaah!«

»Ich glaube, wir haben nichts zu verlieren«, meinte Ema.

»Aber Maden? *Maden*!«, erregte sich Virus, und die Brille an seiner Schnur pendelte heftig hin und her.

»Ratten, Ratten, Ratten …«, lallte Julius.

»Maden, *Maden*!«, schrie Virus und raufte sich das Haar.

Ema reichte ihm das Wasser und verzog sich. Sie würde es später noch einmal versuchen. Sie würde dem Chirurgen so lange in den Ohren liegen, bis er nachgab.

»Ich frage mich wirklich, warum der Tibald sie an Bord genommen hat«, brummte Virus, nachdem sie fort war.

»Er hat sie nicht an Bord genommen, sie war schon da«, stellte Lukas richtig.

»Und warum behält er sie dann hier?«

»Sie arbeitet gut. Was hast du ihr denn vorzuwerfen?«

»Maden!«

»Was hat es mit diesen Maden auf sich?«

Virus schnaubte. »Hottentottenmedizin, wenn du mich fragst. Aber du hörst ja sowieso nicht auf meine Meinung. Wir säßen nicht in diesem Schlamassel, wenn du dich bequemt hättest, mich um Rat zu fragen.«

»Aber …«

»Hau schon ab.«

Der Tag schritt voran, die Hitze war drückend, das Meer spiegelglatt. Am Mittag stocherten die Matrosen lustlos in ihrem Essen herum, während der Admiral, der den Vormittag damit verbracht hatte, auf Wind zu warten, jedem, der es hören wollte, erklärte: »Nicht der kleinste Fliegenfurz, ja nicht mal ein Flohfurz, nicht mal …« Aber in Wahrheit wollte es niemand hören. Um ihn zum Schweigen zu bringen, versicherte Willem ihm, dass es bald Wind geben werde, schließlich seien »die Tropen so flatterhaft wie die Leute von Khyriol«. Die Männer kicherten in ihre Holzschüsseln, und Dorec kniff die Lippen zusammen. Nicht zum ersten Mal nahm er sich vor, für den Rest der Reise allein in seiner Kajüte zu essen.

Ema ließ das Essen aus, um ihren Keksen einen Besuch abzustatten. Da die Sonne im Zenit brannte, erschien ihr der Mast beim Hochklettern endlos lang, doch als sie dann ihren Lederbeutel abhängte, sah sie, dass ihre kleinen Freunde prächtig gediehen, sie waren kräftiger geworden und hatten sich vermehrt. Jetzt musste sie nur noch den Chirurgen überzeugen.

Sie konnte ihn von oben sehen, wie er mit eingefallenen Schultern und Leichenbittermiene über das Hauptdeck wanderte und, rastlos in Gedanken versunken, gefährlich nahe an einer offenen Luke vorbeikam. Ema kletterte den Mast hinunter und sprang ihm vor die Füße. Er beschimpfte sie, sie hielt dagegen, er geriet in Rage, sie flehte ihn an. Die anderen näherten sich; bei Windstille war ihnen jede Abwechslung willkommen. Als auch Lukas auftauchte, bekam Virus einen Wutanfall:

»Was hast du hier zu suchen, Lukas Lindmeyer? Ich habe dir gesagt, du sollst verschwinden, also *verschwinde*!«

Lukas ließ in aller Ruhe die Speicheltröpfchen auf sich regnen.

»Was hast du gegen unseren Schiffsjungen?«

»Sie kommt mit völlig würdelosen Ideen an, Quacksalberheilkünsten …«

Steuermann Willem Schöne bahnte sich mit Ellbogenstößen einen Weg.

»Würdelose Ideen, Virus?«, sagte er. »Schlimmer als die Spinnweben, die du mir gegen meine Stirnhöhlenentzündung in die Nase gestopft hast?«

»Spinnweben haben eine erwiesene Wirkung. Aber mit ihrem Eingeborenenmumpitz soll sie mich verschonen!«

»Du behandelst sie immer noch wie eine Eingeborene? Wenn der Admiral dich hört, heißt es ab über Bord …«

»Über Bord, dass ich nicht lache. Wie wollt ihr denn ohne mich auskommen?«

»Recht gut, wie mir scheint«, bemerkte Ema frech.

Virus blähte seine Nasenlöcher wie ein Stier kurz vor dem Angriff.

»Ich hole den Tibald«, beschloss Lukas.

»Was ist denn los?«, fragte just in diesem Moment der Prinz, der ebenfalls dazugekommen war.

Mit bebendem Finger deutete der Chirurg auf Ema.

»Diese Göre will Julius einer widerwärtigen, ja entwürdigenden Prozedur unterziehen, Hoheit.«

»So?«, wunderte sich Tibald, der Ema ein halbes Lächeln schenkte. »Dabei hat diese Göre Julius erst gestern wichtige Hilfe geleistet. Ich kann es bezeugen.«

Virus presste die Kiefer aufeinander und schluckte eine Antwort hinunter. Schnell nutzte Ema die Gelegenheit, um zu erklären:

»Hoheit, ich kenne ein Mittel gegen Wundbrand, ein Mittel, das sogar die Amputation hätte verhindern können.«

»Ha! Falsch! Das ist falsch!«, schimpfte Virus. »Die Amputation war unumgänglich, dringend und notwendig!«

»Jetzt findest du also doch, dass ich recht hatte?«, fragte Lukas.

»Ich werde dir niemals recht geben, Lukas Lindmeyer. Niemals!«

Tibald verlor allmählich die Geduld. Er hob die Hände, um den Chirurgen zum Schweigen zu bringen.

»Seid einen Augenblick still. Also, Schiffsjunge, was ist das für ein Mittel?«

»Die Maden von den Schiffskeksen, Hoheit.«

Ein angewidertes Stöhnen ging durch die Ansammlung.

»Ich hab's Euch ja gesagt!«, sagte Virus triumphierend. »Das ist doch Hexengeraune. Und da glaubt man, man hätte schon alles erlebt … eine Gottheit für jedes Organ, ein Tanz, der Fieber heilen soll, ein Bohrloch in den Schädel, um böse Geister entweichen zu lassen! Aber nein, jetzt auch noch Maden. Primatenpfusch.«

»Haltet Euch zurück, Chirurg«, ermahnte ihn der Prinz.

»Es ist doch bekannt, Hoheit, dass dieses ganze Gewürm tötet. Es richtet Kuddelmuddel im Darm an, wie wir alle nur zu gut wissen.«

»Regenwürmer nicht«, meinte Hänfling, der als Kleinkind oft welche gegessen hatte.

»Eben«, sagte Ema. »Es gibt ganz verschiedene Würmer und Maden, es kommt darauf an, was sie fressen.«

In ihrer Verzweiflung wandte sie sich an Tibald:

»Ich verstehe das nicht, Hoheit, mir ist das unbegreiflich. Es handelt sich doch um eine übliche Anwendung. Gängige Schlachtfeldmedizin.«

»Bei uns gab es niemals Schlachtfelder«, sagte Tibald.

»Wirklich nicht, Hoheit?«

»Eckstein ist ein neutrales Königtum. Das einzige in den Nördlichen Gebieten.«

»Ja, aber ... hattet ihr noch niemals Krieg, Hoheit? Nicht einmal einen kleinen?«

»Keinen einzigen. Sogar Duelle sind bei uns verboten.«

Ema verschlug es für einen Moment die Sprache.

»Nun, wenn das so ist, Hoheit ...«, fing sie sich wieder. »Es ist eine einfache Sache: Maden lieben totes Fleisch. Sie saugen es regelrecht auf. Solange es totes Gewebe gibt, lassen sie das gesunde in Ruhe.«

»Beweise! Wir wollen Beweise!«, wetterte der Chirurg.

»Männer, die man mit offenen Wunden liegen ließ, kamen besser davon als die, die behandelt wurden«, antwortete Ema knapp.

»Abstoßend«, befand Virus.

»Faszinierend ...«, sagte Tibald.

»Ihr denkt doch nicht ernsthaft darüber nach, mein Prinz«, schaltete sich Admiral Dorec ein, der sich bislang aus der Diskussion herausgehalten hatte.

»Haben wir denn Maden?«, fragte Tibald und sah sich nach dem Smutje um.

Ema zeigte zur Spitze des Großmasts hinauf. Neugierig hoben alle die Köpfe.

»Dort oben futtern sie in der Sonne Kekse, Hoheit.«

»*Kekse*? Da oben? Was für eine dreiste Diebin!«, sagte der Schiffskoch aufgebracht. »Sie muss bestraft werden!«

»Mäßige deinen Ton, Smutje«, ging Willem Schöne dazwischen.

»Julius liegt im Sterben«, drängte Ema. »Wir haben nichts zu verlieren. Wir verpassen allenfalls die Gelegenheit zu einer weiteren Amputation, aber ehrlich gesagt glaube ich nicht, dass er …«

Sie wagte nicht, den Satz zu beenden. Ein bedrücktes Schweigen breitete sich aus, dem Tibald ein Ende setzte, indem er in die Hände klatschte:

»Also? Chirurg? Wir haben einen Kranken, wir haben ein Mittel, jetzt brauchen wir nur noch etwas Demut. Wo sind die Maden? Ich will sie sehen.«

Er schickte die Männer an ihre Arbeit und kletterte in der brütenden Hitze den Mast hinauf. Als er dort oben die krümeligen Kekse sah, die sich wie von selbst bewegten, erfüllte ihn der Anblick auf seltsame Weise mit neuem Mut. Diese Zuversicht verdankte er Ema, aber er schob sie lieber auf die Maden, das war unverfänglicher.

Virus hielt mehr von Demütigung als von Demut. Er überließ es Ema, die Maden auf den Armstumpf zu setzen, dessen Eiter bereits die Nähte hatte platzen lassen. Während sie freundlich mit den Tierchen redete, umhüllte sie das Ganze noch mit einem dünnen Gazetuch, das die Maden gefangen halten, ihnen aber Luft lassen würde.

Das Fieber sank umgehend. Als der Chirurg am Abend im Lazarett vorbeischaute, saß Julius bereits bei klarem Bewusstsein auf seiner Matratze.

»Da kitzelt mich etwas, was ist das?«

»Tja, weißt du …«

Eine Woche verging. Die Maden fraßen und fraßen und wurden immer fetter, man musste sie regelmäßig austauschen. Nach neun Tagen war die Wunde so hellrosa wie ein Babypopo. Julius beklagte sich lediglich über den Phantomschmerz in seiner fehlenden Hand. Aber genauso beklagte sich der Smutje über sein Fingerglied, der Wäscher über seinen großen Zeh und der Admiral über seine Ohrläppchen.

Die Maden waren von nun an das bevorzugte Hilfsmittel bei Entzündungen, und Virus ließ Ema über Lukas anfragen, ob sie ihm für die Dauer ihrer Anwesenheit an Bord assistieren wolle.

9

Nördlich des Äquators waren die Sonnenuntergänge einfach nur noch Sonnenuntergänge. Keine phantastischen Luftspiegelungen mehr, keine Städte aus Bernstein, keine märchenhaften Karawanen. Manchmal erhob sich eine angenehme Brise und verlieh den Seeleuten bei ihrer Arbeit frischen Schwung. In etwa zwei Wochen würden sie die felsige Landspitze passieren, die man das Kap des Übels nannte, auch wenn daran außer dem Namen nichts übel war.

Die Zeit war gekommen, das Seebuch – eine nautische Karte in sehr kleinem Maßstab, die einen halben Ozean umfasste – in die Schublade zu räumen. Tibald seufzte. Sobald sie einmal am Kap des Übels vorbei waren, würde seine Welt wieder zusammenschrumpfen: vertraute Gewässer, langweilige Landbesuche. Ein Gedanke trieb ihn um. Eine Idee. Vielleicht war sie gut, vielleicht – oder ziemlich sicher – war sie schlecht. Sie war ihm nach der Amputation in den Sinn gekommen und ließ ihm seither keine Ruhe. Obwohl es nicht seine Art war, hatte er lange darüber nachgedacht und immer wieder seine Meinung geändert. Nun glaubte er, zu einem Entschluss gekommen zu sein, aber dieser fühlte sich an, als müsste er sich vom Ausguck hinab in die Tiefe stürzen. Er verbrachte einen ganzen Nachmittag lang grübelnd am Bug, drauf und dran, seine Idee wieder zu verwerfen. Aber es war zu spät: Er hatte Ema bereits in die Offiziersmesse bestellt.

Als sie am Abend an die Tür klopfte, ging Tibald gerade unruhig in dem kleinen Raum auf und ab.

»Komm herein, Schiffsjunge.«

Sie trat ein. Ihre wadenlangen Hanfhosen waren an den Knien durchgescheuert, ihr Leinenhemd voller Teerflecken und an den Ellbogen löchrig. Ihr Haar wuchs so, wie es geschnitten worden war, also wild drauflos, und die dichten Locken hatten die Form des Windes angenommen. Er lächelte sie an, und sie lächelte zurück. Tibald hatte Emas Lächeln vorher noch nie gesehen: Es war breit und strahlend und von einer Armee weißer Zähne gesäumt. Beinahe hätte wieder das kristallene Leuchten die Welt um ihn erfasst, doch Tibald blickte schnell auf seine zehn Finger vor sich auf der Tischplatte und begann das Gespräch über Umschweife:

»Ich wollte dir Bescheid geben, dass die Nördlichen Gebiete bald zu sehen sein werden.«

»Ja, Hoheit.«

»Je weiter nördlich wir kommen, desto näher müssen wir an der Küste entlangfahren. Wenn ich nicht einigen Monarchen dort meine Aufwartung mache, könnte ich eine diplomatische Krise auslösen.«

Ema hatte keine Ahnung, worauf Tibald hinauswollte. Schon den ganzen Tag über hatte sie sich gefragt, warum er sie in die Messe bestellt hatte. Nach all ihren Erfahrungen der Vergangenheit hatte sie sich schon auf das Schlimmste vorbereitet, nämlich dass sie beim nächsten Zwischenhalt das Schiff verlassen musste. Natürlich würde es andere Schiffe geben – aber es würde keinen anderen Tibald geben. Sie hasste diesen Gedanken. Schlimmer noch, sie hasste das Bedauern, das dieser Gedanke in ihr auslöste, jenes grausame Gefühl, dass sich sein Leben künftig fern von ihrem abspielen würde. Es war ein absurdes Gefühl, schließlich bestand nicht die geringste Chance, dass sie mit dem Prinzen jemals wieder »ein Gespann« bilden würde. Sie hob ihren Kopf und sah ihn mit Augen an, die den ganzen Ozean enthielten, den das Seebuch kannte. Er wandte seinen Blick ab.

»Ich höre, dass du mit all deinen Aufgaben gut zurechtkommst«, sagte er. »Selbst der Chirurg scheint dich in den höchsten Tönen zu loben.«

»Das verdanke ich den Maden, Hoheit.«

»Hm.«

Tibald strich sich über den Nacken.

»Die Maden werden mir aber keine Hilfe sein.«

Da sie immer noch nicht verstand, erklärte er:

»Für die Festempfänge.«

Er ging drei Schritte auf, drei Schritte ab, dann wagte er den Sprung.

»Kannst du tanzen, Ema?«

»Tanzen hat mir das Überleben gesichert, Hoheit.«

»Ich dachte, das Aufschreiben von Briefen?«

»Das Aufschreiben von Briefen, das Schwindeln, das Betrügen, Stehlen, Tanzen. Das heimliche Verstecken in Schiffsbäuchen, Hoheit.«

Gleich darauf bereute sie ihre Beichte. Tibald sah sie mit seinen hochgezogenen blonden Augenbrauen an. Er hätte nicht sagen können, was ihn am meisten verwirrte: Emas Kraft, ihre Verletzlichkeit oder die Mischung aus beidem. Ema war ihrerseits verwirrt. Bat Tibald sie etwa, beim nächsten Halt an Land zu gehen … um ihn zum Festempfang zu begleiten?

»Von jetzt an«, versicherte er ihr, »kannst du überleben, ohne zu lügen, zu schwindeln oder zu stehlen. Auch ohne zu tanzen, wenn du nicht willst …«

»Und Ihr, könnt Ihr das auch, Hoheit?«

Diesmal bereute sie sofort ihre Respektlosigkeit. Sie würde noch alles verderben.

Zu ihrer Erleichterung fing Tibald jedoch an zu lachen.

»Ich? Nein, ich nicht. Ich habe nicht die Wahl. Ich muss an ausländischen Fürstenhöfen tanzen, öden Tratsch austauschen, Handelsabkommen in die Wege leiten. Der Rest ist Protokoll, Protokoll, Protokoll, gar nicht zu sprechen von den irrwitzigsten Verlobungen, die man mir vorschlägt, um eine Allianz mit Eckstein zu bilden.«

»Ihr habt mein Mitgefühl. Seid Ihr ein guter Tänzer?«

Tibald stellte fest, dass sie auf einmal das Wort mit den sechs Buchstaben wegließ, das ihn stets vom Rest der Welt trennte. Er empfand es als große Erleichterung.

»Eher mittelmäßig«, gestand er.

»Also einverstanden.«

Er sah verwirrt aus.

»Einverstanden?«

»Ja.«

»Wirklich?«

»Wirklich.«

Er öffnete die Arme, um dem Himmel zu danken, verschränkte sie dann aber schnell, damit es nicht aussah, als sollte sie sich hineinwerfen.

»Danke, Ema.«

Sie neigte den Kopf und versuchte, sich ihr Glück nicht anmerken zu lassen.

»Danke«, sagte er noch einmal.

Er wusste nicht so recht, wie er zum Ende kommen sollte, deshalb sagte er schlicht:

»Also, gute Nacht.«

Ema zog sich in die Back zurück. Zwischen den Seilen liegend, lauschte sie den Schritten der Nachtwache, die jetzt, wo es kühler wurde, nicht mehr barfuß ging. Statt Glück empfand sie inzwischen Panik. Warum hatte sie die Einladung angenommen? Weil Tibald sie faszinierte, natürlich. Sie hatte sich gewünscht, wieder ein Gespann mit ihm zu bilden, und er hatte ihren Wunsch erhört. Doch so fasziniert sie auch war, das Tanzen würde zu einem Desaster werden. Ema ertrug es nicht, wenn man sie anfasste. Bei der geringsten Berührung spürte sie kalte Stacheln über ihre Haut laufen. Wenn sie bisher getanzt hatte, dann aus reinem Überlebenswillen. Sie rollte sich neben ihrem Flaschenhals zusammen. Der Prinz hatte sie zum Tanz gebeten, sie hatte zugesagt, also würde sie tanzen. Sie konnte es nicht mehr zurücknehmen.

Zwei Wochen vergingen, bis die Isabelle am Kap des Übels vorüberfuhr. Vor ihrem Halt in Siries wollte Tibald noch einen Zwischenstopp in einem kleineren Hafen einlegen: Der Baum des Fockmastes war brüchig, die Fässer fast leer, und keiner mochte mehr dicke Bohnen sehen, geschweige denn ihre unangenehmen Begleiterscheinungen riechen. Und noch ein anderes Problem gab es zu lösen: Ema konnte ihn ja unmöglich in ihren Schiffsjungenplünnen zum Ball begleiten. Die Sache machte ihm ziemliche Sorgen. Er schob es bis zur letzten Minute auf, den Admiral darauf anzusprechen.

Der Admiral blieb eine Weile mit offenem Mund stehen, bevor er empört ausstieß:

»Die Casarei? Prinz? Als Eure Begleitung?«

»So ist es, Admiral. Sie braucht nur noch geeignete Abendkleidung. Ich zähle auf Euch.«

»Auf *wen*? Auf mich? Aber, Hoheit … Ich … Ich kenne mich mit so etwas nicht aus!«

»Admiral, denkt nach. Ich kann doch nicht selbst an Land gehen, ohne Aufsehen zu erregen. Ihr kennt das doch: Prinz hier, Prinz dort.«

»Lasst sie selber an Land gehen, Hoheit.«

»Aber Dorec, könnt Ihr Euch vorstellen, wie sie in ihrem Matrosenaufzug nach einem Ballkleid fragt? Man wird sie für eine Diebin halten.«

Dorec strich sich langsam über die Glatze.

»Warum ich, Hoheit?«, stöhnte er.

Die Angelegenheit überforderte ihn. Zum ersten Mal in seinem Seefahrerdasein wünschte er sich, seine Gattin wäre mit an Bord. Gwendolin hätte gewusst, was zu tun sei.

»Es ist ganz einfach«, sagte Tibald beschwichtigend. »Ihr zieht Eure Kapitänsuniform an und behauptet, Ihr sucht ein Geschenk für Eure Frau.«

In seiner Ratlosigkeit wandte Dorec sich an seinen Steuermann; Willem Schöne zog Rudergänger Felix hinzu; der geschmeichelte Felix wollte Genaueres über den Geschmack des Prinzen wissen. Alle vier waren sich darin einig, dass die Frauen von Eckstein gerne Kleider in der Farbe ihrer Augen trugen. Nur über Emas Augenfarbe wurden sie sich nicht einig.

»Sie sind grau, sage ich euch«, wiederholte Felix.

»Bist du farbenblind, oder was?«, regte sich der Admiral auf. »Sie sind blau.«

»Blau?«, fragte Willem verwundert. »Was höre ich da? Braun. Ein helles Braun, fast golden.«

Tibald (der sie für grün hielt) wagte nicht, sich einzumischen. Stattdessen schlug er vor, ein rotes Kleid für Ema auszusuchen.

»Rot?« Der Admiral riss die Augen auf.

»Ja, rot«, beteuerte Tibald und versuchte, sich selbstsicher zu geben.

»Rot ist ja schön und gut«, meinte Felix, »aber was für ein Rot, mein Prinz? Mohnrot, Weinrot, Purpurrot, Karmesinrot, Korallenr…«

»Such du ein Rot aus, Rudergänger.«

»Und die Größe, Hoheit, wie machen wir es mit der richtigen Größe?«

»Fragt den Wäscher«, sagte Tibald knapp, um dieses Gespräch zu beenden. Allmählich schwante ihm, dass die Sache ein Fiasko werden könnte.

Eine Stunde später schnürte der Admiral seinen Geldbeutel auf, um ein mohnrotes Kleid aus reiner Seide, ein Schultertuch für die frische Märzluft sowie zierliche Tanzschuhe zu erstehen.

»Eure Gemahlin hat wirklich Glück«, flüsterte die Verkäuferin, während sie seine Hand streifte.

Und Dorec wurde so rot wie das Kleid.

10

Es war noch sehr früh am Morgen, als die Isabelle am Hafen von Siries anlegte. Willem Schöne wurde zum Palast geschickt, um die Ankunft des Prinzen Tibald von Eckstein zu vermelden. Nach endloser Wartezeit in einem blumengefüllten kleinen Salon übergab man ihm eine versiegelte Einladung für den Ball, der am nächsten Abend stattfinden sollte. Die Palastwache würde Punkt sieben Uhr zum Hafen kommen, um den Prinzen und seine Begleitung abzuholen.

Felix hatte sich eigenmächtig zum »Garderobier des Schiffsjungen« ernannt. Da das Kleid an der Taille etwas zu weit war, erlaubte er sich, einige Nadelstiche mit Angelschnur anzubringen. Emas Frisur stellte allerdings eine Herausforderung dar; ihre Haare waren recht kurz, ungleichmäßig geschnitten und vom Meersalz ausgetrocknet. Felix empfahl eine Behandlung mit Kokosöl und dem unvermeidlichen Läusekamm. Er ging sogar an Land, um hellgelbe Schlüsselblumen zu pflücken, die in den dichten Locken von selbst halten würden.

Anschließend überlegte er, was mit den dunklen Narben zu tun sei, die Ema an den Handgelenken trug. Sie krempelte nie ihre Hemdsärmel hoch, aber das Ballkleid ließ von den Schultern an die Arme frei. Felix wühlte in seiner privaten Truhe. Unter seinen zwölf Tagebuchbänden hatte er diversen Armschmuck versteckt. Er wählte zwei silberne Armreife aus, rieb sie an seinem Schenkel blank und legte sie Ema, ohne zu fragen, an. Voilà. Die Begleitung des Prinzen sah hinreißend aus. Sie sah allerdings auch sehr verängstigt aus, aber gegen ihre Angst konnte der Rudergänger nichts machen.

Als es sieben Uhr schlug, war gerade die Sonne untergegangen, nur am Horizont war noch ein grüner Streifen zu sehen. Die Seemänner versammelten sich um den großen Mast. Sie hatten vorher ausgelost, wer an Bord bleiben musste und wer feiern gehen durfte. Die Sieger trugen ihre sauberen Matrosenjoppen und weite Hosen mit klingenden Münzen und Pfefferkörnern in den Taschen.

Tibald erschien pünktlich, was alle verblüffte, da er gewöhnlich zu spät kam. Sein lange vernachlässigtes Haar fiel ihm bis auf die Schultern, aber immerhin hatte er es gezähmt und sich gründlich rasiert. Er trug seine schönen Stiefel, ein makelloses Hemd, eine Weste mit Kupferknöpfen und seinen dunkelblauen Justaucorps – eine bis über die Oberschenkel reichende, in der Taille eng anliegende Jacke mit ausgestellten Ärmeln.

Unwillkürlich applaudierten die Männer: Die Verwandlung ihres Tibalds in einen Mann von Welt brachte sie immer wieder zum Staunen; seine natürliche und zurückhaltende Eleganz adelte auch sie. Emas Auftauchen hingegen erwischte sie eiskalt. Das Seidenkleid, die Schlüsselblümchen, die Armreife: War sie immer schon so ... weiblich gewesen?

»Fehlt nur noch Gitarrenmusik«, meinte Felix andächtig und faltete die Hände.

»Mach halblang«, zischte sein Bruder.

Wie alle anderen stand Bugspriet unter Schock. Eine *Frau*? Der Schiffsjunge, der sich genauso abgerackert hatte wie sie, der weniger schlief als sie, mehr lernte und sie beim Kartenspielen fertigmachte ... Sie hatten es so fest eingeübt, sie als Jungen zu sehen, dass ihre graziöse Erscheinung eine Zumutung war.

»Die Dame zuerst«, sagte Tibald jetzt und deutete auf den Steg zwischen Schiff und Hafenkai.

Er ging hinter ihr an Land. Um die beiden herum schien alles verzaubert. Der Kai ein einziger roter Teppich, der Algengeruch feinstes Parfum, die Möwen ein Kammerorchester. Leider hielt der Zauber nicht lange an, denn nach achtundsechzig Tagen auf dem Meer konnte Ema nicht mehr gerade gehen. Sie schwankte wie ein alter Säufer.

»Das ist die Landkrankheit«, erklärte Tibald lächelnd und bot ihr seinen Arm, wobei er darauf achtete, sie nicht zu berühren.

Widerstrebend hielt sie sich an ihm fest, und die Seemänner pfiffen ihnen nach. Sie pfiffen noch immer, als die Kutsche davonfuhr.

Der König von Siries ließ es sich niemals nehmen, seine Gäste persönlich zu empfangen. Mit seiner dicken Wampe, dem roten Gesicht und seiner fettig glänzenden Haut erinnerte er an einen Schankwirt, den es zufällig auf die Palasttreppen verschlagen hatte. Die überpuderte Königin stand steif wie ein Kerzenleuchter an seiner Seite.

»Prinz Tibald von Eckstein! Ah!«, rief er aus. »Ich erinnere mich an einen kleinen Jungen in kurzen Hosen, und was sehe ich? Einen gestandenen Mann, einen echten Kerl! Ein Hoch auf unsere Freundschaft! Nun, wir haben ja den ganzen Abend vor uns, Ihr werdet mir sicher Neuigkeiten von Eurer Familie erzählen. Euer Vater befindet sich wohl, wie man hört? Und Euer Bruder? Man hört nie etwas von Eurem Bruder.«

»Ich habe ihn selbst seit geraumer Zeit nicht gesehen, Eure Majestät.«

»Ach! Ihr seid zu lange fern von der Heimat …«

Der König verstummte, um Ema wie eine Ware zu begutachten. Augenzwinkernd flüsterte er Tibald zu:

»Und was bringt Ihr uns da aus dem Süden mit? Eine Beute?«

Er brach in dröhnendes Gelächter aus. Die Königin zwickte ihn in den Arm.

»Fräulein Ema Beatriz Ejea Casarei, eine Bekannte vom Hof, die auf unserem Schiff nach Basilis mitreist«, antwortete Tibald, ohne die Miene zu verziehen.

Der König setzte ein zuckersüßes Gesicht auf.

»Was soll ich sagen, Fräulein? Basilis kann sich glücklich schätzen.«

Während er noch zu ihr sprach, begrüßte er bereits mit einem Kopfnicken den nächsten Ankömmling, einen Herzog mit bauschiger Krawatte und spektakulären Koteletten. Tibald nutzte den Moment, um schnell weiterzugehen.

»Ihr lügt aber gut, Hoheit«, flüsterte Ema.

»Nur im äußersten Notfall.«

»Ja, Hoheit, ich verstehe, welchen Notfall Ihr meint …«, murmelte sie und blieb auf der Schwelle zum Ballsaal stehen.

Es war ein ebenso prachtvoller wie erdrückender Raum voller dorischer Säulen und künstlicher Blumen, in dem es nur so rauschte vor Taft, funkelnden Pailletten, Federn und Schmuck. Gezwungenes Gelächter machte allenthalben die Bemühungen der Musiker zunichte. Während sie miteinander plauderten, blickten die Menschen ständig anderswohin.

»Ein einziges wahrhaftiges Wort würde dies alles hier zum Einsturz bringen«, seufzte Tibald.

Erst jetzt fiel Ema auf, wie sehr das Ambiente ihn veränderte. Mit seinen hochgezogenen Schultern und der verschlossenen Miene wirkte er wie ein trotziges Kind, das eine Strafe erwartet. Er deutete auf ein opulentes Büfett am anderen Ende des Saals, um das Diener wie Fliegenschwärme herumschwirrten.

»Ich frage mich, ob es essbar ist oder nur Dekoration. Wollen wir mal schauen? Kommt Ihr mit?«

Ema blieb wie angewurzelt stehen.

»Ihr sagt *Ihr* zu mir, Hoheit?«

»Natürlich. Der Schiffsjunge ist auf dem Achterdeck geblieben und schlummert dort zwischen zwei Tauen. Zur Abwechslung könnt Ihr mich auch bei meinem Namen nennen.«

»Eurem … Namen, Hoheit?«

Er lächelte. »Ich heiße Tibald.«

Ema lachte auf. Es war ein schönes, perlendes Lachen, das er noch nie gehört hatte und das jetzt wie Wind in seine Segel fuhr, als sie im Gleichschritt auf das Büfett zusteuerten. Tibald hatte ein Auge auf eine Eismeringue geworfen, während Ema mit der gefüllten Gans liebäugelte. Nach langen Wochen mit ranziger Butter war dies hier wie eine Fata Morgana.

Sie kamen jedoch nicht so schnell an ihr Ziel. Dauernd musste Tibald links und rechts jemandem das Fräulein Ejea Casarei vorstellen. Er kannte von jedem Gast den Namen, den Titel und die jeweiligen Seilschaften, erkundigte sich nach den Kindern, den Tanten, den Patenkindern und Neffen – ein ebenso beeindruckendes wie überflüssiges enzyklopädisches Wissen. Ema wunderte sich, wie er bei alledem noch so viel Platz im Kopf für anderes hatte. Sie schleppten sich von einem Plausch zum nächsten, ertrugen hohles Geplapper und scheinheilige Komplimente. Als sie sich von einer alten Gräfin wegbewegten, bekamen sie noch Schlimmeres zu hören: »Seht Euch das an, Eckstein scheint gar nichts mehr auf die Reinheit seines Blutes zu geben.«

Schamerfüllt folgte Tibald seinem Instinkt. Er ergriff Emas Hand und zog sie weg von den anderen Gästen auf die noch leere Tanzfläche. Ema ließ es zu und machte sich darauf gefasst, die kalten Stacheln am Leib zu spüren. Doch zu ihrer eigenen Überraschung spürte sie nur … eine Hand. Eine warme, feste Hand. Die sich sogar angenehm anfühlte. Freundlich.

Noch mehr verwirrte es sie, als Tibald, bereit zum Lostanzen, ihre Taille berührte. Eine Hand, eine Taille, ein Tanzparkett: Alles war auf einmal so einfach. Hatte der Prinz die Gabe, sie zu heilen?

In Wahrheit war er selbst durcheinander. Ja, Tibald stand kurz vor dem Kentern. Er spürte, wie ein eigentümliches Gefühl seinen Arm hinauf bis in seine Brust strömte. Er fürchtete, der ganze Saal könnte im nächsten Moment kristallhell aufleuchten, vor lauter unerträglichem Glück explodieren und aus allem könnte Licht hervorquellen, selbst aus der alten Gräfin, und darum wagte er nicht, sich zu bewegen. Er stand da wie gelähmt, wie an dem Tag, als die Isabelle sich im Auge eines Zyklons befunden hatte.

Er erinnerte sich wieder an jede Kleinigkeit. Die frische, völlig reglose Luft. Die zylinderförmig verdichteten Wolken und am unteren Rand die dräuenden Wellen, die auf das Schiff zurollten. Die in schwindelerregende Höhen gehobene Isabelle und, ganz oben, das erstaunlich blaue Himmelsfenster. Die Gewissheit des Todes, und dann doch wieder: das Leben. Seine Hand an Emas Taille. Für Tibald gab es keinen Unterschied zwischen dieser Tanzfläche und dem Auge des Zyklons.

Ema schien zu begreifen, dass es nun an ihr war, ihm zu helfen, denn sie zog ihn mit sich in die Musik hinein. Ihre Augen glänzten, und was immer die anderen sagen mochten, sie waren smaragdgrün. Sie tanzte phantastisch gut, mit ansteckenden fließenden Bewegungen. Vielleicht sogar zu gut, denn sie besaß dabei die Leichtigkeit und Präzision einer Spinne, die ihr Netz webt, was den Prinzen unweigerlich in die Rolle des Insekts drängte. Aber allmählich taute er doch auf und brachte schließlich sogar zwei Wörter heraus:

»Verzeih, Ema.«

»Weshalb, Tibald?«

»Die Leute am Hof sind oft … abscheulich. Ich möchte mich wirklich entschuldigen.«

»Diese Leute ähneln Euch nicht. Nichts hier hat Ähnlichkeit mit Euch.«

»Nicht einmal die Eismeringue?«

»Vielleicht die gefüllte Gans.«

Aber letztlich waren Gans und Meringue für sie nicht mehr von Bedeutung. Ema und Tibald konnten nicht aufhören zu tanzen – sie waren ein perfektes Gespann. Ema vergaß darüber völlig ihre ungewisse Zukunft und ihre mit kalten Stacheln gespickte Vergangenheit. Mit der Begabung jener, die großes Leid erfahren haben, lebte sie im Hier und Jetzt, als hätte es nichts vor diesem Tanz gegeben und als würde nichts nach ihm kommen. Tibald wiederum hatte sich wie durch Zauberhand in einen guten Tänzer und einen schlechten Prinzen verwandelt. Für seinen mangelnden Gesellschaftssinn würde er büßen müssen, das wusste er, und es war ihm egal.

Sie tanzten die ganze Nacht hindurch, und die ganze Nacht hindurch warf der König von Siries ihnen schiefe Blicke zu, während er sich über seinen Wanst strich. Er hatte den Kronprinzen von Eckstein eingeladen, um über Geschäfte zu reden und ihn mit der jungen Cousine eines angeheirateten Neffen bekannt zu machen. Aber er erwischte ihn nur noch am Ausgang, wo er ihm mit roten Backen und glänzender Stirn verärgert zuraunte:

»Ich hoffe, *auch unser Fest* hat Euch gefallen.«

Die Bemerkung ging Tibald während der ganzen Rückfahrt nicht aus dem Kopf. Die Kutschenräder schienen sie endlos zu wiederholen, zu den Ohren seines Vaters zu tragen, Vorhaltungen des Ältestenrats heraufzubeschwören und die Handelsbeziehungen zwischen Eckstein und Siries dauerhaft zu beschädigen. Um das Getöse auszublenden, fragte er:

»Ist alles gut, Ema?«

»Ich wusste nicht, dass Ihr einen Bruder habt«, antwortete sie.

»Einen Halbbruder. Die reine Pest.«

Er hatte keine Lust, noch mehr zu sagen. Sein Vater war nicht lange Witwer geblieben: Nur zwei Monate nach Königin Luises Tod hatte er zur Überraschung des ganzen Landes eine neue Frau geheiratet. Sie hatte ihm einen Sohn geschenkt, Prinz Jesko, einen unausstehlichen Charakter, der keinen Schritt machte ohne seinen Hund Styx, der Schrecken des Hofes und sein einziger Freund. Tibald würde es niemandem und schon gar nicht sich selbst eingestehen, aber schon der Gedanke an seinen Bruder jagte ihm einen kalten Schauer über den Rücken. Er wechselte wirklich lieber das Thema.

»Ich habe nichts unternommen, um Eure Schwester zu finden«, entschuldigte er sich.

»Nein, aber dafür habe ich etwas anderes gefunden.«

Er blickte sie fragend an.

»Ich habe erkannt, dass all diese Menschen mächtig sind«, erklärte Ema, »ich aber bin frei.«

Wieder schien das Rattern der Räder anzuschwellen. Sie wandte sich zum Fenster und sah in der Ferne die Leuchtfeuer des Hafens, die dort liegenden Schiffe und dahinter das Meer. Als redete sie mit sich selbst, fügte sie hinzu:

»Noch nie in meinem Leben habe ich mich so frei gefühlt.«

Tibald musste wieder an die dunklen Male denken, die sich unter ihren Armreifen verbargen. An dem Tag, als er die Stellen zufällig gesehen hatte, dachte er, dass nur dicke Eisenketten solche Narben hinterlassen konnten.

»Tibald …«, begann Ema, brach aber gleich wieder ab.

Da er geduldig wartete, fuhr sie fort:

»Im Angesicht einer stürmischen See bleibt Ihr ziemlich ruhig, aber die spitzen Bemerkungen eines betrunkenen Königs bringen Euch aus der Fassung. Warum?«

Er dachte einen Moment nach. Das amüsierte Funkeln in seinen Augen war nun vollständig dem Schatten der Traurigkeit gewichen.

»Ich bin lieber Prinz auf dem Meer.«

»Mit anderen Worten, Ihr seid lieber Mensch als Prinz.«

»Vermutlich.«

»Wisst Ihr, es klingt wie ein großer Widerspruch, aber mir scheint, je wichtiger man ist, desto eingezwängter ist man auch.«

Tibald dachte im Stillen über diesen Widerspruch nach.

Wenig später wurden sie auf dem Schiff von der Nachtwache empfangen. Tibald hatte das Gefühl, dass hinter einem der Masten der Admiral stand und sie verstohlen beobachtete. Während Ema mit hochgerafftem Rock rückwärts die steilen Stufen ins Zwischendeck hinunterstieg, gab Tibald vor, sich in seine Kajüte zurückzuziehen. Doch zehn Minuten später trieb ihn der Hunger hinaus und er stieg ebenfalls die Treppe hinunter, um kalte Linsen direkt aus dem Kochtopf zu essen. Die Landgänger, die zum Feiern ausgeschwärmt waren, waren noch nicht wieder zurück, und so hoffte er, unbemerkt zu bleiben. Aber nein: Auch Ema, hungrig geblieben, war auf dieselbe Idee gekommen.

»Es gibt auch noch trockenes Brot, Hoheit.«

»Da sage ich nicht Nein, Schiffsjunge.«

Schweigend teilten sie miteinander die Reste, während sie flüchtig an das üppige Büfett zurückdachten, dann begannen sie vor Erschöpfung zu gähnen. Tibald stieg hoch zu seiner Kajüte und legte sich in voller Montur schlafen, während Ema sorgfältig ihr Kleid faltete und es zusammen mit den schon welken Schlüsselblumen in ihrem Fass verstaute.

11

Mit ihrem Auftritt als Frau hatte Ema die bisherige Ordnung auf den Kopf gestellt. Beim Frühstücken am nächsten Morgen hörten die Matrosen nicht auf zu frotzeln. Mit vollem Mund, die Ellbogen auf den massiven Holztisch gestützt, forderten sie von ihr einen ausführlichen Bericht über den Festabend und wollten endlich in einer alten Streitfrage Gewissheit:

»Ist der Tibald ein gescheiter Tänzer oder nicht?«

»Ihr sollt ihn nicht immer ›der Tibald‹ nennen!«, bellte Admiral Dorec.

»Kann er nu tanzen oder nicht? In der Hinsicht hat er nämlich keinen besonders guten Ruf …«

»Er tanzt hervorragend«, sagte Ema knapp, was nur noch größeres Gejohle nach sich zog.

»Jetzt lasst sie doch in Frieden«, drängte der Admiral, der den Königshof von Siries zur Genüge kannte. »Sie musste sich schon genug quälen.«

»Quälen? Wohl mit Kaviar und Crème Caramel, was?«

Sie schlugen sich auf die Schenkel. Je lauter sie lachten, desto höher hob Ema ihren Kopf, mit langem Hals, stolz und trotzig.

Der Admiral blickte zum Steuermann hinüber; Willem lachte nicht, er war verärgert. Und Ovid fingerte schweigend an seiner Kette aus Haifischzähnen. Lukas ließ sich sowieso nie zu solchem Geplänkel herab. Der Chirurg hatte seine Lektion schon gelernt und enthielt sich jeglicher Kommentare. Hänfling öffnete den Mund, sagte aber lieber nichts. Nur Felix meinte freiheraus:

»Na, na, was ist denn so schlimm daran, mit einem so charmanten Prinzen wie unserem das Tanzbein zu schwingen?«

»Du bist ja auch ’ne Rudergängerin«, entfuhr es seinem Bruder Bugspriet.

»Sag das noch mal! Sag’s noch mal …«, knurrte Felix, der schon seine Ärmel hochkrempelte.

Der Admiral schlug mit beiden Fäusten auf den Tisch.

»Genug! Ihr endet alle noch über Bord.«

»Und kriegen wir kein Marzipanplätzchen?«, fragte der Wäscher frech.

»Ein Plätzchen! Ein Plätzchen! Ein Plätzchen!«, stimmte der Lepröse an.

»Ich werde euch beide dem Prinzen melden«, drohte Dorec und nahm sich endgültig vor, nur noch in seiner Kajüte zu essen.

Die Glocke zum Schichtwechsel setzte der Diskussion ein Ende.

»Alle Mann an Deck, UND ZWAR HURTIG!«

Dorec selbst eilte geradewegs zur Offiziersmesse, wo er Tibald mit verstrubbeltem Haar und aufgeschnürtem Hemd vorfand.

»Die Männer haben den Kurs gewechselt, Hoheit«, verkündete er rundheraus. »Sie tun sich schwer mit dem Schiffsjungen. Sie werden ihn plattmachen wie eine Motte.«

Tibald nickte. Das war vorherzusehen gewesen. Auch aus diesem Grund hatte er so lange gezögert, Ema zu dem Empfang mitzunehmen. Dabei hatte er sich wirklich bemüht, einen Jungen in ihr zu sehen. War nur ihm das nicht gelungen? Und in der Tat sagte der Admiral gerade:

»Vorher hatten die Männer … wie soll ich sagen? Einen Kameraden. Und Ihr, Hoheit, habt … eine Frau daraus gemacht. So sieht’s aus.«

»Nun übertreibt mal nicht, Dorec«, entgegnete Tibald. »Sie war schon vor dem gestrigen Tag eine Frau.«

»Jedenfalls werden die Kerle ihr jetzt das Leben zur Hölle machen, das kann ich Euch versichern, mein Prinz. *Ein Weib an Bord treibt das Glück hinfort*. Schon Felix hat sich nur mit Ach und Krach behaupten können …«

»Immerhin hat er es geschafft …«

»Aber ganz im Vertrauen, Hoheit, seht Ihr die Casarei etwa ein Krokodil bezwingen?«

Tibald kratzte sich im Nacken. Der Admiral sprach weiter:

»Es gibt eine schlichte Lösung, mein Prinz. Ich habe sie Euch schon bei der Abfahrt genannt.«

»Die wäre?«

»Dass sie ein für alle Mal das Schiff verlässt, Hoheit. Früher oder später muss sie doch sowieso an Land gehen, nicht wahr? Sie wird doch wohl irgendein Ziel haben!«

»Ich bin mir nicht so sicher …«, gestand Tibald.

Inzwischen hatte er nämlich den Verdacht, dass Ema ihm einen Bären aufgebunden hatte. Das kleine Mädchen in dem Medaillon kam ihm allzu bekannt vor. Sie hatte den gleichen trotzigen Blick wie Ema an jenem Tag, als man sie zwischen einem Sack Dörrpflaumen und einem Beutel Reis im Schiffsbauch entdeckt hatte. Aber Tibald zögerte es noch hinaus, Licht ins Dunkel zu bringen. Wenn nämlich erst einmal klar war, dass sie ihn über ihre Schwester angelogen hatte, gab es keinen vertretbaren Grund mehr, sie an Bord zu behalten; insgeheim war ihm diese Lüge nicht unlieb.

»Hört mich an, Hoheit. Übermorgen erreichen wir unseren nächsten Anlaufhafen. Trefft eine Entscheidung, ich bitte Euch. Entweder Ihr nehmt sie mit an den Königshof von Lamotting und tragt die entsprechenden Konsequenzen, oder Ihr setzt sie endgültig dort ab.«

Tibald nickte nur. Der Admiral hielt es für angebracht, mit einer positiven Bemerkung zu schließen:

»Man hört, Ihr seid ein ausgezeichneter Tänzer geworden, Hoheit. Das wird Euren Vater, den König, erfreuen.«

»Es hängt ganz von der Partnerin ab«, antwortete Tibald mit breitem Lächeln.

Der Admiral presste die Lippen zusammen. Diese Art von Lächeln verhieß ihm nichts Gutes.

Ema hatte unterdessen im Lazarett Zuflucht gesucht. Lukas, der nicht wusste, was er sagen sollte, fuhr still damit fort, Salbendöschen zu beschriften. Das verlegene Schweigen wurde von lautem Wehgeschrei unterbrochen, und hinter dem Vorhang tauchte der Lepröse mit einer ausgekugelten Schulter auf. Unter seiner Schweineschmalzschicht war er weiß wie ein Laken. Der Krankenpfleger drückte ihn auf einen Schemel.

»Hör schon auf mit dem Gebrüll, wo du doch heute Morgen noch so schallend gelacht hast. Ema wird dich wieder einrenken, so kann sie's dir gleich heimzahlen ...«

Ema stellte sich hinter den zitternden Leprösen und renkte ihm mit einer abrupten Bewegung, die ein scheußlich knackendes Geräusch verursachte, die Schulter wieder ein. Der Schmerz ließ augenblicklich nach, und der Toppsgast machte fast einen Kniefall vor ihr. Zwischen den Schmalzschichten rollte eine Träne seine Backe hinunter.

»Geh«, verscheuchte ihn Lukas. »Drei Tage lang keine Hängematte und stattdessen rücklings auf dem Boden schlafen. Schieb ab.«

Die Männer, die im Lazarett auftauchten, waren immer höchst verletzlich. Sie kamen nur hinter den Vorhang, wenn es gar nicht mehr anders ging. Den ganzen Tag über nutzte Lukas die Situation zu Emas Gunsten.

Dem Wäscher sagte er:

»Dieser Backenzahn ist völlig verfault. Zieh ihn raus, Ema. Nimm die große Zange.«

Einem Segelmeister:

»Das braucht mindestens sechs Stiche. Pech, Ema hasst Nähen, mein Guter, und wir haben nur noch Segelgarn.«

Dem Smutje:

»Ui, ein Abszess ... Schau dir nur mal diese Hinterbacke an. Sollen wir das aufstechen, Ema? Wir stechen's auf. Ich erhitze schon mal die Klinge.«

Willem Schöne saß im Zwischendeck an dem großen Tisch, um in sein Logbuch zu schreiben (in seiner Kajüte herrschte zu große Unordnung), und was sich hinter dem Vorhang abspielte, amüsierte ihn sehr. Als der Admiral ihn fragte, wie der Schiffsjunge sich durchschlage, zuckte er mit den Schultern.

»Lukas kümmert sich darum. Ich glaube, die Einzigen, die Grund haben, sich zu fürchten, sind die Männer.«

Trotz allem war es kein einfacher Tag für Ema, und abends aß sie wieder direkt aus dem Kessel in der Kombüse, um der allgemeinen Häme zu entgehen. Anschließend begab sie sich aufs erhöhte Achterdeck, wo sich der Nordostwind immer kälter bemerkbar machte. Ihr talgbestrichener Mantel reichte ihr bis zu den Knöcheln. Das Haar klebte ihr auf der Stirn, die Gischt sprühte ihr die Wangen nass, ihre Lippen waren spröde vom Salz. Sie beugte sich über die Reling, um die Delfine zu beobachten, die springend das Schiff begleiteten.

Apropos begleiten ... Ema bereute jetzt, dass sie am vergangenen Abend so ausgiebig getanzt hatte. So rauschend, dass sie dabei alles hatte vergessen können. So lange, dass fremde Hände sie gezähmt und ihr Vertrauen geweckt hatten. Vertrauen bedeutete Gefahr. Das Misstrauen folgte immer nach, wie ein Hündchen. Und die Rückkehr an Bord war hart gewesen. Ob es irgendwo einen Ort gab, an dem sie sich zu Hause fühlen konnte? Wo sie einfach nur sie selbst sein konnte, ohne sich verstellen zu müssen?

Wegen des brausenden Windes hörte sie nicht, dass Tibald auf das Achterdeck kam. Auch er lehnte sich an die Reling, wobei er zwei Mann breit Abstand zwischen ihnen ließ. Er hatte die Hände in den Taschen und betrachtete die klar umrissenen Gestalten, die neben der Isabelle hersprangen, sich von ihr entfernten und wieder zurückkamen, während Ema sich alle erdenkliche Mühe gab, seine Anwesenheit zu ignorieren. Der Wind pfiff ihnen um die Ohren. Tibald schlug seinen Kragen hoch und schrie, um sich verständlich zu machen:

»Man hat mich gebeten, hinsichtlich deiner Person eine Entscheidung zu treffen, Schiffsjunge.«

»Ja, Hoheit«, antwortete sie, den Blick weiter auf die Wellen gerichtet.

»Ich glaube, das solltest du entscheiden.«

»Ich habe dazu schon alles gesagt, Hoheit. Sobald wir meine Schwes...«

»Ema. Du brauchst mich nicht mehr anzulügen.«

Sie blieb eine Weile nur stumm und deutete dann auf die Delfine.

»Sie spielen, Hoheit. Das ist schön.«

»Ja.«

»Werden sie uns auch noch im Norden begleiten, Hoheit?«

»Nein. Das hier sind wahrscheinlich die letzten.«

Er wartete ab. Da sie nichts sagte, setzte er wieder an:

»Du wirst wohl oder übel ein Land wählen müssen ...«

»Mir gefällt die Vorstellung eines neutralen Königreichs, Hoheit.«

Er spürte einen Stich in seinem Herzen. Kristall, Glück, Schmerz. Das Wasser funkelte auf dem Rücken der Delfine wie ein Topas. Es war sein innigster Wunsch, Ema nach Eckstein mitzunehmen. Doch dieser Wunsch hatte auch etwas Erschreckendes.

»Wirklich?«, sagte er. »So weit weg wollt Ihr?«

Sie wandte ihm ihr klares, intelligentes Gesicht zu.

»So weit weg von was, Hoheit?«

Überrumpelt wusste er darauf keine Antwort.

Stattdessen fragte er: »Und die Vorstellung, weitere vierzig Tage unter diesen Raubeinen hier auszuharren …?«

»Das ist der Preis, den ich zahlen muss, Hoheit.«

»Nun, in diesem Fall …« Er unterbrach sich. »Ema? Bist du das Kind auf dem Bild im Medaillon?«

Ihre trotzige Miene war Antwort genug.

»Es war ein Geschenk meiner Mutter«, sagte sie knapp.

Tibald vergrub die Hände in seinen Taschen. Er hoffte, sie würde ihm endlich etwas von ihrem früheren Leben erzählen. Aber als sie den Mund aufmachte, geschah es nur, um wiederum das Thema zu wechseln.

»Wie viele Zwischenhalte sind es noch, Hoheit?«

»Drei.«

Der Wind trug seine Antwort fort.

»Was habt Ihr gesagt, Hoheit?«

»Drei.«

Der nächste Landgang versprach allerdings kein Vergnügen zu werden. Die Herrscher von Lamotting hielten nichts von Musik, aber sie liebten Festbankette. Sie mästeten ihre Gäste mit opulenten Speisen und starken Spirituosen, um ihnen Vertraulichkeiten zu entlocken, die ihnen dann als Erpressungsmaterial dienten. Völlig ahnungslos riskierten Diplomaten auf diese Weise ihre Karriere, ganze Königreiche gerieten ins Wanken.

»In Lamotting wird nicht getanzt«, erklärte er. »Würdest du mich trotzdem dorthin begleiten?«

Ema nickte und ihr strahlendes Lächeln erhellte die Nacht wie ein Leuchtfeuer.

»Eckstein ist völlig anders, du wirst sehen …«, fuhr Tibald fort und ließ seinen Blick schweifen. »Unser Königshof ist im Grunde mehr ein Bauernhof, nicht weit vom Hafen gelegen …«

Wie gerne hätte er ihr von den roten Weinranken erzählt, vom Vier-Wege-Kreuz, vom Boulespiel auf festgestampftem Sandboden. Von den Goldschmieden, den Parfümeuren, den Spitzenklöpplern, den Geigenbauern und den Künstlern. Von Crêpes so dünn wie Farnkraut, vom Polarwind, von den Onyxadern, den heißen Quellen, von Zypressenfeuern und wilden Kirschen. Vom geologischen Zufall, dem jede Region ihren eigenen Edelstein verdankte. Doch der Wind hätte ihm die Worte gestohlen.

Er stützte sich schwer auf das Geländer. Plötzlich waren die Delfine verschwunden, als wären sie nie da gewesen. Das Wasser war schwarz und unergründlich.

»Wie man hört, schläfst du noch immer draußen, Schiffsjunge?«, schrie er nun in ihre Richtung. »Es wird heute Nacht zu kalt und zu nass auf dem Deck. Kehr wieder zu deiner Hängematte zurück.«

In diesem Moment läutete die Glocke den Schichtwechsel ein, und Tibald entfernte sich, als müsste er ihr gehorchen. Ema, die nichts von der Hängematte wissen wollte, zog sich in die Back zurück. Etwas später brachte ihr ein Wachtposten zwei kratzige Decken und einen großen Mantel aus dicker Wolle. Sie schlief besser als sonst, die Nase in das Futter aus Schaffell vergraben, das nach Kernseife und Zedernholz duftete. Erst im Licht des Morgengrauens bemerkte sie das Königsemblem auf den Kupferknöpfen.

12

Der Hafen von Lamotting war schon voller Schiffe, die Bucht ein einziger Wald aus Masten, und so warf die Isabelle etwas weiter entfernt den Anker aus. Wie Tibald befürchtet hatte, lud man ihn noch für denselben Abend zu einem Festbankett ein. Zu genannter Stunde zog er seinen Justaucorps an und verschloss wieder sein Gesicht. Als sie in dem Boot saßen, das sie ans Ufer brachte, versuchte er, Ema dennoch zu beruhigen:

»Da ich, wie mir ja so treffend erklärt wurde, als mächtiger Mann *eingezwängt* bin, muss ich gute Miene zum bösen Spiel machen. Du, Schiffsjunge, genieße einfach die Delikatessen. Nur einen Rat: Iss keinen der Teller leer. Sonst liegst du beim Käsegang in den letzten Zügen und stößt spätestens bei der Nachspeise deinen allerletzten Seufzer aus. Der Kaffee kommt immer viel zu spät.«

Es war die reine Wahrheit. Die Gäste waren kaum angekommen, als sie auch schon zu einer riesigen hufeisenförmigen Festtafel geleitet wurden, die unter den Gedecken fast zusammenbrach. Die wieselgesichtige Königin war bekannt dafür, eine Tischordnung auszuklügeln, die auf einzigartige Weise Genie und Grausamkeit vereinte. So vermochte sie Verlobungen aufzulösen, Friedensverhandlungen zu torpedieren und Handelsverträge zu vereiteln.

Tibald nahm hinter seinen siebzehn Gedeckteilen und fünf Glaskelchen Platz. Zu seiner Linken saß Madame Turelli, eine berühmte Lästerzunge, zu seiner Rechten die Gattin des Marineministers. Zu seiner Erleichterung saß Ema ihm genau gegenüber, doch er konnte sie wegen des riesigen Blumengestecks kaum sehen. Sie saß zwischen General Quentin, einem alten Schwadroneur, und Kronprinz August Maximilian von Lamotting, einem notorischen Schürzenjäger und eitlen Opportunisten. Jesko, Tibalds Bruder, stand in regem Briefwechsel mit ihm, was ihren Vater Alberich ebenso beunruhigte wie sein sonstiger Mangel an Freunden.

Während der diversen Vorspeisen sann Tibald über den tieferen Sinn der Tischordnung nach. Die Ministergattin würde sicher für ein Bündnis mit Eckstein werben, dessen Neutralität allen Gebieten ein Dorn im Auge war. Madame Turelli wiederum würde versuchen, seine Schwachpunkte aus ihm herauszukitzeln, damit das Königreich Lamotting etwas gegen ihn in der Hand hätte, sobald er auf den Thron kam, oder gar schon früher. Da sein größter Schwachpunkt Ema war, die ihnen in ihrem prächtigen roten Kleid gegenübersaß, war er dankbar für das Blumengewucher zwischen ihnen. Ema wiederum würde die Wahl haben zwischen dem salbadernden General und dem schmeichlerischen Kronprinzen mit dem sinnlichen Mund, der versuchen würde, sie mit seinem Charme zu betören, um Tibald zu provozieren. Auf der einen Seite tödliche Langeweile, auf der anderen eine tückische Falle.

Auf die endlose Abfolge kalter Vorspeisen folgte eine Spargelcremesuppe. Um Madame Turellis Verhör auszuweichen, bombardierte Tibald sie mit persönlichen Fragen. Er gab sich so gefesselt von ihren Antworten, dass sie immer vertraulichere Dinge von sich preisgab und letztlich viele interessante Details ausplauderte. Als der Fasan serviert wurde, wusste er über sie bereits alles, was sich noch zu wissen ziemte, und ein bisschen darüber hinaus.

Die Ministergattin wiederum wartete erst den Käsegang ab, bevor sie ihm schüchtern nahelegte, doch »zusammen mit den besten Flotten zu segeln«. Damit meinte sie, dass Eckstein vom militärischen Schutz des Königtums Lamotting profitieren würde.

»Leider sind die besten Schiffe die der Freibeuter«, erwiderte Tibald. »Und von denen halte ich mich lieber fern.«

Damit spielte er auf Greiland an, das benachbarte Königreich, das besonders zwielichtig war, aber sie verstand seine Andeutung nicht.

»Wenn Ihr alleine segelt, seid Ihr verwundbar, Hoheit«, beteuerte sie. »Auf dem Meer lauern unvorhersehbare Gefahren. Denkt nur an den Untergang unseres Handelsschiffs vor Eurer Küste. Wer hätte so etwas erwartet?«

Tibald verschluckte sich beinahe.

»Vor der Küste von Eckstein? Wann?«

»Vor etwa anderthalb Jahren, Hoheit.«

»Während eines Sturms?«

»Meines Wissens nicht, Hoheit.«

Tibald konnte kaum glauben, was er hörte. Vor der Küste der Insel kam niemals ein Schiff vorbei. Es sei denn …? Nein, das war unmöglich. Jedermann wusste von der Route des Unheils, und keiner würde dort entlangsegeln.

»War die Besatzung so töricht, eine Abkürzung zu nehmen? Waren sie in Eile? War es ein unerfahrener Kapitän?«

In Wahrheit war sehr wohl ein Unwetter aufgezogen und der Kapitän ein rechter Draufgänger gewesen. Doch die Geschichte war zusammen mit der Mannschaft in dunkle Tiefen abgesunken, und so musste die Ministergattin notgedrungen antworten:

»Ich weiß es nicht, Hoheit.«

»Ihr müsst jedoch zugeben, Verehrte, das ist ein triftiger Grund, nicht auf Eure Flotte zu vertrauen.«

Daraufhin versenkte die Ministergattin die Nase in ihrem Ziegenkäse und tauchte nicht wieder auf.

Auf der anderen Seite des Blumengestecks hatte Ema sich die Tischsitten angeeignet, indem sie jede von Tibalds Bewegungen imitierte. Sie konnte nur seine rechte Hand sehen, aber da er das wusste, griff er immer frühzeitig nach dem jeweiligen Besteck oder dem nächsten Kelch. Was die Konversation betraf, so widmete Ema ihre Aufmerksamkeit geduldig dem General. Prinz August Maximilian versuchte ständig, sie in ein Gespräch zu verwickeln. Er überhäufte sie mit Komplimenten, ließ bei jeder Gelegenheit ihr Glas vollschenken, ja er war kurz davor, sie zu füttern. Doch erhielt er immer nur kurze, knappe Antworten von ihr.

Umso mehr fühlte er sich von dieser geheimnisvollen Fremden angezogen. Während er im Kopf bereits den nächsten Brief an Jesko verfasste, spreizte er sich wie ein Pfau: »unser Sommerpalais« hier, »unser Jagdpavillon« dort, »unsere Ländereien am Fluss«, »unsere Schoner im Hafen«. Ema brauchte eine Weile, um zu verstehen, dass »wir« *er* war. »Wir« gab seine Meinungen über die ganze Welt zum Besten, die, wenn man seinen Worten glauben konnte, ehrfürchtig vor ihm im Staub kroch.

»Unsere Diener sind äußerst stupide«, verkündete er ohne jeden Zusammenhang, und Ema tastete schon instinktiv nach ihrem Flaschenhals.

Tibald sagte nie *meine* Männer, *mein* Schiff, *mein* Königreich. Sie versuchte, ihn durch das Blüten- und Blättermeer hindurch zu sehen, aber es war kaum möglich. Die Zeit schien ihr schrecklich langsam zu vergehen, sie saß wie auf glühenden Kohlen und fühlte sich immer unbehaglicher. Das Geschwafel des Generals langweilte sie, und die Anzüglichkeiten des Kronprinzen gingen ihr auf die Nerven.

»Nennt uns ruhig Max«, säuselte August Maximilian, als würde er ihr damit einen riesigen Gefallen erweisen.

Sie zählte die Minuten, die noch bis zur Nachspeise blieben. Doch ausgerechnet bei deren Ankunft schaffte »Max« es doch noch, sie aus der Fassung zu bringen. Es handelte sich um eine flambierte Ananastorte, die als Miniaturfeuer auf einem Silbertablett präsentiert wurde. Die blauen Flammen züngelten an die regenbogenbunten Zuckergirlanden, die auf wundersame Weise verschont blieben.

»Was für eine lodernde Glut!«, freute sich der Prinz von Lamotting. »Ganz wie Ihr, meine Liebe«, fügte er hinzu, während er seine Hand auf die von Ema legte und seine Finger mit ihren verflocht.

Ein ganzer Hagelschauer aus kalten Stacheln prasselte auf ihre Haut und verschlug ihr den Atem.

»Während wir aber«, fuhr August fort, »sehr gut wissen, woher die Nachspeise kommt – aus der Küche nämlich, haha –, tappen wir immer noch im Dunkeln darüber, woher Ihr kommt, hochverehrtes Fräulein. Sagt uns doch: Welchem Land verdanken wir Eure bezaubernde Existenz?«

»Einem … sehr fernen Land«, stotterte Ema und zog heftig ihre Hand zurück.

»Fern ist es zweifellos, und *exotisch*. Aber nennt uns doch seinen Namen. Welches irdische Königreich hat Euch diesen allerliebsten Akzent geschenkt?«

Tibald, der ihnen gelauscht hatte, bemerkte sofort, dass Ema in Panik geriet. Er selbst hatte ja noch keine Antwort auf diese Frage erhalten. August Maximilian würde auch nicht mehr erfahren, aber bewirken, dass Ema sich immer mehr in Ausflüchten verhedderte. Der General, der auf seinem Teller vor sich hin schnarchte, war da keine Hilfe.

»Lasst gut sein, August«, rief Tibald durch das Blumengewölk hindurch. »Ihr müsstet doch wissen, dass sich der Wert eines Menschen nicht nach seiner Herkunft bemisst.«

August Maximilian hob eine einzelne Augenbraue und legte ganz langsam seinen Löffel nieder. Dann fegte er mit einer jähen Bewegung das Blumengesteck vom Tisch, das eine lange nasse Spur auf der makellosen Decke hinterließ.

»Na, seht an, Prinz Tibald von Eckstein … Wir hatten Eure Anwesenheit gar nicht bemerkt.«

»Das macht nichts, so durfte ich ausführlich mit Madame Turelli Bekanntschaft schließen.«

»Es macht wahrhaftig nichts, denn so konnten wir mit dem wunderbaren Fräulein Ejea Freundschaft schließen.«

»Ich kann Euch nicht verübeln, wenn Ihr Euch mehr für sie interessiert als für mich. Aber ich habe doch den Eindruck, dass sie sich mehr mit dem General unterhalten hat als mit Euch.«

»Sicher, aus Respekt vor seinem Alter«, näselte August Maximilian. Er fügte honigsüß hinzu: »Nicht wahr, Ema Beatriz?«

Sie trank einen Schluck Muskatellerwein, um sich Mut zu machen:

»Ich habe allen Grund, einen gut gereiften Wein einem stillen Wasser vorzuziehen.«

Tibald konnte sich das Lachen nicht verkneifen. Obwohl er gekränkt war, gurrte August:

»Charmant. Ihr seid wirklich köstlich. Prinz Tibald, sagt uns doch, wo Ihr dieses umwerfende Geschöpf aufgetrieben habt …«

»Solche Geschöpfe, August, treibt man nicht auf«, antwortete Tibald. »Sie kommen ganz von allein.«

In diesem Moment erinnerte sich Madame Turelli glücklicherweise an die Eroberung, die August Maximilian zuletzt gemacht hatte und die Skandalpotenzial besaß. Sie begann, ihn mit allerlei Fragen zu löchern, die so indiskret waren, dass die halbe Tafel verstummte, um die Antworten mitzukriegen. Die Tischgäste vergaßen darüber sogar das Brombeersorbet, das langsam vor sich hin schmolz. Tibald und Ema hörten schweigend dabei zu, wie der Kronprinz auseinandergenommen wurde. Es folgten der Kaffee, dann die Liköre, schließlich Pralinen, und dann, endlich, das lang ersehnte Signal: König und Königin erhoben sich. Alle, die sich noch auf den Beinen halten konnten, durften vom Tisch aufstehen, die anderen wurden von Dienern in eigens dafür vorbereitete Gemächer gebracht. Tibald schoss sofort in die Höhe. Ema schob langsam ihren Stuhl zurück.

In der Kutsche, die sie zum Hafen brachte, blieb sie immer noch stumm.

»Was für eine Strapaze«, sagte Tibald schließlich entschuldigend. »Es wäre sehr tapfer von Euch, falls Ihr mich noch bei unserem nächsten Landbesuch begleiten wolltet.«

»Der Tapfere seid Ihr, Tibald ... Ihr lasst Euch mit mir sehen, obwohl Ihr nicht einmal wisst, wo ich herkomme.«

»Ich weiß genug.«

»O nein. Wenn Ihr wirklich wüsstet ...« Mehr brachte sie nicht heraus.

»Wenn ich wüsste, woher du kommst, Ema? Lass mich nachdenken. Du stammst aus einem tropischen Land mit bunten Großstädten, in denen sich die Völker und Sprachen vermischen. Davon gibt es Dutzende. Aber deines ist ein am Meer gelegenes Land, wo man früh schwimmen lernt. Es herrscht dort ein angespanntes politisches Klima mit Kriegsschauplätzen. Ausländische Invasoren also oder ein Bürgerkrieg oder beides. Dann die Pestepidemie, als du ein Kind warst. Ich habe drei Länder im Kopf.«

Ema erschrak. Er fuhr fort:

»Eines davon verbietet aus religiösen Gründen die bildliche Darstellung von Menschen. Das streiche ich, wegen des Medaillons. Bleiben noch zwei übrig.«

Ema senkte den Kopf. Tibald sprach weiter:

»Eines davon hat die Sklaverei abgeschafft ...«

Er berührte vorsichtig ihr geschundenes Handgelenk.

»Das schließe ich aus. Es bleibt also nur noch eines.«

Ema presste ihren Kiefer aufeinander.

»Das gefürchtete Königtum Villadeva, aus dem man nur mit großem Geschick, viel Mut und einer ordentlichen Portion Glück lebend entkommen kann.«

Ema starrte wie versteinert auf ihre Knie.

Tibald legte sanft seine Finger auf ihr Handgelenk. Er wünschte sich, er könnte ihre Narben ungeschehen machen, er wünschte sich, dass sie mit ihm sprach. Aber sie schwieg weiterhin, und die Narben würden ihr immer bleiben.

»Der Wert eines Menschen bemisst sich nicht nach seiner Herkunft«, sagte er leise und zog seine Hand wieder weg.

Danach sprachen sie kein Wort mehr, weder in der Kutsche noch in dem Ruderboot noch an Bord der Isabelle. Bevor er sich in seine Kajüte zurückzog, sah Tibald noch, wie Ema auf das erhöhte Achterdeck hinaufstieg. Trotz des Mantels würde sie dort draußen frieren.

13

Julius, der kein Zimmermann mehr war, erfand sich als Schauspieler neu. Er hatte immer davon geträumt, Theater zu spielen, und verfügte bereits über ein ganzes Repertoire an Imitationen berühmter Ecksteiner Persönlichkeiten. Eines Abends nach dem Essen, als die Seemänner noch an dem langen Tisch im Zwischendeck herumlungerten, war der Wäscher es leid, die Krümel zusammenzufegen, und verlangte eine Darbietung des Duke of Oats.

»Oats! Oats! Oats!«, stimmten die anderen ein.

Julius hüpfte ein wenig hin und her und machte eine verschnörkelte Verbeugung, bevor er mit spitzer Stimme eine ganze Kaskade absurder Verszeilen improvisierte. Die Männer brüllten vor Lachen, und Tibald hielt sich die Seiten.

»Und jetzt Königin Sidra!«, rief Hänfling.

Sidra war die zweite Frau König Alberichs.

»Die Königin! Die Königin!«

Julius blieb unbewegt stehen. Er löste seinen Pferdeschwanz und strich sich beidseits des Gesichts die Haare glatt. Mit erhobenem Kinn begann er, in schwebenden Schritten rückwärts zu schreiten, als würde er den Boden nicht berühren. Seine fließenden Bewegungen erinnerten an die eines wilden Tieres. Auf diese Weise umrundete er den Tisch, während er mit anklagendem Zeigefinger auf einen Mann nach dem anderen zeigte. Sie fielen fast von der Bank vor Gekicher. Nur Ema nahm wahr, dass Tibald nicht mehr lachte. Mit verkrampftem Lächeln lehnte er an der Plankenwand, außerstande, beim Gedanken an diese Frau Belustigung zu empfinden, die auf so fatale Weise den Platz seiner eigenen Mutter eingenommen hatte.

»Jetzt Prinz Jesko! Den kann er richtig gut nachmachen!«

Mit Leichtigkeit wechselte Julius aus der Rolle der Sidra in die ihres Sohnes. Er setzte eine grimmige Miene auf und ließ seine Augen vor Grausamkeit funkeln. Mit markigen Schritten näherte er sich Ovid, kniff ihm ins Ohr und knurrte:

»Ich werd dir die Eingeweide rausholen. Ich werd meinen Hund auf dich hetzen. Auf ihn, Styx, *pack iiihn*!«

Der Küfer umklammerte seine Haifischzahnkette, Tibald schüttelte den Kopf.

»Den König! Den König!«, rief der Lepröse applaudierend.

Plötzlich verwandelte Julius sich wieder in sich selbst.

»Ach nein. König Alberich ist der Einzige, den ich mir noch nie erlaubt habe nachzu… oh.«

Er hatte sich verplappert. Die Männer rutschten unbehaglich auf ihren Plätzen herum, der Admiral wirkte schockiert. Sie alle drehten sich zu Tibald um, den Julius öfter als jeden anderen imitiert hatte.

»So, der Einzige? Bist du sicher?«, fragte der Prinz.

Julius sah aus wie ein Häufchen Elend.

»Also, leg schon los. Im schlimmsten Fall heißt's für dich über Bord.«

Nach langem Zögern setzte Julius eine sorgenvolle Miene auf und begann mit großen Schritten durch das Zwischendeck zu wandern, während er sich im Nacken kratzte. Die Ähnlichkeit war verblüffend.

»Sehr schön. Ich denke, jetzt ist der Admiral an der Reihe«, sagte Tibald lächelnd.

Albert Dorec richtete sich auf seiner Bank auf.

»Das wagst du nicht, Julius«, protestierte er.

Für einen winzigen Moment kniff Julius die Lippen zusammen, und die ganze Tischrunde prustete bereits los. Der Admiral war der Einzige, der sich nicht erkannt hatte, was nur noch mehr Heiterkeit hervorrief.

Ema lachte herzhaft mit. Ausnahmsweise machte man sich mal nicht über sie lustig. Die übrige Zeit ließ sie geduldig den Spott über sich ergehen. Sie konnte nicht wissen, dass den Männern das Lästern sehr bald vergehen würde.

Es war ein Tag, der wie viele andere begann. Ein lauer Wind ließ die Segel mal mehr, mal weniger anschwellen. Blauer Himmel, jadegrünes Wasser: ein perfekter Zeitpunkt für Alltagsverrichtungen auf dem Schiff. Ema schrubbte zusammen mit Hänfling das Vorderdeck, bis zu den Ellenbogen mit Seife bedeckt. Vier Männer reinigten die Bordwände von Muscheln und Algen, die dem Holz auf Dauer Schaden zufügen würden. Im Heck angelte Tibald mit Felix und Bugspriet nach Schwertfischen. Der Smutje filetierte ihren Fang und warf die Innereien über Bord, was so viele Haie anzog, dass die Angelschnüre durcheinandergerieten.

Marcelino umwickelte pfeifend ein Tau. Er saß direkt über der Wasseroberfläche, um die Webleinen des Großmastes zu verstärken, jenes riesige Netz, das dazu diente, bis zur Spitze hochzuklettern. Peupel, der Navigator, kam gerade heruntergestiegen. Er hielt sich an den Leinen fest und wollte das Fernrohr hinter seinen Gürtel klemmen – eine automatisierte Geste, die er schon tausendmal ausgeführt hatte. Doch an diesem Morgen glitt ihm, vielleicht aus Müdigkeit, vielleicht wegen der Wärme, das Fernrohr aus den Fingern. Es sauste geradewegs auf Marcelino herab. Noch bevor dieser begriff, was da seine Schläfe getroffen hatte, kippte er bewusstlos hintenüber.

»MANN ÜBER BORD! STEUERBORD!«, schrie Peupel.

Und dann, da das Schiff weiterfuhr:

»STEUERBORD ACHTERN! STEUERBORD ACHTERN!«

Willem Schöne rannte zum Achterdeck und sah Marcelino im offenen Meer treiben, von den Wellen hin und her geworfen und von Haifischflossen umzingelt.

»SCHWIMM, MARCELINO! MARCELINO! DU KANNST DOCH SCHWIMMEN, SCHWIMM, SCHWIMM, UM HIMMELS WILLEN«, schrie der Steuermann, während er gleichzeitig das Zeichen zum Aussetzen des Beiboots gab.

»Trägt er sein Amulett?«, wollte Ovid allen Ernstes wissen.

Willem hatte kein Ohr für seine Frage. Nicht nur, dass Marcelino keine Anstalten machte zu schwimmen, er blieb auch völlig regungslos und begann unterzugehen. Und dann geschah noch etwas anderes Gravierendes: Ema machte einen Kopfsprung ins Wasser.

Sie sprang schnell und gut. Ihr Kopf durchbrach die Wasseroberfläche wie eine Glasscheibe und tauchte zwischen den Sonnenstrahlen ein. Unzählige Bläschen sprudelten um sie auf. Weiter unten erinnerte der Kiel der Isabelle an den Bauch eines Wales. Ema tauchte schnell weiter, gefolgt von den Haien und den Fischinnereien.

Es war ein sonderbarer Moment. Die blaue Unendlichkeit, die surrende Stille, die frostige Kälte. Ema tauchte weiter ab in unergründliche Tiefen, mit pochenden Schläfen, Druck auf der Lunge und vom Salz brennenden Augen. Das Blau des Wassers wurde immer dunkler, die Stille immer dichter. Der Temperaturwechsel lähmte ihre Glieder, der Wasserdruck brachte ihre Trommelfelle fast zum Platzen.

Aber irgendwo dort musste Marcelino sein.

Marcelino. Es kostete Ema eine übermenschliche Anstrengung, einen Arm zu bewegen, dann beide, dann ihre Beine. Mit dem Gefühl, den ganzen Ozean hochzuhieven, bewegte sie sich wieder Richtung Oberfläche. Das Herz schlug ihr in den Ohren. Ein schwarzer Schleier senkte sich langsam über ihre Augen.

Der Verband, den sie immer noch um ihre Brust trug, um wie ein Junge auszusehen, löste sich ab. Ihr Mund öffnete sich ganz von allein – sie brauchte Luft, und zwar schnell. Wenn sie jetzt keinen Atem schöpfte, würde sie ohnmächtig werden. Wenn sie ohnmächtig wurde, würde sie einen Schwall Salzwasser einatmen. Sie hatte schon Ertrunkene gesehen, sie wusste Bescheid: Die Lungenflügel der Leichen waren voller Wasser. Es hieß, Ertrinken sei ein berauschender Tod. Aber Ema wollte diese Art von Rausch nicht.

Sie erreichte die Oberfläche im allerletzten Moment. Die Luft drang scharf durch ihre Kehle, das Licht blendete grell. In der Ferne brüllten sich die Männer die Seele aus dem Leib, um nach ihr zu rufen, aber sie hörte sie nicht. Rückenflossen glitten um sie her wie Schlittschuhläufer. Sie senkte wieder ihren Kopf unter Wasser, um nach Marcelino zu suchen. Rechts nicht, links nicht, nein. Da unten. Er sank geradewegs in die Tiefe. Es schien, als würde ihn das Amulett um seinen Hals zum Meeresgrund ziehen.

Ema tauchte wieder ab. Das Wasser stellte sich ihr entgegen wie eine Ziegelwand. Als sie endlich den Toppsgast zu greifen bekam, zog er sie mit abwärts. Sie packte ihn bei den Haaren, aber er war so schwer … Es war, als wollte sie mit bloßen Händen einen Anker einholen. Der schwarze Schleier, das Trommeln in den Ohren, die schmerzende Lunge. So nah war die Wasseroberfläche, so nah, und doch … Sie sanken beide miteinander in die Tiefe. Wenn sie jetzt ohne ihn hochschwamm, würde sie ihn nicht mehr erreichen können.

Ema machte einen letzten verzweifelten Versuch. Ein Haarbüschel blieb zwischen ihren Händen zurück. Der schwarze Vorhang senkte sich vor ihren Augen, aber sie folgte Marcelino. Tastete nach ihm, fasste ihn unter den Achseln. Heftig mit den Beinen schlagend, zog sie ihn höher. Ihrem Körper blieb keine Energie mehr, kein Sauerstoff, doch eine Kraft, die größer war als ihre, drängte die beiden hoch ans Tageslicht. Sie würde nie erfahren, welche es gewesen war. Endlich über dem Wasser, warf Ema den Kopf zurück, um in gierigen Zügen Luft einzusaugen. Marcelino hing mit seinem ganzen Gewicht an ihr. Er hatte blaue Lippen und seine Augen waren geschlossen. Er atmete nicht.

Plötzlich, ohne dass sie es hatte kommen sehen, befand Ema sich im Schatten des Beiboots. Jemand fischte Marcelino leicht wie eine Forelle aus dem Wasser (das konnte nur Felix sein). Ohne das Gewicht des Toppsgastes fühlte Ema sich auf einmal unendlich leicht. Ihre Glieder waren taub, und am liebsten hätte sie sich einfach auf die Wellen gelegt und sich davontreiben lassen. Doch der Rudergänger warf ihr ein Seil mitten ins Gesicht, und einen Augenblick später lag sie schon auf dem sonnengewärmten Boden des Boots.

Dort sah sie, wie sich der breite Rücken des Krankenpflegers über den leblosen Toppsgast beugte. Er drückte ihm mit beiden Händen auf den Brustkorb, gab ihm Mund-zu-Mund-Beatmung, fluchte laut zwischen jedem Atemzug. Willem Schöne steuerte das Boot bis zur Isabelle, ergriff eines der Seile, die sie wieder hochziehen würden, und wartete ab. Das Boot schaukelte, stieß mit unruhigem Plätschern gegen das Schiff. Das Meer lag in seiner unendlichen Weite da, der zitternde Horizont verschmolz mit dem Himmel. Die Haie waren weg. Marcelino atmete nicht.

Lukas wollte schon aufgeben, als plötzlich ein heftiger Krampf durch den Toppsgast fuhr. Er krümmte sich wie ein Wurm, drehte seinen Kopf zur Seite und kotzte. Donnernder Applaus tönte von der Reling herab. Marcelino hustete und öffnete halb ein Auge. Vor lauter Erleichterung schrie Lukas ihn an:

»VERDAMMT NOCH MAL, MARCELINO! KANNST DU NUN SCHWIMMEN, ODER NICHT? HIMMEL, ARSCH UND ZWIRN!«

Willem gab das Signal zum Hochziehen des Bootes. Auf halbem Weg fiel Ema auf, dass ihr das nasse Hemd am Leib klebte und vollkommen durchsichtig war. Sie verschränkte ihre Arme vor der Brust, und im nächsten Moment warf ihr jemand von oben einen alten Jutesack zu.

An Bord empfing sie ein so tiefes Schweigen, dass man ihre Zähne klappern hörte. Ihre Beine zitterten, aus ihren Haaren und ihren Kleidern tropfte es, selbst ihre Knochen froren.

»Die Haie, Ema, du bist doch verrückt …«, murmelte der Navigator, den Schuldgefühle plagten, weil er das Fernrohr hatte fallen lassen.

»Diese Art von Haien greift nur an, wenn sie von Blut angelockt werden …«, flüsterte sie zu ihrer Verteidigung.

»Haie hin oder her, man springt *niemals* einfach so ins Meer, *niemals*«, nahm der Admiral sie ins Gebet.

»Das ist blanker Selbstmord«, stimmte der Geologe zu.

»Na, ich wär jedenfalls nicht gesprungen«, bemerkte der Lepröse.

»Klar, du springst nur auf Befehl«, schnappte der Smutje.

Und ein anderer gab noch drauf: »Oller Galionsmatrose.«

»Marcelino scheint sich in letzter Zeit auf Wassersprünge spezialisiert zu haben«, stellte der Wäscher fest.

»Mit seinem Amulett drohte ihm keine Gefahr, ihr habt's ja gesehen«, versicherte Ovid, der ihn um seinen Anhänger beneidete.

»Aber im Ernst, Ema, du wärst beinahe hopsgegangen«, meinte der Chirurg.

»Und wir hätten gleich zwei Mann verloren statt einem«, setzte ein Segelmeister hinzu.

»Was ziemlich dumm gewesen wäre«, schloss der Steuermann.

»Nun, beide Männer sind wohlbehalten zurück, das ist alles, was zählt«, beendete der Prinz die Diskussion. Insgeheim empfand er eine unendliche Erleichterung.

Hänfling kam mit einer Decke an, die größer war als er selbst, und reichte sie Ema.

»Danke, Schiffsjunge«, sagte Tibald. »Lukas, bring Marcelino ins Lazarett. Wäscher, such den beiden trockene Kleider heraus. Smutje, bereite heiße Brühe zu. Und ihr anderen kehrt an eure Aufgaben zurück. Admiral, kommt Ihr einmal mit?«

Tibald nahm den Admiral beiseite und bat ihn, Ema seine Kajüte zu überlassen, bis sie sich aufgewärmt hatte. Er hätte auch Willem Schöne fragen können, aber in dessen Kajüte herrschte ein zu großes Chaos. Dorecs Kajüte dagegen war von pingeliger Sauberkeit. Der Admiral erklärte sich großzügig dazu bereit und stellte ihr sogar sichtbar seine Plätzchendose hin.

Als Ema sich in die schmale Schlafkoje legte und mit dem Kopf halb im Kissen versank, wurde ihr erst bewusst, wie unbequem ihr Seilekorb tatsächlich war. Felix brachte ihr Chili-Öl zum Einreiben, vier zusätzliche Decken, mottenzerfressene Unterkleidung, eine Schale mit Brühe und eine doppelte Ration Trockenfrüchte.

»Du hast sie alle ganz schön aus den Socken gehauen«, meinte er. »Von jetzt an werden sie dich in Ruhe lassen. Hast du das absichtlich gemacht?«

»Und du, mit dem Krokodil damals?«

»Nein.«

»Ich auch nicht.«

»Wie auch immer, du wirst sehen, es war die Mühe wert.«

Er zwinkerte ihr zu und ging hinaus. Ema fiel in einen bleiernen Schlaf und wachte erst tief in der Nacht wieder auf. Der Schiffsrumpf ächzte, die Blöcke klapperten, langsame Schritte wanderten auf dem Achterdeck über ihrem Kopf hin und her. Das Schiff neigte sich leicht zur Seite. Sie fragte sich, wo der Admiral jetzt wohl schlief. Vermutlich in einer Hängematte, mitten im Geschnarche und dem Geruch von Käsefüßen. Mit einem Lächeln auf den Lippen schlief sie wieder ein.

14

Es war ein grau verhangener Tag, als sie das nächste Etappenziel erreichten. Die Isabelle ankerte hinter der langen Mole des Hafens von Greiland, in einer gut zugänglichen großen Bucht, die von hohen weißen Klippen gesäumt war. In dieser pittoresken Landschaft hatte der Admiral in jungen Jahren seinen Beruf erlernt, weshalb er nun hoffte, ebenfalls eine Einladung zu erhalten, um seine alten Kameraden wiederzusehen.

»Wirklich?«, fragte Tibald verwundert, denn er wusste, dass Dorec festliche Empfänge hasste.

»O ja, Hoheit, umso mehr, als Euch meiner Meinung nach ein Anstandswauwau nicht schaden könnte.«

Tibald fing an zu lachen.

»Ein Anstandswauwau? Ihr macht Euch wohl über mich lustig?«

Dorecs Miene verfinsterte sich.

»Ich habe diese Geschichte mit der Damenbegleitung nie gutgeheißen, Hoheit. Ich habe mich von Anfang an dagegen ausgesprochen.«

»Und dabei habt Ihr doch selbst das rote Seidenkleid ausgesucht, Admiral.«

»Nur gegen meinen Willen, Hoheit, nur gegen meinen Willen.«

»Es ist ein prachtvolles Kleid.«

Dorec hüstelte. »Hoheit, uns allen ist aufgefallen …«

»Was aufgefallen?«

»Nun ja, Hoheit, es erscheint uns ziemlich offensichtlich, dass …«

»Admiral Dorec, ich habe mich tadellos verhalten. Ihr könnt mir nichts vorwerfen.«

»Das ist richtig ... zumindest im strengen Sinne des Wortes, mein Prinz. Niemand wirft Euch etwas vor.«

»Aber?«

»Es ist nur so ein Gefühl, Hoheit, wie soll ich sagen ... eine Ahnung, dass da ...«

Tibald verfolgte amüsiert, wie der Admiral ins Schwimmen geriet.

»Dass da eine gewisse ... ähm ... Anziehung besteht. Jawohl, Hoheit. Eine Anziehung.«

»Ich wusste gar nicht, dass Ihr auf Ahnungen setzt.«

Pikiert blickte der Admiral an die Decke.

»Ich bin auf Euer Ansehen bedacht.«

»Mein Ansehen ist, wie wir schon festgestellt haben, makellos.«

»Noch, Hoheit, *noch*.«

»Nun entspannt Euch, Dorec.«

»Ich denke an Euren Vater, König Alberich, an das große Vertrauen, das er in mich gesetzt hat ...«

»Ich weiß, Admiral. Und Ihr habt ihn noch nie enttäuscht.«

Plötzlich fiel Tibald ein, womit er den Admiral milde stimmen konnte. Wenn er schon als Anstandswauwau mitkam, wollte er ihn wenigstens in besserer Laune wissen.

»Was würdet Ihr dazu sagen, wenn Ihr den Wriggriemen nähmt, um zum Kai zu rudern und höchstpersönlich unseren Besuch anzukündigen?«

Dorecs Miene hellte sich auf wie die eines kleinen Jungen.

»Den Wriggriemen, Hoheit?«

Der Wriggriemen war ein langes Ruder, mit dem man aufrecht stehend das Boot alleine fortbewegen konnte. Es erforderte große Geschicklichkeit. Ein Ruderer, der den Wriggriemen mit Eleganz zu führen wusste, konnte sich der Aufmerksamkeit aller sicher sein.

»Das tue ich gerne, mein Prinz …«

»Also abgemacht.«

»Allerdings sind heute Morgen in der Bucht Schaumkronen zu sehen, Hoheit …«

»Aber Dorec, was sind für jemanden wie Euch schon ein paar Schaumkrönchen? Ihr werdet das Ufer erreicht haben, bevor ich mit dem Rasieren fertig bin. Wenn ich an Eure Polarexpedition zurückdenke … das Schiff im Eis gefangen, nichts zu essen als Eure Stiefel …«

Jetzt begann der Admiral rundheraus zu strahlen. Nichts machte ihn so stolz wie die Erinnerung an die berüchtigte Expedition, die vor fünfzig Jahren einen Helden aus ihm gemacht hatte.

»Wenn ich mir vorstelle«, fuhr Tibald fort, »dass Ihr die Mannschaft allein mithilfe von Nägeln und Beilen gerettet habt …«

»Ach, Hoheit, man musste diese Dinge nur an den richtigen Stellen anbringen. Die Nägel an unseren Sohlen, um das Schiff leichter vom Packeis wegzuziehen. Und die Beile vorne in den Steven, um das Eis bei der Vorwärtsbewegung zu spalten.«

Tibald hatte die Geschichte schon etliche Male gehört, gedachte aber jetzt, ihr ganzes Potenzial zu nutzen.

»Und wie ging das noch mal, dass die Männer wieder aufs Schiff hinaufkamen? Sind sie nicht, als das Eis zertrümmert war, ins Wasser gestürzt?«

»Sie sind über die treibenden Eisschollen gesprungen, Hoheit, wie beim Himmel-und-Hölle-Spiel, so haben sie es geschafft.«

»Unfasslich, Admiral. Schlicht und einfach genial. Ihr nehmt also den Wriggriemen, nicht wahr?«

Mit geschwellter Brust verließ Dorec den Raum. Tibald blickte durch die kleinen Rautenscheiben des Fensters nach draußen. Aus den Schaumkronen wurden allmählich lange Schaumkämme, und seine Idee drohte zu scheitern. Der Wriggriemen war ein zweischneidiges Schwert: Wenn die Einfahrt in den Hafen unbeholfen vonstatten ging oder, schlimmer noch, der Admiral nicht rechtzeitig abbremsen konnte, würde er hinterher übelster Laune sein.

Doch Albert Dorec wurde seinem glänzenden Ruf völlig gerecht. In seiner schneidigen Uniform manövrierte er das Boot einhändig, schlängelte sich geschmeidig zwischen den Schiffen hindurch wie ein Fisch durchs Korallenriff und erreichte punktgenau das Ufer. Als er zurückkam, überbrachte er die besten Grüße des Königs, der Tibald für den Abend zu einem Diplomatenfest einlud, auf dem Gäste »aus allen vier Weltmeeren« zugegen sein würden.

Ein Ehrenboot kam sie abholen. Man sah es schon von fern, mit seinen fuchsiaroten Seidenpolstern und den Holzreliefs üppiger Meerjungfrauen, Sinnbild der zweifelhaften Sitten von Greiland. Hier tanzte man viel und aß erst spät zu Abend. Die Greiländer Regenten liebten es, zu verführen und verführt zu werden, zu lügen und zu intrigieren. Als Tibald zum ersten Mal von Eckstein aus in die Welt aufgebrochen war, hatte sein Vater ihm einen Rat mitgegeben, der Greiland mehr als alle anderen Länder betraf: »Amüsiere dich, doch bleibe auf der Hut.«

Der Abend ließ sich gut an. Der Admiral erkannte sofort einige alte Kameraden aus der Marineschule wieder, die inzwischen hochrangige Offiziere der königlichen Flotte waren. Er gesellte sich sogleich zu ihnen und vergaß dabei völlig seine Rolle als Anstandswauwau. Tibald wechselte hier ein paar Worte, dort ein paar Sätze, und Ema wurde von Schmeicheleien überhäuft. Sobald sie die ersten Geigentöne vernahmen, mit denen die Instrumente gestimmt wurden, stahlen sie sich in den Innenhof, der als Tanzfläche vorgesehen war. Dort spielte das Orchester unter einer Arkade, über der eine üppige Glyzinie mit betörendem Duft wucherte.

Die beiden konnten einander noch nicht gestehen, was sie sich selbst nur mit Mühe eingestanden hatten. Auf dem Schiff wahrten sie die Distanz, die zwischen einem Prinzen und einer geflohenen Sklavin geboten war. Doch hier auf dem Ball durften sie zusammen tanzen, und tanzen würden sie, soviel und solange es ging. Emas Stirn lag an Tibalds Schulter. Es kam ihnen vor, als würde die Welt zusammenschnurren wie ein Fächer, als fände das ganze Universum zwischen ihren Armen Platz. Sie brauchten nicht mehr die Meere zu befahren oder aus tropischen Gefilden zu fliehen. Sie hörten kaum noch die Musik spielen und achteten nicht auf die anderen Tänzer.

So bemerkten sie auch nicht den dunkelhaarigen kleinen Mann, der sie, an einen Pfeiler der Arkade gelehnt, die ganze Zeit beobachtete. Er trank einen extravaganten Aperitif mit roten Cocktailkirschen und einem Schirmchen obendrauf, doch sein Blick war grimmig, und sein dünner schwarzer Schnurrbart verstärkte noch den harten Zug um seinen Mund.

Plötzlich wurde der Tanz von einem Feuerwerk unterbrochen, das von einem der Wachtürme gezündet wurde. In Greiland gab es kein Fest ohne größeres Spektakel. Gleich darauf wurde die Menschenmenge zu einem Festzelt im Palastgarten dirigiert. Die Nacht roch nach Eau de Toilette und feuchter Erde. Unter den niedrig hängenden Wolken schien sich ein Gewitter zusammenzubrauen. Ema und Tibald folgten widerstrebend der Herde der geladenen Gäste, die fröhlich vorantrabten, als Ema mit einem Mal stehen blieb. Sie hatte zwischen ihren Schulterblättern ein Stechen verspürt, eine furchtbare und schrecklich vertraute Präsenz. Erschrocken drehte sie sich um. Zwischen Dutzenden von Köpfen erkannte sie sofort den kleinen Mann. Er hob aus der Ferne sein Glas und zeigte unter seinem schwarzen Schnurrbart ein boshaftes Lächeln.

Ema bekam keine Luft mehr, es war, als steckte sie in einem Schraubstock fest. In dieser Beklemmung ertrug sie stumm die endlos scheinende Vorführung von feuerspeienden Marionetten. Der dunkelhaarige Mann stand jetzt genau hinter ihr. Im Festzelt herrschte stickige Luft, die Puppen machten die Hitze mit ihrem Feuergezündel unerträglich, und Emas Panik war mit Händen zu greifen. Beunruhigt zupfte Tibald immer wieder an seinem Kragen herum.

Die Darbietung endete mit donnerndem Applaus, der mit dem Donner des Gewitters draußen verschmolz. Unter strömendem Regen eilten die Gäste in Richtung Bankett. Viele jammerten, andere lachten, einer rutschte im nassen Gras aus. Die, die ihre Abendrobe nicht verderben wollten, warteten im Zelt darauf, dass der Schauer nachließ. Der kleine Mann wartete nicht. Er folgte Ema so dicht hinterdrein, dass er ihr auf die Fersen trat.

Über dem Innenhof hatte man zum Schutz der Tänzer Segeltuch aufgespannt. Als Ema und Tibald dort anlangten, stellte sich der Mann ihnen direkt in den Weg. Sein verschlagenes Lächeln ließ seine Wangen schrumpeln wie eine Walnussschale.

»Señorita Ejea … *Endlich*. Was für eine hübsche Überraschung. Was für eine *besondere* Freude.«

Seine Rs rollten wie Kiesel, die einen Hügel hinunterkollern. Seine Augen erinnerten an Angelhaken. Ema richtete sich kerzengerade auf, aber ihre Beine zitterten. Er streckte ihr seine feuchte Hand hin.

»Ich darf Euch wohl um diesen Tanz bitten, Señorita. Ihr *könnt* mir diesen Tanz nicht verweigern …«

Schon hatte er ihren Arm ergriffen, um sie mit Gewalt zur Tanzfläche zu ziehen. Ema spürte, wie die kalten Stacheln durch ihre Haut drangen, durch ihr Blut flossen und ihr jede Lebenskraft raubten. Sie tanzte schlaff wie eine Stoffpuppe. Dieses Tanzpaar bot keinen schönen Anblick: Sie war größer als er, bewegte sich gegen den Rhythmus, trat ihm auf die Zehen und war sichtlich bemüht, ihn auf Armeslänge entfernt zu halten.

Tibald ahnte instinktiv, dass er Ema nicht aus den Augen verlieren durfte, weil sie sonst aus seinem Leben verschwinden würde. Und wenn sie aus seinem Leben verschwand, würde er den Rest seiner Tage damit zubringen, sie zu suchen. Er musste sich dringend etwas überlegen, um diesen Fremden loszuwerden. Kurz spielte er in seinem Kopf diverse Kampfkunstgriffe durch, doch Prinzen besitzen nicht das Privileg, sich zu prügeln. Er musste das Problem auf diplomatische Weise lösen. Seine Augen irrten durch den Saal, auf der Suche nach dem Admiral. Irgendwo hinten im bunten Lichtschein der Lampions glänzte sein kahler Schädel auf, aber er war zu weit entfernt. Bedrückt blieb Tibald stehen, wo er war. Als eine Gräfin ihn bat, ihre Tochter zum Tanz aufzufordern, schützte er vor, sich den Knöchel verstaucht zu haben. Schließlich näherte sich der Kammerherr zusammen mit einem Diener, dem er gerade gereizt die Speisenfolge einzutrichtern versuchte. Als er Tibald erblickte, schickte er seinen Untergebenen fort.

»Prinz Tibald von Eckstein!«, rief er aus und zeigte ein zahnreiches Lächeln. »Was für ein seltener Gast! Es ist eine Freude, was sage ich, eine Ehre, Euch heute Abend hier bei uns zu haben.«

»Das Vergnügen ist ganz meinerseits. Ein wunderbares Fest.«

»Nun ja, der Regen war nicht eingeplant«, bemerkte der Kammerherr lachend, »aber was will man machen? Über den Himmel hat noch kein Monarch je geherrscht!«

»Ich denke, das ist auch gut so.«

»Ah, weise Worte, mein Prinz, weise Worte«, lobte ihn der Kammerherr und schüttelte sich in einem künstlichen Gelächter.

»Ich muss Euch allerdings meine Unwissenheit gestehen«, sagte Tibald. »Ich kenne nicht alle Eure Gäste.«

»Ach nein? Das wundert mich, Hoheit. Ihr, der unerschrockene Entdecker und Abenteurer, der so unermüdlich den Globus bereist …«

»In den letzten Jahren galt mein Interesse vor allem dem Dschungel.«

»Hoho! Dabei würde man doch denken, Dschungel und Königshof seien ein und dasselbe!«

Wieder schüttelte sich der Kammerherr vor Lachen.

»Ganz richtig, Kammerherr, ganz richtig. Aber klärt mich doch einmal auf. Seht Ihr dort hinten meine Begleiterin? Sie tanzt mit einem Mann, den ich gerne namentlich begrüßen würde.«

Seinen behandschuhten Finger ans Kinn gelegt, versuchte der Kammerherr, Ema in dem Gewimmel auszumachen. Als er sie schließlich entdeckte, brauchte er einen Moment, um ihren Tanzpartner zu identifizieren, da dieser so klein war.

»Ah … ach ja. Ja, ja. Dieser Mann, Hoheit, ist Malaquias Del Puente Saez, der Botschafter von Villadeva.«

Tibald wurde bleich. Das war genau, was er befürchtet hatte. Vor lauter Schreck ging er den Kammerherrn harsch an:

»Villadeva! Dieses Schlangennest? Die Wiege der Korruption! Greiland empfängt *Villadeva*?«

»Aber Prinz Tibald! Greiland ist berühmt für seine Aufgeschlossenheit und seinen vielfältigen internationalen Austausch.«

»Eckstein wiederum ist berühmt für seine Redlichkeit. Wenn Eure Kungelei mit Villadeva meinem Vater zu Ohren kommt …«

»Oh!« Der Kammerherr war rot wie eine Tomate geworden. Er zupfte nervös an seinen Frackschößen herum. »Prinz! Drohungen ausgerechnet von Euch? Eckstein ist ein neutrales Königtum, was mischt Ihr Euch also ein?«

»Kein Reich verfügt über so viel Macht wie ein neutrales, das wisst Ihr ebenso gut wie ich.«

Tibald redete sich um Kopf und Kragen. Ihm wurde bewusst, dass er die Dinge nur schlimmer machte, und er bemühte sich um einen Tonwechsel.

»Nichts für ungut. Nehmt es einfach als Ratschlag eines guten Freundes.«

Doch der Kammerherr ließ sich nicht so einfach beschwichtigen.

»Meine Verehrung, Prinz Tibald«, sagte er kühl. Mit einem vielsagenden Blick auf die Tänzer setzte er hinzu: »Ich wünsche Euch das Beste.«

Kaum war der Kammerherr verschwunden, kreuzte der Admiral auf. Er hatte die beiden miteinander sprechen sehen und wollte die Gelegenheit nutzen, dem Hof seine Ehrerbietung zu erweisen. Dabei fiel ihm plötzlich wieder seine Mission als Anstandswauwau ein.

»Verflixt, Hoheit, nun habe ich den Kammerherrn verpasst!«, stieß er atemlos aus.

»Das macht nichts, Admiral. Er ist sowieso schlecht gelaunt. Ich vermute, Ihr habt Euch gut amüsiert?«

»Und ob, Hoheit, und ob. Aber jetzt sterbe ich vor Hunger. Schauen wir doch einmal beim Büfett vorbei, was denkt Ihr?«

»Leider muss ich Euch enttäuschen, Admiral, aber wir werden nicht essen.«

Dem verdutzten Admiral wurde erst jetzt bewusst, dass Ema fehlte. Tibald deutete auf die Tanzfläche. Ema versuchte, sich in ihre Richtung zu bewegen, aber ihr Tanzpartner zog sie zum anderen Ende des Innenhofs.

»Ich habe die ganze Zeit ein Auge auf sie.«

»Seht Ihr!«, rief der Admiral und warf die Arme auseinander. »Ich wusste es doch. Es ist genau, wie ich sagte, Hoheit. Da gibt es eine Anziehung! Ihr leugnet das Offensichtliche.«

»Ich leugne nicht das Offensichtliche, da es ja offen sichtlich ist. Ihr versteht nicht, Admiral. Dieser Mann will sie zurückholen.

Gleich heute Abend will er sie mitnehmen, die Gelegenheit ist zu günstig.«

»Mitnehmen, Hoheit? Aber es handelt sich um ein menschliches Wesen, nicht um ein Paar Holzpantinen.«

»Für diesen Mann macht das keinen Unterschied.«

Vom Strom der Tanzenden getrieben, kamen Malaquias und Ema in diesem Moment in ihre Nähe. Tibald dankte dem Himmel, fasste nach Ema und zog sie zu sich.

»Ihr tanzt heute Abend schlecht, meine Liebe«, sagte er absichtlich laut. »Ist Euch irgendetwas nicht angenehm?«

Malaquias stellte sich vor den Prinzen, der ihn um zwei Köpfe überragte, und stampfte wütend auf:

»Ihr seid es, der nicht angenehm ist! Was sind das für schlechte Manieren? Señorita, machen wir weiter, wo wir waren.«

Tibald zupfte Emas Schultertuch zurecht und legte einen Arm um sie.

»Meine Braut ist gesundheitlich angegriffen, Herr Del Puente. Das Leben auf See strengt sie an, wisst Ihr. Sie muss sich oft ausruhen.«

Der kleine Mann wurde fast so blass wie der Admiral.

»Eure *Braut*?«

»Ja, meine Verlobte. Ihr scheint erstaunt?«

»Die Señorita Ejea *kann sich nicht* mit dem nächstbesten Prinzen verloben.«

»So? Und warum nicht?«

»Weil sie mir gehört.«

»Sieh an. Sie gehört Euch.«

»Ich habe es schwarz auf weiß. Ich habe die erforderliche Summe gezahlt, und sie gehört mir.«

»Das klingt, als würdet Ihr von einem Paar Holzpantinen sprechen, stimmt's, Admiral?«

Der Admiral antwortete nicht; er stand unter Schock.

»Also, wenn ich eine Frau wäre«, fuhr Tibald fort, »ich würde nicht mit Euch mitgehen.«

»Wärt Ihr eine Frau, hätte ich Euch gar nicht ausgesucht!«

Malaquias war laut geworden, und die Leute drehten sich schon um. Der Kammerdiener kam wieder angelaufen und fuchtelte mit seinen behandschuhten Händen.

»Aber, aber, was ist denn los? Ist Hilfe vonnöten?«

Der Admiral wollte die Gelegenheit nutzen, um seine Huldigungen loszuwerden, aber Tibald kam ihm zuvor:

»Ihr kommt gerade richtig, Kammerherr. Ich wünsche, dass man uns umgehend zu unserem Schiff zurückbringt.«

»Aber Prinz Tibald, der Abend ist doch noch jung. Im Festzelt werden noch *unglaubliche* Darbietungen zu sehen sein …«

»Das ist bedauerlich, aber meine Verlobte fühlt sich nicht gut, und mir wäre lieber, sie schaut einmal bei unserem Schiffsarzt vorbei.«

»Eure … Verlobte, Hoheit?«, wiederholte der Kammerherr und warf dem Admiral einen fragenden Blick zu.

»O ja, in der Tat, die … *Verlobte* des Prinzen wird sich an Bord sicher besser fühlen«, bestätigte der Admiral mit verkniffener Miene. »In ihrer Kajüte«, setzte er hinzu, um es glaubwürdiger klingen zu lassen.

»Aber, aber, aber … Greiland hatte ja nicht die leiseste Ahnung von dieser Verbindung, Prinz. Unser König wäre sicher zu Eurer Feier gekommen, wenn Ihr ihn nur eingeladen hättet …«

»Leider war das nicht möglich«, erklärte Tibald. »Das Verlöbnis fand auf hoher See statt.«

»Diese Verlobung ist ungültig!«, tobte Del Puente. »Ich fechte sie an!«

»Dann nennt dem Kammerherrn doch Eure Gründe«, entgegnete Tibald. »Wir wollen sehen, ob er sie billigen kann.«

Malaquias verstummte. Die Länder, die Handelsbeziehungen mit Villadeva pflegten, wollten gar nicht so genau wissen, was sich dort abspielte. Wenn er hier vor lauter Zuhörern Anspruch auf eine Sklavin erhob, könnte er ebenso gut auf der Bühne des Festzelts eine peinliche Krankheit eingestehen. Mit Sicherheit würde Malaquias seinen Botschafterposten verlieren. Tibald sah ihn abwechselnd erbleichen und innerlich schäumen, schäumen und wieder erbleichen.

»Gut«, meinte der Prinz. »Das wäre also geklärt. Ich bitte Euch, Kammerherr, unsere Rückkehr zum Schiff in die Wege zu leiten.«

»Ich sage nicht nur *Auf Wiedersehen*«, raunte Malaquias ihm zu, »ich sage Euch *Auf bald*, denn Ihr werdet noch von mir hören.«

»Mit größtem Vergnügen«, antwortete Tibald und kehrte ihm den Rücken zu.

Malaquias zischte Ema noch einen Satz in der Landessprache von Villadeva zu, der sie sofort zusammenfahren ließ. Tibald fasste sie um die Taille und zog sie an sich. Die Gästeschar trat tuschelnd auseinander, um sie durchzulassen.

Immer noch wie benommen trottete der Admiral hinter ihnen her. Während der ganzen Rückfahrt schwieg er mit zusammengekniffenen Lippen, und sobald sie an Bord waren, wedelte er Ema unhöflich weg wie eine Fliege:

»Verzieh dich, Schiffsjunge. Ich muss mich mit deinem *Verlobten* unterhalten.«

Die wachhabenden Matrosen glaubten, Dorec habe getrunken, zumal er vor Wut schwankte, als er Tibald zur Offiziersmesse folgte. Sobald sie die Tür hinter sich geschlossen hatten, schrie er los:

»*Verlöbnis auf hoher See? Verlöbnis auf hoher See?* Was denn als Nächstes? Ihr stellt uns vor vollendete Tatsachen, Hoheit!«

»Beruhigt Euch, Dorec, es ist viel einfacher, als Ihr glaubt.«

»Viel einfacher? Was ist daran *einfach*, Hoheit?«

»Wir müssen die Sache nur noch verwirklichen.«

»Verwirkl...?«

»Natürlich nur, wenn Ema einverstanden ist.«

Der Admiral verschluckte sich an seiner eigenen Spucke.

»Admiral«, sagte Tibald, »hört mir jetzt gut zu: Entweder ist mir das Glück beschieden, Ema zu heiraten, oder ich werde ohne Nachkommenschaft sterben. Denkt an die Zukunft des Königreichs. Habe ich mich verständlich gemacht?«

Tibald hatte sich bestens verständlich gemacht: Starb er ohne Nachkommen, würde derjenige König werden, der als Nächster in der Thronfolge kam. Und da der Nächste in der Thronfolge sein Bruder Jesko war, würde Eckstein nie mehr dasselbe Land sein. Der harmonische Zusammenhalt, die so kostbare Neutralität des Reiches – dies alles hätte keine Zukunft mehr. Der Admiral presste seine Lippen so fest zusammen, dass man sie nicht mal mehr sah. Er musste die Augen schließen, um atmen zu können. Er wirkte plötzlich gealtert.

»Ihr könnt Euch zurückziehen, Admiral.«

Dorec schlug seine Augen wieder auf, und Tränen standen in ihnen. Er ging mit hängenden Schultern zur Tür, da rief Tibald ihn noch einmal zurück.

»Albert?«

Der Admiral zuckte zusammen; nur seine Frau Gwendolin und König Alberich nannten ihn bei seinem Vornamen.

»Ich bin aus dem Alter heraus, in dem ich eine Aufsichtsperson brauche, Albert«, sagte Tibald sanft. »Auch mein Vater weiß, dass Ihr da nichts mehr ausrichten könnt.«

15

Durchs Zwischendeck zogen so intensive Duftschwaden, dass sie noch in Tibalds Kajüte zu riechen waren. In der Kombüse waren Virus und Lukas gerade damit beschäftigt, aus den üblichen Substanzen (Harze, Weihrauch, Öle, Metalle, Samen) medizinische Salben auf dem Herd zusammenzurühren, die gelegentlich heilten und immer stanken. Deshalb musste Ema im Lazarett allein die Stellung halten, eine Gelegenheit, die Tibald nicht verstreichen lassen wollte. Trauliche Zusammenkünfte waren auf einem Schiff etwas Seltenes, Heiratsanträge noch seltener, und er war nervös. Eine lästige innere Stimme versuchte, ihm einzureden, dass Ema aus reiner Höflichkeit, ja nur aus Gehorsam mit ihm getanzt hatte, weil er die Macht besaß, sie aus seinem Reich im Norden auszuschließen. Aber er versuchte, diese Stimme zu ignorieren. Er würde die Wahrheit nur herausfinden, wenn er seine Frage offen aussprach.

Wie vermutet, fand er Ema hinter dem schmuddeligen Vorhang der Krankenstation.

»Guten Tag, Hoheit«, sagte sie, ohne ihn anzusehen. Sie hatte seine Schritte auf den knarzenden Planken erkannt und beschlossen, sich nicht umzudrehen, so schrecklich peinlich war ihr, was am vergangenen Abend passiert war. Nicht im Mindesten ahnte sie, was Tibalds wahre Absichten waren.

»Ema, ich …«

»Macht Euch keine Sorgen, Hoheit, ich verstehe schon. Manchmal muss man lügen. Im äußersten Notfall.«

»Aber Ema, ich …«

»Hoheit, ich habe gründlich nachgedacht. Ich habe Euch schon mehr als genug Schwierigkeiten bereitet. Beim nächsten Zwischenhalt werde ich an Bord bleiben.«

Er ballte den Vorhang in seiner Faust zusammen.

»Wirklich?«

»Wirklich, Hoheit.«

»Aber in Basilis gibt es keinen Malaquias Del Puente Saez. König Immanuel empfängt keine Vertreter aus Villadeva. Er duldet nicht einmal Villadevas Schiffe in seinem Hafen.«

»Ich weiß, Hoheit.«

»Woher weißt du das?«

»Ich reise schließlich nach Norden, Hoheit. Ich habe mich kundig gemacht.«

»Und doch hast du Greiland betreten. Hatte dich niemand davor gewarnt?«

Ema biss sich auf die Lippe.

»Ich … ich wusste, dass damit ein gewisses Risiko einherging, Hoheit.«

»Warum bist du also an Land gegangen?«

»In Basilis werde ich nicht an Land gehen, Hoheit. Mein Entschluss steht fest.«

»Du hast nicht auf meine Frage geantwortet.«

»Nein, Hoheit.«

»Gut, in Ordnung.«

Er ließ den Vorhang los.

»Was wolltet Ihr mir sagen, Hoheit?«

»Ich … Ema, sieh mich bitte an.«

Ema schüttelte den Kopf und drehte sich nicht zu ihm um. Er fühlte ein Gewicht schwer wie ein Stein auf seiner Brust.

»Na gut. Nein … nichts. Ich lasse dich arbeiten.«

Als sie hörte, wie sich seine Schritte entfernten, hätte sie am liebsten alles um sich herum kurz und klein geschlagen. Nur mit größter Mühe hatte sie ihre Worte herausgebracht. Sie hatte ihm den Rücken zugewandt, um ihre Scham zu verbergen, ihre Müdigkeit, die Schlaflosigkeit der vergangenen Nacht und die tiefsitzende Angst, die der Botschafter Malaquias erneut in ihr geweckt hatte. Als Lukas mit seinen schmierigen Mixturen zurückkam, bemerkte er sofort Emas aufgewühlten Zustand.

»Was hast du denn, Ema?«

Sie zuckte mit den Schultern.

»Ich bin gerade an Tibald vorbeigekommen«, erzählte er. »Und weißt du was? Er macht genau die gleiche Visage wie du.«

In den folgenden Tagen erwähnten weder Tibald noch Ema noch Admiral Dorec das Greiländer Diplomatenfest. Sie taten, als wäre nichts gewesen. Dem Admiral fiel lediglich auf, dass der Schiffsjunge lustloser arbeitete als sonst und der Prinz gefährlich zerstreut erschien. Er besiegte ihn sogar im Schach, was sonst eigentlich nie vorkam. Darauf befahl er Ovid, all seine Seemannsknoten noch einmal ordentlich nachzuziehen, und trug dafür Sorge, dass der Prinz sich von der Takelage fernhielt. Tibald bemerkte es nicht einmal.

Bis zur letzten Zwischenetappe blieben noch rund zwei Wochen. Basilis war das Mutterland des Königreichs Eckstein, denn es war von einem seiner Fürsten – Eckart – gegründet worden. Die Legende erzählte, dass Prinz Eckart von Basilis sich in eine Schafhirtin verliebt hatte und ihretwegen auf den Königsthron verzichten wollte. Daraufhin hatte ihn sein erzürnter Vater auf ein sturmgepeitschtes, steiniges Fleckchen im Meer verbannt, ohne zu wissen, ob er die Insel je erreichen würde. Im Lauf der Jahrhunderte hatten sich die beiden Königreiche ausgesöhnt. Sie unterhielten freundschaftliche Beziehungen und sprachen fast dieselbe Sprache; König Immanuel von Basilis war sogar Tibalds Patenonkel. Einen wesentlichen Unterschied gab es jedoch: Während Eckstein eine Oase des Friedens darstellte, war das Königtum Basilis eine beträchtliche Militärmacht, stets im Begriff, seine Grenzen zu erweitern oder zu sichern.

Die zwei Wochen auf See vergingen wie im Flug. Da die Isabelle in den Häfen wiederholt ihre Vorräte hatte aufstocken können, gab es genug Zucker, Tabak, Fleisch und Gemüse an Bord. Das Festland blieb immer in Sichtweite. Sie mussten nicht auf die weite See hinaus, es genügte, die Küste entlangzufahren. Es war ein milder Mai, und der Wind von Süden ließ sie gut vorankommen. Am Tag vor ihrer Ankunft in Basilis befanden sich die Seeleute in Hochstimmung.

»Endlich frisches Essen!«, frohlockte der Smutje, als sie am langen Tisch im Zwischendeck saßen.

»Alles besser als dein lahmer Fraß«, nölte der Lepröse.

»Kratz deinen Schorf, wenn du was Deftiges willst«, versetzte Bugspriet.

Der Smutje konnte nicht aufhören zu schwärmen, wobei er seinen Holzlöffel schwang wie ein Dirigent: »Goldkrapfen, Walderdbeeren, Wachteleier …«

»O ja! Und dicke, saftige Pfirsiche!«, rief Marcelino.

»Pfirsiche gibt's erst im Herbst«, widersprach der Smutje.

»Und Goldkrapfen im Winter«, bemerkte der Geologe.

»Ach neiiin!«, jammerte der Smutje.

»Anlässlich der Januarfeiern«, bekräftigte der Admiral.

Der Lepröse säuselte anzüglich: »Das Gasthaus zum fröhlichen Zwicker gibt's hingegen das ganze Jahr«, womit er ein grölendes Gelächter auslöste.

»Ein bisschen Zurückhaltung vor dem jungen Fräulein«, mäßigte ihn Willem.

»Und dem Hänfling«, fügte Felix hinzu.

Um das Thema zu wechseln, fragte der Admiral:

»Hat den beiden schon jemand vom gläsernen Uhrwerk erzählt? Wer von euch hat das gläserne Uhrwerk noch nie gesehen?«

Ema und Hänfling hoben die Hand.

»Sein Mechanismus ist vollkommen durchsichtig«, erklärte Tibald. »Basilis hat es von einem Sultan bekommen, im Tausch gegen einen ganzen Pferdestall. Es heißt, nach dem großen Erdbeben sei es als einziger Gegenstand heil geblieben.«

Marcelino stieß einen Pfiff aus. »Unglaublich.«

»Unmöglich«, entgegnete Virus. »Das ist doch nur so eine Sage.«

»Nimm dem Geheimnis nicht seinen Zauber«, flehte Lukas.

»Unser König Alberich *liebt* das gläserne Uhrwerk«, erklärte der Admiral ehrfürchtig.

»Das stimmt«, sagte Tibald. »Er meint, es sei wie das Herz eines guten Königs – beides ist gleichermaßen selten.«

»Nicht in Eckstein, mein Prinz«, wandte der Admiral ein. »In Eckstein sind gute Könige die Regel. Was ist denn nun mit der Suppe? Kommt sie?«

Der Smutje ging, wie immer murrend, den Kessel holen. Zwischen zwei Löffeln lauwarmer Suppe gedachten die Männer kurz ihres guten Königs und ihrer Heimat. Eckstein fehlte ihnen.

Nach dem Abendessen stieg Ema aufs erhöhte Achterdeck. Eigentlich hätte sie sich ausruhen müssen, aber ihr war nicht nach Schlafen. Sie blickte auf das Meer, das so weit und endlos war wie der Himmel. Es fühlte sich an, als würde sie direkt zwischen den Sternen dahinsegeln, aber sie wusste, dass das nur eine Illusion war: Die Schwerkraft hielt sie gnadenlos auf diesem Planeten, der sie schon so oft enttäuscht hatte.

Die Tanzabende mit Tibald zählten zu den seltenen Glücksmomenten in ihrem Leben. Jeder dieser Tänze hatte für kurze Zeit den dunklen Schlamm ihrer Erinnerungen von ihr fortgespült.

Ema wünschte sich nichts sehnlicher, als ein letztes Mal mit ihm an Land zu gehen. Aber früher oder später würde es mit dem Zauber vorbei sein, das war unausweichlich. Malaquias Del Puente Saez hatte allem ein Ende bereitet. Jetzt, wo er ihr auf die Spur gekommen war, würde Ema, die so viele Jahre auf der Flucht vor ihm verbracht hatte, nie wieder irgendwo sicher sein. Aber ihre Angst war nichts im Vergleich zu ihrer Scham darüber, dass sie den Prinzen in eine so unmögliche Lage gebracht hatte. Tibald hatte sich in aller Öffentlichkeit lächerlich gemacht. Er hatte sich einen skrupellosen Menschen zum Feind gemacht. Er hatte gelogen, um ihr aus der Patsche zu helfen, so wie er sie wahrscheinlich zum Tanzen mitgenommen hatte, um nicht mit all den Langweilern reden zu müssen. Mit seiner angeborenen Höflichkeit und seinen guten Manieren hatte er sie unabsichtlich in die Irre geführt. Was für ein peinliches Missverständnis. Sie hätte sich niemals einbilden dürfen, dass er Zuneigung für sie empfand. Sie hätte niemals einen Fuß an Land setzen dürfen. Eine Sklavin auf der Flucht blieb eine Sklavin auf der Flucht.

Der Wind peitschte ihre Wangen, ließ die Bändel ihres Hemdes flattern, und unter ihren nackten Füßen spürte sie die kalten Deckplanken. Sie zweifelte jetzt an der ganzen Idee, sich in Eckstein niederzulassen, jenem Königreich im Norden, auf das sich all ihr Sehnen konzentriert hatte. Als sie schon dachte, nichts könnte sie mehr tiefer ziehen, geschah etwas noch Schlimmeres: Über ihr am Himmel verlosch in Gloriola, dem Sternbild der Herrscher, ein Lichtpunkt nach dem anderen. Auch das Sternbild Azalea verschwand, dann ein weiteres und noch ein anderes, bis das Firmament völlig finster war. Nur noch schwärzestes Schwarz. Ema kniff verzweifelt die Augen zusammen, auf der Suche nach einem kleinen Lichtschein.

Aber da war nichts.

Einen Moment lang stand sie wie gelähmt da, dann beschloss

sie, die Nachtwache zu verständigen. Aber gerade als sie die Stufen hinuntersteigen wollte, blinkten die Sterne plötzlich wieder auf. Funkelnd und strahlend wie Diamanten tauchten sie einer nach dem anderen auf, als wären sie nie weg gewesen.

Ema wusste jedoch, dass sie nicht geträumt hatte. Genau so etwas hatte sie schon einmal als Kind erlebt, und anschließend hatte ihr Leben eine dramatische Wendung genommen.

Ein leeres Firmament, das bedeutete Tod.

Bis zum Morgengrauen tat sie kein Auge zu. Als der Tag anbrach, war die Luft frisch und heiter, aber Ema war noch immer in ihrer düsteren Stimmung gefangen. Sie sorgte sich nicht ihretwegen, schließlich hatte sie nichts mehr zu verlieren. Nein, ihre Sorge galt eindeutig Tibald. Nachdem sie ihm im Lazarett den Rücken gekehrt hatte, war sie ihm tunlichst aus dem Weg gegangen. Aber jetzt musste sie ihn unbedingt sprechen.

Er stand, die Nase im Wind, am Steuerrad, wo er Willem vertrat. Als er sie näherkommen sah, blickte er erstaunt auf. Dann bemerkte er ihre elende Miene.

»Nanu, Schiffsjunge? Bist du krank?«

»Nein, Hoheit.«

Ihre Augen waren schwarz, schwarz wie die Nacht, die sie so in Schrecken versetzt hatte. Tibald erschauderte. »Deine Augen …«, entfuhr es ihm.

»Wie bitte, Hoheit?«

»Sie wechseln tatsächlich die Farbe …«

»Ja, Hoheit.«

»Was bewirkt diese Veränderung?«

»Meine Stimmung, Hoheit.«

»Merkwürdig, das hätte mir schon früher auffallen müssen …«

»In Eurer Gegenwart war meine Stimmung meist dieselbe, Hoheit.«

Er lächelte, und sie wandte den Blick ab.

»Heute nicht«, stellte er fest.

»Nein, heute nicht, Hoheit.«

»Was ist los, Ema?«

»Ich habe eine böse Vorahnung, Hoheit.«

»In welcher Hinsicht?«

»Ich weiß es nicht. Das heißt ... Ich habe ... ein Zeichen gesehen. Und es war nicht das erste Mal, Hoheit. Beim ersten Mal ...«

Sie zögerte. Jedes Wort kostete sie unendliche Mühe.

»Beim ersten Mal starb mein Vater. Und meine Mutter ... meine Mutter hat man anschließend gezwungen ... Man hat sie getäuscht ... Ich ...«

Sie war drauf und dran, wieder zu gehen. Sie hatte sich bereits abgewandt, als er sie bei der Schulter fasste.

»Hat man deine Mutter gezwungen, dich zu verkaufen? Ema?«

Diesmal sah sie ihm direkt ins Gesicht. Die Hand, die auf ihrer Schulter lag, ließ sie ruhiger werden. War das wieder eine Illusion? Und wenn schon ...

»Meine Mutter hätte mich niemals verkauft, Hoheit. Aber man versprach ihr, mir eine gute Erziehung zukommen zu lassen, eine ... eine Art Dame aus mir zu machen.«

Ihr Blick war schwärzer als schwarz; Tibalds Hand wurde schwerer.

»Ohne meinen Vater war meine Mutter hilflos«, erzählte Ema mit einer Stimme, die aus weiter Ferne zu kommen schien. »Die beiden hatten es geschafft, sich freizukaufen, nach zwei Generationen, die jeden kleinsten Betrag angespart hatten ... eine, vielleicht zwei oder drei Münzen pro Jahr, unter großen Entbehrungen. In Villadeva sagt man, Sklaven besäßen kein Gesicht. Deshalb lassen die, die sich freikaufen können, ein Porträt von sich malen. Meine Eltern ließen meines malen. Das kleine Bildnis in dem Medaillon. Sie hatten die besten Jahre ihres Lebens hinter sich, sie waren nicht mehr gesund, sondern verbraucht, ausgelaugt. Sie sagten, für sie sei nur noch eines auf der Welt wichtig, und das sei meine Freiheit. Nie hätten sie mich verkauft. Niemals. Meine Mutter wurde betrogen, und ich habe sie nie wiedergesehen.«

Ema wandte sich dem offenen Meer zu, verblüfft über sich selbst. So viele Jahre hatte sie nur überlebt, weil sie geschwiegen und gelogen hatte. Seit sie zehn Jahre alt war, seit dem Tag, an dem drei Männer sie mit ihrem Köfferchen und dem Medaillon um den Hals mitgenommen hatten, hatte sie diese letzte Erinnerung an ihre Mutter für sich behalten, den Anblick einer schon alten Frau, deren müde Hände unter widrigsten Umständen jahrelang für sie gesorgt hatten.

Ema hatte keine gute Erziehung, keine Bildung erhalten. Keiner hatte aus ihr »eine Art Dame« gemacht. Im Gegenteil. Man hatte ihr die härtesten und erniedrigendsten Arbeiten zugemutet, bis eines Nachts ihr Herr sie dabei ertappt hatte, wie sie tanzte, auf herrliche Weise tanzte. Sie tanzte, wie nur Sklaven zu tanzen vermögen, ohne Musik, ohne festlichen Anlass, einzig, um die drückend heiße Luft ihrer Elendshütte in Schwingung zu versetzen und sich lebendig zu fühlen. Mit dreizehn Jahren konnte man ihre künftige Schönheit erahnen. Die zufällige ethnische Mischung hatte ihr helle Augen und eine glatte, milchkaffeefarbene Haut verliehen. Ihr Herr beschloss, sie mit Essen zu päppeln, ihre Zähne zu versorgen und ihre Hände zu verschonen. Als zwei Jahre später Malaquias Del Puente Saez als Kaufinteressent auftauchte, zahlte er bar auf die Hand eine hohe Summe für sie.

Noch im selben Jahr hatte Ema über dem Feuer ihre Eisenketten zum Schmelzen gebracht. Das glühende Metall fraß sich in ihre Haut, aber sie hatte nicht geschrien. Sie hatte an ihre Mutter gedacht: Ihrer Mutter zuliebe musste sie sich befreien. Sie hatte ein

Fenster zerbrochen und sich durch Gitterstäbe gezwängt, wobei sie sich den Rücken aufriss; sie war anschließend in das trübe Wasser eines Kanals gesprungen, war unter der Oberfläche getaucht, den Mund voller Schlamm, hatte die Luft angehalten, solange sie konnte. Bei jedem Schwimmzug schienen sich ihre verbrannten Handgelenke von ihrem Körper zu lösen.

In den Tagen, Wochen und Jahren, die folgten, hatte sie sich auf die eine oder andere Weise ernähren können. Sie war von Insel zu Insel geflüchtet, hatte die jeweilige Sprache gelernt und jedwede Arbeit angenommen. Vor allem aber hatte sie beobachtet, zugehört, nachgedacht. Sie wollte verstehen, wie freie Menschen leben. Welche Entscheidungen sie trafen und warum. Und so hatte ihr Traum Gestalt angenommen, ihr Traum von einem glücklichen Land mit einem redlichen Regenten. Sie hatte sich gut informiert: Ein solches Land gab es nur einmal. Weit, sehr weit im Norden. Sie hatte sich fleißig bemüht, die Sprache zu erlernen. Hatte lange auf das Schiff gewartet.

Heraneilende Schritte rissen Ema aus ihren Gedanken und verhinderten, dass Tibald etwas sagen konnte. Willem Schöne kam, um das Steuer zu übernehmen.

»Wir sind gleich da, mein Prinz. Wir fangen an zu wenden.«

»Ach ja? Gut, fabelhaft …«, stammelte Tibald.

Zu seiner Überraschung sagte Ema:

»Ich bin bereit, an Land zu gehen, wann immer Ihr es wünscht, Hoheit.«

Tibald zog die Augenbrauen hoch.

»Ähm … Wenn du das gläserne Uhrwerk sehen möchtest … Es befindet sich im Palast. Gehen wir am besten zeitig von Bord. Noch vor Sonnenuntergang.«

Willem warf ihnen vom Steuer aus einen Blick zu. Er fand, dass die beiden sich sonderbar verhielten. Tagelang hatten sie kein Wort miteinander gewechselt. Doch er hätte schwören können, sobald die beiden nebeneinanderstanden, ging von ihnen ein Lichtschein aus, der heller war als das Morgenlicht, ja reiner als ein vom Nordwind freigefegter Himmel. Und dieser Eindruck hatte sich nach jedem Zwischenhalt verstärkt.

16

Ema kam nicht dazu, das gläserne Uhrwerk zu sehen. Es gab weder einen Ball noch ein Bankett.

König Immanuel ließ ausrichten, er wolle seinen Patensohn so schnell wie möglich sehen, und lud ihn sofort zum Mittagessen ein. Diese Dringlichkeit beunruhigte Tibald, und er gab die Anweisung, die Besatzung solle während seines Landgangs an Bord bleiben. Mit einer Ausnahme: Er nahm Ema beim Wort und wollte nicht ohne sie an Land gehen, und sei es nur für ein kurzes Mittagessen. Der Admiral zog sich verärgert in seine Kajüte zurück, wobei er vor Erregung auf den Stufen stolperte.

König Immanuel war ein gebrechlicher alter Mann. Er wartete auf sie in schwarzer Kleidung, gebeugt und mit tieftrauriger Miene in einem Rauchsalon mit zugezogenen Vorhängen, wo es nach Staub und Regentagen roch. Als er die beiden kommen sah, zögerte er. Sollte er vor der Unbekannten sprechen? Was er zu sagen hatte, war äußerst ernst. Seine blauen Augen wanderten von Tibald zu Ema. Er kam zum Schluss, es sei vernünftiger, die beiden nicht zu trennen. Er schritt auf Tibald zu, ließ sich mit einem Knie auf dem Boden nieder und sprach langsam, die Hand auf seiner Brust, die Worte:

»Eure Majestät.«

Erschrocken wich Tibald zurück.

Immanuel hatte Mühe, sich wieder hochzurappeln. Zwei dicke Tränen rollten über seine fahlen Wangen. Als er mit Emas Hilfe wieder stand, sah er seinen Patensohn eindringlich an:

»Möget Ihr der große König sein, zu dem Ihr – dessen bin ich gewiss – fähig seid.«

Mit einem Kloß im Hals brachte Tibald heraus:

»Wann? Und wie? Was ist pa…«

Sein Pate legte einen Finger auf seine Lippen:

»Die Wände haben Ohren. Kommt mit.«

Tibald nahm Emas Hand und drückte sie fest. Durch eine verborgene Seitentür führte Immanuel sie in einen kleinen Nebenraum, wo ein Mahagonitisch für zwei Personen gedeckt war. Der Raum war kaum größer als der Tisch, ebenso gut hätte man in einem Schrank essen können. Die Kerzen warfen ein flackerndes Licht auf Porzellan, Zinn und mundgeblasene Kelche. Nie war Tibald ein gedeckter Tisch trostloser erschienen. Immanuel zog an einer Kordelschnur, und sogleich wurde ein drittes Gedeck gebracht.

Der König von Basilis hatte Alberichs Rechtschaffenheit stets bewundert. Er hatte selbst von einem Reich ohne Kriege geträumt, doch nie die Kraft besessen, sein Land entsprechend zu reformieren. Seinen mangelnden Mut bezahlte er mit chronischer Schlaflosigkeit, und nun begriff er Alberichs Tod als das Ende jeglichen Friedens. Schweigend löffelten sie die Austernsuppe. Mit jedem Schlucken wurde die Atmosphäre beklommener. Schließlich legte Tibald lautlos seinen Löffel nieder.

»Hat er leiden müssen?«

Immanuel öffnete nur seine Hände, um anzudeuten, dass er es nicht wusste.

»Ich verstehe das nicht«, meinte Tibald. »Er war doch bei guter Gesundheit, er war …«

»In seinen besten Jahren, ich weiß. Der Tod hätte eher mich erwischen sollen, nicht wahr? O ja. Und doch hat er ihn ereilt.«

»Wann?«

»Vor drei Tagen.«

»Vor drei Tagen! Aber wir sind mindestens zehn Seetage von meiner Heimat entfernt, wie habt Ihr es erfahren können?«

»Über eine Briefmöwe.«

Immanuel wischte sich die Mundwinkel ab und breitete dann wieder die Serviette über seinen Schoß.

»Wenn ich mir vorstelle, dass diese Nachricht nach jahrelangen Versuchen erst die zweite gelungene Flugkorrespondenz war … Natürlich habe ich alles für mich behalten. Nur Ihr solltet es erfahren, Tibald. Sonst habe ich keinem davon erzählt. Ich warte noch ab, bis uns die offizielle Todesmeldung aus Eckstein erreicht.«

Er seufzte lange, mit pfeifender Lunge.

»Wie Ihr ja wisst, besagt das Erbfolgegesetz …«

Er beließ seinen Satz in der Schwebe.

»… dass Schlag Mitternacht am zwölften Tag nach Ableben des Königs der Thron wieder besetzt sein muss«, führte Tibald ihn zu Ende. »Drei Tage sind bereits vergangen, also bleiben mir noch neun, um Anspruch auf die Krone zu erheben.«

»So ist es.«

Das Erbfolgerecht von Eckstein war dem von Basilis nachempfunden. Das Königreich durfte nicht länger als zwölf Tage herrscherlos bleiben, damit keine Anarchie ausbrach. Starb ein Regent, ging seine Krone auf seinen ältesten Sohn oder seine älteste Tochter über, ganz gleich, welchen Alters. Wenn aber der oder die Erstgeborene aus irgendeinem Grunde nicht imstande war, den Thron zu besteigen, ging die Krone auf den nächstjüngeren Bruder oder die nächstjüngere Schwester über. Jesko würde sich diese Chance nicht entgehen lassen.

Geschmeidig wie ein Otter mäanderte ein Diener durch den engen Raum. Er zauberte einen kompletten Lachs auf den Tisch und ließ die Suppenschüsseln verschwinden, bevor er sich selbst wieder in Luft auflöste.

»Ich esse nur noch Fisch«, sagte Immanuel entschuldigend.

Er zerteilte den Lachs, indem er das Messer wie einen Degen schwang – tatsächlich war er seinerzeit ein guter Fechter gewesen. Während er zuerst Ema und dann Tibald bediente, flüsterte er:

»Eine ungeklärte Todesursache.«

»Ungeklärt?«

»Verdächtig.«

»Was heißt das?«

»Verdächtig«, rasselte der König erneut, als liege auch er in den letzten Zügen.

Tibald schlug mit der Faust auf den Tisch. Ema legte ihre Hand auf seinen Unterarm, und er wurde augenblicklich ruhiger.

»Ein Königsmord ist in Eckstein undenkbar«, beteuerte er. »Unser Land hat keine Feinde, unsere Herrscher haben keine Feinde, und mein Vater hatte noch weniger Feinde als alle anderen zuvor.«

Immanuel nickte mit seinem Kopf, den er so tief über den Lachs gesenkt hatte, dass seine Nase daran tippte.

»Ihr habt recht, Tibald. Euer Vater Alberich, er ruhe in Frieden, hatte *außerhalb* von Eckstein keine Feinde.«

»Was wollt Ihr damit andeuten?«

»Ich möchte gar nichts andeuten«, entgegnete Immanuel sanft. »Ich versuche, Euch zu helfen.«

Mit traurigem Lächeln fügte er hinzu:

»Mich kann man nicht so leicht täuschen, mein Sohn. Das ist der einzige Vorzug meines hohen Alters.«

Tibald brach der Schweiß aus. Er fühlte sich auf einmal unendlich schuldig. Schon so lange hatte ihm sein Gefühl gesagt, dass Schloss Eckstein kein sicherer Ort mehr sei … Aber alles, woran er gedacht hatte, war, sich mit jedem Jahr weiter von der Insel zu entfernen. Er hatte nur an sich selbst gedacht. Nie war ihm der Gedanke gekommen, dass sein Vater womöglich beschützt werden müsse.

»Ihr erlaubt, Eure Majestät?«, fragte er und zog, ohne eine Antwort abzuwarten, seinen Justaucorps aus, knöpfte seine Weste auf und krempelte seine Hemdsärmel hoch. Den Käseteller und den Brunnenkressesalat, die der Diener eben hatte hereinschweben lassen, bedachte er mit keinem Blick.

»Wer hat Euch diese Möwe geschickt?«

»Ein vertrauenswürdiger und kluger Absender: Euer alter Privatlehrer Clemens von Frixeln.«

Tibald geriet noch stärker ins Schwitzen. Clemens von Frixeln! Als Gelehrter, Forscher, Richter, königlicher Ratgeber und wahrhaftes Genie äußerte Clemens von Frixeln niemals etwas Unbedachtes.

»Ich hatte an Alberich geschrieben«, erklärte Immanuel, »und Clemens hat mir geantwortet. Er wusste als Einziger über unseren Briefwechsel Bescheid. Er ist damit ein großes Risiko eingegangen. Unsere Briefe hätten sonst wo landen können. Wir haben immer nur unverfängliche Dinge geschrieben, ohne unsere Unterschrift darunterzusetzen.«

»Und Herr von Frixeln hat seine daruntergesetzt?«

»Natürlich nicht. Aber ich habe seine verschnörkelte Handschrift gleich erkannt. Er weiß sehr gut, dass ich die neun Bände seiner *Enzyklopädie der Natur* gelesen habe.«

»Könnte ich den Brief sehen?«

»Ich habe ihn verbrannt, Tibald. Für wen haltet Ihr mich?«

»Bitte verzeiht, Eure Majestät.«

»Selbstverständlich habe ich ihn auswendig gelernt: *Briefpartner heute Morgen davongegangen, ohne eine Adresse zu hinterlassen oder triftigen Grund anzugeben. Wird nicht mehr zurückkommen.*«

Tibald hörte es sich mit zusammengepresstem Kiefer an.

»In Wahrheit wendet er sich in dem Schreiben an Euch«, vermutete Immanuel. »Er versucht, Euch zu einer schnelleren Rückkehr zu bewegen.«

»Gut, wir lichten in einer Stunde den Anker«, erklärte Tibald und schob seinen Stuhl zurück. »Ihr werdet uns entschuldigen, Hoheit.«

Er stand auf.

»Meine Komplimente an den Koch. Die berühmte Austernsuppe ist wirklich ...«

»Ihr mochtet seine Suppe schon als Kind. Ich habe sie extra in aller Eile für Euch zubereiten lassen. Der Koch war schon in Sorge, sie würde nicht lange genug köcheln.«

Tibald rang sich ein Lächeln ab.

»Danke, Patenonkel. Für alles. Vor allem für die Möwe. Das Schicksal Ecksteins auf so kleinen Flügeln ...«

»Ich werde sie zum Ritter ernennen.«

Plötzlich schien Immanuel etwas einzufallen. Er beugte sich in eine dunkle Ecke des dämmrigen Raumes und holte eine hübsche Schatulle aus Kirschholz hervor.

»Dies hier hat König Alberich meiner Frau zu unserer Silberhochzeit geschenkt. Nehmt es, Tibald, ich wünsche mir, dass es wieder Euch gehört.«

Tibald hob kurz den Deckel an und erblickte im Innern einen prächtigen Anhänger aus fein ziseliertem Silber. Er drückte die Schatulle an sich, als enthielte sie seinen Vater persönlich. Gleich darauf gingen sie, und der alte Monarch blieb zurück, wie sie ihn angetroffen hatten, allein und weiß in seiner schwarzen Kleidung.

17

Tibald verzichtete lieber auf die königliche Kutsche. Sie wäre unweigerlich durch die breitesten Straßen gefahren und hätte damit eine Menge Schaulustiger angezogen. Stattdessen brach er zu Fuß auf, ohne Emas Hand loszulassen. Diesmal konnte sie die Wahrheit nicht ignorieren: Er hielt nicht aus Höflichkeit ihre Hand, sondern weil er aufgewühlt war. Und sie hatte die geheime Gabe, ihn zu beruhigen. Vor und hinter ihnen begleiteten sie Palastwächter, doch der Hafen erschien immer weiter entfernt, je länger sie durch die kleinen Gassen eilten, die voller Schlammlöcher waren oder von Fuhrwerken verstopft wurden. Als sie an einem gelben Bretterzaun vorüberkamen, tauchte plötzlich ein zerlumpter Junge vor ihnen auf. Er rannte und sah sich dabei fortwährend nach ihnen um. Seine löchrige Hose ließ magere Beine mit großen schorfigen Knien erkennen. Ein Palastwächter scheuchte ihn beiseite.

»Mach Platz, Lümmel.«

Nach hinten gedrängt, begann der Junge sich an ihre Fersen zu heften. Hartnäckig versuchte er, zu ihnen vorzudringen. Der Wächter packte ihn am Wickel, drückte ihn gegen den gelben Zaun und hob seinen Stock, um ihn zu schlagen.

»Lasst ihn in Ruhe!«, schrie Ema und hielt den Arm des Offiziers fest.

Der Wächter begnügte sich mit einer Backpfeife, ließ den Bengel fallen und nahm wieder seinen Platz ein. Sie gingen weiter. Doch von dort, wo der Junge hingefallen war, rief er ihnen nach:

»Bleibt noch! Bleibt da! Nur eine Minute! Ich brauche Euch! Ich brauche Euch *dringend*!«

Ema blieb stehen.

»Schauen wir einmal, was er will.«

Tibald schüttelte den Kopf. »Keine Zeit.«

»Nur eine Minute, versprochen«, flehte der Junge, der sich wieder genähert hatte. »Anschließend zeige ich Euch eine Abkürzung zum Hafen. Ihr wollt doch zum Hafen?«

»Also gut«, sagte Tibald und gab den Wächtern ein Zeichen.

Die Gruppe folgte dem Jungen in eine Gasse, nicht viel breiter als eine Kiefernnadel. Nach einer steilen schmalen Treppe, einem niedrigen Rundbogen und einem überdachten Durchgang gelangten sie in einen feuchten Keller. Ganz hinten im Raum lag zwischen grauen Decken ein Gerippe. Der einzige Lichtschein kam von den glühenden Kohlen, die in einer Pfanne zu seinen Füßen knisterten.

»Großvater! Ich habe sie gefunden!«

Das Gerippe regte sich und öffnete seine großen kranken Augen. Es richtete seinen begierigen Blick auf einen Punkt zwischen Ema und Tibald. Ganz allmählich hellte sich sein gequältes Gesicht auf.

»O Lysander. Endlich kann ich sterben.«

Der Junge schob ihm die Decke behutsam über die hervorstehenden Rippen.

»Du bist ein guter Junge«, krächzte der Großvater mit zittriger Stimme, dann blieb sein zahnloser Mund offen stehen.

»Großvater? … Großvater?«

Niemand wagte es, sich zu rühren, bis einer der Wächter sich näherte, um dem Alten den Puls zu fühlen. Sein Gesichtsausdruck verriet, dass der Alte gestorben war. Aus Respekt vor dem Toten nahmen die Palastwächter ihre Mützen ab. Der Junge schien wie zur Salzsäule erstarrt. Tibald ging zu ihm und legte ihm eine Hand auf die Schulter.

»Wo sind deine Eltern?«

Lysander sah ihn kühl an und nickte zu dem Alten hinüber.

»Hast du niemand anderen?«

Lysander schüttelte den Kopf.

»Wie alt bist du?«

»Elf.«

Tibald hätte ihn höchstens auf neun Jahre geschätzt. Die Vorstellung, ihn hier ganz allein zurückzulassen, brach ihm das Herz. Er selbst hatte gerade seinen Vater verloren und fand, dass er mit dem zerlumpten Jungen etwas gemeinsam hatte. Spontan schlug er vor:

»Pack deine sieben Sachen und komm mit uns.«

Lysander ging ihnen voraus zur Tür, ohne auch nur zu fragen, was ihr Ziel war.

»Nimmst du nichts mit?«, fragte Tibald.

»Ich habe nichts.«

»Gar nichts?«

»Nein, nichts.«

»Gut«, sagte Tibald, den die Gleichgültigkeit des Jungen überraschte. »Brechen wir also auf.«

Ema nahm sich einen kurzen Moment, um die Kohlenglut mit dem Inhalt des Nachttopfs zu löschen und das Gesicht des Verstorbenen zuzudecken. Dann führte Lysander die Gruppe, wie er versprochen hatte, eine Abkürzung entlang: durch das Hinterzimmer einer Schusterwerkstatt, über einen Innenhof, in dem es nach Bratfisch roch, und durch einen nach beiden Seiten hin offenen Schuppen. Fünf Minuten später waren sie am Hafen, wo die Isabelle auf sie wartete. Das Schiff kam Tibald verändert vor; von nun an gehörte es endgültig ihm, es war ein Teil seines Königreichs. Der Gedanke erfüllte ihn mit Schrecken.

Er musste all seinen Mut zusammennehmen, um zu der Mannschaft zu sprechen. Die zutiefst erschütterten Männer begannen zu tuscheln, weil sie nicht wussten, was sie sagen sollten, und von einem Bein aufs andere zu treten, weil sie nicht wussten, was tun. Der Admiral klammerte sich am Geländer des Achterdecks fest. Willem Schöne fuhr sich immer wieder mit der Hand durch sein graues Haar. Der Geologe rief:

»Der König ist tot, es lebe der König!«

Alle anderen wollten einstimmen, doch Tibald hob die Hand, um sie zum Schweigen zu bringen.

»Uns bleiben noch neun Tage, um Eckstein zu erreichen. Andernfalls ...«

»Neun?«, wiederholte ein Toppsgast.

»Andernfalls was?«, wollte der Lepröse wissen.

»Andernfalls bekommen wir es mit Jesko zu tun, Dummkopf«, antwortete Bugspriet durch seine Zähne.

Der Lepröse zuckte mit den Schultern. Ob der eine oder der andere König war, für ihn machte das keinen Unterschied. In seinen Augen waren sie allesamt Gesocks. Felix ging langsam auf Tibald zu, wobei er zwischen seinen großen Pranken ein geblümtes Halstuch knetete.

»Soll ich auf Halbmast flaggen, Hoheit?«

Es war üblich, dass man zum Zeichen der Trauer die Fahne auf Halbmast setzte. Aber da Alberichs Tod noch nicht offiziell bekannt war, wollte Tibald vorerst darauf verzichten.

»Nein, danke, Felix«, sagte er mit Bedauern. »Willem? Lass alles klar zum Ablegen machen. Admiral? Kommt mit mir in die Messe.«

Der Admiral und Tibald empfanden beide denselben großen Schmerz, hatten jedoch keine Worte dafür. Über den Tisch der Offiziersmesse hinweg warfen sie einander einen langen Blick zu, der für sich selbst sprach, bevor sie ihr schwieriges Gespräch in Angriff nahmen.

»Admiral, Ihr wisst so gut wie ich, was auf dem Spiel steht. Was für eine Art von Regentschaft wir unter Jesko zu erwarten haben.«

»Eine Tyrannei, Hoheit.«

»Ja. Und eine besonders ruchlose. Sagt mir die Wahrheit: Ist es möglich, in neun Tagen unsere Heimat zu erreichen?«

»Es ist noch nie vorgekommen, Hoheit.«

»Also unmöglich?«

»Nicht unbedingt. Aber es birgt große Risiken, Hoheit. Wir müssen Tag und Nacht an der Grenze der Auslastung segeln und beten, dass das Material durchhält. Wir dürfen das Steuerrad nicht aus der Hand lassen. Müssen die Schlafenszeiten reduzieren. Wir werden Sturmwinde nutzen müssen, um eine neue Höchstgeschwindigkeit zu erreichen, und Ihr wisst, was ich von überblähten Segeln halte: Reißt eines, verlieren wir unendlich viel Zeit, um es zu ersetzen. Kentern wir, ist es eine Tragödie. Das Unterfangen erfordert perfekte Koordination, beständige Wachsamkeit, und bei der Positionsbestimmung darf nicht der geringste Fehler unterlaufen. Ich werde die Berechnungen des Navigators zusätzlich von den Rudergängern überprüfen lassen.«

Tibald begann, im Raum hin und her zu wandern, und kratzte sich im Nacken. Dorec folgte ihm nachdenklich mit den Augen.

»Hoheit? Ihr fürchtet, die Mannschaft dadurch in Gefahr zu bringen, nicht wahr?«

»Wir sind seit neunzehn Monaten unterwegs, Admiral … und haben bisher nicht mehr als eine Hand, ein Stück Finger und einen Zeh verloren …«

»Eine gute Quote, Hoheit. Für ein Handelsschiff normal, für eine Forschungsexpedition ganz außergewöhnlich.«

»Und ausgerechnet jetzt Menschenleben zu verlieren, so nah der Heimat und in letzter Minute … Es wäre einfach unverzeihlich.«

»Hoheit, mit Verlaub … Eckstein *wird* nicht mehr unsere Heimat sein, wenn Euer Bruder die Macht ergreift. Ich bin überzeugt, ich spreche im Namen der Männer, wenn ich sage, dass sie lieber ihr Leben riskieren als Eure Regentschaft.«

Tibald blieb abrupt stehen.

»Ich danke Euch, Admiral.«

Es war ein mühsames Ablegen, eine mühsame Fahrt aufs offene Meer. Sie mussten wieder lavieren, um Luftströme zu erwischen, und zwei ganze Stunden warten, bis sie etwas mehr Fahrt aufnehmen konnten. Als die Hügel von Basilis nur noch winzige Krümel waren, hissten sie endlich das Focksegel, in der Hoffnung, es nicht mehr einholen zu müssen.

Lysander erbrach sich den ganzen Tag lang über die Reling. Die Männer patschten ihm von Zeit zu Zeit auf den Rücken – sie alle hatten das schon durchgemacht. Angezogen von dem Erbrochenen folgte ein Kabeljauschwarm dem Schiff, was einen ertragreichen Fischfang versprach.

Am Abend aß Tibald zusammen mit den anderen im Zwischendeck. Er wäre zwar lieber für sich geblieben, wollte die Männer aber nicht im Stich lassen. Seine Kehle war wie zugeschnürt. Für ihn wehte die Fahne bereits auf Halbmast, und sie würde es so lange tun, bis der Gerechtigkeit Genüge getan war. Er blieb wortkarg, rührte seinen Teller nicht an und zog sich schließlich früh zurück, hinten aufs Achterdeck, da er über die Vergangenheit nachsann. Der Tod seines Vaters brachte auch den seiner Mutter wieder hoch, einen Schmerz, der niemals ganz verheilt war und der der Grund war für den Schatten in seinen hellen Augen. Bevor Königin Luise starb, hatte Tibald eine erfüllte Kindheit gehabt. Alberich nahm ihn mit auf seine Ausflüge, ließ ihn auf sein Pferd klettern, erklärte ihm, wie man die Zügel hielt, wie die Bäume hießen, wie man sich in der Landschaft orientierte und wie die wichtigsten Gesetze lauteten. Am Abend brachte Luise ihn ins Bett und hörte sich sein Geplapper an oder erzählte ihm die Legende von Azalea, jenes Sternbilds, das auf seine Zimmerdecke gemalt war. Sie streichelte seine Stirn an der Stelle, wo am Tag seiner Taufe der Lichtstrahl erschienen war.

Überwältigt von seinen Erinnerungen, verzog sich Tibald in die Offiziersmesse, ohne im Raum Licht zu machen. Doch trotz der Dunkelheit suchten die Bilder ihn weiter heim, ja sie wurden erst richtig lebendig. Er war sechs Jahre alt. Er hatte sich zwischen den Ranken des wilden Weines unterhalb seines Fensters versteckt. Ein Diener packte ihn am Kragen, brachte ihn wieder nach oben und wusch sein Gesicht mit kaltem Wasser, bevor er ihn ans Krankenbett seiner Mutter brachte. Von mehreren Kissen gestützt, lag sie da, bleich wie der Mond. Tibald glaubte, immer noch zu fühlen, wie ihre kühlen Finger über seine Stirn gestrichen hatten. Er konnte sie flüstern hören:

»Erinnerst du dich an Miriam und Ariella, die Sterne von Azalea? Erzähl mir die Geschichte, mein kleiner Prinz, ich bin zu müde.«

»Sie waren ein einziges Gestirn, bis eines Tages ein starker Wind sie auseinandertrieb.«

»Richtig. Und dann?«

»Sie waren zuerst sehr traurig, aber dann gaben sich beide einen Namen.«

»Und anschließend? Als beide ihren Namen hatten?«

»Sie haben jeweils ihr eigenes Licht ausgestrahlt.«

»Genau. Und dann?«

»Eines Tages, in einer Nacht, werden sie wieder zusammenfinden.«

»So ist es. Sie finden wieder zusammen.«

Luise hatte die Augen geschlossen und ihren schönen blonden Kopf zurückgelegt.

»Die Zeit wird vergehen, Tibald. Die Zeit vergeht immer.«

Eine Stunde später war sie tot. Am nächsten Tag hatte Alberich achtundzwanzig frisch gepflückte weiße Lilien auf den Fluss gesetzt, um für die achtundzwanzig Lebensjahre seiner Frau zu danken. Die Blumen waren mit der Strömung bis zur Flussmündung getrieben und von dort ins Nordmeer gelangt. Wer würde jetzt für ihn Blumen aufs Wasser setzen?

Tibald hatte sich nicht einmal von ihm verabschieden können. Die Worte, die er ihm so gerne noch gesagt hätte, lasteten schwer auf seinem Herzen.

Ein leises Klopfen an der Tür ließ ihn zusammenzucken. Er zögerte, war unsicher.

»Schiffsjunge?«

Ema schloss leise die Tür hinter sich. In der Dunkelheit konnte sie den Prinzen kaum sehen, der reglos hinter seinem Ebenholzsessel mit den Perlmuttverzierungen stand. Sie ahnte, wie schwer es ihm gefallen war, den Nachmittag und den Abend hinter sich zu bringen, erriet seinen Gesichtsausdruck, der dem eines hilflosen Kindes glich. Sie beschloss, ihn mit seinem Vornamen anzusprechen.

»Tibald … Euer Vater ist tot, und Ihr habt noch nicht geweint.«

Tibald brauchte lange, um zu antworten. Er hielt sich an der Rückenlehne des Sessels fest. Sie sah seine weiß schimmernden Fingerknöchel und hörte unter dem Knarren des Schiffes seinen unregelmäßigen Atem. Sie litt, weil er litt.

»Hilf mir«, sagte er schließlich.

Mehr musste er nicht sagen. Sie ging auf ihn zu, wobei sie mit der Hüfte gegen eine Tischecke und mit dem Ellbogen gegen die Stuhllehne stieß. Dann hielt sie plötzlich inne. Wie tröstete man einen Prinzen? Die Erlaubnis, sich ihm zu nähern, musste von ihm kommen. Da er das wusste, öffnete er seine Arme. Ema begab sich direkt hinein, und er drückte sie an sein Hemd, das nach Zedernholz und Kernseife roch. Nach einer ganzen Weile tropfte eine erste Träne herab. Weinte er aus Kummer über den Verlust seines Vaters oder vor Glück, Ema gefunden zu haben? Er drückte sie immer fester an sich, um sich zu vergewissern, dass sie wirklich und lebendig und ganz nah bei ihm war. Er war es endgültig leid, Abstand zu halten.

»Bleib heute Abend bei mir, Ema. Bitte. Du kannst das Bett nehmen, ich schlafe auf dem Boden.«

»Auf dem Plankenboden? Ein König? O nein. Der Boden ist für mich, ich bin daran gewöhnt.«

»Der Boden? Für eine Königin?«

Wie vom Blitz getroffen riss Ema sich von ihm los und wich einen Schritt zurück, wobei sie schon wieder an den Tisch stieß.

»Tibald, ich …«

»Wenn du lieber ungebunden bleiben möchtest, verstehe ich das.«

»Das hat doch damit nichts zu tun, rein gar nichts … aber … ich bin nun mal … ich bin nur …«

Sie stampfte mit dem Fuß auf.

»Hör zu, Ema. Wenn du keine Königin sein möchtest, verzichte ich auf den Thron.«

Sie wich einen weiteren Schritt zurück.

»Das fällt mir viel leichter, als auf dich zu verzichten.«

Ein Schauer lief ihm über den Rücken. Ecksteins erster König Eckart hatte aus Liebe zu einer Schafhirtin den Thron von Basilis verschmäht. Tibald wusste es aus den Geschichtsbüchern, es war ihm lang vertraut. Aber erst jetzt verstand er es. Müsste er zwischen der Krone und dieser blinden Passagierin wählen, würde auch er sich bereitwillig auf einem unwirtlichen Felsen mitten im Meer aussetzen lassen. Die Körnchen rieselten durch die Sanduhr, und Ema brachte immer noch kein Wort heraus. Tibalds Herz schlug schneller, bald würde das Getrommel seine Brust sprengen.

»Sag etwas, Ema, ich bitte dich. Irgendetwas.«

»Einverstanden.«

»Einverstanden was?«

»Du sollst auf nichts verzichten. Weder auf den Thron noch auf mich.«

In dieser Nacht schlief keiner auf dem Boden. Der letzte Stern war gerade verloschen, als die wachhabenden Matrosen Ema aus der Offiziersmesse kommen sahen, mit zerknittertem Hemd, schlafverquollenen Augen und wilderem Haar denn je. Die Männer stupsten sich kichernd in die Seite. Lysander, der die ganze Nacht draußen an der frischen Luft geblieben war, fragte sich, was sie wohl hatten. Er begriff nicht, warum die anderen ihm zuzwinkerten.

18

Zwei Tage waren verstrichen. Es herrschte mildes Wetter, und sie kamen gut voran. Aber die Männer waren angespannt und schafften es nicht, sich während ihrer verkürzten Schlafschichten zu erholen. Die Missgeschicke nahmen zu. In den Stunden zwischen Mitternacht und vier Uhr morgens, in denen die meisten Unfälle passierten, waren Virus, Lukas und Ema im Wechsel damit beschäftigt, Holzsplitter zu ziehen, Platzwunden zu nähen und Gliedmaßen zu schienen. Der Admiral selbst ging immer erst völlig erledigt zu Bett. Er aß nichts mehr. Er kontrollierte persönlich alle Berechnungen des Navigators, die schon die Rudergänger durchgesehen hatten. Er behielt den Sternenhimmel im Auge, beaufsichtigte jedes Steuermanöver, gab unablässig präzise, knappe und genau getaktete Anweisungen.

Nachdem sich Lysander von seiner Seekrankheit erholt hatte, versuchte er, sich unauffällig unter die Besatzung zu mischen. Mit seinen Läusen, den schwarzen Nagelrändern, den verkrusteten Füßen und schmuddeligen Kleidern fiel er hier eigentlich kaum auf. Er ließ sich von Virus die Haare so kurz schneiden, dass fast nichts mehr übrig blieb. Hänfling, der glücklich war, endlich mal nicht mehr der Jüngste zu sein, nahm ihn bereitwillig unter seine Fittiche. Zu Beginn der Reise hatte er die Grundlagen der Navigation erlernt und wollte Lysander deshalb beibringen, wie man den messbaren Winkel zwischen Gestirnen und Horizont auf eine Karte übertrug. Aber schnell zeigte sich, dass der Waisenjunge aus Basilis nicht zählen konnte.

»Na, hör mal, jeder kann doch zählen! Kannst du wenigstens lesen?«

Lysander schüttelte den Kopf. Er hatte jahrelang nur seinen Großvater gepflegt und sich darum gekümmert, dass sie nicht verhungerten. Hänfling konnte es kaum fassen. In Eckstein musste kein Kind betteln, anstatt zur Schule zu gehen. Aber schließlich war es nie zu spät, oder? Er begann, zuerst einzelne Buchstaben des Alphabets in die Staubschicht auf dem Deck zu zeichnen, dann leichte Wörter, schließlich einfache Sätze. Lysander lernte so begierig, als würde er mitten in der Wüste ein großes Glas frisches Wasser trinken. Schon am nächsten Abend sah Lukas ihn unter einer Sturmlaterne kauern, wo er sich mit dem einzigen Buch, das er hatte finden können, abmühte *(Abhandlung über die Bordchirurgie mit beschränkten Mitteln und unter ungünstigen Bedingungen).*

Die beiden Jungen wurden unzertrennlich. Lysander folgte Hänfling überallhin und versuchte, sich ebenfalls nützlich zu machen. Er interessierte sich für alles, lächelte aber nie. Das einzig Kindliche an ihm waren seine Pausbacken, im Übrigen war er viel zu mager. Daran gewöhnt, zu tun, was getan werden musste, führte er alle Anweisungen gewissenhaft aus, immer mit einem konzentrierten Wulst zwischen den Augenbrauen und einer eingesogenen Unterlippe. War es Schmollen oder Verträumtheit? Schwer zu sagen.

Jedenfalls ließ er sich von nichts abschrecken. Das bewies er an einem Abend, als er sich Hänfling anschloss, um einen riesigen Berg Kartoffeln zu schälen. Er glaubte, es sei keine große Sache, doch das Leben auf See hat seine ganz eigene Logik, und die bekommt man zu spüren, wenn man sich ihr widersetzt.

Hänfling verwandelte die lästige Arbeit in ein Geschicklichkeitsspiel, indem er die Kartoffelschalen in einer einzigen langen Spirale abschälte. Er begann mit Lysander ein Wettschälen, bis der Smutje sie anblaffte, sie sollten mal »ein bisschen Dampf machen«.

Der Schiffskoch sah eine schwere See kommen und wollte seine Kartoffeln gekocht wissen, bevor die Isabelle anfing zu stampfen und man das Feuer zwischen den vier Backsteinen, die als Herd dienten, löschen musste. Die Kartoffeln wurden noch rechtzeitig gar, doch als Lysander sie abgießen wollte, beging er den Fehler, den Topfdeckel abzuheben.

»Was zum …«, begann der Smutje.

Das Wasser im Topf schaukelte hoch wie das Schiff. Ehe Lysander begriff, wie ihm geschah, war seine Brust überbrüht wie die Kartoffeln und der Smutje besprengte ihn mit Meerwasser, um seine Haut zu kühlen.

»Hör auf!«, jaulte Lysander und machte einen Satz zur Seite.

»Klar, ist salzig! Was dachtest du denn? Soll ich etwa Trinkwasser vergeuden, um den Herrn zu baden? Aber mal ehrlich! Hänfling, hol den Krankenpfleger. Schnell.«

Hänfling brachte Ema mit, die gerade Dienst hatte. Sie riss Lysanders altes Hemd auf, das ihm schon an der Brust festklebte. Dabei erkannte sie, wie schrecklich mager er war. Unter den Fetzen verbrannter Haut waren nichts als Knochen. Sie streckte eine Hand nach dem Smutje aus:

»Ein Ei.«

»Was?«

»Ein Ei, ich brauche ein Ei.«

»Darf's noch etwas mehr sein, Schiffsjunge? Willst du ihm etwa ein Omelett braten? Erzähl mir nicht, er hätte es verdient, o nein. Er arbeitet wie eine Tranfunzel.«

Lysander vergrub seine Nägel in seinen Armen, um nicht laut zu schreien. Hänfling ließ den Smutje schimpfen und ging das einzige noch vorhandene Ei holen.

»Danke, Hänfling. Kannst du es aufschlagen? Ich brauche das Klare, nur das Eiklar.«

»Nur das Eiklar?«, tobte der Smutje. »Was muss ich da hören? HIER WIRD ALLES VERWENDET, ALLES! Die Mottenfäden auf den Schiffskeksen, die Steinchen unter den Kichererbsen, Apfelstiele, Fischaugen, alles wird verwendet, ALLES WIRD GEGESSEN …«

»Schon gut, ganz ruhig«, sagte Ema knapp. »Nimm dir dein Eigelb, wofür du es haben willst. Hänfling, such mir einen Pinsel, solange ich das Eiweiß schlage.«

»Eine *Meringue*, jetzt will sie ihm eine Meringue backen! …«

Ema bepinselte Lysanders Brust mit dem flüssigen Eiklar. Nachdem es getrocknet war, sah es bereits wie eine neue Haut aus, und der Schmerz ging deutlich zurück.

Später am Abend beugten sich Lukas und Virus hinter dem Vorhang des Lazaretts erstaunt über den so schlimm Verbrühten.

»Ich frage mich, ob das wieder so ein Trick von den Schlachtfeldern ist …«, sagte der Krankenpfleger nachdenklich.

»Wohl mehr ein Küchentrick … Ein Ei? Bist du sicher, Lukas, dass das ein Ei war?«

»Ein Ei, jawohl. Und es scheint gut zu wirken.«

»Noch ein bisschen früh, um darüber ein Urteil zu fällen.«

»Aber schau's dir doch an … Keine Blasen, keine Flüssigkeit, fast keine Rötung mehr …«

»Hmpf. Trotzdem. Ein Ei! Stammesmedizin …«

»Nur das *Weiße* vom Ei.«

»Das ändert nichts daran. Eingeborenenmumpitz.«

»O Chirurg. Du solltest dich schämen.«

Sie wurden immer lauter.

»Achte auf deinen Ton, ich bin dein Vorgesetzter!«

»Gib einfach zu, dass es ihm nicht schlecht geht.«

»Na, meinetwegen. Er ist eben zäher als gedacht.«

Lukas regte sich jetzt ernstlich auf.

»Hör mal, Virus! Wir reden hier nicht von einem Tropfen Kerzenwachs, sondern von einem Topf voll kochendem Wasser! Normalerweise müsste er sich jetzt brüllend vor Schmerzen auf dem Boden wälzen. Meiner Meinung nach sollten wir möglichst immer Eier in Griffweite haben, am besten gleich Hühner an Bord.«

»Aber wenn ich dir doch sage, dass es zu früh ist, um zu einem Urteil zu kommen!«

Lukas verdrehte die Augen. Er wollte noch etwas Schlagfertiges antworten, als Lysander murmelte:

»Könntet ihr mich bitte schlafen lassen.«

Und damit war die Diskussion beendet.

Am nächsten Tag war der Junge schon wieder auf den Beinen, seine Haut kaum noch wund. Da der Admiral ihm eine Ruhepause verordnet hatte, damit er nicht noch mehr Unfug anstellte, vertrieb er sich so gut es ging die Zeit. Er erkundete den Schiffsbauch, guckte Hänfling bei seinen Aufgaben zu oder zog sich in einen ruhigen Winkel zurück, um sich durch das Handbuch der Chirurgie zu buchstabieren. Stumm und mit dem ernsten Gesichtsausdruck, der ihn niemals verließ, beobachtete er die Handgriffe der Matrosen. Manchmal erhaschte er einen Blick durch die offene Tür der Messe und bewunderte den dort liegenden Sextanten, die Bussole und den Kompass. Der Navigator Peupel lieh ihm seine Sonnenuhr, worauf Lysander mit ihr von Backbord nach Steuerbord und vom Bug zum Heck wanderte, aber die Uhrzeit blieb immer dieselbe, und irgendwann wurde es ihm langweilig. Schließlich fragte Tibald ihn, ob er Lust habe, sich Seekarten anzuschauen.

Lysander empfand es als große Ehre, die Messe betreten zu dürfen. Tibald entrollte seine Lieblingskarte, um ihm einzelne Orte ihrer Expedition zu zeigen, und Lysander stellte ihm lauter Fragen über Meeresströmungen, Gezeiten und Winde. Er wollte ganz genaue Antworten, und Tibald gab sie ihm. Er zeigte ihm sogar ein kostbares Instrument, das er im Boden unter seinem Ebenholzsessel verwahrte: ein Astrolabium. Zusammengesetzt aus Kupferscheiben, die mit eingravierten Symbolen versehen und gekonnt ineinandergefügt waren, war es ein wahres Kunstwerk. Nie zuvor hatte Lysander einen so schönen und so rätselhaften Gegenstand in der Hand gehalten.

»Vermisst du deinen Großvater?«, fragte Tibald ihn.

»Nein, Hoheit.«

»Nein?«

Statt einer weiteren Antwort zuckte Lysander mit den Schultern und legte unwillkürlich eine Hand auf seinen Bauch. Denn dort verwahrte er seine Toten, in einem großen, gefühllosen Klumpen.

»Was hat er gearbeitet, bevor er krank wurde?«

»Er war Philosoph, Hoheit.«

»Ach? Na, so was. Und … er hat dir nicht das Lesen beigebracht?«

»Nein, Hoheit. Das Denken.«

»Das ist großartig«, sagte Tibald lächelnd. »Ich vermisse meinen Vater, weißt du. Mein einziger Trost ist, dass er jetzt vielleicht wieder mit meiner Mutter vereint ist.«

»Bei Großvater ist das anders, Hoheit. Meine Großmutter hat ihn nie verlassen.«

»So? Du sagtest doch, du hättest keine Verwandten mehr.«

»Ja, sie war schon gestorben. Aber nicht wirklich weg, Hoheit. Sie haben jeden Tag miteinander gesprochen.«

Tibald kratzte sich im Nacken, wagte aber nicht, ihm zu widersprechen.

»Ihr glaubt mir nicht, Hoheit«, stellte Lysander fest.

»Ehrlich gestanden nein.«

Lysander schien aufrichtig erstaunt.

»Dabei dachte ich, Hoheit … Ihr hättet es gesehen. Ihr hättet verstanden.«

»Was verstanden?«

»Mein Großvater und Ihr, meine Großmutter und Ema … Die Sache, die ihr alle miteinander teilt.«

»Was für eine Sache?«

»Aber Hoheit. Warum, glaubt Ihr, habe ich Euch in der Gasse aufgehalten?«

»Das wäre meine nächste Frage gewesen.«

Lysander kaute gedankenverloren auf seiner Unterlippe und strich mit den Fingern über den Ozean der Karte. Er wusste nicht, wo er anfangen sollte.

»Meinem Großvater ging es sehr schlecht. Sein Körper hatte ihn schon lange im Stich gelassen. Aber er hielt noch durch, weil er wissen wollte, wer nach ihm käme. Und da wart Ihr, Hoheit. Ich habe Euch beide gefunden. Ihr seid es. Ich habe es sofort erkannt.«

»Was genau hast du erkannt, Lysander? Warum hast du uns in der Gasse so angestarrt? Ich verstehe es immer noch nicht.«

»Ich habe nicht Euch angesehen, Hoheit. Ich habe das Leuchten gesehen.«

Tibald runzelte verwirrt die Stirn.

»Ihr wisst wirklich nicht, wovon ich rede, Hoheit?«

»Absolut nicht, Lysander. Tut mir leid.«

»Habt Ihr schon einmal so ein … seltsames Leuchten gesehen? Wie von einem Kristall? Ein Lichtschein, der Euch das Herz zusammenschnürt?«

Tibald erschrak. Er hatte noch nie mit jemandem darüber gesprochen.

»Ja … Aber ich weiß nicht, was es ist.«

»Die Ewigkeit, Hoheit.«

»Die was?«

»Die Ewigkeit, Hoheit.«

»Die Ewigkeit?«

»Ich sehe sie jedes Mal, wenn Ihr und Ema zusammen seid, Hoheit.«

»Kann jeder sie sehen?«

Lysander zuckte mit seinen spitzen Schultern.

»Ich sehe sie jedenfalls, Hoheit.«

Tibald war völlig durcheinander. Er fürchtete, schon durch den Gedanken an das Phänomen könnte der Raum jeden Moment wie ein Sonnenaufgang erstrahlen und das Glücksgefühl ihn überwältigen. Er klammerte sich ganz unsinnigerweise an das Astrolabium.

»Was bedeutet das genau, Lysander?«

»Dass Ihr für immer zusammengehört, Hoheit.«

»Und nichts kann uns trennen?«

»Nein, Hoheit.«

»Auch nicht der Admiral?«

»Nicht das Leben und nicht der Tod und auch nicht der Admiral, Hoheit.«

Tibald schwieg. Endlich verstand er, was ihn so verwirrt hatte, seit Ema an Bord gekommen war, warum er sich so viele Stunden in seiner Kajüte verschanzt hatte, warum er die Vorstellung nicht ertrug, ohne sie an Land zu gehen. Er verstand, warum er jedes Mal, wenn er sie in seinen Armen hielt, einen so unendlichen Frieden empfand.

»Die ewige Liebe ist überall um uns, Hoheit«, erklärte Lysander, »aber sie blendet zu sehr, um selbst in Erscheinung zu treten. Deshalb verbirgt sie sich die meiste Zeit. Aber damit man sie nicht völlig vergisst, zeigt sie sich manchmal in unzertrennlichen Paaren. Nur sehr selten. Nach dem Tod meines Großvaters musste sie zwangsläufig einen anderen Weg finden …«

Tibald wunderte sich im Nachhinein über den seltsamen Zufall, der zur Begegnung mit Lysander geführt hatte. Wenn er die Kutsche genommen hätte, statt zu Fuß zu gehen, wenn die Palastwächter einen anderen Weg gewählt hätten, wenn Immanuel ihn nicht so dringlich zum Mittagessen eingeladen hätte, hätte er niemals etwas davon erfahren.

»Aber warum wir, Lysander? Warum ich, warum Ema?«

»Ich habe keine Ahnung, Hoheit.«

»Und was soll ich machen? Muss ich etwas tun?«

»Ihr müsst nur mit Ema zusammen sein, Hoheit.«

»Mit Ema zusammen sein …«, wiederholte Tibald, als hätte Lysander ihm ein Mantra geliefert.

»Ich vermute, Hoheit, es wäre einfacher, wenn ihr verheiratet wärt, nicht?«

Tibald musterte das schmächtige Kerlchen mit den großen schwarzen Augen, den ausgewaschenen Kleidern und den kurzgeschorenen Haaren, die wie kleine Igelstacheln von seinem Kopf abstanden. Der äußere Schein trog. In diesem Kind verbarg sich ein Erwachsener, in seiner Armut Reichtum.

»Lysander?«

»Ja, Hoheit?«

»Ich habe gehört, du hast innerhalb von vierundzwanzig Stunden lesen gelernt.«

»Das verdanke ich Hänfling, Hoheit.«

»Nun, wenn wir zurück in Eckstein sind, sollst du noch einen Lehrer bekommen. Er ist ein bisschen schwerhörig, aber sonst hervorragend. Allerdings rate ich dir, sei immer pünktlich, darauf legt er großen Wert.«

»Ähm … in Ordnung, Hoheit.«

»Es gibt auch ein Zimmer für dich im Schloss. An der Zimmerdecke ist das Sternbild Azalea aufgemalt, und vom Fenster aus kann man den Hafen sehen. Unter dem Fenster verläuft eine mit wildem Wein bewachsene Regenrinne, an der man in den Garten hinunterklettern kann, falls du einmal unbemerkt entwischen willst, ohne die Tür zu benutzen.«

Lysander runzelte argwöhnisch die Stirn. Der Prinz machte sich wohl über ihn lustig.

»Du bist traurig, stimmt's?«

Wieder zuckte der Junge mit den Schultern.

»Die Zeit wird vergehen, Lysander. Die Zeit vergeht immer.«

19

Ema hatte ihr Seilenest verlassen und ihre Hängematte Lysander vermacht. Nachts drang nun oft fröhliches Gelächter aus Tibalds Kajüte, und tagsüber ertappten manche Ema dabei, wie sie den Prinzen mit seinem Vornamen ansprach. Niemand verlor ein Wort darüber, am allerwenigsten der Admiral. Seit Alberichs Tod hatte er jeden Einfluss auf Tibald verloren, wenn auch nicht das Bedürfnis, ihm die Ohren langzuziehen. Eine Gelegenheit dazu bot sich am sechsten Tag beim Morgenrapport. Dorec war besonders finsterer Stimmung, weil das Schiff trotz all ihrer hartnäckigen Bemühungen nur um wenige Stunden schneller vorankam als sonst. Mutlos schloss er seinen Bericht:

»Es hängt jetzt alles davon ab, wie wir uns der Insel nähern, Hoheit. Wir müssen die Abkürzung nehmen. Die Route des Unheils, die alle aus verdammt guten Gründen meiden.«

»Ihr gebt Euer Bestes, Admiral. Alle auf dem Schiff geben ihr Bestes. Wir müssen einfach durchhalten.«

»Wir werden durchhalten, Hoheit.«

»Es gibt noch etwas anderes, worüber ich gerne mit Euch sprechen würde, Admiral.«

Tibald machte eine Pause und räusperte sich. Das sah ihm nicht ähnlich, und Dorec wurde unruhig.

»Was ist es denn, mein Prinz?«

»Ihr erinnert Euch vielleicht an den Abend kürzlich, an dem ich Euch vor eine vollendete Tatsache gestellt habe?«

Der Admiral holte tief Luft.

»Ich erinnere mich, Hoheit. Eine sehr unangenehme Erinnerung.«

»An jenem Abend kamen wir zu dem Schluss, es sei am besten, die Sache zu verwirklichen.«

»Ihr allein kamt zu diesem Schluss, Hoheit, das ist alles, woran ich mich erinnere.«

»Na, das ist doch immerhin etwas, oder?«

Dorec konnte nur mit Mühe an sich halten. »Ich vermute, Hoheit, Ihr habt noch nicht einmal die … wie soll ich sagen … die *glückliche Auserwählte* um ihre Meinung gefragt?«

»Aber Dorec, für wen haltet Ihr mich? Für Del Puente Saez?«

»Natürlich nicht, Hoheit, aber …«

»So ist es also beschlossen. Kommen wir nun zu den Details: Heute Abend, kurz vor dem Essen.«

»Heute Abend? *Eine Verlobung auf dem Meer,* Prinz? Auf einem Schiff, das an allen Ecken und Enden leckt und dessen erschöpfte Mannschaft sich im Wettlauf gegen die Zeit befindet?«

Tibald hob eine Hand.

»Nun beruhigt Euch doch, Admiral. Wer redet denn von einer Verlobung auf dem Meer?«

»Dann muss ich zugeben, dass ich Euch nicht recht verstanden habe, Hoheit.«

»Ich rede von einer Trauung, Admiral. Von einer Hochzeit auf dem Meer.«

»Aber … aber … mein Prinz …«

»Ich danke Euch für Eure Unterstützung, Admiral. Umso mehr, da Ihr als unser hochrangigster Seemann die Eheschließung vollziehen müsst.«

Der verzweifelte Admiral suchte nach einem neuen Angriffspunkt.

»Hoheit, Ihr wart schon von Geburt an impulsiv und habt Euch seitdem nicht gebessert. Ihr stürmt immer noch unbedacht drauflos!«

»Ich war nun einmal eine Frühgeburt, Dorec. Wollt Ihr mir vorwerfen, dass ich wider Erwarten am Leben blieb?«

Der Admiral schnappte nach Luft.

»Ich werfe Euch vor, Hoheit, dass Ihr immer noch alles überstürzt.«

»Ganz im Gegenteil, Admiral, Ihr wisst sehr gut, dass diese Anziehung schon seit Monaten besteht. Jetzt ist genau der richtige Zeitpunkt.«

Der Admiral blickte zur Decke hinauf. Er sammelte sich, um auszusprechen, was in seinem Kopf vor sich ging, brachte aber nur einen erstickten Laut heraus.

»Was sagt Ihr?«

Dorec explodierte:

»Ich sage, dass Ihr Euch wie ein Narr verhaltet. Ich sage, dass Euch diese Heirat nichts als Scherereien, Reue und üble Nachrede einbringt. Ich sage, dass diese schwarze Frau zweifelhafter Herkunft niemals als rechtmäßige Königin anerkannt werden wird. Dass eine Eheschließung mitten auf dem Meer nicht gesetzeskonform ist. Dass Ihr dazu Trauzeugen und Würdenträger des Hofes benötigt. Ich sage, dass Ihr einen völlig willkürlichen und unbedachten Schritt begeht, Hoheit.«

Tibald trommelte mit seinen Fingerspitzen auf den Tisch.

»Seid Ihr also mit einem Mal Rassist geworden, Dorec?«

»Ich? Ganz und gar nicht, Hoheit!«

»Aber Ihr kümmert Euch neuerdings um Klatsch und Tratsch?«

»Mitnichten, Hoheit, mitnichten!«

»Ihr hättet lieber ein Festbankett, eine elegante Feier?«

»Ach was, aber nein, mein Prinz.«

»Und Ihr wisst etwas von einer Gesetzesklausel über den Bund der Ehe, von der ich nichts weiß? Oder über die Wahlfreiheit der beteiligten Parteien?«

»Ähm … nein, doch wohl eher nicht, Hoheit.«

»Dann schweigt einfach.«

Albert Dorec schwieg so heftig, dass seine Lippen weiß wurden.

»Ihr könnt Euch zurückziehen.«

Als der Admiral die Offiziersmesse verließ, zog er die Tür im Zeitlupentempo zu. Er hatte König Alberich versprochen, seinen Sohn stets zu »größtmöglicher Vernunft« zu bewegen. Er hatte ihm versprochen, dass der Prinz seinen »Kopf zwischen den Schultern« behielt und ihn notfalls zurechtzurücken. Tag um Tag, Monat um Monat, Jahr um Jahr war er diesem Versprechen nachgekommen. Und nun, da der Leichnam des Königs kaum erkaltet war, sollte er hier einen unwürdigen Bund der Ehe schließen? Er befand sich in einem tiefgreifenden Gewissenskonflikt.

Ihm blieb nur noch ein Mittel – es stieß ihn ab, aber er hatte keine andere Wahl. Er marschierte geradewegs zum Steuerrad, wo sein Stellvertreter stand.

»Willem Schöne. Ich habe eine Mission für dich. Sie ist von größter Wichtigkeit.«

Willem beobachtete ihn aus dem Augenwinkel, ohne das Steuer loszulassen.

»Ich will, dass du der Casarei von dem Wald erzählst.«

»Von welchem Wald?«, fragte Willem, als würde er nicht verstehen.

»Du weißt sehr gut, von welchem Wald ich spreche. Von der Catastrophe.«

Der Steuermann wandte sich ruckartig zum Admiral um, und das Rad drehte sich von alleine weiter.

»Wie bitte?«

Der Admiral sah nach links, nach rechts, über seine Schulter und hinauf in die Segel, um sicherzugehen, dass ihnen keiner zuhörte, dann stieß er schnell hervor:

»Die verborgene Seite von Eckstein, der Preis für den Frieden im Reich. Die Casarei muss binnen einer Stunde, ja am besten sofort, die Wahrheit erfahren, Willem Schöne. Ich übernehme so lange das Steuer.«

Er wollte ihn zur Seite drängen, um das Rad wieder in die richtige Position zu bringen, aber Willem rührte sich nicht vom Fleck.

»Nein«, sagte er schlicht, und seine schwarzen Augen waren unter seinem silbergrauen Haar wie Kanonen auf ihn gerichtet.

»Wie *nein*? Das ist ein Befehl, Willem Schöne, ein Befehl deines Vorgesetzten.«

»Ich verweigere ihn.«

Der Admiral holte schon zu einer gesalzenen Antwort aus, doch in diesem Moment kamen Lysander und Hänfling vorüber. Sakrament. Dorec drehte sich auf dem Absatz um und entfernte sich so weit, wie er konnte, also bis zum Bug. Dort verbrachte er den ganzen Nachmittag von Zweifeln geplagt im Schatten des Bugspriets. Er konnte Ema nicht persönlich in das Geheimnis des Königreichs einweihen. Zum einen würde Tibald sofort wissen, woher die Information stammte; zum anderen war die Catastrophe ein Tabu, vor dem selbst der Admiral zurückschreckte. Die Worte würden ihm fehlen, seine Stimme versagen, oder beides. In seiner Gewissensqual rief er gar den Geist des toten Alberich an.

»Alberich, mein König, weise mir den Weg … O Alberich, mein König.«

Ovid überraschte ihn dabei, wie er seine gefalteten Hände zum Himmel rang, und verzog sich schnell wieder. Doch wie als Antwort auf die Beschwörung des Admirals ließ sich kurz darauf ein Albatros auf dem Mastbaum nieder. Gereizt scheuchte Dorec ihn weg, aber der riesige Vogel blieb hoheitsvoll und selbstbewusst sitzen. Erst da begriff der Admiral: *Alb*erich, *Alb*atros. Natürlich! Die Seele des Königs hatte einen Weg gefunden, sich zu zeigen.

»Sagt mir, dass ich recht habe, mein König!«, flehte er. »Schenkt mir die Kraft, diese Ehe zu verhindern!«

Auf der Treppe des Vorderdecks blieb Peupel verblüfft stehen, und Bugspriet prallte mit ihm zusammen. Die beiden machten sich Sorgen um den Admiral. Der Tod seines geliebten Königs hatte seine letzten drei Haare über Nacht weiß werden lassen. Die dauernde Anspannung, die Weigerung zu essen, die Erschöpfung, der nackte Schädel in der prallen Sonne … Vielleicht sollten sie besser Lukas holen. Aber um ihm was zu sagen? Dass Dorec mit einem Albatros konferierte?

Der Vogel senkte unbekümmert seinen Schnabel, um an der Öse eines Segels, dann am Gürtel des Admirals zu picken, und schließlich schwang er sich auf und flog davon, nicht ohne zuvor einen monumentalen Kotklecks zu hinterlassen. Dieser Klecks bewegte den Admiral zum Umdenken. Lange bestaunte er ihn wie eine heilige Reliquie. Dies also war es, was der gute König Alberich von seinen Zweifeln hielt: ein Häufchen Dreck. Eine große Last fiel von Albert Dorec ab, und er atmete mit neuem Schwung die frische Seeluft ein. Jawohl, er würde noch diesen Abend die große und außerordentliche Ehre haben, eine Fürstenhochzeit zu zelebrieren.

Was die Mannschaft betraf, so brauchte sie keinen mystischen Erweckungsmoment, um sich aufrichtig über die Neuigkeit zu freuen. Schon am Abend des ersten Zwischenhalts, als sie den Schiffsjungen am Arm des Prinzen gesehen hatten, hatten die Seeleute geahnt, dass da noch etwas kommen würde. Sie empfanden eher Erleichterung, dass die Sache endlich offiziell wurde. Sie schnitten sich die Nägel, wuschen sich die Füße und suchten erfolglos nach ihren Läusekämmen. Ovid dekorierte den Tisch mit seinen schönsten Seemannsknoten.

»Warum nicht gleich Spitzendeckchen?«, stichelte der Lepröse. »Lass noch ein paar Seile für die Takelage übrig, Küfer!«

Felix, der aus einem alten Jutesack Herzen für eine Girlande ausschnitt, hielt den Leprösen fest. »He, du, hilf mir mal lieber.«

Und so fügte der Lepröse den Herzen noch Karos, Piks und Kreuze hinzu.

Da keiner über eine Festrobe verfügte und ein Teil der Mannschaft sowieso arbeiten musste, erschienen auch Ema und Tibald in ihrer Bordkleidung zur Zeremonie. Willem fungierte als Tibalds Trauzeuge, Julius war der von Ema. Admiral Dorec vollzog in seiner schneidigen Uniform mit stolzer Brust die Trauung, indem er die gängigen Formeln auswendig rezitierte. Statt eines Ringes überreichte Tibald Ema den silbernen Anhänger, den König Immanuel ihm letzthin anvertraut hatte. Als Gegengabe schenkte Ema ihm den wertvollsten – und im Grunde einzigen – Gegenstand, den sie besaß: ihr Medaillon. Die allgemeine Rührung war mit Händen zu greifen, der Sonnenuntergang eine Augenweide. Die Männer schnäuzten sich in ihre Ärmel.

Nach dem Festschmaus (Saubohnen mit Speck und Kartoffeln) ließ Tibald die Flasche mit dem restlichen Kirschwasser kreisen: Jeder durfte einen Schluck nehmen. Lysander, dessen Mund in Flammen stand, spuckte den Schnaps wieder aus, direkt auf den Smutje, der ihn wegen der unnötigen Verschwendung schimpfte. Dann forderte die Festrunde Lukas auf, seine Gitarre hervorzuholen. Leicht und fröhlich erfüllte die Musik das Zwischendeck – ein tröstlicher Moment in einem Meer der Ungewissheit.

Die Glocke des Schichtwechsels ertönte. Das frisch vermählte Brautpaar zog sich in die Kajüte des Prinzen zurück, wo noch lange das Licht brannte. Draußen war die Nacht von brausenden

Windböen und eiskalten hohen Wogen bestimmt. Große Schwalle Wasser schwappten über das Hauptdeck, und die Männer mussten sogar das Sturmsegel setzen. Aber nur Geduld. In Eckstein hatte jeder von ihnen einen Menschen, der auf ihn wartete. Jemanden, der auch ihn bald in seine Arme schließen würde.

20

Der Tag nach der Trauung war für die neue Prinzessin niederschmetternd. Auf einmal sagten die Seemänner »Ihr« und »Euch« zu ihr, wichen ihrem Blick aus und sprangen unbeholfen zur Seite, um ihr Platz zu machen.

Ein Matrose, der mit schmerzverzerrtem Gesicht ins Lazarett kam und sich den Rücken hielt, wollte von ihr wissen: »Ist Lukas da, Hoheit?«

»Nein. Was hast du denn? Zeig mal her.«

»Und Virus, Hoheit, ist der vielleicht da?«

»Nein. Also los, heb dein Hemd, ich schau mir die Sache mal an.«

»Na ja … ich weiß nicht, Eure Durchlaucht …«

»Lass die Durchlaucht und heb dein Hemd hoch!«

Sobald sie eine freie Minute hatte, eilte Ema zur Offiziersmesse.

»Was für ein Gefasel, Tibald, wenn du sie nur hören könntest! Daran werde ich mich nie gewöhnen, es ist zu lächerlich!«

»Dann ändere die Regeln«, erwiderte Tibald, als sei es das Selbstverständlichste der Welt. »Die Prinzessin kann bestimmen.«

Ihr Leben lang war Ema vor erdrückenden Regeln geflohen, und der Horizont, der sich jetzt vor ihr auftat, war so groß und weit, dass ihr erst einmal schwindelig wurde. Aber sie fing sich bald wieder, und noch am selben Abend, als sie alle zusammen bei Tisch saßen, verbot sie der Mannschaft, sich an das höfische Protokoll zu halten, solange sie auf dem Schiff waren.

»Und danach?«, fragte Felix.

»Danach wird man sehen.«

Tibald beglückwünschte sich im Stillen. Von allen Frauen, die er kannte, war Ema die Einzige, die den Sockel, auf den man sie hob, als lästig empfand. Aus diesem und aus noch vielen anderen Gründen würde sie eine einzigartige Königin sein. Wenn sie denn nur rechtzeitig ankamen …

»Auf den Schiffsjungen!«, prostete er und hob sein Glas Regenwasser.

Tibalds Augen glänzten vor Freude. Doch tief in seinem Inneren verdrängte er ein riesengroßes schlechtes Gewissen, denn er hatte Ema nicht die ganze Wahrheit gesagt. Er hatte geschwiegen, genau wie der Admiral und der Steuermann. Sie hatte ihn geheiratet, ohne zu wissen, dass ein Fluch auf Eckstein lastete. Aber warum sollte er es ihr jetzt erzählen? Warum sollte er ihr Glück verderben? Gerade schenkte sie ihm ihr hellstes Lächeln. Sie sah so strahlend aus in ihren abgenutzten Kleidern und mit ihrem wild gelockten Haar, in dem die Salzkristalle glitzerten wie Diamanten. Nein. Er hatte ihr ein glückliches Königreich versprochen, und was auch immer er dafür tun müsste – er würde es für sie wahr machen.

Ema ahnte zwar nichts von Ecksteins Geheimnis, doch ein Gespräch über ihre angeheiratete Familie, das sie zufällig mitbekam, ließ sie hellhörig werden. Die Glocke des Schichtwechsels hatte gerade geläutet, und der Chirurg kam ins Lazarett, um Lukas abzulösen. Die beschleunigte Fahrt der Isabelle bescherte ihnen einen verletzten Toppsgast nach dem anderen, und Virus war am Ende seiner Kräfte; er zog den Vorhang zu, um sich fünf Minuten Ruhe zu gönnen, bevor er sich wieder an die Arbeit machen würde. Ema dachte, hinter dem Vorhang sei ein Patient, und wartete deshalb auf der anderen Seite.

»Wenn du nicht mehr kannst, kriegt Ema das hier auch alleine hin«, meinte Lukas. »Sie müsste jeden Moment hier sein.«

»Die *Prinzessin*? Hier allein arbeiten? O nein.«

»Sie will nicht so genannt werden.«

»Im Moment vielleicht nicht. Aber warte erst einmal ab. Der Königshof, das Schloss, das ganze Pipapo … In einem Jahr werden wir sie nicht mehr wiedererkennen.«

»Da bin ich mir nicht so sicher. Sie scheint mir ihren eigenen Kopf zu haben.«

»Das mag ja sein, aber ich frage mich, wie *die* sie dort aufnehmen werden.«

»Wer?«

»Na, Sidra, Jesko. Ganz zu schweigen von dem Köter.«

»Kennst du sie denn?«

»Ich habe die Königin einmal von Weitem gesehen.«

»Und?«

»Ich habe Gänsehaut bekommen. Jeder weiß, dass die beiden bösartig sind. Besonders Jesko.«

»Ema hat den Tibald geheiratet, nicht seinen Bruder.«

»Aber damit gehört sie zur Königsfamilie. Und Alberich, der die anderen in Schach halten konnte, ist nicht mehr da … Dieser Jesko lässt seinen Hund auf die Waden der Bauernmädchen los, ich schwör's, das ist schon vorgekommen.«

»Gut möglich, aber ich vertraue da auf den Tibald.«

»Wenn er überhaupt rechtzeitig ankommt.«

»Er wird rechtzeitig ankommen.«

»Wir werden sehen.«

»Du sprühst ja geradezu vor Optimismus heute Abend, Virus. Ziehst du jetzt den Vorhang auf oder nicht?«

Virus zog mit einem Ruck den Vorhang beiseite.

»Oh. Guten Abend, Hoheit.«

»Nenn mich nicht Hoheit«, sagte Ema nur und versuchte, sich ihre Verwirrung nicht anmerken zu lassen.

Die folgenden Schichten verliefen ohne größere Zwischenfälle. Nachdem die Seemänner die junge Frau schon einmal wie einen Knaben behandelt hatten, bemühten sie sich jetzt, die Prinzessin wie einen Schiffsjungen zu behandeln. Am achten Tag, als sie die Hoheitsgewässer von Eckstein erreichten, erblickten sie in der Ferne eine Fregatte mit der Flagge auf Halbmast. Traditionsgemäß wurde, wenn ein Monarch starb, der ganze Hafenbetrieb so lange eingestellt, bis das Schiff, das die traurige Nachricht überbrachte, das Reich verlassen hatte. Normalerweise hätten sie diesem Schiff schon viel früher begegnen müssen. Tibald rechnete sich aus, dass die Fregatte erst neun Tage nach Immanuels Möwe aufgebrochen war. Eine nicht zu rechtfertigende Verspätung, die gleichwohl leicht zu erklären war: Jesko versuchte, die Rückkehr seines Bruders hinauszuzögern. Nachdem die Fregatte am Horizont verschwunden war, kümmerte sich Tibald persönlich darum, nun auch die Fahne der Isabelle auf Halbmast zu setzen.

Auch wenn sie sich jetzt in ihren eigenen Hoheitsgewässern befanden, waren sie doch noch weit von der Insel entfernt. Es dauerte weitere vierundzwanzig Stunden, bis der ersehnte Ruf vom Krähennest erscholl:

»Land in Sicht!«

Einstweilen handelte es sich lediglich um eine undeutliche Linie, die man auch nur von oben sehen konnte. Trotzdem: Diese Linie, das war Eckstein. Die Männer küssten sich, beschimpften sich, nannten einander »altes Stinktier« und »Dödel«, klatschten sich auf die Schultern und warfen sich ihre Hemden zu. Es war ein heller, klarer Nachmittag, ein herrlicher Junitag. Vor ihrem inneren Auge sahen sie bereits die steinigen Weiden ihrer Heimat, sie vernahmen die Glöckchen der Ziegen und die gegen die Felsen rauschende Brandung. Der Admiral stellte sich an das Steuer und kämpfte lange mit sich selbst. Anders als die Matrosen machte er ein bitterernstes Gesicht: Gleich würde er den absurdesten Befehl seiner ganzen Laufbahn erteilen.

Die Insel Eckstein besaß nur einen einzigen möglichen Zugang, nämlich die Schafsbucht im Nordosten, wo ein schmaler, gewundener Fluss ins Meer mündete. Die ersten Bewohner der Insel hatten lange nach dieser Stelle gesucht, bevor sie an Land gehen konnten; die restliche Küste war unpassierbar. Allerdings war es nicht ratsam, sich der Bucht über die kürzeste Route zu nähern – im Gegenteil: Die kürzeste Route war um jeden Preis zu vermeiden. Sie führte an einem Teil der Küste entlang, der »Meeresfriedhof« genannt wurde. Seefahrer, die sich dorthin gewagt hatten, waren nie wieder gesehen worden. Die Legende erzählte von einer Unterwasserkathedrale und unheilvollen Strömungen. Sie besagte, dass Schiffe, die in diese düsteren Gewässer gerieten, in der Bucht der Catastrophe zerschellen würden. Stück für Stück würden sie dann wieder dem offenen Meer zurückgegeben: verfaulte Planken, Fetzen von Segeln, dahintreibende Füße und Rippen, vom Grauen gezeichnete Köpfe.

Die sicherste Zufahrtsroute hatte einen Vorteil – eben sicher zu sein – und einen Nachteil: Sie nahm rund zwanzig Stunden in Anspruch, denn man musste schlichtweg die ganze Insel umfahren, indem man im Westen hinaufsegelte, die Nordküste entlangschipperte und schließlich im Osten wieder herunterkam, bis zur Flussmündung der Schafsbucht. Also fast eine komplette Umrundung.

Der Admiral betrachtete die vertraute Silhouette, die sich immer deutlicher abzeichnete: die blauen Bergzüge, die Wipfel der Nadelwälder, die felsigen Landzungen. In sechs Stunden würde Tibald die Krone verpassen. Sechs Stunden! Sie konnten sich keinen Umweg leisten. Sie mussten nach Steuerbord drehen, die Abkürzung über Osten nehmen und die Gefahren der Unterwasserkathedrale und der Catastrophenbucht auf sich nehmen. Es war die einzige

Möglichkeit, noch rechtzeitig anzukommen. Dorec bereitete sich innerlich darauf vor, es dem Prinzen mitzuteilen. Er fühlte sich immer noch nicht ganz dazu imstande, als er Tibald mit großen Schritten näher kommen sah.

»Ihr glaubt, wir sollten abkürzen, nicht wahr, Admiral?«

Dorec stieß einen tiefen Seufzer aus.

»Ich fürchte ja, Hoheit. Es ist die einzige Lösung. Über die westliche Route werden wir niemals rechtzeitig ankommen. Wenn wir die Ostroute nehmen, sind wir noch vor Mitternacht da.«

Tibald sah Dorec eindringlich an.

»Hört zu, Admiral. Ich werde nicht um der Krone willen das Leben von dreißig Männern aufs Spiel setzen.«

»Hoheit, dieses Gespräch hatten wir bereits. Denkt bitte an all die vergeudeten Leben, wenn die Krone Eurem Bruder zufällt. Ich flehe Euch an, vertraut mir. Wir werden nicht in die Catastrophenbucht fahren, sondern in möglichst weitem Abstand an ihr vorbeisegeln. Das Meer ist glatt, der Himmel frei, die Bedingungen sind ideal.«

Als er die sorgenvolle Miene des Prinzen sah, fügte er hinzu:

»Ich habe es neulich schon gesagt und sage es Euch noch einmal: Die Männer riskieren lieber ihr Leben, als Eure Regentschaft aufs Spiel zu setzen.«

Tibald schloss die Augen. Er fragte sich, was schlimmer sei: Jesko als tyrannischer Despot oder die Bucht der Catastrophe? Unter großen Bedenken sagte er langsam:

»Ich setze mein Vertrauen in Euch, Admiral.«

Dorec reagierte umgehend.

»Ruder hart Steuerbord!«

»Steuerbord? Hat er gesagt Steuerbord?«, wunderte sich der Lepröse.

»Steuerbord!«, schrie der Admiral noch einmal.

»Hat er Steuerbord gesagt?«, fragte der Lepröse wieder.

»Bist du taub, oder was?«, zischte Ovid. »Magst wohl lieber die gemütliche Schunkelroute über Westen? Wie viele Stunden sind es noch bis Mitternacht? Sechs! Wir fahren östlich, sonst ist alles futsch.«

»Steuerbord!«, schrie der Admiral beharrlich.

Dorec hasste seinen eigenen Befehl, weshalb er ihn noch lauter herausbrüllte als sonst. Sie wendeten nach Osten und begannen, in möglichst großer Distanz die Küste entlangzufahren. Die Isabelle glitt ungehindert durch die Wellen, der Wind war günstig und das Segelwerk perfekt ausgerichtet. Der Admiral beschloss gerade, dass man sich von Legenden nicht einschüchtern lassen sollte, als die Dinge sich zum Schlechten wendeten. Zuerst begann die Isabelle, unmerklich abzudriften. Wie fest Dorec das Steuer auch ergriff, es gelang ihm nicht, den Kurs zu halten. Der Steuermann und die beiden Rudergänger bemerkten es schnell. Mit vereinten zehn Händen (Felix' Pranken zählten doppelt) packten sie zusammen an, doch vergeblich. Sie gaben verschiedene Manöverbefehle – umsonst. Sie konnten den Abstand zur Küste nicht mehr aufrechterhalten.

»Unterseeische Strömungen, nichts zu machen«, rief der Admiral resigniert. »Sie ziehen uns mit, haltet euch fest.«

Sofort herrschte allgemeine Aufregung. Die Meeresströmung ließ sich nicht kontrollieren, die Küste der Insel rückte immer näher, und in ihrer Panik schrien die Matrosen die leitenden Toppsgasten an. Doch die wahre Hiobsbotschaft kam von Hänfling, als er vom Krähennest aus dunkle Schatten auf dem Meeresgrund entdeckte:

»Klippen an Backbord! Und an Steuerbord! Klippen! Klippen!«

Die Mannschaft verteilte sich auf beiden Seiten des Schiffes. Im klaren türkisfarbenen Wasser wurden Steinsäulen sichtbar, so fein wie Nadeln. Ein gleichermaßen faszinierender wie verheerender

Anblick: Die Isabelle war zwischen die Spitzen der Unterwasserkathedrale geraten. Die steinernen Spieße würden sie aufschlitzen wie ein dünnes Tuch. Jetzt blieben ihnen nur noch ihre Amulette.

»Holt die Segel ein!«, befahl der Admiral.

»Warum?«, fragte Felix verwundert. »Wenn uns hier noch etwas rausholen kann, dann nur der Wind.«

»Holt die Segel ein!«, brüllte der Admiral mit rot angelaufenem Kopf.

In diesem Moment ertönte ein dumpfes Knirschen. Dorec fühlte, wie etwas in ihm zerriss, als hätte die Felsnadel, die soeben den Kiel gerammt hatte, auch seinen Brustkorb durchstoßen. Das Schiff verharrte still, bewegte sich nicht mehr. Eine scheußliche, bleierne Stille breitete sich aus. Nicht das geringste Plätschern war mehr zu hören.

»Wir sind auf Grund gelaufen«, flüsterte der Admiral fassungslos. »Von unten festgespießt.«

»Auf Grund gelaufen!«, rief der Navigator aufgebracht. »Wo sind denn die Karten? Ich will die Seekarten sehen! Wer ist dafür zuständig?«

»Es gibt keine Karte von den Gewässern der Catastrophe«, antwortete Tibald ruhig. »Das weißt du besser als ich, Peupel. Es gibt nur Legenden, keine Karten.«

»Keiner wird mit dem Leben davonkommen«, wimmerte Ovid, in der festen Überzeugung, dass bereits Wassergeister auf sie zuschwammen.

»Es gibt immer ein erstes Mal«, meinte Felix, tapfer um Optimismus bemüht.

»Dämlack«, versetzte sein Bruder.

»Schweigt still«, ging Tibald dazwischen. »Admiral, wie lautet Euer Befehl?«

»Leert die Ballastsäcke.«

Die Ballastsäcke enthielten die schwersten Frachtgüter. Indem man das Schiff leichter machte, hoffte der Admiral, den Rumpf genügend anzuheben, um der Felsnadel zu entkommen. Allerdings sorgten die Gewichte auch für die Stabilisierung des Schiffes; wurden sie abgeworfen, verlor es seinc Balance. Es galt, zwischen zwei Übeln zu wählen, und Dorec hatte gewählt. Schnell versammelte Willem ein paar Männer, und Ovid band schweren Herzens ein Fass nach dem anderen los.

»Überprüft alle Kammern des Frachtraums, begutachtet die Schäden und erteilt mir in einer Minute Bericht«, fuhr der Admiral fort. »Wenn der Kiel gebrochen ist, segeln wir nirgendwo mehr hin.«

Die restlichen Matrosen eilten los.

Wie es um den Kiel stand, ließ sich eigentlich erst im Fahren herausfinden. Doch die Untersuchung des Schiffsbauchs bewies einmal mehr die Großartigkeit der Isabelle. Etwas Wasser musste abgepumpt, einige zusätzliche Bretter angebracht werden, um Risse abzudichten, aber das würde die Schäden im Zaum halten. Die schlechte Nachricht war jedoch, dass das Schiff sich trotz des abgeworfenen Ballasts nicht von der Stelle rührte. Es blieb festgekeilt.

»Noch herrscht ja Ebbe«, bemerkte Willem hoffnungsvoll.

Ausnahmsweise musste der Admiral ihm recht geben. Zumal sich an einem Vollmondabend die Gezeiten günstig verhielten. Trotzdem fand Dorec noch einen Einwand:

»Es wird Stunden dauern, bis uns die steigende Flut wieder flottmacht. Kostbare Stunden, Willem Schöne.«

»Seht Ihr eine andere Lösung?«, wollte Tibald wissen.

»Wir könnten das Schiff in Schlagseite bringen …«, brachte Willem zögernd vor. Er hoffte, wenn die Matrosen sich heftig von einer Seite zur anderen bewegten, könnte der Schwung es womöglich von der Felsspitze lösen.

»In Schlagseite, Willem Schöne?«, fauchte der Admiral. »Und dabei am Ende den Rumpf beschädigen?«

»Auch keine Lösung«, schloss Tibald und schüttelte entmutigt den Kopf. »Warten wir also ab.«

Und sie warteten. Allmählich sank die Sonne, und die Luft frischte auf. Die dicken Wollsocken wurden aus den Truhen geholt. Mit einer Hand im Nacken wanderte Tibald hin und her. Der Admiral blickte mit finsterer Miene zum Horizont, als hätte man ihn persönlich beleidigt. Das Ringen um Minuten während ihrer Fahrt, die im Sturmwind zum Reißen gespannten Segel, die verkürzten Schlafschichten – all ihre Anstrengungen waren umsonst gewesen. Und jetzt verplemperten sie die restlichen Stunden mit der Warterei auf die Flut! Um sich die Zeit zu vertreiben, würfelten die Männer und kauten Süßholzwurzeln, die ihre Münder schwarz färbten. Lysander und Hänfling lasen im chirurgischen Handbuch die blutigsten Stellen. Felix beschrieb eifrig die Seiten seines Tagebuchs. Und Ema saß in einem Winkel und dachte nach.

Die Wahrscheinlichkeit, dass sie einen König nach Hause brachten, wurde Minute um Minute geringer.

Es war neun Uhr, und der Himmel färbte sich gerade hellviolett, als die Isabelle sich ganz sachte und unspektakulär zu bewegen begann. Ein Raunen der Erleichterung durchlief das Deck. Der Admiral rannte zum Steuerrad, um das Schiff von der Küste wegzulenken. Doch zu seiner großen Bestürzung brachte er es nur dazu, sich im Kreis zu drehen: Die Fuchsschnauze der Galionsfigur zeigte aufs offene Meer hinaus, doch die Strömungen drängten den Schiffsleib immer weiter zur Insel.

»Wir treiben achtern«, sagte er fast beschämt.

Und tatsächlich, sie fuhren rückwärts. Was höchst ungewöhnlich und wenig wünschenswert ist. Aber es war nichts zu machen. Sie alle hielten den Atem an und warteten auf die nächste Kollision.

21

Langsam näherte sich die Isabelle dem einzigen Küstenstrich, den keiner der Seeleute kannte oder je kennenlernen wollte.

»Die Caca… die Caca… die Ca…«, stammelte der Geologe.

»Die Catastrophe«, vervollständigte der Admiral durch seine Zähne hindurch.

Mit dem Heck voran trieb die Isabelle in die Bucht der Catastrophe. Im Hintergrund erhob sich aus dichtem Nebel das Halbrund einer kompakten schwarzen Felswand. Durch Ritzen im Felsen streckten Zweige ihre dünnen Arme aus wie Schiffbrüchige, die um Hilfe riefen. Über der dunklen Steilküste säumten knorrige Bäume den unzugänglichen Wald, der Ecksteins Wunde in sich verbarg, jene Wunde, über die keiner sprach.

Plötzlich rankten sich Algen den Rumpf des Schiffes herauf. Mit atemberaubender Geschwindigkeit bedeckten sie die Planken mit einem klebrigen, von Seeigeln besiedelten Schleim. Giftiges Wasser fraß sich in das feste Holz. Nebelschwaden krochen über Deck und umkreisten die Masten. Der Himmel färbte sich lila: In einer Stunde würde es dunkel sein. Doch vorher schon, in allenfalls zehn Minuten, würde die Strömung sie an der Felswand zerschellen lassen.

Zu allem Überfluss erhob sich aus dem Nichts ein Säuseln wie aus tausend Frauenkehlen. Was sagte es? Es war nicht zu verstehen. Woher kam es? Aus dem Wasser? Aus dem Nebel? Von den Bäumen des Waldes, vom Rumpf des Schiffes? Die Männer hielten sich die Ohren zu, um nicht verrückt zu werden. Doch mit zugehaltenen Ohren hörten sie auch nicht den neuesten Befehl des Admirals:

»Alles, alles, alles. Wir werfen alles über Bord! Weeerft Ballaaaast!«

Er gestikulierte, tomatenrot, und endlich verstanden die Männer. Sie gehorchten, ohne Fragen zu stellen. Alles ging über Bord und versank in der Bucht: die Artefakte vom anderen Ende der Welt, die beschrifteten Mineralien, der Chirurgenkoffer, die Sanduhren, die Truhen und die Hängematten, die Seilscheiben und die Holzhämmer, das Segeltuch aus der Reserve. Das Zwischendeck wurde komplett geleert, bis auf den langen Tisch, der am Boden festgenagelt war. Felix weigerte sich, seine zwölf Tagebuchbände zu opfern, aber sein Bruder Bugspriet ließ sie bei nächster Gelegenheit über Bord gehen. Der Smutje rangelte um eine letzte Portion Reis, der Navigator versteckte den Sextanten und den Kompass in seinem Hosenbund. Der Lepröse wollte schon Lukas' Gitarre über Bord werfen, aber der Küfer konnte sie gerade noch in Sicherheit bringen.

Der Admiral ließ sogar die Ankerkette kappen. Er brüllte immer weiter, hörte gar nicht mehr auf damit. Bald blieb nichts mehr übrig als der Tabak, und auch der flog über Bord; Dorec aber brüllte sich immer noch die Lunge aus dem Hals. Da es sonst nichts mehr gab, zogen die Männer ihre Kleider aus, machten Jagd auf die Ratten im Kielraum, räumten die Kajüten leer, die sie vorher nie betreten hatten, und sie taten dies alles, ohne das Abdriften in der Stimme ihres Kommandanten wahrzunehmen, ohne seinen seltsam verzerrten Mund und den Speichel, der ihm vom Kinn tropfte, zu bemerken. Die Isabelle und der Admiral hatten beide ihr inneres Gleichgewicht verloren.

Am Horizont tauchte ein riesiger Mond auf, der der Erde so nah schien, als könnte sie ihn im nächsten Moment verschlucken. Je dichter sie auf die Felswand zutrieben, desto höher und gewaltiger kam sie ihnen vor. Lysander blickte auf all die Gegenstände, die in der Bucht schwammen, bevor er auch das chirurgische Handbuch hineinwarf. Er verweilte noch kurz, um zu sehen, wie es hinabsank, und dabei fiel ihm etwas auf: Auf der Wasseroberfläche schwammen einzelne Spielkarten in einer langen Reihe hinter Taschentüchern und Holzlöffeln her – sie trieben ins offene Meer.

Ins offene Meer …

Trotz seiner fehlenden Navigationskenntnisse begriff Lysander augenblicklich die Bedeutung seiner Entdeckung: Wenn die Gegenstände aus der Bucht hinaustrieben, dann hieß das, dass sich die Strömung hufeisenförmig bewegte. Sie ließ zuerst die Schiffe an der Steilküste zerschellen und stieß anschließend ihre Trümmerreste aufs Meer hinaus. Wenn es der Isabelle jedoch gelang, die Kollision mit der Felswand zu vermeiden, würde sie in die zweite Hälfte des Hufeisens gelangen und vielleicht in einem Stück entkommen.

Lysander wollte mit seiner Idee zum Admiral rennen, kam aber nicht bei ihm an, weil plötzlich heftige Stöße den Schiffsrumpf erschütterten und ihm dunkle Trommeltöne entlockten. Lysander fiel der Länge nach hin. Die Erschütterungen waren so stark, dass er nicht aufstehen konnte. Es war, als würde eine riesige Hand die Isabelle ohrfeigen, mit heftiger, viel zu heftiger Gewalt.

»Was ist das …?«, flüsterte Dorec.

Ein halbes Jahrhundert auf See konnte ihm keine Antwort liefern. Weitere Donnerstöße fuhren durch die Bucht und brachten das Schiff fast zum Kentern. Die Männer hielten sich an den Wanten fest, umschlangen die Masten oder wurden vom Mastbaum zu Boden geschlagen. Sie brauchten einen Moment, um zu bemerken, dass das Schiff nicht mehr rückwärts trieb: Die Stöße hielten es wie durch ein Wunder von der Felswand fern. Doch ob sie nun zerschellen würden oder kentern – beide Versionen endeten mit dem Tod.

Bugspriet beschloss für sich, wenn er schon sterben musste, wollte er wenigstens verstehen, weshalb. Er kletterte den Fockmast hinauf, indem er fest seine Schenkel um ihn presste, und auf halber Strecke begriff er.

»HARPUNE!«, brüllte er aus voller Kehle.

Harpune?

In seiner Neugier beging Hänfling die Unvorsichtigkeit, an die Reling zu gehen, um hinunterzublicken. Tibald folgte ihm in derselben Absicht, und Ovid stolperte verzweifelt hinter den beiden her, entschlossen, ihre Knöchel festzuseilen, damit sie nicht ins Wasser fielen. Er ergriff das nächstbeste Tau (das vom Lademast) und begann mit dem Hänfling, indem er einen Webeleinstek wählte, den sichersten Knoten der Seefahrtsgeschichte. Was auch immer passierte, er würde sich nicht lösen.

Der Küfer wollte sich gerade dem Knöchel des Prinzen widmen, als eine besonders heftige Erschütterung den Hänfling über Bord beförderte. Das Tau spannte sich. Tibald beugte sich über das Wasser, um es festzuhalten, doch ein erneuter Stoß schleuderte ihn ebenfalls nach vorn. Den Bauch gegen das Geländer gepresst, klammerte er sich verzweifelt an das gestraffte Seil. Direkt unter sich sah er eine Szene, die ihn für den Rest seines Lebens nicht mehr loslassen sollte.

Ein riesengroßer Fisch erschien an der Oberfläche. Ein Fisch? Nein, ein Monstrum. Ein entsetzliches Ungeheuer. Graue Haut, faustgroße gelbe Augen und ein weit geöffnetes Maul, das zwei Reihen spitzer Zähne offenbarte. Seine Schwanzschläge brachten das Schiff zum Schaukeln und zertrümmerten das Holz des Rumpfes. Was aber schlimmer war, viel schlimmer: Sie zertrümmerten den Hänfling.

Es war zu viel auf einmal: das teuflische Säuseln, die Strömung, die sie auf eine Seite riss, das Ungeheuer, das sie auf die andere stieß, die viel zu leichte Isabelle, Hänflings gepeinigter Körper und der nächste Schlag, der ihn töten würde.

»ZIEHT! ZIEHT! HOLT IHN HOCH!«, schrie Tibald so laut er konnte.

Er selbst versuchte verzweifelt, das Tau hochzuziehen, ohne das Gleichgewicht zu verlieren. Doch selbst mit der Hilfe von Ovid und Peupel gelang es ihm nicht, den Schiffsjungen dem Meeresmonster zu entreißen. Nur ein einziger Mann auf dem Schiff konnte so etwas schaffen.

»FELIX!«

Der hünenhafte Rudergänger tat alles Menschenmögliche, um den Hänfling zu retten. Er konnte ihn an Bord ziehen, aber es war zu spät: Am Ende des Taus hing ein zerschundener Leichnam – entstellt, mit nur noch einem Arm und einem aufgerissenen Bauch, aus dem die Eingeweide quollen. Ovid wandte sich ab, Peupel übergab sich. Lysander blickte von Weitem auf das, was von seinem Freund übrig geblieben war. Verstört starrte er ihn an, ohne ihn zu sehen.

»Unser Hänfling ist gleich beim ersten Flossenschlag gestorben«, murmelte Felix, um sich selbst zu beruhigen.

Doch die säuselnden Stimmen, die vom Wald herüberdrangen, übertönten seine Worte, und auch Peupel war kaum zu hören, als er eine geniale Idee hervorbrachte, die ihm soeben gekommen war: »Der Hänfling kann uns noch das Leben retten.« Er zog seinen Gürtel ab, holte den Kompass und den Sextanten hervor, die er hatte behalten wollen, und befestigte alles um die Taille des toten Jungen.

»Helft mir, ihn hochzuheben. Eins, zwei, dr…«

Der schlaffe, nasse Leichnam, von Algen und Blut bedeckt, glitt ihnen aus den Händen. Sie mussten ihn in ein Stück Segeltuch einrollen, um ihn über Bord zu werfen. Vom Gewicht der Instrumente herabgezogen, sank er geradewegs in die Tiefe. Augenblicklich hörten die Schwanzschläge auf. Die Kreatur war abgetaucht, um ihrer Beute bis zum Meeresgrund zu folgen. Der unglückselige Schiffsjunge hatte sie alle von einer tödlichen Gefahr befreit. Fürs Erste. Aber ohne die Schläge der Schwanzflosse gewann die Strömung wieder Oberhand, und die Isabelle begann erneut, rückwärts zur Steilküste zu treiben. Nur noch wenige Minuten trennten sie jetzt von dem Aufprall. Lysander wollte schnell mit dem Admiral reden, aber der verhielt sich über die Maßen merkwürdig.

»KAPPT DEN HAUPTMAST! ABER HURTIG! ZIEH NICHT SO EIN GESICHT, WILLEM SCHÖNE, SONST FOLGST DU DEM MAST! EIN GEWICHT ZU VIEL IST EIN GEWICHT ZU VIEL. MAAAAST AB!«

Also fasste Lysander stattdessen Tibald am Ärmel und zog ihn zu der Stelle, wo das Kartenspiel abgetrieben war. Dort tauchte gerade das Leichentuch des Schiffsjungen an der Oberfläche auf und schlängelte sich ins offene Meer, wobei es eine scharlachrote Spur hinter sich herzog.

»Meine Güte, Lysander. Der Hänfling weist uns einen Fluchtweg.«

Es hatte keinen Sinn, den Admiral darauf anzusprechen, der immer noch mit Schaum vor dem Mund und hervortretenden Augen wütete und raste. Er hatte den Verstand verloren, war nicht mehr er selbst. Ema brachte ihn zu seiner Kajüte. Zuerst wehrte Dorec sich ein bisschen, dann ließ er es geschehen, gehorsam und glatzköpfiger denn je.

Tibald hatte keine Augen für ihn. Er war davon überzeugt, dass es für sie nur einen einzigen Ausweg gab: Sie mussten das Schiff verholen, sprich: es an etwas Festem anbinden, um es in die richtige Richtung lotsen zu können. Es war zwar fast nichts mehr an Bord zurückgeblieben, aber Bugspriet hatte doch noch die Harpunen gefunden. Sie befestigten jeweils Nägel an jeder Spitze, die als Widerhaken dienen sollten. An das andere Ende knoteten sie Seile, damit sie die Harpunen weit auswerfen konnten, ohne sie zu verlieren. Felix warf sie in die Strömung, in der Hoffnung, auf einen Felsen zu treffen.

Einmal, zweimal, dreimal.

Nichts.

Beim vierten Mal kratzten die Nägel über eine raue Oberfläche. Nach zwei neuerlichen Versuchen blieb eine Harpune stecken. Die zweite konnten sie an derselben Stelle verhaken, dann zogen sie mit vereinten Kräften und beteten im Stillen, dass die Nägel hielten und das Felsgestein nicht den Schiffsrumpf beschädigte. Sie kämpften gegen die mächtige Strömung an, dass ihre Armmuskeln zitterten und ihnen dicke Schweißtropfen auf die Stirn traten, doch schließlich und unerwartet stellte sich die Isabelle quer zum Hufeisen. Jetzt kam sie mit beiden Strömungen zugleich in Berührung, das Heck drängte Richtung Felswand, der Bug Richtung Meer. Sie hätte sich wie ein Kreisel zu drehen begonnen, hätte Willem nicht die entscheidende Bewegung mit dem Steuerrad gemacht – hin zum offenen Meer.

In schwindelerregendem Tempo gab die Catastrophenbucht das Schiff frei. Unter Wasser aufragende Felssporne streiften polternd den Rumpf, konnten ihn jedoch nicht aufhalten. Der Admiral krümmte sich jedes Mal vor Lachen. Er war in eine Ecke seiner Kajüte gerollt, gefolgt von seiner Plätzchendose, die niemand wegzuwerfen gewagt hatte, und stopfte sich ungeniert die Backen voll. Die Isabelle war so leicht, dass sie zu fliegen schien – ja, sie war viel zu leicht: Sie neigte sich nach Steuerbord, neigte sich immer tiefer und tiefer. Das Deck war nun mehr senkrecht als waagrecht, das Geländer der Reling von der Gischt bedeckt, die Masten berührten beinahe die Wellen.

»TRIMMEN!«, brüllte Willem.

Die Männer kraxelten das Deck hinauf, um auf die Backbordseite zu gelangen; einige legten sich regelrecht auf die Reling. Mehr denn je wurden sie eins mit ihrem Schiff, verschmolzen mit seinem Körper, und so blieben sie liegen, bis die Strömung an Kraft verlor und schließlich ganz nachließ. Auf die ruhigen Gewässer der flachen See entlassen, kippte das Schiff mit einem Ruck in seine stabile Lage zurück. Dann neigte es sich plötzlich auf die andere Seite, auf der sich die Mannschaft versammelt hatte. Wieder liefen sie Gefahr zu kentern. Wild gestikulierend verteilte Willem die Männer neu, angefangen bei den schwersten. Von jetzt an hing ihre Lage auf dem Wasser von der genauen Austarierung des Gleichgewichts ab.

Als die Isabelle endlich zur Ruhe kam und auf einem völlig glatten Meer dahinglitt, sackten die Seeleute dort, wo Willem sie hinbeordert hatte, entkräftet zu Boden, ihren Kopf zwischen den Händen, verwundert, noch am Leben zu sein. Da tauchte der Admiral aus seiner Kajüte auf. Er grüßte in die Runde und stellte sich ungezwungen ans Steuer. Vor der Kulisse des Vollmonds bemerkte er:

»Gut, gut. Was für ein schöner Abend, was für prächtiges Wetter. Was warten wir noch, das Großsegel zu setzen?«

Er hatte vollkommen vergessen, was sich soeben ereignet hatte. Das Aufgrundlaufen der Isabelle hatte das letzte bisschen seines klaren Geistes getrübt, das Feststecken des Schiffs ihm den letzten Stolz geraubt und das Warten auf die Flut jegliche Geduld genommen. Die Catastrophenbucht hatte ihn erledigt, Schach und matt.

Die Männer hoben betroffen die Köpfe. Albert Dorec – der alte Seebär, die lebende Legende, das Genie der Seefahrt – durfte sie nicht im Stich lassen! Sie hatten all ihr Vertrauen in ihn gesetzt. Sie spürten, wie sie einem anderen Schiffbruch entgegentrudelten, einer anderen Art von Untergang, die nicht weniger furchterregend war. Tibald ging zu ihm, mit langsamen Schritten, um das Schiff nicht zum Schwanken zu bringen.

»Wie fühlt Ihr Euch, Admiral?«

»Blendend, mein Kleiner.«

»Gut. Das ist gut, Admiral. Wollt Ihr einen Moment mit in die Messe kommen? Um Euch ein wenig auszuruhen?«

»Wenn ich dir doch sage, dass ich in prächtiger Form bin, Engelchen. Aber sieh dir nur dieses verhuddelte Takelwerk an. Wer hat die Blöcke abgeschnitten? Und warum?«

Tibald wusste nicht, was er antworten sollte. Würde er einen gebrochenen Helden nach Eckstein zurückbringen? Er gab Ema ein Zeichen.

»Ja, Engelchen?«, antwortete sie, und trotz der allgemeinen Anspannung mussten alle lachen.

»Ich glaube, der Admiral hat sich einen Keks verdient.«

»Einen Keks? Aber ja, den nehme ich gerne …«

Dorec tappte wankend zurück zu den Treppenstufen und blieb immer wieder stehen, um nach Marienkäfern und Osterglocken Ausschau zu halten, wodurch Ema, die ihn stützte, so gut sie konnte, fast hintenüberfiel. Da übernahm Felix die Angelegenheit. Er packte den Admiral unter den Achseln und trug ihn in seine Kajüte.

Hätte das Sternbild Gloriola plötzlich die Hemisphäre gewechselt, Willem hätte nicht bestürzter sein können. Mit verschränkten Armen und trockener Kehle stand er da und blickte auf die Tür, die sich gerade hinter seinem Vorgesetzten geschlossen hatte. Er zuckte zusammen, als sich eine Hand auf seine Schulter legte.

»Es sieht ganz so aus, als wärt Ihr soeben befördert worden, Kapitän Schöne. Wir erwarten Eure Befehle.«

Tatsächlich besaß Tibald die Macht, ihm einen höheren Rang zu verleihen. Willem dachte einen Moment darüber nach, fuhr sich mit der Hand durch sein graues Haar und atmete tief durch. Dann gab er mit seiner unverwechselbaren Stimme seine ersten Befehle als Kapitän:

»Überprüft den Zustand des Kielraums. Setzt wieder die Segel.«

Dann wandte er sich an Tibald:

»Es ist schon Nacht, Hoheit. Wir haben Zeit verloren.«

»Wie viel? Ich habe nicht mehr darauf geachtet.«

»Es sind keine Sanduhren mehr da, aber Peupel könnte eine Berechnung anstellen ... Ich schätze, es ist ungefähr zehn Uhr. Das heißt, es ist aus und vorbei, Hoheit. Wir können nicht mehr rechtzeitig ankommen.«

»Im Augenblick wäre ich schon froh, wenn wir überhaupt ankommen.«

»In diesem Fall würde ich dazu raten, dass wir die komplette Runde um die Insel nehmen, Hoheit. Denn wer weiß, was uns auf der Route des Unheils sonst noch alles erwartet? Wir kennen sie nicht wirklich. Der gewöhnliche Umweg dauert zwar wesentlich länger, aber dort müssen wir nicht mit unangenehmen Überraschungen rechnen. Wir kommen dann morgen Nachmittag an.«

Der Smutje, der noch immer auf dem Boden saß, wandte ein: »Wir haben fast nichts mehr zu essen, alle Vorräte sind über Bord gegangen.«

»Auch kein Trinkwasser mehr«, fügte der Küfer hinzu. »Wir sitzen völlig auf dem Trockenen.«

»Bis zur Schafsbucht halte ich es ohne Trinken aus«, erklärte Marcelino.

»Ich auch ohne Essen«, schloss sich Felix an.

»Ohne Essen und Trinken«, fasste Ovid tapfer zusammen.

Ihr guter Wille beeindruckte Tibald, aber er fürchtete, sie könnten alle dehydrieren. Schon jetzt lagen mehrere Männer völlig entkräftet an Deck und wollten kaum noch aufstehen. Sollten sie die Insel umrunden oder nicht? Die Entscheidung wurde Tibald abgenommen, da in diesem Moment Julius und Peupel aus dem Kielraum hochkamen und eine Ratte vor ihren Füßen herlief. Eine Ratte! Willem begriff sofort den Ernst der Lage.

»Also ist es so weit? Das Ungeziefer zieht nach oben?«

»Es sieht schlimm aus, Will… äh, Kapitän«, antwortete der Zimmermann. »Die untere Ebene ist überschwemmt. Etwas darüber haben wir noch ein anderes großes Leck gefunden, überhaupt ist das ganze Holz morsch geworden, als wäre es in beschleunigtem Tempo verfault. Es ist unmöglich, da im Dunkeln irgendetwas zu reparieren.«

»Wieso im Dunkeln?«

»Wir haben die Lampen weggeworfen, die Leuchter, die Kerzen, die …«

»Na, großartig.«

Julius und Peupel öffneten hilflos die Arme. Unter den irrsinnigen Befehlen des Admirals hatten alle den Kopf verloren.

»Peupel, schau mal in meiner Kajüte nach«, sagte Willem. »Da muss noch irgendwo eine Kerze herumliegen; das ist der Vorteil von Unordnung: Man kann darin alles Mögliche finden. Julius, vernagele im Kielraum eine Kammer nach der anderen, sobald dort Wasser eindringt. Such dir eine Gruppe von Helfern zusammen – wen immer du willst.«

»Und was für Holz nehme ich?«

»Rampen, Geländer, Kajütentüren. Was du eben findest, nur nicht die Masten und die Bäume.«

Nachdem Julius weg war, rang Tibald sich zu der schlimmsten aller Fragen durch:

»Sinken wir, Kapitän?«

Die Antwort kam umgehend.

»Ja, Hoheit, wir sinken. Langsam, aber sicher.«

»Und was nun?«

»Nun, Hoheit, vergessen wir die Umrundung der Insel und vergessen wir auch den Abstand vom Ufer. Wir müssen die Küste entlangfahren, um so schnell wie möglich die Schafsbucht zu erreichen. Wir riskieren damit weitere böse Überraschungen, aber es ist unsere einzige Chance anzukommen.«

»Es gäbe immer noch das Beiboot.«

»Wir sind zu viele, Hoheit. Wir könnten uns hineinquetschen, aber nicht mehr lenken. Nein, wir müssen auf der Isabelle bleiben, solange sie noch fährt.«

»Wird uns die Flutung des Kielraums sehr verlangsamen?«

»Allerdings. Aber ich denke, mit ein bisschen Glück könnten wir es schaffen, noch vor Morgengrauen anzukommen.« Willem lächelte schwach: »Was auf gewisse Weise besser ist als am helllichten Tag, Hoheit.«

»Warum?«

»Wir haben keinen Anker mehr, mein Prinz. Wir werden stranden müssen. Ein hübscher Schiffbruch unter meinem Befehl ...«

Tibald machte eine große optimistische Handbewegung.

»Hauptsache, Eure Schiffbrüchigen haben überlebt, Kapitän. Alles andere ist unwichtig.«

Während der langen Stunden, die darauf folgten, schipperten sie ohne dramatische Zwischenfälle die Küste entlang. Im glänzenden Mondschein funkelte das Meer wie die Vitrine eines Juweliers.

Sie waren barfuß, hatten Hunger und Durst, und jede Faser ihres Körpers tat ihnen weh. Die Isabelle kam nur schrecklich langsam voran, und ihre Wasserlinie sank mit jeder Minute. Mehrere Männer wechselten sich mit dem Pumpen ab, andere versuchten, die Lecks mit Stofffetzen von ihren Hosen zu stopfen. Tibald hatte einen Arm um Ema gelegt, die fror, und blickte zum Sternenhimmel hinauf.

»Ist es schon Mitternacht, Kapitän?«, fragte er.

»Kurz davor, würde ich sagen, Hoheit.«

»Schlag Mitternacht wird sich mein Bruder zum König krönen lassen.«

»Für die Untertanen seid Ihr der König, Hoheit«, versicherte Willem. »Euer Bruder Jesko wird es nicht leicht haben.«

Tibald antwortete nicht. Er wusste, dass Jesko die Krone nicht kampflos hergeben würde.

Nach einer gefühlten Ewigkeit, als am Himmel nur noch ein einziger Stern zu sehen war und der Horizont sich langsam rosa färbte, tauchte endlich die Landspitze mit dem Leuchtturm auf. Wäre sein Licht nicht gewesen, hätte man leicht an dieser Stelle, wo der Fluss ins Meer mündete, vorbeifahren können, ohne sie zu bemerken. Die Isabelle wendete zum allerletzten Mal in ihrer Geschichte und fuhr in die schmale Schlucht hinein. In der Ferne waren Fischerboote zu erkennen, die sich vom Hafen in Richtung Meer bewegten. An ihrem Bug war jeweils eine Laterne befestigt, die durch die Dunkelheit schwebte und sich im Wasser spiegelte. Stumm betrachtete die Mannschaft die Lichter, die sich wie Glühwürmchen näherten.

Die abgehalfterte Isabelle erinnerte an das pestbefallene Geisterschiff. Nur die flackernde Flamme eines Kerzenstummels, die immer wieder erlosch, ließ erkennen, dass sie sich voranbewegte. Die Taue des Schiffs pendelten ins Leere, denn es hatte sich auf die Seite geneigt, in der das meiste Wasser eingedrungen war, die Fuchsschnauze der weißen Galionsfigur berührte schon fast die Oberfläche. Willem fuhr dicht am Ufer entlang, in der Hoffnung, auf Grund zu laufen, bevor die Isabelle komplett unterging.

Als einer der Fischer sie bemerkte, erhob er sich in seinem Boot, und der Widerschein seiner Laterne begann, auf der Wasseroberfläche zu schaukeln.

»Der Prinz!«

Seine Stimme wurde von der feuchten Luft verschluckt, doch die anderen Laternen begannen ebenfalls zu schaukeln.

»Der König ist tot, es lebe der Prinz!«, rief der Fischer, der Tag und Nacht gebetet hatte, dass Tibald zurückkommen möge.

»Es lebe der Prinz! Es lebe der Prinz!«, stimmten die anderen wacker mit ein.

In diesem Moment stieß die Isabelle auf den sandigen Grund der Flussmündung. Ganz lautlos kam sie zur Ruhe, legte sich auf eine Seite und zeigte mit ihren drei Masten zum Ufer.

Eins nach dem anderen kamen die Fischerboote angefahren und brachten die Besatzung in einem langen Glühwürmchenzug zum Hafen. In dem Boot, in dem Tibald und Ema saßen, drückte er ihre Hand. Er war nicht mehr als ein Prinz, der zu spät nach Hause gekommen war, auf einem zerrütteten Schiff, mit einem Matrosen weniger und einem verrückt gewordenen Admiral.

Das Schlimmste, so ahnte er, sollte erst noch kommen.

22

Die Menschen, deren Häuser am Hafen lagen, wurden durch das Kommen und Gehen am Kai aus dem Schlaf gerissen. Der Prinz war wieder zurück – sie konnten ihren Augen kaum trauen. In Pantoffeln rannten sie hinaus, um der Mannschaft durchs Dorf zu folgen. Die Seefahrer legten keine Pause ein, sondern machten sich sogleich an den Anstieg zum Schloss hinauf.

»Was ist das?«, fragte Ema und zeigte auf die weißen Flecken, die den grünen Hügel sprenkelten.

»Schafe«, antwortete Tibald. Aber sein Blick war schon auf das Schloss gerichtet. Vor dem blassen Himmel hoben sich die Türme und Türmchen, Kuppeln und Zinnen ab, vor allem aber die Fahne, die auf dem höchsten Turm flatterte. Die Fahne saß hoch oben, und das bedeutete: Eckstein hatte einen König. Fassungslos starrten die Männer dorthin. Sie hatten ihr Leben riskiert, um den Prinzen rechtzeitig nach Hause zu bringen, und waren gescheitert. Sie hatten Schiffbruch erlitten, in jeder Bedeutung des Wortes.

Sie überquerten die Brücke über den Fluss, den man wegen seiner beständigen Wassermenge Konstanzia getauft hatte. Ein Stück weiter erhob sich mitten in den Feldern ein freistehender Rundbogen, der ein Überbleibsel des früheren Herrensitzes war. Man konnte ihn problemlos umgehen, aber die Tradition wollte, dass man unter ihm hindurchzog. An diesem Morgen standen beidseits des Bogens zwei Männer mit langen Schwertern. Es war ein ungewohnter Anblick. Erstens musste in Eckstein nichts und niemand bewacht werden und zweitens war das Tragen von Waffen verboten. Zwar besaß jede Region der Insel ein geheimes Arsenal, doch wo sie sich befanden, war nur dem König und den Mitgliedern seines Rates bekannt. Außerdem wurden sie nur im Notfall – sprich, niemals – geöffnet.

Tibald blieb vor den Wachen stehen, zwei Bauernburschen, die sichtlich verlegen waren. Sie hatten die Anweisung erhalten, ihn nicht unbegleitet ins Schloss hineinzulassen, aber sie wollten auch nicht respektlos erscheinen. Tibald erlöste sie von ihrem Dilemma, indem er trocken erklärte:

»Kommt ja nicht auf die Idee, mich zu eskortieren.«

Er zog Ema mit sich unter den Bogen. Er versuchte, an nichts anderes zu denken als an die kühlen Steine unter seinen nackten Füßen. Dann kam der weiße Kies vor dem Schlosseingang, der schmerzhaft in die Fußsohlen pikste. Auch hier bewachten zwei Bauernburschen das große eisenbeschlagene Portal über der breiten Marmortreppe. Auch sie schienen peinlich berührt. Wie alle Bewohner Ecksteins hatten sie ungeduldig auf Tibalds Rückkehr gewartet, und wie all die anderen hatten sie sich am vergangenen Abend mit Jeskos Thronbesteigung abfinden müssen.

Tibald ging weiter. Der monumentale Eingang interessierte ihn nicht. Stattdessen folgte er der rötlichen Steinfassade mit ihren ovalen Fenstern und dem üppig wuchernden Efeu bis zu einer Hecke aus Zedern, die so hoch aufragte wie der Großmast der Isabelle. Dazwischen befand sich ein kleines schmiedeeisernes Gatter, das er nun aufstieß. Der Schlossgarten, der sich dahinter auftat, hatte etwas Märchenhaftes. An jedem Grashalm, jeder Margeritenblüte, jedem Apfelbaumblatt hing ein Tautropfen, und in diesen Tropfen glitzerte das morgendliche Sonnenlicht. Eine Amsel sang, ein Frosch quakte, ein Brunnen gluckerte vor sich hin. Plötzlich spürten die Seeleute wieder, wie durstig sie waren. Tibald führte sie durch ein Labyrinth aus Gartenkräutern und Heilpflanzen und stieg dann drei ausgetretene Stufen hinab, um gegen ein beschlagenes Fenster im Kellergeschoss zu klopfen. Eine rundliche Frau öffnete ihnen.

»Was habt ihr hier zu suchen, ihr Rattenbande?«, brummte sie, während sie sich die Hände an ihrer Schürze abwischte.

»Guten Tag, Marthe«, sagte Tibald.

Die Köchin schlug sich die Hand vor den Mund und starrte ihn mit großen Augen an. Als sie ganz sicher war, dass wirklich er es war, schob sie sich schnell eine graue Strähne unter ihre Haube.

»Na, so was! Ihr seid's, mein Prinz! Wollt wohl mal wieder allen das frische Brot wegstibitzen. Kommt rein, kommt schon alle herein! Meine Güte, Ihr starrt ja nur so vor Dreck. Wie die Ferkel … Los, zum Spülbecken! Zum Spülbecken und Hände waschen …«

Sie verstummte, als sie Ema bemerkte. Mit schwer zu durchschauender Miene musterte sie sie eine Weile, dann zeigte sie ein breites Lächeln, das ihre Zahnlücken offenbarte.

Marthes Küche war ein lang gezogener Raum mit niedriger Decke und einer üppigen Vielfalt an Lebensmitteln: Körbe mit frischem Gemüse, Säcke mit Mehl oder Walnüssen, Berge von Kartoffeln, eine bunte Auswahl an Früchten. In der Feuerstelle brannten Zedernholzscheite gemütlich vor sich hin; kupferne Töpfe und Pfannen schimmerten an den Wänden; ein massiver Holztisch, befleckt von Jahrzehnten des Werkelns und Futterns, verlief durch die Länge des Raumes. Und zu alldem gesellte sich der Duft von frischem Backwerk.

»Sabina!«, rief Marthe in Richtung des Holzofens.

Eine junge Frau erschien, die ebenso weiß war wie ihre Schürze. Erschrocken wich sie vor den zotteligen Männern zurück, doch als sie den Prinzen erkannte, machte sie einen ehrfürchtigen Knicks. In ihren Augen war er der langersehnte Retter, denn sie hatte persönliche Gründe, Jesko zu fürchten: Sein Hund hatte ihr die Wade zerfleischt, als sie noch ein kleines Mädchen gewesen war. Seither humpelte sie und fand keinen Bräutigam.

»Du siehst ja, dass sie hungrig sind, Sabina! Die haben einen Bärenhunger, einen Mordsdurst und wer weiß, was noch!«

Mit lautem Scharren zog Marthe die Bänke unter dem Tisch hervor, befahl den Männern, sich zu setzen, und dirigierte die Aufteilung der ofenfrischen Brote. Ihre Autorität erinnerte an den Admiral in seinen besten Zeiten – auch wenn das nur noch eine blasse Erinnerung war, denn der Admiral begutachtete verwirrt sein Stück Brot wie ein außerirdisches Wesen. Willem musste es ihm in mundgerechte Häppchen schneiden und ihn Stück für Stück damit füttern. Die anderen schlemmten wild drauflos. Die ganze Ofenladung Brot musste dran glauben, dann die Essensreste der letzten zwei Tage, schließlich die Gemüsesuppe, die Aufläufe, die süßen und salzigen Kuchen, die für das Mittagessen vorgesehen waren.

»Grundgütiger … wie Nacktschnecken auf einem Salatblatt«, kommentierte die beeindruckte Marthe.

Als nichts mehr übrig war, stellte sie sich vor Tibald auf und stemmte beide Fäuste auf den Tisch.

»Jetzt, da Ihr Euch was zwischen die Rippen geschoben habt, hört mir gut zu, Hoheit. Ihr kommt zwar spät, aber nicht so spät, wie man hier gedacht hatte. Ich weiß zwar nicht, wie Ihr es anstellen wollt, aber ich bitte Euch, holt uns aus diesem Schlamassel wieder heraus.«

Sie richtete sich gerade auf.

»Seid auf der Hut, mein Prinz, denn Ihr-wisst-schon-wer wird Euch zu sich holen lassen, das ist mal sicher. Ich werde ihm jetzt sein Rinderkotelett zubereiten. Er liebt es schön blutig und gepfeffert – der Mann hat's nicht mehr weit zum Kannibalen.«

Sie griff nach einem Messer in der Größe einer Axt und begann, das Stück Fleisch zu zerteilen, als handele es sich um Jesko persönlich. Im nächsten Moment ging neben dem Weinkeller eine Tür auf, und zwei ältere Männer traten herein. Tibald runzelte die Stirn: Es waren Tumbs und Rötzel, zwei von König Alberichs Ratgebern. In der Küche hatte man sie noch nie gesehen.

»Willkommen in Eckstein, Prinz Tibald«, betete Tumbs herunter wie ein Schüler.

Tibald fand immer schon, dass er etwas von einem Hahn hatte: die spitze Nase, das einzige graue Haarbüschel auf dem Schädel, die schnellen und ruckartigen Bewegungen seines Kopfes.

»Seine Majestät wird Euch im Thronsaal empfangen«, fügte der Gockel hinzu.

Tibald erhob sich vom Tisch, und die Mannschaft tat es ihm nach. Sobald er aus der Küche hinaus war, würde ihr Arbeitsverhältnis, das sie so lange miteinander verbunden hatte, offiziell beendet sein. Tibald wollte sich Zeit nehmen für diesen Abschied. Er begann, jedem Einzelnen von ihnen die Hand zu schütteln, und erst da fiel ihm auf, dass einer fehlte.

»Wo ist der Lepröse?«

»Im Hafen geblieben, Hoheit«, antwortete Ovid.

»Er hat sich davongemacht, ohne vom Prinzen entlassen zu werden?«, fragte Felix empört.

»Das ist gegen das Gesetz«, bemerkte Willem.

»Wir hätten ihn den Haien überlassen sollen«, murrte der Smutje.

Die künftigen Geschehnisse sollten ihm recht geben. Doch für den Augenblick bedankte sich Tibald ausführlich bei allen Matrosen, während Rötzel ungeduldig mit der Fußspitze tappte und Tumbs mit seinem Kopf zuckte. Bewegt räusperten sich die Seemänner, betrachteten ihre Zehen oder kratzten ihre Läuse. Als er an die Reihe kam, sagte Kapitän Schöne mit feierlichem Ernst: »Ihr könnt auch weiterhin auf mich zählen, mein Prinz.«

Admiral Dorec wunderte sich darüber, dass sich alle in einer Reihe aufgestellt hatten.

»Die Glocke hat doch noch gar nicht geläutet ...«

»Sie wird nicht mehr läuten«, antwortete Tibald sanft.

Dann wandte er sich an Marthe:

»Alle Männer, die sich ausruhen wollen, bekommen eine Unterkunft, für die Übrigen wird die Heimreise organisiert. Und Gwendolin Dorec sollte so schnell wie möglich hergeholt werden. Könntest du dafür sorgen, dass sich jemand darum kümmert?«

Marthe musterte die vielen blauen Flecken und Schrammen.

»Eure Männer sind ziemlich ramponiert, mein Prinz.«

»Eben deswegen. Und dieser Bursche hier soll in meinem Zimmer untergebracht werden.«

Lysander zog die Augenbrauen hoch. Ihm war nicht klar gewesen, dass der Raum mit dem Sternbild Azalea an der Decke das Prinzenzimmer war. Er hatte nicht einmal daran geglaubt, dass im Schloss ein Platz für ihn vorgesehen war. Aber bevor er etwas sagen konnte, hatte Tibald schon die Küche verlassen.

Er ging Hand in Hand mit Ema, die unterwegs die bunten Glasfenster, die Wandteppiche und das Kirschholzparkett bestaunte. Schließlich gelangten sie in einen runden, mit Mosaiksteinen gepflasterten Innenhof. In der Mitte befand sich ein Becken mit klarem Wasser und darin eine Frauenstatue aus Marmor. Zwischen ihren feinen Fingern hielt sie eine Lilie; siebenundzwanzig weitere waren in ihren Schleier verwoben oder lagen zu ihren Füßen. Jede von ihnen symbolisierte ein Jahr ihres kurzen Lebens.

»Meine Mutter«, flüsterte Tibald und streifte die Figur mit einer Fingerspitze.

Die marmorne Luise hatte ihren Blick auf das Portal des Thronsaals gerichtet. Es waren schwere, einschüchternde Türflügel aus Bronze, doch das hielt Tibald nicht davon ab, sie zu öffnen, ohne sich um Tumbs und Rötzel oder die beiderseits postierten Wachen zu scheren. Der Saal präsentierte sich in seiner ganzen Pracht. Säulen zart wie Schilfrohr stützten sein atemberaubendes Gewölbe. Elegante Spitzbogenfenster filterten das Licht durch ihre Alabasterscheiben und ließen die Wände wie mit goldenen Blattranken bedeckt erscheinen. Ein langer roter Teppich führte bis zum Thron, der mit Edelsteinen aus jeder Region – Onyx, Jade, Jaspis, Granat und Lapislazuli – kunstvoll besetzt war.

Einziger Wermutstropfen in diesem Gemälde: der lässig auf dem Thron lümmelnde Jesko. Er hielt das Zepter in der Hand, hatte den Hermelinumhang nachlässig über die Schulter geworfen und trug die Krone auf dem Kopf. Um an das Zepter zu gelangen, hatte er es aus einem Versteck holen müssen, das nur dem Monarchen und seinen Nachkommen bekannt war. Und um an die Krone zu gelangen, hatte er den Kanzler dazu bewegen müssen, die Gewölbekammer aufzuschließen, in der sie verwahrt wurde. Auf gewisse Weise hatte er diese Dinge dem Königreich entrissen.

Zu seinen Füßen knurrte der unvermeidliche Styx. Er war ein grimmiger Hund mit langer Schnauze, spitzen Ohren und grauem Fell, das entlang der Wirbelsäule senkrecht nach oben stand. Kein Experte wagte eine genauere Rassenbestimmung, aber ob Experte oder nicht – jeder ging ihm vorsorglich aus dem Weg. Manchmal hatte Tibald ihn nachts sabbernd vor seinem Bett vorgefunden, woraus er geschlossen hatte, dass der Hund Türen zu öffnen verstand.

Tibald und Jesko unterschieden sich voneinander wie das Lamm vom Wolf. Tibald hatte ein gutmütiges, nettes Gesicht; Jesko war von wilder Schönheit. Tibald war blond wie seine Mutter mit arglosen blauen Augen; Jesko hatte pechschwarzes Haar wie seine eigene Mutter und einen durchdringenden dunklen Blick. Tibald war ein umgänglicher Charakter, Jesko launischer Natur. Tibald wählte immer farbenfrohe Kleidung; Jesko beschränkte seine Auswahl auf tiefdunkle Stoffe, die zwei-, drei-, viermal durchgefärbt werden mussten und infolgedessen ein Vermögen kosteten.

Auf dem Thron wie auch sonst war Jesko eine männliche, athletische Erscheinung mit so starkem Bartwuchs, dass er sich zweimal täglich rasieren musste. Die königlichen Insignien standen ihm ausgezeichnet. Doch Tibald kam nicht umhin, in seinem Bruder auch das Kind zu sehen, das er gewesen war: der Junge, der nach dem Regen hinauslief, um Würmer zu zerstückeln; der den Schweinen mit einer Strohpeitsche hinterherrannte; der die Hühner mit ihren eigenen Eiern bewarf; und der Frösche an ihrem Mund aufblies, bis sie platzten. Ein Quälgeist, der dem Müller Grillen ins Mehl steckte, damit dessen Tochter bestraft wurde, und der Schmuckstücke klaute, um anschließend die Kammerzofen zu beschuldigen. Grausamkeit war der Antrieb seiner Phantasie. Er war zu einem mürrischen Einzelgänger herangewachsen, ohne jedes Interesse für die Angelegenheiten des Reiches, doch seltsamerweise war er fest davon überzeugt, dass die Krone ihm gebührte.

»Mein Bruder«, sagte er mit seiner stets heiseren Stimme, als wäre er gerade mit Halsweh aus dem Bett gekommen. »Ich hatte dir einen Geleitschutz bereitgestellt, aber du wolltest das Schloss ja lieber durch die Küche betreten.«

»Komm da runter, Jesko. Du bist aus dem Alter heraus, wo du auf alles draufklettern musst.«

Jesko beugte sich weit nach vorn.

»Alberich ist gestorben, Tibald. Tot und begraben. Ich habe zwölf Tage abgewartet, wie das Gesetz es verlangt.«

»Das Gesetz besagt, dass ich der Ältere bin und das Amt mir zusteht.«

»Rührend. Aber wo warst du, als er an seiner Galle erstickte? Wer hielt seinen Kopf, wer tupfte ihm die nasse Stirn ab? Ich. Er rief nach dir, Tibald, und du hast es nicht gehört … Ah, die schönen Tropen, nicht wahr? Monatelang am Strand Kokosmilch süffeln. Und was bringst du uns mit? Eine Gefangene?«

»Meine Frau. Ema Beatriz Ejea Casarei.«

Jesko lächelte schief.

»Deine Frau ist schwarz, Tibald. Ist dir das noch nicht aufgefallen?«

»Und du hast dich in deinem Sitzplatz geirrt.«

»Du kannst doch wohl bis zwölf zählen?«

»Ich habe gestern Nachmittag Ecksteins Grund berührt«, antwortete Tibald, die Felsnadeln vor Augen, die ihr Schiff festgekeilt hatten.

Jesko stützte sein Kinn in die Hand und betrachtete seinen Bruder aufmerksam.

»Falsch«, erklärte er nach einer Weile. »Keiner hat euch draußen vor der Nördlichen Hochebene gesehen, und auch nicht vor der Küste von Frixeln. Von Frixeln aus kann man alles sehen.«

»Es gibt noch einen anderen Weg.«

»Niemand nimmt den anderen Weg.«

»Das glaubst du.«

Jesko, der nicht nachdenken konnte, ohne sich dabei zu bewegen, legte das Zepter auf seine Knie und rollte es mit der flachen Hand hin und her. Der prachtvolle Ebenholzstab mit den silbernen Ringen und dem Jadefuchs an der Spitze war das höchste Symbol der Macht. Um ein Urteil zu fällen, ein Edikt zu erlassen oder dem Rat vorzusitzen, musste der König dieses Zepter unter allen Umständen in der Hand halten. Die Gleichgültigkeit, mit der Jesko mit dem wertvollsten königlichen Gegenstand herumhantierte, vermittelte einen klaren Eindruck davon, wie er zu regieren gedachte: miserabel.

»Na gut«, erklärte er schließlich, »deine Abenteuer kannst du direkt dem Ältestenrat erzählen. Die Ratsmitglieder haben alle nach der Krönung hier übernachtet. Lassen wir sie in Ruhe frühstücken und rufen wir für Mittag eine Sitzung zusammen. Aber vergiss nicht, dir Schuhe anzuziehen, wenn du einen guten Eindruck schinden willst.«

Der Ältestenrat … Tibald stand mit offenem Munde da. Die zehn Ratgeber waren einst von Alberich ausgewählt worden, aber Jesko sprach von ihnen, als hätte er sie bereits auf seiner Seite. Es war unvorstellbar, dass so ehrbare Männer von einem Tag auf den anderen ihre Gesinnung gewechselt hatten. Jesko gähnte, als würde ihn die Unterredung langweilen.

»Mein Fleisch steht bereit, und ich habe Hunger. Komm, Styx.«

Er stand auf, gefolgt von seinem Hund. In diesem Moment bemerkte Tibald, dass er den königlichen Dolch nicht an seinem Gürtel trug. Er hatte die granatbesetzte Krone, das Zepter und den Hermelin, aber der Dolch fehlte.

»Wo ist der Dolch?«

»Wovon sprichst du?«

»Du posierst hier mit allen Insignien, nur nicht mit dem Dolch. Hast du ihn schon verkauft?«

»O Tibald, du unterschätzt mich immerzu. Geh jetzt, oder ich rufe die Wachen.«

»Du hast mir nichts zu befehlen.«

Jesko antwortete nicht. Mit lässiger Geste klopfte er sich den Hintern ab, als wäre der Thron irgendein staubiges Ding. Er schlenderte an ihnen vorbei und verließ als Erster den Saal.

23

Tibald wollte niemandem begegnen, deshalb führte er Ema einen Weg entlang, der nur selten benutzt wurde: über eine kleine Schwebebrücke, die zwischen Himmel und Erde aufgespannt war, durch einen verlassenen Turm, über eine Bedienstetentreppe. Überall bunte Glasrosetten, Keramiken, Blumenbouquets, Rautenfenster. Behagliche Stille und Lavendelduft. Alles war sauber, auf Glanz poliert, parfümiert, alles besaß die Perfektion einer traumhaften Vision, und da Ema von Natur aus misstrauisch war, musste sie unweigerlich denken, dass so viel Schönheit dazu da war, irgendetwas zu verbergen.

Das Schloss war rund um den Mosaikhof errichtet, und jeder Flügel hatte seine eigene Bestimmung: Der Südflügel beherbergte die Königsfamilie und die Mitglieder des Hofes, der Westflügel Handwerker und Landarbeiter vom Bauernhof; im Ostflügel befanden sich die Empfangssäle und Gästezimmer. Im feuchten, baufälligen Nordflügel aber wohnten separat von all den anderen Jesko und seine Mutter Sidra, die nichts von einer Renovierung wissen wollten. Sie hatten nur eine einzige Dienerin, Pauline, die stumm war und weder lesen noch schreiben konnte.

Über die Bedienstetentreppe gelangten Tibald und Ema zum Erdgeschoss im Südflügel und zu einer Tür mit Holzschnitzereien, deren Silberklinke dunkel angelaufen war. Diese Tür war so lange verschlossen geblieben, dass der Teppich auf der Schwelle noch seine ursprüngliche blaue Farbe besaß, wie ein Stück Nachtblau in einem ausgewaschenen Himmel.

»Deine Kajüte, Schiffsjunge«, murmelte Tibald und schob Ema sachte voran.

Voller Emotionen folgte er ihr ins Zimmer. Bei jedem seiner Schritte erhob sich eine Staubwolke und sank wieder auf seine Zehen herab. Der Raum war dunkel und von einem schalen, trockenen Geruch durchdrungen, dem Geruch zäh vergehender Zeit. Tibald zog an einem Vorhang, der ihm unter der Hand zerfiel, öffnete ein verschmutztes Fenster und dahinter den quietschenden Fensterladen. Ein Rechteck aus Sonne fiel in den Raum und ließ den Staub golden über den Stoffhüllen tanzen, die die Möbelstücke schützten. Das war Luises Boudoir. Im anliegenden Schlafgemach befand sich ein großes Himmelbett, das völlig von Spinnweben verhangen war. Ohne lange zu zögern warf Ema sich auf die hart gewordene Wollmatratze.

»Du wirst wohl nicht auf dem Boden schlafen …«, meinte sie und reichte Tibald ihre Hand.

»Ich werde überhaupt nicht schlafen.«

»O doch. Du wirst bis zum Mittag schlafen.«

Er musste nicht lange überredet werden, und kurz darauf sank er in einen betäubenden Schlaf. Er glaubte, es sei nur der Bruchteil einer Sekunde vergangen, als ihn die Glockenschläge des Mittagsläutens hochfahren ließen. Er stützte sich auf seinen Ellbogen und erkannte seine Kajüte nicht wieder, dann traf ihn die Wucht der Realität. Eckstein. Jesko. Der Ältestenrat. Der Untergang der Isabelle und des ganzen Königreichs. Er hatte es immer gemocht, wenn die Glocke des hohen Turmes schlug und die Tauben aufflogen, doch jetzt erschien ihm der aufstiebende Vogelschwarm wie ein dunkles Omen. Beim elften Glockenschlag war er aus dem Bett und bereit, diesen längsten Tag seines Lebens fortzusetzen.

»Willst du mit nackten Füßen gehen?«, murmelte Ema, ohne die Augen zu öffnen.

»Mein Kopf ist wichtiger.«

Draußen auf dem Flur fing er an zu rennen. Unterwegs traf er auf Madeleine, eine Schlossdienerin, die er seit Kindertagen kannte, und bat sie im Vorbeilaufen, sich um Ema zu kümmern. Die blonde Frau mit dem weißen Häubchen, die keine Befehle von irgendwelchen hemdsärmeligen Fremden annahm, beachtete ihn nicht weiter. Völlig atemlos kam er im Ratssaal an, wo ihn bereits die zehn Ältesten sowie Jesko erwarteten, der auf dem Stuhl des Königs saß, diesmal jedoch ohne Krone, Hermelin und Zepter. Die alten Männer erhoben sich respektvoll. Nur einer unter ihnen lächelte Tibald an; zwei nickten ihm unmerklich zu, drei musterten ihn unsicher, die anderen blieben über den Kirschholztisch gebeugt. Selbst die Porträts der früheren Herrscher im Hintergrund schienen Unbehagen auszudrücken.

»Wie immer leicht verspätet ...«, spottete Jesko. »Vermutlich eine Frage des Stils.«

Der Tisch des Ratssaals sah nur elf Sitzplätze vor, und Jesko hatte sich nicht um einen Stuhl für seinen Bruder bemüht. Tibald beschloss, hinter dem Königsstuhl stehen zu bleiben. Er schob Styx mit dem Fuß zur Seite und stützte sich ruhig auf die Lehne. Von dort aus überblickte er die mit den Jahren geschrumpften Ratsmitglieder und blieb gleichzeitig für Jesko unsichtbar. Er beeilte sich, die Leitung zu übernehmen:

»Meine Herren, ihr wisst ja, weshalb wir hier sind.«

»Prinz Tibald, diese Versammlung ist überflüssig«, fiel Ratgeber Rötzel ihm ins Wort. Er schüttelte seine schneeweiße Mähne und zog die kohlschwarzen Brauen zusammen. »Der Rat hat vergangene Nacht der Krönung Eures Bruders zugestimmt.«

»Er hat sich mitten in der Nacht krönen lassen? Dann müsst Ihr sehr müde sein. Dennoch möchte ich noch einmal Eure Aufmerksamkeit beanspruchen: Diese Krönung war voreilig.«

»Meine Krönung ist rechtmäßig erfolgt«, widersprach Jesko. »Beweis: Du warst nicht da.«

»Ich war schon vorgestern in den Hoheitsgewässern von Eckstein, um ein Uhr nachmittags.«

»Wer kann das bezeugen?«

»Zum einen meine Mannschaft. Zum anderen die Besatzung der Fregatte, der wir begegnet sind. Übrigens finde ich, dass sie ein bisschen spät aufgebrochen ist.«

Ein Muskel unter Jeskos Auge begann unmerklich zu zucken. Tibald fuhr fort:

»Kannst du mir erklären, warum die Fregatte, die mit der Trauerflagge nach Basilis unterwegs war, erst neun Tage nach Alberichs Tod losgeschickt wurde?«

»Aber sicher. Ich hatte tausend andere Sorgen im Kopf. Versuche nicht, mit der Verspätung der Fregatte von deiner eigenen abzulenken, Tibald. Die Fregatte erhebt schließlich keinen Anspruch auf die Krone.«

Ratgeber Tumbs reckte seinen Gockelschnabel zu ihnen auf:

»Euer Bruder hat recht, Prinz Tibald. Die Fregatte ändert nichts an der Sache. Deren Besatzung wird außerdem erst in ein paar Wochen etwas bezeugen können, immerhin brauchen sie einige Zeit, um von hier nach Basilis und wieder zurückzusegeln. Aber so lange können wir den Thron unmöglich unbesetzt lassen. Was Eure Matrosen betrifft, so sind sie keine verlässlichen Zeugen, da sie für Euch gearbeitet haben. Das ist ein Interessenskonflikt.«

»Und überhaupt«, unterbrach Jesko, »die Hoheitsgewässer zählen nicht. Es kommt auf das Festland an, und das hast du erst heute Morgen berührt.«

»Ich habe Ecksteins Boden gestern um vier Uhr Nachmittag berührt.«

»Unmöglich«, erwiderte Rötzel. »Man berührt das Festland erst in der Schafsbucht, das ist allgemein bekannt.«

»Höchstens noch in Frixeln, wenn einen die Fischerboote ins Schlepptau nehmen …«, sagte mit zittriger Stimme der Älteste der Ältesten, der 102 Jahre zählte. »Die wissen als Einzige, wie man vor den Felsen anlegen kann.« Dann korrigierte er sich selbst: »Aber wenn der Prinz in Frixeln angelegt hätte, hätten wir das erfahren.«

»Man berührt auch an anderer Stelle das Festland.«

Die Ältesten drehten ihre Köpfe zu ihm, soweit ihre Halswirbel es erlaubten. Jesko zog schnüffelnd die Nase hoch.

»Unmöglich«, sagte Rötzel wieder.

»›Unmöglich‹ – ist das Euer einziger Beitrag, Herr Rötzel?«, meldete sich Laurenz Lauterbach zu Wort, ein Astronom aus der Region Frixeln, der mit 68 Jahren das jüngste Ratsmitglied war und der Einzige, der Tibald zugelächelt hatte. Seine Stimme klang fest, doch hinter der dicken Brille verrieten seine hellen Augen eine krankhafte Schüchternheit.

»Warum, Lauterbach? Möchtet *Ihr* etwa überraschend etwas Interessantes beitragen?«, fragte Jesko mit schneidendem Ton.

»Zufällig kann ich das, mein Prinz«, antwortete Lauterbach bedächtig. »Ich habe mich heute Vormittag mit dem Ausrüster der Isabelle unterhalten. Wir haben sogar eine kleine Bootsfahrt unternommen, um uns das Schiff ausführlich anzusehen, bevor es ganz untergeht.«

Der Muskel unter Jeskos Auge zuckte beharrlich. Rötzel zog seine schwarzen Brauen zusammen und fuhr sich mit der Hand über sein weißes Haar. Tumbs ruckte mit seinem Kopf nach links und rechts. Die anderen hingen gebannt an den Lippen des Astronomen.

»Und, Lauterbach?«, fragte Jesko ungeduldig.

»Und dann, Hoheit, hat der Ausrüster fast geweint. Ein so schönes Schiff, sagte er …«

»Wie recht er hat«, seufzte Tibald. »Auch ich selbst …«

»Du selbst!«, explodierte Jesko. »Du selbst, Tibald, bist in deinem eigenen Hafen auf Grund gelaufen; seit heute Morgen sammelt man die Trümmer deines Schiffes ein, du verlierst einen Mann, machst andere zum Krüppel, bringst einen berühmten Kapitän, einen *Admiral*, um den Verstand! Und dann tauchst du hier barfuß, in deiner Piratenmontur vor dem Ältestenrat auf und willst *ein Königreich regieren*? Da kann ich ja nur lachen, Tibald. O ja, ich lache mich schlapp!«

»Ich würde dich ja lachen lassen, wenn du nur Sinn für Humor hättest«, entgegnete Tibald. »Wollen wir doch lieber Lauterbach zu Ende anhören.«

Lauterbach, der an den friedfertigen, fast eintönigen Regierungsstil König Alberichs gewöhnt war, schob nervös seine Brille zurecht.

»Gut, hier nun also: Der Ausrüster hat sich bereit erklärt, unter Eid zu beschwören, dass die Isabelle in recht schnellem Tempo gesunken sein muss. Dass sie mit ihrem lädierten Rumpf nicht von sehr weit her gekommen sein kann. Und dass sie folglich auf eine Sandbank oder … auf Felsgestein gestoßen sein muss.«

»Auf mehrere Felsnadeln«, präzisierte Tibald.

»Und zwar nur wenige Stunden vor ihrer Ankunft hier, Hoheit«, schloss Lauterbach.

»Aber das ist unmöglich, da ist nirgendwo Grund, es ist schlicht und einfach unmö…«, begann Rötzel schon wieder.

»Und doch ist es so«, unterbrach ihn Tibald. »Wir sind in der Bucht der Catastrophe gestrandet.«

Ein Schauer des Entsetzens ging durch den Ratssaal. *Unmöglich*, dachte Rötzel wieder, und mit ihm die ganze Tischrunde.

»Stimmen wir ab«, verkündete Jesko jählings, denn er spürte, dass die Sache ihm zu entgleiten drohte.

Er war sich ganz sicher, die Abstimmung zu gewinnen. Während sein Bruder auf der Isabelle um die halbe Welt gesegelt war, hatte er sich heimlich die Gunst von Alberichs Ratgebern erkauft. Die meisten von ihnen steckten schon zu tief drin, um einen Rückzieher zu machen.

»Ausgezeichnet, stimmen wir ab«, bekräftigte Tibald und ließ einen flüchtigen Blick durch die Runde schweifen.

Wie auch immer die Abstimmung ausgehen würde – sie hatte in seinen Augen den Vorteil, dass die Ältesten sich klar bekennen mussten. Sollten sie für seinen Bruder votieren, würde er eine Untersuchung von König Alberichs Tod veranlassen, außerdem die Rückkehr der Fregatte abwarten und den Schiffsausrüster zur Zeugenaussage vorladen. Einstweilen war in all den runzeligen Mienen nur Verlegenheit zu erkennen. Lauterbach hielt als Einziger seinen Kopf erhoben.

»Die Prinzen enthalten sich der Stimme«, fuhr Tibald fort. »Der Hund stimmt nicht mit ab, was manche vielleicht erstaunen mag. Nur die Ältesten sind nun gefragt. Wer von Euch spricht sich für Jesko aus?«

Tumbs und Rötzel hoben, ohne zu zögern, die Hand. Der Hundertundzweijährige schloss sich ihnen an, wobei er seinen zitternden Arm kaum vom Tisch hochbekam; ein gewisser Fischli folgte. Was Michels betraf, der im Hauptberuf Bäcker war, so hielt seine rechte Hand noch die linke fest; dann stimmte auch er für Jesko.

Fünf gegen fünf.

Äußerst nervös begann Tibald unter den Königsporträts auf und ab zu gehen. Jesko warf wütende Blicke in die Runde, doch keiner wagte ihm ins Gesicht zu sehen. Das Schweigen wurde unerträglich.

»Holen wir die Turmfahne ein«, sagte Tibald schließlich. »Wir haben keinen König. Ich schlage vor, dass der Rat morgen – ausgeruht und mit klarem Kopf – noch einmal wählt.«

»Überflüssig«, schimpfte Jesko.

»Hast du eine bessere Idee? Ein Duell womöglich? Ich habe heute Morgen schon hübsche Schwerter zu Gesicht bekommen.«

Jesko hob interessiert eine Augenbraue. Die Idee eines Duells gefiel ihm nicht schlecht. Er trug Konflikte gerne mit Gewalt aus, da er immer sicher war zu gewinnen. Aber Duelle verstießen gegen das Gesetz, und die Ältesten machten ein schockiertes Gesicht. Er hatte das Gefühl, dass er mit jeder Sekunde, die verging, an Boden verlor. Es war also besser, die Versammlung aufzuheben. Letzten Endes war Tibald der Erstgeborene und als zukünftiger König erzogen worden. Seine Rückkehr grenzte an ein Wunder, und er sprach mit Autorität, Ruhe und Klarheit. Wenn er dann auch noch anständige Kleidung trug, würde er einen vertrauenswürdigen Eindruck abgeben, und seine paar Stunden Verspätung würden an Bedeutung verlieren. Jesko musste dringend eine andere Lösung finden. Er schlug mit der Faust auf den Tisch.

»Die Sitzung ist beendet.«

Styx kläffte.

24

Als Tibald ins Boudoir zurückkehrte, saß Ema dort in einer kupfernen Badewanne. Die Wanne stand mitten in einem Sonnenfleck, das Wasser glänzte auf Emas glatter Haut, und heißer Dampf stieg um sie auf. Verdutzt blieb er auf der Schwelle stehen, als sähe er sie zum ersten Mal.

»Ich bitte Euch, macht die Tür zu, mein Prinz, ihre Durchlaucht wird sich sonst erkälten.«

Madeleine kam gerade aus der Kleiderkammer, mit ihrer weißen Haube und den rosigen Backen, die nach Landluft aussahen. Als sie vorhin dem verrückten Kauz begegnet war, der durch den Südflügel rannte, hatte sie sich nichts von ihm sagen lassen wollen. Aber als die Gerüchte von Tibalds Heimkehr zu ihr drangen, hatte sie zwei und zwei zusammengezählt und war schnell zu Luises einstigem Gemach geeilt. Zu ihrem Erstaunen hatte sie dort eine dunkelhäutige junge Frau vorgefunden, die auf einer schimmeligen Matratze schlief.

»Wenn Durchlaucht mit ihrem Bad fertig ist, werde ich die Fenster öffnen, um den Raum zu lüften«, sagte sie. »Es ist so lange her, dass diese Gemächer genutzt wurden … von unserer lieben Königin Luise …«

Die Wehmut überwältigte sie, und Madeleine zog sich ins Schlafzimmer zurück, um sich dort ihren Gefühlen hinzugeben. Doch sie hatte keine Sekunde Ruhe, denn Tibald folgte ihr.

»Ich wünsche mir, dass du ihre Kammerzofe wirst, Madeleine«, erklärte er, während er die Tür hinter sich schloss.

»Ich? Die Kammerzofe der Prinzessin? Seid Ihr ganz sicher, Prinz?«

Das war ein plötzlicher, unerwarteter und unerhörter Aufstieg. Doch Tibald hatte sich genau überlegt, dass Madeleine in ihrer naiven, gutmütigen Art keine Gefahr für Ema darstellen würde. Die Tatsache, dass sie warme Vanillemilch liebte, war ihm Beweis genug. Es mochte ein Vorurteil sein, aber Tibald glaubte, dass von jemandem, der Vanillemilch liebte, keine politischen Ränkespiele zu erwarten waren. Die Wahrscheinlichkeit, dass Madeleine in Jeskos Machenschaften verwickelt war, lag gleichsam bei null.

»Ganz sicher, Madeleine, schließlich kenne ich dich schon ewig. Ich vertraue dir vollkommen.«

Gerührt wandte sich die frisch gebackene Zofe ab, um die Satinlaken zu entfalten und auf der neuen Matratze auszulegen, die sie hatte kommen lassen.

»Allerdings ...«, fuhr Tibald mit leiserer Stimme fort, »was das Ankleiden, Ausziehen, Kämmen und so fort betrifft ... Die Prinzessin hasst es, von Fremden berührt zu werden. Sie hat ihre Gründe dafür. Versuche also, behutsam ihr Zutrauen zu gewinnen, ja?«

»Ja sicher, Hoheit, natürlich. Und Ihr, mein Prinz? Wer kümmert sich um Euch? Alle wissen ja von Eurer Rückkehr, wie Ihr Euch vorstellen könnt. Die ganze Insel weiß Bescheid, also ... Ist Euer Zimmer wenigstens vorbereitet?«

Das war eine höfliche Umschreibung dafür, dass er sich ebenfalls waschen gehen sollte, aber er begriff den Wink nicht. Just in diesem Moment drang jedoch der gleiche Ratschlag aus dem Boudoir zu ihm:

»Tibald! Komm her und nutze die Wanne, solange das Wasser noch warm ist!«

Er ging zu Ema hinüber. Während er nur zu gerne seine schmutzigen, geflickten Kleider von sich warf, schlüpfte Ema in einen von Luises Morgenmänteln, den er vorgab nicht zu erkennen.

»Wie war es also mit dem Rat?«, fragte sie, sobald er in der Wanne saß. »Soll ich dir den Rücken abschrubben?«

»Ja, bitte. Fünf Stimmen für Jesko, fünf für mich. Kannst du das fassen? Ich muss irgendeinen Weg finden, den Rat aufzulösen. Ich kann den Ältesten nicht mehr vertrauen, aber die königliche Nachfolge hängt streng genommen von ihrer Wahl ab. Absurd. Völlig verrückt. Könntest du mich mal zwischen den Schulterblättern kratzen?«

»Wirst du deine Prinzentracht tragen?«

»Vielleicht. Noch ein bisschen stärker kratzen ... Ich habe für morgen eine neue Wahl angesetzt.«

»Warum?«

»Um Zeit zu gewinnen.« Er stand auf. »Kommst du mit?«

»Wohin?«

»Zu dem einzigen Menschen, der mir helfen kann.«

»Du bist splitternackt.«

»Oh. Stimmt.«

»In der Kleiderkammer hängen noch andere schöne Morgenmäntel ...«

»Bloß nicht.«

Tibald kauerte sich wieder in die Wanne.

»Madeleine?«, rief er.

Fünfzehn Minuten später begab sich Tibald in seinen alten Prinzenkleidern, die ihm nicht mehr richtig passten, mit Ema zum Turm des Observatoriums. Dort oben, am Ende einer ewig langen Wendeltreppe, wohnte Clemens von Frixeln. Sie stiegen gerade die letzten Stufen hinauf, als sich die Tür weit öffnete.

»Aha! Ich hörte schon, du seist zurück. Alter Schlingel. Komm hoch, komm herein. Oh, jaja, diese Treppe! Die reinste natürliche Auslese. Man braucht schon Ausdauer, um es hier hoch zu schaffen.«

Mit zurückgelegtem Kopf und einem prachtvollen Lächeln, das seine schiefen Zähne offenbarte, blickte ihnen Clemens von Frixeln weitsichtig entgegen. Er stand trotz seines hohen Alters aufrecht, hatte eine schlanke Statur, eine breite, fliehende Stirn und eine Adlernase.

»Ah! Wunderbar, wunderbar, ganz fabelhaft. Die ewige Liebe ... Na, so was aber auch! Großartig. Selbst von meiner Glaskuppel aus hätte ich es sofort gesehen.«

Seine Augen wurden feucht.

»Danke, mein Junge.«

Clemens nahm behutsam Emas Hand, um sie an seine Lippen zu führen, ließ sie aber gleich wieder los, als er ihren Widerstand spürte. Stattdessen ergriff er Tibald bei den Schultern, drückte ihn fest an sich und ließ ihn mit dem Ausruf wieder frei:

»Aber kommt doch herein! Was wartet ihr noch?«

Clemens war gebürtig aus Frixeln, der rauesten Region der Insel, wo die Frauen so breite Schultern hatten wie die Männer, die Männer so breite Hüften wie die Frauen und Hundertjährige an der Tagesordnung waren. Diese Herkunft hatte ihm seinen unerschütterlichen Charakter verliehen, der ihn dazu bewogen hatte, schon in jungen Jahren auf Reisen zu gehen. Wo immer man hingelangen konnte, war Clemens gewesen; was immer zu verstehen war, hatte er verstanden. In den unscheinbarsten Dingen entdeckte er tausend Kleinigkeiten, die dem Normalsterblichen entgingen, und obendrein besaß er eine geradezu unerhörte Intuition: Er konnte die nächsten Schritte seiner Mitmenschen voraussagen und beendete gerne ihre Sätze, wenn es ihm zu langsam ging. Schon Alberichs Vater hatte ihn zum Friedensrichter und Ratsmitglied ernannt und Alberich selbst hatte ihn zu Tibalds Privatlehrer gemacht. Clemens, der sich durch diese Aufgabe sehr geehrt fühlte, hatte ihr sein ganzes Herz und seine ganze Intelligenz gewidmet. Er tat alles dafür, die Energie des kleinen Prinzen wie eine Quelle reinen Wassers zu kanalisieren, ohne dabei auch nur einen einzigen Tropfen zu vergeuden.

Jetzt ging er Tibald in das Durcheinander seines Gelehrtenzimmers voraus, machte zwei Stühle frei, indem er die Papierstapel darauf mit der Hand beiseitefegte, und setzte sich in einen selbstgebauten Sessel, dessen Federung aufquietschte. Überall türmten sich Papiere und Dokumente wie Kraut und Rüben. Kerzen waren auf Buchdeckeln montiert, ein halb gefüllter Krug balancierte auf dem Sockel des Teleskops, unter den Schreibfedern neben dem Tintenfass steckte eine Gabel. Die Glasscheiben der Kuppel hingegen waren von blitzender Sauberkeit, und das Tageslicht flutete den runden Raum. Clemens von Frixeln lebte immer weniger auf der Erde und immer mehr im Himmel.

»Der Lausejunge hat uns gar nicht vorgestellt, Verehrte.«

Wieder zeigte er sein prächtiges Lächeln, und Ema dachte bei sich, dass ein solcher Mund sicherlich nur bemerkenswerte Dinge von sich gab.

»Ich bin Ema«, sagte sie und lächelte zurück. »Ich habe schon viel von Euch gehört, Herr von Frixeln.«

»Clemens«, verbesserte er sie.

Er führte die Fingerspitzen unter seinem Kinn zusammen, um die neue Prinzessin mit seinen durchdringenden, perlgrauen Augen völlig vorurteilsfrei zu studieren. Allerlei Eindrücke huschten über sein Gesicht, das fortwährend in Bewegung blieb.

»Sehr erfreut, Durchlaucht, hocherfreut. Sagt mir: Ihr seid wohl viel gereist? O ja, ich sehe es. Und Ihr habt allerlei Kummer erfahren.«

Er deutete jetzt auf Tibald.

»Bei ihm seid Ihr in guten Händen. Und wer weiß, wenn man ihn ein bisschen blank schrubbt, kommt vielleicht sogar ein Prinz zum Vorschein?«

Tibald schüttelte den Kopf – Clemens war immer noch derselbe.

»Eigentlich hatte ich Euch viele sehenswerte Dinge mitgebracht, Herr von Frixeln«, sagte er bedauernd, »aber sie sind alle in den Fluten gelandet.«

»Sehr schade, mein Junge. Aber du bringst uns Ema mit. Das ist mehr als genug.«

Der alte Mann wirkte auf einmal aufgewühlt.

»Ich habe selbst einmal geliebt. Es ist schon sehr lange her, aber die Erinnerung ist noch lebendig …«

»Dieses Geheimnis habt ihr aber gut verborgen«, sagte Tibald erstaunt.

»Dabei war es doch so offensichtlich. Warum sonst, frage ich Euch, sollte ein Mann in der Blüte seiner Jahre und bei bester Gesundheit mitten im Winter zum Nordpol aufbrechen?«

Er spielte auf die Arktisexpedition an, die Dorec zur Legende gemacht hatte. Wie seine fehlenden Ohrläppchen bezeugten, war auch Clemens mit von der Partie gewesen.

»Aus wissenschaftlichem Interesse?«, schlug Tibald vor.

»O nein, aber nein. Um mein Blut etwas abzukühlen, mein Gemüt zu beruhigen. Völlig offensichtlich.«

»War sie schon vergeben?«, fragte Ema sanft.

Von Frixeln wühlte in seiner Hosentasche nach einem Taschentuch, als wäre sein Liebeskummer noch ganz frisch. Da er kein Taschentuch fand, knotete er stattdessen das Band neu, das sein spärliches Haar zurückhielt.

»Wenn Alberich euch nur zusammen sehen könnte«, seufzte er. »Er hat einen schrecklichen Tod erlitten. Einen Tod, den er nicht verdient hatte. Nein, für diesen Tod war er nicht gemacht. Ist überhaupt irgendjemand für seinen Tod gemacht? Gute Frage ... Aber wenn wir nicht für unseren Tod gemacht wären, müsste ihm doch irgendjemand letztlich entkommen, oder nicht? Wie auch immer: Ich hielt es für angebracht, an Immanuel von Basilis zu schreiben. Und du, Schlawiner, hast richtig gehandelt. Es war beinahe perfekt. Pünktlichkeit war offen gestanden noch nie deine Stärke, aber diesmal hast du mich beeindruckt. Wäre es nur ein paar Stunden früher gewesen ... Wie ich höre, seid Ihr in der Schafsbucht gestrandet? Ich kann die Isabelle vom Fenster aus sehen. Da, siehst du? Sie blockiert die Fahrrinne, man wird sie abschleppen müssen.«

»Herr von Frixeln«, begann Tibald, »jener Brief an Immanuel ...«

Clemens beugte sich über sein Schreibpult.

»Die Möwe hat sich als tauglich erwiesen, was? Hehe. Ein schöner Vogel. Großartiger Flügelschlag. So!« Und er öffnete weit seine Arme.

Er konnte sich für alles begeistern. Doch jetzt wurde er wieder ernst.

»Ich will nicht um den heißen Brei herumreden, Tibald, das würde dein Vater nicht schätzen. Also freiheraus: Alberich hatte die guten alten Symptome einer Magen-Darm-Entzündung. Durchfall, Erbrechen, Bauchschmerzen. Aber seien wir ehrlich, an einer Magendarmgrippe stirbt man nicht ...«

»War es Tollkirsche?«

»Nein, daran wäre er in drei Minuten gestorben. Seine Qualen dauerten Stunden an, der Ärmste.«

»Wie war sein Herzschlag?«

»Sehr unnormal.«

»Langsam?«

»Äußerst langsam.«

»Vielleicht war es Eisenhut?«

»Denk ein wenig nach: Schwindel, kalter Schweiß, Krämpfe … Er sah alles in Grün.«

»Ah. Fingerhut.«

»Ganz richtig. Roter Fingerhut. Digitalis. Übrigens eine wunderschöne Pflanze. Doktor Schnitzer gab ihm das Mittel, um seinen Herzrhythmus zu regulieren.«

»Aber es war doch sicher nicht Doktor Schnitzer, der ihn …«

»Ach was, nein, nein. Obwohl …«

»Obwohl was?«, fragte Tibald aufgeregt.

»Ich frage mich, wie Alberichs Herzprobleme überhaupt erst entstanden sind. Er hatte immer eine eiserne Gesundheit.«

»Das heißt?«

»Nehmen wir einmal an, Tibald, dass er zunächst Digitalis verabreicht bekam, und zwar von seinem … Wie soll ich sagen? Seinem …«

»Arzt?«

»Nein, nein. *Mörder*. Man muss die Dinge schon beim Namen nennen; das ist ganz wesentlich, Tibald. Gut, wo war ich? Nehmen wir an, dass sein Mörder ihm zunächst heimlich Digitalis verabreicht hat, um einen unregelmäßigen Puls herbeizuführen. Daraufhin hat Schnitzer ihm reinen Gewissens und in allerbester Absicht Digitalis als Herzmittel verschrieben. Das Gleiche tat er übrigens auch im Frühling beim Schuster und im Herbst beim Geigenbauer, mit großem Erfolg, wie er sich überall gerne brüstet.«

»Ihr wollt damit sagen, Schnitzers Behandlung mit Digitalis ist kein Geheimnis.«

»So ist es. Die Sache ist allseits bekannt, und damit eben auch dem … dem …«

»Mörder«, sagte Tibald leise.

»Exakt. Doch in Alberichs Fall wurde die Dosis – nach meiner Hypothese Digitalis plus Digitalis – zu stark, sodass der … der …«

»Mörder«, seufzte Tibald.

»Genau. Sodass er nur noch im richtigen Moment eine Prise hinzufügen musste, damit aus dem Heilmittel ein tödliches Gift wurde.«

Bleich wie ein Laken tastete Tibald nach Emas Hand.

»Ebenso denkbar ist«, fuhr Frixeln fort, »dass der Mörder die von Schnitzer verschriebene Arznei durch ein scheinbar identisches, aber in Wahrheit wesentlich stärkeres Digitalismittel ausgetauscht hat. Vielleicht war der Fingerhut aus einer späteren Ernte, oder er wurde am Stängel statt an der Wurzel gepflückt. Vielleicht war es auch ein exotisches und kein heimisches Exemplar. Kurz gesagt, ein reines Kinderspiel.«

Erschüttert von dieser Erkenntnis starrte Tibald seinen alten Lehrmeister an.

»Eine perfekt durchdachte Tat«, schloss Clemens. »Zum einen sieht es auf den ersten Blick nach einem vollkommen natürlichen Tod aus. Und zum anderen muss jeder, der mehr dahinter vermutet, zwangsläufig Doktor Schnitzer verdächtigen – der, unter uns gesagt, kein herausragender Arzt ist, aber um Himmels willen doch auch kein … kein …«

»Mörder.«

»Ganz genau.«

»Aber was ist mit einem Gegenmittel? Es muss doch ein Gegenmittel gegeben haben?«

»Wirkungslos.«

Clemens von Frixeln sah auf einmal noch niedergeschlagener aus als Tibald.

»Ich habe ihm starken Kaffee gegeben. Einen sehr, sehr starken, wie du ihn selbst gerne magst, mein Junge. Es ist das beste Getränk unter diesen Umständen, zumal es den Vorteil hat, absolut unauffällig zu sein.«

»Und?«

»Er hat ihn vor meinen Augen erbrochen.«

Tibald zupfte an seinem Kragen herum. In seiner zu engen Kleidung bekam er kaum noch Luft.

»Ich … Was soll ich sagen, Herr von Frixeln … ein Mord! Hier? Noch nie hatten wir hier …«

»Ich weiß, ich weiß«, unterbrach ihn von Frixeln, »und das ist genau das, was mir Angst macht.«

»Was meint Ihr?«

»Deine Güte.«

»Aber ich …«

»Deine Güte macht dich blind. Warum, glaubst du, habe ich dich heimische Heilpflanzen und Gifte auswendig lernen lassen? Nein, nein, sage nichts, lass mich ausreden. Ich kenne dich wie meine Westentasche, Tibald von Eckstein.«

Er hob seinen Zeigefinger.

»Deine Güte ist zugleich die stärkste Waffe deiner Feinde. Scharf geschliffene Schwerter sind nichts dagegen. Nimm zum Beispiel deinen Bruder. Er schlägt zu, du verzeihst ihm. Er schlägt wieder zu, du zögerst. Da ist eine Art Gleichgewicht zwischen euch. Wenn du dich nicht änderst, wird auch er sich nicht ändern.«

»Wollt Ihr mir gerade sagen, dass Jesko der Mörder ist?«

Clemens von Frixeln sah Tibald so streng an, dass er beinahe wütend wirkte. Er führte seine Fingerspitzen zusammen, entfernte sie voneinander, führte sie wieder zusammen, und statt eine Antwort zu geben, fragte er ihn:

»Erinnerst du dich daran?«

»An was?«

»An Euren Fechtunterricht.«

»Ach so. Ja.«

Jeder Ecksteiner verbrachte in seinem fünfzehnten Lebensjahr einen Sommer an der Steilküste von Frixeln, um den Umgang mit Degen, Dolch und Pfeilen zu erlernen, für den Fall, dass die Insel eines Tages gegen einen Angriff verteidigt werden muss. Es war der einzige erlaubte Waffengebrauch: nur drei Monate lang. Doch König Alberich verpflichtete seine Söhne zu einem regelmäßigen Training. Als Kinder ließ er sie mit Wurfpfeilen spielen; als Jugendliche ließ er sie Fechtstunden nehmen und Bogenschießen lernen. König war ein gefährlicher Beruf, und auch wenn auf der Insel Frieden herrschte, wollte er handlungsfähige Prinzen.

Etliche Jahre lang begegneten die beiden Brüder einander immer nur mit dem Degen in der Hand. Tibald war konzentriert, geschmeidig und schnell; Jesko energisch, kühn und unberechenbar. Ihr Fechtmeister bestand darauf, dass sie Finten, Ausweichmanöver und Entwaffnungen übten, ohne einander zu treffen: »Jegliche Verletzung ist ein Zeichen von Ungeschick.« Aber weil er gern provozierte, erwischte Jesko gelegentlich Tibalds Schulter, und zwar mit unheimlicher Präzision immer an derselben Stelle, sodass dieselbe Narbe immer wieder aufging. Tibald beschränkte sich darauf, ihn zu entwaffnen. Clemens von Frixeln erkannte in diesen Gefechten das Wesen ihrer Persönlichkeit, die Dynamik ihrer Beziehung und – möglicherweise – die Zukunft des Reiches.

»Aber ich konnte ihm doch nicht meinen Degen in den Bauch stoßen …«, wandte Tibald ein.

»Einmal hätte schon genügt, nur ein einziges Mal, Tibald. Ein *Zeichen von Ungeschick*, wie es so schön heißt. Ein strategisches, gut platziertes Zeichen von Ungeschick deinerseits. Dann hätte dein Bruder es sein lassen. Er suchte nach deiner Grenze und hat sie nie gefunden.«

Nachdenklich und ernst sank der alte Lehrmeister in seinen Sessel zurück.

»Du bist ihm an Bildung, Scharfsinn und politischer Begabung überlegen. Auch an Charme nebenbei. Was körperliches Geschick und Charakterstärke betrifft, seid ihr vermutlich gleichauf. Er wird dort angreifen, wo er dich noch erreichen kann.«

Frixeln klopfte auf sein Herz.

»Hier.«

Verwirrt legte Tibald unwillkürlich die Hand auf seine Brust.

»Gut und Böse, mein Junge: zwei Seiten derselben Medaille. Unversehens gehen sie ineinander über. Manchmal kann man sie nicht auseinanderhalten.«

Clemens beugte sich so weit nach vorn, dass er beinahe auf seinem Schreibpult lag.

»Erforsche das Böse. Lerne es kennen. Suche nach seiner Wurzel. Versuche zu verstehen, was es will, woher es kommt. Aus einem enttäuschten Begehren? Einer nicht geheilten Wunde? Einem misslungenen Abschied? Oft ist die Wurzel nicht per se böse. Sie ist nicht das Übel, o nein. Sie *leidet* an einem Übel.«

Frixeln fuhr sich mit seinen langen Händen über die Stirn. Vielleicht dachte er wieder an seine verlorene Liebe.

»Und dann erforsche sein Ziel. Manchmal bewirkt das Böse versehentlich Gutes. Es kommt sogar vor, dass es über verschlungene Wege zum Guten strebt. Und am Ende ist das Böse vielleicht nichts weiter als Unwissenheit, ein unglückseliger Umweg. Aber wie immer es sich damit verhält, du wirst dich ihm stellen müssen, Tibald. Du hast keine Wahl. Ich würde sogar sagen, das ist die Aufgabe deines Lebens.«

Tibald atmete nur mit Mühe. Die Nähte seiner Jacke begannen, an seinen Schultern zu platzen. Frixeln machte eine galante Geste in Emas Richtung.

»Ich würde noch weitergehen. Ich würde sagen, aus diesem Grund hat dir das Leben diese wunderbare Liebe geschenkt. Ema ist dein Augapfel. Versteh mich richtig. Ohne Augapfel kann man nicht sehen.«

Bei dem letzten Satz versagte die Stimme des alten Mannes. Dann schlug sein ernstes Pathos in lebhafte Neugier um:

»Wie ich höre, ist der Rat zusammengekommen?«

Tibald ließ sich nicht täuschen. Clemens streute zwar gerne »offenbar«, »man erzählt sich« oder »wie ich höre« in seine Sätze, doch in Wahrheit hatte er sich längst alles zusammengereimt. Wenn er Fragen stellte, dann nur um seine Gesprächspartner zu erforschen.

»Es gab eine Abstimmung. Fünf gegen fünf.«

Frixeln warf den Kopf zurück und lachte laut.

»Ah, das ist großartig. Noch vorgestern lagen sie alle Jesko zu Füßen. Alle bis auf einen. Der selbstverständlich aus Frixeln stammt: Laurenz Lauterbach, unser guter Lauterbach. Und jetzt, wo du an unseren Gestaden gestrandet bist, wissen sie nicht mehr, was sie denken sollen. Wetterwendisch wie die Fähnchen im Wind.«

»Ich habe für morgen eine neue Wahl angesetzt. Und so lange suche ich nach einem Weg, wie ich den Rat auflösen kann.«

Clemens winkte ab.

»Wenn's weiter nichts ist. Da der König, der ihn zusammengerufen hat, nicht mehr da ist, ist die Legitimität des Ältestenrats ohnehin fraglich. Und ganz unabhängig von der Legitimität …«

Seine Stirn glättete sich.

»Nun, Tibald. Du weißt schon, was du zu tun hast.«

»Ich würde gern Eure Meinung hören, Herr von Frixeln.«

»Also gut, hier ist meine Meinung: Du bist aus dem Alter raus, in dem du mich um meine Meinung fragst. Du bist als junger Bursche aufgebrochen und als Mann zurückgekommen. Und nebenbei bemerkt, deine Kleider krachen gleich aus allen Nähten. Außerdem kennst du das Gesetz, ich habe es dir selbst eingetrichtert.«

Tibald blieb ratlos und suchte nach einem Argument, um ihn

umzustimmen, aber Clemens war bereits mit etwas anderem beschäftigt: Er wühlte unter seinem Feldbett herum. Schichten von Papier breiteten sich um ihn aus wie Lava um einen Vulkan.

»Oioioi«, stöhnte er in einer kauernden Haltung, aus der er womöglich nie wieder herauskam.

Dann rappelte er sich doch noch hoch und setzte ein mit Haifischleder bezogenes Kästchen auf das Schreibpult.

»Euer Hochzeitsgeschenk.«

Tibald, der sehr gut wusste, was sich in dem Kästchen befand, wagte nicht, es zu nehmen. Dafür klappte Ema es auf.

»Eine Bussole?«

»Nicht irgendeine«, erklärte Tibald geschmeichelt. »Das ist die Bussole meines Großvaters. Er hat Herrn von Frixeln damals gebeten, sie zum Magnetischen Pol mitzunehmen.«

Ema wendete den rostigen Gegenstand in ihren Fingern.

»Und war sie dort?«

»Ähm, nein«, räumte Clemens ein. »Einen Grad vom Pol entfernt mussten wir umkehren. Das Gletschereis war nicht begehbar, und offen gesagt waren wir halb tot. Wandelnde Gerippe mit einer Aubergine anstelle der Nase. Als ich ihm seine Bussole wiederbrachte, hat mich der König gar nicht mehr erkannt. Und als er mich erkannte, wollte er sie nicht zurückhaben.«

Er richtete seinen Zeigefinger auf Tibald.

»Weißt du, warum ich sie dir schenke?«

»Weil Ihr immer Sorge hattet, ich könnte die Orientierung verlieren …«

»Ganz richtig. Und was deine bezaubernde Gemahlin angeht …« Er wandte sich an Ema. »Die Bussole soll Euch Glück bringen. Mir scheint, Ihr habt es redlich verdient.«

Dann rief er leidenschaftlich, während er sich eifrig die Hände rieb:

»Apropos hoher Norden: Wie geht es meinem Freund Albert Dorec? Man erzählt sich, er sei völlig meschugge im Kopf?«

Tibald suchte nach Worten, um die Tragödie zu erklären, aber Frixeln ließ ihm keine Zeit dazu:

»Weißt du, er hat es so gewollt. Er war immer schon ein bisschen verdreht, der gute Albert, und dies hier ist nicht sein erster Aussetzer. Ihr hättet ihn sehen sollen, wie er auf dem Packeis seine Stiefel aß. Mach dir nicht zu viele Sorgen, Tibald. Er hat sich einfach nur seiner wahren Natur überlassen. Früher oder später geschieht das mit uns allen.«

Er zeigte auf das Fenster und den strahlend blauen Himmel.

»Aber der Tag schreitet voran, und ich halte euch auf. Die Einladung für heute Abend habe ich ausgeschlagen. Ich esse nicht mehr so spät zu Abend.«

»Was für eine Einladung?«

»Der Empfang, um Eure Rückkehr zu feiern. Zuerst Musik, dann Festbankett. Genau genommen sollte es eigentlich Jeskos Krönungsfeier sein. Aber er ist nicht ganz so verkommen, wie man glaubt, immerhin war er vernünftig genug, sich anders zu besinnen.«

Tibald zog eine Grimasse. Wieder einmal ein Festabend, doch diesmal ohne Schiff in Reichweite.

»Ich darf dich daran erinnern, dass ihr, da es ein Fest zu euren Ehren ist, die Musik bestimmen könnt«, sagte Clemens abschließend. »Dein Bruder wusste, wie er die Ältesten zum Handheben bringt, haha, lass du sie nun ihr Tanzbein heben.«

25

Ema und Tibald verließen das Observatorium, als würden sie von einer Wolke herabsteigen. Mit jeder Treppenstufe spürten sie, wie die Schwerkraft sie stärker nach unten zog. Als sie auf Erdniveau ankamen, waren sie müde, nachdenklich und unsicher über den weiteren Verlauf der Dinge.

»Ich habe Hunger«, sagte Ema.

Also schlug Tibald den Weg zur Schlossküche ein. Doch sie hatten keine drei Schritte gemacht, als ihnen ein zierliches Geschöpf in den Weg trat.

»Ah!«, rief das Geschöpf.

»Ah!«, rief Ema.

»Ah …«, stöhnte Tibald.

Der Duke of Oats, königlicher Hofpoet, verbeugte sich bis zum Boden. Er trug eine Perücke in Form eines Vogelkäfigs und leuchtend rote Strumpfhosen an zahnstocherdünnen Beinen. Eine enorme Halskrause verschraubte seinen Kopf mit dem Rest seines Körpers.

»Mein geliebter Prinz! Und … und …?«

»Ema Beatriz Ejea Casarei, meine Frau. Ema, das ist der Duke of Oats.«

»Oooh! Durchlaucht! Wo hat denn die Vermählung stattgefunden, Hoheit? Unter welchem erhabenen Himmelsgewölbe, in welchen fernen Gefilden?«

»Mitten auf dem Meer«, antwortete Tibald, der ahnte, dass ihre Heirat bald eine dichterische Ode nach sich ziehen würde.

Um ihm etwas Material zu liefern, fügte er hinzu:

»Vor knapp fünf Tagen, bei Sonnenuntergang und spiegelglatter See.«

Die Augenlider des Dichters flatterten.

»Noch in derselben Nacht haben Windböen das Schiff erfasst«, fabulierte Tibald weiter. »Die Gischt prasselte gegen die Kajütenfenster, und die Wellen zeigten ihre dunkelste Seite, als wollte das Schicksal eine Kehrtwende vollziehen.«

Beeindruckt hielt der Duke seine Lider ganz still. Sein Kinn hing auf der riesigen Halskrause.

»Tja«, schloss Tibald. »Der Ozean hat uns nicht gewollt, und so seht Ihr uns nun vor Euch stehen, unversehrt, wohlauf und hungrig.«

»*Hungrig!* Um Himmels willen, mein Prinz, meine Prinzessin! Das ist unverzeihlich von mir. Wisst Ihr, die Nachricht von Eurer Rückkehr hat mich so bewegt, dass mir sogar die Tinte ausging.«

Er senkte seine Stimme:

»Ihr könnt Euch ja vorstellen, dass ich bereits meine Koffer gepackt hatte. Aber da seid Ihr nun, leibhaftig und lebendig, oh! Ich musste Euch einfach sehen, ich *muss-te*.«

»Nun, jetzt habt Ihr uns gesehen und werdet uns bald wiedersehen. Ich glaube, schon heute Abend, anlässlich des Festes.«

Tibald kam auf die Idee, die zufällige Begegnung zu seinen Gunsten zu nutzen.

»Ich würde Euch gerne die Auswahl der Musik anvertrauen, Duke. Ihr habt freie Hand.«

»Oh, aber, aber, aber! Das ist zu viel der Ehre, Hoheit, zu große Freude!«, rief der Dichter mit weiten Gesten. »Mein armes Herz. Es schlägt aufgeregt wie das eines Vögelchens. Musik, Musik, Maestro! Ich werde mich der Sache unverzüglich widmen.«

Mit kleinen Hüpfern entfernte er sich, und Tibald setzte seinen Weg in die Gegenrichtung fort.

»Er stammt aus einem Reich, das er verabscheut«, erklärte er mit leiser Stimme. »Er ist durch und durch Pazifist und hegt für Eckstein eine verrückte Liebe.«

Er wurde noch leiser:

»Seine Gedichte sind schauderhaft. Trotzdem hat Alberich ihn zum Hofpoeten ernannt.«

»Aber warum?«

»Weil der Duke ihn so anflehte. Als Huldigung rezitierte er ihm ein Gedicht über die landwirtschaftliche Arbeit, das den Titel *Jauchzende Jauche* trägt. Mein Vater hat sich auf die Schenkel geschlagen. *Also mich bringt Ihr auch zum Jauchzen!,* hat er gesagt. Und seitdem ist der Duke ständiger Gast auf dem Schloss. Im Grunde ist er mehr als ein Gast – ein Maskottchen. Man verzeiht ihm alles. Seinen Adelstitel, seine spitzen Silberschuhe, seine Bücklinge. Er hat so viel zu sagen, verstehst du, und so wenig passende Worte dafür. Ah, da wären wir. Wenn ich mich richtig erinnere …«

Tibald stieß eine völlig unscheinbare Tür auf und trat in einen Wandschrank. Ema hörte, wie er dort unter Flüchen und Brummen etwas Schweres verschob.

»Komm herein. Schließ die Tür.«

Vor ihnen tat sich ein tiefes, dunkles Loch auf, aus dem feuchte Luft heraufdrang. Offenbar befand sich darin eine Strickleiter, denn Tibald begann hinunterzusteigen.

»Komm«, rief er von unten.

»Soll ich dir da etwa blind folgen?«

»Du hast die Wahl: Ich im Finstern oder der Duke bei Tageslicht.«

»Ich gestehe, ich bin unentschlossen.«

Doch sie stieg hinunter. Tibald kletterte noch einmal hinauf, um die Luke zu schließen. Unter seinem Gewicht zerbrach eine der Sprossen.

»Es ist kalt hier unten, es riecht muffig, und man sieht nichts …«, sagte Ema. »Was ist das? Ein Brunnenschacht?«

»Ein Geheimgang. Die Gegend ist durchlöchert wie ein Käse.«

Tibalds Urgroßvater Floris von Eckstein hatte nämlich einst ein Netz unterirdischer Tunnel anlegen lassen, das verschiedene Gebäudeflügel des Schlosses mit dem umgebenden Land verband.

Seit über hundert Jahren rankten sich um diese Geheimgänge Geschichten von verbotener Liebe und abenteuerlichen Fluchten, doch in der Realität wurden sie von niemandem mehr genutzt, und ihre Baupläne schlummerten in den verschlossenen Archiven der königlichen Bibliothek. Was nicht hieß, dass die Gänge völlig verlassen waren: In diesem Moment huschte etwas Warmes an ihren Knöcheln vorbei.

»Eine Ratte. Tut mir leid.«

Etwas weiter entfernt führten einige steile Backsteinstufen hinauf zu einer Wand, gegen die Tibald drückte. Sie bewegte sich nicht von der Stelle: Auf der anderen Seite musste ein Möbelstück davorstehen. Er drückte etwas stärker, und unter großem Radau öffnete sich ein Durchschlupf: Sie kamen in Emas Kleiderkammer heraus. Zufrieden mit sich selbst wandte Tibald sich zum Tunnel um. Er lächelte Ema an, doch sie huschte schnell an ihm vorbei und schlüpfte ins Boudoir hindurch, das zu ihrer Überraschung völlig verändert war. Die Stoffhüllen waren verschwunden, und darunter waren helle Kommoden und weiße Seidensessel zum Vorschein gekommen. Überall lagen Spitzendeckchen, eine Vase war mit einem Strauß gelber Schwertlilien gefüllt, den Boden schmückte ein dicker, cremefarbener Teppich, und vor dem Fenster hing ein gläsernes Mobile – eine kleine Welt aus Eis.

Eine Terrassentür führte zu einem verwahrlosten kleinen Garten hinaus. Dort wuchs eine wilde Mischung aus mehrjährigen Blumen, langen Gräsern und Weizenschößlingen, die der Wind von der Ebene herübergetragen hatte. Brennnesseln und wilde Minze hoben das Bodenpflaster an, ein üppiger Jasmin und wuchernde Klematis brachten die Rankgitter fast zum Einsturz. Der schmiedeeiserne Tisch war weitgehend verrostet, doch auf ihm wartete bereits eine Mahlzeit auf sie.

»Madeleine ist sehr aufmerksam«, sagte Tibald anerkennend und nahm sich einen wackeligen Stuhl, während Ema sich freudig auf den grünen Spargel in Vinaigrette, den Ziegenkäse und eine gegrillte Zucchini stürzte.

Tibald konnte sich nicht helfen, aber er sah überall Digitalis; bei jedem Bissen, den Ema nahm, machte er sich Sorgen.

»Auf die Gefahr hin, dir den Appetit zu verderben …«, begann er.

»Diese Gefahr ist sehr gering«, antwortete Ema mit vollen Backen.

»Ich werde dafür sorgen, dass unser Essen in Marthes Küche direkt an Manfred übergeben wird.«

»Manfred?«

»Alberichs Kammerherr und Haushofmeister. Niemand auf der Welt könnte diesen beiden Aufgaben gleichzeitig gerecht werden, aber Manfred ist wirklich besonders. Er ist selbst eine Art Herrscher, der König des Personals. Und da er niemals einen Fehler durchgehen lässt, wird er auch nichts Verdächtiges durchgehen lassen.«

Ema nickte, während sie in einen Hähnchenschlegel biss.

»Und dann ist mir noch ein anderer Gedanke gekommen. Wegen dieser bewaffneten Wächter … Niemand hat hier je Wächter gehabt. Als kleines Kind machte ich ganz allein in meiner Hängematte neben dem Teich Mittagsschlaf. Das Einzige, wovor man damals Angst hatte, waren Wespen, vielleicht noch Katzen. Ein Insektennetz reichte völlig aus. Aber heute …«

Verdrossen stützte er sein Kinn in die Hand. Da fiel ihm auf, dass an der Butterdose ein Brief lehnte, adressiert an *Prinz Tibald von Eckstein*. Er wartete noch ab mit dem Öffnen.

»Heute wird selbst dein Flaschenhals nicht genügen. Ich will dich aber geschützt wissen, Ema. Auch Lysander, ich fühle mich für ihn verantwortlich. Das Schlimmste ist, dass ich gar nicht mehr weiß, wem ich noch vertrauen kann. Die Ältesten lassen sich wie Narren um den Finger wickeln, Bauernburschen bewachen die Tore, die Welt steht auf dem Kopf … Ich werde unauffällig dein Türschloss erneuern lassen. Dann trägst du den Schlüssel bei dir.«

»Und was ist mit dem unterirdischen Gang?«

»Der Gang, na ja. Alle haben längst vergessen, dass er existiert. Das war noch so eine fixe Idee von Clemens: Ich musste alle Pläne auswendig lernen. Aber wir brauchen unbedingt vertrauenswürdige Männer, und ich sehen keinen einzigen.«

»Nein? Ich wüsste gleich an die dreißig.«

Tibald hob die Augenbrauen.

»Du meinst die Mannschaft?«

»Da gäbe es zum Beispiel jemanden, der auf Lysander aufpassen könnte. Jemanden, der nicht zu überwältigen ist und trotzdem gute Manieren kennt.«

»Wer?«

»Na, Felix.«

»Hm. In seiner Familie kennt man nur den Beruf des Rudergängers. Als Kammerdiener …«

»Ich bin sicher, es wäre sein allergrößter Traum. Seidenstoffe, Schmuck, Frisuren – er würde sich wie ein Fisch im Wasser fühlen. Außerdem war er immer freundlich zu Lysander, nicht?«

»Freundlich ist er, das muss man sagen … Und an wen dachtest du für dich selbst, Ema? An den Wäscher? Einen Segelmeister? Doch wohl nicht den Smutje?«

»Lukas.«

»Den Krankenpfleger? … Ich gebe zu, er ist ein kräftiger Kerl.«

»Und der Einzige, der mich immer verteidigt hat.«

»Er hat eine Schwäche für dich.«

»Ach wo. Und denk nur an seine Gitarre. Im Schloss hätte er öfter Gelegenheit, darauf zu spielen.«

»Die Akustik im Zwischendeck wurde seinem Können tatsächlich nicht gerecht. Wusstest du, dass er ein richtiges Wunderkind war? Auch seine Schwester, sie ist Flötistin. Wahre Götter zu ihrer Zeit. Die kleinen Lindmeyers hier, die kleinen Lindmeyers da. Also gut. Ich werde mit ihm reden.«

»Meine Güte, habe ich einen Hunger, Hunger, Hunger.«

»Dann iss, iss, iss«, ermunterte sie Tibald und schob ihr die gefüllten Eier und das Roggenbrot zu.

Er sah immer noch unruhig auf ihren Teller und hatte selbst immer weniger Appetit. Sein Blick fiel wieder auf den Brief, aber er versuchte ihn zu ignorieren.

»Und was ist mit dir, Tibald? Wer soll dein Leibwächter sein?«

»Ich? Ich weiß mich zu verteidigen.«

»Das habe ich gesehen. Aber könntest du töten?«

Schockiert über diese Frage wich Tibald in seinem Stuhl zurück.

»Rein technisch schon …«

»Ich rede nicht von der Technik, sondern von deiner seelischen Verfassung.«

Tibald dachte eine Weile nach und gab dann eine Antwort, die ihn selbst überraschte:

»Nein. Nein, Ema, ich könnte nicht töten. Schon gar nicht einen meiner Untertanen.«

»Das habe ich mir gedacht. Wenn dein Leben bedroht wird, wird jemand an deiner Stelle zuschlagen müssen. Für dich als König. Für deine Regentschaft.«

Ema, die einen Großteil ihres Lebens unter Ganoven und Verbrechern zugebracht hatte, wusste, wovon sie sprach. Wieder bekam Tibald in seinen engen Kleidern kaum noch Luft.

»Du hast schon jemanden im Kopf, Ema, stimmt's?«

Mit gespielter Bescheidenheit blickte sie auf ihren Teller.

»Ach. Du hast auch schon … jemanden *gefragt*?«

»Ja. Ovid.«

»Ovid, den Küfer?«

»Er ist hocherfreut. Ich habe ihn gestern auf dem Schiff gefragt, während wir sanken. Nebenbei gesagt hat er bereits ein Auge auf dich.«

»Wirklich?«

»Wirklich.«

Tibald blickte sich unwillkürlich um, als erwartete er, den Küfer hinter dem Rankgitter zu entdecken, wie er ihn durch die Jasminblüten beobachtete.

»Und Ovid, wäre er in der seelischen Verfassung, einen Menschen zu töten?«

»Danach habe ich mich natürlich erkundigt.«

»Was hat er gesagt?«

»Er sagte: ›Für den Tibald tu ich alles.‹«

»Er sagt ›*der* Tibald‹?«

»Alle sagen ›*der* Tibald‹.«

»Ach … die Saubande.«

»Also, was sagst du?«

»Ich sage danke. Mir fehlen die Worte.«

»Gut, das hätten wir also erledigt. Reichst du mir bitte die Butter?«

Als er ihr die Butterdose zuschob, fiel der Brief um, und Tibald ließ ihn beharrlich liegen. Er hatte schon genug Dinge im Kopf. Zum Beispiel dachte er darüber nach, dass ein einzelner Mann nicht rund um die Uhr die Leibwache für ihn übernehmen konnte, und kam deshalb zum Schluss, dass er Ovid nur tagsüber arbeiten lassen würde; nachts sollte er in einem Nebenraum schlafen. Dann bräuchte er in einem Notfall nur an die Wand zu klopfen. Und wenn Ema bei ihm war, würden sie nur einen einzigen Wächter benötigen, und der andere konnte sich so lange ausruhen. Ein etwas unbeholfenes System, aber für den Moment sollte es genügen. Und dann trieb ihn noch eine andere Sorge um.

»Was ich am dringendsten brauche, ist eine Art rechte Hand. Mein Vater hatte immer einen Vertrauensmann an seiner Seite, der ihn jederzeit vertreten konnte, in alle wichtigen Dinge eingeweiht war und seinen Standpunkt teilte.«

»Heute Morgen erst hat dir ein sehr fähiger Mann seine Hilfe zugesichert«, erinnerte ihn Ema und tauchte ihren Löffel in das Veilchengelee.

»Du meinst Willem Schöne?«

»Er ist der Mann deines Vertrauens, Tibald. Das war er schon an jenem Abend, als ich heimlich bei euch an Bord geklettert bin … Er hat es mir fast unmöglich gemacht, weißt du. Normalerweise ist es viel leichter …«

»*Normalerweise?* Wie oft hast du dich schon heimlich auf Schiffe geschlichen?«

»Sagen wir, die Isabelle war das letzte Mal.«

»Du hast nicht auf meine Frage geantwortet.«

»Nein.«

»Gut, daran bin ich ja gewöhnt … Was war also mit Willem Schöne?«

»Er hätte mich beinahe erwischt. Die anderen waren betrunken oder zu sehr in ihre Arbeit vertieft. Erinnerst du dich, wie ihr lavieren musstet, um von Khyriol wegzukommen? Willem Schöne beaufsichtigte alle Manöver, gab sieben Männern gleichzeitig Befehle, behielt mit einem Auge den Kai und mit dem anderen die Meerseite im Auge. Wenn ich mich nicht irre, hatten sie dich zu deiner Sicherheit in deine Kajüte geschickt. Nun, ob du es glaubst oder nicht, jedes Mal, wenn ich versuchte, mich an der Reling hochzuziehen, drehte Willem Schöne sich just in meine Richtung. Es war, als hätte er den sechsten Sinn.«

»Und wie hast du es dann geschafft?«

»Ich habe mich bis zum Einbruch der Dunkelheit im Wasser mitziehen lassen.«

»O Ema. Die Haie …«

»Es hieß, entweder die Haie oder die Menschen von Khyriol. Es machte keinen Unterschied, glaube mir.«

»Hm.«

»Wie auch immer: Das Tau des Ladebaums war das einzige Detail, das Willem übersehen hatte. Ich frage mich immer noch, warum.«

»Vermutlich Schicksal.«

Sie lächelte:

»Ich finde auch keine andere Erklärung.«

»Ich kann mir kaum vorstellen, dass er sich auf die Aufgabe einlässt, Ema. Das Meer ist sein Ein und Alles.«

»Er wird sich darauf einlassen. Schau mal, diese Pralinen hier sind köstlich. Mit Lavendelblüten … mmh.«

Sie hatte sich so lange aus Mülltonnen ernährt, dass ihre Geschmacksnerven regelrecht explodierten.

»Letztlich ist das alles ein zu großer Luxus, zu viele Privilegien«, meinte sie nachdenklich.

»Das habe ich all die Jahre auch schon oft gedacht. Und du sollst wissen, es geht mir nicht darum, die Krone zu haben, es geht mir darum, sie Jesko wegzunehmen.«

Während er sprach, nahm Tibald den Brief nun doch in die Hand. Ein festes Papier, eine gute Tinte. Er wusste selbst nicht wieso, aber irgendetwas hielt ihn davon ab, ihn zu lesen.

»Ich sollte möglichst schnell Laurenz Lauterbach zu einem Gespräch treffen«, sagte er.

»Öffne doch zuerst einmal diesen Brief. Ich sehe ja, dass er dir keine Ruhe lässt.«

Tibald seufzte und sprengte das Siegel mit seiner Daumenspitze. Er las den Brief mit gerunzelter Stirn, dann mit einer Grimasse. Er las ihn dreimal, jedes Mal mit größerem Widerwillen. Als Ema ihn nehmen wollte, zerknüllte er ihn schnell in der Faust.

»Ich muss mit Lauterbach sprechen«, murmelte er. Er stand so abrupt auf, dass sein Stuhl umkippte, und ging nach drinnen.

Laurenz Lauterbach war nicht schwer zu finden, da er gerade selbst nach dem Prinzen suchte und in diesem Moment Luises Boudoir betrat. Er ließ seine großen Augen scheu durch den Raum schweifen und blickte überrascht auf die Prinzessin, die hinter Tibald durch die Terrassentür kam und tatsächlich so dunkel war, wie alle sagten.

»Herr Lauterbach!«, rief Tibald und reichte ihm den zerknitterten Brief. »Lest das hier!«

Lauterbach gehorchte, die Brille auf die Stirn geschoben. Er errötete wie ein junges Mädchen, warf einen verstohlenen Blick auf Ema und gab Tibald den knittrigen Briefbogen zurück.

»Und er ist von Hans Michels unterschrieben! Ist das zu fassen, Herr Lauterbach?«

»Ich …«, begann Lauterbach nur.

»Ein Ratgeber meines Vaters! Ein Bäcker, so gut wie seine Semmelbrösel! Ein Ältester aus Frixeln, wie Ihr selbst!«

»Ein Kindheitsfreund, Hoheit«, fügte Lauterbach bekümmert hinzu.

»Ein Kindheitsfreund!«, wiederholte Tibald mit ausgebreiteten Armen.

Ema versuchte, ihm den Brief aus der Hand zu nehmen, doch er drehte sich rasch von ihr weg.

»Erklärt mir, was mit dem Ältestenrat los ist, Herr Lauterbach. Da ist doch etwas faul.«

»Mehr als faul. Verdorben, Hoheit.«

»Verdorben … Ihr kennt das Gesetz so gut wie ich, Herr Lauterbach, wenn nicht sogar besser. Um den Rat aufzulösen, müssten drei Mitglieder ausgeschlossen werden.«

»Ja, Hoheit. Und gegen drei Mitglieder habt Ihr etwas in der Hand.«

»So? Gibt es denn belastende Beweise gegen sie? Was genau werfe ich ihnen vor?«

»Nun, Ihr wisst, wie die Menschen sind, Hoheit. Hier ein bisschen Geld, dort ein paar Privilegien …«

Lauterbach drückte sich nicht genauer aus, so sehr stieß ihn die Angelegenheit ab.

»Ich möchte Euch ja gerne glauben, aber …«, zögerte Tibald. »Solche rechtschaffenen, klugen Männer …?«

»Sie waren rechtschaffen, solange es keine Verlockungen gab, mein Prinz. Aber sobald man ihnen die Karotte vor die Nase hielt …«

»Von welcher Karotte sprechen wir hier?«, fragte Tibald ungeduldig.

Lauterbach rückte seine Brillengläser zurecht.

»Hoheit«, antwortete er mit fester Stimme, »diejenigen, die heute Mittag für Euch gestimmt haben, haben damit großen Mut bewiesen. Ich rate Euch, ihnen zu verzeihen.«

»Ich wüsste aber doch gerne, was ich ihnen zu verzeihen habe!«

»Ich … ich schlage vor, dass Ihr sie selbst dazu befragt, Hoheit.«

»Na gut«, sagte Tibald. »Und was ist mit den anderen? Die fünf, die für Jesko gestimmt haben?«

»Rötzel und Tumbs aus der Nördlichen Hochebene sind seine eifrigsten Anhänger. Sie unterstützen ihn in allen Belangen, auch wenn ich nicht weiß, warum, Hoheit. Ihnen lassen sich keine krummen Geschäfte nachweisen, sie sind blitzsauber, man kann sie nicht aus dem Rat ausschließen. Was Michels betrifft … Ihr habt ja selbst gesehen, dass er zögerte, bevor er die Hand hob. Ich war mir sicher, er würde sie auf dem Tisch liegen lassen. Meines Wissens hat er sich nicht bestechen lassen, aber er erschien mir sehr nervös, ja niedergeschlagen. Ich erkenne ihn gar nicht wieder. Aber er weigert sich, mit mir zu sprechen. Auch ihn solltet Ihr wohl persönlich befragen.«

»Rötzel, Tumbs und Michels sind also unangreifbar …«, fasste Tibald zusammen.

»Gegen Fischli haben wir hingegen etwas in der Hand, Hoheit. Er hat dicke Zahlungen aus dem Fond des Herbstkarnevals erhalten. Und sein Sohn wurde gerade zum Vorsitzenden der Goldschmiedekammer ernannt.«

»Ich dachte, er sei Mathematiker?«

»Er ist Landvermesser, streicht aber seit letzter Woche das Gehalt des Kammervorsitzenden der Goldschmiede ein.«

»Seit letzter Woche …«

»Ja, Hoheit, direkt nach Alberichs Tod. Und auch unserem ältesten Ratsmitglied können wir etwas nachweisen. Trotz seiner hundertundzwei Jahre ist er gerade auf das edle Landgut Zwetschgenstein umgezogen, wo er genüsslich die Erträge der umliegenden Ländereien einfährt.«

»Aber Zwetschgenstein ist ein öffentliches Gut und kein Privatbesitz …«

»Es ist in Privatbesitz … seit letzter Woche, Hoheit.«

»Ich glaube, ich träume …«

»Es ist ein Albtraum, Hoheit.«

Tibald lehnte sich an den Kaminsims und stützte resigniert die Stirn in die Hand.

Da meldete sich Ema zu Wort: »Wenn ich richtig gezählt habe, könntet ihr damit nur gegen zwei Männer etwas ausrichten. Wer soll der dritte sein?«

»Ich, Durchlaucht«, antwortete Lauterbach.

Seine Worte standen wie ein Paukenschlag im Raum.

»Aber Lauterbach«, protestierte Tibald, »ich kann Euch doch nicht entlassen! Ihr habt als Einziger Haltung bewiesen. Ich werde Euch nicht unter falschen Anschuldigungen öffentlich demütigen!«

Der Astronom sah mit seinen großen hellen Augen zu ihm auf und zuckte nur leicht mit den Schultern.

»Das Einzige, worauf es jetzt ankommt, Hoheit, ist, Eure Regentschaft zu retten. Ich habe ein reines Gewissen. Was man über mich sagen wird, wird nichts daran ändern. Euch wird sicher etwas einfallen. Verschwörung, Diebstahl, Schmuggel …?«

»Das wird nicht nötig sein«, erklärte Ema.

Sie drehten sich zu ihr um.

»Ich bin sicher, Jesko wird alles dafür tun, Herrn Lauterbach noch heute aus dem Rat auszuschließen. Dieser eine Mann weniger bringt ihm den Vorteil von fünf zu vier Stimmen.«

Trotz seiner Schüchternheit wagte Lauterbach diesmal, Ema ausführlich zu mustern.

»Wahrhaftig, ich habe ein Genie geheiratet!«, stieß Tibald aus. »Also schnell, Herr Lauterbach, es bleiben uns nur noch wenige Stunden. Seid kreativ. Lasst Euch vom Kanzler in flagranti erwischen, wie Ihr in den Finanzakten herumstöbert, lästert lautstark über den Ältestenrat, ladet den Ausrüster der Isabelle auf ein Gläschen ein. Stellt öffentlich die Kompetenzen von Fischlis Sohn infrage, schickt den Friedensrichter zur Inspektion zum Landgut Zwetschgenstein. Lasst Euch so schnell wie möglich aus dem Rat ausschließen. Wenn es Jesko ist, der Euch entlässt, ist Eure Würde gewahrt.«

Lauterbach nickte bedächtig und strich langsam seinen grauen Anzug glatt.

»Meine Hochachtung, Durchlaucht«, sagte er an Ema gewandt.

Er war schon fast aus der Tür, da fragte Tibald noch:

»Wenn alles gut ausgeht, werdet Ihr dann meinem Rat angehören, Herr Lauterbach?«

Der alte Mann rang sich zu einer Antwort durch: »Nein, Hoheit. Ich bin zu erschöpft.«

»Nun ja, ich werde sicher noch einen Weg finden, Euch zu überzeugen«, meinte Tibald.

Der Astronom zeigte ein trauriges Lächeln.

»Nein, Hoheit, wie Ihr seht, bin ich nicht zu beeinflussen.«

Doch Laurenz Lauterbach mochte noch so erschöpft sein – seine anschließenden Bemühungen zeitigten Erfolg: Drei Stunden später war er nicht nur aus dem Rat ausgeschlossen, sondern saß sogar im Kerker fest.

Zur selben Zeit saß Tibald im Schneideratelier fest, weil er für den feierlichen Abend noch nichts anzuziehen hatte. Als er endlich gehen durfte, wollte er so schnell wie möglich zurück zu Ema und nahm deshalb eine Abkürzung durch den Schlossgarten, wo er hoffte, niemandem zu begegnen. Doch er hörte hinter sich Schritte, die ihm folgten. Er ging schneller, ja war schon fast am Rennen, als eine vertraute Stimme nach ihm rief. Abrupt wandte er sich um.

»Lukas!«, platzte er heraus. »Du kommst gerade richtig.«

»Es machte eher den Eindruck, als wolltet Ihr von mir weglaufen, mein Prinz.«

»Eine optische Täuschung.«

»Ich wollte mich noch einmal verabschieden, bevor ich das Schloss verlasse, Hoheit.«

»Kommst du denn nicht zu dem Fest heute Abend?«

»Es gibt ein Fest? Ein Grund mehr, mich davonzumachen, Hoheit.«

»Ich weiß. Mir ist das ebenfalls ...«

Lukas lächelte, und tiefe Grübchen tauchten in seinen Wangen auf. Tibald kannte kein anderes Gesicht, das sich durch ein bloßes Lächeln so verändern konnte.

»Hör mal, Lindmeyer, ich wollte über etwas mit dir sprechen ...«

»Ich bin ganz Ohr, Hoheit.«

»In der gegenwärtigen Situation könnte Ema einen Leibwächter gebrauchen.«

»Lässt sie denn zu, dass man sie bewacht?«

»Eine sehr gute Frage! Die Antwort lautet Ja.«

»Das ist schon mal ein Anfang, Hoheit. Am besten sucht Ihr jemanden, dem sie vertrauen kann.«

»Sie hat dich ausgesucht.«

Seine Grübchen verschwanden.

»Warum mich, Hoheit?«

»Nun ja, zunächst einmal wegen deines äußeren Erscheinungsbildes, du kennst ja die Frauen ... Und dann, weil du sie offenbar immer in Schutz genommen hast.«

»Sie verdiente es, dass man sie in Schutz nahm, Hoheit.«

»Und so ist es noch immer. Brauchst du etwas Bedenkzeit? Wann genau wolltest du abreisen?«

Lukas antwortete nicht. Er betrachtete den Kies, den er mit seiner Fußspitze umherschob. Plötzlich hob er den Kopf.

»Ich reise nicht mehr ab, Hoheit.«

»Du bleibst?«

»Ich reise nicht mehr ab, also ja, ich bleibe, Hoheit.«

Bevor Tibald ihm danken konnte, wies Lukas mit dem Kinn in Richtung Blumenbeete: Madeleine kam herangeeilt, dicht gefolgt vom königlichen Hoffriseur. Manfred hatte die beiden mit der undankbaren Aufgabe betraut, Ema und Tibald bestmöglich herauszuputzen, bevor man sie in den Festsaal entließ. Der Friseur (mit spärlichem Haupthaar) fällte sogleich sein unbarmherziges Urteil:

»O Hoheit ... Euer Haar ist von der Sonne ausgeblichen, vom Salz ausgelaugt, vom Wind strohig geworden und ganz offensichtlich ... mit einer Machete geschnitten worden?«

»Mit dem Operationsmesser«, antworteten Tibald und Lukas im Chor.

Der Friseur warf einen bewundernden Blick auf Lukas, dessen lange Mähne aus der gleichen schlechten Behandlung siegreich hervorgegangen war, dann wandte er sich wieder an Tibald.

»Da fehlen Spannkraft, Schwung und Stil, Hoheit. Es gibt viel zu tun, und uns bleibt nicht viel Zeit.«

Kurz darauf fand Tibald sich auf einem wackeligen Stuhl in Emas Gärtchen wieder. Der Hoffriseur hob seine Strähnen an, wog sie in der Hand und zwirbelte sie zwischen Daumen und Zeigefinger.

»Wir müssen schneiden, Hoheit. Und zwar *richtig schneiden.*«

»Dann los, schneidet, soviel Ihr wollt.«

Der Friseur ergriff eine goldene Schere und ließ sie mit einem hellen, trockenen Geräusch ein paarmal auf- und zuschnippen. Das war sein Ritual. Er sprach ein letztes Mal die grimmige Drohung aus:

»Ich schneide, Hoheit.«

»Schneidet, so schneidet schon«, wiederholte Tibald zerstreut und starrte mit leerem Blick auf das Unkraut.

Während die Schere schnippelte und schnippte, beschäftigte sich Tibald in Gedanken mit der Neugestaltung des kleinen Gartens, den seine Mutter so geliebt hatte. Dann verfasste er im Geiste einen Beileidsbrief für Hänflings Eltern. Links und rechts und vorne und hinten fielen die blonden Strähnen zwischen die Brennnesseltriebe, und mit ihnen die schönen Jahre auf hoher See. Als er endlich von seinem Stuhl aufstehen durfte, hatte er einen ausrasierten Nacken, freigewordene Schläfen, einen widerspenstigen Schopf über der Stirn und einen Streifen weißer Haut, dort, wo die Sonne nicht hingekommen war.

Es war höchste Zeit. Vor den Türen des Festsaals wartete bereits ein Strom von Menschen auf sie.

26

An einem Juniabend den Festsaal zu betreten war, wie in ein Glas Limonade einzutauchen. Das Sonnenlicht flutete durch die hohen Fenster, ergoss sich über die hellgelben Wände und vervielfältigte sich in den Spiegeln. An diesem Abend waren die Gäste besonders zahlreich und besonders neugierig. Tibald war zwei Jahre fort gewesen; er kam verheiratet zurück und hielt das Schicksal des Königreichs in seinen Händen. Sie wollten ihn *unbedingt* sehen.

Doch zunächst mussten sie den triumphalen Einzug von Jesko über sich ergehen lassen. Er war von Kopf bis Fuß in Schwarz gekleidet, hielt seinen Hund an der Leine und zeigte ein für ihn seltenes Lächeln, so überzeugt war er, dass ihm Lauterbachs Kerkerhaft die Königskrone sichern würde. Sein glorreicher Moment währte jedoch nicht lange: Gleich hinter ihm drängten die Männer der Isabelle in den Saal, und die Menschen applaudierten ihnen, dass die Kronleuchter wackelten. Styx, der große Gesellschaften hasste, fing an zu hecheln und zu geifern, und in der sich bildenden Speichelpfütze stand Jesko ganz allein und wirkte zunehmend wie eine Insel. An den fernen Ufern tuschelten die Leute und wichen seinem Blick aus.

Er verlor endgültig ihre Aufmerksamkeit, als der Saaldiener seine Hände zum Trichter formte und aus vollem Hals verkündete:

»Prinz Tibald und Prinzessin Ema Beatriz Ejea Casarei!«

Die Leute traten auseinander, um ihnen Platz zu machen.

Der Prinz war wahrhaftig erwachsen geworden. Mit festen

Schritten betrat er selbstbewusst den Saal und wirkte in seinen neuen Kleidern noch größer. Die fremdländische Prinzessin bewegte sofort die Gemüter: eine edle Kopfhaltung, aber abgeschürfte Hände; ein einziges Schmuckstück (der silberne Anhänger) und ein grünes Satinkleid, das aus Luises Kleiderkammer stammte. Dem Hoffriseur, der von ihren Locken vollkommen eingeschüchtert war, war es immerhin gelungen, ihnen eine gewisse »Absicht« zu verleihen, wie er es nannte. Doch Kleid, Schmuck und Frisur waren zu vernachlässigen – für die Bewohner von Eckstein war das Auffälligste an ihr die Farbe ihrer Haut. In ihrer Hand wirkte Tibalds Hand blasser als das Morgengrauen.

Ein Murmeln erhob sich hinter ihnen, ein Raunen der Empörung, der Überraschung oder beides zugleich. Tibald spitzte die Ohren, doch die gemurmelten Worte verschwammen zu einem unverständlichen Gemenge. Was Emas Hautfarbe betraf, kannte er bereits die Meinung eines Mannes im Saal, und schon dieser eine war ihm zu viel: Hans Michels, der den infamen Brief geschrieben hatte, verbarg sich wie ein desertierter Soldat hinter Röcken, Musselinkleidern und Fächern und tat so, als würde er sich für den Boden seines Glases interessieren.

Die Flügeltüren blieben für Königin Sidra geöffnet, die jedoch auf sich warten ließ. Ohne sie würde die Musik nicht zu spielen beginnen, das gebot das höfische Protokoll. Doch ob sie nun anwesend oder abwesend war – sie war allgemein gefürchtet, und jeder wartete so ungeduldig auf ihr Erscheinen, wie er hoffte, sie möge bald wieder gehen. Ihre Verspätung hatte zur Folge, dass Appetithäppchen serviert und leere Gläser mit Apfelwein befüllt wurden, obwohl es dafür noch zu früh am Abend war. Der berühmte Manfred dirigierte das Personal mit unauffälligen Gesten, wobei der riesige Schlüsselbund, der an seiner Taille hing, kontinuierlich mitklimperte. In seiner langen roten Livree war er eine eindrucksvolle Erscheinung. Er hielt sich nahezu perfekt gerade, bis auf drei Halswirbel, deren altersbedingte Krümmung er durch sein angehobenes Kinn wettmachte.

Schließlich erschien Sidra dort, wo man es am wenigsten erwartet hatte: Wie aus dem Nichts tauchte sie in einer hinteren Saalecke auf, gleich hinter einer Dienerin, die vor Schreck das Tablett fallen ließ. Die Königin legte niemals Rouge auf; sie frisierte sich nicht und trug farblose, matte Kleider. Sie bewegte sich so geschmeidig und gleitend wie die Aale, die sie am liebsten tagesfrisch und roh aß. Nach ein paar Schritten über die Scherben hinweg gab sie dem Orchester ein Zeichen mit ihrem Zeigefinger. Ein zögerlicher Walzer setzte ein, stockend und voller falscher Töne. Niemand wagte zu tanzen.

Das Fest drohte schon zusammenzupluffen wie ein Käsesoufflé, als Tibald beschloss, selbst den Ball zu eröffnen. Mit einer Hand um Emas Taille vergaß er augenblicklich alles andere, selbst die Nadel, die der Schneider versehentlich in seiner Hose vergessen hatte. Er stellte sich bei dem Walzer recht geschickt an, was alle überraschte, zuallererst seinen Tanzlehrer. Dank der gefühlvollen musikalischen Auswahl des Duke of Oats entspannte sich die allgemeine Atmosphäre, und kurz darauf wirbelte der ganze Saal herum.

»Ich werde leider nicht lange tanzen können«, flüsterte Tibald in Emas Ohr. »Ich muss vor dem Essen noch so viele Leute treffen. Was ist dir lieber? Soll ich dich einem guten Tänzer übergeben oder willst du mich bei meinen Verpflichtungen begleiten?«

Ema schaute sich für einen Moment im Saal um: Alle Augen waren auf sie gerichtet, was nichts Gutes verhieß.

»Den Tänzer«, beschloss sie.

»Dann am besten diesen hier.«

Ohne dass sie recht wusste, wie ihr geschah, fand sie sich in den Armen eines brünetten Schönlings wieder, der nach Moschusparfüm roch.

»Philipp«, stellte er sich vor und entblößte dabei eine perfekte Zahnreihe. »Euer angeheirateter Cousin, Prinzessin. Sehr erfreut.«

Philipp wirbelte sie nach rechts und nach links. Ema hatte das Gefühl, von einer eiskalten Welle fortgerissen zu werden. Sie spürte, wie ihre Knie weich wurden und Stacheln über ihre Haut liefen, und bald wollte sie nur noch fliehen. Doch die vielen Blicke, die auf sie gerichtet waren, zwangen sie dazu, weiter in Philipps Armen zu verharren. Der Cousin schien nicht außer Atem zu kommen; er konnte gleichzeitig tanzen und mit melodiöser Stimme zu ihr sprechen. Zuerst schmeichelte er ihr, dann neckte er sie, schließlich machte er sich ein Vergnügen daraus, sie in Verlegenheit zu bringen.

»Wirklich, Prinzessin, Ihr wisst nicht, wer Isabelle ist? Nach all der Zeit, die Ihr auf dem Schiff verbracht habt, wisst Ihr nicht, nach wem es benannt wurde? Nach einer umwerfenden Frau, einer wahren Schönheit von königlichem Geblüt. Tibald hat sie immer sehr verehrt.«

Ema wurde bang ums Herz, und sie geriet aus dem Takt. Am schlimmsten war, dass sie just in diesem Moment Tibald erblickte, dem eine kleine, dunkelhaarige Frau am Hals hing.

»Ich muss Euch warnen, liebe Cousine«, fuhr Philipp beharrlich fort, »die Ecksteiner Frauen lassen sich nicht so einfach ihren Prinzen wegschnappen, ohne die Zähne zu zeigen. Vorsicht ist besser als Nachsicht.«

Ein Zweifel, ein schrecklicher Zweifel beschlich Ema: Hatte Tibald sie aus Liebe geheiratet oder womöglich nur, weil keine andere Frau in der Nähe gewesen war? Zwischen dem grobschlächtigen Schiffsküfer und dem Wäscher mit den Schmuddelfüßen hatte sie keine Konkurrenz zu fürchten gehabt. Doch hier an Land, hatte sie unzählige Rivalinnen. Sie waren schön, sie waren hier zu Hause – und sie waren weiß. Die so unwahrscheinliche Begegnung zwischen dem Prinzen und der Sklavin hatte vor der Kulisse des Meeres stattgefunden, dieses riesigen unbeteiligten Zeugen, dieses blauen Engels. Würde ihre Verbindung auch auf dem Festland Bestand haben?

Doch anders, als es vielleicht aussehen mochte, hielt Tibald nicht die Konkurrenz in den Armen: Er tanzte mit seiner Cousine Elisabeth, Philipps Schwester, einer bescheidenen Bibliothekarin, die sich stets so unauffällig wir möglich kleidete. Da sie nichts von sich selbst zu erzählen hatte, berichtete sie ihm das Neueste von ihrem Kater Olaf, den sie schnurrend in ihrem Zimmer zurückgelassen hatte. Tibald beneidete den Kater. Er selbst hatte seit sechsunddreißig Stunden fast kein Auge zugemacht und hielt sich nur noch durch ein Wunder auf den Beinen. Immerhin besaß er noch genug Geistesgegenwart, um seiner Cousine eine wichtige Aufgabe anzuvertrauen.

»Hör mal, Elisabeth, würdest du Ema dabei helfen, sich in Eckstein einzuleben? Heute Morgen hat sie zum ersten Mal ein Schaf gesehen, stell dir vor … Und ich muss tausend Dinge erledigen. Du wirst sehen, sie interessiert sich für alles. Zeige ihr den Musiksaal, die Obstgärten, die Landspitze mit dem Leuchtturm, die königliche Zisterne, die Krypta, den Taubenturm …«

»Ich soll also Gesellschafterin spielen?«, fragte Elisabeth belustigt.

»Ich flehe dich an.«

»Ah, wenn du mich anflehst … Natürlich, Cousin. Mit Vergnügen.«

Tibald seufzte erleichtert. Ein Problem weniger. Im Übrigen hatte er seine Cousine sehr gern. Er mochte ihre moosgrünen Augen, ihre wie kleine Dachgiebel geformten Augenbrauen, ihr zugewandtes, wenn auch etwas verhuschtes Wesen. Doch da erblickte er plötzlich ein Stück weiter im Getümmel Hans Michels.

»Ich muss los«, entschuldigte sich Tibald.

»Und ich werde deine Frau vor Philipp retten. Er macht sich einen Spaß daraus, sie zu verunsichern, der gemeine Kerl.«

Elisabeth drängte sich durch die Tanzenden, während Tibald versuchte, zu Hans Michels zu gelangen, indem er einen Gast nach dem anderen, Bauersleute wie Höflinge, vertröstete. Als er den Ratgeber und Bäcker endlich am Ärmel packen konnte, wandte dieser ihm sein Mondgesicht zu.

»Morgen früh, neun Uhr, im Boudoir der Prinzessin«, bellte Tibald. »Ich habe ein Wörtchen mit Euch zu reden, Herr Michels.«

»Falls es um die Abstimmung geht, Hoheit …«

»Es geht nicht um die Abstimmung, und das wisst Ihr sehr gut.«

Der Bäcker hob aufrichtig erstaunt die Augenbrauen. Erstaunt über sein Erstaunen hob Tibald die seinen. Sie musterten einander einen Moment, dann ließ Tibald seinen Ärmel los, denn er wollte sich nun zur Mannschaft der Isabelle gesellen, die irgendwo im Hintergrund dem Bier zusprach. Er würde gerade mal zehn Minuten zur Verfügung haben, um Felix und Willem zu rekrutieren, bevor die Menschenmenge ihn wieder verschluckte. Schon jetzt musste er ständig Leute abwimmeln, vom Kanzler bis zum Gärtner, vom Bankier zum Apotheker. Manfred, der Kammerherr und Haushofmeister, dem nichts entging, bemerkte sein mühevolles Durchkommen und half ihm durch die Menge, indem er zur Tarnung ein leeres Tablett vor ihn hielt.

»Danke, Manfred«, keuchte Tibald, als er sein Ziel erreicht hatte.

Der Kammerherr streckte ihm das Tablett entgegen. »Soll ich Euch diesen Schutzschild überlassen, Hoheit?«

»Nein. Aber ich würde Euch gerne um einen anderen Gefallen

bitten. Könntet Ihr jemandem, der nicht herkommen konnte, ein Abendessen bringen lassen?«

»Selbstverständlich, mein Prinz. Um wen handelt es sich?«

»Um Laurenz Lauterbach.«

»Ach? Er ist doch sonst so pünktlich, Hoheit. Wo soll ihm das Essen serviert werden?«

»Im Kerker.«

Manfred besaß nur einen einzigen Gesichtsausdruck, eine Mischung aus kontrollierter Abscheu und abstrakter Empörung. Bei der Erwähnung eines Kerkers senkte sich sein linkes Augenlid zur Hälfte herab. Jede andere Reaktion wäre ihm ungehörig erschienen.

»Kerker …«, grübelte er. »Wir haben einen *Kerker*, Hoheit?«

»Einen Edelkerker, wie es scheint. Dort, wo das Holz für den Winter eingelagert wird.«

»Im Holzschuppen also. Gut, mein Prinz, das wird erledigt.«

»Danke, Manfred. Wie geht es Eurer Frau? Und Euren beiden Töchtern?«

»Ausgezeichnet, Hoheit.«

Hätten sie mit Schwindsucht darniedergelegen, hätte Manfred auch nicht anders geantwortet. Er machte eine leichte Verbeugung und entfernte sich diskret von dem Prinzen und seiner Schiffsmannschaft.

Diese vermischte sich mit der Festgesellschaft so schlecht wie Öl mit Wasser. Während der neunzehn Monate auf dem Meer hatten die Seemänner sich jegliche gesellschaftliche Umgangsformen abgewöhnt. Julius ahmte in Direktübertragung die Höflinge nach, und die anderen kringelten sich vor Lachen. Unter ihnen befand sich auch Gwendolin Dorec, die beschwingter wirkte denn je: Nach langen Jahren der Einsamkeit würde sie ihren Albert nun endlich dauerhaft bei sich auf dem Festland haben.

Willem Schöne fuhr zusammen, als Tibald ihm eine Hand auf die Schulter legte.

»Oh! Entschuldigt, Prinz ... Dieser Julius mit seinen Scherzen macht mich wirklich fertig.«

»Hoffentlich nicht, denn ich brauche Euch noch.«

Sofort wurde Willem wieder ernst.

»Zuallererst eine Frage, Kapitän«, begann Tibald. »Beabsichtigt Ihr, bald wieder in See zu stechen?«

»Ja, Hoheit. Wieso?«

»Ich habe mich gefragt, ob ich Euch mit der Steuerung eines noch größeren Schiffes verlocken könnte.«

»Noch größer? Wie groß meint Ihr, mein Prinz.«

»Nun, ein Königreich, um genau zu sein.«

»Ein Königreich, Hoheit?«

Tibald näherte sich seinem Ohr und flüsterte:

»Sollte ich König werden, brauche ich eine rechte Hand. Jemanden, dem ich vertrauen kann und dem nichts entgeht. Oder zumindest fast nichts«, fügte er rasch hinzu, als ihm wieder in den Sinn kam, wie Ema unbemerkt an Bord gelangt war.

»Dafür gibt es sicher mehrere geeignete Kandidaten, Hoheit. Allein in diesem Saal ...«

»Ich kenne nur einen einzigen, Kapitän.«

Willem Schöne umklammerte sein Glas so fest, dass es beinahe zersprang. Er hatte Tibald zwar gesagt, er könne jederzeit auf ihn zählen, aber dabei hatte er nie an einen Verbleib auf dem Festland gedacht. Für ihn fühlte sich das Leben nur richtig an, wenn er auf dem unbezwingbaren Meer unter einem endlos blauen Himmel vom rauen Seewind gezaust wurde. Außerdem umfasste seine Karriere als Kapitän bisher gerade mal einen Schiffbruch. Aber er war Tibald treu ergeben und machte sich große Sorgen um das Reich.

»Kann ich ... darüber nachdenken, mein Prinz?«

»Natürlich«, antwortete Tibald, zeigte aber eine so bange Unruhe, dass Willem ein schlechtes Gewissen bekam.

Felix ließ sich wesentlich leichter überreden: Er habe sich »immer schon in der Rolle eines Kammerdieners gesehen«.

»Kammerzofe, meinste wohl«, höhnte sein Bruder Bugspriet.

Aber Felix hörte ihn gar nicht. Er war im siebten Himmel und trank mit einer Träne im Auge sein Bier leer. Auf einmal warf er erschrocken die Arme in die Luft, als hätte er den Leibhaftigen erblickt:

»Achtung! Der Duke of Oats!«

Der Dichter bahnte sich einen Weg in ihre Richtung, fest entschlossen, sich den Bericht ihrer Seereise anzuhören, um darüber eine poetische Hymne zu verfassen, doch ausgerechnet in diesem Moment vermeldete ein Gong den Beginn des Banketts. Enttäuscht änderte er seinen Kurs. Auch Lysander folgte dem Gästestrom zu der langen Festtafel, die eine ganze Saalseite einnahm. Der Tisch war prächtig geschmückt, selbst die Salzstreuer waren wahre Kunstwerke. Er wählte einen zufälligen Platz, dort, wo schon andere Jungen in seinem Alter saßen. Er war schrecklich verlegen. Und er wurde noch verlegener, als sich rechts neben ihm ein Mädchen niederließ, das ihn mit großen Augen anstarrte. Neugierig blickte sie auf die Zinnknöpfe an seiner brandneuen Jacke; die meisten Leute trugen schlichtere Knöpfe aus Horn oder Holz.

»Oh, Emilia hat einen neuen Freund gefunden«, kommentierte ein Junge mit blondem Haar, der sich gleich mehrere Brotstücke aus dem Korb schnappte. »Wie heißt er denn?«

»Halt die Klappe, Baptist«, versetzte Emilia.

Sie steckte eine herausgelöste Haarsträhne in ihre aufwändige Frisur zurück und wandte sich dann kokett an Lysander.

»Ich bin Emilia, die Tochter des Stallknechts.«

»Ah.«

Sie war außerordentlich hübsch.

»Und du?«

»Lass ihn in Ruhe, du merkst doch, dass er ein Gimpel ist«, spottete Baptist wieder, dem die Zinnknöpfe ebenfalls nicht entgangen waren. Er wartete nur auf eine Gelegenheit, sich auch davon welche zu schnappen.

»Du bist selbst ein Gimpel«, bemerkte ein anderes, recht klein gewachsenes Mädchen, das aussah wie ein Elf mit rosigen Backen.

»Du, Kleine, halt dich da raus, sonst erzähle ich deinem Papa, dass du die Ellbogen auf den Tisch stützt.«

Da ihr Vater Manfred war, setzte sich Lavendel sofort richtig hin. Aber auch mit korrekter Haltung würde sie niemals die natürliche Anmut von Emilia besitzen, denn mit ihrer Himmelfahrtsnase, ihren koboldhaften Ohren und den Eichhörnchenbacken war da nicht viel zu machen.

»Stimmt es, dass du aus Basilis kommst?«, wollte Emilia von Lysander wissen, als hätte sie Baptist nicht gehört.

Lysander machte nur: »Mhm«. Mit finstererer Miene denn je.

»Siehst du, ein Gimpel, sag ich doch«, sagte Baptist achselzuckend. »Ich wette, der spricht noch nicht mal unsere Sprache.«

»Und welche Sprache, glaubst du denn, spricht man in Basilis, du Idiot?«, fauchte Lavendel.

»Oh, unsere Kleine riskiert die große Klappe. Du hoffst wohl, der Fremdling wird so auf dich aufmerksam. Was tut der überhaupt hier?«

Baptist wandte sich Florian zu, seinem Tischnachbarn, der in seinen Teller hineinkicherte.

»Glaubst du, seine Familie wollte ihn loswerden?«

»Mit Sicherheit«, murmelte Florian, wobei er seinen herzförmigen Mund kaum bewegte.

»Der Prinz bringt neuerdings Unrat ins Land.«

»Aber echt«, sekundierte Florian und errötete bis an die Wurzeln seines sehr hellen Haars.

Florian hatte gleich am ersten Schultag begriffen, dass Baptist ihn plattmachen würde wie einen Käfer, und darum beschlossen, ihm lieber als Schatten und Echo zu folgen und an seiner Stelle Schläge zu kassieren. Seitdem sagte er nicht mehr, was er dachte, und dachte nicht mehr, was er sagte. Aber so konnte er wenigstens nachts ruhig schlafen.

»Wir wissen immer noch nicht, wie du heißt«, fragte Lavendel noch einmal freundlich nach, während sie Lysander den Brotkorb zuschob, den Baptist schon weitgehend geplündert hatte.

Sie selbst sagte auch nicht gerne, wie sie hieß, da sich alle über ihren Feld- und Wiesennamen lustig machten. Sie hatte ihn ihrer Mutter zu verdanken, denn ihr Vater besaß keine Phantasie.

»Lysander«, sagte Lysander.

»He! *Lysander und Lavendel*, das passt doch gut, sollen wir euch gleich verheiraten?«, frotzelte Baptist weiter.

Jetzt wurde auch Lavendel rot, und Baptist rieb sich zufrieden die Hände.

»Wie ist es so in Basilis?«, fragte Emilia, um das Thema zu wechseln.

»Wie ist es so in Basilis?«, äffte Baptist nach.

»Jetzt hör schon auf, Baptist!«, schrie Lavendel, und mit seinem untrüglichen Gespür hörte Manfred es noch vom anderen Ende des Saales und machte ihr ein Zeichen, die Stimme zu senken.

»Papi wird dich in die Heia schicken, kleine Feldpflanze«, drohte Baptist.

»Lieber gehe ich ins Bett, als mir dein Gewäsch anzuhören.«

»Wenn du mich nicht hören willst, solltest du lieber gehen, Püppi, denn ich beabsichtige, noch eine Weile zu bleiben. Stimmt's, Florian? Wir bleiben. Hehe. *Verschwindel, Lawindel.*«

Das war sein liebstes Wortspiel. Er beugte sich zu Lysander hinüber, wobei er das Tischtuch mit sich zog.

»Florians Vater ist der königliche Hofarchitekt. Van Wolfswinkel persönlich.«

Baptist ließ nie eine Gelegenheit aus, den prominenten Namen zu erwähnen und sich in seinem Glanz zu sonnen.

»Na und?«, fragte Emilia herausfordernd.

»Tja, wenn man die Auswahl hat, kommt zuerst der Sohn des königlichen Hofarchitekten, dann die Tochter des Kammerherrn und dann erst die Tochter des Stallknechts.«

Florian Van Wolfswinkel ließ umgehend ein beifälliges Gelächter ertönen. Lavendel faltete ihre Serviette zusammen und schob ihren Stuhl zurück. Im Stehen wirkte sie noch kleiner.

»Und du, Baptist, wessen Sohn bist du denn, hm? Etwa der des Prinzen?«

Baptist, der der Sohn des Metzgers war, suchte noch nach einer Antwort, als Lavendel bereits aus dem Saal marschierte, gefolgt von den strengen Blicken ihres Vaters Manfred. Emilia verzichtete darauf, das Gespräch fortzuführen. Sie pikste mit der Gabelspitze winzige Häppchen auf, um wie die feine Dame zu speisen, die sie irgendwann einmal zu sein hoffte. Keiner achtete mehr auf Lysander.

Unter den Erwachsenen war die Atmosphäre nicht viel angenehmer. Sidras und Jeskos Plätze waren die einzigen, die im Voraus festgelegt waren, denn beide waren Linkshänder und verlangten ein andersherum sortiertes Besteck. Die anderen hatten sich in der Reihenfolge ihrer Ankunft auf den nächstbesten freien Stuhl gesetzt. Tibald ließ sich gegenüber von seinem Bruder nieder und hielt den Platz neben sich für Ema frei. Als sie sich setzte, knurrte Styx mit angehobenen Lefzen.

»Guter Hund«, sagte Jesko und tätschelte ihm den Kopf. »Ganz ruhig. Neues Blut, Prinzessin, daran müssen wir uns alle gewöhnen.«

Tibald wollte schon etwas entgegnen, als ihm der erste Gang vorgesetzt wurde. Eine Krebspastete in Zitrusgelee, seine Lieblingsvorspeise. Er kam fast um vor Hunger, trotzdem nahm er seine Gabel noch nicht in die Hand.

»Ich möchte einen Vorkoster hinzuziehen.« Er sprach so laut, dass alle ihn hören konnten. »Das ist in vielen Ländern so üblich.«

Jesko zog schniefend die Nase hoch.

»Schon wieder so eine Marotte.«

»Ach was. Eine reine Vorsichtsmaßnahme, die Leben retten kann. Vergiftungen scheinen gerade sehr in Mode zu sein.«

Diese Bemerkung ließ alle Umsitzenden erstarren, bis auf den Admiral, der wiehernd auflachte.

»Das ist doch lächerlich«, murrte Jesko. »Und wer soll überhaupt dein Vorkoster sein?«

Bereit, sich selbst zu opfern, streckte der Duke of Oats tapfer seine Hand in die Höhe. Aber Tibald hatte schon gewählt:

»Styx.«

»Wie bitte?«

»Styx. So heißt doch dein Hund, oder? Er wird wohl drei Löffel Krebspastete in Zitrusgelee nicht verschmähen? Immerhin ...«

»Immerhin was?«

»Immerhin ist er ein Hund.«

Schweißperlen traten auf Jeskos Schläfen. Da er kein Wort sagte, öffnete Sidra zum ersten Mal seit Langem ihren Mund. Tibald nahm wahr, dass sie sich gar nicht verändert hatte. Ja sie sah noch immer so aus wie an dem Tag, als sie zum ersten Mal das Schloss betreten hatte: die starren Gesichtszüge einer Wachsfigur, fast so jung wie ihr Sohn und derselbe uneinnehmbare Blick. Sie sagte nur ein einziges Wort, mit der Tonlosigkeit eines Steines.

»Jesko.«

Es zeigte sofort Wirkung. Mit einem Ruck zog Jesko Tibald seinen Teller weg, füllte einen Teil der Pastete auf das nächstbeste Tellerchen, das er in die Finger bekam, und hielt es dem Hund hin. Styx fraß den Klecks Pastete mit einem Happs, leckte den Teller ab und legte die Pfoten auf die Tischkante, um noch mehr zu erbetteln.

»Zufrieden?«

»Zufrieden«, antwortete Tibald, dann aß er, was von seiner Vorspeise übrig geblieben war.

Den Rest des Abends erklang dauerhaft Styx' Gewinsel, der nun von allen Tellern probieren wollte. Die Anspannung, die zwischen den beiden Prinzen herrschte, schlug sich auf die allgemeine Stimmung nieder. Ema fühlte sich die ganze Zeit beobachtet. Sie antwortete höflich auf höfliche Fragen und überlegte im Stillen, ob die Frau, die der Isabelle ihren Namen gegeben hatte, wohl eine der Schönheiten war, die mit ihr an der Festtafel saßen. Unablässig fühlte sie Sidras dunklen Blick auf sich ruhen, und als sie einmal kurz zu ihr hinsah, überlief sie von Kopf bis Fuß ein Schauder.

Als schließlich die Verdauungsschnäpse serviert wurden, erhob eine mit Jadeklunkern behängte, grauhaarige alte Dame ihr Glas auf das Wohl der Prinzessin, worauf die ganze Festtafel es ihr notgedrungen gleichtat. Einige benetzten kaum ihre Lippen, doch die Seeleute leerten nur zu gerne ihre Gläser auf Ex. Sie sahen wieder den Schiffsjungen vor sich, wie er das Marssegel hisste, wie er Leine nachgab, wie er eine Schulter einrenkte, draußen schlief und kaltes Essen aß.

Eine Prinzessin wie diese könnt ihr lange suchen, dachten sie. Eine, die obendrein dafür sorgt, dass dieser verrückte Prinz nicht seinen Kopf in den Wolken verliert.

27

Das Bett war bequem, da gab es nichts zu meckern. Ein Berg von Nackenrollen, Kopfkissen und Polstern, eine bestickte Steppdecke, Nachtleuchten an Silberketten und dazu Emas friedliche Atemzüge. Doch ohne das Knarzen des Schiffsrumpfes, das Klackern der Segel und das Wimmern des Windes konnte Tibald nicht mehr einschlafen. Er musste an Jesko denken, an Hänflings trauernde Eltern, an Willems schwierige Entscheidung, an Lauterbach in seinem Kerker. Er fragte sich, ob die Beweise für die Bestechung der Ältesten rechtzeitig zum Friedensrichter gelangen würden, ob der Friedensrichter selbst überhaupt integer war.

Seine Gedanken verwoben sich miteinander, verschmolzen zu einer zähen Masse. Immer wieder tauchten die Bilder der Catastrophenbucht vor ihm auf. In einem jener Momente, in dem Schlaflose plötzlich klarer sehen, fiel ihm wieder der Satz seines alten Lehrers Clemens ein: »Manchmal bewirkt das Böse Gutes.« Und da wurde ihm bewusst, dass der Angriff des Monsterfisches im letzten Moment die Kollision mit der Felswand verhindert hatte; dass Hänflings Leiche sie vor dem Ungeheuer gerettet hatte; dass der demolierte Schiffsrumpf der entscheidende Beweis für ihren rechtzeitigen Kontakt mit dem Festland war. Das Meeresungeheuer, der Tod des Schiffsjungen, das Aufgrundlaufen – eine Reihe schlimmer Unglücke. Und doch hatte jedes dieser Unglücke, wenn man es recht bedachte, auch seine positive Seite.

Und Jesko? Hatte auch er eine positive Seite? Wie könnte die aussehen?

Tibald brauchte dringend frische Luft. Er stand auf und ging in das Gärtchen hinaus. Dort hatten die fröstelnden Blumen ihre Kelche geschlossen, und ein bläuliches Licht hob die feinen Umrisse des Unkrauts hervor. Irgendwo hinter dem Rankgitter zirpte eine Grille, und man hörte ein Käuzchen rufen. Tibald legte seinen Kopf zurück. Die Gestirne waren, wo sie hingehörten. Der Sternenhimmel blieb derselbe, ob man an Land war oder auf dem Meer.

Als er ins Bett zurückkam, murmelte Ema: »Kannst du nicht schlafen, Tibald?«

»Nein.«

»Vielleicht bist du zu müde.«

»Ich hätte einfach nur mit dir tanzen sollen, und nichts anderes. Das hätte mich entspannt.«

Er stützte sich auf seinen Ellbogen. Es war besser, sich ein bisschen zu unterhalten, als sich alleine in Grübeleien zu verstricken.

»Wie war Philipp? Tanzt er gut?«

»Technisch sehr gut.« Sie gähnte. »Aber ich tanze lieber mit dir.«

»Das kann ich mir nicht vorstellen.«

»Er redet die ganze Zeit. Ich mag seine Stimme nicht.«

»Ein Bariton. Darauf legt er großen Wert. Worüber hat er denn gesprochen?«

»Nichts Besonderes.«

Ema rekelte sich, drehte sich auf die andere Seite und döste schon wieder weg, doch Tibald ließ ihr keine Ruhe.

»Seine Schwester Elisabeth ist hinreißend. Sie sind Zwillinge, weißt du, aber völlig verschieden. Im Bauch ihrer Mutter müssen sie sich Rücken an Rücken befunden haben. Sie sind meine einzigen Cousins.«

»Haben sie Aussicht auf den Thron?«

»Nein, gar nicht. Ich bin über meine Mutter mit ihnen verwandt.

Die beiden leben aus freien Stücken auf dem Schloss, sie wegen der Bibliothek, er aus Eitelkeit.«

»Jedenfalls tanzt er, um gesehen zu werden. Im Grunde tanzt er mit sich selbst. Du hingegen tanzt mit mir.«

»Ich tanze überhaupt nur mit dir.«

Tibald schlang seine Arme um Ema. Er wusste, dass nur er sie berühren konnte, ohne dass sie sofort auf eine andere Insel flüchten wollte. Er hätte so gerne ihre schlimme Vergangenheit ungeschehen gemacht … Aber es war Emas Vergangenheit, die sie dazu gebracht hatte, sich eines Tages auf sein Schiff zu schleichen; es war ihr erlebtes Unglück, das sie zu ihm geführt hatte. Wieder eine positive Kehrseite.

»Wovon hat er also geredet?«

»Ach, jetzt schlaf schon, Tibald.«

»Erst wenn du es mir sagst.«

»Na gut, wenn du es unbedingt wissen willst: Er hat von Isabelle gesprochen.«

»Isabelle? Warum das?«

»Er sagte, du würdest sie verehren. Sie sei eine wahre Schönheit von königlichem Geblüt.«

Tibald fing an zu lachen. Er konnte sich gar nicht mehr beruhigen.

»Was ist daran so lustig?«

Er lachte so heftig, dass er sich im Laken verhedderte. Frustriert packte Ema seine Schulter und drehte ihn zu sich.

»Es ist wahr«, gluckste Tibald. »Die blanke Wahrheit. Bist du eifersüchtig?«

Ema antwortete nicht. Im Dunkeln konnte er ihren trotzigen Gesichtsausdruck nicht sehen.

»Ema … du bist ihr schon begegnet, sie hat sogar das Glas auf dich erhoben. Es ist meine runzelige alte Großtante, die immer

Süßigkeiten für die Kinder bei sich hat. Deshalb wird sie auch von allen verehrt, verstehst du? Alberich hat das Schiff nach ihr benannt, weil seine anderen Tanten alle schon Teil der Flotte waren.«

Ema sagte immer noch nichts.

»Philipp hat sich einen gemeinen Spaß erlaubt. Wenn ich wieder Zeit für solche Späße habe, werde ich es ihm heimzahlen.«

Er streichelte ein wenig Emas Schulter, aber sie wandte ihm den Rücken zu.

»Hör zu: Sobald es geht, werde ich den Dordonia-Turm herrichten lassen. Er steht oben im Norden in einer verlassenen Gegend und ist wie eine Insel auf der Insel. Dorthin machen wir unsere Hochzeitsreise.«

Immer noch nichts. Dieser vermaledeite Philipp. Dieser verfluchte Festabend. Würde Eckstein ihn und die Frau seines Lebens auseinanderbringen?

»Ema?«

»Ich verzeihe dir, wenn du mich schlafen lässt.«

»Ist gut.«

Er ließ sie schlafen, grübelte selbst aber immer noch weiter.

Viel zu früh am nächsten Morgen weckte Madeleine sie mit einem reichhaltigen Frühstück. Tibald zog die Festkleidung vom vergangenen Abend an (es war die einzige, die ihm passte) und leerte die ganze Kaffeekanne bis auf den letzten Tropfen, während er den trüben Sprühregen draußen vor dem Fenster beobachtete. Er liebte Kaffee, war aber nicht mehr daran gewöhnt, ihn zu trinken. Nachdem das Koffein auch seine letzte Nervenzelle befeuert hatte, ging Tibald nervös seinen Tagesplan durch. Punkt eins: eine ernste Unterredung mit Hans Michels führen. Punkt zwei: Alberichs Grab besuchen. Punkt drei: die Krone zurückgewinnen.

»Himmel, wo bleibt er denn nur?«

»Wer? Michels? Es ist noch nicht einmal neun Uhr«, wandte Ema ein.

»Ich weiß. Aber trotzdem.«

»Beruhige dich, Tibald. Sogar deine Haartolle hibbelt herum.«

»Ich weiß, ich weiß.«

Beim ersten Glockenschlag vom hohen Turm streckte Ovid seine Habichtsnase zur Tür herein:

»Hier ist ein Ratsmitglied für Euch, Hoheit.«

Michels trat ins Zimmer. Er hatte kräftige Hände, Mehlreste unter den Nägeln und schön pralle Backen. Die Reste des Frühstücks weckten auf Anhieb sein Interesse.

»Kein Kaffee mehr da«, sagte Tibald knapp zur Begrüßung. Und ohne ihm Zeit für eine Erwiderung zu lassen, fuhr er fort: »Ihr habt da einen niederträchtigen Brief verfasst, Hans Michels, und werdet Euch in aller Öffentlichkeit dafür entschuldigen.«

Michels wich einen Schritt zurück. »Ich habe nichts verfasst, Hoheit«, widersprach er.

Tibald reichte ihm den zerknitterten Briefbogen. Der Bäcker buchstabierte sich langsam durch den Text. Sein Inhalt war schlimmer als alles, was er sich hätte vorstellen können.

Mein geliebter Prinz Tibald,

ich schreibe Euch nicht, um mich über die Abstimmung von heute Morgen zu äußern, da Ihr wohl selbst feststellen konntet, welch hohen Preis Eure häufige und lange Abwesenheit gefordert hat; in den Augen des Ältestenrats habt Ihr keine Bedeutung mehr.

Dessen ungeachtet habt Ihr vielleicht mein Zögern bemerkt, als ich die Hand hob. Menschlich seid Ihr mir lieber als Euer Bruder, doch kann ich Euch auf keinen Fall zum König wäh-

len, und zwar aus einem schlichten Grund: Eure Frau ist ein Schandfleck für die königliche Familie. Sie passt nicht zu den nordischen Menschen von Eckstein. Das Volk wird sie nicht akzeptieren. Man wird sie bedrohen und demütigen, und Euch mit ihr. Es sei denn, Ihr trennt Euch von ihr.
Es ist die einzige Lösung, die Euch noch bleibt, Prinz Tibald. Erklärt Eure Ehe für ungültig. Zeigt, dass Euer Volk Euch wichtiger ist als eine exotische Romanze. Seid weitsichtig und denkt an zukünftige Generationen. Wie soll das gehen: Schwarzhäutige Herrscher, die sich nur schlecht an unser Klima und unsere Kultur anpassen? Herrscher, die anders sind als ihre eigenen Untertanen! Es könnte Revolten im Land hervorrufen, Spott und Hohn in den ganzen Nördlichen Gebieten. Ihr müsst wohl oder übel eine Wahl treffen: die Krone – oder Eure Frau.
Ich gebe Euch diesen Rat in allerbester Absicht und in liebevollem Gedenken an Euren Vater, König Alberich, dem ich stets treu gedient habe. Lasst Eure Ehe dem Reich zuliebe annullieren. Im Gegenzug erhaltet Ihr meine Stimme und auch die von ein oder zwei anderen, die ich glaube, zu Euren Gunsten beeinflussen zu können.
Stets ergeben,
Euer Hans Michels

Das Gesicht des Bäckers war so weiß wie sein bestes Mehl.

»Diese Unterschrift ist von mir, Hoheit, aber nicht der Brief«, seufzte er.

»Was soll das heißen, Herr Michels? Erklärt Euch genauer.«

»Ich habe diese Zeilen nicht geschrieben, Hoheit, und schon gar nicht gedacht.«

»Aber Ihr habt doch wohl kaum ein leeres Blatt Papier unterzeichnet und es dann jemand anderen füllen lassen …«

»Genau das habe ich getan, Hoheit. Ich habe ein leeres Blatt unterzeichnet.«

Tibald rang die Arme gen Himmel.

»Aber Michels! Warum?«

»Wegen der Drohungen, Hoheit, deswegen. Hätten sie nur mich betroffen, hätte ich mich natürlich geweigert. Aber sie betrafen Flora, meine Enkelin, und sie ist doch erst sechs Jahre alt.«

Michels ließ den Brief zu Boden fallen.

»Gleich nach Alberichs Tod erhielt ich ein anonymes Schreiben. Darin wurde Floras Adresse erwähnt, der Beruf ihrer Eltern, ihr Stundenplan und sogar die Uhrzeit ihres Geigenunterrichts. In dem Brief stand, wenn ich ein leeres Blatt unterschreiben und es in meinen monatlichen Bericht aus Frixeln einfügen würde, würde Flora kein Haar gekrümmt. Wenn ich mich aber sträubte, müsste ich … mit dem Schlimmsten rechnen.«

Michels war sich natürlich bewusst gewesen, dass seine Unterschrift missbraucht werden konnte. Zwar hätte er niemals gedacht, dass ihn jenes leere Blatt zu einem Rassisten machen würde, doch er hatte geahnt, dass man es für irgendein Geständnis, etwas Ungesetzliches, irgendeine Ernennung oder eine Anschuldigung nutzen konnte, oder auch nur dafür, ihn bei Bedarf zu erpressen. Er hatte so unterschrieben, wie er am Vortag abgestimmt hatte: mit einer zitternden Hand, die die andere hielt.

Da Tibald ungläubig den Kopf schüttelte, versuchte Michels, sich zu rechtfertigen:

»Wenn man erst einmal Kinder und Kindeskinder hat, Hoheit, ist man nicht mehr völlig verlässlich, jedenfalls nicht mehr so wie vorher … Eines Tages werdet Ihr das verstehen, mein Prinz, wenigstens wünsche ich Euch das. Wenn es darum geht, die eigenen Nachkommen zu beschützen, werden unsere höchsten Prinzipien hinfällig. Gestern habe ich für Euren Bruder gestimmt, weil ich …

weil ich Angst hatte. Genau genommen, Hoheit, habe ich nicht gegen Euch gestimmt. Ich habe für Flora gestimmt.«

Tibald kratzte sich im Nacken.

»Ich kann versuchen, Euch zu verstehen, Herr Michels, aber was beweist mir, dass diese Abscheulichkeit nicht doch von Euch stammt?«

Da bemerkte er, dass Ema gerade den Brief las, den sie vom Boden aufgehoben hatte.

»Die Tinte der Unterschrift ist dieselbe wie in den Zeilen darüber«, stellte sie fest, ohne eine Gemütsregung zu zeigen.

»Es ist eine recht übliche schwarze Tinte, Durchlaucht«, erklärte Michels mit gesenktem Blick. Er wagte nicht, sie direkt anzusehen, denn die Worte aus dem Brief hingen schwer zwischen ihnen.

Ema besah sich das Blatt genauer. Jeder andere an ihrer Stelle wäre in Tränen ausgebrochen, doch sie behandelte die niedergeschriebenen Beleidigungen wie eine Einkaufsliste.

»Ich muss Euch wohl glauben, Herr Michels«, erklärte sie. »Ihr habt nur die Unterschrift daruntergesetzt. Sieh mal, Tibald, diese verwischte Stelle hier, und auch dort … Solche unsauberen Stellen sind typisch für Linkshänder. Und Herr Michels ist kein Linkshänder, er hat gleich die rechte Hand ausgestreckt, als du ihm den Brief gereicht hast.«

Diesmal blickte der Bäcker sie unverwandt an. Ihre Haut war dunkel, ja. Aber ihr Geist war ohne Zweifel klar und hell.

»Wir alle kennen einen Linkshänder, der ein Interesse daran hat, solchen Unsinn zu verzapfen, damit ich auf die Krone verzichte«, sagte Tibald. »Er weiß genau, dass ich dich nie verlassen würde, Ema. Allerdings erkenne ich seine Handschrift nicht wieder.«

»Wenn ich mir eine Meinung erlauben darf, Hoheit, so hat er sich zu einem wahren Urkundenfälscher gemausert«, sagte Michels. »Seit Alberichs Tod sind dem Rat die seltsamsten Dokumente untergekommen … Ich habe den Verdacht, dass Euer Bruder die Schreibfedern wechselt wie das tägliche Hemd. Und sicher hat er nicht die Zeit gehabt, so schnell einen anderen Schreiber zu finden, schließlich wurde der Brief gleich nach Eurer Ankunft verfasst. Außerdem: Wenn ich mich nicht täusche, war er einer der wenigen, die Eure Gemahlin gestern Morgen überhaupt gesehen haben …«

»Das stimmt, aber auch der Stil entspricht ihm nicht. *In der allerbesten Absicht* und *in liebevollem Gedenken* … das passt nicht zu ihm.«

»Er hat sich eben verändert, Hoheit. Oder er hat Hilfe von jemandem erhalten. Und diese Person muss besonders gebildet und geschickt sein. Ihr werdet leicht beweisen können, dass der Ältestenrat bestochen wurde, aber Ihr werdet niemals beweisen können, dass er von Jesko bestochen wurde. Dafür ist das alles viel zu gut gemacht, zu ausgefuchst.«

»Vielleicht stammt ja auch diese Handschrift von dem geschickten Helfer …«, schlug Tibald vor.

»Daran zweifle ich, Hoheit. Es sei denn, auch jene Person ist Linkshänder. Meiner Ansicht nach versucht sein Helfer, um jeden Preis unerkannt zu bleiben. Sicher schreibt er nicht für ihn die Briefe. Viel eher diktiert er sie ihm.«

Michels räusperte sich.

»Hoheit … Was die neue Abstimmung heute Mittag betrifft, so habt Ihr selbstverständlich meine Stimme. Ich habe gründlich nachgedacht. Der beste Weg, meine Familie zu schützen, besteht darin, Euch auf den Thron zu verhelfen.«

»Ihr hättet schon gestern gründlich nachdenken können und uns damit viel Zeit erspart.«

»Heute werde ich mich besser anstellen, Hoheit, versprochen.«

»O nein, Herr Michels, dafür ist es zu spät. Heute werdet Ihr überhaupt nicht abstimmen.«

»Ihr … Ihr wollt mich meines Amtes entheben?«

»Aber nein, ich sehe ja, dass ich Euch nichts vorwerfen kann. Im Moment kann ich Euch leider nicht mehr sagen. Deshalb sage ich Euch lediglich: Auf Wiedersehen, Herr Michels.«

»Nun, wenn das so ist, Hoheit … Auf Wiedersehen. Bis später.«

In gedrückter Stimmung zog sich der Ratgeber zurück.

»Was machen wir mit diesem Wisch?«, fragte Ema, den Brief in ihren gespreizten Fingern haltend.

»Wir verbrennen ihn. Bitte, ich überlasse ihn dir.«

Sie hielt das Papier in die Flamme eines Nachtlämpchens. Tibald sah zu, wie das Blatt sich krümmte und langsam vom Feuer verzehrt wurde. Eins nach dem anderen zerfielen die gehässigen Worte und schwebten als hauchdünne schwarze Flocken um Ema herum. Sie musste an Nachtfalter denken, er an Unglücksraben.

»Ich schäme mich so, Ema. Bitte verzeih.«

»Im Gegenteil, die Sache ist sehr hilfreich, Tibald. Diese Beleidigungen treffen mich kein bisschen, aber sie beweisen, dass Clemens recht hatte: Sie haben ihr Ziel erreicht.«

Sie legte ihre Hand auf Tibalds Herz.

»Dieses Ziel hier.«

»Clemens hat immer recht«, seufzte Tibald und hielt ihre Hand fest.

Er fühlte großen Druck auf sich lasten, und der Tag versprach, noch lang und schwierig zu werden. Da es um die Königskrone ging, sehnte er sich danach, die Gegenwart seines Vaters zu spüren. Nur war er sich nicht sicher, ob er sie auf dem Friedhof finden würde. Vielleicht war es besser, dort nach ihr zu suchen, wo er Alberich zum letzten Mal gesehen hatte.

»Ich gehe für einen Moment hinaus, Ema«, sagte er. »Wenn du irgendetwas brauchst, rufe Madeleine.«

Eigentlich lag sein Ziel ganz nah. Tibald hätte nur dem blauen

Teppich im Flur folgen und ein paar Türen weitergehen müssen. Aber da ihm nach frischer Luft war, erlaubte er sich einen Umweg über den Schlossgarten. Die Rasenflächen waren mit Wasser vollgesogen, und bei jedem seiner Schritte entstand eine Pfütze in der Form seiner Fußsohle. Ovid, der ihm folgte, hinterließ noch tiefere Pfützen. Ihre patschenden Schritte endeten unterhalb von Tibalds ehemaligem Zimmer, und als der Prinz zum Fenster hochsah, bemerkte er eine Bewegung zwischen dem Weinlaub: Lysander nahm bereits Reißaus.

»Etwas tiefer mit deinem linken Fuß, Lysander! Und rechts ragt jetzt neben deinen Zehen ein Haken aus der Mauer. Genau … und jetzt spring. Spring, sage ich. Unten ist weiches Moos.«

Mit einem Plumps landete Lysander im Moos. Er rappelte sich auf und wischte sich erfolglos den Hintern ab. Von oben hörte man Felix' laute Stimme:

»Du kleiner Frechdachs!« Sein gewaltiger Oberkörper schien den Fensterrahmen zu sprengen. »Jetzt bist du völlig eingeschmuddelt!«

»Macht nichts, Felix«, rief Tibald ihm von unten zu. »Da er schon mal hier ist, nehme ich ihn mit.«

Lysander ließ sich nicht lange bitten, denn er hatte keine Lust, wieder zu seinem neuen Kammerdiener hochzuklettern. Ohne zu fragen, wohin es ging, folgte er Tibald über den Rasen, dann durch einen Säulengang. Kurz darauf fanden sie sich im königlichen Flur wieder, vor einer Tür, in die zwei große gefaltete Flügel geschnitzt waren. Mit frischer Farbe hatte man ein leuchtendes rotes Kreuz zwischen sie gemalt. Das Totenkreuz.

Drinnen in Alberichs Suite war es dunkel, kalt und still. Die Vorhänge waren geschlossen, die Asche im Kamin feucht geworden. Der Anblick war noch morbider als das rote Kreuz. Tibald ging zu dem riesigen Schreibtisch aus Eichenholz und setzte sich in den Sessel mit den Löwenpranken als Füßen, in dem sein Vater Handelsverträge unterzeichnet, regionale Spannungen geschlichtet und mit Leidenschaft Ecksteins Neutralität verteidigt hatte. Das Gefühl der Leere war unerträglich. Und noch weniger zu ertragen waren die Erinnerungen, die heraufströmten, um diese Leere zu füllen.

Alberich, wie er am Kamin saß und seine Pfeife rauchte. Wie er ein beliebiges Buch öffnete, um sich ein wenig zu zerstreuen, und es dann irgendwo liegen ließ, um es nie wieder aufzuschlagen. Wie er sich konzentriert über den Bauplan eines Aquädukts beugte, dabei süßes Gebäck aß und zu Manfreds Verzweiflung den Teppich vollkrümelte. Wie er sich bei Tibald entschuldigte, dass er ihn am Tag seiner Abreise nicht zum Hafen begleiten konnte. Wie er ihm das Versprechen abnahm, einmal in der Woche eine Partie Schach mit dem Admiral zu spielen. Wie er sich von ihm verabschiedet hatte im festen Glauben, ihn wiederzusehen.

Kummervoll erhob sich Tibald aus dem Sessel, ging zu den Fenstern und zog die schweren Vorhänge auf. Das graue Tageslicht zerstreute seine Erinnerungen, doch der große scharlachrote Raum wirkte verlassener denn je, und die Landschaft draußen verschwamm im Nieselregen. Er ging ins Schlafgemach. Ein glatt bezogenes Bett, ordentlich drapierte Kissen, nichts, was an die qualvollen Stunden des Sterbens erinnerte. Die Kleider im Schrank trugen den vertrauten Geruch von Tinte und Tabak. Tibald nahm einzelne Schuhe in die Hand und reihte sie wieder ordentlich nebeneinander. Er glättete den Kragen eines Mantels. Betrachtete den Ständer mit den zahlreichen Pfeifen und Tabakdosen, die aus allen Ecken der Welt stammten, aus kostbaren Materialien gefertigt und fein verziert waren. Darunter befand sich Alberichs Lieblingspfeife, ein bescheidenes Ding aus Heidewurzel, an dessen Mundstück noch der Abdruck der Zähne zu sehen war.

Der König hatte diese Pfeife geliebt, weil ihr Kopf gut in der Hand lag und ihr gebogener Holm ihm erlaubte, einen Blick auf den Tabak zu werfen, ohne dass er sie aus dem Mund nehmen musste. Jetzt war die Pfeife erkaltet, wie sein Arbeitszimmer, wie Alberich selbst. Tibald steckte sie in seine Tasche und verließ das Schlafzimmer.

Zu seiner Überraschung hockte Lysander unter dem Schreibtisch.

»Was machst du denn da?«

Lysander stieß sich den Kopf an.

»Aua …«

»Nun?«

»Ich habe da etwas glänzen sehen, Hoheit … Es scheint mir wertvoll zu sein. Sieht aus wie ein … Dolch.«

Tibald kroch unter den Tisch, gerade als Lysander den königlichen Dolch aus dem Eichenholz zog, in dem er festgesteckt hatte. Er war es tatsächlich, die Rubine bezeugten es – rot wie die Wände des Raumes, wie das Kreuz an der Tür. Eckart, der allererste König, hatte ihn am Tag vor seiner Verbannung von seinem Bruder geschenkt bekommen, und seither wurde er von Generation zu Generation weitergereicht. Immer noch auf dem Boden liegend strich Tibald über die Klinge, die er bislang für rein dekorativ gehalten hatte. Er schnitt sich in den Finger.

Weder Tibald noch sonst jemand sollte je erfahren, warum der Dolch unter der Tischplatte des Königs gesteckt hatte. Niemand sollte erfahren, was Alberich um Haaresbreite getan hätte, als er spürte, wie das Leben aus ihm wich, und er verzweifelt nach einem Weg suchte, Tibalds Regentschaft zu retten.

Er war kurz davor gewesen, Jesko zu töten. Sein eigen Fleisch und Blut.

Doch letztlich war Alberich davor zurückgeschreckt und hatte stattdessen seine verbleibende Kraft genutzt, um die Waffe loszuwerden. Es würde eine Weile dauern, bis jemand sie fand, und er selbst würde zu geschwächt sein, um sie zurückzuholen. Schon jetzt schaffte sein Körper es nicht mehr, einen König zu tragen. Er würde sterben, wie jeder Mensch, und die Erde würde sich ohne ihn weiterdrehen. Indem er den Dolch in die Eichenholzplatte stieß, vollbrachte er seinen letzten Willensakt – einen Akt des Verzichts.

Als Tibald und Lysander wieder in den Schlossgarten hinauskamen, regnete es in Strömen. Tibald behielt seinen Finger im Mund, um das Blut von der Schnittwunde zu stillen, und wischte seine nasse Stirn mit seinem noch nasseren Ärmel ab. Lysander war auch nicht viel trockener.

»Felix wird sich freuen«, bemerkte der ebenfalls pitschnasse Ovid.

»Einen Moment noch«, sagte Tibald. »Lysander, würdest du mir einen Gefallen tun? Versuch, Kapitän Schöne ausfindig zu machen, und bitte ihn, eine Liste von allen ausländischen Schiffen zu erstellen, die in den letzten sieben Wochen im Hafen lagen.«

»Warum sieben Wochen, Hoheit?«

»Weil die Isabelle vor sieben Wochen die Nördlichen Gebiete erreicht hat. Ich möchte herausfinden, wer meinen Bruder darüber informiert hat, dass wir uns auf der Rückreise befanden. Und behalte es für dich, Lysander. Danke. Ich danke dir sehr.«

Mit einem Klaps auf die Schulter schickte Tibald den Jungen los. Er sah ihm nach, wie er über den Rasen stapfte, ohne das kleinste Matschloch zu hinterlassen. Dann wandte er sich an Ovid:

»Und du, Küfer, komm mit mir.«

»Ich tue nichts anderes, Hoheit. Wohin gehen wir denn?«

»Zum Friedhof.«

Zum Friedhof! Ovid hatte sich geschworen, wenn er sich jemals dorthin begab, dann nur in der Horizontalen und zwischen vier Brettern. Und ganz sicher nicht, um einen frisch Verstorbenen zu besuchen. *Hilfe*. Er japste nach Atem, als er hinter Tibald her durch den Rosengarten und den Steingarten lief, vorbei an dem Park mit dem Damwild und durch das Wäldchen hinter der Kapelle. Um sich Mut zu machen, schimpfte er sich im Stillen einen Schisser, doch in diesem Moment hätte er alles darum gegeben, bewacht zu werden, statt Wächter zu sein. Als sie das schwarze Tor in dem Mäuerchen aus Bruchsteinen erreichten, hatte er gute Lust, sich an den Rockzipfel des Prinzen zu hängen.

In Eckstein bestattete man die Toten nebeneinander in der Reihenfolge ihres Ablebens, ganz unabhängig von ihrer Stellung im Leben. Nur in der Grabinschrift unterschieden sie sich voneinander (der Duke of Oats feilte schon unermüdlich an der eigenen). Alberichs Grab lag gleich neben dem einer Weberin. Tibald sah es schon von Weitem, wegen der frisch aufgehäuften Erde und der noch kaum verwelkten Blumen.

Hier ruht Alberich von Eckstein, treuer Ehemann, liebender Vater, gerechter und großmütiger König.

Eine schmerzliche Mischung aus Trauer und Dankbarkeit erfasste Tibald. Die regennasse Fürstentracht lastete auf seinen Schultern und wog das Gewicht des ganzen Königreichs. Nach einer langen Weile kniete er sich hin, um die alte Pfeife zu Füßen seines Vaters zu begraben. Wie ein Dankesgruß wurde im nächsten Moment ein verwelktes Blumensträußchen in seine Richtung gewirbelt. Tibald wollte es fangen, überzeugt davon, dass Alberich es schickte. Derselbe Gedanke ließ Ovid fast in Ohnmacht fallen. Doch der Wind wirbelte das Sträußchen weiter zu einem anderen Grab.

Tibald stand auf, mit erdverschmierten Knien und Trauerrändern unter den Nägeln.

»Früher oder später, Küfer, landen wir alle hier«, erklärte er schlicht.

Das war zu viel für Ovid. Er rannte los zum Tor, und sein Prinz folgte ihm wie ein Diener.

28

Als am großen Turm die zwölf Mittagsschläge ertönten und der Taubenschwarm sich zum Himmel erhob, fanden sich die beiden Prinzen sowie sieben Älteste im Ratssaal ein. Tibald war in dem Wenigen gekommen, was ihm an trockener Kleidung geblieben war – lange Weste und Hemd –, aber wenigstens trug er diesmal Schuhe. Er betrachtete in aller Ruhe die Königsporträts, während Jesko schnüffelnd seine Nase hochzog und die Ratsmitglieder in Erwartung ihrer noch fehlenden Kollegen ungeduldig zur Tür sahen. Sie war aus Mattglas, Symbol für die Transparenz der königlichen Regierung. Plötzlich zeichnete sich dahinter wie durch einen dichten Nebel eine dunkle Gestalt ab. Es klopfte kräftig an der Tür.

»Wer stört da die Sitzung?«, fragte Jesko aufgebracht.

»Die Sitzung hat noch nicht begonnen«, bemerkte Tibald und ging öffnen. »Ach? Der Herr Friedensrichter …«

»Bitte entschuldigt den ungelegenen Besuch, mein Prinz«, flüsterte der Richter und breitete die Arme aus, wodurch sich seine Robe entfaltete. Er hatte haarige Ohren, die großen runden Augen eines Nachtvogels und hielt in der Hand eine Schriftrolle, die zum Zeichen des Staatsgeheimnisses mit einem schwarzen Band umschlossen war. In der Tür stehend reckte er seinen Hals, um in den Ratssaal zu spähen, von dessen Porträtgalerie er – selbst ein leidlicher Amateurmaler – schon viel Ruhmvolles gehört hatte.

»Kommt doch herein, kommt herein«, begrüßte Tibald ihn. »Was verschafft uns die Ehre?«

Der Friedensrichter trat in den Saal. Die Gemälde nahmen ihn gleich so gefangen, dass er zunächst den Grund seines Besuchs vergaß.

»Ja, was wollt Ihr denn nun?«, drängelte Jesko.

»Ach, richtig. Hoheit, ich muss die Abhaltung der Ratsversammlung unterbrechen.«

Jesko sprang so heftig auf, dass sich der Tisch dabei verschob und Rötzel eine Ecke in den Magen bekam.

»Herr Friedensrichter, Ihr stört eine Zusammenkunft von äußerster Wichtigkeit!«

Der Richter riss seine großen runden Augen auf. Noch nie hatte jemand in solch einem Ton zu ihm gesprochen.

»Bitten wir ihn doch, das schwarze Band zu öffnen«, schlug Tibald vor.

Bisher verlief alles, wie er es vorgesehen hatte. Der Richter schwenkte die Schriftrolle wie einen Knüppel.

»Lasst mich Euch mitteilen, was darin steht, mein Prinz. Soeben wurden zwei Älteste unter Hausarrest gestellt. Man wirft ihnen Bestechlichkeit vor, wofür es – und das möchte ich betonen – nicht wenige Beweise gibt. Ihre Teilnahme an der Ratsversammlung wird bis zum Beweis ihrer Unschuld ausgesetzt. Dieser Beschluss steht in strenger Übereinstimmung mit dem Gesetz.«

Der Richter war für seine schnelle und zuverlässige Urteilsfindung bekannt. Keine seiner Entscheidungen hatte jemals auch nur die geringste Beschwerde nach sich gezogen. Doch Jesko widersprach ihm sofort:

»In der Suspendierung von Ratsmitgliedern hat der Souverän das letzte Wort!«

»In der Tat kann der Souverän sein Veto einlegen, Hoheit. Aber meines Wissens haben wir keinen König, und damit keinen Souverän.«

»Aber das ist doch genau das Problem, dem wir uns heute widmen wollen. Gebt uns unsere Ältesten zurück, und wir geben Euch einen Souverän.«

»Ich habe nur zwei der Ältesten suspendiert, mein Prinz, Euch bleiben also noch genug für das weitere Verfa…« Während er sprach, ließ der Richter seinen Blick über die Runde schweifen. »Aber wo ist denn der Achte?«

Da Jesko schwieg, erklärte Tibald:

»Laurenz Lauterbach wurde aus dem Rat ausgeschlossen, Herr Richter. Man hat ihn sogar in Haft genommen.«

»Aber … warum denn? Wann und wie, Hoheit? Man hat mich nicht informiert …«

»Ich habe es auch erst nachträglich erfahren«, antwortete Tibald.

»So? Aber … wenn das so ist … fehlen Euch drei Älteste, mein Prinz … Ihr habt weder einen Souverän noch eine Ratsversammlung …«

Jesko schwitzte. An seiner Schläfe schwoll eine Ader an, und unter seinem Auge zuckte der übliche Muskel.

»Tja, das ist sehr ärgerlich. Der Rat ist aufgelöst«, erklärte Tibald mit ruhiger Stimme. Und fügte gleich darauf hinzu: »Meine Herren, Ihr seid aus Eurem Amt entlassen. Ihr dürft gehen.«

Die Ältesten brauchten einen Moment, um diese Nachricht zu verdauen. Dann erhoben sie sich ganz langsam von ihren Stühlen. Rötzel tobte innerlich, Tumbs kochte vor Wut, Michels weinte. Die anderen hielten ihre Köpfe gesenkt.

»Herr Friedensrichter«, sagte Tibald freundlich, »vielleicht wollt Ihr die Gelegenheit nutzen, Euch unsere Porträtgalerie anzusehen …«

Der Friedensrichter ließ sich das nicht zweimal sagen und zog eine Lupe aus seiner Robe, um die Pinselstriche genau zu studieren. Er verweilte vor jedem einzelnen der Monarchen, die aus einem kargen, windgepeitschten Eiland ein blühendes, friedliches Königreich gemacht hatten. Als auch der letzte Ratgeber aus der Tür hinaus war, folgte der Richter mit Bedauern und zog leise die Glastür hinter sich zu. Die Brüder blieben alleine zurück. Jesko explodierte.

»Und jetzt? Was jetzt, Tibald? *Du bist doch verrückt! Verrückt bist du!* Erst verlässt du das Land, dann bequemst du dich wieder her, wenn es dir gerade in den Kram passt, und machst alles kaputt! Alles! *Kein Ältestenrat mehr!*«

»Es ist nicht meine Schuld, dass der Rat aufgelöst ist, Jesko. Du bist derjenige, der die Ältesten bestochen und Lauterbach in den Kerker geworfen hat.«

»Beweise? Hast du Beweise dafür? Du hast keinen einzigen. Gib doch zu, Tibald, dass dir das alles gerade recht kommt. Du willst allein regieren, stimmt's? Ohne Ratsversammlung ... Du Despot! Diktator! Dreckskerl!«

Tibald stellte sich ans Fenster. Er wusste aus Erfahrung, dass man Jesko erst einmal eine Weile wüten lassen musste. Er würde Dampf ablassen und sich dann irgendwann völlig erledigt auf den nächsten Stuhl fallen lassen und Styx an sich drücken. Und tatsächlich ebbte Jeskos Wutanfall allmählich ab, bis man nichts mehr von ihm hörte. Tibald drehte sich um und sah Jesko wie erwartet schlaff auf Rötzels Platz hängen, wo Styx ihm auf den Oberschenkel sabberte.

»Gut. Kann ich jetzt etwas sagen? Also: Wir haben keinen Ältestenrat, und wir haben keinen König, der den Ältestenrat einberuft. Aber wir haben immer noch das Volk, und das Volk soll wählen.«

»*Das Volk?* Bist du völlig plemplem? Das Volk wählt nicht seinen König! Niemand interessiert sich für die Meinung des Volkes! Der König trifft Entscheidungen, und das Volk gehorcht.«

Tibald blieb vor Alberichs Porträt stehen, einem verblüffend realistischen Gemälde.

»Nicht bei uns, Jesko, nicht hier. Ohne zufriedenes Volk gibt es keinen legitimen König.«

»*Zufriedenes* Volk! *Legitimer* König! Ich glaube, du musst noch mal in den Geschichtsunterricht! Die Völker dienen ihren Königen.«

»Jesko. In Eckstein dient der König dem Volk und nicht umgekehrt. Es sei denn, er ist ein Despot, ein Diktator. Ein Dreckskerl.«

Jesko bekam wieder einen Wutanfall. Unter Alberichs erhabenem Bildnis wartete Tibald darauf, dass er sich beruhigte. Am Ende herrschte zwischen ihnen ein eisiges Schweigen. Da Jesko den Blick seines Bruders nicht ertragen konnte, wandte er seine Augen ab, um – schlimmer noch – dem ihres Vaters zu begegnen.

»Du hast Angst«, sagte Tibald schließlich.

Jesko antwortete nicht.

»Du hast Angst«, wiederholte Tibald.

Jesko schwieg noch immer.

»Bleibe realistisch. Keiner hat frohen Herzens für dich gestimmt.«

Damit traf er einen wunden Punkt: Jeskos niederträchtige Methoden hatten ihm zwar Unterstützung eingebracht, aber keinen Respekt.

Tibald fuhr fort: »Ich habe erfahren, dass ein Schiff aus Lamotting drei Wochen nach meinem dortigen Besuch hier in der Schafsbucht ankerte. Dein Freund August Maximilian hat dich darüber informiert, dass ich auf dem Rückweg sei, stimmt's? Also hast du Berechnungen angestellt. Es wäre günstig, wenn Alberich noch während meiner Abwesenheit stürbe. Ich würde niemals rechtzeitig ankommen, um die Krone einfordern zu können. Und tatsächlich hast du gut gerechnet, es war ausgezeichnet durchdacht, ich sollte nicht hier sein. Und doch, wie du siehst: Ich bin hier.«

Er machte eine lange Pause.

»Ich bin hier, und ich weiß, dass Alberich keines natürlichen Todes gestorben ist.«

Jesko wurde fahl im Gesicht.

»Was erzählst du da? Du bist doch verrückt. Völlig verrückt. Alberich ist an einer Magendarmgrippe gestorben. Frag die Ärzte, Doktor Schnitzer, Doktor Zwillich. Sie waren dort, an seinem Krankenbett, die ganze Nacht lang, haben seinen Puls gefühlt, die Gallensäfte gesammelt, im Kerzenlicht den Pisstopf untersucht. Wenn ihnen etwas verdächtig vorgekommen wäre, hätten sie es doch gesagt, oder? Irgendjemand hätte etwas erwähnt. Aber keiner hat etwas gesagt.«

»Was hätten sie denn sagen sollen? Sie haben gedacht, dass du unausweichlich König wirst, und beschlossen, sich zu fügen.«

»Du redest wirres Zeug, Tibald. Vergiftung, Verschwörung, Angst und Schrecken. Du bist in deine fernen Welten gesegelt und jetzt spintisierst du irgendwelche Tragödien zusammen. Wer hat dir diese Schrullen in den Kopf gesetzt? Der Duke of Oats?«

Je lauter sein Bruder sich in Rage redete, desto ruhiger blieb Tibald.

»Komm zur Vernunft, Jesko. Wäge deine Optionen ab. Die erste lautet: Ich übernehme die Krone; ich lasse dich überwachen, bestrafe deine Komplizen und brumme dir ein Jahr Landarbeit auf. Die zweite: Wir lassen das Volk entscheiden; ich werde in jedem Fall gewählt und bringe dich wegen Bestechung, Amtsmissbrauch und Königsmord vor Gericht. Ach ja, und nicht zu vergessen üble Nachrede, wenn wir an den Brief denken, den du in Michels' Namen verfasst hast.«

»Was denn für einen Brief?«

»Du hast Michels ein leeres Blatt Papier unterzeichnen lassen, das du anschließend verwendet hast, um meine Frau zu verunglimpfen.«

Jesko zuckte mit den Schultern.

»Ich sammle keine Autogramme. Das von Michels so wenig wie andere.«

»Er behauptet etwas anderes.«

»Sein Wort steht gegen meines. Das Wort eines *Bäckers* gegen das eines *Prinzen*.«

»Das Wort eines redlichen Mannes gegen das eines Gauners.«

Mit spöttischem Grinsen beugte Jesko sich vor.

»Und? Hast du Beweise?«

»Ich werde welche finden, darauf kannst du dich verlassen«, antwortete Tibald, der bisher nicht viel mehr vorzuweisen hatte als ein bisschen verwischte Tinte. »Bestechung, Verschwörung, Königsmord, Verleumdung … Du wirst zwangsläufig irgendwo deine Spuren hinterlassen haben. Ich werde etwas finden, das dich in deinen sogenannten Edelkerker bringt und dort verschimmeln lässt. Es sei denn, du verzichtest genau jetzt auf die Krone.«

In Jeskos verzerrtem Gesicht ballten sich lange Jahre des Hasses zusammen. Die Ader an seiner Schläfe war blaulila angelaufen. Gleich würde er die Kontrolle über sich verlieren.

Mit einem Satz sprang er von seinem Stuhl auf, stürzte sich auf seinen Bruder, presste ihn gegen die Wand und packte ihn mit beiden Händen an der Kehle. Tibald bekam keine Luft mehr, und gleichzeitig bohrten sich die Fangzähne des Hundes in seinen Stiefel. Reflexhaft fuhr er mit seinen Armen zwischen die gestreckten von Jesko, um dessen Ellbogen zum Einknicken zu bringen, und tat dann, was er seinen Seemännern streng verboten hatte: Er rammte ihm seine Stirn gegen den Kopf.

Die gute alte Kopfnuss: Jesko taumelte zurück und krachte

gegen den Tisch. Tibald versuchte, Styx mit den Füßen wegzutreten, doch das Hundemaul blieb in seinen Schuh verbissen. Tibald griff nach seinem Halsband, schleuderte ihn quer durch den Saal und drehte sich gerade rechtzeitig um, um Jeskos Faust gegen die Kinnlade zu kriegen. Er verlor das Gleichgewicht, konnte sich aber an der Wand abfangen und kickte blind mit dem Fuß in die Luft. Er hoffte, Jeskos Kinn zu erwischen, traf aber die Nase. Jesko, dem mitten im Gesicht das Blut aufsprudelte, spuckte aus, griff sich einen Stuhl und zertrümmerte ihn auf dem Rücken seines Bruders.

Als der Stuhl nur noch Kleinholz war, richtete Tibald sich langsam auf. Er hatte zwei angebrochene Rippen, doch in seiner Hand hielt er nun den königlichen Dolch, der ihn versteckt im Stiefel vor den scharfen Zähnen des Hundes geschützt hatte. Als Jesko den Gegenstand erkannte, den er so lange gesucht hatte, ließ ihn die Verblüffung kurz innehalten, was seine Niederlage besiegelte. Im nächsten Moment fand er sich gegen die Wand gedrängt, die scharfe Klinge vor Augen. Er wagte nicht einmal mehr, seine Spucke hinunterzuschlucken.

Tibald musterte ihn, ohne mit den Lidern zu zucken. Er wollte in seinem Blick lesen, wollte verstehen. Aber Jesko schloss die Augen. Ihr heftiges Keuchen war das einzige Geräusch im Saal.

»Was willst du eigentlich?«, fragte Tibald.

Jede Silbe, die er sprach, schickte Blitze durch seinen malträtierten Unterkiefer.

Jesko zog die Mundwinkel nach oben, und das Blut ließ kleine Bläschen vor seinem Grinsen entstehen. Styx drängte sich mit hängender Zunge an sein Bein, und trotz der unvorteilhaften Position streichelte Jesko ihm mit den Fingerspitzen den Kopf. Tibald wartete noch einen Moment, dann ließ er ihn los und wies mit dem Dolch auf einen Stuhl. Sein Bruder ging sich gehorsam setzen.

»Du verzichtest auf den Thron, Jesko. Und zwar noch heute, in aller Öffentlichkeit, vom höchsten Turm herab. Morgen bei Tagesanbruch beginnst du mit der Arbeit auf dem Bauernhof, wobei dein Hund einen Maulkorb tragen muss, sonst verschreckt er die Puten.«

Jesko öffnete den Mund, um zu protestieren.

»Kein Aber. Ein Jahr Landarbeit. Du bist nicht in der Position, mir zu widersprechen. Du hättest weit Schlimmeres verdient, und das weißt du. Ich will dich nie wieder hier im Ratssaal sehen.«

»Du wirst mich hier nicht mehr sehen, das kann ich dir versprechen. Was nicht bedeutet, dass ich nicht wiederkomme.«

Es war eine unverhohlene Todesdrohung, die Tibald sich leider ernst zu nehmen weigerte.

Er scheuchte ihn mit einer gleichgültigen Geste davon. »Geh jetzt.«

Jesko wischte sich die Lippen an seinem Ärmel, dann den Ärmel an der Tischplatte ab. Anschließend hob er ein Stück Stuhlbein auf und warf es völlig sinnlos auf ein Fenster. Die Scheibe bekam einen Riss, blieb aber im Rahmen stecken, bis Jesko hinausging und die Tür hinter sich zuwarf. Da fiel klirrend eine Glasscherbe vor Tibalds Füße.

Selbst während seiner lebhaftesten Debatten hatte der Ratssaal noch nie so sehr einem Schlachtfeld geglichen: ein Stuhl in Trümmern, der Holzboden zerkratzt, eine zerbrochene Fensterscheibe, der Tisch und eine Wand von Blut befleckt. Tibald blickte lieber nach draußen. Im Hafen luden Arbeiter gerade Waren von Fuhrwerken und befrachteten die Schiffe. Weit hinten in der Bucht kamen Fischkutter vom Meer zurück und schipperten um das Wrack der Isabelle herum, die dort auf die Seite gelegt vor sich hin schlummerte.

Da er sich beobachtet fühlte, drehte er sich ein wenig und begegnete dem Blick seines Vaters. Armer Alberich. Er, der so unermüdlich für das Glück des Königreichs gearbeitet hatte. Spontan hob Tibald die Scherbe auf und schloss sie fest in seine Faust, um sich für immer daran zu erinnern.

29

Tibalds Krönung fand in einer schlichten, zügig durchgeführten Zeremonie statt. Wie es der Brauch war, warteten die Zeugen im Thronsaal auf ihn. Tibald würde als Prinz eintreten und als König wieder hinausgehen. Im flackernden Licht der Kerzenflammen hatte der so prächtige Fürstenstuhl etwas von einem schlagenden Herzen; die durchscheinenden Edelsteine ließen ihn zugleich zart und unverwüstlich erscheinen. Als Tibald schließlich hereinkam, legte ihm eine Marktfrau den Hermelinpelz um die Schultern, und ein Schuster reichte ihm das Zepter. Die beiden repräsentierten das Volk, und als Vertreter des Volkes übergaben sie dem König die Insignien der Macht. Tibald fand den Umhang furchtbar heiß und das Zepter überraschend schwer. Wie viele Herrscher vor ihm hatten diese Dinge getragen? Bei wie vielen Gesetzgebungen, Urteilen und Krisensitzungen hatten sie den Vorsitz geführt?

Tibald schritt über einen Teppich aus Rosenblüten, den vierzig Hafenmädchen in eifriger Nachtarbeit ausgelegt hatten. Er durchquerte den langen Saal und bestieg den Thron, von dem aus er die Versammlung überblicken konnte. Ema befand sich zu seiner Rechten und trug das kostbare Diadem, das nur für die Krönungszeremonie aus der Gewölbekammer geholt wurde.

Beim Klang eines Glöckchens trat Clemens von Frixeln vor; ihm gebührte die Ehre, die Krone auf den blonden Kopf seines Zöglings zu setzen. Vor vielen Jahren war er zum Privatlehrer eines kleinen Prinzen ernannt worden, der Reißaus nahm, wenn man ihm die Nägel schneiden wollte, und der glaubte, eine Quadratzahl sei eine eckig gezeichnete Null. Clemens schritt langsam voran. Ihm war bewusst, dass jeder seiner Schritte Tibald ein Stück weiter von seiner Kindheit entfernte, von seinen Reisen, seinen unbekümmerten Jugendjahren. Er hatte vor ihm schon zwei andere Könige erlebt, hatte ihre gelungenen und ihre vergeblichen Anstrengungen verfolgt, hatte miterlebt, wie die Schattenseite des Reiches sie Tag und Nacht heimsuchte. Er brauchte eine Weile, bis er Manfred erreicht hatte, der ihm kerzengerade wie ein Garderobenständer das Kordelkissen hinhielt, auf dem die Krone lag.

Der alte Lehrer nahm sie, erklomm die drei Stufen zum Podest und kniete mit einem Bein nieder. Als er sich wieder aufrichtete, versuchte er, Tibalds Gesichtsausdruck zu lesen. Konzentration und Nüchternheit. Nicht der Hauch von Triumph, nicht die Spur von Ruhmesstolz. Clemens freute sich im Stillen, hatte er doch dem jungen Prinzen Bescheidenheit eingebläut, wie ein Schmied sein Eisen bearbeitet. Er hob die Krone weit in die Höhe und zählte sieben Sekunden, bevor er sie wieder absenkte.

Tibald spürte zunächst die kühle Seide auf seiner Stirn, dann das Gewicht des Granats und der Edelmetalle. Es war, als würde die Last des halben Erdballs auf ihn sinken. Für einen kurzen Moment verschlug ihm Panik den Atem. Aber dann fühlte er, wie ihn Alberichs Gegenwart umgab, warm und wahrhaftig, mit Händen zu greifen wie der Hermelinpelz.

»König Tibald von Eckstein!«, verkündete Clemens.

»Es lebe der König!«, rief der ganze Saal.

Tibald hörte die Menschen nicht. Die Konturen seines Körpers verschwammen. Eine neue Kraft stieg in ihm auf. Er fühlte Ecksteins Herrscherlinie durch seine Adern rauschen. Er war nicht mehr ganz allein und auch nicht mehr ganz er selbst, als er sich jetzt erhob, die Hand der Königin nahm und den Rückweg durch den Saal antrat. Vor der Bronzetür reichte ihm ein Schneider den

Dolch, den er von nun an bei sich tragen würde. Viele seiner Vorgänger hatten ihn entgegengenommen wie einen Brieföffner, doch Tibald empfing ihn wie eine Waffe – die einzige, die getragen werden durfte.

Am höchsten Turm wurde die Fahne hochgezogen, und rund um die ganze Insel ertönten Glocken, die den Beginn eines fünf Tage und fünf Nächte währenden rauschenden Festes einläuteten. Der Einzige, der nicht mitfeierte, war der König, denn auf ihn wartete ein erschreckender Berg von Arbeit.

Am ersten Vormittag seiner Regentschaft saß Tibald hinter dem großen Eichenholzschreibtisch und tauchte gar nicht mehr auf aus den vielen Pergamentpapieren, Aktenmappen und der endlos langen Liste von Audienzgesuchen. Seit dem Tod seines Vaters war alles liegen geblieben: juristische Streitsachen, Bauberichte, Kanalisationsarbeiten, ein Verteilungsplan für Brennholz, Freskenprojekte, Konzertprogramme, Regionalausschüsse. Alberich hatte sich allzeit offen und ansprechbar gezeigt und damit viele Erwartungen geweckt – mit der Folge, dass nun alle warteten. Aber Tibald wünschte sich eigentlich nur eines: alles vom Tisch zu fegen, die Karten neu zu mischen und bei null anzufangen.

Der Kammerherr Manfred war damit beschäftigt, das Kreuz von der Tür zu entfernen und in Tibalds neuer Suite (rotes Arbeitszimmer, rotes Schlafgemach, rotes Badezimmer) Ordnung zu schaffen. Im Vorbeigehen registrierte er den Berg von Dokumenten und die Augenringe des Königs. Aber da er auch die Tradition aus dem Effeff kannte, fragte er:

»Wann brecht Ihr zu Eurer Inseltour auf, Eure Majestät?«

Tibald brauchte einen Moment, um zu begreifen, weil er erst nicht begreifen wollte.

»Zur was …?« Er kratzte sich im Nacken. »Oh.«

Er zeigte auf den Papierstapel vor sich.

»Die Rundreise wird warten müssen, Manfred.«

»Aber Majestät kennen doch den Brauch und die Vorstellungen, die sich daran knüpfen.«

»Frischt mir gerne das Gedächtnis auf«, sagte Tibald ironisch, während er ein Gesuch von den Strickerinnen aus Mittling entfaltete, das gleich darauf in den Papierkorb wanderte.

»Ungezählte Unglücksfälle treffen jenen Herrscher, der sich nicht im ersten Monat seiner Regentschaft all seinen Untertanen zeigt, Majestät«, zitierte Manfred.

»Wurde dieser Zusammenhang schon einmal historisch überprüft, Manfred?«, wollte Tibald wissen, der zu Lande wie zu Wasser nichts von Aberglauben hielt.

»Äh ... Nein, Majestät, denn alle Herrscher haben sich dem Brauch unterworfen ...«

»Nun gut, ich nehme das Risiko auf mich. Ich habe nicht die Zeit, mich zu präsentieren, Punkt. Höchstens dem Kapitän Schöne, den ich tatsächlich sehen muss. Und zwar jetzt sofort, Manfred, danke.«

»Ganz wie Ihr wünscht, Eure Majestät«, sagte Manfred mit einer tiefen Verbeugung und brachte den Rest des Tages damit zu, sich ungezählte Unglücksfälle auszumalen.

Willem Schöne hatte lange über Tibalds Angebot nachgedacht und war zu dem Schluss gekommen, dass er nicht ablehnen konnte. Das wäre so gewesen, als würde er einen Menschen hilflos im Meer strampeln lassen. Als er im königlichen Arbeitszimmer erschien, trug er einen weinroten Justaucorps mit Knöpfen in Fuchsgestalt – schön gearbeitete Kupferknöpfe, die allein der Entourage des Königs vorbehalten waren. An jedem seiner Ärmel war zudem ein hellroter Stern aufgenäht, der seinen Kapitänsrang anzeigte. Mit seinem kurz geschorenen Haar, dem sonnengebräunten Gesicht und der neuen Uniform wirkte er wie ein Abenteurer von Amts wegen.

»Wie elegant Ihr seid, Kapitän.«

Willem blickte gleichgültig an sich herunter. Das Beste an seinem neuen Aufzug waren die großen Taschen: Darin hatte er bereits sein geliebtes Taschenmesser, ein Stück Notfallschnur und ein angefangenes Hörnchen untergebracht, das er später aufzuessen gedachte.

»Von mir aus«, fügte Tibald hinzu, »dürft Ihr freilich auch hemdsärmelig für mich arbeiten. Ich weiß, dass das nichts an Eurer Perfektion ändert.«

»Ich danke Euch, Hoheit. Aber sagt mir lieber, wie Ihr mit … mit all diesem hier fertig werden wollt.« Er deutete auf die unermesslichen Weiten des Papiermeeres. »Kein Land in Sicht, könnte man meinen.«

Tibald tippte mit seinem Finger auf das einzige freie Stückchen Schreibtisch.

»Es ödet mich jetzt schon an.«

»Wenn wir erst einmal das Steuer finden, wird alles besser, mein König.«

»Aber selbst, wenn wir das Steuer finden, Kapitän, benötigen wir immer noch Segel.«

»Ihr meint einen Ältestenrat, Hoheit.«

»Einen Ältestenrat, und zwar schnell.«

Tibald wusste, dass Alberich Jahre gebraucht hatte, um seinen Rat zusammenzustellen. Es galt, Kandidaten aus jeder Region auszuwählen, ihre Vergangenheit zu überprüfen, Gespräche mit ihnen zu führen. Das war an sich schon kein kleines Unterfangen, doch nach den vorangegangenen Intrigen erschien es nahezu unmöglich. Wie sollte man so schnell zehn verlässliche Männer finden? Seine Leibwächter konnte er aus der Schiffsmannschaft rekrutieren, aber er konnte die Matrosen doch nicht auch noch an den Ratstisch setzen.

Willem drehte sich langsam um seine eigene Achse, während er neugierig den Raum betrachtete, von dem er schon so viel gehört hatte und den er heute zum ersten Mal betrat. Das königliche Arbeitszimmer war groß und luxuriös: Wände, die mit scharlachrotem Damast bespannt waren, ausladende, massive Möbelstücke, Samtvorhänge, die steif waren wie Gips. An der Decke ein überbordendes Gemälde, das die Wohltaten einer guten Regierung illustrierte.

»Was haltet Ihr von meiner Offiziersmesse, Kapitän? Ein bisschen überladen, was? Bei diesem Deckenfresko hat man das Gefühl, es könnte einem im nächsten Moment auf den Kopf fallen.«

»Ich vermute, das ist die hohe Kunst des Trompe-l'œil, Hoheit.«

»Trotzdem. Ich werde einen Großteil der Möbel über Bord werfen. Manche sind allerdings so sperrig, dass sie kaum durch die Tür passen.«

Zum Beweis zeigte er auf die riesige Anrichte, deren verschnörkelte Reliefschnitzereien die Tätigkeiten der fünf Regionen versinnbildlichten: In Westwalden schlug man Holz, am Hafen wurde gefischt, in Mittling hielt man Weinlese, in Frixeln wurde Käse gemacht, und in der Nördlichen Hochebene zitterte man vor Kälte. Die Catastrophe hingegen war auffällig abwesend. Allerdings wusste Tibald gut, dass er diesen scheußlichen Holzkasten, selbst wenn er durch die Tür passte, behalten musste, denn im doppelten Boden einer Schublade war das Zepter versteckt. Sich vorzustellen, dass es eine Zeit gegeben hatte, in der sein Vater es nachlässig auf seinem Schreibtisch herumliegen ließ … Er selbst konnte sich das nicht mehr erlauben.

»Ich bin ganz Eurer Ansicht, Hoheit«, sagte Willem. »Man sollte Ballast abwerfen.«

»Ballast abwerfen! O Kapitän … Was waren das doch für schöne Zeiten.«

»Täusche ich mich, oder wärt Ihr lieber wieder in See gestochen, mein König? Mir kommt es beinahe so vor, als sei ich es gewesen, der Euch überredet hatte, das Steuer eines großen Schiffes zu übernehmen …«

Tibald brach in ein lautes Lachen aus, das ihm seine angebrochenen Rippen sogleich wieder ausredeten.

»Sehr gut, Ihr verweist mich zu Recht auf meinen Platz. Ich muss aufhören, mich zu beklagen, und Euch danken, dass Ihr bei mir geblieben seid. Apropos, wie geht es mit dem Abschleppen der Isabelle voran?«

»Es ist fast geschafft, Hoheit. Natürlich konnte man sie nicht mehr in ihre normale Lage bringen. Man musste sie vierteilen. Es ist eine Frage von wenigen Stunden, bis man die Stücke durch den Hafenbetrieb geschleust hat.«

»Es mag Euch vielleicht verrückt vorkommen, Kapitän, aber solange sie sich noch in der Bucht befindet, fühle ich mich nicht imstande zu regieren.«

»Im Gegenteil, Hoheit, das erscheint mir völlig nachvollziehbar. Ich habe mir übrigens erlaubt, etwas von Bord für Euch mitzunehmen.«

»Ist denn noch etwas an Bord geblieben?«

»O ja, Hoheit. Etwas, was niemand ins Wasser zu werfen gewagt hatte. Soll ich es hereinbringen lassen?«

Willem verließ kurz den Raum und kam mit zwei Dienern zurück, die ein großes Paket hereintrugen. Tibald schlug das Tuch auf und zu seinem Entzücken kam sein Ebenholzsessel mit den Perlmuttverzierungen zum Vorschein – jener schön aufrechte und etwas unbequeme Stuhl, in dem er all seine Entscheidungen zu treffen pflegte. Allein sein Anblick machte, dass er den Seewind in den Haaren spürte.

»Donnerwetter, ich habe wirklich gut daran getan, Euch einzustellen, Kapitän.«

Sie rückten den Sessel versuchsweise hinter den Eichenholzschreibtisch; die beiden ungleichen Möbel passten erstaunlich gut zusammen. Der dicke Sessel mit den Löwenpranken kam stattdessen auf die andere Seite, und der Kapitän nahm darin Platz.

»Hm. Ästhetisch etwas zweifelhaft, Hoheit, aber sehr bequem.«

»*Zu* bequem, Kapitän. Ich werde den Löwensessel meinen Gästen überlassen, denn ich selbst behalte lieber einen klaren Kopf. Ihr, der Ihr jederzeit einen klaren Kopf habt, könnt Euch natürlich hinsetzen, wo Ihr wollt. Soll ich uns Kaffee bringen lassen?«

»Ein großes Arbeitszimmer, ein dicker Sessel, Kaffee ... Ich werde noch ganz verweichlichen, Hoheit.«

»Tja, das ist wie Dümpeln in stehendem Gewässer.« Tibald rieb sich die Hände. »Nun gut. Fangen wir an. Ich bin seit dem Morgengrauen hier, habe erst einen winzigen Einblick in all diese verflixten Papiere gewonnen und bin schon jetzt heillos überfordert. Und das Schlimmste ist, dass mir die Hände gebunden sind. Jeder wartet auf die Weisungen des Ältestenrats.«

»Habt Ihr schon ein paar Männer als Ratgeber im Sinn, Hoheit?«

»Keinen einzigen. Und dabei hoffe ich, Mitte September die Herbstversammlung abzuhalten.«

Sie seufzten beide gleichzeitig. Der Rat trat in jeder Jahreszeit einmal zusammen; die Sitzung begann bei Neumond und dauerte vier Tage. Bis dahin blieben ihnen also zwei Monate, um die leeren zehn Ratssitze zu vergeben. Nachdenklich betrachtete Willem einen Lindenzweig, der vor dem offenen Fenster in der Brise schwankte und einen bläulichen Schatten aufs Parkett warf. Aus alter Gewohnheit fragte er sich, ob der Wind wohl von Ost oder von Südost wehte. Tibald kratzte sich im Nacken.

Sie waren noch keinen Schritt weitergekommen, als es an der Tür klopfte.

»Ah, der Kaffee.«

Es war in der Tat der Kaffee, der ihnen jedoch von der Königin gebracht wurde. Wie es die Sitte verlangte, sprangen sie sofort auf – denn solange die Königin stand, durfte niemand anderes sitzen. Tibald stieß sich dabei sein Knie an, und Willems Sessel kippte um und rollte auf dem Boden hin und her.

»Ich hatte Lust, das berühmte königliche Arbeitszimmer zu besuchen«, erklärte Ema. »Den Kaffee habe ich unterwegs abgefangen, es war ja nicht schwer zu erraten, wo er hinsollte.«

Sie schlenderte durch den Raum und betrachtete das Deckengemälde.

»Puh, ganz schön erdrückend. Behalten würde ich eigentlich nur … ach, dein Sessel, sieh an! Dein schöner, ungemütlicher Sessel. Und der große Schreibtisch ist schon ziemlich imposant. Was ist übrigens das hier?«

An den vier Ecken des Möbelstücks war jeweils ein Schwert mit geflügeltem Griff eingeschnitzt.

»Das Schwert von Eckart, dem ersten König«, antwortete Tibald.

»Ich glaube, ich habe es schon einmal irgendwo gesehen.«

»Du hast es auf dem Schiff gesehen und am Rundbogen vor dem Schloss, übrigens auch an der Tür, durch die du gerade hereingekommen bist. Es wird dir noch oft begegnen. Es ist ein Symbol des Königreichs.«

»Ein sehr besonderes Schwert, meine Königin«, fügte Willem an, der es sofort bereute.

»Ah ja? Was ist so Besonderes daran?«

Willem druckste verlegen herum.

Tibald winkte ab. »Ach. Nicht so wichtig«, sagte er.

»Ihr macht mich neugierig. Wo befindet sich das Schwert? Kann man es noch ansehen?«

»Es ist verschwunden. Genau genommen hat es vielleicht nie existiert.«

Tibald lavierte, um nicht lügen zu müssen. Er fragte sich, wie lange er Ema noch im Ungewissen lassen konnte.

»Der Kaffee wird kalt«, sagte er, um schnell das Thema zu wechseln. »Übrigens stecken wir in unseren Amtsgeschäften fest. Wir wissen partout nicht, wo wir unsere zehn Männer hernehmen sollen.«

»Zehn Männer? Wofür?«

»Aber Ema … für den Ältestenrat.«

»Wenn du eine Frage schlecht stellst, wirst du nie eine gute Antwort finden.«

»Weißt du denn eine bessere Frage?«

»Was zeichnet einen guten Ratgeber aus?«

Tibald zitierte direkt aus dem Gesetzestext:

»Er muss klug und zuverlässig sein und mindestens fünfundsechzig Jahre alt.«

»Und was macht einen Menschen klug?«

»O Kapitän, helft Ihr mir!«

»Nun, Hoheit, ich stelle mir vor, dass ein kluger Mensch die Interessen des Landes vor seine eigenen Interessen stellt.«

»Und was macht einen Menschen zuverlässig?«

»Ein zuverlässiger Mensch ist ein ehrlicher, aufrichtiger Mensch, Hoheit. In unserem Fall bedeutet das, dass er nichts mit Jesko zu schaffen hat.«

»Nichts leichter als das.«

»Was ist daran leicht?«, stieß Tibald aus. »Wo sind sie denn, diese Männer? Wir landen immer wieder bei derselben Frage.«

»Aber Tibald, denke ein wenig nach. Warum Männer?«

Der Kapitän verschüttete fast seinen Kaffee. Tibald stützte sich auf den Schreibtisch, wobei er ein paar Pergamentrollen zerdrückte.

»Frauen …«, flüsterte er. »Natürlich. Frauen. Ich hätte daran denken sollen …«

»Daran hättest du tatsächlich denken sollen. Du wirst mühelos an die hundert Großmütter finden, die ihren Nachwuchs, ihren Ehemann und die Schwiegereltern stets vor ihre eigenen Interessen gestellt haben und nicht das Geringste mit Jeskos Machenschaften zu tun haben. Sie haben freie Zeit übrig, besitzen gesunden Menschenverstand und wollen ihren Enkeln um jeden Preis eine gute Zukunft sichern. So. Jetzt muss ich wieder los. Ich habe noch ein Rendezvous.«

»Wie bitte, was? Mit Philipp?«

»Nein, nein. Mit einem geheimen Verehrer.«

Vor seinem geistigen Auge sah Tibald, wie seine Frau von einem romantischen Abenteuer zum nächsten flatterte, während er selbst in den Fluten ertrank.

»Wer ist es denn, Ema?«

»Ein großer Dichter.«

»O nein.«

»Er möchte mir ›das ureigene Wesen von Eckstein nahebringen‹, wie er sagt.«

»Ich könnte dir ein paar glaubwürdige Ausreden liefern, wenn du willst.«

»Aber nein, warum denn? Du bist wohl eifersüchtig, was?«

Ema gab Tibald einen Kuss und lief leichtfüßig hinaus. Was romantische Abenteuer betraf, war Tibald fürs Erste beruhigt, allerdings ahnte er, auf was sie sich da eingelassen hatte.

»Die Arme. Der Duke of Oats!«, stöhnte er und sank wieder in seinen Sessel. »Dabei habe ich sie extra meiner Cousine anvertraut, damit ihr solche Unannehmlichkeiten erspart bleiben …«

»Eurer Cousine Elisabeth, Hoheit?«

»Ja, ich habe nur die eine.«

»Ihr meint die Bibliothekarin, Hoheit?«

»Ja, Kapitän, warum?«

»Nur so«, stotterte Willem, dem Elisabeth am Festabend ins Auge gestochen war. Seither ertappte er sich immer wieder dabei, wie er an sie dachte. »Was glaubt Ihr übrigens, wird der Dichter Eurer Frau erzählen?«

»Poetische Dinge, Schwelgerisches. Nichts vom geflügelten Schwert oder vom Wald, da könnt Ihr beruhigt sein. Dafür ist er zu feinfühlig. Aber kommen wir wieder zu unserem Ältestenrat zurück. Frauen also?«

»Frauen, Hoheit. Und nebenbei gesagt: Ich glaube, Ihr habt auch das Steuer gefunden.«

»Ema …«

Einen Moment lang verfiel Tibald in nachdenkliches Schweigen, dann klatschte er in die Hände.

»Gut, es ist beschlossene Sache: Ich werde Ema mit in die Ratsversammlung nehmen. König *und* Königin und die zehn Ratgeberinnen.«

Willem war überrascht. »Die Tradition allerdings, Hoheit …«, begann er.

»Die Tradition, Kapitän? Macht die Augen auf. Die Tradition haben wir schon lange hinter uns gelassen.«

30

Ach, meine Königin, dieses Schloss! … Diese Kuppeln und Türmchen und verwinkelten Treppen! Nicht eine Tür gleicht der anderen, ist Euch das schon aufgefallen? Nicht einmal eine Tür*klinke* gleicht der anderen. Auch die Schornsteine sind einzigartig, zur großen Freude der Schornsteinfeger …«

Während er so dahinplapperte, führte der Duke Ema von einer Sackgasse in die nächste, bis er endlich, wenn auch mehr versehentlich, auf die Gemäldegalerie stieß, die er gesucht hatte.

»Jeder Monarch bringt seine eigenen architektonischen Vorlieben mit. Manchmal, wenn auch nicht immer, verbirgt sich dahinter ein wahres Genie. Zum Beispiel … wartet einen Augenblick … ach ja, hier ist er.«

Der Duke zeigte auf das Porträt eines behelmten Ritters mit Reitgerte, dessen ausufernde Nase und froschartige Kulleraugen nicht zu übersehen waren.

»Es heißt, der Maler habe ihn schöner gemalt, als er war, stellt Euch nur vor! Aber wie auch immer, ihm verdanken wir die Wasserspeier, die überall angebracht sind. Ihr müsst zugeben, Hoheit, dass sie ihm ein wenig ähneln. Oh, jaja.«

Ema überflog mit ihrem Blick schnell die lange Reihe von Gemälden, auf denen überall die gleichen markanten Nasen und Kulleraugen zu sehen waren.

»Hier seht Ihr also Eure Verwandtschaft, Durchlaucht, die königliche Familie!«, verkündete der Duke feierlich. »Heutzutage ist sie über die ganzen Nördlichen Gebiete verstreut, was das Leben am Hof offen gestanden deutlich vereinfacht. In jedem Fall ist es ein mustergültiger Königshof, wo Müßiggang nicht gern gesehen wird. Ihr habt ja sicher schon von der verpflichtenden Landarbeit gehört? Nein?«

Er machte eine kurze Pause, um Luft zu holen.

»Zehn Pflichtwochen pro Jahr für *alle*, die auf dem Schloss leben. Obligatorisch! Ah, in dem Königreich, aus dem ich komme, wäre so etwas undenkbar. Eine Gräfin, die Steine vom Feld sammelt? *Niemals!* Aber natürlich sind auch hierzulande der König und die Königin davon ausgenommen. Eure Aufgaben sind belastend genug. Und doch kam es durchaus vor, dass man Alberich mit einer Harke in der Hand sah. Und unsere schöne Luise war unübertroffen als Weinleserin. Sie sang, während sie Trauben erntete …« Dem Duke kamen die Tränen. »Seht her, schaut sie Euch an.«

Der Dichter kam vor einem herrlichen Porträt zum Stehen. Ein offenes, frisches Gesicht, ein klarer und ehrlicher Blick: Es war das erste Gemälde, in dem Ema Tibald wiedererkannte. Luise trug auf dem Bild ein Spitzenkleid, und ihre rechte Hand ruhte auf ihrem Bauch.

»So schön war sie, so schön …«, schwärmte der Duke, der immer noch um Fassung rang. »Und wie unser guter König Alberich in ihrem Beisein strahlte! Seht sie Euch an, Durchlaucht. Ihre Handhaltung ist symbolisch: Damals erwartete sie den kleinen Prinzen Tibald. Voller Vorfreude. Ach, es waren glückliche Zeiten! *Sehr* glückliche.«

Ein tiefer Seufzer entrang sich seiner mageren Brust, und sein fliehendes Kinn verschwand in seiner Halskrause.

»Mehr noch als die Feldarbeit mochte Luise die Bauersleute. Ihr wisst ja bereits, dass die Bauern sich ganz selbstverständlich im Schloss aufhalten, Ihr habt sie auf dem Fest gesehen, beim Bankett, beim Tanzen. Sie sind überall willkommen. Vorausgesetzt, dass sie ihre Stiefel ausziehen, natürlich.«

»Natürlich.«

»Wenn ich es mit dem Reich vergleiche, aus dem ich stamme, kann ich es immer noch kaum glauben, Durchlaucht.«

Aus alter Gewohnheit blickte er sich über die Schulter, als fürchtete er, beobachtet zu werden.

»In meiner Heimat ist der Königshof ein einziges Schlangennest. Brüder bringen einander um, Cousins streuen sich gegenseitig Gift ins Essen, Herrscher werfen ihre eigenen Neffen ins Verlies. Beleidigungen werden per Duell gerächt. Die Diener wie Abschaum behandelt …«

Ema nickte wortlos; auch sie hatte solche Länder erlebt.

»Hier aber!«, jubelte der Duke. »*Hier*, auf *Eurer* Insel, Hoheit, gilt ein Duell als Verbrechen! Und wenn die Untertanen krank werden, behandelt man sie; wenn ihre Zähne schmerzen, zieht man sie ihnen; wenn sie Hunger haben, gibt man ihnen zu essen. Genau genommen, Durchlaucht, wurde hier die Armut noch gar nicht erfunden. Und dann erst die *Künste* …«

Der Duke sprudelte über vor Begeisterung.

»Ist nämlich der Leib gesättigt, verfeinert sich der Geist auf natürliche Weise. Und aus diesem Grund bereitet die Kunst in Eckstein *fortwährendes* Entzücken.«

Der Zufall wollte, dass er seine Worte unter einem ausgesprochen hässlichen Gemälde äußerte. Der Duke verstummte, rückte seine Perücke zurecht und fügte hinzu:

»Hier und da gibt es natürlich Ausreißer. Doch sollten wir diese mit Nachsicht behandeln. Denn von Fehlschlag zu Fehlschlag formt sich das Talent. Auch ich habe gewisse Jugendverse verfasst, die … die nicht ansatzweise an meine heutige Reife heranreichen.«

Er drehte dem scheußlichen Schinken den Rücken zu, um Ema

ans Ende der Galerie zu führen. Dort zog er einen Tüllvorhang beiseite und brachte eine sonnenbeschienene Terrasse zum Vorschein, auf der sich erstaunlich lebendig wirkende Skulpturen versammelten.

»Wie schön das ist …«, flüsterte Ema und ging darauf zu.

Der Duke hüpfte hinter ihr her.

»Eine *extraordinäre* Sammlung, meine Königin. Genießen wir sie, denn irgendwann wird die Terrasse für den Winter geschlossen, und dann schlummern diese Kreaturen in völliger Finsternis. Schaut Euch nur diesen herrlichen weißen Marmor aus der Gegend an. O ja, Eckstein besitzt die mannigfaltigsten Gesteine. Da sind zum einen die lästigen Brocken, die die Feldarbeit behindern, und zum anderen die kostbaren Edelsteine, die aus der Insel eine wahre Schatzkammer machen. Am erstaunlichsten aber ist, dass das Königreich so weise ist, die Gefahren seines Reichtums zu erkennen. Schatzkammern können früher oder später geplündert werden. Man muss sich also verteidigen, und womit? Mit *Waffen*! Da Eckstein Waffen jedoch ablehnt, verzichtet es konsequenterweise auf Reichtum. Der Abbau der Edelsteine ist gesetzlich limitiert. Man holt nur das Nötigste, der Rest ruht in der Erdkruste. Und das verschafft uns letzten Endes den wertvollsten aller Schätze: *Frieden*. Ach, Hoheit, mich überwältigt das. Es inspiriert mich zu tiefsinnigen Texten, zu ganz neuen Reformgedanken …«

Ema hörte nur mit halbem Ohr zu. Die Marmorstatuen, die so lebendig Hoffnung oder Qual ausdrückten, nahmen sie gefangen. Wider Erwarten erwies sich ihr Begleiter als fähig, mehrere Minuten lang zu schweigen. Schließlich sagte er, während er seine Hand zerstreut auf den Schenkel einer marmornen Nymphe legte:

»Mit anderen Worten, Durchlaucht, zwischen Eckstein und mir war es wie Liebe auf den ersten Blick. Als meine Amtszeit als Botschafter hier zu Ende ging, wollte ich nicht mehr weg. Glücklicherweise erkannte unser guter König Alberich in mir die schmückende Feder, die seinem Hut noch fehlte. Und das meine ich in aller Bescheidenheit.«

Er wurde wieder ernst. Seine zierlichen Finger fuhren über den weißen Schenkel.

»Der Tod des Königs hat uns, mein Tintenfass und mich, schwer getroffen. Die schmutzigen Ränkespiele, die Verunsicherung im Volk, ach, Hoheit … ach, meine Königin … Am Abend des zwölften Tages hatte ich ehrlich gestanden die Hoffnung verloren. Meine Truhe war schon gepackt, als Euer Schiff – gepriesen sei es – in der Schafsbucht strandete.«

Als hätte man einen Perlwein mit einem Korken verstopft, verstummte der Duke of Oats nach diesem Bekenntnis. Er bot der Königin seinen spitzen Ellbogen und begleitete sie mit hastigen kleinen Schritten in ihren Schlossflügel zurück.

31

In den ersten Wochen seiner Regentschaft kam Tibald gar nicht mehr aus seinem Ebenholzsessel heraus. Draußen vor den Fenstern sah er den Sommer kommen und gehen, und nur ab und zu, wenn ein Luftzug durchs Zimmer wehte, nahm er den Duft der großen blühenden Linde wahr. Er höhlte mit seinen Ellbogen Dellen in die Schreibtischplatte, leerte so viele Tintenfässer wie Kaffeekannen und nahm den Kapitän derart in Anspruch, dass es ihn wunderte, ihn am nächsten Morgen wieder im Zimmer vorzufinden und nicht auf einem fernen Schiff am Horizont, das auf Nimmerwiedersehen davonsegelte.

Die Nachforschungen rund um Jesko gestalteten sich äußerst aufwändig und führten zu keinem Ergebnis. Tibald fühlte sich daran erinnert, wie er als Kind viele Stunden lang vergeblich versucht hatte, mit bloßen Händen Forellen zu fangen. Am Ende gab er es auf: Sein Bruder hatte sich äußerst geschickt angestellt und sorgfältig jede mögliche Spur verwischt. Der Verkauf von Gut Zwetschgenstein schien aus einem Edikt von Alberich hervorzugehen; die Ernennung von Fischlis Sohn zum Vorsitzenden der Goldschmiedekammer war Ergebnis einer ordnungsgemäß abgelaufenen Wahl. Denen, die im Auftrag Jeskos gehandelt hatten, ließ sich keine direkte Verbindung zu ihm nachweisen. Alberichs Tod erschien völlig natürlich verursacht, und die Hofärzte waren pikiert, dass Tibald ihr Urteil anzweifelte. Doktor Schnitzer hielt ihm einen so langatmigen Vortrag über Digitalis, dass er am liebsten selbst auf das Mittel zurückgegriffen hätte, um ihn zum Schweigen bringen.

Auch Tumbs und Rötzel, die beiden Ältesten, die Jesko so unverhohlen unterstützt hatten, hatten eine blütenweiße Weste: Bis auf ihr fehlendes Urteilsvermögen konnte man ihnen nichts ankreiden. Nur die Ratsmitglieder, die ganz unbestreitbar Privilegien erhalten hatten, wurden streng bestraft. Sie mussten zurückgeben, was sie eingeheimst hatten, dazu ein Bußgeld zahlen, ein öffentliches Geständnis ablegen und eine Gefängnisstrafe antreten.

Allerdings konnte man in Eckstein nicht wirklich von Gefängnissen sprechen. Die seltenen Straftäter mussten sich in der Kapelle ihrer Heimatgemeinde einfinden. Dort betraute man sie mit Putz- und Renovierungsarbeiten und nötigte sie vor allem dazu, im Chor zu singen. Häftlinge, die falsch sangen, lernten unweigerlich Demut, und ihre ersten harmonischen Töne hatten einen außerordentlichen Effekt: Sie fühlten sich wieder eingegliedert, als Teil eines Ganzen, als Instrument der Schönheit. In Eckstein erhielt ein Mensch, der in Ungnade gefallen war, also die Möglichkeit, sich zu bessern. Die Methode hatte sich bewährt. Der jeweilige Häftling kam erhobenen Hauptes, würdevoll und als neuer Mensch aus der Kapelle. So verhielt es sich auch mit den korrupten Ratgebern. Sie alle lernten singen, aber keiner von ihnen wagte es, mit dem Finger auf Jesko zu zeigen.

Kurz, Prinz Jesko schlüpfte durch die Maschen der Justiz. Dass Tibald ihn zur Landarbeit verdonnert hatte, erwies sich einerseits als vorteilhaft, weil man auf diese Weise ein Auge auf ihn hatte, andererseits auch wieder als nachteilig, weil er sich dadurch als Märtyrer inszenieren konnte: Tagtäglich musste er denselben Misthaufen abtragen. Sobald er mit der Schubkarre nach links fuhr, schickte ihn jemand wieder nach rechts. Der muskulöse Prinz arbeitete mit übermenschlicher Ausdauer und ohne zu murren unter sengender Hitze. Selbst die, die ihn nicht leiden konnten, mussten ihm unweigerlich Bewunderung zollen. Wieder einmal hatte Tibald ihn lediglich entwaffnet.

Mit den neuen Ältesten hatte er mehr Glück. Noch rechtzeitig vor dem Septemberneumond hatte er eine Hebamme, eine Müllerin, eine Spinnerin, eine Schneiderin, eine Buchmalerin, eine Gärtnerin, eine Lehrerin, eine Krankenpflegerin, eine Pianistin und … eine Admiralsgattin für seinen Rat gewonnen. Die Berufung von Gwendolin Dorec, der leicht schnurrbärtigen Ehefrau des Admirals, war ein naheliegender Schritt gewesen; nach dem, wie sie Albert stets herumkommandiert hatte, lag ihr das Führen im Blut.

Zum ersten Mal in der Geschichte des Königreichs war Tibald der einzige Mann in der Ratsversammlung. Und zum ersten Mal in der Geschichte des Königreichs begann die Sitzung mit einem Austausch von Kochrezepten. Aber das war nur ein kurzes Vorspiel – gleich darauf nahmen die neuen Ältesten mit geradezu erschreckendem Scharfsinn die Tagesordnung in Angriff. Während der arbeitsamen vier Tage der Herbstversammlung hatte der neue König oftmals das Gefühl, dass Gloriola, das Sternbild der Herrscher, sein Licht in den Ratssaal warf. Was er hier erlebte, waren wahrhaftig Kraft, Gerechtigkeit, Mitgefühl und Mut – Tugenden, die sich in vielen Tagen und Nächten am Krankenbett fiebernder Kinder, beim Geschirrspülen, beim Windelwechseln, beim Abfragen des Schulstoffs, beim Besticken der Aussteuer und beim Hühnerrupfen herausgebildet hatten. Siege, die ohne Pauken und Trompeten in unermüdlicher, unsichtbarer und unvergoltener Arbeit errungen worden waren. Eckstein verdankte seinen Großmüttern eine ganze Generation gesunder, wohlgeratener Erwachsener, und Tibald verdankte seinen Ratgeberinnen, dass das Reich wieder mit vollen Segeln Fahrt aufnehmen konnte.

Trotzdem war ihm keine Ruhepause vergönnt. Denn kaum war die Tagung zu Ende, tauchte Manfred im königlichen Arbeitszimmer auf und fragte ihn mit noch ernsterem Ernst als gewöhnlich:

»Wegen heute Abend: Belieben Eure Majestät im kleinen Privatsaal oder im Saal der Freien Berufe zu speisen?«

Tibald wunderte sich über die Frage. Er aß immer mit Ema und wechselnden Tischgästen im kleinen Privatsaal. Er mochte den Saal der Freien Berufe nicht, dort war ihm alles zu protzig – die Wanddekorationen, die Gemälde, die Gespräche. Er warf Manfred einen fragenden Blick zu, aber Manfred blickte so ausdruckslos drein wie eine Blumenvase.

»Ich verstehe Eure Frage nicht ganz.«

»Euer Vater Alberich – er ruhe in Frieden – empfing am Abend der herbstlichen Tagundnachtgleiche immer Gäste, Eure Majestät.«

Tibald versuchte angestrengt, sich zu erinnern, bis ihm wieder einfiel, dass Alberich tatsächlich jedes Jahr zur Tagundnachtgleiche Karl, den Schmied, und die Wäscherin Mathilde zum Abendessen eingeladen hatte. Notgedrungen. Tibald hatte sich immer gefragt, worüber sie unter der goldverzierten Decke wohl miteinander sprachen. Er würde es bald erfahren.

Den Tag über versuchte er, sich gedanklich auf das Treffen vorzubereiten. Er bekam darüber Kopfschmerzen, seine Rippen taten ihm weh, sein Herz, doch es führte kein Weg daran vorbei: Diesmal würde er Ema alles erklären müssen. Sie musste erfahren, warum es ausgerechnet dieser Tag war, warum diese beiden Gäste und die sieben Speisengänge und was es mit der betrübten Stimmung auf sich hatte. Er hatte schon viel zu lange gewartet. Er war zwar nicht wirklich bereit dafür, würde es niemals sein, aber so war es eben.

Schon frühzeitig vor dem Abendessen begab er sich zu den Gemächern der Königin, um mit ihr zu reden. Da Ema sich noch im Ankleidezimmer befand, wartete er mit höflichem Abstand in ihrem großen, hellen Boudoir. Er konnte nicht wissen, dass Madeleine gerade ihren Pendeltrick vollführte, mit dem sie im Ruf stand, Geburten vorhersagen zu können. Sie fädelte eine Nadel ein und ließ sie über dem Handgelenk der jeweiligen Frau pendeln. Wenn die Nadel sich im Kreis zu drehen begann, sagte Madeleine ein Mädchen voraus; schwang die Nadel von rechts nach links, war es ein Junge. Auf Dauer hatten selbst die skeptischsten Naturen einräumen müssen, dass ihre Vorhersagen erstaunlich präzise waren. Bei Ema kam heraus: ein Mädchen, ein Junge, ein Junge, ein Junge.

Tibald ahnte nichts von seiner reichen Nachkommenschaft. Er hörte nur helles Gelächter und Gequietsche aus dem Nebenzimmer, Madeleines Geschnatter und Emas Lachen. Und je länger Madeleine schnatterte und je lauter Ema lachte, desto verzagter wurde Tibald, so als hätten sie all seine Worte genommen und woanders verbraucht. Als die Königin schließlich auftauchte, in voller Pracht und mit ihrem berühmten strahlenden Lächeln, war es bereits Essenszeit. Sie wirkte so glücklich … Was von Tibalds Mut übrig geblieben war, verpuffte wie eine Seifenblase.

»Worüber wolltest du mit mir sprechen?«

»Ach, nichts.«

»Sollen wir auch Lysander einladen? Ich habe ihn in letzter Zeit gar nicht gesehen.«

»Lysander? Nein!«, antwortete Tibald hastig, bevor er hinzusetzte: »Lysander … hat sicher schon gegessen. Morgen, wir laden ihn morgen ein, ich habe ihn ebenfalls zu sehr vernachlässigt.«

In bedrückter Stimmung bot er Ema den Arm und führte sie zu dem großen Speisesaal mit den dunkelgrünen Wänden, den Stuckverzierungen und den absurden bauchigen Vasen. Die vier Gedecke wirkten verloren auf der Tafel, die so lang war, dass sie die komplette Mannschaft der Isabelle hätte aufnehmen können. Karl, der Schmied, erwartete sie in einem abgenutzten Anzug, dessen einer Ärmel sich zu eng um den kräftigeren der beiden Arme spannte, den linken, der den ganzen Tag auf den Amboss schlug. Tibald grüßte Karl mit einer Miene, als spräche er ihm sein Beileid aus. Eine verlegene Befangenheit herrschte zwischen ihnen, die Ema nicht recht verstand, so wie sie auch den Grund für das Treffen nicht verstand.

»Was ist mit Mathilde?«, wollte Tibald wissen.

»Mathilde kommt nie, Hoheit«, antwortete Karl.

»Nie?«

»Nein, nie, Majestät.«

Der Kammerherr wies ihnen ihre Plätze und hielt der Königin den Stuhl bereit. Das Servieren bei Tisch gehörte zwar nicht zu seinen Aufgaben, aber da Tibald zwischen der Küche und seinem Teller keine weitere Mittelsperson haben wollte, war Manfred auch hier so präsent wie überall sonst.

»Ist sie zu Hause geblieben?«, fragte Tibald, der sich um die Wäscherin Sorgen zu machen schien.

»Ja, Hoheit.«

»Leistet ihr jemand Gesellschaft?«

»O nein, Hoheit. Sie bleibt lieber allein.«

Und wie es seine Art war, fügte Karl noch ein spontanes Sprichwort hinzu:

»Die Einsamkeit ist unsere treueste Freundin.«

Emas Verwunderung wuchs immer mehr. Warum gab es hier ein Tischgedeck für Mathilde, wenn sie doch niemals kam? Und was hieß ›niemals‹? Warum erschien Tibald so besorgt? Um etwas zum Gespräch beizutragen, stellte sie darauf die schlimmste aller Fragen:

»Habt Ihr Kinder?«

Karl und Tibald warfen einander einen rätselhaften Blick zu und antworteten dann gleichzeitig:

»Nein«, sagte Tibald.

»Ja«, sagte Karl.

Eine Sekunde lang herrschte Schweigen, bis Tibald eine Erklärung nachschob, die rein gar nichts erklärte:

»Das heißt, ja. Sie haben eine Tochter, die aber nicht auf dem Schloss lebt.«

Verwirrt beobachtete Ema den Schmied, der wiederum seinen Teller beobachtete. Seine Hände, die dunkle Rußränder unter den Fingernägeln hatten, lagen flach daneben auf dem Tisch. Sie wusste zwar nicht, was er in seiner Vorspeisenterrine sah, aber er zuckte zusammen, als Manfred ihm Wein in sein schon volles Glas nachschenken wollte.

Es war das denkbar merkwürdigste Abendessen. Tibald, der sonst ein unterhaltsamer Tischgenosse war, war diesmal steif und wortkarg. Man hörte die Messer durch die Butter gleiten, die Löffel ins Vanillemousse tauchen. Ein paar Worte wurden zu diesem oder jenem Thema gewechselt, aber nichts, was all den pompösen Aufwand rechtfertigte. Als Ema Tibald später am Abend um Aufklärung bat, tat er, als wäre er schon eingeschlafen. Und am nächsten Morgen stand er, als wollte er ihr aus dem Weg gehen, ungewöhnlich früh auf, um Lysander noch vor seinem Unterricht abzufangen.

Tibald machte sich schon länger Vorwürfe, dass er den Jungen vernachlässigte. Er hätte sich noch schuldiger gefühlt, hätte er gewusst, wie sehr die Schule Lysander deprimierte. In den Augen der anderen war er nur ein zufällig aufgelesener Waisenjunge, ein Stück Bodensatz aus Basilis. Warum schlief dieser Junge in einem Prinzenzimmer? Warum hatte er einen Riesenkerl von Kammerdiener? Was war er denn so Besonderes? Überhaupt nichts! Lysander konnte tun, was er wollte, die abscheuliche Armut, in der er gelebt hatte, klebte noch immer an ihm. Nie sah er so richtig proper und gesund aus. Er hatte gerade erst Lesen gelernt. Zahlen konnte er nur sehr langsam addieren, nur fehlerhaft subtrahieren und überhaupt nicht dividieren. Wenn er schrieb, waren seine Finger hinterher tintenverschmiert. Und schwächlich war er obendrein – beim Tauziehen wollte ihn niemand in seiner Mannschaft haben. Sagte er etwas, machte Baptist sich über seinen Akzent lustig; bewegte er sich über den Pausenhof, erntete er unweigerlich einen Rempler. Die meiste Zeit genierte er sich so sehr, dass sich sein Kopf ganz leer anfühlte. Oft spielte sich die mehr oder weniger gleiche Szene ab:

Baptist: »Komm her, du Krümel, damit ich dir die Knöpfe abreiße. Müssen ja einen Batzen kosten, solche Edelknöppe, was, Florian?«

Florian: »Na klar, einen Batzen.«

Baptist: »Aus was sind die? Ist das Zinn oder Silber?«

Florian: »Zinn, vermute ich mal.«

Baptist: »Wirst du vom königlichen Hofschneider eingekleidet, Lyssi, oder von deiner Kammerriesin?«

Florian: »Von seiner Kammerriesin, hehe.«

Emilia: »Lasst ihn in Ruhe, ihr beide.«

Baptist: »Aber wenn wir ihn in Ruhe lassen, isser *danz allein …*«

Emilia: »Besser allein als mit euch.«

Baptist: »Wieso denn? Wir riechen wenigstens gut. Du hingegen, meine Liebe, mit deinem Stallparfüm … He! Gehst du einfach ohne ein Wort weg? Die hält sich wohl für die Königin. Aber da kommt ja Püppi. Was willst du denn?«

Lavendel: »Ich habe dem Lehrer gesagt, dass ihr schon wieder Lysander ärgert.«

Baptist: »Wer? Wir? Florian, ärgern wir etwa Lysander?«

Florian: »Nee, wir doch nicht.«

Baptist: »Lyssi, ärgern wir dich etwa?«

Lavendel: »Komm, Lysander, komm von der Pausenmauer weg.«

Baptist: »Geh du doch selber weg, Winzmaus. Wenn du das nächste Mal beim Lehrer petzt, rede ich mal mit deinem Vater, dem noblen Kammerherrn und Haushofmeister, diesem Sklaven und Stiefellecker des Königs.«

Lavendel: »Hornochse.«

Baptist: »Dumme Kuh.«

Und so weiter und so fort. Der Lehrer blieb in seinem Klassenzimmer, und Lysander lungerte weiter vor der Pausenmauer herum. Baptist ließ keine Sekunde von ihm ab, und es war vorauszusehen, dass er auch bald handgreiflich werden würde. Kurz und gut: Der allgemeine, kostenfreie, verpflichtende Schulunterricht, Quelle des Stolzes der Insel Eckstein, war für den neuen Bewohner eine Quelle der Verzweiflung.

Obwohl Tibald nichts von Lysanders Problemen wusste, kannte er deren Lösung. Sie wohnte am Ende der langen Wendeltreppe im gelehrten Durcheinander des Sternenobservatoriums. Clemens von Frixeln empfing die beiden in seinem quietschenden Sessel. Nachdem er aufmerksam Lysanders Gesicht studiert hatte – den konzentrierten Wulst zwischen den Augenbrauen, die stets angespannten Lippen –, meinte er:

»Da ist viel Mitgefühl. Das ist ungewöhnlich für dein Alter, mein Junge. Du musstest wohl ein bisschen sehr schnell erwachsen werden. Hast du dich um jemanden gekümmert?«

»Um meinen Großvater.«

»Ah ja. Das Kümmern liegt in deiner Natur …«

Clemens verlor kein Wort über Lysanders Kälte, die für sein Alter ebenfalls ungewöhnlich und vermutlich die Folge durchlebten Leides war. Verschaffte man dem Leid Linderung, konnte es sich verflüchtigen. Verdrängte man es hingegen, wurde es hart wie Kristall und sank immer tiefer. Dann erforderte es eine archäologische Arbeit, es wieder zum Vorschein zu bringen. Lysander wollte von solchen Ausgrabungen nichts wissen. Sein Gesichtsausdruck war der eines Menschen, der beschlossen hat, einen Tag nach dem anderen hinter sich zu bringen, was auch immer kommen mochte. Ohne zurückzublicken, ohne Erwartungen an die Zukunft.

»Es wird Zeit, dass sich jemand um dich kümmert«, sagte der alte Mann nun. »Tibald möchte, dass ich dein Lehrer werde, was theoretisch eine gute Idee ist. Praktisch gibt es jedoch ein Problem, oder besser gesagt ... ein gewisses Hindernis: Ich bin vierundachtzig Jahre alt und du elf.«

»Zwölf.«

»Wie, zwölf?«, fragte Tibald verwundert.

»Ich bin auf dem Schiff zwölf geworden, Hoheit.«

»Wann war das genau?«

»Am Tag Eurer Hochzeit, Hoheit.«

»Aber das hättest du doch sa...«

»Zwölf, also«, unterbrach ihn Clemens. »Wir sollten dir jemanden suchen. Sicher gibt es einige Lehrer, die über viele Fachkenntnisse verfügen ...«

Tibald wollte etwas sagen, doch von Frixeln hob die Hand:

»Ich weiß, ich weiß schon, König. Du willst jemanden, der noch zu staunen versteht. Jemand Gebildetes ohne Arroganz. Das ist, wie eine Nadel im Heuhaufen zu suchen. Aber ich kenne doch jemanden, der sich gut eignen würde: meinen Neffen Blasius. Er ist noch junge sechzig Jahre alt. Und ein begeisterter Fliegenfischer.«

»Ein Fliegenfischer?«

»Unter anderem. Ihr könnt ihn in der Nervenheilanstalt der Nördlichen Hochebene finden.«

»Im Irrenhaus?«

»Sicher, er arbeitet dort. Er beschäftigt sich gerne mit der Verrücktheit, denn das hilft ihm, die Normalität zu verstehen. Wobei, unter uns gesagt, was ist schon *Normalität* ... meiner Meinung nach ein lächerlicher Begriff. Aber wie auch immer: Der gute Blasius ist sympathisch, großherzig, schlau. Er hat keine Kinder und auch keine Frau, soviel ich weiß. Und wo wir gerade von Frauen sprechen, Tibald ...« Clemens blickte den König eindringlich an. »Deine scheint mir ebenfalls sehr schlau. Du solltest sie nicht im Dunkeln lassen.«

»In was für einem Dunkel?«, wollte Lysander wissen.

»In einem sehr dunklen Dunkel«, erwiderte Clemens verschmitzt, während Tibald unbehaglich auf seinem Stuhl herumrutschte. »Also, abgemacht? Ich werde sofort an Blasius schreiben. Und an seine Nächstenliebe appellieren.«

Clemens stellte es offenbar sehr geschickt an, denn Blasius antwortete bald, er sei bereit für einen beruflichen Wechsel. Er komme zum Schloss, sobald er in der Anstalt einen Nachfolger für sich gefunden habe. So lange sollte Lysander noch zur Schule gehen.

In der Schule konnte er seine Rechenfähigkeiten wenigstens ein bisschen verbessern – indem er die Tage, die Stunden und die Minuten ausrechnete, die ihn noch von seiner Freiheit trennten.

32

Früher oder später gelangt alles ans Licht. Weder der Admiral noch der Kapitän noch Tibald hatten Ema in das Geheimnis von Eckstein eingeweiht, und auch der Duke of Oats verplapperte sich nicht. Doch eines Tages kam die Wahrheit heraus – aus dem Munde der verschwiegensten aller Personen, im stillsten Raum des ganzen Schlosses.

Mit ihrer Kassettendecke und ihren flaschengrünen Oberlichtern hatte die Bibliothek etwas von einer Schiffskajüte. Der Holzboden knarrte leise, die vergilbten Seiten rochen staubig, die Buchdeckel leicht muffig. Alles, was es über die Natur und den Menschen zu wissen gab, stand hier in wohlgeordneten Regalreihen, und jedes Buch war eine ganze Welt für sich und bot eine Flucht aus der Realität.

Wie sie es ihrem Cousin versprochen hatte, hatte Elisabeth der jungen Königin fast alles gezeigt. Die königliche Zisterne, das Wäldchen bei der Kapelle, den Park mit den Damhirschen; das prächtige Bleiglasfenster am Ende eines überflüssigen Flures, die traurigste Trauerweide am Teich, die kleinen Gebetszettel zwischen den Steinen der Trockenmauer, die Süßholzwurzel, die wie ein knorriger Kobold gewachsen war, und die Stauden wilder Orchideen. Fehlte nur noch die Bibliothek.

Eines Vormittags im Oktober drückte sie die gepolsterte Tür auf, zog im Hereinkommen sogleich ihre Schuhe aus und sah sich nach ihrem Kater um. Olaf lag zusammengerollt in einem grünlich schimmernden Sonnenfleck und döste.

»Willkommen in meinem Refugium, Hoheit.«

»Ein wahres Paradies …«

»Tibald erzählte, Ihr seid selbst Schriftstellerin gewesen, meine Königin?«

»Nur öffentliche Schreiberin. Ich habe die Sätze anderer aufgeschrieben.«

»Das muss faszinierend gewesen sein, Durchlaucht.«

»Es waren unendlich viele Lügen.«

Ema ließ sich in einen Sessel sinken, der so tief war, dass sie glaubte, nie wieder herauszukommen. Sie zog sich ebenfalls die Schuhe aus. Ihre Füße fühlten sich vom Schuhwerk eingeengt, wie sie selbst sich vom höfischen Protokoll eingeengt fühlte.

»Willst du mir einen Gefallen tun, Elisabeth? Nenne mich bei meinem Namen, wenn wir zu zweit sind, ja? Und am besten duzt du mich auch gleich.«

Elisabeth antwortete nicht, sondern hob Olaf auf ihren Schoß. Ema wartete noch ein Weilchen, bevor sie resigniert das Gespräch wieder aufnahm.

»Dein Refugium ist sehr friedvoll, wie überhaupt die ganze Insel, nach allem, was man hört.« Sie seufzte. »Ich muss gestehen, dass mir das dubios vorkommt. Diese ganzen guten Herrscher … All die Jahrhunderte ohne jegliches Unrecht …«

»Die Gerechtigkeit ist eben ein Naturgesetz, Hoheit. Was immer geschieht, am Ende ist sie siegreich.«

»Aber Elisabeth. Du weißt so gut wie ich, dass es nur einen einzigen böswilligen Herrscher bräuchte, um dies alles zu zerstören.«

Von der Unterhaltung abgestoßen, kehrte Olaf wieder in seinen Sonnenfleck zurück. Ema bereute, dass sie so offen gesprochen hatte. Sie legte den Kopf zurück, schloss die Augen und ließ das Sonnenlicht ihre runde Stirn wärmen.

»Im Grunde beneide ich euch alle wohl nur«, murmelte sie. »Ich bin zur Sorglosigkeit nicht fähig.«

Elisabeth betrachtete ihre so eigentümliche Schönheit. Letztlich war Ema nicht nur Ema. In ihren Zügen spiegelten sich Generationen voller Leid und Kampf wider. Sie trug ein ganzes Volk in sich – seinen Schmerz, seine Widerstandskraft, seine Stärke. Wenn jemand imstande war, Hoffnungslosigkeit auszuhalten, dann die Königin, die hier vor ihr saß, und aus diesem Grund fühlte Elisabeth plötzlich, dass sie ihr nichts verheimlichen durfte. Nein, die Jahrhunderte waren nicht ohne Unrecht vergangen. Und ja, unter dem Glück des Königreichs verbarg sich etwas Dubioses. Von Anfang an hatte Elisabeth das Gefühl gehabt, Ema anzulügen, indem sie ihr alles zeigte, was es zu sehen gab, aber nicht alles erzählte, was es zu erzählen gab.

»Darf ich Euch eine Geschichte erzählen, Hoheit?«, fragte sie zögernd.

»Nicht *Euch*, und nicht *Hoheit.*«

»Darf ich … dir die Legende von Eckstein erzählen?«

»Eine Legende? Sehr gerne.«

Was Elisabeth ihr erzählen würde, war in keinem Buch dieser Bibliothek zu finden. Alle Kinder von Eckstein lernten es auswendig und leisteten einen Schwur, es keinem Fremden zu erzählen. Elisabeth brach ihren Schwur, indem sie mit leiser Stimme zu rezitieren begann:

König Lambert von Basilis hatte einst zwei Söhne, die ihm so wertvoll waren wie die Juwelen seiner Krone. Als er eines Tages sein Ende herannahen fühlte, rief er sie zu sich an sein Sterbebett, um dem Erstgeborenen namens Eckart sein Königreich anzuvertrauen. Eckart lehnte jedoch ab, denn er hatte sein Herz Lydia, einer Schafhirtin, geschenkt. Mehr als alles andere auf

der Welt wünschte er sich, mit ihr unter den einfachen Menschen des Volkes zu leben. König Lambert wurde zornig und verbannte ihn an einen fernen Flecken Erde, ein unwirtliches Eiland, für das niemand sich je interessiert hatte.
Also stach der verstoßene Prinz eines Junitages mit zweihundert Männern und zweihundert Frauen samt beigeladenem Vieh in See. Sie segelten dreimal um die Insel, bevor sie eine Flussmündung entdeckten, über die sie Zugang zum Festland fanden. Sie landeten an einem Kieselstrand, den sie zu Ehren der Schäferin Lydia die Schafsbucht nannten. Dann errichteten sie auf einem aufragenden Hügel einen Herrensitz, und Eckart schenkte jedem seiner Gefährten ein Stück Land. Im Sommer herrschte große Hitze, im Winter Eiseskälte, das Land war karg und steinig, aber da sie einander halfen, überlebten sie. Fünf Jahre später gebar Lydia zur großen Freude aller am ersten Tag im Mai Zwillinge, Ariella und Thomas.

Elisabeth hielt inne. Ab hier nahm das Unheil seinen Lauf. Sie blickte rasch zu Ema, die ihr aufmerksam zuhörte.

Der folgende Winter war gnadenlos. Die Insel ächzte unter dem Frost. Hungrige Wölfe strichen um die Häuser. Eines Nachts drangen sie ins Herrenhaus und holten sich die kleine Ariella.
In ihrer Verzweiflung verfiel Lydia dem Wahnsinn. Tag für Tag irrte sie auf der Suche nach ihrem Kind durch den großen Wald im Süden der Insel. Tagelang hörte man sie rufen. Doch eines Abends waren die Rufe verstummt. Auf der Suche nach seiner geliebten Frau durchkämmte nun Eckart den Wald. Es war dunkelste Nacht, als er sie endlich fand. Seine Frau lag tot am Fuße einer Eiche, in ihrer Hand ein Stofffetzen von Ariellas Kleidchen.

In seinem tiefen Schmerz wünschte Eckart nichts sehnlicher, als ebenfalls in diesem Wald, am Fuße der Eiche zu sterben. Doch dann dachte er an seinen Sohn, der einen Vater brauchte, und er dachte an sein Volk, das einen König brauchte. Ihnen zuliebe musste er am Leben bleiben.

Er bedeckte die Königin mit Schnee und einem blauen Granitstein. Dann zog er mit seiner Schwertspitze einen Kreis um sie und schwor, dass kein Mensch den verfluchten Wald je wieder betreten würde. Er gelangte zu seinem Herrensitz zurück. Als er über die Schwelle des Hauses trat, hatte er alles vergessen, und sein Schwert war verschwunden.

Mit großen Augen richtete sich Ema in ihrem Sessel auf. Ihr erster Impuls war, diese Legende als unglaubwürdig zu verwerfen.

»Wenn Eckart doch alles vergessen hat, woher kommt dann seine Geschichte?«

Ein Lächeln huschte über Elisabeths Gesicht. Nur sehr wenige Menschen stellten diese Frage.

»Er wurde von einem Bauern gesehen, Felix. Der berühmteste Bauer in Ecksteins Geschichte. Alle künftigen Felixe wurden nach ihm benannt.«

Unzufrieden verschränkte Ema ihre Arme.

»Er hat sie also allein im Wald zurückgelassen? Seine Frau und seine Tochter … Er hat sie wirklich dort zurückgelassen?«

»Sie waren tot.«

»Aber das ist furchtbar, Elisabeth. Und er hat sie vergessen. Das ist noch schlimmer. Man kann doch nicht einfach so vergessen.«

»Es geschah, um weiterleben zu können, Ema.«

»Was ist das für ein Weiterleben?«

»Ein Weiterleben als König, nehme ich an.«

»Aber das ist furchtbar«, wiederholte Ema aufgewühlt. »Die

Erinnerung ist etwas Heiliges. Meine Mutter hat es immer wieder betont. Sie sagte zu mir: Sie können dich schlagen, sie können dich hungern lassen, sie können dich verschleppen und dir sogar deine Kinder wegnehmen. Sie können dich einen Niemand nennen. Aber sie können dir nicht deine Erinnerung nehmen. Dank deiner Erinnerung wirst du, wenn du frei bist, den Wert deiner Freiheit kennen. Das hat sie mir hundertmal gesagt.«

Auch Elisabeth richtete sich jetzt auf.

»Ema ... warst du ... warst du eine ...?«

Ema blickte sie direkt an.

»Ja.«

Die Cousine war sprachlos. Sie senkte ihren Blick, stopfte ihr kupferfarbenes Haar in den Kamm, aus dem es immer wieder herausrutschte.

»Bitte, sprich mit niemandem darüber«, fügte Ema hinzu. »Nur Tibald hat es erraten.«

»Aber ... wie kommt es, dass du ... hier bist, dass du frei bist?«

»Es ist eine lange Geschichte. Meine Mutter glaubte immer daran, dass ich eines Tages frei sein würde. Wegen einer weißen Blüte auf meiner Stirn, als ich ein Säugling war. Eine Blüte aus Licht. Sie meinte, es würde Glück verheißen, und Glück bedeutete für sie immer auch Freiheit.«

»Eine Blüte aus Licht? Wirklich? Auf deiner Stirn? Unglaublich ...«

»Wieso?«

»Das Gleiche ist bei Tibald passiert, am Tag seiner Taufe, wusstest du das nicht?«

»Nein ...«

»Ihr beide also ... Es war vorherbestimmt.«

Ein und dasselbe Zeichen bei einem Prinzen und bei einer Sklavin? Es klang allzu phantastisch. Aber Ema wollte sich nicht ablenken lassen. Sie wollte nicht die Gelegenheit verpassen, endlich zu erfahren, was niemand sonst ihr hatte erzählen wollen. Sie kam gleich auf den Punkt:

»Dieser verfluchte Wald, ist es der, den ihr die Catastrophe nennt?«

Elisabeth biss sich auf die Lippe. Sie bereute bereits, dass sie sich auf so heikles Terrain begeben hatte.

»Ja.«

»Und niemand ist je wieder in diesen Wald gegangen?«

»Nein.« Sie zögerte. »Außer …«

»Außer?«

Elisabeth wandte den Kopf zum Fenster.

»Außer?«, fragte Ema wieder.

»Die Maimädchen.«

»Die Maimädchen? Was bedeutet das?«

Elisabeth bedauerte nun zutiefst, dass sie sich so weit vorgewagt hatte. Aber es war unmöglich, jetzt noch einen Rückzieher zu machen. Mit erstickter Stimme antwortete sie:

»Einmal in jeder Regentschaft, bei einer Tagundnachtgleiche im Herbst, ertönt ein sonderbarer Ruf. Der Ruf der Catastrophe. Sie will … sie verlangt ein Baby. Und man bringt ihr das erste Mädchen, das im Mai des Jahres geboren wurde.«

Ungläubig grub Ema ihre Nägel in die Armlehnen des Sessels.

»Ihr bringt ihr ein Kind, Elisabeth? Ein kleines Baby?«

»Wir haben keine andere Wahl.«

»Keine Wahl! Und was passiert dann mit ihm?«

»Man sieht es nie wieder.«

Fassungslos sank Ema in ihren Sessel zurück.

»Wir haben wirklich keine Wahl«, beteuerte Elisabeth. »Einmal hat eine Königin sich gesträubt, und der Ruf dauerte wochenlang an. Ein heftiger Sturm vernichtete die Ernte, das Meer bäumte sich auf, verwüstete den Hafen und ließ einen Teil der Küste abbrechen. Die Königin musste zwischen dem Volk und dem Maimädchen wählen. Sie entschied sich für das Volk.«

Ema schüttelte den Kopf.

»Gerechtigkeit, Frieden, Glückseligkeit ... oh, es war zu schön, um wahr zu sein. Man vergisst nicht ungestraft. Der erste König beging einen Fehler, und ihr müsst dafür büßen. Er zeigte keinen Mut, und ihr müsst für seine Schwäche bezahlen.«

Elisabeth schwieg. Ihre Bibliothek kam ihr auf einmal so sinnlos vor. Ein papierenes Refugium, mehr war es nicht. Und ebenso fragil war der Frieden im Reich.

»Die herbstliche Tagundnachtgleiche ...«, dachte Ema laut nach. »Karl und Mathilde ... Sie sind es, nicht wahr? Sie mussten ihr Kind hergeben?«

Elisabeth nickte stumm. Sie brachte kein Wort mehr heraus.

Am Abend war Ema kaum in das große burgunderrote Bett des königlichen Schlafgemachs geschlüpft, als sie auch schon loslegte:

»Wann gedachtest du, mir davon zu erzählen?«

Tibalds Herz krampfte sich zusammen. Es ist so weit, dachte er. Das Geheimnis ist gelüftet, irgendwann musste es ja so kommen. Eine Weile lang ließ er nur das Knistern des Kaminfeuers für sich antworten.

Schließlich fragte er: »Wärst du denn dann mitgekommen?«

»Natürlich.«

»Und wirst du bei mir bleiben?«

»Ach, Tibald ...«

»Verzeih mir, Ema. Verzeih. Ich ... Es ist schwer. Was weißt du genau? Wer hat es dir erzählt?«

»Elisabeth. Sie hat mir von der Legende erzählt. Von dem Fluch. Von den Maimädchen. Es ist furchtbar.«

»Ich weiß.«

»Und warum schweigt ihr alle darüber?«

»Aus Scham, Ema. Ein kleines Kind, ein Baby, kannst du dir das vorstellen? Unsere Scham macht es zu einem Tabu.«

»Tabu, Tabu. Es ist ein Fettfleck auf einer perfekten Decke, ja. Der nicht zu übersehen ist. Man kann aber nichts lösen, ohne der Wahrheit ins Gesicht zu blicken. Ich will alles darüber wissen.«

»Du weißt bereits mehr darüber als die meisten. Immerhin warst du schon einmal in der Catastrophenbucht.«

»Ein Meeresungeheuer, Nebelschwaden, unheimliche Stimmen ... Das reicht mir nicht. Erzähl mir alles.«

»Es ist ein großes Rätsel, Ema. Der Wald ist völlig unzugänglich, undurchdringlich. Die, die versucht haben, hineinzugelangen, kamen verstümmelt und entstellt wieder heraus. Das Gebiet ist von der Landkarte gestrichen. Alle arbeiten daran, es zu vergessen.«

»Ich werde es nicht vergessen. Ich bin eine Fremde hier, ich werde es anders machen. Du selbst hast im Übrigen eine Fremde ins Land geholt.«

»Du hast dir vielmehr mich geholt, wenn du dich erinnerst. Außerdem werde auch ich es nicht vergessen, Ema. Der König kann es nicht vergessen.«

»Warum nicht?«

»Er ist es, der das Kind hinbringen muss.«

Ema richtete sich kerzengerade auf und schlug sich die Hand vor den Mund. Tibald blickte starr auf den Stoff des Baldachins, der bauschig von ihrem Himmelbett herabhing. Seit seiner Kindheit lebte er in der Furcht vor dem, was ihn erwartete.

»Die Könige und Königinnen müssen ihre Nachkommen darauf vorbereiten, müssen sie in jedes Detail einweihen«, erzählte er leise. »Alberich hat seine Aufgabe erfüllt. Jesko hat damals nur gegrinst, aber ich habe Albträume bekommen.«

Das Feuer im Kamin zischte, durch den Schornstein pfiff der

Wind. Tibald hatte nichts von dem vergessen, was sein Vater von seiner traurigen Mission erzählt hatte: Die herbstliche Tagundnachtgleiche, die tief hängenden Wolken. Das seltsame Murmeln, ein anhaltendes beschwörendes, hartnäckiges Raunen. Um Mitternacht begannen die Scheiben zu zittern, die Pferde wurden unruhig, die Bäume bogen sich im Wind, im Hafen stießen die Masten gegeneinander, Ziegel flogen von den Dächern, der Fluss trat über die Ufer. In der Schafsbucht rollten die Wellen aufs Land.

Alberich war sehr jung König geworden. Er zählte erst neunzehn Jahre, als der Wald rief. Am liebsten hätte er abgedankt. Eher wollte er einen Krieg durchleben, eine Pest, eine Hungersnot. Doch er zog seinen Mantel an, ließ seinen Schimmel satteln und noch zwei weitere weiße Pferde aufzäumen. Wie ein Gespenst ritt er bei Nacht und Nebel durch den Rundbogen vor dem Schloss und überquerte die Brücke über die Konstanzia, im Schlepptau die beiden reiterlosen Pferde. Bald erreichte er das Vier-Wege-Kreuz, an dem vier große Straßen aus verschiedenen Richtungen aufeinandertrafen: eine, die zum Schloss führte, eine zum Hafen, eine dritte nach Mittling und die vierte zur Catastrophe.

An diesem Kreuz warteten schon der Schmied und die Wäscherin auf ihn, in ihren Armen das kleine weiße Bündel, das ihnen die ganze Welt bedeutete. Alberich half ihnen auf die Pferde und ritt ihnen voraus, bis sie nach einer langen Strecke eine strohgedeckte Hütte am Waldrand erreichten.

Alberich hatte noch nie zuvor ein Baby im Arm gehalten. Als Mathilde ihm ihre Tochter übergab, war es ein Schock für ihn. Die Kleine war so warm und leicht – sie erschien ihm wie der wertvollste Schatz auf Erden.

Mit zugeschnürter Kehle hatte er an die Tür der Hütte geklopft. Der Mittelsmann öffnete. Er trug eine Kapuze tief ins Gesicht gezogen und streckte seine dreckigen Hände aus, in die der König das kleine Bündel übergab.

Die Tür war zugefallen, die Laterne erloschen. Der Nebel hatte sich verzogen, der Wind sich gelegt, der Ruf war verstummt.

Als sie zum Schloss zurückkehrten, brannte im großen Kamin der Küche ein warmes Feuer. Die Eltern des Maimädchens wurden mit offenen Armen im Schloss empfangen und zogen nie wieder aus. In den zwei darauffolgenden Jahren war Alberich immer wieder den Waldsaum der Catastrophe entlanggeritten, in der Hoffnung, irgendwo ein Lebenszeichen zu entdecken. Doch da war nichts. Dann hatte er Luise kennengelernt, eine Spitzenklöpplerin, die am Königshof arbeitete, und eines schönen Frühlingstages hatten sie geheiratet. Im Winter darauf war Tibald zur Welt gekommen, ein zu früh geborener, winziger und fortwährend schreiender Säugling. Entgegen allen Erwartungen blieb er am Leben. Wenn Alberich von der Tagundnachtgleiche erzählte, erwähnte er immer dieses glückliche Ende: seine Begegnung mit Luise und Tibalds Geburt.

Was er nicht erwähnte, war der Tag, an dem Tibald selbst König sein würde. Der Tag, an dem er seinerseits bei Nacht und Nebel auf einem Schimmel losreiten musste. Und er erwähnte auch nicht den Tag, an dem Tibald nach Worten ringen würde, um seinen eigenen Kindern das Unsagbare zu erzählen.

33

Der Oktober schritt voran, die Tage wurden immer kürzer. Im Schatten der Bäume wuchsen letzte Pilze, und die Luft war vom süßlichen Duft des goldgelben Laubs erfüllt. Ema, die nie zuvor einen Herbst erlebt hatte, lernte tausenderlei neue Dinge kennen. Sie verbrachte ihre gesamte Zeit draußen, während Tibald am Schreibtisch mit dem Wust von Papieren kämpfte. Sie mochte es, wie das reifbedeckte Gras unter den Füßen knisterte (denn der Frost hatte zur Bestürzung der Gärtner sehr früh eingesetzt). Doch seit sie wusste, was sie wusste, hatte alles seine Einfachheit und Leichtigkeit verloren. Hinter jedem Schönen verbarg sich etwas Hässliches, in langen heiteren Tagen steckte das Dunkel der Nacht, und selbst der Honig hatte einen bitteren Beigeschmack.

Am Monatsende sah Tibald zum ersten Mal seine ganze Schreibtischplatte. Eine freie Oberfläche aus hellem, mit der Zeit nachgedunkeltem Holz, ohne ein einziges Dokument darauf, das es zu unterzeichnen galt, ohne ein Problem, das gelöst werden musste. Kein alter Mann musste mehr bestraft, keine schwierige Entscheidung gefällt werden – das Königreich war wieder auf einen guten Weg gebracht. Tibald hatte die klobigsten Möbel entfernen lassen, und der luftigere Raum ließ ihn wieder frei atmen. Soeben hatte er einen Müller angeheuert, der die gleichen Körpermaße besaß wie er und an seiner Stelle die Stunden beim Schneider absitzen konnte. Den gewonnenen Freiraum, die gewonnene Zeit galt es zu genießen. Als Willem Schöne ins Arbeitszimmer trat, fand er den König in dicken Seemannssocken vor dem Kamin lümmelnd vor.

»Setzt Euch, Kapitän, der Kaffee kommt gleich.«

Willem (der eigentlich Tee bevorzugte) sah auf einem niedrigen Tischchen ein Schachbrett stehen. Die schönen Alabasterfiguren standen bereits in Spielposition und glänzten im Widerschein der Flammen. Unwillkürlich verzog er das Gesicht.

»Spielt Ihr nicht gerne Schach, Kapitän?«

Willem wich einer Antwort aus, indem er den Kopf hin- und herwiegte.

»Oder wisst Ihr nicht, wie es geht?«

»Sagen wir, ich habe etwas ungute Erinnerungen daran, mein König ... von unserer Expedition.«

»Habt Ihr denn auf dem Schiff Schach gespielt?«

»Ich sollte eigentlich nicht mit Euch darüber reden, Hoheit. Ich habe versprochen, es für mich zu behalten.«

»Wem versprochen?«

»Dem Admiral, Hoheit.«

»Nun ja. So wie die Dinge liegen, haben wir von Admiral Dorec nichts zu befürchten.«

»Das stimmt, Hoheit ... unter den gegebenen Umständen würde er sich wohl nicht einmal mehr daran erinnern ...«

»Aber woran denn nun?«

»Hm, tja ... Also gut: Ich sollte mit ihm Schachspielen üben. Er war es leid, ständig gegen Euch zu verlieren. Diese Mittwochspartien demütigten ihn. Ich sehe, das erheitert Euch, Majestät?«

Tibald musste Tränen lachen. Er wollte noch mehr Details hören. Je ausführlicher Willem ihm von den Sitzungen mit dem Admiral berichtete, desto mehr taten ihm seine angebrochenen Rippen weh. Erst als sie selbst ein Spiel begannen, wurde er wieder ernst. Und musste einmal mehr feststellen, was Willem Schöne für ein intelligenter Kopf war. Am Ende hatte Tibald verloren und wischte sich den Schweiß von der Stirn.

»Na, wenn ich das gewusst hätte ...«

Willem bedauerte schon seinen Sieg. Was für eine Anmaßung! Er hätte den König gewinnen lassen müssen.

»Wenn ich gewusst hätte, dass es an Bord einen Spieler wie Euch gibt«, fuhr Tibald fort, »dann hätte ich gut und gern auf den Admiral verzichten können. Unsere Mittwochspartien waren ein Desaster. Und wie er sich aufgeführt hat, Kapitän ... unbeschreiblich.«

»Er ist wirklich ein schlechter Spieler, Hoheit. Und ein schlechter Verlierer obendrein.«

»Ich habe mich absichtlich dumm gestellt, um ihn glücklich zu machen, aber er hat die goldenen Brücken, die ich ihm gebaut habe, nicht genutzt. Ich opferte ihm meine Dame, und er merkte es nicht einmal.«

»Wenn ich mich recht erinnere, schlug er Euch nur ein einziges Mal, Hoheit, und das hat ihn sehr beunruhigt.«

»Er hatte Grund zur Beunruhigung, denn ich war mit meinem Kopf ganz woanders ...«

An jenem Abend auf dem Schiff hatte Tibald immerzu an Ema denken müssen und das Schachbrett vor sich gar nicht mehr richtig wahrgenommen.

»Kapitän, würdet Ihr mir einen Gefallen tun?«

»Ich stehe Euch jederzeit zu Diensten, Hoheit.«

»Das ist es ja gerade. Jeder steht mir zu Diensten, und das wird mir allmählich lästig.«

»Ach so?«

»Sagt mir die Wahrheit: Während wir gerade miteinander gespielt haben, habt Ihr da vergessen, dass ich König bin?«

»Ähm ...«

»Gebt es zu.«

»Nun, ich gestehe es, Eure Majestät.«

»Was für eine Erleichterung! Von nun an befehle ich Euch, wenn wir unter uns sind, die Höflichkeitsformeln wegzulassen. Und ich wünsche mir, dass Ihr mich duzt.«

Willem wurde plötzlich von seiner angeborenen Schüchternheit überwältigt. Reflexhaft wich er in seinem Sessel zurück und verschränkte schützend die Arme.

»Das ... wird nicht einfach sein, Hoheit.«

Tibald hielt ihm seine Hand hin. Der Kapitän erstarrte und fühlte seine eigene Handfläche feucht werden. Unter gar keinen Umständen durfte man einem König die Hand drücken. Es war eine Geste unter Gleichrangigen: Ein Monarch gab nur einem anderen Monarchen die Hand, eine eiserne Regel, die niemals gebrochen wurde. Doch genau wie Ema wollte auch Tibald eine entstehende Freundschaft nicht verkümmern lassen.

»Komm schon, Willem«, ermunterte er ihn, »du hast schon schwierigere Herausforderungen gemeistert.«

Der Kapitän holte tief Luft und ergriff die ihm dargebotene Hand. Der historische Moment dauerte jedoch nicht lange an: Als hätte er geahnt, dass altehrwürdige Traditionen schmählich gebrochen wurden, betrat Manfred mit einer Schale Zuckermandeln das Zimmer. Wie Kinder, die man bei einem Streich ertappt hat, ließen Willem und Tibald die Hände in den Taschen verschwinden. Die Zuckermandeln wiesen nebenbei auf nichts Gutes hin: Sie dienten Manfred stets als Vorwand, um unaufgefordert zu erscheinen. Mit leisen Schritten ging er die Schale auf der hässlichen Anrichte abstellen, die dem großen Möbelumzug entgangen war, weil sie nicht durch die Tür passte und außerdem das königliche Zepter in sich barg.

»Hier, bitte, Eure königliche Majestät.«

»Was habt Ihr auf dem Herzen, Manfred?«

Der König und sein Kammerherr verstanden sich bereits in Andeutungen. Bald würden sie sich nur noch durch Wimpernschläge verständigen.

»Ich habe mich gerade über mögliche Termine für die königliche Rundreise kundig gemacht, Eure Majestät.«

Tibald schlug sich auf die Stirn. Die Inseltour hatte er völlig vergessen.

»*Ungezählte Unglücksfälle* …«, erlaubte sich der Kammerherr noch einmal zu erinnern.

»Ja, ja, danke, Manfred. Ihr habt recht, wir sollten es nicht länger aufschieben. Die Ratgeberinnen haben mich schon davor gewarnt, dass sich in den ferneren Regionen der nächstbeste Blondschopf als König ausgeben könnte …«

»Was bereits ein erster Unglücksfall wäre, Eure Majestät«, betonte Manfred.

»Womöglich. Also schön. Bald wird es zu kalt sein. Brechen wir in drei Tagen auf. Ist es machbar in drei Tagen?«

»Sehr wohl, Majestät. In drei Tagen wird alles bereit sein. Beabsichtigen Majestät direkt nach Mittling zu reisen oder den Umweg über Frixeln zu nehmen?«

»Zuerst nach Frixeln. Dann ins Zentrum der Insel nach Mittling, anschließend zur Nördlichen Hochebene und schließlich nach Westwalden, bevor wir in die Hafenregion zurückkehren.«

»Das erscheint mir eine ausgezeichnete Route, Eure Majestät. Mit Rücksicht auf die Königin ist es sicher sinnvoll, die raueren Regionen mit den milderen Gebieten abzuwechseln.«

»Ganz richtig«, antwortete Tibald, der anders als der Kammerherr jedoch davon ausging, dass Ema die ursprünglicheren, rauen Gebiete den gezähmteren, milden Gegenden vorziehen würde.

»Wünscht Ihr das Zepter mitzunehmen, Eure Majestät?«

»Ach nein, Manfred. Unterwegs werde ich keine Audienzen geben. Eine Reise rund um die Insel, um mich einmal blicken zu lassen, und dann geht es wieder ab nach Hause.«

Drei Tage waren für die Reisevorbereitungen knapp bemessen.

Es galt fünf Regionen, fünf Empfangsfeierlichkeiten und dazwischen jeweils eine anstrengende Reise zu bedenken. Aber der wie immer vorausschauende Manfred hatte bereits ein komplettes Programm ausgeklügelt, das sogleich per Boten den jeweiligen Ältesten übermittelt wurde. Zwei Fuhrwerke wurden bis zum Rand gefüllt mit Lebensmitteln, Getränken, Lampen, Kerzen, Walfischtran, Sonnenblumenöl, Töpfen, Tellern, Besteck, Salben, Heilkräutern, Sirups, Teppichen, Kissen und Decken, nicht zu reden von den Pelzen, Wärmflaschen, Wollunterhosen und kratzigen Schals – kurz, mit der Ausstattung für eine mehrjährige Reise. Der Schmied besorgte so viele Ersatzhufeisen, dass man einen Tross von dreißig Pferden damit hätte bestücken können, und kontrollierte mit seiner in Falten gelegten, rußverschmierten Stirn sechsmal die Wagenreifen. Zwar planten sie, nur zwei Wochen unterwegs zu sein, und Ema hätte sich bereitwillig mit zähen Saubohnen begnügt, aber Tibald gab ihr zu verstehen, dass sie nun selbst eine wichtige Person und folglich an die etablierten Regeln gebunden sei.

Als alle Vorbereitungen abgeschlossen waren, wollte Tibald sich noch rasch von Clemens von Frixeln verabschieden. Als hätte er seinen Besuch vorausgeahnt, stand der Alte schon in der offenen Tür seines Observatoriums.

»Ah, der König. Du schnaufst ja wie ein Ochse. Dir fehlt wohl etwas Übung.«

»Ihr habt recht, Herr von Frixeln. Der ganze Papierkram, die vielen Beschlüsse, die langen Ermittlungen … uff.«

»Natürlich, natürlich. Komm herein und setz dich.«

Clemens fegte mit der Hand die bunten Karten beiseite, die auf seinem Schreibpult gelegen hatten.

»Habt Ihr Karten gespielt, Herr von Frixeln? Eine Patience?«

»Nein, nein. Ich habe nachgedacht. Nun? Abgesehen von dem Papierkrieg alles in Ordnung?«

Clemens stellte diese schlichte Frage immer mit dem allergrößten Interesse, vorgebeugt und mit funkelnden Augen.

»Ja. Und Ihr selbst, wie geht es Euch?«

»Hier und da ein wenig eingerostet, aber noch schlägt das Herz. Und unsere anmutige Königin? Wie man hört, nimmt sie an der Ratsversammlung teil?«

Tibald begnügte sich mit einem Lächeln.

»Schön, sehr schön. Sie bietet dir immer noch Überraschungen. Und nun brecht ihr also zur Inselreise auf?«

»Ja, nur eine kurze Rundreise. Ehrlich gesagt erwarte ich mir davon keine großartigen Abenteuer.«

»Wer weiß? Wer mag das wissen, Tibald?«, erwiderte Clemens und häufte die Karten zu einem geordneten Stapel. »Ich rate dir, die Augen offen zu halten.«

»Habt Ihr ein ungutes Gefühl?«

»Ach nein. Ich denke nur, es gibt immer etwas zu lernen, selbst in den banalsten Situationen. Meinst du übrigens, man lässt Euch in Frixeln auch die Grotte besichtigen?«

Die Frixelner Grotte (ein dunkles Loch in einem Steilhang) hatte Clemens persönlich entdeckt, als er noch ein Kind gewesen war. Sie enthielt zahlreiche Fossilien, auf deren Grundlage er eine eigene Evolutionstheorie entwickelt hatte.

»Ganz sicher«, beantwortete Clemens seine eigene Frage. »Ich habe dort mein hübschestes Rätsel hinterlassen, weißt du …«

»Ein Rätsel? Dabei habt Ihr doch alles Wissenswerte über die Grotte in Eurer Enzyklopädie aufgeführt …«

»Manchmal erwähnt man eine Sache, um eine andere besser verschweigen zu können, wie du ja selbst weißt, mein Junge. Den, der seine Augen und vor allem die Ohren offen zu halten versteht, erwartet dort jedenfalls eine schöne Überraschung.«

Tibald konnte sich nicht helfen, aber er hasste die Grotte von

Frixeln. Clemens hatte ihn dort in langen Stunden die feuchten Steinwände nach Fossilien absuchen lassen, und am Ende waren seine Finger immer ganz wund von dem rauen Gestein. Der Gedanke an den Ort rief bei ihm kalten Schweiß hervor und eine unerklärliche Furcht. Nein, er würde weder Augen noch Ohren offen halten; er würde lediglich seinen Mund öffnen, um den Besuch abzukürzen.

»Deiner Frau geht es gut, sagst du?«, nahm Clemens das Gespräch wieder auf.

»Sehr gut, warum?«

»Halte sie vor allem schön warm.« Clemens zeigte nach oben zu seiner lichtdurchfluteten Kuppel. »Der Winter kommt früh dieses Jahr. Sehr früh.«

»Ach ja?«

»Sind dir nicht die Zwiebelschalen aufgefallen?«

»Nicht wirklich …«

»Ich habe noch nie so dicke Schalen gesehen. Die unscheinbarsten Dinge, Tibald, das habe ich dir immer wieder gesagt.«

»Ich werde Ema schön warm halten, versprochen.«

Clemens von Frixeln stützte sein Kinn in die Hand und sah ihn eindringlich an. Seine grauen Augen waren von Zuneigung und Wehmut erfüllt.

»Deine Kindheit, Tibald …«, murmelte er schließlich, »war meine schönste Reise.«

Er wandte den Blick ab und begann, die Karten in eine Schublade zu räumen.

»Ihr beunruhigt mich, Herr von Frixeln.«

»Ach nein, ach wo. Es gibt keinen Grund für Beunruhigung, wenn man auf die Große Ordnung der Dinge vertraut. Weder für Bedauern noch für Zweifel.«

»Dann beneide ich Euch um Euren Gleichmut.«

»Auch für Neid gibt es keinen Grund. Was meinen Gleichmut betrifft, so habe ich ihn mir hart erkämpft. Aber jeder kann ihn erlangen. Er ist sogar unser natürlichster Zustand.«

Tibald seufzte. Er war weit davon entfernt, diesen natürlichen Zustand zu erreichen, und sah nirgendwo auch nur die Spur einer Großen Ordnung der Dinge. Er fuhr sich mit der Hand über den Nacken, den der Hoffriseur gerade erst wieder ausgeschoren hatte. Clemens erhob sich mit feuchten Augen.

»Gute Reise, mein Junge«, schloss er feierlich und kam für eine Umarmung um das Schreibpult, die so endlos war wie seine Wendeltreppe.

Dann schob er ihn zur Tür, als hätte er es plötzlich eilig, ihn loszuwerden.

»Gute Reise, Eure Majestät«, sagte er noch einmal für sich, als er unter seiner gläsernen Kuppel wieder alleine war.

34

Lysander hätte alles darum gegeben, auf die königliche Rundreise mitkommen zu dürfen, doch er musste weiter die Schulbank drücken. Jedes Mal, wenn ihm der Lehrer mit dem Lineal auf die Finger schlug oder Baptist ihn piesackte, stellte er sich vor, wie er aus seinem Zimmerfenster hinauskletterte, zum Hafen rannte und das nächstbeste Schiff nach Basilis nahm. Dann sah er aber auch vor sich, wie er seine Flucht heftig bereuen und bei der nächsten Gelegenheit nach Eckstein zurückkehren würde. Also blieb er. Doch sein Entschluss stand immer auf der Kippe.

Der Reisetrupp setzte sich bei Tagesanbruch in Bewegung. Madeleine saß alleine in der königlichen Prachtkutsche, die große Ähnlichkeit mit einer Hochzeitstorte hatte. Die anderen ritten selbst: Ovid und Lukas, ein Stallmeister, zwei Diener, ein Koch und Benedikt, ein rothaariger Kammerdiener, der in Manfreds Augen großes Potenzial besaß. Tibald freute sich, wieder auf seinem eigenen Pferd Epinal zu reiten, und Ema hatte von Alberich den Schimmel Horaz geerbt. Sie boten einen imposanten Anblick, der junge blonde König in seinem großen roten Mantel und daneben die schwarze Königin in ihrem violetten Umhang auf ihren prächtigen Hengsten.

Sie überquerten die Brücke über die Konstanzia, erreichten bald das Vier-Wege-Kreuz und bogen zunächst in die lange, von Böschungen gesäumte Straße, die in die ländliche Gegend von Mittling führte. Dann nahmen sie eine Abzweigung in Richtung Frixeln, dessen wilder Gebirgskamm sich am Horizont abzeichnete.

Als sie den Bach erreichten, der die Grenze zwischen den beiden Regionen markierte, beschloss Benedikt, dass eine große Pappel dort die ideale Stelle für eine Rast sei.

»Wir sind aber noch gar nicht müde«, wandte Tibald ein.

»Wenn wir erst einmal in den Frixelner Bergen sind, können wir nur noch an steilen Abgründen rasten.«

Das Argument überzeugte Tibald. Unterdessen stieg Madeleine aus ihrer Hochzeitstorte und eilte zu Ema.

»Möchtet Ihr etwas Warmes trinken, Hoheit? Vielleicht einen Tee? Welchen Tee wünscht Ihr, Durchlaucht?«

»Tja ... was eben da ist. Vielleicht einen Schwarztee?«

»Welche Sorte von Schwarztee, Hoheit?«

»Was willst du damit sagen, Madeleine? Wir haben doch wohl nicht eine *Auswahl* verschiedener Schwarztees dabei?«

Doch so war es, und noch vieles mehr. Die Diener sammelten Reisig, der Koch packte Braten, Senf und kandierte Früchte aus einer Tasche, der Stallmeister striegelte die makellosen Pferde und überprüfte die frisch beschlagenen Hufe. Aus den beiden Fuhrwerken wurden Pfannen, Stövchen, Tafelsilber und ein Raumparfüm gezaubert, das sich in der frischen Luft sofort verflüchtigte. Vom Boden her stieg kühle Feuchtigkeit auf, von der Pappel trudelten welke Blätter herab, das Tischtuch flatterte im Wind, und im Norden ballten sich tief hängende Wolken zusammen, doch die Qualität ihrer Mittagspause war erstklassig, ganz so, als reichten Manfreds Anweisungen wie ein überlanger, schneeweiß behandschuhter Arm bis zu ihnen. Benedikt, der entschlossen war, sich als unersetzlich zu erweisen, hatte sie bis aufs i-Tüpfelchen befolgt.

»Was ist das hier für ein Brimborium, Tibald?«, fragte Ema ärgerlich.

»Das ist dir zu viel Luxus, ich weiß. Aber mach dir keine Sorgen, wenn ich erst einmal den Dordonia-Turm renoviert habe ... Außerdem haben wir noch einen anstrengenden Nachmittag vor uns. Versuche also, die Pause zu genießen.«

Und tatsächlich benötigten sie den gesamten Nachmittag, um den gefährlichen Weg zu bewältigen, der sich in Serpentinen den Berg hinaufwand. Die Pferdehufe brachten Steine ins Rollen, die den steilen Hang hinabkollerten. Bisweilen schwebte eines der Wagenräder über dem Abgrund. Als sie endlich den Gipfel erreichten, empfing sie eine völlig andere Jahreszeit: schneidende Windböen, eiskalter Nieselregen und dahinter ein graues Meer, so weit das Auge reichte. Als hätte ein Riese sie mit einem Beil abgehauen, fiel die Felsküste steil vor ihnen ab in eine stürmisch bewegte See.

Der Weg über den Gebirgskamm war die einzige Zugangsroute nach Frixeln. Er war so schmal, dass die Reisenden sich nur behutsam voranbewegen konnten und beten mussten, dass ihnen niemand entgegenkam. Am Ende des Weges befand sich die kleine Stadt, die Tibald mit ihren schmalen verschachtelten Häusern und ihren in den Felsen gehauenen Gassen besonders ins Herz geschlossen hatte. Die Fischer wohnten in Felsenhöhlen, vor denen ihre Boote festgemacht waren wie schwebende Fußmatten. Frixeln war im Grunde eine unbewohnbare Region, wo der Winter einen Monat früher kam als andernorts und einen Monat länger dauerte. Dass die Gegend dennoch besiedelt war, lag an ihren Onyxadern, die sich hier durch das Gestein zogen und von denen manche, von reinstem Schwarz, ein Vermögen wert waren.

Der Reisetross wurde von einer aufgeregten Menschenmenge empfangen, die ihn wie eine Woge bis zu einem zugigen Schulzimmer begleitete. Auf den schrägen Flächen der Pulte wurde das Essen serviert. Der Lärmpegel stieg in dem Maße, wie die Schnapspegel in den Flaschen sanken, und die Witze waren noch deftiger als das Fleisch. Die volkstümliche Stimmung ließ Benedikt erstarren, während Ema sich endlich wie zu Hause fühlte. Hier brachte ihre dunkle Haut niemanden aus der Fassung. Sie bediente sich dreimal von der dampfenden Suppe, aß fast den ganzen Sellerie, der die Tischmitte zierte, und gab ihr Stück Schweinefleisch heimlich dem Hund, der zu ihren Füßen kauerte.

Zu später Stunde geleitete man das Königspaar zum besten Gästezimmer der einzigen Herberge. Das Fenster zeigte aufs Meer und war für den Fall, dass der Wind die Fensterläden wegriss, doppelt verglast. Für den Fall, dass auch die Scheiben zersprangen, befand sich das Bett in einem Schrank aus Kiefernholz. Ema und Tibald schmiegten sich unter den warmen Wolldecken, die nach Schaf rochen, gemütlich aneinander.

Bis hierhin war alles gut verlaufen.

Am nächsten Tag standen sie zeitig auf. Wie Clemens schon vermutet hatte, hatten die Frixelner Ältesten für die Königsvisite einen Besuch der berühmten Grotte vorgesehen. Ein Amateurforscher gab sich die Ehre, sie dorthin zu begleiten. Er führte sie über allerlei Ziegenpfade, wobei er mehrmals irrtümlich den falschen Weg einschlug. Selbst als sie schon vor dem Eingang der Grotte standen, suchten sie noch nach ihr, da sie hinter einem dichten Vorhang aus Efeu verborgen lag. Hinter den Blättern tat sich eine große Höhle auf, die von natürlichen Säulen durchsetzt war. Über die Jahrhunderte waren Stalaktiten und Stalagmiten in der steinernen Dunkelheit aufeinandergetroffen. Ihre abenteuerlichen Formen erinnerten an menschliche Knochen, an Teufelsfratzen oder an fleischfressende Pflanzen.

Tibald fiel das Atmen schwer. Er hatte das Gefühl, jeden Moment im Bauch der Erde eingeschlossen zu werden, wo er zusammengepresst zum Fossil versteinern würde.

»Woher kommt dieses Geräusch?«, fragte Lukas, der ein dunkles Brummen vernahm.

»Das ist ein Mysterium«, antwortete der selbsternannte Höhlenforscher. Er hob seine brennende Kerze, und sein krötenhafter Kopf schien für einen Moment in der Finsternis zu schweben. »Man hat alles genau erkundet, konnte aber keinen anderen Ausgang als diesen Eingang hier finden.«

Tibald musste an Clemens' Worte denken: *ein hübsches Rätsel …* Na, er würde es jedenfalls nicht lösen. *Eine schöne Überraschung?* Die überließ er gerne anderen. Er zog den Ausgang bei Weitem dem Eingang vor, auch wenn es sich letztlich um ein und dasselbe handelte.

Der Höhlenforscher näherte seine Kerze den berühmten Fossilien.

Fasziniert betrachtete Ema die vielen kleinen leuchtenden Spiralen. »Ein wahrer Nachthimmel …«, sagte sie.

»Gut gesagt, Hoheit«, lobte der Führer sie. »Unser großer Clemens hat diese Muschelabdrücke mit einer Sternenkarte verglichen … Seht zum Beispiel hier … Was seht Ihr dort, Hoheit?«

»Felsgestein«, murmelte Tibald, dem schon jetzt kalter Schweiß ausbrach.

»Nun, laut unserem großen Clemens handelt es sich um das Sternbild Azalea, Hoheit.«

»Ich weiß. Ich habe die Enzyklopädie ebenfalls gelesen. Aber meiner Meinung nach irrt unser großer Clemens hier. Dieses Muster ist ein reiner Zufall. Der Rest ähnelt überhaupt nichts.«

Ema hingegen war gebannt. Sie strich mit ihrem Finger über ein Fossil, das größer war als die anderen, und konnte den Blick nicht davon wenden. Der Höhlenforscher reichte ihr eine Lupe und rückte die Kerzenflamme noch ein wenig näher heran, um die Details besser zu beleuchten: Spiralen im Innern von Spiralen im Innern von Spiralen.

Aufgebracht rief Tibald:

»Setzt nicht unsere Königin in Flammen! Ihr Haar riecht schon angesengt.«

Der Höhlenforscher wich erschrocken zurück, und die funkelnde Konstellation verschwand.

»Verzeiht mir, Durchlaucht. Und dennoch, ein verblüffendes Phänomen, findet Ihr nicht?«

»Doch«, sagte Ema.

»Pah«, machte Tibald.

Seiner Ansicht nach war hier nichts geheimnisvoll. Die Fossilien waren die Folge von Bodenablagerungen, die in jener Zeit über Muscheln, Meeressäugern, Fischen und Korallen sedimentiert waren, als die Insel noch unter Wasser gelegen hatte. Nur ein winziger Bruchteil der Milliarden von Organismen, die auf dem Planeten gelebt hatten, hinterließ eine Spur für die Nachwelt. Ein interessantes Phänomen, das ja. Aber die Vorstellung, dass in der Anordnung der Fossilien eine tiefere Bedeutung liegen sollte, widerstrebte ihm zutiefst. Er fühlte sich zunehmend unwohl – in seinem Magen lasteten Backsteine, auf seiner Brust ein Elefant. Instinktiv umklammerte er den Griff seines Dolches.

Der Höhlenforscher widmete sich lieber wieder der Königin.

»Und nehmen wir einmal an, es handelte sich tatsächlich um die Azalea-Konstellation, Durchlaucht, wie würde Eurer Meinung nach der Name dieses so komplexen, glänzenden Sternes hier lauten?«

»Miriam«, antwortete Ema, ohne zu zögern. Sie fühlte den Namen bis in ihre Fußspitzen vibrieren. *Miriam*. Sie spürte ein Flattern im Bauch.

»Bravo, Hoheit. Und hier, nur schwach erkennbar, habt Ihr Ariella, ihren Zwilling, da sie aus demselben Stern hervorgegangen sind. Besonders interessant ist dabei, dass der Stern Ariella noch zu sehen ist, obwohl er schon vor Jahrhunderten vom Himmel verschwand, während Miriam heller leuchtet als die anderen, wie das erst seit wenigen Jahren der Fall ist. Es ist tatsächlich das Sternbild Azalea, aber so, als würden zwei Epochen aufeinandertreffen, die unsrige und die aus der Zeit der Inselgründung.«

Tibald spürte, wie Übelkeit in ihm aufstieg. Als er von draußen Stimmengewirr hörte, darunter das näselnde Timbre von Benedikt, ergriff er die Gelegenheit beim Schopf:

»Ach, wie schade. Unser Tross wartet schon auf uns. Wir müssen wieder aufbrechen. Vielen Dank für die Führung.«

Ema schien sehr enttäuscht.

»Schon? Kommen wir eines Tages wieder her?«

»Versprochen«, hörte Tibald sich wie aus weiter Ferne sagen.

Er ahnte nicht, dass er recht behalten sollte. Eines Tages würden sie wiederkommen. Aber dann würde es nicht freiwillig sein, sondern aus nacktem Überlebenswillen.

Die Stimmen draußen wurden aufgeregter. Die Königskutsche und die Fuhrwerke waren mit Ach und Krach nachgekommen, was mühsam genug gewesen war, da ihre Reifen sich tief ins Geröll gegraben hatten. Und jetzt wollte der Koch unbedingt die Reisetruhen öffnen.

»Schließlich brauchen sie einen kleinen Imbiss, oder nicht?«

»Keine Zeit«, protestierte Benedikt. »Die Sonne geht jetzt schon nachmittags unter, und wir müssen Mittling vor Einbruch der Dunkelheit erreichen!«

»Trotzdem werden sie doch wohl ein wenig Hunger haben?«

»Nun ja, sie haben heute Morgen ein Dutzend Eier gegessen, einen ganzen Laib Nussbrot und ein Rad Hartkäse, ich sehe also nicht …«

»Die Königin hat nichts gegessen, ich schwöre es dir!«

»Weil sie gestern Abend zu viel gegessen hat. Dieser Braten war vielleicht fett! Um so ein Kaliber zu verdauen, wird unsere Königin Wochen brauchen. Sie ist von zarter Natur.«

»Zart? Man hört, sie weiß sich mit einem Flaschenhals zu verteidigen.«

»Wo hast du nur diesen Tratsch her? Du treibst dich wohl in den Gassen am Hafen rum?«

»Ach, hör schon auf. Hilf mir lieber, ein paar Häppchen vorzubereiten.«

»Wer erteilt hier die Befehle?«, schnappte Benedikt von oben herab.

»Ich«, erklärte Tibald und trat hinter dem Blättervorhang aus Efeu hervor. »Setzt die Segel, wir brechen auf.«

35

Über denselben gewundenen Weg wie am Vortag bewegte der königliche Tross sich wieder das Frixelner Gebirge herab. Je tiefer sie kamen, desto lieblicher wurde die Landschaft. In der Herbstsonne rundeten sich die Hügel, und Weinreben zogen sich wie Notenlinien über die Hänge. Große Bauernhäuser wachten über fruchtbaren Landstücken, zwischen denen in silbrigen Bögen die Konstanzia dahinfloss. Kinder und Hunde liefen hinter dem Reisetross her, um die Bonbons abzufangen, die der Koch ihnen zuwarf. Arbeiter am Wegrand zogen ihren Hut und winkten der weißen Kutsche. Die aufgeregte Madeleine nahm alle Huldigungen entgegen.

Am Rande von Ys, der florierendsten Stadt Mittlings, besaß die Königsfamilie ein Herrenhaus. Es war ein großes gelbes Gebäude am Ende einer alten Platanenallee, umgeben von einem Kastanienhain und einem Wald, in dem sich Rebhühner tummelten. Die Sonne war gerade untergegangen, als sie endlich dort eintrafen.

In der Tür wartete eine rundliche kleine Frau mit Stupsnase, neben ihr der langgewachsene Ehemann mit seinem exorbitanten Kinn. Herr und Frau Golding waren die Hüter des Herrenhauses. Da nur selten eine königliche Visite anstand, waren sie irgendwann dazu übergegangen, das Haus als ihr Eigentum zu betrachten. Ihr Empfang war nicht besonders herzlich. Der kurzfristig anberaumte Besuch des Königspaars hatte sie dazu gezwungen, einen Ball zu Ehren des zwanzigsten Geburtstags ihrer Tochter abzusagen. Seitdem hatte Viktoria sich in ihrem Zimmer eingeschlossen und weigerte sich, etwas zu essen. Eine schwarze Königin hatte ihr den Rang abgelaufen, das war mehr als beleidigend.

Die Goldings hatten nur einen einzigen Bediensteten, Sigmund, der als Haushaltshilfe, Kellner, Gärtner und Holzfäller fungierte und im Fall einer königlichen Visite nicht mehr wusste, wo ihm der Kopf stand. Er begleitete Ema und Tibald zu ihrem Gemach, einem überraschend lieblos eingerichteten Raum. Im Kamin brannte grünes Holz, das ein qualmendes, pfeifendes Feuer verursachte, und daneben stand ein kaltes Essen bereit.

Die Hände in die Hüften gestemmt, verharrte Tibald eine ganze Weile in der Mitte des Zimmers. Er musterte die halb niedergebrannten Kerzen mit den hängenden Dochten und zählte die Wachstropfen auf dem Boden.

»Wo sind Ovid und Lukas?«, fragte er schließlich.

»Man hat sie irgendwo bei den Ställen untergebracht«, antwortete Ema.

»All das hier verheißt mir nichts Gutes.«

»Ja, es ist eigenartig. Gestern waren wir in einer armen Region, die uns reich empfangen hat, heute sind wir in einer reichen Gegend, die uns knauserig empfängt. Ich glaube, die Hüter des Hauses sind geizig.«

Während sie sprach, hüllte Ema sich fröstelnd in einen der kratzigen Wollschals, von denen sie geglaubt hatte, sie würde sie nie ertragen.

»Mir kommt das nicht geheuer vor«, meinte Tibald.

»Wenn du das so empfindest, solltest du entsprechend handeln.«

Tibald läutete, und Sigmund tauchte wieder auf.

»Ihre Majestät wünschen?«

»Unsere Leibwächter sollten im Zimmer nebenan untergebracht werden.«

»Aber Eure Majestät! Der Nebenraum ist eine Rumpelkammer. Wir würden es nie wagen, Euer Gefolge dort unterzubringen.«

»Sie sind nicht unser Gefolge, sondern unsere Leibwächter. Sie bleiben immer in unserer Nähe und schlafen stets in einem Nebenraum. Ich bin sicher, dass mein Kammerherr eingehend über diesen Umstand informiert hat.«

»Im Nebenraum, gewiss, Eure Majestät. Allerdings ...«

»Ihr wollt mir widersprechen? Immerhin ist dies mein Zuhause.«

»Gewiss, gewiss.«

Der Mann für alle Belange nickte mit seinem markanten Kopf und knetete seine abgearbeiteten Hände. Er fürchtete die Maßregelung des Königs genauso wie die der Hausdame und war unschlüssig, für welche er sich entscheiden sollte.

»Sicher, Eure Majestät. Aber natürlich.«

Er verbeugte sich und verschwand. Einen Augenblick später ertönte aus dem Nebenraum lautes Gescharre und Getöse, als würde Sigmund den Holzboden aufreißen. Dann hörte man diverse Stimmen, Gescherze und Gelächter und schließlich fünf Klopfsignale gegen die Wand – das vereinbarte Zeichen, mit dem sich Ovid und Lukas zu erkennen gaben. Tibald stieß einen Seufzer der Erleichterung aus und brachte endlich ein paar Bissen seines Abendessens hinunter. Doch als er zwischen die klammen Bettlaken schlüpfte, legte er vorsichtshalber seinen Dolch unters Kopfkissen.

Ema schlief bereits tief und fest. Die krausen Locken rund um ihren Kopf, ihre tiefen, regelmäßigen Atemzüge beruhigten Tibald, aber der Dolch ließ nicht zu, dass er sich entspannte. Er verstand selbst nicht, warum er so nervös war. Ihm war, als besuchte er den Schauplatz einer Tragödie. Als gäbe es überall Hinweise auf sein eigenes Schicksal, die er nicht zu deuten vermochte. Und tatsächlich hätte ihn die seltsame Atmosphäre im Herrenhaus von Ys stutzig machen sollen. Auch das unerklärliche Brummen in der Grotte von Frixeln, die versteinerte Konstellation und jener Stern, der heller leuchtete als die anderen, hätten ihn stutzig machen sollen. Der vorzeitige Kälteeinbruch und die bunten Karten auf dem Pult seines alten Lehrers hätten ihn stutzig machen sollen. Aber er konnte es beim besten Willen nicht erkennen, da sich die einzelnen Teile erst viel später zu einem Ganzen fügen sollten.

Das Frühstück wurde am nächsten Morgen im großen Salon serviert, der wegen des ursprünglich geplanten Tanzballs noch völlig leer geräumt war. Über dem Tisch hing ein überdimensionierter Kandelaber, der die Heimeligkeit einer Guillotine verbreitete. Das Brot bestand mehr aus Kruste als aus weichem Teig, die Butter war spärlich bemessen, das Früchtekompott zu sauer. Mit der Inbrunst eines Grabsteins entschuldigte sich Frau Golding für die Abwesenheit ihres Mannes, der auf der Jagd sei, und fragte, ob die Kaffeekanne nachgefüllt werden solle.

»Nicht nötig«, entgegnete Tibald knapp, »Wir wollen Eure Gastfreundschaft nicht überstrapazieren.«

»Was meint Ihr damit, Eure Majestät?«

»Wir reisen morgen früh wieder ab.«

Frau Golding blickte erschrocken drein. Ihre Stupsnase färbte sich rot. Laut dem Zeitplan, den man ihr übermittelt hatte, sollten die königlichen Herrschaften mindestens zwei Tage bleiben. Für den nächsten Abend war sogar ein festlicher Empfang mit Vertretern verschiedener Berufe vorgesehen. Sollte der König unzufrieden mit den Goldings sein, könnte er sie als Hüter des Herrenhauses entlassen. Was würde dann aus Viktoria, die sie hier großgezogen hatten wie eine Prinzessin? In ihrer Bestürzung ließ Frau Golding etwas Kaffee aus der Kanne auf ihre rosa Pantoffeln tropfen.

»Aber Eure Majestät! Das Wildschwein für das morgige Festessen wird bereits mariniert, wir bereiten unsere berühmte Tomatenpastete mit Thymianblüten vor …«

Bei diesen Worten überkam Ema eine Welle von Übelkeit.

»Sagt mir, Frau Golding, Euer Wildschwein ... wird es roh oder gebraten serviert?«, erwiderte Tibald spöttisch. »Und die Tomatenpastete? Mit oder ohne Tomaten?«

»Nun, Hoheit, die Tomatenpastete wird auf der Grundlage von Tomaten zubereitet, und das Wildschwein ...«

Tibald, der sich zu amüsieren begann, unterbrach sie: »Hat unser Gefolge heute Morgen ein Frühstück bekommen? Madeleine bevorzugt nämlich warme Vanillemilch, Benedikt isst nur Obst. Oder mussten sie sich Lebensmittel vom Fuhrwerk holen und in Euren Beeten ein Lagerfeuer machen?«

»Aber, aber, Eure Maj...«

»Ein üppiges Menü ist uns nicht wichtig, Frau Golding, und wir haben lange genug auf einem Schiff geschlafen, um uns mit klammen Laken zufriedenzugeben. Doch im gegenwärtigen politischen Klima dient alles als Symbol, und in diesem Moment bewegt Ihr Euch auf dünnem Eis. Übrigens würde ich gerne Eure Jagdgenehmigung sehen.«

Frau Golding wusste, dass ihr Mann ohne Genehmigung jagte, sie wusste jedoch nicht, was ein Symbol war. Auf der Suche nach einer Antwort fuhr sie mit ihren Pantöffelchen über die glatten Marmorfliesen. In diesem Moment wurde ungeduldig an die Tür geklopft, und kurz darauf betrat Benedikt den Salon. Beim Anblick des Königs im Morgenrock blieb ihm der Mund offen stehen, dann brachte er ein verkrampftes Lächeln zustande.

»In einer halben Stunde werden Eure Hoheiten auf dem Marktplatz von Ys erwartet, Majestät.«

»In einer halben Stunde? Kein Problem.«

Benedikt hatte seine Zweifel. Der König musste sich noch kämmen (viel Glück), sich rasieren und die lange Weste mit den neununddreißig Fuchsknöpfen anziehen, deren Schnauzen immerzu aus den Knopflöchern glitten. Und das Schlimmste war, dass er sich bei diesen Aufgaben, die eines Königs unwürdig waren, nicht helfen lassen wollte. Hier trat der schlechte Einfluss des Clemens von Frixeln zutage, der dem Prinzen einst beigebracht hatte, alles, was seine Kammerdiener für ihn erledigen würden, selbst zu erledigen. Tibald war seitdem ein leidenschaftlicher Verfechter des Rechts auf eigenes Ankleiden. Ebenso gerne machte er selbst Feuer im Kamin, legte seinem Pferd das Zaumzeug an und füllte sein Tintenfass auf. In Benedikts Augen ein völlig naturwidriges Verhalten. Und nun auch noch diese Verspätung! Wie sollte er das Problem elegant ansprechen? Glücklicherweise begriff Tibald von selbst:

»Hm, ich kann wohl nicht im Morgenrock auf dem Platz erscheinen.«

»Zumindest nicht bei Eurem ersten Besuch, Eure Majestät.«

Es war nur Benedikt zu verdanken, dass die Königskutsche wider Erwarten pünktlich unter Girlanden und Konfettiwolken auf dem großen Platz von Ys einrollte. Zwei Spaliere von Chorkindern bildeten eine allerliebste Gasse, die von der Kutsche bis zum Podest führte. Zwischen ihrem hellen Gesang schritten Ema und Tibald dahin und alles erschien perfekt, bis sich plötzlich ein lautes Geschrei erhob.

»NIEDER MIT DEM KÖNIG!«

Lukas und Ovid blickten sich hastig in alle Richtungen um, während jeder seine jeweilige Hoheit zur Kutsche zurückbrachte.

»MEINE ERNTE! DER FROST HAT MEINE ERNTE ZERSTÖRT! WEHE EINEM KÖNIG, UNTER DEM DIE ERNTE VERKOMMT!«

Der Bauer, der Tibald seine Flüche entgegenschleuderte, war kaum zu sehen, denn die Menge war bereits dabei, ihm das Maul zu stopfen, und so artete der feierliche Empfang in ein allgemeines Handgemenge aus. In dem wilden Gerangel war kein Durchkommen mehr zu dem geschmückten Podium mit dem Sternenbaldachin und dem jadebesetzten Thron. Die dicken schwarzen Wolken darüber machten die Sache nicht besser, denn im nächsten Moment ergoss sich ein heftiger Platzregen über die Festtagskleider und spülte die Girlanden in den Rinnstein. Im Handumdrehen war der große Platz von Ys menschenleer.

Damit war die kürzeste Festzeremonie in der Geschichte Ecksteins zu Ende gegangen. Das Einzige, was die Untertanen von ihrem neuen König erhaschen konnten, war ein rotes Stück Mantel hinter der Schulter eines Leibwächters. Damit mussten sie sich zufriedengeben.

Der diensteifrige Benedikt zeigte sich von seiner besten Seite. In Windeseile öffnete er den Kutschenschlag, bot der Königin seinen Ellbogen, dirigierte den Stallmeister mit seinem Kinn, rückte die Festbommel eines Pferdes zurecht und verständigte den Kutscher per Fingerschnips. Er legte sich derart ins Zeug, dass der ganze Tross im Eiltempo aufbrach und ihn mitzunehmen vergaß. Der vielversprechendste Diener des Königreichs blieb völlig allein auf dem Marktplatz zurück, mit nassem Konfetti unter seinen Sohlen.

Die inzwischen braune Kutsche und die schlammbesprenkelten Pferde kehrten so viel früher als geplant zu den Ställen des Herrenhauses zurück. Frau Golding, die keine Mahlzeit vorbereitet hatte, beteuerte, sie werde sofort den Gärtner, den Holzhacker, die Haushaltshilfe und den Kellner ans Werk setzen, denn offenbar hoffte sie, ein und dieselbe Person als Gruppe ausgeben zu können. Herr Golding tat das Seine, indem er im Kamin des Salons die Asche wieder anzufachen versuchte.

Nach dem desaströsen Nachmittag fand Tibald dies alles nur jämmerlich und reagierte entsprechend ungeduldig:

»Frau Golding, wie lange muss Euer Wildschwein marinieren?«

»Nun, Hoheit, gewürzt ist es im Grunde schon ... Weitere vierundzwanzig Stunden würden es schön saftig machen.«

»Gewürzt genügt uns. Wir laden zu unserem letzten Essen heute Abend Admiral Dorec und seine Frau Gwendolin, meine Ratgeberin, ein.«

»Aber, aber, aber ... was ist mit dem Empfang der Berufsvertreter morgen? Dafür haben wir doch extra ...«

»Streicht ihn.«

»Aber, Hoheit, die Berufe ...«

»Wir werden uns exklusiv auf die Seefahrtsberufe konzentrieren. Albert und Gwendolin Dorec.«

»Aber Hoheit, ich ...«, jammerte Frau Golding.

Hinter ihr erschien ihr Ehemann mit einem Reisigbündel im Arm und reckte sein riesiges Kinn vorwurfsvoll durch die Zweige.

»Wir reisen morgen ab und geben heute ein Abendessen«, erklärte Tibald mit Bestimmtheit. »Eure Tochter Viktoria soll sich zu uns gesellen. Immerhin dient die Reise dazu, mich meinen Untertanen bekannt zu machen, da wäre es ja noch schöner, wenn ich nicht einmal die sähe, bei denen ich wohne.«

Frau Golding machte ein Gesicht wie ein geprügelter Hund. Sie hatte keinerlei Einfluss mehr auf ihre Tochter. Ihr Mann blickte hinter ihr begriffsstutzig drein. Die beiden machten einen so langsamen Eindruck, dass Tibald sie letztlich für unfähig befand, sich politisch zu betätigen. Das Schmieden von Komplotten erforderte ein Minimum an Intelligenz, und in dieser Hinsicht waren die Goldings absolut unverdächtig. Sie waren einfach nur knickerig, wie fast alle in Mittling. Diese Erkenntnis beruhigte ihn ein wenig.

»Mein eigenes Personal wird sich um das Abendessen kümmern. Ihr werdet sehen, dem unerschrockenen Geist ist nichts unmöglich. Zum Beispiel habe ich hier den großartigen Benedikt ... Benedikt? Wo ist denn Benedikt?«

Tibald sah sich nach allen Seiten hin um. Der Kammerdiener,

der sonst ständig hinter ihm herwieselte, war nirgendwo zu sehen. Ovid kicherte los.

»Oh … Hoheit, ich glaube …«, begann er, aber er musste so lachen, dass er nicht weitersprechen konnte.

Während der Kutscher nach Ys fuhr, um Benedikt auf dem Marktplatz einzusammeln, verteilte Tibalds Koch in der Küche die Aufgaben. Madeleine polierte das Tafelsilber auf Hochglanz, Lukas, Ovid und Tibald trugen die Möbel zurück in den Salon, und Ema zündete die neunundneunzig Kerzen des monströsen Kandelabers an. Herr Golding sah zu, wie sich der Raum unter seinen Augen in einen Festsaal verwandelte, und fand sich beschämt dazu bereit, endlich hochwertigeres Feuerholz in den Kamin zu legen. Frau Golding widmete sich derweil dem Problem Viktoria; nur durch langes Zureden durch die verriegelte Tür und einige Versprechungen (die sie sofort bereute) konnte sie sie dazu bewegen, ihr Zimmer zu verlassen.

Als Benedikt wieder da war, wollte er sofort den Salon begutachten – und fand ihn zu seiner Verblüffung in perfektem Zustand vor. Er eilte in die Küche, wo sich die anderen gut gelaunt zwischen dampfenden Kesseln zu schaffen machten. Benedikt war den Tränen nahe: Sie waren alle ohne ihn zurechtgekommen, als hätte er nie existiert. Auf einem Silbertablett türmte sich bereits eine Pyramide sahnegefüllter Windbeutel, das berühmte Wildschwein schmorte neben einem Lamm vor sich hin, und auf der Arbeitsfläche waren sorgfältig nebeneinander Gläser mit Eingemachtem, verschnürte Päckchen und stoffbedeckte Auflaufförmchen aufgereiht.

»Oh, alter Schwede, oh!«, rief der Koch aus, als er die Funde auspackte, die er im Keller erbeutet hatte.

Da er sich beobachtet fühlte, wandte er sich um und sah Benedikt stumm in einer Pfütze stehen, die nassen Haare geringelt wie Schweineschwänzchen.

»Geh dich doch abtrocknen!«

Und Benedikt ging sich abtrocknen. Aus reinem Mitleid bat Tibald ihn später, ihm die neununddreißig Knöpfe seiner Weste zuzumachen. Als sie beim siebenunddreißigsten Knopf angelangt waren, hörte er unten schon die Gäste eintreffen.

»Diese Tropen!«, rief die donnernde Stimme des Admirals.

»Ganz ruhig, Albert«, sagte die noch strengere Stimme seiner Frau.

»Lass die letzten Knöpfe einfach offen, Benedikt«, bat Tibald. »So kann ich etwas freier atmen.«

Er ging in den Salon hinunter, wo der alte Seebär mit nass glänzender Lippe und kahlem Schädel hinter einer Sessellehne stand wie hinter einem Steuerrad. Gwendolin, die mit Granatperlen geschmückt war, balancierte ihrer beider Weinkelche in einer Hand und neigte, als sie den König kommen sah, ihre stattliche Oberweite. Im selben Moment erblickte der Admiral Ema und kam mit finsterer Miene näher.

»Prinz Tibald, was tut der Schiffsjunge auf dem Achterdeck? Ich habe Euch doch gewarnt …«

Gwendolin stupste ihm in die Rippen, aber er blieb starrsinnig:

»Mein Prinz! Es war doch geplant, dass sie von Bord geht!«

»Im Gegenteil, Admiral, nichts dergleichen war geplant«, antwortete Tibald geduldig.

»Hoheit, früher oder später muss sie von Bo…«

Er verstummte, als Gwendolin ihn schon beim Schlafittchen packen wollte, strich sich verdutzt über den Schädel und wechselte das Thema.

»Es schüttet wie aus Eimern. Ich schlage vor, dass wir für die Nacht einen Hafen anlaufen.«

»Das sollten wir«, stimmte Tibald zu, der kapituliert hatte.

Kein Zweifel, die Catastrophenbucht hatte den großen Admiral zugrunde gerichtet. Seine Aufmerksamkeit konzentrierte sich jetzt auf Lukas, der in seiner Dienstuniform noch breitschultriger aussah als sonst. Dann wanderte sein Blick weiter zu Ovid, bei dem die Uniform den entgegengesetzten Effekt hatte. Seine ausgestellten Ärmel blieben überall hängen, dunkle Härchen wucherten störrisch über den Kragenrand, und er glich mehr denn je einem Fass.

»Küfer!«, wetterte Dorec. »Mitten im Schlingern auf Deck? Los, Mann, geh runter nach der Ladung sehen und …«

Gwendolin stopfte ihrem Mann zwei Appetithäppchen in den Mund, doch Albert sprühte weiter feuchte Krümel durch den Salon. Etwas abseits stehend verfolgten Herr und Frau Golding die Szene, verstört von all den Kommandorufen, Spucketröpfchen und wuchernden Härchen. Sie wollten gute Miene zum bösen Spiel machen, aber als sie ihre besten Weine und ihr ausgezeichnetes Enten-Confit durch den Raum wandern sahen, wurde ihnen allmählich blümerant. Sie lächelten mit zusammengepressten Zähnen, während sie von Zeit zu Zeit unruhig zur Treppe sahen, wo längst ihre Tochter hätte erscheinen sollen.

Viktoria tauchte im letzten Moment auf, als sich alle bereits zu Tisch begaben. Ihre Erscheinung trotzte jeglichen Regeln der Vererbungslehre. Nur ihr energisches Kinn ließ eine vage Familienähnlichkeit erkennen, doch was ihrem Vater etwas Maultierhaftes verlieh, bildete bei ihr ein Gegengewicht zu den ätherischen Zügen. Ihr weißes Schuppenkleid gab ihr die Anmutung einer Meerjungfrau. Ihre Haut war mit Sommersprossen übersät, und über ihren Rücken wallte feuerrotes Haar. Selbst der Rotschopf Benedikt wirkte farblos im Vergleich.

»Viiiktoria!«, empfing ihre Mutter sie mit übertrieben hoher Stimme. Das junge Mädchen schien sie gar nicht zu hören und schwebte unnahbar und graziös, mit leicht geöffneten Lippen zu

ihrem Platz am Tisch, während Benedikt um sie herumschwirrte wie eine Biene, die eine Seelenverwandte entdeckt hatte. Ihre Anwesenheit füllte den ganzen Raum und brachte die Gläser zum Vibrieren. Ema wagte als Einzige, ihr ins Gesicht zu blicken. Sie wollte ihre Augen sehen. Schließlich hob Viktoria langsam den Blick zu ihr auf. Ihre Augen waren hellgrün wie das Ende einer Welle, wenn das Wasser schon durchsichtig wird. Ema erahnte in der Tochter des Hauses Entschlossenheit, Enttäuschung, Traurigkeit und Sehnsucht und vermutete, dass eine geheime Leidenschaft sie verzehrte. Während sie sich immer noch ansahen, reckte der Admiral seinen Löffel zur Decke:

»Klüver hoch!«

Tibald musste gegen seinen Willen lachen, und die anderen fielen verlegen mit ein.

Der ganze Abend war von dieser Art Unbehagen geprägt. Herr und Frau Golding trauerten ihren köstlichen Pasteten nach. Tibald versuchte, die Atmosphäre aufzulockern, hatte aber das Gefühl, gegen den Strom anzurudern. Ausnahmsweise hatte er die Leibwächter mit an den Tisch gebeten, aber Ovids Ärmel fegten ständig irgendein Besteck zu Boden. Der Admiral brüllte jedes Mal »Sturmsegel!«, bevor Gwendolin ihn mit glasierten Karotten zum Schweigen brachte.

Ema erbat noch etwas Suppe und stocherte danach lustlos mit der Gabel in ihrem Fleisch herum. Verstohlen beobachtete sie weiterhin Viktoria. Als der Käse serviert wurde, hatte das junge Mädchen noch keinen einzigen Ton von sich gegeben. Umso ausdauernder plapperte ihre Mutter über ihre Vorzüge: Viktoria spielte virtuos Klavier, Viktoria konnte reiten wie eine Amazone, Viktoria rezitierte epische Dichtung wie eine Schauspielerin des Stadttheaters von Ys.

»Und was das Beste ist: Sie ähnelt uns kein bisschen! Ihr Vater ist eine rechte Vogelscheuche. Was für eine ungleiche Familie! Hat man so etwas schon mal gesehen?«

In diesem Moment sprach Viktoria ihren einzigen Satz des Abends:

»Sicher, Mutter. Man muss doch nur einmal den König mit seinem Bruder vergleichen.«

Totenstille senkte sich über den Raum. Ovids Messer sauste schon wieder über den Tisch.

»Sturmseg…«, begann der Admiral, und Gwendolin sprang ihm fast an die Gurgel.

Langsam wischte Tibald sich den Mund ab und legte die Serviette zurück auf seinen Schoß.

»Ihr habt ganz recht, Fräulein«, sagte er freundlich. »Ich war immer der Hässliche in der Familie.«

Viktoria wurde puterrot, und Herr Golding beeilte sich, sein Glas und sein Kinn auf das Wohl des Königs zu erheben. Aber da erkannte er seinen Muskateller vom renommierten Weingut Wenzel & Wühli, verschluckte sich vor Schreck, spuckte und hustete, bekam keine Luft mehr und musste vom Tisch aufstehen. Benedikt sorgte für Ablenkung, indem er unter tausend Vorsichtsmaßnahmen die Windbeutelpyramide, ein extrem fragiles Konstrukt, hereinbrachte. Einer nach dem anderen nahm sich die Tischrunde einen Beutel herunter, bis Ovids weiter Ärmel erneut zuschlug.

»Festmachen, habe ich doch gesagt, die Ladung muss seefest sein …«

»Ja, Admiral, natürlich, Admiral, entschuldigt, Admiral«, stammelte der Küfer.

Benedikt eilte geschäftig hin und her, um die Liköre zu holen, den Kaffee, süße Katzenzungen und die berühmten Marzipanplätzchen, eine Spezialität der Region. Dorec stopfte sich eine Handvoll in seine Tasche, um die Blechdose unter seiner imaginären Koje aufzufüllen. Ema war müde, entschuldigte sich und zog sich zurück. Viktoria wollte es ihr gleichtun, wurde aber von ihrer Mutter festgehalten.

Tibald verspürte keine Lust, den Abend unnötig in die Länge zu ziehen. Ohne Ema fiel sein guter Wille in sich zusammen wie zuvor die Windbeutelpyramide. Nur halbherzig unterhielt er sich mit den Dorecs und den Goldings, während er sich im Geiste ausmalte, wie er den Dordonia-Turm renovieren würde.

36

Über Nacht hatte sich der Regen in einen feuchtklumpigen Schnee verwandelt, der auf dem Boden eine dunkle Matschschicht hinterließ. Als der königliche Reisetrupp mit einer großen Feldflasche voll heißem Minztee, einer geheizten Kohlenpfanne, drei Fasanen, zwei Flaschen Rotwein und einer Auswahl an Pasteten aufbrach, die man aus dem Keller des Herrenhauses gemopst hatte, versanken die Pferdehufe im kalten Schlamm, und die Wagenräder fuhren sich fest. Ema, die nie zuvor Schnee gesehen hatte, wollte unbedingt auf ihrem Pferd reiten. Die Flocken kreiselten durch den blassen Himmel und schwebten auf ihren violetten Umhang herab, und manchmal fing sie welche ein, um sie genau zu studieren. Die Flocken waren einander so unähnlich wie Viktoria und ihr Vater, wie Tibald und Jesko.

Auf das fruchtbare Hügelland von Mittling folgte bald ein zäher Lehmboden mit so schmächtigen Apfelbäumen, dass ihre Zweige unter dem Schnee schon einknickten. Diese eintönige Landschaft würde sie endlose Stunden durch die Nördliche Hochebene begleiten, bis sie die einzige Stadt der Region erreichen würden, Norfels, wo sie erst für den nächsten Tag erwartet wurden.

»Wir werden erst morgen erwartet«, wurde Benedikt denn auch nicht müde zu betonen. Die kurzfristige Änderung des Terminplans hatte ihn eiskalt erwischt.

»Wir werden schon einen Ort finden, wo wir übernachten können«, antwortete Tibald dann jedes Mal. »Außerdem besitzen wir Proviant für eine ganze Armee.«

So ruhig er äußerlich schien, so schwer lag ihm doch die nächste Etappe im Magen. Jesko hatte es geschafft, in der Nördlichen Ebene Einfluss zu nehmen, indem er Tumbs und Rötzel als Verbündete gewann. Womit hatte er die beiden geködert? Das war noch immer ein Rätsel. Und solange Tibald dessen Lösung nicht kannte, musste er die beiden nach wie vor als mögliche Feinde betrachten.

Der Schnee verwandelte die weite, leicht ansteigende Ebene in ein unbeschriebenes weißes Blatt, und so waren sie unschlüssig, als sie zu einer Weggabelung kamen. Ging es nach links oder nach rechts? Tibald musste feststellen, dass er den Ozean besser kannte als die Wege seines eigenen Landes. Er hätte Clemens' Bussole mitnehmen sollen. Er wandte sich mit fragendem Blick an den Stallmeister, der sich mit fragendem Blick an Benedikt wandte, der sich wiederum an Simon, den Kutscher, wandte. Simon wollte sich schon vertrauensvoll an Lukas und Ovid wenden, die immerhin in Norfels aufgewachsen waren, aber da beide gleich den Kopf schüttelten, wählte er auf gut Glück eine Richtung.

Ihre erste Rast fand zwangsläufig auf einer Wiese mit Obstbäumen statt. Sie alle sehnten sich nach einem gemütlichen Lagerfeuer, um sich aufzuwärmen, aber der Untergrund war zu nass. Also versammelten sie sich um die mitgebrachte heiße Kohlenpfanne, um miteinander Birnen und Käse zu teilen.

»Ist Schnee um diese Jahreszeit normal?«, fragte Simon den Stallmeister.

»Ach, ich vermute mal, im Norden muss man mit allem rechnen.«

»Trotzdem. Noch befinden wir uns ja in Mittling. Es kommt mir seltsam vor.«

Der Stallmeister zuckte mit den Schultern.

Am späten Nachmittag senkte sich bereits Dunkelheit über die Reisenden, weshalb sie an den vier Ecken der Kutsche Laternen aufhängten. Die Temperatur fiel merklich ab, und der Schlamm unter den Rädern gefror. Benedikt wurde immer unruhiger und wollte seine Bedenken dem König mitteilen. Doch Ovid, der gewettet hatte, dass er den so korrekten Kammerdiener zum Fluchen bringen würde, blockierte ihm immer wieder den Weg. Schließlich legte sich Benedikt längs auf sein Pferd und rief:

»Mein König! Mein König!«

Er musste seinen näselnden Ruf mehrmals wiederholen, da Tibald tief in Gedanken versunken war.

»Mein König! Mein König! Ich mache mir Sorgen, dass wir nicht vor dem Abend ankommen.«

Endlich drehte Tibald sich um.

»Der Abend ist längst da, Benedikt. Haben wir womöglich den falschen Weg genommen?«

Da Benedikt darauf keine Antwort wusste, fragte Tibald:

»Haben wir etwas, womit wir ein Lager aufschlagen können?«

»Ein Lager! Ein Lager aufschlagen, Hoheit?«, rief der Kammerdiener aus. Er schüttelte seinen schneebedeckten Kopf, mit dem er aussah wie ein Zuckerbaiser.

»Es wurden schon Nachtlager für Könige errichtet, aber … für *Königinnen*?«

»Ich sehe keine andere Lösung. Außerdem hat die Königin schon ganz anderes erlebt, nicht wahr, Ema?«

Ema reagierte nicht. Sie sah erschöpft aus, hatte die Augen geschlossen und ihre eiskalten Finger um die Zügel geklammert.

»Ema?«

Ema zuckte zusammen.

»Wir wollen hier haltmachen. Wir schlagen ein Lager auf, einverstanden?«

Tibald half ihr vom Pferd und fragte, ob sie sich nicht gut fühle. Sie antwortete, ihr erster Schnee habe sie wohl ein wenig müde gemacht. Madeleine, die als Einzige noch trockene Kleidung trug, stieg hastig aus der Kutsche, holte die Königin rein auf die Sitzbank, zog die Vorhänge zu und rieb ihr die Hände warm.

»Meine Königin, da haben wir es! Jetzt habt Ihr Euch erkältet, meine Königin! Ach, ich habe es doch gesagt …«

Trotz ihrer mehrfachen Röcke, ihrer wollenen Unterwäsche und dem mit Biberpelz gefütterten Umhang hatte Ema sich noch nie so verfroren gefühlt. Nachdem Madeleine sie mit Felldecken überhäuft hatte, schlotterte sie noch immer. Doch schließlich döste sie begraben unter ihrem Deckenberg ein, während die anderen draußen geschäftig hin und her eilten. Sie wollten das Zelt aufschlagen, fanden aber die Pflöcke nicht. Als sie die Pflöcke gefunden hatten, suchten sie den Holzhammer. Da sie den Hammer nicht fanden, nahmen sie stattdessen Steine. Der Koch kämpfte mit Reisigzweigen, die sich nicht entzünden wollten. Tibald und Madeleine blickten immer wieder besorgt durch das vereiste Fenster in die Kutsche, wagten aber nicht hineinzugehen.

Wer es wagte, war Lukas. Immerhin war er Krankenpfleger und wusste die Symptome zu deuten. Emas Vorliebe für Suppe, ihre übertriebene Lust auf Sellerie, ihre Müdigkeit, die Übelkeit … Als das Feuer endlich gut genug brannte, sodass man Wasser darauf kochen konnte, bereitete er eine schön warme, dunkle Tasse Schwarztee zu, wie Ema sie liebte. Ohne anzuklopfen stieg er in die Kutsche und ließ sich neben dem Fellberg nieder. Langsam öffnete Ema ihre schweren Lider, nahm die Tasse entgegen und drückte sie an ihre Brust.

»Was ist das?«

»Ein guter Schwarztee, so wie du ihn gerne magst«, sagte Lukas, doch sie verzog angewidert das Gesicht. »Ema, bist du …«

»Ich glaube, ja.«

Lächelnd nahm er die Tasse zurück.

»Ich lasse dich allein. Ruh dich gut aus.«

Draußen waren alle unter heftigen Flüchen in ihre jeweilige Arbeit vertieft. Sogar Benedikt entfuhr ein deftiges Schimpfwort, doch da er sich in diesem Moment allein im Zelt befand, hatte Ovid nicht das Glück, es zu hören. Das Zelt war fast so groß wie ein Zirkuszelt. Dicke Vorhänge teilten einen Raum ab, der für den König bestimmt und mit Kissen, Laternen, Stühlen und sogar einem Fußbänkchen ausgestattet war. Den Erdboden bedeckten mehrere Schichten Teppich. Der schönste, der für die Königsnische vorgesehen war, hatte in einer Ecke einen Schimmelfleck. Deshalb hatte Benedikt geflucht: Er wusste nicht recht, ob er diesen prächtigsten Teppich dem König überlassen und hoffen sollte, dass er den Schimmelfleck nicht bemerkte, oder ob er ihm einen makellosen, aber ausgeblichenen Teppich hinlegen sollte. Schließlich gab er ihm den Prachtteppich und drückte den ganzen Abend im Stillen die Daumen.

Und es war ein denkwürdiger Abend auf dieser schlichten Obstwiese. Es hatte aufgehört zu schneien, aber noch immer lag ein Leuchten über ihrem Lager. Die Flammen des Feuers ließen noch in zwanzig Schritt Entfernung die Frostschichten schmelzen. Die Fasane brieten am Spieß, und in der Glut wurden Kartoffeln gebacken. Der Koch bereitete nach dem Rezept seiner Großmutter einen Glühwein mit Gewürzen und Äpfeln zu, während die Diener die Pasteten vom Keller des Herrenhauses auspackten. Einer hatte die Idee, die Bänke aus der Kutsche auszubauen und vor dem Feuer aufzustellen, und nachdem sie die Reisetruhen dazugeholt hatten, fand jeder einen Sitzplatz. Der Koch blieb dennoch stehen, um andächtig sein Werk zu bewundern: Unter winterkaltem Himmel, auf erdigem Boden hatte er soeben die beste Mahlzeit der ganzen Reise komponiert.

Beseelt vom Feuer, dem Rotwein und ihrer Müdigkeit sangen

sie nach dem Festschmaus alle zusammen im Kanon. Als ihr Repertoire erschöpft war, bat Tibald Ema, etwas aus ihrer Heimat zu singen. Sie dachte eine Weile nach, dann erhob sich ihre Stimme hell und klar und einnehmend. Ihr Lied, das von Sklaven handelte, die ihrerseits von Sklaven abstammten, hart arbeiteten, das Unerträgliche ertrugen und doch nie die Hoffnung aufgaben, war schön und unendlich traurig. Und obwohl keiner die Worte verstehen konnte, schnürte es allen die Kehle zu. Nur Madeleine bemerkte die Träne auf der Wange des Königs, die kurz im Widerschein des Feuers aufglänzte wie ein goldener Tropfen. Er rückte noch etwas näher an die Königin und legte das Fell um sie, das von ihren Knien geglitten war.

»He, Lukas, schade, dass deine Gitarre im Schloss geblieben ist …«, meinte Ovid.

In diesem Moment gab Tibald Benedikt ein verabredetes Zeichen, der Kammerdiener kletterte auf eines der Fuhrwerke und kam mit einem gut gepolsterten dicken Paket wieder herunter. Lukas runzelte die Stirn. Wer hatte seine Gitarre mitgenommen, ohne es mit ihm abzusprechen? Das Instrument würde unter der Kälte, der Feuchtigkeit und den Wagenstößen leiden.

»Das ist nicht deine«, beruhigte ihn Tibald. »Sie gehört einem Barbier der Nördlichen Hochebene. Er hat sie bei einem Instrumentenbauer des Hofes in Auftrag gegeben.«

»Ah … Aber dennoch, Hoheit. Ich habe Angst, sie zu ruinieren …«

»Wenn du sie ruinierst, wie soll man dann das nennen, was andere damit tun?«

Ovid zog eine der Truhen ans Lagerfeuer, damit Lukas im Warmen spielen konnte. Bald erhoben sich leichte, melodiöse Töne in die schwarze Nacht, gleichsam als kehrten die Schneeflocken zum Himmel zurück. Der gerührte Ovid ging sich auf freiem Feld die Nase schnäuzen. Ema schmiegte sich an Tibald, Madeleine an Benedikt, ein Diener an seinen Nebenmann. Lukas improvisierte seine Melodien und vergaß dabei völlig, wo er war, bis er irgendwann vor Kälte die Finger nicht mehr spürte.

Nachdem er aufgehört hatte zu spielen, nahm Simon seinen Platz ein, um die Geschichte eines Serienmords zum Besten zu geben. Trotz seines schleppenden Nordakzents und seiner kindlichen Samtaugen mit den langen Wimpern sah er in seinem Bärenfellmantel aus wie ein dunkles, unheimliches Vieh, und alle gruselten sich ordentlich. Am Ende fand Madeleine sich auf dem Schoß von Benedikt wieder, der nicht wusste, wohin mit seinen Händen. Tibald war so beeindruckt von Simons Darbietung, dass er ihn in einer Theatertruppe unterzubringen versprach. Dieser Zuspruch animierte wiederum einen der Diener, mit Trinkschläuchen zu jonglieren, doch ihm war weniger Erfolg beschieden: Die Schläuche landeten allesamt in den Flammen, und der beißende Qualm setzte der Veranstaltung ein Ende.

Trotzdem wollte sich noch keiner vom Feuer entfernen. Erst als es erneut in dichten, wattigen Flocken zu schneien begann, ließ Ema sich von Madeleine überreden, ins Zelt zu gehen. Tibald folgte der Königin nach, und die anderen folgten dem König, bis auf Ovid und Lukas, die draußen blieben, um Wache zu halten.

Keiner schlief in dem Eispalast wirklich gut. Zuerst tropfte es von dem durchlässigen Stoff auf die Bettdecken herab. Dann ließ der schlafende Benedikt jegliche Hemmungen fallen und verpestete mit seinen Fürzen die Luft. Tibald hatte den Königsdolch unter sein Kopfkissen gelegt und träumte davon, dass er ihn überall suchte. Während er sich unruhig unter seiner Decke herumwälzte, stützte Ema sich plötzlich auf ihren Ellbogen. Sie hatte etwas gehört. Sie lauschte in die Stille. Da war es wieder. Mit heftig pochendem Herzen nahm sie den Dolch und tastete sich vor zum Ausgang, wobei sie versehentlich auf Madeleines langes Haar trat.

Draußen lag Ovid in eine Pferdedecke gewickelt auf einer der Bänke und schnarchte. Er hatte eine Hand unter seine Wange gelegt und sah aus wie ein grobschlächtiger Engel. Lukas, der dem Zelt den Rücken zugewandt hatte, stocherte mit einem langen Ast in der Glut. Sein langer Zopf schlängelte sich über die Segeltuchplane, die er sich um die Schultern gelegt hatte, an seinem Ohr glänzten die Silberringe, und aus seiner Tasche lugte die verbogene Ecke eines Heilpflanzenbuchs. Als er den Zeltstoff hinter sich rascheln hörte, fuhr er schnell herum.

Er erblickte Ema im weißen Nachthemd, die mit bloßen Füßen im Schnee stand. Sie hielt den kostbaren Dolch in der Hand, und ihre hellen Augen funkelten im Widerschein der Glut. Als er Ema zum ersten Mal gesehen hatte, war sie von einem Matrosen unsanft über das Deck der Isabelle geschubst worden. Ein Männerhemd hatte nass an ihrem unterernährten Leib gehangen. Sie war eine völlig Unbekannte, eine blinde Passagierin, eine fremdländische Erscheinung, eine Aufrührerin gewesen – und Lukas hatte sie von Anfang an bewundert. In der Folge hatte Tibald die Parole ausgegeben, sie als Jungen zu behandeln, und der Krankenpfleger hatte sich alle Mühe gegeben. Doch egal ob junge Frau oder Knabe – für ihn blieb sie das Beste, was die Menschheit hervorgebracht hatte. Alles, was er für sie tun konnte, hatte er getan. Alles, was er künftig für sie tun konnte, würde er tun.

»Lukas … Hast du das gehört?«

»Was meint Ihr, Hoheit?«, fragte er und reichte ihr seine Plane zum Umlegen.

»Das Heulen.«

»Nein.«

Lukas hatte es sehr wohl gehört. Er hatte sogar über die Tonhöhen nachgedacht, aber er war zu erschrocken, um es zuzugeben.

»Ab und zu hört man ein Käuzchen rufen, Hoheit.«

»Nenn mich nicht ›Hoheit‹, wenn wir zu zweit sind. Du sollst auch nicht ›Ihr‹ sagen. Davon wird mir schlecht.«

»Wir sind nicht zu zweit, Hoheit.«

Lukas deutete auf Ovid, der mehr tot als lebendig dalag und über seine dicken Finger sabberte.

»Du sollst mich auch nicht anlügen. Ein Käuzchen …? Da hättest du aber ein schlechtes Ohr für einen Musiker. Sag mir die Wahrheit. Ich bin sicher, du hast es ebenfalls gehört.«

»Ihr müsst geträumt haben, Hoheit. Es heißt, während einer Schwangerschaft träumt man oft Seltsames … Außerdem erkältet man sich barfuß im Schnee. Geht wieder schlafen. Lasst Ovid und mich hier Wache halten. Eine Nachtschicht wie in guten alten Zeiten auf dem Schiff.«

Ema gab ihm wütend seine Plane und ging zurück ins Zelt. Sie schob den Dolch unter das Kopfkissen und wärmte ihre Füße an Tibalds Waden. Aber kurz darauf setzten die Klagetöne wieder ein. Sie hallten durch die eisige Nacht, schienen ihr Echo von einem Stern zum anderen zu senden.

Draußen hatte Lukas aufgehört, in der Glut zu stochern. Kein Zweifel möglich: Da war ein Wolf.

Aber … in Eckstein gab es keine Wölfe mehr. Der erste König Eckart hatte sie nach dem Tod von Königin Lydia und ihrer Tochter Ariella ausrotten lassen. Und anschließend war es vorbei gewesen mit dem unheimlichen Gesang in langen Winternächten, vorbei mit dem blutigen Reißen von Schafen.

Ema hielt sich die Ohren zu. Es kam ihr vor, als würde der Wolf sich an sie wenden. Als wollte er ihr eine Warnung zukommen lassen, einen Appell, eine dringende Bitte. Auf undeutliche Weise ahnte sie, dass dieses Heulen der Auftakt für eine ganze Reihe von Ereignissen war, die so unaufhaltsam sein würden wie der Strom eines Flusses und so notwendig wie die Wärme des Feuers. Und als würde es tief in ihrem Körper schneien, begann sie zu zittern. Als das Heulen verstummt war, wurde Tibald wach. Er stand auf, um ein paar herumliegende Mäntel einzusammeln und auf ihre Decke zu schichten. Doch auch unter diesem erdrückenden Gewicht hörte Ema nicht auf zu schlottern.

»Nanu, Ema. Nach all den Nächten, die du draußen auf dem Achterdeck verbracht hast …«

»Mit der Kajüte hast du mich eben verwöhnt.«

»Dann bin ich also schuld?« Er umarmte sie. »Ich bereue es nicht.«

Auf der anderen Seite des Vorhangs stieß Benedikt im Schlaf einen wüsten Fluch aus, und Tibald überlegte hinauszugehen, um Ovid Bescheid zu geben. Aber Ema war nicht nach Lachen zumute. Er fragte sie, warum sie so ernst sei, aber sie hatte nicht das Herz, es ihm zu sagen. Sie drängte sich nur dicht an ihn, und so blieben sie lange Zeit, mit offenen Augen, und lauschten den Schneeflocken, die aufs Zeltdach rieselten. Auf der Isabelle hatte Tibald sich wochenlang danach gesehnt, in Emas schlichtem Seilekorb zu liegen statt in seiner bequemen Schlafkoje. Jetzt, so glaubte er, würde nichts mehr sie voneinander trennen können.

37

Bis nach Norfels war es noch ein langer Weg, vor allem da sie erst einmal zu der berühmten Gabelung zurückmussten. Benedikt versäumte es nicht, Simon alle fünf Minuten an seinen Fehler zu erinnern. Auf Lukas' Rat hin reiste Ema von nun an in der Königskutsche, ein Wechsel, über den sich ihr Pferd nicht weniger wunderte als ihr Ehemann. Um ihr Gesellschaft zu leisten, verzichtete auch Tibald aufs Reiten, was er jedoch schnell bereute, denn in der fahrenden Hochzeitstorte plapperte Madeleine ohne Unterlass. Jeder Holperstein brachte neuen Tratsch hervor, eine neue Geschichte, die mit einem Zungenschnalzen endete. Ema hörte gar nicht zu, sondern schaute durch die bereiften Fensterscheiben auf die Landschaft, die immer karger und rauer wurde.

Die Sonne blendete auf den Schneeflächen und den glitschigen Wasserlachen. Die Reifen verursachten ein trübes Schmatzgeräusch, und der kalte Schlamm spritzte zu den Pferden hoch. Lukas dachte beim Reiten an seine Familie, die in Norfels lebte und die er auf dem Festempfang zu Ehren des Königs unweigerlich sehen würde. Er dachte besonders an seinen Vater – seine ganz private Catastrophe. Ovid langweilte sich unterwegs so sehr, dass er an den Zügeln Seemannsknoten ausprobierte und einen Grund zum Nörgeln suchte.

»Ich finde, es schneit ein bisschen sehr früh«, sagte er zum Stallmeister.

»Na ja.«

»Wir haben noch Oktober, da ist das doch wirklich verfrüht, oder? Wer weiß, was uns noch für ein Winter erwartet!«

Da der Stallmeister nicht sehr gesprächig war, versuchte Ovid sein Glück bei Lukas.

»He … Unser Tibald scheint ein bisschen zu verweichlichen, findest du nicht?«

»Ach was, er will nur bei der Königin sein.«

»Sag ich doch, er verweichlicht.«

»Du kapierst nichts.«

»Was soll ich kapieren?«

»Er liebt sie eben, das ist alles.«

»Mann, du machst mich ganz kirre.«

»Und du machst mir Lust, dir eins aufs Ma…«

Lukas konnte seinen Satz nicht beenden, denn Simon brachte abrupt die Kutsche zum Stehen. Eilig kletterte er von seinem Sitz, um vor die Pferde zu laufen. Er beugte sich über das, was er zu sehen geglaubt hatte, in der Hoffnung, er habe sich getäuscht. Aber er hatte sich nicht getäuscht: Über die Straße hinweg verlief eine lange Blutspur – leuchtend rot im Schnee, furchterregend schwarz auf der nassen Erde. Alle kamen es sich anschauen und zertrampelten dabei die Abdrücke auf dem Boden, die eine Erklärung hätten liefern können. Es war nicht mehr nachzuvollziehen, woher die Blutspur kam und wohin sie verlief. Alle taten zur selben Zeit ihre Meinung kund. Einer erwähnte den Teufel, worauf Ovid das große Zähneklappern befiel.

»Na, so was … Herr Leibwächter?«, wunderte sich Simon.

»Er fürchtet sich vor Geistern«, erklärte Tibald. »Aber genau genommen, Ovid, ist der Teufel kein Geist.«

»Nein, Hoheit?«

»Nein. In Wirklichkeit existiert er gar nicht. Er ist vielmehr … eine Stilfigur.«

»Was für eine Figur, Hoheit?«

»Eine Stilfigur. Mit der man die Sprache schmückt.«

Ovid kräuselte seine Nase im Bemühen zu verstehen. Doch Tibald hatte keine Zeit für weitere intellektuelle Auslassungen. Blutspuren hin oder her, er wollte so schnell wie möglich weiterreisen. Er schickte sich an, wieder in die Kutsche zu steigen, als ihm auffiel, dass Ema sich in Richtung Unterholz entfernt hatte. Lukas, der ihr sogleich gefolgt war, sah sie neben einem Büschel Tierhaaren kauern. Mit einem Ruck stand sie auf und wischte mit ihrem Stiefel über die Erde.

»Habt Ihr etwas gefunden, Hoheit? Warum habt Ihr es verwischt?«

»Darum.«

Sie zögerte.

»Lukas. Wegen letzter Nacht … Sag mir die Wahrheit.«

Die anderen kamen näher. Lukas senkte den Kopf.

»Ja, Hoheit. Ich habe es auch gehört.«

Benedikt kam als Erster bei ihnen an. Er ergriff das Fellbüschel – »Oha, Majestät!« – und hielt es dem König mit Entdeckerstolz unter die Nase.

Tibald zuckte mit den Schultern.

»Ein Hase. Das sagt uns noch nicht, wer ihn erledigt hat.«

»Ein Fuchs, Hoheit«, schlug der Stallmeister vor.

»Lasst uns gehen«, sagte Ema. »Es ist zu kalt.«

Sie kehrten alle zu der Kutsche zurück, doch Tibald hielt Ema am Arm fest.

»Was hast du dort gefunden?«

Sie antwortete nicht, aber ihre Augen hatten die Farbe von Kohle – ein schlechtes Zeichen.

»Was hast du gefunden, Ema?«, fragte Tibald mit Nachdruck. »Sieh mich an.«

Sie blieb stumm.

»Du willst mir nicht antworten?«

»Nein.«

Tibalds Gesicht nahm einen harten Ausdruck an, den sie nicht von ihm kannte. Sie wollte sich loswinden, aber er hielt sie zu fest.

»Antworte mir.«

So oft schon war Ema Tibalds Fragen ausgewichen und damit durchgekommen. Doch diesmal schuldete sie nicht ihrem Mann, sondern dem König eine Antwort, und sie spürte, dass ihr keine Wahl blieb.

»Es war ein Wolf«, sagte sie leise.

»Ein Wolf?«, stieß Tibald hervor und ließ sie endlich los. »Aber liebste Ema, es gibt hier schon seit Jahrhunderten keine Wölfe mehr! Und sie werden ja wohl nicht mit dem Schiff hergekommen sein. Außerdem, was hast du denn für eine Ahnung von Wölfen?«

»Ich habe letzte Nacht einen heulen gehört. Und heute Morgen seine Spuren gesehen.«

Tibald zog die Augenbrauen hoch. Ema schien sich ganz sicher zu sein. Aber nicht einmal er konnte die Pfotenabdrücke eines Wolfs von denen eines Hundes unterscheiden. Wie sollte Ema, die von einem tropischen Archipel kam, auf dem Panther lebten, mehr darüber wissen?

»Na, komm«, sagte er und zog sie in die Richtung der anderen.

Doch sie blieb einfach stehen.

»Komm schon, Ema.«

Sie hatte den trotzigen Gesichtsausdruck des kleinen Mädchens im Medaillon angenommen.

»Was ist denn los mit dir? Deine Augen … Was hast du?«

Mühsam brachte sie hervor:

»Da war auch der Abdruck einer Sohle.«

»Was?«

»Neben dem Wolf. Es war jemand bei ihm.«

Für den Bruchteil einer Sekunde durchfuhr Tibald etwas wie eine uralte Angst. Doch dann verdrängte er sie schnell.

»Ein Hund und sein Herr«, sagte er entschieden. »Sie haben den Hasen gewildert, das ist alles. Ein Gesetzesverstoß, das ja, aber nichts, weswegen man so kohlschwarze Augen kriegen muss, Ema. Jetzt komm. So komm schon.«

Er hielt ihr seine Hand hin, aber sie nahm sie nicht.

»Du wolltest, dass ich rede, und das habe ich getan«, sagte sie knapp.

Sie ließ ihn stehen und marschierte mit energischen Schritten zur Kutsche. Tibald zögerte eine Weile, bevor er ihr folgte. Zum ersten Mal hatte er sie gezwungen, mit der Sprache herauszurücken. Er wusste, dass Ema imstande war, Geheimnisse jahrzehntelang für sich zu behalten, und bisher hatte er jedes Mal, wenn sie nicht antworten wollte, ihr Schweigen respektiert. So hatte er ihr Vertrauen gewonnen, langsam und allmählich, wie man ein wildes Tier zähmt. Und nun hatte er sie nicht nur gezwungen zu reden – schlimmer: Er hatte auch noch ihre Worte in Zweifel gezogen. Er hätte behutsamer sein müssen, hätte geduldig abwarten sollen.

Und tatsächlich verschloss Ema sich wie eine Auster. Die Rückfahrt zu der Weggabelung erschien ihnen dadurch zäher, die Landschaft noch öder, die Apfelbäume kläglicher. Als sie einen Markstein passierten, stellte sich heraus, wie weit sie am Vortag vom Weg abgekommen waren: Sie hatten irrtümlich fast die Grenze nach Westwalden erreicht. Im Glauben, sich nach Norden zu bewegen, waren sie stundenlang in westliche Richtung gereist.

Tibald sprang schimpfend aus der fahrenden Kutsche.

»Wie kann es sein, dass wir diesen verdammten Markstein übersehen haben? Wie ist das möglich?«

Simon versank auf dem Kutschbock fast in seinem Bärenfellmantel. »Nun ja, es schneite, Hoheit«, sagte er kleinlaut.

Tibald stieg wieder ein und knallte den Kutschenschlag zu. Das Leder der Sitzbank knarzte unter seinem Gewicht, und in den Fensterecken schaukelten die scheußlichen Rüschenvorhänge. Er hasste dieses Flittergefährt, aber er fürchtete, Ema zu kränken, wenn er auf sein Pferd wechselte. Stattdessen versuchte er lieber, sich auf den Fall Tumbs und Rötzel zu konzentrieren. Alberich hatte stets ihre guten Eigenschaften gerühmt: Tumbs, die Rechtschaffenheit in Person, Rötzel, der mustergültige Familienvater. Wie hatten sie Jesko nur so unverhohlen unterstützen können? Wie konnte es sein, dass sie der Kapellenhaft entgangen waren? Je länger Ema schwieg, desto mehr wuchs Tibalds Groll gegen diese Männer. Aber dann fiel ihm etwas ein. Eine großartige Idee, die gleich zwei Probleme auf einmal lösen konnte. Noch heute Abend würde er sie in die Tat umsetzen.

Die Obstbäume wurden immer spärlicher, folgten mit größerem Abstand aufeinander und verschwanden dann vollends. Zurück blieb gelbes, vom Schnee plattgedrücktes Gras und hier und da eine krumm gewachsene Kiefer. Es vergingen Stunden in fahlem Licht und voller Eintönigkeit; eine Rastpause, noch eine Rastpause, erschöpfte Pferde. Die Sonne begann schon unterzugehen, als sich vor ihnen endlich die grauen Türme von Norfels abzeichneten.

Sie wurden im Stadtpalais Justizia empfangen, einem ziemlich heruntergekommenen Gebäude, das jedoch das einzige war, in dem sich ein großes Fest ausrichten ließ. Das Palais wurde nur bei Bedarf geheizt und bröckelte den Rest der Zeit leise vor sich hin. In seinen dunklen Ecken wuchsen prächtige Pilzkulturen. Anlässlich der Königsvisite hatte man in letzter Minute eine Suite hergerichtet und alle unversehrten Möbel und Ziergegenstände dort untergebracht – das Ergebnis war schauderhaft. Die Flure von der Suite bis zum Festsaal hatte man geputzt und frisch gestrichen und völlig überheizt. Wachsamkeit war dennoch angebracht: Falls der König spontan einen anderen Weg nahm, konnte ihn ein Balken erschlagen oder eine morsche Bodendiele ins Untergeschoss befördern. Sollte er die Küche inspizieren lassen, war es ganz aus.

Und ausgerechnet: Kaum waren sie angekommen, zog Benedikt seine weißen Handschuhe aus dem Seidenbeutel, den er immer bei sich trug, und verkündete so laut, dass der König es hören konnte:

»Ich gehe mal die Küche inspizieren.«

Ein Lakai stürzte auf ihn zu und versuchte, ihn mit der Aussicht auf ein Schaumbad und einen Krug Bier wegzulocken. Benedikt musste müde sein, denn er zog die Handschuhe wieder aus und folgte wie die anderen dem vorgeschriebenen Pfad. In seiner Suite angekommen, bahnte Tibald sich tapfer einen Weg durch den ganzen Plunder und drehte sich einmal verdutzt im Kreis, bevor er die anderen entließ. Zwischen den vier Wänden in einem unbeschreiblichen Grün (Gänsekot?) war er jetzt endlich allein mit Ema. Er wollte auf sie zugehen, wusste aber nicht recht wie.

»Verzeih«, sagte er schlicht.

Sie neigte den Kopf zur Seite. Es war das erste Mal, dass jemand sich bei ihr entschuldigte. Das magische Wort zeigte seine Wirkung: Ema taute auf und deutete ein schwaches Lächeln an.

Unendlich erleichtert lächelte auch Tibald. »Ich hoffe immer noch, dass du dich getäuscht hast …«, meinte er.

»Ich habe mich nicht getäuscht. Und genauso wenig täusche ich mich, wenn ich dir sage, dass du ein Bad brauchst.«

»Da kann ich dir wirklich nicht widersprechen.«

Um sie glücklich zu machen, schrubbte Tibald sich von Kopf bis Fuß. Doch sobald er aus der Wanne stieg, wollte er keine Zeit mehr verlieren: Rötzel und Tumbs. Sein Plan bestand darin, sie bei ihrer Ehre zu packen. Er wollte auf dem großen Schachbrett des Königreichs eine Figur ziehen und sie genau zwischen sich und den beiden positionieren. Verlief alles so wie gedacht, würden sie in Kürze aus dem Spiel sein. Tibald holte zunächst ein paar Auskünfte über die fragliche Spielfigur ein, dann bestellte er die ehemaligen Ältesten zu sich.

Tumbs erschien pünktlich, mit trotzig geschwelltem Kamm und hochgerecktem Schnabel; fehlte nur noch, dass er Kikeriki machte. Rötzel erschien in der Minute darauf. Da beide schon betagt waren, bat Tibald sie mit einer Geste, Platz zu nehmen. Wie zerbrechliche Gegenstände ließen sie sich auf den Sesseln mit Papageienmuster nieder, vor einer runden Tischplatte, die von einem pummeligen Amor getragen wurde. Tibald ließ sie eine Weile einfach nur schmoren, bevor er sein Schweigen brach:

»Ich werde Euch sagen, was ich sehe. Ich sehe zwei Männer, die mein Vater für ihre Redlichkeit geschätzt hat. Und ich werde Euch sagen, was ich höre: Sie intrigieren immer noch gegen mich.«

Rötzel zog seine raupendicken schwarzen Brauen hoch und schüttelte die weiße Wolke seines Haars. Die Unschuld in Person.

»Ich darf Euch daran erinnern, dass Ihr uns keinerlei Vergehen nachweisen konntet, Hoheit. Mir ist Eure Aussage unverständlich.«

»Aber sicher werdet Ihr verstehen, was ich Euch jetzt sage. Meine Ratgeberinnen sorgen sich um mein Schicksal. Solange mein Bruder der Nächste in der Thronfolge ist, raten sie mir, meine Leibwache zu verstärken. Herr Rötzel, Ihr habt doch einen Sohn, der Bärenbändiger ist, nicht wahr?«

»Ähm, ja, Hoheit. Bruno.«

»Und dieser Bruno ist auch Euer Patensohn, Herr Tumbs, richtig?«

»Das stimmt, Hoheit …«, murmelte Tumbs, unsicher, worauf der König hinauswollte.

»Hat Bruno Frau und Kinder?«

»Äh … nein, mein König«, antwortete Rötzel. »Er interessiert sich nur für seinen Bären, was will man machen.«

»Verdient er mit seiner Arbeit ausreichend Geld?«

»Das ist abhängig von der Jahreszeit. Wie Ihr wisst, halten Bären Winterschlaf.«

»Und was macht Bruno in den Wintermonaten?«

»Nicht allzu viel. Eine Gelegenheitsarbeit hier, eine dort. Er hält sich mühsam über Wasser.«

»Ausgezeichnet. Ich werde ihm für die kalten Monate eine gute Stellung anbieten: als königlicher Leibwächter. Er hat die nötige Statur und einen ungetrübten Ruf, ich habe mich über ihn erkundigt. Wie man hört, hält er sich aus der Politik und auch sonst aus allem heraus. Ideale Voraussetzungen.«

»Aber Hoheit, er …«, begann Rötzel.

»Natürlich werde ich ihn nicht zwingen«, unterbrach ihn Tibald, »aber ich denke, die Arbeitsbedingungen werden ihm zusagen. Versteht mich richtig: Er dient mir nicht nur als Wächter, sondern auch als Garantie. Sollte jemals ein Attentat auf mich verübt werden, wird Bruno mich mit seinen eigenen Händen verteidigen müssen.«

Tumbs' Kamm wackelte aufgeregt hin und her. Rötzel stierte geknickt auf den gipsernen Amor. Der König gedachte, einen geliebten Menschen als lebendigen Schutzschild zu gebrauchen. So hatten sie zwangsläufig ein Interesse daran, ihn ungehindert regieren zu lassen.

»Damit, meine Herren, ist alles gesagt. Ich wünsche Euch eine gute Nacht.«

Ein kurzes, aber effektvolles Gespräch. Die Ältesten gingen mit hängenden Schultern. Sobald sie aus der Tür waren, ließ Tibald sich in einen der Papageiensessel fallen, stützte seinen Kopf in die Hand und atmete lange aus. Er zweifelte nicht daran, dass seine Idee richtig gewesen war, doch im Geiste sah er sich bereits von einem ganzen Schwarm Soldaten umgeben. Ema kam und setzte sich auf eine Armlehne seines Sessels.

»Ob ich wohl meine ganze Regentschaft damit zubringen muss, meine Leibwache zu verstärken, was meinst du?«, seufzte er.

»Jesko wird nicht mehr lange der Nächste in der Thronfolge sein, Tibald.«

»Was willst du damit sagen?«

»Ich will damit sagen, dass es bald einen neuen Thronfolger geben wird.«

Tibald wandte sich so abrupt zu ihr um, dass der Sessel ins Schwanken geriet. Einen neuen Thronfolger? Er wagte kaum zu atmen. Sie lächelte.

»Ema? … Wirklich? Wann?«

»Anfang Juni, denke ich.«

Er betrachtete sie verblüfft. Seine Brust weitete sich, seine Hände kribbelten, gleich würden die neununddreißig Knöpfe seiner Weste durch den Raum springen und die Papageien aus dem Sesselmuster auffliegen. Eine riesige Welle des Glücks spülte mit einem Mal die Blutspur im Schnee, die Todesdrohungen, die abtrünnigen Ältesten hinfort. Tibald war noch nie in seinem Leben so glücklich gewesen – und würde es nie wieder sein. Der ganze Raum leuchtete plötzlich hell, und jeder scheußliche Ziergegenstand besaß die Klarheit reinsten Kristalls. Nichts anderes war mehr wichtig, nur Ema, die ein ganzer Kosmos war, eine lebbare Zukunft, ein ewig währendes Licht.

38

Tibald beschloss, die Inselreise zu verkürzen. Er wollte seine Frau, die Mutter seines Kindes, nicht zu sehr strapazieren. Das Fest, das für den nächsten Tag geplant war, sollte als Programmpunkt in der Nördlichen Hochebene ausreichen. Danach wollte er für einen kurzen Aufenthalt nach Westwalden weiterreisen und anschließend in die Hafenregion zurückkehren, um den Winter im Schloss zu verbringen.

»Bist du sicher, dass du dich gut genug fühlst, um den Festabend zu überstehen?«, fragte er drei Mal nach.

Und jedes Mal antwortete sie: »Ich fühle mich großartig.«

»Hier im Norden feiert man ziemlich ausgelassen, du hast ja keine Ahnung … Bist du wirklich ganz sicher?«

»Absolut sicher, Tibald.«

»Na gut. Aber ich habe dich gewarnt.«

Zur festgesetzten Uhrzeit stürmten die Norfelser den Ballsaal. Tibald hielt Ema eng um die Taille gefasst, am liebsten hätte er sie unter seinem Justaucorps versteckt.

Benedikt wedelte mit seinen weißen Handschuhen in die Menge. »Macht Platz, gebt den Weg frei«, rief er.

König und Königin kämpften sich bis zu ihren Ehrenplätzen durch, von wo sie den Wettbewerb der Regionaltalente verfolgen sollten. Die zahllosen Teilnehmer waren zwischen vier und siebenundneunzig Jahre alt. Sie jonglierten, sangen, steppten, spielten Akkordeon, verknoteten ihre Körper, spuckten Feuer und aßen Nägel. Drei verstrubbelte Bengel riskierten mehrmals, sich alle

Knochen zu brechen, indem sie auf einen Stuhl kletterten, der auf einem Tisch stand, und dann einer auf die Schultern des anderen stieg. Lukas verfolgte die Darbietung mit angstverzerrter Miene, handelte es sich doch um seine eigenen Neffen, die Söhne seiner Schwester Anne. Die Zwillinge mussten inzwischen sieben, ihr Bruder fünf Jahre alt sein. Die Anwesenheit seiner Verwandten verschaffte dem Krankenpfleger ein mulmiges Gefühl. Einerseits wollte er sie sehen, andererseits auch wieder nicht.

Vor allem nicht seinen Vater. Ihm wollte er nicht begegnen.

Doch Lukas hatte keine wirkliche Wahl. Zwischen zwei Vorführungen spürte er eine warme Hand über seinen Rücken streifen, und als er sich umdrehte, stand da seine Mutter, eine stille Frau, die einen großen Korb vor sich trug, über den er sich jetzt beugte, um sie zu umarmen. Sie hatte noch kein Wort gesagt, als ihr Ehemann hinter ihr auftauchte.

Herr Lindmeyer war ein kräftiger Mann mit rauen Händen. Ein tüchtiger Maurer, arbeitsam und von großem Ehrgeiz. Nachdem das musikalische Talent seiner Kinder schon früh in der Schule erkannt worden war, hatte er sie, um den Ruhm der Familie zu mehren, wie Zitronen ausgepresst und überall wie Zirkushündchen vorgeführt – Anne mit ihrer Flöte, Lukas mit seiner Gitarre. Ihre Berühmtheit hatte ihnen die Kindheit geraubt. Frau Lindmeyer, die gehofft hatte, mit der Heirat eines Maurers ein einfaches und ruhiges Leben zu führen, hatte ihren Irrtum zu spät entdeckt. Um sich und die anderen zu trösten, backte sie unentwegt Kuchen und Hefeteilchen.

Lukas war zehn und Anne zwölf Jahre alt, als die beiden beschlossen hatten, nicht mehr vor Publikum zu spielen. Da ihr Vater dennoch weiterhin Konzerte organisierte, betraten sie die Bühne, ohne ihr Instrument anzurühren. Herr Lindmeyer hatte ihnen das nie verziehen. Lukas, der davon geträumt hatte, Arzt zu werden, war schließlich Krankenpfleger geworden, weil es schneller ging. Seine Einschiffung auf der Isabelle hatte der Vater als weiteren Verrat empfunden. Und nun stand der Maurer in diesem brechend vollen Saal und wischte sich seine feuchte Hand an der Sonntagsweste ab. Zwei ganze Jahre waren vergangen, und Lukas fragte sich, ob er ihm die Hand reichen würde. Aber nein, er verbarg sie hinter seinem Rücken und wandte sich stattdessen an seine Frau.

»Du wolltest ihn sehen, jetzt hast du ihn gesehen ... Lass uns also gehen.«

Frau Lindmeyer ging nicht sofort. Sie brauchte noch einen Moment, um ihren großen Sohn zu betrachten und nach Anzeichen zu suchen, wie die See ihn verändert hatte: die Krähenfüße, die langen Haare, die Silberringe im Ohr, der kantigere Unterkiefer, die breiteren Schultern. Nur sein Blick war noch derselbe, so vertraut wie unergründlich. Herr Lindmeyer zog seine Frau am Ärmel. Sie reichte Lukas den Gebäckkorb und entfernte sich mit Tränen in den Augen, wobei sie immer noch zu ihm zurückblickte. Ihr schöner Lukas, ihr Herzensbub. Kein Tag war vergangen, an dem sie sich nicht ein schreckliches Schicksal für ihn ausgemalt hatte: ertrunken, schiffbrüchig, vom Großmast gefallen, vom Skorbut gezeichnet oder von einem Piratensäbel durchbohrt.

Das kleine Familiendrama hatte sich ganz unbemerkt abgespielt, da der Saal um sie herum inzwischen tobte. Unabhängig von der Qualität der jeweiligen Darbietung (gelungene Nummer, missratene Nummer, unsägliche Nummer) brandete jedes Mal frenetischer Applaus auf. Lukas versuchte, sich auf seine Rolle als Leibwächter zu konzentrieren, aber er war nicht ganz bei der Sache. Er kam sich vor wie ein Fremdkörper auf diesem so unwirklichen Fest.

Nach dem Talentwettbewerb wurde das Büfett zeitgleich mit der Tanzfläche eröffnet. Unter den Tönen der wild dahinfiedelnden Musik war der Boden bald von Krabbenschwänzen, Nussschalen und Bechamelsoße gesprenkelt. Kinder spielten zwischen den Tänzern Verstecken, Säuglingen klebte Sorbet auf der Stirn, alte Männer zwinkerten drallen jungen Mädchen zu, an denen die Region nicht arm war. Das laute Knacken der Holzdielen übertönte zunehmend die Geigen, und irgendwann brach eine Großmutter bis zur Haube durch den morschen Boden und kam schreiend vor Lachen wieder aus dem Loch gekrabbelt.

»Onkel Lukas!«

Das grelle Stimmchen durchbohrte Lukas' Trommelfell, und plötzlich hatte er einen Neffen auf seiner Schulter sitzen.

»He, er muss arbeiten, Jungs«, rief die herbeieilende Anne, die schon am Ende ihrer Nerven schien. »Onkel Lukas *arbeitet*. Ihr sagt ihm Guten Tag, und dann ab mit euch! Lasst mich zwei Minuten mit ihm reden. Nur *zwei* Minuten. Los jetzt! *Husch!*«

Sie erwartete ihr viertes Kind und sah sehr erschöpft aus. Lukas ließ seinen Neffen kopfüber hinunterfallen und fing ihn an den Knöcheln auf.

»Ich auch, ich auch!«, bettelten die Zwillinge.

Anne drängte sie beiseite, um ihren Bruder zu umarmen. Er drückte sie, so gut es ging bei dem Babybauch. Korb, Bauch, Groll – irgendetwas hielt ihn immer auf Abstand zu seinen Angehörigen.

»Hast du uns auf der Bühne gesehen, Onkel Lukas?« Die drei Neffen sprangen um ihn herum und zupften an seinem Ärmel. »Hast du uns gesehen? Hast du uns gesehen?«

»Und *wie* ich euch gesehen habe.«

»Verschwindet jetzt, habe ich gesagt!«, verscheuchte Anne sie.

Die Jungen jagten einander durch den Saal.

Lukas blickte auf den Bauch seiner Schwester und lächelte. »Wieder Zwillinge?«, fragte er.

»Nein, nein, ich glaube nicht. Oder … hoffe ich wenigstens. Wir werden sehen. Papa ist hier. Hat er mit dir gesprochen?«

»Nein.«

»Was für ein Sturkopf.«

»Wie eh und je. Und was macht dein Mann?«

»Er muss arbeiten und lässt dich grüßen. Und du, Lukas? Ich störe dich beim Wachehalten, nicht wahr?«

Lukas machte eine Geste in Richtung der Königin, die völlig hingegeben mit dem König tanzte.

»Schön ist sie …«, sagte Anne bewundernd. »Auf ganz eigene Weise schön. Und wo wir gerade von Schönheit sprechen, Lukas, weißt du, dass mich Eleni immer wieder nach dir fragt?«

Lukas ließ seinen Blick unruhig durch den Saal schweifen.

»Keine Sorge, Bruder. Sie kommt nicht. Aber seit du wieder auf dem Festland bist, gibt sie mir keine Ruhe.«

»Sage ihr, ich sei verheiratet.«

»Warum sollte ich das sagen? Warum seid ihr überhaupt auseinandergegangen? Ich habt doch gut zusammengepasst, oder?«

»Zu gut.«

»Was soll das heißen, *zu gut*? Sie hat dich geliebt, das weißt du.«

»Sie hat mich bevormundet. Ich hasse es, bevormundet zu werden. Das müsstest du doch verstehen?«

»Ach, weißt du, ich …« Anne deutete auf ihren Nachwuchs, der gerade das Büfett erkletterte. »Ich habe nicht mehr die gleichen Ansprüche … Es geht mir deshalb nicht schlechter, wohlgemerkt. Ich habe die Bagage lieb, das ändert alles. Vielleicht könntest du Eleni doch eine Chance geben? Seit zwei Jahren interessiert sie sich für keinen anderen. Sie hat auf einen Brief von dir gewartet.«

»Ich schreibe nie Briefe.«

»Das habe ich gemerkt.«

Die Jungen versuchten jetzt, mit zwei kleinen Mädchen auf der Tanzfläche eine menschliche Pyramide zu bilden. Anne und Lukas beobachteten sie einen Moment, ohne sich zu regen.

»Wusstest du«, fragte er plötzlich, »dass Eleni an Prinz Tibald geschrieben hat, als ich auf dem Schiff anheuern wollte?«

»So? Was hat sie geschrieben?«

»Ich hätte mein Versprechen gebrochen.«

»Was für ein Versprechen?«

»Das ist es ja. Es gab kein Versprechen.«

»Oh.«

»Der Tibald bestellte mich zu sich ins Schloss und ließ mich Elenis Brief lesen. Aber offensichtlich war er auf meiner Seite, denn er sagte: ›Weißt du was, Lindmeyer? Mein Vater, der König, hat gerade einen ganz ähnlichen Brief über mich erhalten.‹«

»Und dann?«

»Er fragte mich, was er mit dem Brief machen solle, und ich sagte zu ihm: ›Ganz, wie Ihr wollt.‹ Da hat er den Brief zerrissen. Zwei Tage später sind wir in See gestochen.«

»Ich verstehe. Aber willst du denn dein ganzes Leben lang allein bleiben, Lukas?«

Er ließ ihre Frage unbeantwortet. Seine Neffen bauten erneut ihre Pyramide, nur diesmal mit den kleinen Mädchen zuunterst, die von dem Gewicht ziemlich erdrückt wurden, und einem weiteren Jungen …

»Donnerwetter, was tut *der* denn hier?«

Eine bleiche Stirn, strohiges Haar, lange dünne Arme: Lysander. Nicht zu fassen. Lukas stürmte zu den Kindern, hob die Zwillinge am Gürtel in die Höhe, half den Mädchen sich aufzurappeln und beugte sich zu Lysander hinunter.

»Wie kommst du denn hierher?«

Der Junge klopfte sich den Staub von den Ärmeln und wirkte ziemlich zufrieden mit sich selbst.

»Mit einem Teppichhändler.«

»Als blinder Passagier? In einen Teppich eingerollt?«

»Unter der Rückbank versteckt.«

»Und Felix? Was hast du mit Felix gemacht?«

»Ich habe ihm einen Zettel dagelassen.«

Lukas schüttelte den Kopf. Felix hatte eine unerschöpfliche Quelle mütterlichen Instinkts in sich entdeckt und umsorgte Lysander wie ein Kleinkind. Er weckte ihn mit einem Lied, wischte ihm das Gesicht sauber, kämmte ihn an die zehn Mal, vergewisserte sich, dass er genug aß, dass er rechtzeitig zur Schule aufbrach, dass er wie geplant heimkam, dass er gewaschen zu Bett ging. Lysanders Zettel würde ihn in helle Aufregung versetzen.

»Hat der König dich gesehen?«

»Nein.«

»Du solltest nicht hier sein. Und schon gar nicht ohne Felix.«

»Ich habe meine Gründe.«

»Ah ja, und welche sind das?«

Es gab einen sehr einfachen Grund: Baptist war vom Verhöhnen zum Verhauen übergegangen. Nachdem Lysander sich schon kundig gemacht hatte, welche Schiffe nach Basilis fuhren, hatte er beschlossen, stattdessen in die Nördliche Hochebene zu reisen. Allerdings hatte er nicht die Absicht, Lukas oder sonst irgendjemandem seine blauen Flecken zu zeigen.

»Gründe eben. Kennst du zufällig diesen Blasius von Frixeln, der hier im Irrenhaus arbeitet?«

Lukas war überrascht von der Frage, doch wie jeder aus Norfels kannte auch er diesen Blasius, der im Irrenhaus arbeitete. Er zeigte auf den Tisch mit den Desserts.

»Der mit dem Krapfen dort, das ist er.«

»Der Dicke mit dem Schnurrbart?«, fragte Lysander leicht enttäuscht.

»Urteile niemals nach dem Äußeren, besonders nicht in diesem Fall.«

Lysander versuchte, ihm zu glauben, und steuerte auf das Büfett zu, wo Blasius von Frixeln gerade seinen halben Krapfen mit einem großen Schluck Milch hinunterspülte.

»Guten Abend, mein Herr.«

Blasius lächelte freundlich durch seinen milchnassen Schnurrbart. Er war nicht viel größer als Lysander, dafür mindestens dreimal so dick.

»Ich bin Lysander.«

Blasius hob eine einzelne Braue. Seine abstehenden Ohren röteten sich. Eine gute Minute lang verzehrte er weiter Krapfen, und Lysander wartete ab, wobei er unmerklich seine Position veränderte, um nicht von Tibald entdeckt zu werden.

»Das Kerlchen aus Basilis?«, fragte Blasius schließlich.

»Ich bin hergekommen, um Euch zu treffen.«

Wieder wartete er ab. Blasius musterte aufmerksam seinen zukünftigen Schüler.

»Du bist eigens *hergereist*, um mich zu treffen?«

»Ja.«

»Du *schwänzt die Schule*, um deinen Privatlehrer zu treffen?«

»Ähm …«

»Hm.«

Blasius fegte sich die Krümel von den Händen.

»Hm, hm, hm«, wiederholte er.

Lysander wurde blass. Das war's, er hatte alles verdorben. Er hätte besser sein Leid ertragen und abwarten sollen, bis Blasius ins Schloss kam. Was, wenn der Dicke mit dem Schnauzer nun ablehnte, sich um ihn zu kümmern? Wenn er beschloss, in der Anstalt zu bleiben? Lysanders Schulhölle würde ewig fortdauern … Zu seiner Überraschung fing Blasius heftig an zu lachen.

»Hehe! Hehehe! So weiß ich schon mal, mit wem ich es zu tun habe.«

Er reichte ihm seine Hand, die Lysander drückte. Ein fester Griff, eine klebrige Handfläche. Blasius senkte die Stimme und beugte sich zu ihm:

»Weiß der König, dass du hier bist?«

Lysander zog es vor, nicht zu antworten.

»Wenn du meinen Rat hören willst: Fahr so schnell wie möglich zurück. Verschwinde von hier. Ich komme dir bald nach. In ein oder zwei Tagen, so lange, wie ich brauche, um den Fall eines Paranoikers zu regeln, der mich nicht gehen lassen will. Er hat kein Zutrauen zu meinem Nachfolger, verstehst du, und glaubt, er werde ihn in eine Zelle abführen und bei nächster Gelegenheit ermorden. Erwürgen, erdrosseln, mit der Säge zerschnitzeln, etwas in der Art.«

»Ah ...«

»Nun, und was deine Rückreise betrifft ... Siehst du den dort, der so wild tanzt?«

Er stellte sich vor Lysander, damit Tibald ihn nicht sehen konnte, und zeigte ihm eine völlig entfesselte Gestalt auf der Tanzfläche – vermutlich ein weiterer Patient aus der Anstalt.

Als könnte er Lysanders Gedanken lesen, erklärte Blasius: »Das ist kein Patient aus der Anstalt. Er ist Goldschmied, und einer der besten. Er lebt in Mittling, lässt sich aber niemals ein Fest im Norden entgehen. Er reist noch heute Nacht ab, du könntest also ein Stück mit ihm fahren. Frage ihn aber höflich um Erlaubnis, hm? Denn wenn du unter eine Sitzbank kriechst, wird er es sofort bemerken.«

Eine gute halbe Stunde lungerte Lysander im Umkreis des Büfetts herum und verbarg sich hinter beleibten Männern und weiten Röcken, bis der Tänzer auf dem Parkett endlich müde wurde. Doch als er ihn ansprach, hatte er kein Glück.

»O nein, nein, mein Guter, ich reise noch nicht heute Nacht. Die

Straßen sind vereist, ich muss erst die Hufeisen wechseln und die Reifen verstärken. Aber übermorgen könnte es gehen, wenn du möchtest.«

»Kennt Ihr jemanden, der heute noch abreist?«

Der Goldschmied tupfte sich die Stirn ab, ließ seinen Blick durch den Saal schweifen und breitete dann die Arme aus, unter denen enorme Schweißflecken zum Vorschein kamen.

»Leider nein, diese Leute sind alle von hier. Mit denen kommst du nicht weit ...«

Auf einmal unterbrach sich der Goldschmied, wölbte seine Brust und rief:

»Eure Majestät!«

Lysander rutschte das Herz in die Hose. Er wagte nicht, sich umzudrehen, auch dann nicht, als sich zwei feste Hände auf seine schmächtigen Schultern legten.

»Guten Abend«, grüßte Tibald den Goldschmied freundlich. »Ihr kommt von weit her, nicht wahr?«

»Für einen guten Tanz ist kein Weg zu weit, Eure Majestät. Außerdem gibt es Leute, die kommen von noch weiter her, zum Beispiel dieser junge Mann aus der Hafenregion, der es eilig hat, nach Hause zu kommen.«

»Er wollte wahrscheinlich zurück sein, bevor ich ihn erwische. Aber leider zu spät.«

»Wie? Ach so, ja gewiss, Hoheit«, nickte der Goldschmied, der nichts begriff. »Nun, dann lasse ich euch wohl mal miteinander reden, nicht? Meine Empfehlungen an die Königin, Hoheit, und auf Wiedersehen.«

»Auf Wiedersehen«, antwortete Tibald. »Dreh dich um, Lysander.«

Schlaff drehte Lysander sich um.

»Nun?«

Lysander hielt seinem Blick stand, ohne etwas zu sagen.

»Was ist mit Felix?«

Lysander nickte mit dem Kopf in die Richtung, in der ungefähr das Schloss liegen mochte.

»Was hast du dir nur dabei gedacht? Nenne mir einen vernünftigen Grund, weshalb du hier bist.«

Lysander zeigte auf Blasius, der sich gerade einen ganzen Apfelkuchen einverleibte. Tibald kratzte sich im Nacken.

»Ich bin wütend, Lysander. Wirklich. Ich muss dir vertrauen können.«

Die Miene des Königs war untypisch ernst.

»Du bleibst erst einmal bei Lukas. Und halt dich ein bisschen gerade. Wir sehen uns später.«

Tibald eilte mit großen Schritten davon, nicht um von Lysander wegzukommen, sondern um einem Bankier zu entgehen, der ihn als Nächstes ansprechen wollte. Ecksteins legendäre Unbescholtenheit beruhte zu einem großen Teil auf der Tatsache, dass seine Herrscher Bankdirektoren mieden wie die Pest, eine Tradition, die Tibald gerne aufrechterhalten wollte.

Ovid, der ihm auf dem Fuß folgte, sagte: »Wenn Ihr Lysander bestrafen wollt, Hoheit, habe ich einen einfachen Vorschlag: Lasst ihn bei Benedikt schlafen. Der Mann flucht wie ein Kesselflicker, er furzt, er …«

Doch Tibald hörte gar nicht hin: Ein Stück weiter wartete strahlend Ema auf ihn, die unbedingt bei einem Tanz mitmachen wollte, bei dem die Männer auf der einen, die Frauen auf der anderen Seite hüpften. Er hätte lieber gesehen, dass sie eine Kleinigkeit äße, aber auf einen entspannten Moment der Zerstreuung wollte er auch nicht verzichten.

Der Moment dauerte lange. Ema wollte gar nicht mehr aufhören zu tanzen. Kurz vor dem Morgengrauen musste Tibald sie regelrecht anflehen, schlafen zu gehen. Madeleine und Benedikt schlummerten schon lange tief und fest, Ovid hatte sich mit einer alten Flamme zurückgezogen, und die Bediensteten des Palais räumten den Saal auf, indem sie die Reste aus den Flaschen tranken. Vom Orchester waren nur noch zwei nicht totzukriegende Fiedler übrig geblieben und auf der Tanzfläche ein aus dem Irrenhaus entflohenes Paar. Und dann war da noch Lysander, der mit dem Kopf im Arm auf einer Tischplatte eingeschlafen war.

»Was machst du denn noch hier?«, fragte Tibald und schüttelte ihn.

Lysander öffnete ein halbes Auge. Brotkrümel, erloschene Lüster, ein löchriger Holzboden – wo war er? Dann erinnerte er sich wieder.

»Ich … Ihr habt gesagt, ich soll bei Lukas bleiben, Hoheit. Und er ist hier, direkt hinter Euch.«

Lukas hatte geduldig das Ende des Abends abgewartet, doch je mehr sich der Saal von den Gästen leerte, desto mehr füllte er sich mit seinen schwierigen Kindheitserinnerungen.

»Gut, lasst uns gehen«, sagte Tibald.

Sie nahmen, was sie für den Korridor zur königlichen Suite hielten – um sich kurz darauf in völliger Finsternis und stickig feuchter Luft wiederzufinden. Ein bröseliges Mauerwerk, durchbrochene Türen, die den schummrigen Blick auf verlassene Zimmer freigaben, ein kaputtes Fenster, durch das der grünliche Schein eines Polarlichts drang. Ema und Lysander wollten unbedingt nach draußen, um es sich anzusehen, aber Tibald wechselte einen müden Blick mit Lukas.

»Ich hätte wirklich meinen Kompass mitnehmen sollen«, seufzte er.

»Du kannst ja wieder den Kutscher schimpfen«, sagte Ema fröhlich und kicherte über ihren eigenen Witz.

Als sie ein paar Schritte weiter einen Bilderrahmen ohne Bild erblickten, konnte sie gar nicht mehr an sich halten. Sie krümmte sich vor Lachen und ließ sich auf einer Bank nieder, die unter ihrem Gewicht zusammenbrach. Sie lachte so sehr, dass Tibald ihr nur mit Mühe aufhelfen konnte. Er lachte ebenfalls, wenngleich er unruhig war. Seine Unruhe verschwand erst, als sie endlich auf einen Gang stießen, der von flackernden Laternen erleuchtet war und streng nach frischer Farbe roch: der Flur zur königlichen Suite. Kurz darauf sanken sie alle todmüde in ihre jeweiligen Betten (Lysander neben Benedikt).

Als Ovid am nächsten Morgen pfeifend in das Stadtpalais zurückkehrte, schliefen alle noch tief und fest. Am Fenster stehend dachte er an die reizvollsten Momente seiner Liebesnacht zurück. Er hatte seine Kette aus Haifischzähnen bei der Dame vergessen, aber sei's drum. Die anderen schliefen bis in den Nachmittag hinein. Lysander war bei ihnen geblieben, denn der Goldschmied hatte recht gehabt: Bei diesem Frostwetter wollte sich keiner auf Reisen begeben.

Im Gänsekotgrün der Suite verzehrte die Gruppe die Speisereste des vergangenen Abends, anschließend schlug ein Lakai ihnen eine Besichtigung des Parks vor – eingefrorene Brunnen, Putten mit eisglänzenden Pobäckchen, Wege, die sich in Schlittschuhbahnen verwandelt hatten, und ein weißer Horizont, so weit das Auge reichte.

»Ein bisschen kalt für die Jahreszeit, nicht?«, fragte Tibald arglos den vor ihm gehenden Stallmeister.

Der Stallmeister, der es leid war, dass man ihm ständig dieselbe Frage stellte, machte sich nicht erst die Mühe, sich umzudrehen:

»Seid ihr nicht endlich mal fertig mit dieser Leier? Mir sind die Jahreszeiten wurscht. Die sind mir schnuppe und schnurz.«

Der verblüffte Tibald sagte nichts, dafür empörte sich der Lakai:

»Viel zu kalt, *Eure Majestät.*«

Der Stallmeister bemerkte seinen Schnitzer und wäre am liebsten im Erdboden versunken.

»Viel zu kalt, Eure Majestät«, beteuerte der Lakai wieder, »der Frost hat die Äpfel verdorben, die Schafe haben doppelt so viel Grobwolle wie sonst, und die Wildgänse sind schon vor Ende der Erntezeit nach Süden aufgebrochen. Die Natur bereitet sich auf einen äußerst harten Winter vor.«

»Ein Grund mehr, unsere Reise abzukürzen«, meinte Tibald. »Ich werde Holz und Lebensmittel über die Insel verteilen müssen, bevor uns der Schnee einen Strich durch die Rechnung macht. Lasst uns jetzt ins Palais zurückkehren, ich habe Sorge, dass du dich erkältest, Ema.«

Er hielt sie mit festem Griff, damit sie nicht ausrutschte. Er hatte den vergangenen Festabend so anstrengend gefunden, weil er die ganze Zeit auf das kleinste Anzeichen von Erschöpfung bei ihr gelauert hatte. Tatsächlich aber hatte er sie nie so aufgeblüht gesehen. Es war ihm ein Rätsel. An einem Tag brach sie müde und verängstigt zusammen und hörte Wölfe heulen; am nächsten Tag tanzte sie die ganze Nacht hindurch und lachte ohne ersichtlichen Grund.

Zurück am Kaminfeuer verbrachten alle den Abend mit Kartenspielen. Benedikt spielte mit großem Ehrgeiz, Madeleine eher zerstreut. Ovid hielt die Karten so fest in seinen dicken Fingern, dass er, ohne es zu merken, ihre Ecken verbog, und Lysander, der sich die verbogenen Karten einprägte, gewann jedes Spiel.

Sie gingen früh schlafen.

39

Am nächsten Tag hielt man es nicht mehr für nötig, das Palais zu heizen, da die Abreise des Königs kurz bevorstand. Dieser wollte allerdings erst aufbrechen, wenn Bruno Rötzel, sein neuer Leibwächter, da war, der seinerseits erst aufbrechen wollte, wenn er sich von seinem Bären verabschiedet hatte, und so wartete die reisefertige Gruppe geduldig in der eiskalten Eingangshalle und hauchte sich in die Hände.

»Ich habe wirklich Angst, dass du dich erkältest«, flüsterte Tibald Ema wieder zu.

Ovid tappte mit seinen Zehen auf den Boden, Madeleine vergrub ihr Kinn in ihrem Schultertuch, und Benedikt patschte mit seinen weißen Handschuhen auf seinen Ärmelaufschlag.

Plötzlich hob Lukas seine Nase aus dem Kräuterkundebuch, das Lysander über seine Schulter hinweg mitlas. »Etwas verstehe ich nicht«, meinte er. »Hält denn Bruno Rötzels Bär keinen Winterschlaf?«

»Er gibt ihm Kaffee zu trinken«, erklärte ein Lakai. »Nur um ein bisschen mit ihm zu plaudern. Bären sind ziemlich schlecht gelaunt, bevor sie einschlafen, und wenn man sie dann auch noch weckt … das wollt ihr gar nicht wissen. Nur Bruno kann so etwas machen, ohne im Leichenhaus zu landen. Ach, da kommt er ja …«

Der berühmte Bärenbändiger kam herein und mit ihm der Wind der Ebene und der Geruch des Tieres, das er so lange umarmt hatte. Sein ganzer Mantel war mit Bärenhärchen übersät. Sein üppiger Haarschopf ließ ihn einen Kopf größer wirken, als er tatsächlich war. Er hatte einen buschigen Vollbart, die dicken schwarzen Augenbrauen seines Vaters und zwischen all dem Gewucher riesengroße Nasenlöcher. Sein imposanter Rumpf bewegte sich auf dünnen Storchenbeinen. Alle starrten ihn fasziniert an. Benedikt fand ihn unansehnlich. Die anderen sagten sich, dass man ihn sicher erst mal besser kennenlernen musste. Er selbst schwieg beharrlich. Er hatte das Angebot des Königs aus Mangel an Alternativen angenommen. Es interessierte ihn nicht, was sein Vater trieb, die königliche Leibgarde war ihm ziemlich wumpe, und auch wenn er Tibald seinem Bruder Jesko vorzog, so zog er doch seinen Bären beiden Brüdern vor.

Kaum hatte sich der Reisetrupp auf den Weg gemacht, wurde deutlich, dass sich der Weg nach Westwalden hinziehen würde. Etliche Fuhrwerke hatten Spurrillen in den Schneematsch gefurcht, die nun gefroren waren, sodass die vergoldeten Räder der Kutsche fortwährend stecken blieben. Schon nach zehn Minuten brach eine der Radnaben, und der Stallmeister musste als Schmied einspringen. Sie legten nur wenige kurze Pausen ein, die sie damit verbrachten, auf und ab zu hüpfen, um sich aufzuwärmen. Von den Pasteten des Herrenhauses war nur noch eine einzige übrig, und das Wasser in den Trinkschläuchen war gefroren. Ovid schlug eine kleine Runde Kampfkunst vor, um zu sehen, wie Benedikt sich aus der Affäre ziehen würde, doch Lukas nickte vielsagend zu Bruno Rötzel hinüber, der gerade gähnte, als wollte er die ganze Landschaft verschlingen: Dem Bärenbändiger würde nur Tibald gewachsen sein, aber da dieser Ema nicht von der Seite wich, konnte man nicht auf ihn zählen.

Bruno zeigte ohnehin kein Interesse an seinen Mitmenschen. Ab und zu warf er höchstens einen kritischen Blick auf Simons Bärenfellmantel. Die übrige Zeit widmete er sich den Pferden. Er streichelte sie, bürstete ihr Fell, und vor allem schien er ihnen zu-

zuhören. Sosehr er auch gesellschaftliche Umgangsformen vermissen ließ, besaß er doch ein einzigartiges Talent, das ihnen allen zugutekam, als sich ein Pferdeknecht von einer widerspenstigen Stute auf die Hand trampeln ließ.

»Ah, dieses verdammte Luder!«

»Wie heißt sie?«, fragte Bruno mit seiner tiefen Stimme, ohne sich für die anschwellende Hand zu interessieren.

»Mascha, warum?«

»Und was wolltest du von ihr?«

»Ihre Hufe kontrollieren, natürlich!«

Bruno schob den Knecht zur Seite.

»Also Mascha, was ist los?«, murmelte er, während er der Stute über die Stirn strich.

Dann erklärte er, als sei es das Offensichtlichste der Welt:

»Ihr tut die Fessel weh.«

Er ging um das Tier herum und beugte sich hinunter. Direkt über dem Huf, unter den Haaren verborgen, die bei Mascha lang waren, entdeckte er eine offene Wunde. Bruno redete der Stute gut zu, ihm trotzdem ihr Hufeisen zu zeigen. Sie gehorchte ihm aufs Wort, was den Pferdeknecht in ziemlich schlechte Laune versetzte, dem Tross aber erlaubte, weiterzureisen.

Bis auf das Kreiseln der pudrigen Schneeflocken schien die Landschaft in einen reglosen Schlaf versunken. In der Kutsche drückte der König die Hand der Königin, die die Hand des Königs drückte. Ihnen gegenüber schwatzten Madeleine und die beiden Kammerdiener ohne Unterlass.

»Ist das hier nicht der Geburtsort von Königin Sidra?«, stieß Madeleine plötzlich hervor und zeigte auf eine steinige Anhöhe.

Zum ersten Mal hörten Ema und Lysander ihrem Gespräch zu.

»Ja, ich glaube schon. Ein Stück hinter dem Hügel«, meinte ein Diener.

»Es soll ein trostloser Ort sein«, fuhr Madeleine fort und schnalzte mit der Zunge.

»Ich kenne jemanden, der ihn besichtigt hat«, erklärte der andere Diener. »Die Steine bewegen sich dort von selbst. Und sie sprechen auch.«

»Die Steine des Hauses?«, fragte Madeleine entsetzt.

»O ja.«

»Und wie sieht das Haus aus?«, wollte Lysander wissen.

»Das hat er nicht gesagt. Nur dass die Steine reden und sich bewegen.«

»Und was sagen sie genau?«, fragte Madeleine weiter, ihre gefalteten Hände auf die Brust gelegt.

»Sie sagen überhaupt nichts«, unterbrach Tibald sie.

Die drei Bediensteten machten große Augen.

»Ihr ... Seid Ihr dort gewesen, Hoheit?«, fragte ein Diener.

»Natürlich. Sidra ist immerhin meine Stiefmutter.«

»Oh!«, machte Madeleine zappelig. »Oh, erzählt uns davon, Hoheit!«

»Da gibt es nichts zu sehen. Ein verlassener Steinhaufen, als würde dort schon seit über hundert Jahren keiner mehr wohnen.«

»Und die Stimmen? Die Stimmen der Steine, Hoheit?«

»Diese Stimmen, Madeleine, nennt man Luftzug oder Wind.«

»Ach.«

Enttäuscht verstummte Madeleine für einen Moment, bevor sie wieder loslegte:

»Aber war es nicht hier, Hoheit, dass unsere Königin Sidra von ihrer Großmutter aufgezogen wurde?«

»So heißt es, ja. Aber niemand hat diese Großmutter je gesehen. Sie war schon tot und begraben, als Sidra ins Schloss kam.«

»Wenn ich mir vorstelle«, sagte Madeleine ergriffen, »dass unsere Königin von einem kargen Steinhaufen zu uns gekommen ist – was für eine schillernde Lebensgeschichte! Nicht wahr, Eure Majestät?«

»Das muss man wohl so sagen«, räumte Tibald ein, um sie zum Schweigen zu bringen.

In Wahrheit hatte Sidras plötzliches Auftauchen so kurz nach Luises Tod seine Kindheit zerstört. Damals erkannte er seinen Vater nicht wieder, der zuerst verliebt, dann verängstigt erschien. Sidra schüchterte das Personal ein, behandelte Tibald wie Luft und verhätschelte den unerträglichen Jesko. Es waren keine guten Erinnerungen.

Nach und nach füllte sich die Ebene wieder mit Obstwiesen, die etwas später in einzelne Wäldchen übergingen. Die Pferde wurden müde, aber die Zeit drängte. Keiner hatte Lust auf eine weitere Nacht unter freiem Himmel, zumal sie in der Großen Kurhütte erwartet wurden, dem angenehmsten Aufenthaltsort im ganzen Königreich: Die Kurhütte war ein großes Blockhaus inmitten eines Nadelwaldes und neben heißen Quellen gelegen, ein begehrtes Reiseziel des ausländischen Adels.

Sie erreichten den bläulichen Kiefernwald kurz vor Einbruch der Dunkelheit. Baumstämme und Fahrweg schienen wie mit dem Lineal gezogen. Unter den Wagenreifen knisterten die Nadeln, und ein betörender Harzduft drang in die Kutsche. Es war eine heimelige Atmosphäre, doch Ema griff plötzlich nach Tibalds Hand.

»Hörst du das?«, fragte sie erschrocken.

»Ich höre die ganze Zeit Tratschgeschichten und würde mir ehrlich gesagt am liebsten die Ohren verstopfen.«

Sofort verstummten die Diener. Lysander drückte sein Ohr an die Scheibe, um besser horchen zu können.

»Und jetzt«, fuhr Tibald fort, »höre ich das Schnarren der defekten Radnabe.«

»Aber Tibald …« Emas Drängen klang fast flehentlich.

»Hoheit …«, schloss Lysander sich ihr an, bleicher denn je.

»Also gut«, sagte Tibald und öffnete den Wagenschlag. »Simon! Halte an!«

Simon brachte die Kutsche zum Stehen, und Tibald stieg aus. Die Pferde scharrten nervös mit den Hufen. Alle machten ein erschrockenes Gesicht, außer Bruno, der sichtlich fasziniert war. Aber Tibald konnte die Ohren spitzen, soviel er wollte, er hörte nur den Wind durch die Nadelbäume streichen. Damit ihnen in der Kälte nicht die Glieder gefroren, öffnete er wieder den Schlag, um in die Kutsche zu steigen. Er hatte schon den Fuß auf das Trittbrett gesetzt, als er plötzlich innehielt.

Jetzt hörte er es auch.

Ein Wolf.

Unfassbar, aber so war es.

Der finstere und erschütternde Klagelaut aus der Ferne traf den König wie ein Pfeil ins Herz. Tibald schloss die Augen. Der Wolf rief ihn. Der Wolf stellte ihm eine Frage, die er niemals würde beantworten können. Der Wolf forderte etwas von ihm, was er ihm niemals geben konnte.

Genug!

Tibald klopfte zum Zeichen der Weiterfahrt dreimal aufs Kutschendach, sprang auf die Sitzbank und warf die Tür zu. Diesmal konnte er es nicht mehr abstreiten. Wölfe. Tiere, die eigentlich ausgerottet waren. Bestien, die einst das Königreich ins Verderben gestürzt hatten, indem sie die Prinzessin verschleppten. Tibald konnte Gesetzesbrecher überführen, sie verurteilen, bestrafen. Er konnte seinen Bruder Jesko überwachen lassen, sich vor ihm in Acht nehmen, sich gegen ihn wehren. Er konnte einen Rötzel durch einen anderen Rötzel in Schach halten. Aber die herbstliche Tagundnachtgleiche? Die Wölfe? Die Catastrophe? Was konnte er gegen übernatürliche Kräfte ausrichten? Als er Emas kalte Hand an seine Lippen führte, erschien ihm seine Regentschaft unvorstellbar, unbeständig und unendlich zerbrechlich.

Wenig später weitete sich der Waldweg, und vor ihnen tat sich eine märchenhafte Szenerie auf. Mit ihrem weiß gezuckerten Dach, den bernsteingelben Fenstern und den qualmenden Schornsteinen erinnerte die Große Kurhütte an ein Lebkuchenhaus. Im bläulichen Schotter des Vorplatzes steckten brennende Fackeln, in den stattlichen Kiefern Hunderte von Kerzen. Der Frost hatte Äste und Triebe mit einer durchsichtigen Schicht überzogen, und jedes noch so kleine Detail lag wie ein kostbarer Gegenstand unter der Glasvitrine des Waldes. Hier und da wallten Dämpfe von den heißen Quellen herüber. Dick eingemummte Diener kamen ihnen entgegengeeilt.

Im Innern der Kurhütte war alles handverlesen: das Porzellangeschirr, die Zinnkrüge, die Gläser; die Wände aus hellem Kiefernholz, der Boden aus Ahornholz, die Möbel aus Mahagoni; Kachelöfen aus blauer Keramik, mit Gänsedaunen gefüllte Decken, Pantoffeln aus Otternfell, Bettvorleger aus Fuchsfell. Ein üppiges Fondue, feiner Kirschlikör. Und doch konnte in dieser Nacht keiner von ihnen ein Auge zumachen. Der Wolf heulte nicht mehr alleine – ein ganzes Rudel hatte sich ihm angeschlossen. Im königlichen Bett, das so breit war wie ein Boot, konnte Ema nicht aufhören zu zittern.

»Machen dir die Wölfe Angst?«

»Nein. Die Kälte lässt mich frieren.«

»Aber wir haben drei Wärmflaschen, ein loderndes Feuer … und ich komme offen gestanden fast um vor Hitze.«

»Mir ist trotzdem kalt.«

Er drückte sie fester.

»Ema Beatriz Ejea Casarei bekennt keine Angst.«

»Nein.«
»Nicht einmal ihrem Ehemann.«
»Dem schon gar nicht.«
Tibald wiegte sie in seinen Armen, bis sie einschlief.

40

Während Ema am nächsten Morgen zu Madeleine hinüberging, um sich anzukleiden, trank Tibald, die nackten Füße selig in den weichen Bettvorleger vergraben, seinen ersten Schluck Kaffee. Doch bald erinnerte ihn sein Pflichtbewusstsein ans Rasieren.

»Du kannst mich rasieren, wenn du willst, Benedikt«, schlug Tibald vor, weil er sich heute etwas faul fühlte.

Benedikt, der sich diese seltene Gelegenheit nicht entgehen lassen wollte, machte sich sofort ans Werk. In einer idealen Welt hätte er auch die widerspenstige Haartolle des Königs gebändigt, die in Richtung Decke zeigte, aber da er kein Friseur war, begnügte er sich mit der Rasur. Er hatte schon fast sämtliche Stoppeln ausgemerzt, als Ovid sein skizzenhaftes Gesicht ins Zimmer streckte.

»Was willst du, Küfer?«, fragte Tibald. »Brauchst du auch Unterstützung beim Rasieren?«

Ovid kratzte sich kurz am Kinn, was wie grobes Schmirgelpapier klang.

»Ähm … Nein. Jemand ersucht um eine Audienz, Hoheit. Drei Schäfer.«

»O Ovid! Ich habe doch gesagt, dass man Audienzgesuche ans Schloss richten soll. Wir sind nicht lange genug hier, um ihnen vor Ort nachzukommen.«

»Das stimmt, Hoheit. Aber … es scheint mir eine dringende Angelegenheit zu sein.«

»Das mag sein, aber ich habe das Zepter nicht bei mir, Ovid. Es ist also zwecklos.«

»Einer von ihnen hat Blut auf seinem Mantel, Hoheit.«

»Blut?«

»Blut, Hoheit, so wahr ich hier stehe.«

»Na gut. Blut … Wenn das so ist …«

Die Schäfer waren auf ihren Arbeitspferden hergeritten und erschienen in abgenutzten Kapuzenmänteln und einfachen Holzschuhen – das Fehlen des Zepters fiel also nicht weiter ins Gewicht. Was sie Tibald zu berichten hatten, verdutzte ihn.

»Ich verstehe nicht recht. Ihr habt sieben Schafe verloren, von denen ihr sechs tot aufgefunden habt. Und von diesen wurde nur eines gefressen?«

»Das ist es eben, was uns beunruhigt, Hoheit«, sagte einer der drei. »Normalerweise töten Raubtiere, um zu fressen.«

»Außerdem haben wir etwas gehört …«, sagte ein anderer zögernd. Das Wort »Wolf« wagte er nicht auszusprechen.

»Ja, wir alle haben es gehört. Aber was haben eure Tiere nachts draußen zu suchen gehabt?«

»Gestern Abend waren sie im Stall, Hoheit, und jeder von uns hat sie wie üblich abgezählt.«

»Aber sie wurden doch sicher draußen angegriffen?«

»Jawohl, Hoheit. Trotzdem, wir hatten sie in den Stall gebracht.«

Tibald fuhr sich mit der Hand über das Gesicht – nach Benedikts Radikalschur würde er sicher die nächsten zehn Tage bartlos bleiben.

»Wo befinden sich eure Ställe?«

»Eine Stunde von hier, wenn man den Kiefernwald durchquert, Hoheit. Sie grenzen an den großen Wald.«

»Mit ›großen Wald‹ meint ihr …«

»Die Catastrophe, Hoheit.«

»Ihr lebt direkt am Rand der Catastrophe?«, fragte Tibald verblüfft.

»Nicht wir, Hoheit. Unsere Schafherden.«

»Ovid, man soll mir Epinal satteln. Ich werde mit ihnen reiten.«

»Wirklich, Hoheit?«, fragte Ovid erschrocken. »Soll ich mitkommen?«

»Ja, bitte. Und … Ovid?« Tibald flüsterte ihm ins Ohr: »Richte der Königin aus, dass sich die Audienz noch hinzieht und ich anschließend die örtlichen Ratgeberinnen treffen muss. So lange könnte sie mit Madeleine und Lukas zu den heißen Quellen gehen. Sie sollen nur aufpassen, dass ihr nicht zu kalt wird. Natürlich auch nicht zu heiß. Du verstehst schon. Bis zum Mittagessen sind wir zurück.«

Ovid kräuselte überrascht seine Nase. Tibald handelte oft impulsiv, aber niemals, ohne Ema einzuweihen.

»Ihr … Seid Ihr sicher, Hoheit?«

Tibald deutete auf die Tür.

»Versuche, glaubwürdig zu klingen.«

Ovid ging hinaus. Er hatte lange genug die Meeresoberfläche studiert, um ein Unwetter vorhersagen zu können; diesmal spürte er intuitiv, dass der König einen Fehler beging. Als sie im Pferdestall auf Lysander trafen, war der strenge Ton, den Tibald anschlug, auch nicht gerade beruhigend.

»Du hast wohl gehofft mitzukommen, was? Kannst du ein Pferd reiten? Nein? Das hab ich mir gedacht. Du bleibst hier und rührst dich nicht vom Fleck. Hier wird nicht abgehauen. Du verhältst dich ruhig, verstanden? Hast du mich verstanden, Lysander?«

Verwirrt sah Lysander den Küfer an, der ebenfalls verwirrt mit den Schultern zuckte.

Wenig später befanden sich die prächtigen Hengste aus dem königlichen Marstall auf dem Weg durch den Wald, wo sie sich dem langsamen Trott der Arbeitspferde anpassten. Tibald konnte es kaum erwarten, anzukommen und gleich wieder zurückzureiten, und hätte wie Epinal die Strecke am liebsten im Galopp zurückgelegt. Doch dicht stehende Baumstämme verengten den Pfad – zunächst nur Schwarzkiefern, dann kamen Ahornbäume hinzu, Ulmen, Pappeln und Birken. Der Frost, der sie am Abend zuvor so poetisch hatte aussehen lassen, hatte über Nacht ihre Rinde aufgerissen und ihre Triebe erfrieren lassen. Abgebrochene Äste lagen überall auf dem Weg. Ein einsamer Spatz fröstelte am Ende eines nackten Zweiges vor sich hin. Es gab nichts, was den Blick anzog.

Der König schlug den Kragen seines großen roten Mantels hoch. Er hielt die Zügel mit nur einer Hand, um die andere im Ärmel zu wärmen. Die Kälte kroch durch seine Stiefelnähte. Je weiter er sich von der Kurhütte entfernte, desto mehr bedauerte er, Ema vor seinem Aufbruch nicht umarmt zu haben. Er vermisste sie, als hätte er sie soeben für immer verloren.

»Lächerlich«, murmelte er kopfschüttelnd vor sich hin.

Er versuchte, sich vorzustellen, wie sie mit ihrer glatten Haut in das warme Bad des wunderwirkenden Quellwassers tauchte. Wie seine schwarze Königin mit ihrer natürlichen Schönheit die ausländischen Gräfinnen auf Verjüngungskur neben sich verblassen ließ. Das Bild beruhigte ihn eine Weile, dann wendete es sich gegen ihn, denn nun bekam er richtig Angst, sie niemals wiederzusehen. Reflexhaft betastete er durch den dicken Mantelstoff hindurch das Medaillon, das er immer um den Hals trug.

»Warum schüttelt Ihr so den Kopf, Hoheit?«, fragte Ovid irgendwann.

»Es ist ziemlich kalt, oder nicht?«

»Na ja, es gab schon Schlimmeres, mein König.«

Ovid selbst fühlte sich nie wohl in der Westwaldener Region. Seine Angst vor Geistern hatte hier ihren Ursprung, und zwar aus einem guten Grund. Er hatte nie jemandem von seinem Erlebnis erzählt, aber die Erinnerung daran hatte sich in sein Gedächtnis eingebrannt. Deshalb atmete er auf, als sich die Birken nun lichteten und hinter einem Viehzaun ein weites Weideland auftauchte. Seine Erleichterung währte jedoch nur kurz, denn am anderen Ende der großen Weide erhob sich dicht und abweisend die Catastrophe. Epinal spitzte seine Ohren, kaute auf der Kandare herum und schüttelte den Kopf, um das Zaumzeug loszuwerden. Auch die anderen Pferde wurden nervös, und die Schäfer mussten abspringen, um sie an den Zügeln vorwärtszuziehen.

Ihre Schafställe lagen nicht weit voneinander entfernt und waren vollkommen unbeschädigt. Nicht ein Brett, nicht ein Nagel war herausgebrochen. Man hätte glauben können, die Schafe selbst hätten den Riegel aufgeschoben. Die sechs Kadaver lagen nebeneinander auf der Wiese. Fünf der toten Tiere hatten aufgerissene Kehlen und waren daran verblutet. Vom sechsten Kadaver waren nur noch Rippenknochen und vier Hufe übrig, die über den scharlachroten Schnee verstreut lagen.

»Und ihr seid ganz sicher, dass ihr die Herde gestern Abend in die Ställe gebracht habt?«, fragte Tibald erneut.

»Vollkommen sicher, Hoheit.«

Ihre Stimmen waren kaum zu verstehen, weil die in den Ställen verbliebenen Schafe so laut blökten.

»Außerdem, mein König: Selbst wenn ich zufällig eines der Schafe draußen vergessen hätte, so wäre es doch sonderbar, wenn den anderen Schäfern just am gleichen Abend zur gleichen Zeit der gleiche Fehler passiert wäre.«

Tibald hatte die Fäuste in die Hüften gestemmt und seufzte.

»Man wird euch in klingender Münze entschädigen«, versprach er.

Er ließ seinen Blick über das brachliegende Weideland schweifen, eine weite Fläche aus roter Erde, gefrorenem Gras und Schneeflecken.

»Was für ein Tier greift normalerweise Schafe an?«

»Ein Bär, wenn er großen Hunger hat. Aber ein Bär hinterlässt mit seinen Klauen Kratzspuren, und er beißt nicht von unten zu. Obendrein hält er momentan Winterschlaf.«

»Vielleicht ein Fuchs«, schlug ein anderer vor. »Aber ein Fuchs packt seine Beute im Nacken, außerdem sind unsere Schafe zu groß für ihn.«

»Es könnte immer noch ein streunender Hund sein …«, meinte der Dritte. »Aber so ein Streuner kommt allein, und er greift nicht gleich sieben Tiere an, das ist zu viel für ihn …«

Der Schäfer zeigte auf die zerbissenen Knochen:

»Und schaut Euch mal diese Kieferspuren an … Nun, Hoheit, wir wollen offen miteinander sein. Wir alle haben doch das Heulen gehört, nicht wahr? Die ganze Nacht hindurch, stimmt's?«

»Ja.«

Die Schäfer verfielen in Schweigen. Zusätzlich zu ihrem Geblöke rumpelten die Schafe nun auch mit ihren Köpfen gegen die Stallwände.

»Wölfe also …«, sagte Tibald gedankenverloren. »Aber Wölfe töten, um zu fressen, sie lassen keine Kadaver herumliegen …«

»So ist es, Hoheit. Es sei denn, sie wurden gestört oder aufgehetzt oder verscheucht … Zumindest erzählt man sich das so, denn so richtig kennt sich hier keiner mit Wölfen aus.«

»Habt ihr Pfotenabdrücke gefunden?«

»Ihr seht ja selbst, mein König. Der Boden ist völlig gefroren. Sogar unsere schweren Pferde mit ihren dicken Hufen … schaut her: Sie hinterlassen keine Spuren.«

Tibald musste nachdenken, und um nachzudenken, musste er auf und ab wandern. Eine Weile stiefelte er allein umher, nur Ovids Blicke begleiteten ihn. Der Wind strich um seine Schenkel, der graue Himmel lastete schwer auf seinen Schultern, sein roter Mantel flatterte hinter ihm her. Das Plätschern eines Baches weckte seine Aufmerksamkeit. In einem kleinen Graben rauschte das Wasser unter einer dünnen Eisschicht hindurch, die die Stiele von Rohrkolben eingeschlossen hatte, aber an einzelnen Stellen den Blick auf den rasch dahinströmenden Bach freigab. Plötzlich huschte unter einem dieser Eisfenster etwas Faseriges vorbei. Tibald tauchte seine Hand in den eisigen Strom und zog ein Büschel Wolle heraus. Auf einer Weide war das an sich nichts Außergewöhnliches, doch diese Wolle hier war blutbefleckt. Er folgte dem Bach stromaufwärts, und dort fand er es im Graben: das siebte Schaf. Tibald wälzte es mit seinem Stiefel einmal herum und betrachtete es ungläubig.

Auch dieses Schaf war mit offener Kehle verblutet, aber nicht so wie die anderen. Ein Messer hatte es getötet. Ein sehr scharfes. Mit einem einzigen, sauberen Schnitt.

Jemand war zusammen mit den Wölfen gekommen.

Jemand hatte nachts die Ställe geöffnet, hatte die Meute aufgehetzt und gemeinsam mit ihr getötet.

Tibald erschauderte. Er musste an die ungezählten Unglücksfälle denken, die Manfred ihm prophezeit hatte. Dann rang er sich endlich durch, hob den Kadaver auf und legte ihn sich auf die Schultern. In der Berührung mit dem warmen Nacken verflüssigte sich das Blut und tränkte seinen Mantel – Rot auf Rot. Als die anderen ihn erblickten, kamen sie ihm entgegen. Er legte das Schaf vor ihren Füßen ab. Die Augen des Tieres blickten gläsern und verstört. Was hatte es kurz vor seinem Tod gesehen?

Ein Schäfer streichelte es mit seinen schwieligen Fingern.

»Das hier haben keine Wölfe getan.«

»Aber wer? Wer dann?«, fragte ein anderer aufgeregt.

»Muss ein Dämon gewesen sein«, urteilte der Dritte.

Ein Dämon! Ovid rang in der eiskalten Luft nach Atem. Er war so damit beschäftigt, sich selbst zu beruhigen, dass er zu spät bemerkte, wie Tibald sein Pferd bestieg.

»Hoheit!«

»Jemand treibt hier gemeinsam mit den Wölfen sein Unwesen, Ovid, und ich muss herausfinden, wer. Ich schaue mich ein bisschen in der Umgebung um.«

»Hoheit ... Und was ist mit dem Mittagessen?«

Doch Tibald stürmte bereits mit gesenktem Kopf auf die Falle zu, die ihm gestellt worden war. Ovid sprang auf sein Pferd und galoppierte hinterher, konnte ihn aber nicht einholen. Epinal war zu schnell. Der Hengst raste auf die dichte dunkle Baumfront zu, und seine Hufe wirbelten hinter ihm eine Wolke auf, eine große Staubwolke von Schnee, der aus dem Nichts gekommen war und immer undurchsichtiger wurde. Bald konnte Ovid, selbst wenn er die Augen zusammenkniff, nicht einmal mehr den roten Mantel erkennen. Er glaubte mehrere graue Schatten wahrzunehmen, die sich wie eine einzige Masse bewegten, doch in diesem Moment erhob sich ein Schneesturm, und vor ihm senkte sich endgültig der weiße Vorhang.

Allein inmitten des Schneegestöbers kniff auch Tibald die Augen zusammen. Die Wölfe folgten ihm, dann kreisten sie ihn ein. Epinal geriet in Panik, scheute und schlug aus. Tibald stemmte sich in die Steigbügel und zwang ihn, über das schwächste Glied der Kette, einen noch jungen Wolf, zu springen. Dann trieb er den Hengst querfeldein, und Epinal galoppierte, die Wölfe dicht an den Fesseln, wild drauflos, dem Unbekannten entgegen. Das Schneetreiben hatte die ganze Landschaft verwischt. Tibald hätte die Meute abhängen können, wenn er nur gewusst hätte, wo es langging, doch um ihn herum war alles weiß. Erst in allerletzter Sekunde begriff er, wo er war, als Epinal schon auf die Wand aus Bäumen und wuchernden Ranken zustürmte – und mit einem entsetzlichen Krachen die unüberwindliche Mauer durchbrach.

Sie waren in der Catastrophe.

Dornen schnitten tief in Tibalds Schenkel, zerfetzten seinen Mantel und seine Stiefel, ein Ast erwischte ihn im Gesicht, und warmes Blut füllte seinen Mund. Spalten im Boden, Felsbrocken, Gestrüpp, Baumstämme, Wurzeln, alles behinderte ihren Weg, und dennoch stürmte der verstörte Epinal immer tiefer in die Catastrophe hinein.

Tibald duckte sich dicht über den Pferdehals und schwenkte seinen Dolch blind drauflos, um sich eine Schneise zu schlagen. Zweige peitschten lange Furchen in seinen Rücken, dicke Holzsplitter bohrten sich in seine Haut. Epinals Herz schlug wie eine Trommel, seine Flanken waren schaumbedeckt. Totes Laub, trockenes Geäst, Fetzen vom Himmel, Tannenzapfen, ein Wildbach. Tausend Frauenstimmen. Die Wölfe waren nicht mehr zu hören. So wie sie gekommen waren, waren sie wieder verschwunden. Die säuselnden Stimmen schwollen an. Tibalds Trommelfelle, sein ganzer Kopf waren kurz vor dem Platzen.

Da wurden die Äste mit einem Mal spärlicher. Wie in Trance nahm Tibald eine Lichtung wahr, die merkwürdig schimmerte und von einem so starken Magnetfeld umgeben war, dass er fürchtete, zu zersplittern. Eine riesige Eiche hielt zwischen ihren Wurzeln eine blaue Granitplatte. Und da war noch mehr – da war jemand. Doch Epinal scheute, bäumte sich auf, und Tibald wurde durch die Luft geschleudert. Als er auf dem Boden aufschlug, gab sein Schädel einen dumpfen Ton von sich wie eine hohle Kammer. An seinen Fingerspitzen fühlte er die unendliche Zartheit von Asche, in seinen Adern das Vibrieren der Stimmen. Ein grüner Lichtschein spiegelte sich auf den Hufeisen des Pferdes, dann war da nichts mehr, nur noch die schwarze Umarmung des Waldes.

Sein ganzer Leib war gebrochen.

41

Der Schneesturm verebbte so plötzlich, wie er gekommen war. Ovid hatte so etwas noch nie erlebt: Einen Augenblick zuvor hatte ihn das weiße Gestöber völlig blind gemacht, und nun lag nur noch eine vage pudrige Erinnerung auf der rötlichen Erde. Keine Spur eines Unwetters, keine Spur von Wölfen.

Keine Spur vom König.

Wie ein riesiges Holzskelett, wie ein Vorhang aus Stacheln ragte vor ihm der Wald auf. Ovid ritt den Waldrand entlang, erst in die eine, dann in die andere Richtung. Das Gehölz stand so dicht, dass er nicht die Hand hätte hineinstecken können. An welcher Stelle war Tibald eingedrungen? War er überhaupt hineingekommen? Aber wo war er sonst? Auf dem Weideland war weit und breit nichts von ihm zu sehen. Der Küfer beschloss, Verstärkung zu holen. Er würde zur Großen Kurhütte zurückreiten und Männer zusammentrommeln. Vor allem aber – und das war das Schlimmste – musste er die Königin benachrichtigen. Ovid atmete schwer. Seine Atemwolke verflüchtigte sich, kaum dass sie sich gebildet hatte. Nicht anders würde es ihm mit dem Sprechen ergehen; er würde es nicht schaffen, einen glaubwürdigen Satz zu formulieren.

Er hatte schon das halbe Gelände überquert, als er hinter sich ein Wiehern vernahm. War das Epinal? Er drehte sich um und sah, wie der Schimmel sich mit blutigen Flanken durch die Dornenranken kämpfte. Sein edles Haupt war mehr rot als weiß, und ein einzelnes Bein scharrte vergeblich in der Luft, während sich der Rest seines

Leibs noch in den Klauen des Waldes befand. Ovid galoppierte zu ihm hin, sprang von seinem Pferd, packte Epinal an der Kandare und zog aus Leibeskräften. Der Hengst zerriss buchstäblich. Fetzen seiner Haut blieben an den Ästen hängen, sein Blut befleckte die Sträucher, seine halbe Mähne blieb hinter ihm zurück. Ovid zog weiter, auf die Gefahr hin, ihn ganz zu vernichten. Schließlich, als er die Hoffnung schon aufgegeben hatte, gelang es dem Schimmel auf einmal, sich zu befreien. Er machte ein paar Schritte auf die Wiese, dann sank er langsam zu Boden. Er lag regungslos da, eine einzige klaffende Wunde, und in seinen schwarzen Pupillen leuchtete ein Ring aus phosphoreszierendem Grün. Ovid wich erschrocken zurück.

Er tigerte im Kreis, drehte sich um sich selbst, schlug sich immer wieder auf die Schultern. Ein Pferd, es ist nur ein Pferd, sagte er sich. Ein Pferd ist kein Geist. Als er sich wieder gefasst hatte, schritt er entschlossen auf Epinal zu.

»Steh auf. Steh auf! Verdammt, steh schon auf!«

Die Schäfer, die bei den Ställen geblieben waren, hörten seine laute Stimme. Sie hatten das Schneetreiben aus der Ferne beobachtet, ohne recht zu begreifen, was da geschah. Ovid gab ihnen mit einer Gebärde zu verstehen, dass sie sich nicht nähern sollten. Der König hätte nicht gewollt, dass seine Untertanen sein zerfetztes Pferd sahen. Er hätte nicht gewollt, dass die Nachricht von seinem Verschwinden die Runde machte und in wilden Gerüchten bis zum Schloss drang. Sosehr es ihm widerstrebte, nahm der Küfer seine Reitgerte und verpasste Epinal einen Schlag. Eine Welle des Schmerzes durchlief das arme Tier von der Kruppe bis zum Widerrist. Aber die Botschaft war angekommen: In einer immensen Kraftanstrengung hob Epinal seine Brust und schaffte es nach drei Versuchen schließlich aufzustehen.

»Bravo, mein Guter, bravo«, murmelte Ovid und befestigte den

Schimmel mit seinem schönsten Seemannsknoten an seinem eigenen Pferd.

Dann ritt er über die Weide, ohne sich um die Schäfer zu kümmern, und machte sich auf den Rückweg zur Kurhütte. Epinal bewegte sich mit schleifenden Hufen, seine Nüstern streiften die Erde. Er strauchelte über jeden Stein im Unterholz. Sie würden den ganzen Nachmittag für die Strecke benötigen. Ohne dass er es wollte, begann Ovid am ganzen Körper zu zittern. Brennende Tränen rollten über seine Backen, die er mit einer wütenden Bewegung fortwischte.

In der Großen Kurhütte war Ema, ganz wie Tibald es sich ausgemalt hatte, hinaus in den Garten zu den heißen Quellen gegangen und hatte, umgeben von plaudernden Gräfinnen, ein Bad im smaragdgrün glitzernden, dampfenden Heilwasser genommen. Doch im selben Moment, als Tibald den dichten Vorhang des Waldes durchbrach, hatte ein heftiger Krampf sie durchfahren, und sie hatte sich unter dem Schmerz zusammengekrümmt. Madeleine hatte sie aus dem Wasserbecken gezogen und so gut es ging in ein riesiges Handtuch gehüllt, das sie vorsorglich vorgewärmt hatte.

»Oh, meine Königin, meine Königin, wenn ich daran denke, dass Ihr hättet ertrinken können!«

»Doch nicht in einem so flachen Becken ...«

»Oh, das ist schon vorgekommen, Hoheit, das ist schon vorgekommen!«

Ema konnte sich nicht aufrecht halten. Um sie herum drehte sich der Kurgarten wie ein Karussell. Es fühlte sich an, als würden ihre Eingeweide sich auflösen und ihr zu Füßen rieseln. Sie hatte Angst, das Baby zu verlieren.

»Ihre Hoheit ist zu lange im heißen Wasser geblieben.«

»Geh und hol Lukas.«

»Aber in diesen Garten dürfen nur Frauen und ...«

»Geh und hol Lukas.«

Madeleine hatte die Königin auf einer mit Eiszapfen behängten Bank zurückgelassen. Lukas, der sich stets in der Nähe hielt, war unter dem entrüsteten Geschrei der Gräfinnen im Kurgarten aufgetaucht, seine Augen wie Scheuklappen abschirmend. Da war Ema in ihrem Handtuch bereits bewusstlos zusammengesunken. Erst viel später wachte sie in ihrem Bett wieder auf. An ihrem Fußende sah sie Madeleine sitzen und beten, die blonden Haare wie ein durchscheinender Schleier, eine kleine Falte an der Wurzel ihrer perfekten Nase – sie sah aus wie eine Heilige.

»Was tue ich hier?«

Madeleine öffnete ihre blauen Augen.

»Ihre Hoheit hat sich nicht gut gefühlt. Ihr seid im Kurgarten ohnmächtig geworden.«

»Wie viel Uhr ist es?«

»Es ist zwei Uhr nachmittags, Durchlaucht. Ich habe hier Euer Mittagessen, wenn Ihr möchtet …«

Madeleine wies auf eine silberne Servierglocke, die mit einem Mistelzweig verziert war.

»Wo ist der König?«

»Der König? Ich weiß es nicht, Hoheit.«

»Hat er schon gegessen?«

»Ich habe ihn nicht gesehen, Hoheit. Aber Ihr klappert ja mit den Zähnen, meine Königin. Ist Euch kalt?«

Ohne eine Antwort abzuwarten, lief Madeleine eine goldbestickte Steppdecke holen. Die Decke war nur ein weiteres Gewicht: Ema hatte das Gefühl, die Frixelner Steilküste sei auf sie herabgefallen. Sie schloss die Augen. Als sie sie wieder öffnete, stand überraschend Lukas neben ihr, und Madeleine war verschwunden.

»Soll ich einen Arzt rufen lassen, Hoheit?«

»Wo ist Madeleine?«

»Madeleine geht gerade eine Wärmflasche holen, Hoheit. Sie ist überzeugt, dass Ihr an Unterkühlung leidet.«

»Und du?«

»Ich, Hoheit? An Unterkühlung nicht. Ich würde sagen Druckabfall. Und ganz ehrlich, heiße Dampfbäder und vereiste Parkbänke zu Beginn einer Schwangerschaft … Aber natürlich fehlt mir die Erfahrung auf diesem Gebiet. Auf einem Segelschiff lernt man ja nicht gerade … nun ja. Soll ich einen Arzt holen lassen?«

»Nein, hilf mir aufzustehen.«

»Aufstehen, meine Königin? Ich glaube nicht, dass …«

»Lukas, wo ist Tibald?«

»Das habe ich mich auch schon gefragt, Hoheit«, stotterte Lukas, der das Thema fürchtete. »Ovid meinte, er wolle die Ratgeberinnen treffen und mittags zurück sein. Nur …«

»Nur was?«

»Es ist drei Uhr, Hoheit, und die Ratgeberinnen haben ihn gar nicht getroffen.«

Ema stieß die Steppdecke von sich und sprang halb nackt aus dem Bett. Sie machte zwei Schritte, geriet ins Taumeln und wäre der Länge nach hingefallen, wenn Lukas sie nicht gehalten hätte. Er reichte ihr den nächstbesten Morgenrock, der ihm unter die Finger kam, es war der von Tibald. Ema schlüpfte hinein und schlotterte so sehr, dass er ihr die Stoffbändel zubinden wollte. Doch sie stieß ihn weg.

»Sagst du mir jetzt, wo er ist?«

»Aber Hoheit, ich weiß es nicht.«

»Du lügst!«

»Nein, Hoheit. Ovid hat mir gesagt, er wolle die Ratgeberinnen treffen und spätestens mittags zurück sein.«

»Ovid, schon wieder Ovid! Wo ist denn Ovid?«

»Ich habe keine Ahnung, Hoheit.«

»Hör auf, mich Hoheit zu nennen!«, schrie Ema heftig.

»Aber Hoh...«

Sie verpasste ihm eine Ohrfeige. Lukas zuckte nicht mit der Wimper. Auf seiner Wange begannen sich schon die Finger abzuzeichnen, als Madeleine mit der Wärmflasche zurückkam. Die Kammerzofe bemerkte sofort den roten Abdruck und fragte misstrauisch:

»Verläuft alles in Eurem Sinne, meine Königin?«

Ema sank auf das Bett zurück.

»Fast alles, Madeleine.«

Die Kammerzofe warf Lukas einen vorwurfsvollen Blick zu und legte der Königin die Wärmflasche auf den Schoß. Ema drückte die warme Flasche an ihren Bauch, und ihre Innereien schienen zu schmelzen.

»Ich habe Bauchschmerzen ...«

»Einen Arzt, Lukas, hol schnell einen Arzt, was wartest du noch?«, stieß Madeleine aus.

»Etwas ist passiert«, stöhnte Ema. »Er ist in Gefahr.«

»Wer, Hoheit? Der Arzt?«, fragte Madeleine erschrocken.

»Aber nein. Der König«, antwortete Lukas, der sich die Backe rieb.

In diesem Augenblick erreichte Ovid den Pferdestall der Kurhütte. Als der Stalldiener den Hengst sah, der so grausam zugerichtet war, musste er sich schwer zusammennehmen, um einen Kommentar zu unterdrücken, schließlich folgte er den hohen Ansprüchen der Gastfreundschaft und respektierte die Privatsphäre der Gäste. Seine Uniform war bis hinunter zu den Stiefeln von einem unglaublich makellosen Weiß. Epinal ließ sich in eine Stallbucht führen, wo er sich sogleich auf eine Seite legte. Eiter quoll aus seinen Schnittwunden, sein Herz sprang zwischen seinen Rippen auf und ab, seine Augen blickten starr und verängstigt und hatten immer noch den leuchtenden Schein um die Pupille.

Ovid sammelte all seinen Mut, um die Königin aufzusuchen. Noch nie war ihm etwas schwerer gefallen. Mit geschwollenen Lidern, gekräuselter Nase und einem schieferen Maul denn je betrat er widerstrebend, doch wie von einer Armee vorangeschoben, ihr Schlafgemach. Als Ema seinen Gesichtsausdruck sah, schickte sie Madeleine unter dem Vorwand nach draußen, die Teekanne aufzufüllen. Die Zofe ging genauso widerwillig aus dem Raum, wie der Leibwächter hereingekommen war.

»Also, Ovid? Wirst du uns sagen, wo der König ist?«

»Hoheit …«, begann Ovid.

Er hatte noch nicht die richtigen Worte gefunden; in seinem Kopf herrschte ein Nebel, der in einzelne Schwaden zerwaberte.

»Wo ist er?«

»Er ist … Er ist … verschwunden, Hoheit.«

»Verschwunden?«

»Die … die Wölfe waren hinter seinem Pferd her, und er ist in der … in der …«

»In der was, Ovid?«

»In der Catastrophe verschwunden.«

Ema erstarrte.

»Ist schon jemals jemand aus dem Wald zurückgekommen?«, fragte sie sachlich.

»Es ist noch niemals jemand hineingelangt …«, murmelte Lukas neben ihr ungläubig.

»Ich habe Epinal zurückgebracht, Hoheit«, erklärte Ovid.

Das war zwar nur ein schwacher Trost, aber da es der einzige war, hob er ihn besonders hervor:

»Epinal hat es aus dem Wald herausgeschafft.«

Ein allzu schwacher Trost. Ema stürzte schon auf Ovid zu, um ihn ebenfalls zu ohrfeigen, doch Lukas hielt ihr Handgelenk fest. Er hielt es so fest, dass Ema schmerzlich ihre Narben spürte. Und dann tat Lukas instinktiv etwas völlig Verbotenes: Er zog Ema an sich und nahm sie in den Arm.

Ovid wollte schon dazwischengehen.

»Moment mal! Der Schiffsjunge gehörte nicht angefasst – und die Königin gehört erst recht nicht angefasst!«, rief er.

Aber Ema war gerade weder Königin noch Schiffsjunge. Sie spürte nicht einmal mehr Stacheln auf ihrer Haut. Sie spürte nur noch, wie die Verzweiflung ihre Brust zusammenpresste. Und plötzlich begann sie, in Lukas' mächtige Schulter zu schluchzen. Er rührte sich nicht, wagte kaum zu atmen, ließ sie einfach nur weinen. Seit dem Tag, an dem Ema ihre Mutter zum letzten Mal gesehen hatte, hatte sie keine einzige Träne geweint. Jetzt brach der Damm, und was aus ihm kam, war ein reißender Fluss.

42

»Wir müssen ihn holen. Wir müssen einen Suchtrupp zusammenstellen.«

Plötzlich hatte Ema wieder aufgehört zu weinen. Sie stieß Lukas von sich, richtete sich kerzengerade auf, wischte sich die Wangen trocken und zog die Bändel ihres Morgenrocks fest.

»Sehr wohl, Hoheit«, sagte Lukas in seinem nass geweinten Hemd. »Ich gebe dem Hüttenwirt Bescheid, er soll die Glocken läuten lassen.«

»Welche Glocken?«

»Die Alarmglocken, Hoheit. Sie werden von einem Turm zum nächsten geläutet und ertönen – wenn jeder Glöckner bereitsteht – binnen siebenundvierzig Minuten rund um die Insel. Je nach Melodie weiß man auch, um welchen Notfall es sich handelt ... Invasoren, Naturkatastrophe, Feuersbrunst. Und daraufhin kommen die Freiwilligen zusammen.«

»Und woher wissen sie, wohin sie sich begeben sollen?«

»Sie begeben sich zum Turm des ersten Läutens, Hoheit. Bei jedem Turm wird ein Glockenschlag hinzugefügt, und jedes Dorf berechnet die Schläge. Bis heute Abend werden wir hier zweihundert Leute zusammenhaben.«

»Mir wäre lieber, man gibt noch nicht bekannt, wer verschwunden ist. Ich fürchte nämlich, Jesko wird alles dafür tun, dass man Tibald nicht wiederfindet.«

»Aber die Bediensteten der Kurhütte haben Epinal gesehen, Hoheit«, wandte Ovid ein.

»Sagt ihnen, sie sollen Stillschweigen bewahren.«

»Hoheit …«, erwiderte Lukas zögernd, »wenn man Nothelfer zusammenruft, erscheint der König meistens als Erster vor Ort, um sich ein Bild von der Lage zu machen.«

Ema zog den Morgenrock noch fester um sich und schloss die Augen. Als sie sie wieder öffnete, hatten sie die Farbe von Ruß.

»Gut. Dann also los. Wir müssen ihn finden.«

Madeleine kam mit der Teekanne zurück, doch Ema wollte nichts trinken. Sie zog sich eilig an und lief zu den Ställen. Epinal lag schwer atmend auf der Erde, seine Verbände hatten sich mit einer üblen Flüssigkeit vollgesogen. Hinten im Stall saß Lysander auf einem Schemel und nahm dabei so wenig Raum ein, dass Ema ihn gar nicht registrierte. Dafür bemerkte sie sofort den grünen Schimmer in den Augen des Pferdes.

»Was hast du nur gesehen, Epinal?«

»Eure Majestät.« Sie fuhr zusammen, als hinter ihr der Stalldiener auftauchte. Er verbeugte sich in seinen properen Stiefeln, und sie erhob sich, den Rock voller Stroh.

»Er wird es nicht schaffen, meine Königin.«

Sie glaubte, der Stalldiener spräche von Tibald.

»Was sagt Ihr?«

»Der Hengst, Hoheit. Wir werden ihn töten müssen.«

»Er ist ein wunderbares Tier.«

»Zweifellos, Durchlaucht, aber er liegt in den letzten Zügen.«

»Seid Ihr sicher?«

»Unser Tierarzt hat ihn sich angeschaut, meine Königin. Epinals Fieber ist so hoch, dass er sich im Innern auflöst. Er blutet aus den Nüstern, aus den Ohren, aus dem … bitte, verzeiht den Ausdruck, Hoheit … aus dem Anus. Ich entschuldige mich noch einmal. Dem Tierarzt ist unbegreiflich, wie sein Herz überhaupt noch schlagen kann.«

Bestürzt betrachtete Ema Epinal, dessen Brust sich ein rauer Ton entwand. Da sagte Lysander aus seiner Ecke, wo er Strohhalme zerpflückte, ohne den Kopf zu heben:

»Bruno Rötzel.«

Emas Gesicht hellte sich schlagartig auf.

»Ausgezeichnet. Lasst Bruno Rötzel herkommen.«

»Und wer ist *Bruno Rötzel*, Eure Majestät?«, erkundigte sich der Stalldiener.

»Das ist der Bärenbändiger, der mit uns reist. Ich will, dass er mit Epinal spricht.«

»Dass er mit Epinal ... *spricht*, meine Königin?«

»Ich warte hier.«

Bruno kam auf schnellstem Wege. Beim Anblick des Hengstes schoben sich seine buschigen schwarzen Augenbrauen in die Mitte seiner Stirn, und sein Mund rundete sich zwischen den wilden Barthaaren zu einem Tunnel. Ohne die Königin zu grüßen, ging er sofort vor dem Tier auf die Knie. Der grüne Schimmer in den Pupillen schien ihn nicht zu beeindrucken. Bruno legte seine Wange an die des Pferdes und schloss leicht die Augen, um sich besser konzentrieren zu können.

»Nun, und, Herr Rötzel?«, fragte der Stalldiener ungeduldig.

Bruno hob eine Hand.

»Einen Augenblick.«

Es dauerte lange, bis er sich wieder erhob. Dann verkündete er zufrieden, wobei er seine zehn Finger in seinem Bart vergrub:

»Solange sein Herr am Leben ist, will er ebenfalls leben.«

Ema stieß einen Seufzer der Erleichterung aus.

»Er fühlt sich schuldig«, fuhr Bruno fort. »Er glaubt, dass man ihn bestrafen wird.«

Er sprach zu allen und niemandem gleichzeitig. Ja, es war fast so, als würde die Stimme des Pferdes durch ihn sprechen.

»Wofür bestrafen?«, fragte Ema verwundert.

»Hm? Wer weiß, Hoheit«, antwortete Bruno, der sie plötzlich wiedererkannte. »Wenn man nur wüsste, was passiert ist und was ihn so zugerichtet hat …«

»Und seine Augen, Herr Rötzel, was sagt Ihr zu seinen Augen?«, wollte der Stalldiener wissen.

»Tja, seine Augen … Er hat etwas gesehen, was ihn gezeichnet hat.«

Der Bärenbändiger streichelte den Hengst noch ein bisschen, dann schloss er:

»Frisches Wasser. Und Eure Vergebung, Hoheit. Das ist alles, was er will.«

Seine letzten Worte wurden von Glockengeläut begleitet. Der Inselnotruf wurde abgegeben.

Spätnachmittags trafen die ersten Freiwilligen ein, und um Mitternacht waren einhundertundeinundneunzig Männer und Frauen vor der Kurhütte versammelt. Dort wartete schon ein Arsenal von Äxten, Sägen, Sensen und Hacken auf sie, in den Erdboden gepflanzt wie ein rostiger Wald. Den ersten Ankömmlingen hatte der Hüttenwirt Gebäck und warme Getränke serviert, für die Nachzügler gab es nur noch Kräutertee, und als die Leute aus Frixeln eintrafen, die den weitesten Weg zurücklegen mussten, hatte er den Vorratsschrank mit einem Hängeschloss verschließen lassen.

Gekommen waren auch Willem Schöne, Cousin Philipp sowie Felix, der Lysander beim Schlafittchen packen und heimholen wollte; Karl, der Schmied, gegenüber dem der Wald bereits eine nicht wiedergutzumachende Schuld hatte, Zimmermann Julius, Schiffschirurg Virus sowie Blasius von Frixeln, der bei der Gelegenheit gleich seine Umzugstruhe mitgebracht hatte. Manfred war im Schloss geblieben, weil dort jemand die Stellung halten musste. Auch der Duke of Oats hatte sich nicht fortbewegt, aus dem schlichten Grund, dass ein königlicher Hofpoet nicht so einfach zu ersetzen ist.

Bei einbrechender Dunkelheit kam sogar Jesko angeritten, auf Igor, seinem pechschwarzen Vollblut mit Beinen so fein wie Stricknadeln. Styx folgte ihm nervös hechelnd nach. Manch einer hätte am liebsten gleich seine Axt gegen die beiden geschwungen, doch erstaunlicherweise verhielt sich der Prinz tadellos. Mit wenigen Worten bündelte er die Energien der Hilfsaktion, unterteilte die Freiwilligen in Gruppen und führte um ein Uhr nachts im Fackelschein den Zug des Suchtrupps an.

Ema ritt auf Horaz hinter ihnen her. Lukas hatte es ihr ausreden wollen, doch angesichts einer neuen drohenden Ohrfeige hatte er nachgegeben. Als Jesko Emas Anwesenheit bemerkte, machte er ein erstauntes Gesicht, öffnete den Mund, sagte aber nichts. Er nickte ihr nur kurz zu, eine Geste, die möglicherweise Respekt ausdrückte. Die Freiwilligen bewegten sich zügig voran, die meisten zu Fuß, und alle in tiefer Betroffenheit. Ovid zeigte ihnen die Abkürzung, die er am Vormittag genommen hatte. Er hatte noch Tibalds Satz in den Ohren: *Es ist ziemlich kalt, oder nicht?* – so ungewöhnlich für ihn, der sich sonst nie über etwas beschwert hatte. Über ihnen wölbten sich die kahlen Zweige, durch die ein eisiger Mond auf sie herabschien, und als sie die große Weide erreicht hatten, war der Himmel von einer fast schneidenden Klarheit, mit Sternen, die wie Diamanten funkelten. Gegenüber reckten sich die Baumwipfel der Catastrophe in ihrer feindseligen Pracht.

Jesko band Styx mit einer Eisenkette an einen Pfosten des Viehzauns. An der Schläfe des Prinzen pulsierte eine Ader; ab und zu zog er schnüffelnd die Nase hoch. Im bläulichen Mondlicht traten seine Schönheit, seine gemeißelten Gesichtszüge noch stärker hervor. Sein kräftiger Körper verschmolz mit dem des Rappen Igor, und beider Muskeln glänzten metallisch. Der Prinz schickte die berittenen Helfer los, den Waldrand nach einer passierbaren Lücke abzusuchen, den anderen befahl er, nach Möglichkeit eine Schneise zu schlagen. In dem Gefühl, einen gemeinsamen Albtraum zu erleben, stürmten die Freiwilligen mit ihren Äxten, Sägen, Sensen und Hacken – angemessene Waffen für den Anlass – auf die Catastrophe zu. Ema blieb zurück. Sie durfte nicht das Leben des Thronerben riskieren.

Karl war der Erste, der sich mit einem selbstgeschmiedeten Pfahl der wuchernden Mauer entgegenwarf. Er wollte nicht nur den König retten, er kam vor allem, um seine Tochter zu holen. Er rammte den Pfahl zwischen zwei Bäume, um sie auseinanderzustemmen, doch sie rückten nur enger zusammen und umschlangen ihre Stämme, wodurch der Pfahl zurückgeschleudert wurde und Karls mächtigen Bizeps zerriss.

So ging es die ganze Nacht. Jedes Mal, wenn einer einen Zweig abschlug, wuchsen drei neue nach. Dornen zerrissen ihre winterdicken Kleider und hinterließen giftige Spuren auf ihrer Haut. Wurzeln wanden sich um ihre Knöchel. Astlöcher beobachteten sie wie böse Augen. Ein heftiger Windstoß, der aus dem Innern kam, löschte die Fackeln und fegte ihnen das Werkzeug aus der Hand. Der Wald hatte einen eigenen Willen. Er dachte. Er handelte. Ja, er war verhext, daran zweifelte niemand mehr. Als die Wölfe zu heulen begannen, antwortete Styx ihnen vom anderen Ende der Weide und zog heftig an seiner Kette. Seine Augen leuchteten gelb im Mondschein.

Bruno, der keine Angst kannte, stürzte sich mit Haut und Haaren in die Schlacht. Als sein Schienbein brach, kämpfte er umso verbissener weiter. Auch Ovid ließ nicht nach, als ein Stein in sein Auge flog, tief in seinen Schädel drang und ihn beinahe tötete. Blasius von Frixeln und Willem Schöne wollten die Bäume in Brand setzen, doch die Flammen wendeten sich gegen sie. Sie entkamen ihnen um Haaresbreite, aber ein Schäfer verwandelte sich in eine lebende Fackel, die Ema mit ihrem großen violetten Umhang löschte. Julius, der Mann, der mit dem Holz zu reden verstand, hieb einen Baum um, der auf ihn fiel und ihm zehn Rippen brach. Philipp wiederum gab nur vor zu kämpfen. Er wollte im Schlachtgetümmel gesehen werden, aber ungern ein Körperteil einbüßen. Er schwenkte halbherzig eine Sense, ohne darauf zu achten, wohin er schlug. Doch ein heftig zurückfedernder Zweig donnerte sie ihm in die Zähne, von denen er vier verschluckte.

Benedikt wurde von einem Ast auf den Boden gespießt. Es dauerte gute zwei Stunden, bis er auf seine Misere aufmerksam machen konnte. Ein Müller kam ihn befreien, warf ihn sich wie einen Sack Mehl über die Schulter und ließ ihn, ebenfalls wie einen Sack Mehl, vor Lukas fallen, der auf der Wiese zusammen mit Virus ein Feldlazarett improvisierte. Zum ersten Mal arbeiteten der Krankenpfleger und der Chirurg einmütig zusammen, und Ema unterstützte sie nach Kräften.

Die Freiwilligen fielen wie die Fliegen, bewusstlos, mit verrenkten oder zertrümmerten Gliedern.

Lysander, Augenzeuge des Massakers, stapfte mit den Händen in den Hosentaschen durch die Dunkelheit, überzeugt, dass es irgendein Losungswort geben musste, mit dem man in den Wald hineingelangte. Solange die Freiwilligen frontal angriffen, würden sie nichts anderes mitbringen als ihre Verletzungen. Immerhin konnte er ihnen helfen, das Lazarett zu erreichen. Er begann, sie an den Füßen dorthin zu schleifen, und Felix sprang ihm bei, der die Verwundeten gleich paarweise transportierte.

Die Nacht war von Schreien, knallenden Axthieben und dem Heulen der Wölfe erfüllt, doch sie war auch voller Sterne, und nur dank ihnen blieb Ema ruhig. Wäre Tibald tot, wären sie schon erloschen. Als schließlich die Sterne verschwanden, geschah es, weil der Tag anbrach. Jesko, das Gesicht von Müdigkeit gezeichnet, ordnete den Rückzug an. Die Suchaktion war beendet.

Schlimmer noch als die soeben erlebte Hölle war der Rückweg durch das Unterholz, denn sie brachten keinen König mit. Ihre einzigen Errungenschaften waren verbogene Klingen und zersplitterte Stiele. Die Pferde waren den Schwerverletzten vorbehalten, darunter das Brandopfer, das in dem angesengten Umhang, der an seiner Haut klebte, quer über Horaz' Rücken lag. Die anderen folgten zu Fuß, in einem langen, sehr langsamen Zug. Sie fragten sich, was sie ohne ihren König Tibald für eine Zukunft erwarten würde. Die fremdländische Königin schritt erstaunlich würdevoll in Lukas' zu großem Mantel dahin. Neben ihr ging energisch der schmucke Prinz, dessen großer schwarzer Umhang um seine athletischen Waden schlug. Er war dem Notruf der Glocken gefolgt, er hatte sich die Nacht lang abgemüht, hatte beherzt das Kommando übernommen. Doch es war unbestreitbar, dass er als Sieger zurückkehrte. Und Ema gegenüber äußerte er nur einen einzigen Satz:

»Zwei Reisen, zwei erlittene Schiffbrüche … Mein Bruder hat offensichtlich eine besondere Begabung.«

Als sie die Große Kurhütte erreichten, zerstreuten sich die Freiwilligen. Diejenigen, die es noch konnten, kehrten zu sich nach Hause zurück, die anderen wurden vor Ort versorgt. Abermals läuteten die Glocken, um medizinische Hilfe anzufordern. Willem, Ovid und Lukas waren sich mit Jesko überraschend einig darin, dass Ema unbedingt ins Schloss zurückgebracht werden sollte. Sie selbst wollte lieber an dem Ort bleiben, wo Tibald zum letzten Mal gesehen worden war, aber sie äußerte es ohne große Vehemenz, denn ihre Innereien begannen wieder, sich aufzulösen. In aller Eile wurden die Reisetruhen gepackt und die Kutsche mit heißen Kohlenpfannen geheizt. Epinal wurde auf ein Fuhrwerk gehievt, und Bruno Rötzel, dem der Schienbeinknochen aus dem Bein ragte, legte sich neben ihn. Karl, den Schmied, mussten sie mit einem Schädelbruch und drei amputierten Fingern in Westwalden zurücklassen.

Am frühen Nachmittag brach der königliche Tross ein letztes Mal auf. Der Trupp der Reiter bot einen chaotischen Anblick, so schlaff hingen sie auf ihren Pferden, wie Schiffbrüchige an den Trümmern ihres Bootes. Ein Mitreisender mehr – Lysander; ein Mann weniger – der König. Der Rest der Mannschaft zerrissen und zerlumpt. Ja, wenn Schiffbruch eine Kunst war, so konnte man Tibald einen großen Künstler nennen. In der Kutsche mit den bereiften Scheiben blieb Madeleine, die zwischen zwei ermatteten Dienern saß, aus Respekt vor der Königin mucksmäuschenstill. Das Wagengeholper ließ Benedikt mit seinem verletzten Darm vor Schmerzen aufstöhnen. Lysander fitzelte unaufhörlich an dem immer gleichen Strohhalm herum. Ema öffnete zuweilen die Augen und schloss sie wieder: In ihrem Innern wie außen herrschte Frost. Was würde wohl aus ihr werden, was aus Lysander? Sie war schwarz, er war arm, beide waren Waisen. Sollten sie Tibald verlieren, würden sie kein Zuhause mehr haben, ja dann hatten sie überhaupt keinen Ort mehr.

An der Spitze des Zuges ritt Jesko, den Blick nach vorn gerichtet. Ovid, nunmehr einäugig, sah nur noch verwischtes Schneetreiben. Felix spürte in seinen Armen noch immer das Gewicht der Verwundeten, die er die Nacht hindurch geschleppt hatte. Blasius von Frixeln saß mit zerschundenen Händen in seinem Eselskarren, den Rücken an seine Umzugstruhe gelehnt. Willem Schöne ließ seinen gebrochenen Knöchel neben dem Steigbügel herabhängen. In seinem Kopf spielte sich immer wieder aufs Neue eine Schachpartie ab, in der der König fiel und die Dame auf den schwarzen und weißen Feldern alleine zurückblieb.

Die Wagenräder ratterten hart über den gefrorenen Boden, und die Pferdehufe glitten in den Spurrillen aus. Die Dämmerung brach herein, der Winter schritt voran, die Erde drehte sich. Aber für jeden von ihnen war alles starr und still. Alles hing in der Schwebe.

43

Seit dem Glockenläuten vom Vortag war das Schloss ohne Nachricht geblieben. Man wusste noch nichts vom Verschwinden des Königs, nichts von der desaströsen Suchaktion. Dank seines Teleskops war Clemens von Frixeln in seiner Glaskuppel der Erste, der Bescheid wusste. Lange bevor die Kutsche die Brücke über die Konstanzia passiert hatte, sah er aus der Ferne die Laternen in der Dunkelheit heranahen und nacheinander alle Reiter beleuchten, die auf ihren Pferden schliefen.

Er ließ das Teleskop los und ging zu seinem Schreibpult, auf dem seine Wahrsagekarten lagen. Sie bildeten die Form eines Kreuzes, in dessen Mitte die letzte Karte noch nicht umgedreht war. Er ließ sie unaufgedeckt liegen, denn was er hatte erfahren wollen, wusste er bereits: Der königliche Tross kehrte ohne den König zurück. Er selbst würde Tibald nie wiedersehen. Langsam schob er die Karten mit seinen Fingerspitzen zu einem festen Päckchen zusammen, das er in einer Schublade verstaute. Dann stieg er ausnahmsweise seine endlose Wendeltreppe herab, um Manfred zu benachrichtigen.

Bald darauf herrschte im Schloss eine große Aufregung. Ema verbrachte die Nacht allein in ihrem Boudoir, wo sie in das langsam verglimmende Kaminfeuer starrte. Kurz vor Tagesanbruch fiel sie in einen finsteren Schlaf, und einige Zeit später fand Lukas sie zusammengerollt auf einem Sofa liegen, zugedeckt nur von einem Schultertuch, das auf den Boden herabhing. Das Zimmer war kalt; er stocherte mit dem Schürhaken in der Glut.

»Gibt es etwas Neues von Tibald?«, murmelte sie mit belegter Stimme.

»Nein, Hoheit.«

Als er sich zu ihr umdrehte, sah er um zehn Jahre gealtert aus.

»Wie geht es den anderen? Was ist mit Ovid?«

»Ovid hat sein Auge verloren, Hoheit. Er befindet sich mit den anderen im Festsaal, der uns als Krankenstation dient.«

»Du hast sie wohl die ganze Nacht gepflegt?«

»Ja, Hoheit.«

»Nenne mich nicht Hoheit.«

»Ach, richtig.«

»Was ist mit Epinal?«

»Der Stallknecht kümmert sich um ihn.«

Lukas öffnete die Fensterläden, und eine grelle Sonne fiel auf die Wände, funkelte in den Glaselementen des Mobiles und eroberte den großen hellen Raum, in dem jeder freie Winkel von Abwesenheit erzählte. Auf einer Seite war ein Teewagen für eine Person gedeckt und mit einer prächtigen Rose geschmückt worden. Eine Aufmerksamkeit von Madeleine, die jedoch nicht daran gedacht hatte, das Feuer zu schüren.

»Ist es schon sehr spät?«

Ohne zu antworten, schob Lukas den Teewagen herüber und hob die silbernen Deckel ab.

»Ich habe keinen Hunger. Iss du an meiner Stelle, Lukas, bedien dich. Hast du ein bisschen geschlafen?«

»Nicht wirklich.«

»Das sieht man.«

Er setzte sich ihr gegenüber, beugte sich vor und stützte die Ellbogen auf die Knie.

»Ema … Ich weiß, dass es schwer ist, aber sie brauchen dich. Sie haben Angst. Du bist die Königin, du musst dich zeigen.«

»Ich kann nicht. Ohne Tibald bin ich nichts.«

Es war noch nicht lange her, dass sie die Eisenketten gegen den Thron getauscht hatte. Eine Raupe, der erst die Flügel wuchsen, war noch lange kein Schmetterling. Nein, ohne König wusste Ema nicht, wie sie Königin sein sollte.

»In elf Tagen ...«, begann Lukas.

»In elf Tagen wird er zurück sein.«

Lukas rieb sich mit der flachen Hand die Oberschenkel, dann stand er seufzend auf.

»Ruf mich, wenn du etwas brauchst. Und verzichte nicht auf eine Leibwache. Außer mir gibt es auch noch Felix. Er hat die Nacht vor deiner Tür verbracht. Und Ovid tut alles, um von Doktor Schnitzer und Doktor Zwillich entlassen zu werden. Gehe nicht ohne uns hinaus. Nicht jetzt. Ich bin gleich nebenan.«

Als Lukas im Nebenraum verschwunden war, schob Ema ihr Frühstück beiseite, um in das Gärtchen hinauszugehen. Dort erwartete sie eine Überraschung: Fast alles hatte sich verändert. Der Terrassenboden war frisch gepflastert, der Jasmin am Rankgitter befestigt, die Klematis zurückgeschnitten. Neue Beete, von glatten Kieseln gesäumt, warteten auf den Frühling. Nur das rostige Mobiliar war dasselbe geblieben, weil Tibald wusste, dass Ema es mochte. Er hatte sich im Stillen all ihre Wünsche gemerkt. Hatte verschiedene Aufträge notiert, die während ihrer Abwesenheit erledigt werden sollten. Selbst als Verschollener schenkte er ihr noch ein kleines Stück Königreich.

Ema beschloss, dem Reich im Gegenzug ein kleines Stück Königin zu schenken.

Sie machte sich das Gesicht frisch, behielt aber das Kleid an, in dem sie geschlafen hatte. Das Taillenband knotete sie zu einem Ankerstich, einem schnellen Knoten, der laut Ovid den Nachteil hatte, sich unter Druck aufzulösen. Würde er halten? Man würde sehen.

Es dauerte eine Ewigkeit, bis Lukas auf ihr Klopfen an die Wand reagierte. Er kam mit schlafverquollenen Augen, aufgelöstem Zopf und falsch geknöpfter Uniform herüber.

»Entschuldige bitte, Lukas.«

»Keine Ursache.«

»Nicht dass ich wirklich Lust hätte hinauszugehen.«

»Ich weiß. Wo fangen wir an?«

»Im Festsaal.«

Als die Königin durch das Schloss ging, lüfteten die Männer ihren Hut, und die Frauen berührten ihre Hauben. Allen stand der Schrecken im Gesicht, und sie suchten vergeblich nach passenden Worten. In den vergangenen Stunden waren die Freiwilligen aus der Hafenregion nach und nach von ihrer Hilfsaktion zurückgekehrt. Man hatte sie stützen müssen, hatte sie mit Essig gewaschen und desinfiziert, ihre Gelenke eingerenkt, ihre Wunden genäht. Nur Jesko war unversehrt zurückgekommen, und niemand fragte danach, was das bedeutete, weil niemand die Antwort wissen wollte. Der improvisierte Krankensaal bot ein Bild des Elends: Verletzte, die sich um andere Verletzte kümmerten, eine Handvoll Pfleger, die völlig überfordert waren. Das schöne Kirschholzparkett war unter Krankenbahren und Strohmatratzen verschwunden. Aus jeder Richtung erklangen Hilferufe, die an den gelben Wänden widerhallten. Die helle Wintersonne beleuchtete unbarmherzig die gequälten Gesichter.

Fast hätte Ema Ovid nicht wiedererkannt, der mit seinem bandagierten Kopf wie eine Mumie aussah. Er versuchte gerade, Doktor Zwillich zu entkommen, der ihn zur Ader lassen wollte. Doktor Zwillich schwor auf Aderlässe, da mit dem Blut – viel Blut – seiner Meinung nach auch das Leiden ausgeschwemmt werde.

»Nun ja, aber in einem Fall wie diesem …«, wagte Lukas laut seine Zweifel zu äußern.

»Wer fragt denn nach Eurer Meinung? Macht mir Platz«, versetzte der Doktor schroff, ohne überhaupt zu schauen, wer da mit ihm sprach, und ohne die Königin zu bemerken, die direkt vor ihm stand.

Ein Stück weiter hatte sein Kollege Schnitzer gerade Blasius von Frixeln die Wunden ausgeschabt, die eine grünliche Flüssigkeit enthielten, wie er sie seiner Lebtage noch nicht gesehen hatte. Es wäre ein perfekter Fall für den Einsatz von Maden gewesen, aber auch Doktor Schnitzer jagte Lukas davon. Sie konnten sich ohnehin kaum verstehen, da Philipp gerade lautstark nach dem königlichen Zahnarzt verlangte, der seinerseits auf dem letzten Loch pfiff. Hinter ihnen stand der Duke of Oats und machte sich wie ein Kriegsjournalist Notizen, um den eiterverklebten Helden eine Eloge zu schreiben. Insgeheim hatte er längst seine Koffer gepackt. Noch am selben Tag, an dem die Königskrone ihren Besitzer wechseln würde, würde er auf das nächste auslaufende Schiff springen.

Plötzlich ließ lautes Gebrüll alle zusammenfahren. Virus, der Chirurg der Isabelle, hatte soeben den dreifachen Knöchelbruch von Kapitän Schöne begradigt. Ergebnis: ein vierter Bruch. Willems Teint war so grau wie sein Haar, und seine Faust ballte sich um den einzigen Knopf, der an seiner Uniform übrig war. Es kostete ihn eine übermenschliche Anstrengung, ruhig zu atmen.

»Wir hätten Bilsenkraut und Guggul da, mein Guter«, versuchte Virus, sich zu entschuldigen. »Gute Schmerzmittel. Ich gehe dir was holen ...«

»Schnaps«, presste Willem durch die Zähne.

»Na ja, wir sind nicht mehr an Bord der ...«

»Schnaps«, röchelte Willem.

»Ich ... laufe schnell zur Küche hinüber. Bin sofort wieder da.«

Die nächste Aufregung gab es am Krankenlager von Bruno Rötzel. Man hatte den Bärenbändiger hinten im Fuhrwerk nach Luft schnappend unter der Kruppe von Epinal vorgefunden. Als Doktor Schnitzer ihm den Stiefel und die Hose aufschnitt, hatte er den offenen Bruch entdeckt, bei dem der Schienbeinknochen sichtbar aus dem blutigen Fleisch ragte, und der Medikus wäre fast in Ohnmacht gefallen. Nun lag Bruno der Länge nach im Streckverband auf dem Rücken, das geschiente Bein an einer Seilrolle aufgehängt.

»So können wir ihn doch nicht mitnehmen!«, schimpfte ein Mann mit schwieligen Händen, dessen Haar zu einem dicken Pferdeschwanz gebunden war.

Es war Gabriel, der leitende Stallknecht des königlichen Marstalls, der für seinen gesunden Menschenverstand und seine Tüchtigkeit bekannt war.

»Dann frage ihn jetzt hier!«, drängte Lysander ihn.

»Ganz ruhig, Gabriel, ganz ruhig, Lysander«, rief Ema, die zu der Krankenbahre eilte. »Was wollt ihr denn von Bruno?«

Gabriel zog seinen Pferdeschwanz fester.

»Eure Hoheit. Lysander möchte Epinal pflegen, aber Epinal ist ein königliches Pferd – dies zum einen. Zweitens ist er in einem wirklich schlechten Zustand. Er braucht einen Pferdeknecht.«

»Ich bin sicher, Epinal ist einverstanden, wenn ich ihn pflege«, beharrte Lysander.

»Ähm …«, setzte Bruno Rötzel an.

»Lukas, hilf du mir«, unterbrach ihn Lysander. »Wir tragen Bruno zum Stall, dort redet er ein bisschen mit Epinal, und dann bringen wir ihn wieder hierher.«

»Ich weiß nicht so recht«, meinte Lukas mit Blick auf die Seilrollen des Streckverbands. »Das hier sieht aus wie ein wahres Takelwerk …«

»Ähm …«, machte Bruno wieder, und als Gabriel ihn seinerseits unterbrechen wollte, hob Ema die Hand.

»Jetzt lasst ihn doch einmal reden, wenn ihr seine Meinung wissen wollt.«

»Nun«, tönte da der Bärenbändiger mit seiner tiefen Stimme, »immerhin habe ich die Nacht unter dem Hengst verbracht, nicht?«

In seinen Seilstricken verfangen, drehte und wand er sich, um ihnen ins Gesicht zu sehen.

»Hatte genug Zeit, mit ihm zu reden. Lysander und er passen zueinander.«

»Passen zueinander?«, stieß Gabriel hervor: »Reden wir hier von einer Heiratsvermittlung oder von einem Pferdestall? Was soll das überhaupt heißen, *passen zueinander*, hm? Inwiefern *passen*?«

Bruno sah überrascht aus.

»Na ja, das ist doch offensichtlich.«

»*Was* ist offensichtlich?«

»Der Bengel findet ein bisschen vom König in dessen Lieblingshengst, und der Hengst findet ein bisschen vom König in dessen Lieblingsbengel. Das ist doch nicht schwer zu verstehen?«

So formuliert, erschien die Sache tatsächlich glasklar. Gabriel zog wieder seinen Pferdeschwanz fest, dann gab er widerstrebend klein bei.

»Na gut, Junge, einverstanden. Allerdings musst du dann früh aufstehen, he? In einem Stall gibt's kein Zuspätkommen. Nimm zum Beispiel meine Tochter Emilia. Sie bringt den Pferden um sechs Uhr früh frisches Heu, noch vor der Schule. Das tust du dann auch.«

»Ich gehe nicht mehr zur Schule.«

»Wieso das?«

»Ich habe einen Privatlehrer.«

Lysander zeigte auf Blasius, der gerade mit dem Schnaps von Willem Schöne liebäugelte.

»Der dicke Mann mit den grünen Händen?«

»Man sollte niemals nach dem Aussehen urteilen«, sagten Lysander und Lukas im Chor.

Ema fühlte sich plötzlich erschöpft. In ihrem Bauch rumorte es wieder heftig. Um keinen Preis wollte sie auf einer Bahre zwischen den Verwundeten landen. Sie ging zum Ausgang, und als guter Leibwächter folgte Lukas ihr nach. Ema wäre es lieber gewesen, wenn er als Freund an ihrer Seite ginge.

Erst einmal brauchte sie etwas frische Luft. Draußen herrschte beißende Kälte. Vor dem klaren Himmel zeichnete sich jede Kleinigkeit mit erschreckender Präzision ab, jeder Grashalm erschien scharf wie ein Skalpell. In einem zurückgezogenen Winkel zwischen den Wurzeln der alten Linde ließ Ema sich auf eine Bank fallen. Sie schloss die Augen und lauschte nur noch dem Rascheln der nackten Zweige im Wind. Ihr Bauch schmerzte. Lukas lehnte sich an den Baumstamm und spielte mit seiner Fußspitze an einer Wurzel herum. Die Richtung, die seine Gedanken nahmen, machte ihm Angst. Würde man bald schon wieder ein rotes Kreuz an die Tür des Königs malen müssen? Er sah zu Ema hinüber, sah ihren Rücken und die im Wind wehenden Locken. Was würde ohne Tibald aus ihr werden? Schon jetzt erschien sie ihm dunkler, fremdländischer, isolierter und verletzlicher denn je. Tibald war ihr Passierschein, er war ihre Gegenwart und ihre Zukunft. Sie durfte ihn nicht verlieren.

Zwei Gärtner, die Reisigbündel sammelten, beobachteten ebenfalls die Königin. Großtante Isabelle, die ihren täglichen Spaziergang machte, wollte schon auf Ema zugehen. Doch auf ein Zeichen von Lukas hin wechselte sie flugs die Richtung, wobei sie auf ihren alten Beinen ins Schwanken geriet. Irgendwann erklang das Mittagsläuten, und der übliche Taubenschwarm stieg in den Himmel auf.

»Ich glaube, man hat mich jetzt genug gesehen, nicht wahr?«, sagte Ema fröstelnd.

»Fürs Erste, ja.«

Lukas brachte sie wieder zu ihrem Gemach. Vor der Tür, vor der dunkelblauen Insel des ausgeblichenen Teppichs, trennten sie sich. Keiner von beiden ahnte, dass das Leben Ema in wenigen Augenblicken in einen noch tieferen Abgrund stürzen würde. Sie würde über die Schwelle in ihr Boudoir treten. Und dann würde es nur noch ein Davor geben und ein Danach.

44

Die Silberklinke der mit Schnitzereien versehenen Tür glänzte. Ema nahm den Schlüssel von ihrem Taillenband, schob ihn ins Schloss und trat ins Zimmer. Da kam Lukas noch einmal zurück.

»Habt Ihr Hunger, Hoheit?«, fragte er vom Flur. »Vielleicht eine Gemüsesuppe?«

Er bekam keine Antwort.

»Soll ich etwas bringen lassen? … Hoheit?«

Stille.

Er streckte den Kopf durch den Türspalt und sah Ema wie versteinert in der Mitte des Boudoirs stehen, die Hand erschrocken vor den Mund gelegt. Ihr gegenüber stand Königin Sidra, weiß wie eine Porzellanpuppe, die Augen schwarz wie die Nacht. Er wollte etwas sagen, aber Sidra ließ ihn nicht zu Wort kommen.

»Du, der Große, hinaus.«

Ihre Stimme klang mineralisch, unpersönlich, so als habe sie ihren Akzent mehr von einem Gestein als von einer Region. Ema wollte schon widersprechen, aber Sidra ließ sie ebenfalls nicht zu Wort kommen.

»Er muss hinaus. Sofort.«

»Eure Majestät, ich empfange meine Befehle nicht von Euch«, entgegnete Lukas höflich.

Er versuchte Emas Blick zu deuten, der ihm gleichermaßen *Geh* wie *Bleib* sagte.

»Geh …«, flüsterte sie.

Widerstrebend zog Lukas sich zurück und schloss langsam die Tür. Bang lehnte er sich an den Rahmen. Etwas sagte ihm, dass die Begegnung der beiden Königinnen die künftigen Geschicke des Landes bestimmen würde. Etwas sagte ihm, dass Sidra Ema zugrunde richten würde.

Drinnen im Zimmer wappnete Ema sich, um sich selbst zu behaupten. In ihren Eingeweiden herrschte Aufruhr.

»Wie seid Ihr hereingekommen?«, fragte sie fast unhörbar.

Sidra winkte gleichgültig ab.

»König Tibald ...«

»Er lebt«, unterbrach Ema sie. »Wenn er tot wäre, wüsste ich es.«

»Ja«, ließ Sidra sich zu einer knappen Antwort herab.

»Was wollt Ihr von mir?«

»Tibald darf zurückkommen.«

Ema richtete sich schnurgerade auf.

»Er darf zurückkommen. Unter einer Bedingung.«

Ganz gleich, dachte Ema. Ganz gleich, welche Bedingung, wenn er nur wieder zurückkommt. Sie blickte in Sidras undurchdringliche, unerträgliche Augen und wartete ab.

»Euer Kind.«

Ema hatte das Gefühl, ein Schwert würde sie durchbohren. Sie legte beide Hände auf ihren Bauch.

»Woher wisst Ihr davon?«

»Unwichtig. Ihr erwartet ein Kind, es steht Euch ins Gesicht geschrieben. Es ist ein Mädchen, und es wird im Mai kommen. Zur Tagundnachtgleiche im Herbst werdet Ihr es dem Mittelsmann übergeben.«

»Mein Kind wird im Juni erwartet«, widersprach Ema.

»Eure Tochter kommt am ersten Mai zur Welt. Das erste Mädchen im Mai. Es ist die Bringschuld im Tausch für den König.«

Entgegen allem, was das Leben sie gelehrt hatte, warf Ema sich auf die Knie und hob flehend die Hände.

»Nehmt stattdessen mich!«

Sidras Züge verhärteten sich.

»Euch will der Wald nicht.«

»Was will der Wald dann?«, schrie Ema. »Was will er?«

»Die Prinzessin.«

»Warum? Warum? Sagt mir, warum!«

»Ihr wollt wirklich wissen, warum?«

»Ja.«

»Steht auf.«

Ema gehorchte.

»Ihr wollt wissen, warum. Eine Fremde fragt nach dem Warum. Eine Fremde stellt diese Frage …« Sidra nickte. »Natürlich. Dafür braucht es jemanden von außen. Aber es ist zu früh für eine Antwort. Oder zu spät. Einerlei.«

»Ich verstehe nicht …«

Etwas Undefinierbares huschte über Sidras Gesicht. Vielleicht war es ein Anflug von Zärtlichkeit, der in ihren strengen Zügen keinen anderen Ausdruck fand.

»Eines Tages werdet Ihr verstehen.«

Ema verstummte. Sie fragte sich, ob Tibald Bescheid wusste.

»Tibald ist mit Euch verbunden«, sagte Sidra. »Ein unzertrennliches Band. Tibald ist dem Wald nicht von Nutzen.«

»Wenn der Wald ihn nicht will, soll er ihn mir zurückgeben. Dem Land zurückgeben!«

»Nein. Er dient als …« Sidra suchte nach dem richtigen Wort. »… Tauschpfand.«

Sie machte eine lange Pause, bevor sie schloss:

»Der König oder die Prinzessin. Ihr habt elf Tage für Eure Entscheidung.«

Dann glitt sie an Ema vorbei zur Tür.

»Wer seid Ihr?«, rief Ema ihr wütend nach.

Sidra stöhnte. Der raue, fast tierische Laut erfüllte den Raum und verklang im selben Moment. Die junge schwarze Königin gefiel ihr. Sie hätte es vorgezogen, sie zu hassen.

45

Als Lukas hereinkam, brüllte und heulte Ema in ihr Kissen. Sie hatte ihr Kleid zerrissen und einen Kerzenständer geköpft. Das durch die Vorhänge fallende Sonnenlicht zeichnete mit grausamer Heiterkeit Blütenblätter auf die Daunendecke und streichelte zart ihre Schulter. Lukas wagte weder, sich zu nähern noch zu gehen, weder sich zu setzen noch sie anzusprechen.

Wie war Sidra hereingekommen? Diese Frage trieb ihn um. Für die Dauer der Inselreise hatte man die Schlüssel der königlichen Gemächer Manfred anvertraut, und Manfred war über jeden Verdacht erhaben. Er hatte sie Tag und Nacht bei sich getragen, an einem dicken Schlüsselbund wie ein Kerkermeister, und gestern Abend hatte er Ema ihren eigenen Schlüssel persönlich ausgehändigt. Lukas begann, das Boudoir gründlich zu untersuchen. Die Tür zum kleinen Garten war von innen verschlossen und wies keinerlei Einbruchsspuren auf. Alle Fensterscheiben waren intakt. Nicht ein einziger Gegenstand war verschoben. Das Einzige, was ihm auffiel, waren ein paar Kratzspuren auf dem Boden vor der Sitzbank der Kleiderkammer, so als habe man das Möbelstück verrückt, ohne es anzuheben.

»Ja, da geht es lang.«

Emas Stimme hinter ihm war brüchig wie weicher Sandstein. In all den Jahren, in denen sie von einer Insel zur nächsten geflohen war, war ihr der Fluchtimpuls in Fleisch und Blut übergegangen. Doch sie konnte Eckstein tausendmal verlassen – aus Liebe zu Tibald würde sie immer wieder zurückkehren. Es gab keine neuen

Ufer, keinen Hoffnungsschimmer am Horizont. Sie würde nicht fliehen, sondern dem Schicksal die Stirn bieten. Sie fühlte sich ruhig und völlig leer. Ein Teil von ihr war soeben gestorben.

»Hinter dem Polsterbänkchen gibt es einen Geheimgang«, erklärte Ema leise. »Tibald dachte, niemand wüsste mehr davon.«

Lukas beugte sich bereits über die Lehne des Bänkchens.

»Ich werde mich darum kümmern. Ich werde den Durchgang zumauern.«

»Warte damit noch ab, Lukas.«

»Warum?«

»Warte auf Tibald. Er mag diese unterirdischen Gänge, und ich will sie nicht ohne sein Einverständnis zumauern. Bring einen Riegel an, wenn du möchtest. Und erzähle niemandem davon. Damit meine ich: weder von dem Geheimgang noch von Sidra.«

»Ema …«

»Versprich es mir.«

»Ich verspreche es«, seufzte Lukas.

»Schwöre es.«

»Ich schwöre es«, seufzte er noch lauter.

»Und jetzt begleite mich zu Clemens von Frixeln.«

Lukas betrachtete sie einen Moment. Ihre heisere Stimme, ihre kohlschwarzen Augen, ihr zerrissenes Kleid auf der dunklen Haut. In einem Schloss, dessen Königin sie war, in einem Boudoir, das ihr gehörte, und mit einem künftigen Thronerben in ihrem Bauch, hätte man sie für den Mittelpunkt der Welt halten können; doch sie schien so verloren wie eine Flaschenpost im Meer.

»Es hat keinen Zweck, Lukas.«

»Was?«

»Du willst, dass ich mit dir spreche. Aber ich kann nicht mit dir sprechen. Bring mich zu Clemens.«

Der Aufstieg zur Kuppel des Observatoriums war beschwerlich.

Lukas sah von unten dabei zu, wie Ema mit den Händen am Bauch kurzatmig die Stufen hinaufstieg. Oben in seinem Zimmer lauschte Clemens von Frixeln ihrem Bericht, ohne erstaunt zu wirken. Er wischte sich mehrmals mit dem Handrücken über die Stirn, bewahrte aber unerschütterliche Ruhe.

»Was mich am traurigsten stimmt, Ema«, sagte er, nachdem sie geendet hatte, »ist, dass eine Frau, die von so weit herkam, um ihrem eigenen Unglück zu entfliehen, am Ende ebenso viel für andere leiden muss.«

Da sie nichts sagte, fuhr er fort:

»Hinter all dem steckt eine Logik. Eine ungerechte, aber unerbittliche Logik.«

»Welche?«

»Welche, Ema? Ich werde Euch sagen, welche: Eure Widerstandskraft. Am Wendepunkt der Geschichte schickt uns die Vorsehung eine Königin wie Euch.«

Er musterte sie lange.

»Es war unausweichlich. Ich hatte Tibald ja geraten, auf der Hut zu sein.«

»Ihr habt ihn gewarnt?«

Clemens machte eine zerstreute Geste hinauf zur Kuppel.

»Alberichs plötzlicher Tod, der Kampf um die Krone, die Geschehnisse in der Catastrophenbucht ... Das sind allenfalls Zeichen, doch wenn die Zeichen sich mehren, gilt es, sie in einen Zusammenhang zu bringen. Vor allem mit dieser frühzeitigen Kälte, die aus dem Süden zu uns kommt ...«

»Die Kälte kommt aus dem Süden?«

»O ja. Ich wundere mich, dass es keinem auffällt. Man braucht nur den Finger anzulecken und ihn in den Wind zu halten. Das bekommt jeder hin. Aber die Leute legen nur die Hände in den Schoß. Wie auch immer, der Winter kommt zu früh, und er kommt aus dem Süden. Ihr wisst, was sich im Süden der Insel befindet.«

»Die Catastrophe …«

Clemens zuckte mit den Schultern.

»Ihr kennt Tibald so gut wie ich, und bestimmt noch besser. Immer bereit für ein Abenteuer. Viel Leidenschaft, wenig Vorsicht … Wenn man ihn warnt, macht es das fast noch schlimmer. Jedenfalls, wie ich schon sagte: Es war unausweichlich.«

»Ich verstehe nicht.«

»Ja, ich weiß.« Clemens nickte bedauernd. »Ich weiß, Ema.«

Er lehnte sich in seinem Sessel zurück und fixierte sie mit seinen grauen Augen.

»Ihr habt Eure Entscheidung schon getroffen, nicht wahr?«

In einem plötzlichen Krampf krümmte Ema sich auf ihrem Stuhl zusammen. Schon wieder dieses furchtbare Gefühl, sich von innen aufzulösen. Clemens von Frixeln legte die Fingerspitzen aneinander und schloss leicht die Augen. Die Königin war nicht zu trösten, und er würde ihr nicht die Schulter tätscheln. Er sammelte sich lieber, während er ihrem Schmerz beiwohnte und geduldig wartete, dass er verging.

»Ihr habt Eure Entscheidung getroffen«, stellte er fest, als Ema sich wieder aufrichtete.

Und während er die Papierschiffchen, die sein Pult übersäten, sorgfältig in einer Reihe ordnete, fügte er hinzu:

»Es ist die einzig mögliche Entscheidung. Ich bin sicher, das habt Ihr verstanden, Ema. Eine Thronlinie steht gegen die andere. Wenn Jesko den Thron besteigt, werden seine Nachkommen ihm darauf folgen. Wenn Tibald zurückkehrt, werden es Eure Nachkommen sein. Unter dem Blickwinkel der Krone ist die Sache eindeutig.«

Er hielt inne.

»Freilich, unter dem Blickwinkel Eures Herzens, Eures Fleisch und Bluts ist die Entscheidung unendlich schmerzhaft. Sie ist eine schreckliche Zwickmühle. Und wird es bleiben.«

Ema wurde die Brust so eng, dass sie kaum atmen konnte.

»Die einzige Art, das alles zu bewältigen, besteht darin, dass Ihr Euch mehr als Königin versteht denn als Frau. Was Ihr in Euch tragt, ist nicht nur Euer Kind. Ihr tragt das Volk in Euch, die Zukunft des Königreichs. Als Frau fühlt Ihr Euch vom Schicksal gebeutelt – als Königin, so sage ich Euch, dürfen wir uns glücklich schätzen, Euch zu haben.«

Eine Träne der Dankbarkeit lief über sein Gesicht. Er schnäuzte sich so fest, dass sein Sessel quietschte. Dann nickte er wieder vor sich hin.

»Die Prinzessin, ein Maimädchen … Offenbar hat Tibald etwas mit dem ersten König gemein … Ob seine Regentschaft dazu bestimmt ist, Versöhnung zu erlangen? Danach gilt es zu suchen, Ema. Man muss auf der Seite des Unvollendeten suchen. Dort, wo es etwas zu heilen gibt. Zu vergeben. Wiedergutzumachen.«

Er schwieg eine Weile, dann erklärte er:

»Sidra ist für dieses Kapitel unserer Geschichte verantwortlich.«

Die Erwähnung von Sidra war für Ema ein Schlag ins Gesicht.

»Wer ist sie?«, stieß sie aus.

Clemens verharrte nachdenklich mit halb geöffnetem Mund.

»Sie ist … geheimnisvoll«, sagte er schließlich. »Ich habe sie in all den Jahren genau studiert, mit Fleiß und Ausdauer. Etliche Dinge bleiben unerklärlich. Allem voran ihre ewige Jugend. Die Frage, wie sie Alberich für sich erobern konnte. Ihre rätselhafte Herkunft, ihre geisterhafte Erscheinung, ihre extreme Zurückgezogenheit. Es kommt vor, dass sie in einem Jahr nur einen einzigen Satz spricht und dabei kindliche Sprachfehler macht – für eine Person ihres Kalibers sehr seltsam. Denn ein Kaliber ist sie, o ja. Sie wird gehasst und gefürchtet, und es kümmert sie nicht. Sie bewahrt sich ihre Energie, ja sie sammelt sie an. Eine kolossale Energie, wohlgemerkt. Eine magnetische Kraft. Man spürt es, nicht wahr? Ein Normalsterblicher würde darunter explodieren. Selbst der Erdboden würde vibrieren. Aber nicht Sidra. Nein. Sidra nicht.«

»Und was heißt das?«

»Was soll ich sagen? Ich habe sie nie ganz durchschaut. Sie ist unergründlich.«

Ema fühlte sich plötzlich ganz allein auf der Welt.

»Man hält mich zwar für intuitiv«, sagte Clemens wie zur Entschuldigung, »aber tatsächlich stütze ich mich immer auf Beobachtungen. Auf Beobachtungen und Statistiken. Sidra hat sich meinen Analysen entzogen. Ich betreibe Chemie, sie Alchemie. Ich bin Philosoph, sie Seherin. Was ich vermute und errate, sieht sie voraus. Was ich schlussfolgere, weiß sie bereits.«

Er neigte seinen Kopf zur Seite.

»Sie verfügt über uns. Das kommende Kapitel liegt in ihrer Hand. Sie hat einen Plan, so viel ist sicher.«

»Einen Plan wofür?«

»Schwer zu sagen und auch schwer, sich vorzustellen. Wobei …«

Er führte seine Fingerspitzen zusammen, entfernte sie voneinander und fügte sie wieder zusammen. Laut sinnierte er:

»Alle denken, Sidra sei die treibende Kraft hinter Jeskos Machenschaften. Man glaubt, sie würde alles dafür tun, selbst töten, um ihn auf den Thron zu bringen. Aber meines Erachtens steht sie über diesen Machtkämpfen. Sie ist schon im Besitz der Macht, benutzt sie aber nicht. Noch nicht. Oder zumindest nicht oft. Die Krone interessiert sie nicht. Sie hat andere Beweggründe, geheime Beweggründe von größerer Bedeutung, die tiefer reichen. Sie handelt nicht für sich selbst, o nein. Sonst hätte sie schon früher die Initiative ergriffen. Und was Jesko betrifft … ich bin mir nicht einmal sicher, ob sich die beiden verstehen. Schon seit seiner Kindheit habe ich das Gefühl, dass sie auch mit ihm einen Plan verfolgt. Er kam als fröhlicher kleiner Kerl auf die Welt, sie hat ihn bösartig gemacht. Ob es ihm bewusst ist? Ich zweifle daran. Er ist in jedem Fall blind. Seine Gier nach der Krone versperrt ihm den Blick.«

Ema empfand immer größere Ratlosigkeit. Der alte Lehrer häufte nur noch mehr Rätsel an. Er beugte sich zu ihr vor.

»Ema. Verlasst Euch auf Euren moralischen Kompass.«

Sie senkte den Kopf. In ihr gab es nichts mehr, was einer Gewissheit gleichkam. Und Clemens verunsicherte sie noch mehr, als er hinzufügte:

»Wohlgemerkt, Euer moralischer Kompass und Euer Kampfgeist sind sicher Teil von Sidras Plan. Sie sind Teil ihres Kalküls. Ihr seid Partnerinnen ebenso wie Gegnerinnen. Was immer Ihr tut, Ema, Ihr seid schon ein Rädchen im Getriebe.«

Ein Schatten huschte über seine Stirn.

»Die Zeit vergeht, Ema«, schloss er sanft. »Im Buch des Lebens werden immer wieder neue Seiten aufgeschlagen. Die Geschichte überlebt ihre Akteure. Ich habe dem Reich nach besten Kräften gedient. Meine Zeit geht zu Ende, jene von Sidra beginnt. Ein Vorhang fällt über alles, was wir kannten. Es wird schwer sein, es wird finster, es wird grausam. Aber es wird nicht umsonst sein. Ich bin fest entschlossen, das zu glauben.«

Er streckte Ema eine kalte Hand hin. Dann spürte er wieder, dass er sie nicht berühren durfte, und zog sie zurück.

»Könnte ich Euch doch nur mein Verständnis von der Großen Ordnung der Dinge vermitteln«, seufzte er. »Aber jeder muss diesen Weg selbst gehen.«

Langsam stand er auf und tappte um das Schreibpult herum. Während er darauf wartete, dass sie sich erhob, musterte er sie ein letztes Mal mit zurückgelegtem Kopf.

»Ich kann nichts für Euch tun, Eure Majestät.«

Er wirkte alt wie tausend Jahre.

Als Lukas Ema einige Minuten später herunterkommen sah, schien es ihm, als würde sie sich mit jeder Stufe weiter entfernen.

Sie ging an ihm vorbei und sagte lediglich: »Nordflügel.«

Er war sich nicht sicher, ob er richtig gehört hatte. Er hatte noch nie einen Fuß in den Nordflügel gesetzt, geschweige denn auch nur daran gedacht. Der Nordflügel war ein nahezu verlassener Ort. Marthe hatte dort einen Lagerraum für Kartoffeln, Kohlköpfe und Kürbisse eingerichtet, und der Winzer nutzte den Keller, um seine Weine reifen zu lassen. Aber sonst lebten da nur Jesko, Sidra und Pauline, ihre einzige Dienerin. Pauline war stumm, hatte eine Wirbelsäulenverkrümmung und schlief in einem winzigen Kämmerchen. Sie war alleine völlig überfordert mit den vielen Spinnweben, Stockflecken und Staubflocken. Ihr Fall beunruhigte Manfred, empörte Madeleine und erfüllte Benedikt mit Verachtung. Doch Pauline schwieg immer nur demutsvoll. Sie besaß gerade so viel Intelligenz, um zu verstehen, dass sie nicht intelligent war, und nie wäre sie auf die Idee gekommen, dass sie Momente des Glücks verdiente. Sie ertrug ihre Lage schicksalsergeben, überzeugt, dass sie ein Niemand war.

Lukas begleitete Ema bis zu den drei steilen Stufen vor Sidras Tür. Er klopfte für sie und blieb draußen stehen, während Pauline Ema in das eigentümlichste Zimmer des ganzen Schlosses einließ. Es war rund. Innen waren die Vorhänge zugezogen, doch in dem Kamin, dessen Sims mit Ziegenschädeln dekoriert war, flackerte ein heftig züngelndes Feuer. An der Decke hing der knöcherne Brustkorb eines Rindes, in dem rund dreißig Kerzen brannten und einen garstigen Schatten auf den kahlen Boden warfen. Ein erdrückender Geruch hing im Raum, eine widerliche Mischung aus Schimmel und etwas Bitterem. Sidra nahm unverhältnismäßig viel Platz ein, ja ihre Präsenz schien das Zimmer zu überfluten, so als bestehe ihr ganzes Wesen aus Enormität und Unverrückbarkeit. Sie gab Pauline ein Zeichen, die sich mit scheuen, kleinen Schritten zurückzog.

»Ihr habt entschieden?«

»Ja. Tibald soll zurückkommen.«

Sidra nickte ernst.

»Morgen, um Mitternacht, Vier-Wege-Kreuz. Im Gegenzug Euer Versprechen?«

Ema schauderte. Die Worte, die sie aussprechen musste, steckten wie ein Kloß in ihrer Kehle. *Sie können dich schlagen*, hatte ihre Mutter gesagt, *sie können dich hungern lassen, dich verschleppen und dir sogar deine Kinder wegnehmen*. Ema war geschlagen worden, sie hatte gehungert und wurde verschleppt. Aber niemals hatte sie daran geglaubt, dass man ihr ein Kind wegnehmen könnte.

»Euer Versprechen.«

»Ich … Ich verspreche, zur Tagundnachtgleiche im Herbst … meine Tochter dem Mittelsmann zu übergeben«, wisperte Ema mit dem Gefühl, dass ihr die Seele aus dem Mund entwich.

Sidra kam einen Schritt näher.

»Morgen Abend. Ihr geht alleine. Falls jemand von dem Versprechen weiß, wird er daran gehindert zu reden. Auch Tibald darf nicht davon erfahren.«

Ema glaubte in einen Abgrund zu fallen. Gerade erst hatte sie alles Clemens von Frixeln erzählt. Würde man ihn »daran hindern zu reden«? Und wie?

»Ich lasse Euch allein«, sagte Ema und ging, ohne Sidra noch eines Blickes zu würdigen, aus dem Raum.

Sie sah Lukas nicht an und begab sich direkt zum Turm des Observatoriums. Sie war die Hälfte der langen Wendeltreppe hinaufgestiegen, als von oben die Stimme des alten Lehrers erklang:

»Ihr könnt nichts für mich tun, meine Königin. Geht und ruht Euch aus.«

Ema blieb stehen, stützte sich mit einer Hand an der Wand ab.

»Ihr könnt nichts dafür, Ema«, sagte Clemens noch einmal.

Er wusste Bescheid. Er hatte von Anfang an Bescheid gewusst. Er hatte sich von ihr verabschiedet, ohne dass sie sich dessen bewusst gewesen war.

46

Der Nachmittag erschien Ema so unwirklich wie ein Traum. Madeleine war ständig um sie herum. Im Zimmer, im Boudoir, überall, der Lichtkranz ihres blonden Haars, ihre weiße Haube, ihre glatte Haut, ihre arglosen, sanftblauen Augen.

»Durchlaucht! Ihr habt nichts gegessen! Nicht das kleinste bisschen!«, jammerte sie mit Blick auf das Mittagessen, das Ema gar nicht wahrgenommen hatte. »Soll ich Euch ein Bad bereiten? Soll ich Euch Tee bringen? Einen kleinen Imbiss, etwas Gebäck? Sagt mir, was Euch fehlt. Ach natürlich, ich bin ja dumm, Euch fehlt der König … Ich würde alles dafür geben, dass er wiederkommt, Hoheit. Aber vergesst nicht, was ich herausgefunden habe: ein Mädchen, ein Junge, ein Junge, ein Junge … Er muss also zurückkommen, nicht? Und in jedem Fall solltet Ihr etwas essen, Hoheit, das ist wichtig.«

Nicht ahnend, dass Ema bereits eine Tochter erwartete und dass diese Tochter ihr genommen werden würde, bemühte sich Madeleine um die kleinen Dinge, die das Leben lebenswert machen: eine Wanne mit schön warmem Wasser und Rosenblütenblättern, ein lindgrünes Nachtgewand, eine Massage mit Mandelöl und die unvermeidliche Wärmflasche. Sie ließ noch einmal die Suppe aufwärmen und zählte die Löffel, die Ema sich in den Mund schob. Dann konnte sie die Königin überreden, sich ein wenig hinzulegen. Im Nebenzimmer begann Lukas, auf seiner Gitarre zu spielen. Ema hörte die Töne schwach durch die Wand dringen und ließ sich davon in einen wattigen Schlaf lullen.

Ein lauter Tumult ließ sie hochfahren. Eilige Schritte, Frauengeschrei, durcheinandergerufene Befehle. Lukas stand plötzlich im Zimmer, als hätte er die Tür durchbrochen. Er drängte Ema mit der Hälfte ihres Bettzeugs hinaus auf den Flur und zog sie dann zum nächstgelegenen Ausgang, der auf eine große Rasenfläche hinausführte. Ovid kam mit der Gitarre in der Hand hinter ihnen her, stolz darauf, das Instrument schon zum zweiten Mal gerettet zu haben.

Draußen begriff Ema den Grund für die Panik. Von der Kuppel des Observatoriums stieg dichter Rauch auf: Im papierenen Reich des Clemens von Frixeln war ein Feuer ausgebrochen. Vom Teich bis zum Schloss hatte sich eine lange Menschenkette gebildet und reichte Eimer, Schüsseln, Kessel und Nachttöpfe voll schlammigem Wasser weiter, die bis zur Spitze des Turmes schon halb leer waren. Ovid, Felix und Lysander schlossen sich der Kette an. Wieder einmal mobilisierte Jesko Freiwillige, ohne selbst nass zu werden. Wieder einmal wollte Ema sich daruntermischen, doch Lukas konnte sie zurückhalten.

Es war ohnehin zu spät.

Blasius von Frixeln kam in diesem Moment mit schweißglänzendem, rußverschmiertem Gesicht aus dem Turm und fuchtelte mit seinen bandagierten Händen herum, ohne eine Silbe herauszubringen. Doch als hinter ihm der Stallknecht und der Kammerherr auftauchten, wusste jeder Bescheid: Sie trugen Clemens' leblosen Körper. Neben der Menschenkette legten sie ihn ins Gras. Als Ema näher trat, sagte Manfred etwas von »erstickt«, bevor er einen heftigen Hustenanfall bekam. Sie glaubte im ersten Moment, er meinte sich selbst.

Aber nein: Blasius hatte Clemens in seinem selbstgebauten Quietschesessel vorgefunden, mit übereinandergeschlagenen Beinen, die Hände auf den Schenkeln gefaltet und die Augen geschlossen. Ganz offensichtlich hatte ihn noch vor den Flammen der Erstickungstod ereilt. Die Haut des Leichnams wirkte geschrumpft, seine Nase war adlerhafter denn je, er hatte weder Wimpern noch Augenbrauen noch Haare, aber einen seltsam heiteren Gesichtsausdruck. Sein unvergleichlicher Mund hatte die Welt mit einem halben Lächeln verlassen – demselben Lächeln, das er bei jeder seiner Entdeckungen gezeigt hatte.

Die Löschhelfer brauchten noch eine Stunde, um den Brand in den Griff zu kriegen, wobei sie auf der ganzen Wendeltreppe Algen und Seerosen verteilten. Blasius beschloss in seiner Eigenschaft als Clemens' Neffe, eine Bestandsaufnahme der Schäden zu machen. In Wahrheit wollte er auch eine Ermittlung durchführen, denn etwas an der ganzen Sache kam ihm verdächtig vor. Er würde dazu noch ein weiteres Augenpaar benötigen – warum nicht Lysander? Es würde ihre erste gemeinsame Unterrichtsstunde sein.

Felix war nicht sehr begeistert von der Idee, aber da Lysander sich nichts sehnlicher wünschte, ließ er ihn gehen.

Das Observatorium erwies sich als völlig zerstört: schwarz versengte Wände, zersplitterte Fenster, vom Astrolabium waren die Gestirne weggeschmolzen, das Schreibpult war zusammengebrochen, das Feldbett nur noch ein Gerippe aus Metall. Die wissenschaftlichen Studien, denen Clemens sein Leben gewidmet hatte, die Bücher, die er gesammelt oder geduldig von Hand abgeschrieben hatte, waren nur noch kleine feuchte Aschehäufchen. Wenn man dieses gesammelte Wissen zusammenfegte, würde es gerade mal einen Kochtopf füllen.

Blasius verschränkte die Hände vor seinem dicken Bauch und stieß resigniert die Luft aus den Backen.

Dann erklärte er:

»Mein Junge, ich habe dich aus einem bestimmten Grund dazugeholt. Ovid erzählte mir, du hättest den königlichen Dolch unter Alberichs Schreibtisch gefunden. Also habe ich mir gedacht, du könntest vielleicht auch irgendwo in dieser Brandstätte einen Schlüssel entdecken.«

Blasius begann schon überall herumzustöbern, doch Lysander rührte sich nicht vom Fleck.

»Was für einen Schlüssel?«

»Den von der Tür«, antwortete Blasius, während er vergeblich versuchte, die Schublade des Schreibpults herauszuziehen.

»Der Dolch hatte geglänzt ... Der Schlüssel dagegen ...«

»Bitte suche einfach.«

»Diese Tür braucht aber doch keinen Schlüssel mehr«, beharrte Lysander und zeigte auf die mit der Axt eingeschlagene Holzplatte und den aus der Mauer gebrochenen Rahmen. In der Tat war von der Tür so wenig übrig geblieben, dass man nicht einmal mehr das rote Kreuz darauf zu malen brauchte.

»Oh, Lysander! Das beginnt nicht gut mit deinem Unterricht! Hör auf, mir zu widersprechen, und *suche nach dem Schlüssel!*«

Lysander gehorchte. Er fand zwar den Schlüssel nicht, schaffte es aber, die Pultschublade aufzustemmen, die eine Lupe und ein Kartenspiel enthielt. Beim Anblick der Karten entfaltete sich Blasius' Gesicht wie eine schnell aufblühende Pfingstrose.

»Dieser verfuchste alte Geheimniskrämer von Onkel Clemens!«

Seine Augen füllten sich angesichts des Fundes mit Freudentränen, die sich angesichts des tragischen Todes in Trauertränen verwandelten.

»Was ist das?«

»Oh, das sind Tarotkarten! Sehr seltene Karten, mit denen man sich auskennen muss. Ich hätte es mir denken können. Oh, er muss sein Vergnügen gehabt haben ...«

Blasius verstummte. Der gelassene Ausdruck, der auf dem Gesicht des Toten gelegen hatte, ließ darauf schließen, dass Clemens seinen Tod ganz bewusst erwartet hatte. Hatten die Tarotkarten ihn darauf vorbereitet? Blasius hätte alles darum gegeben, die zuletzt aufgedeckte Karte zu kennen.

»Wie funktioniert das?«, wollte Lysander wissen.

»Tja, das hat er sich wahrscheinlich auch gefragt. Es ist ein Weissagungsspiel. Vermutlich war er geradezu versessen darauf, den Mechanismus zu verstehen, um den Zauber wissenschaftlich zu ergründen. Also gut, schau her: Es gibt achtundsiebzig Karten. Ich ziehe eine einzelne heraus … eine zufällige Karte, die alles über mich aussagen wird. Und zwar … Trommelwirbel … Ach. Der Narr.«

Blasius, der schon einiges über Tarot gelesen hatte, ohne je ein Spiel in der Hand gehabt zu haben, kannte sehr gut die Bedeutung dieser Karte. Der Narr war offen, frei und voller Potenzial, doch er musste seiner Energie noch eine Form geben, seine Ängste besiegen und sich der Wirklichkeit stellen.

»Pah! Der Narr. Ein Angeber und Großmaul eben«, log er. »Das wird keinen verwundern. Und jetzt bist du dran, Lysander, komm her. Das Spiel wird deine Hand leiten. Nimm die linke, sie gehört zur Herzseite, zur Intuition und so weiter. So. Lass mal sehen … Uh. Der Wagen. Eine große Bestimmung. Was soll ich sagen? Ich verneige mich.«

Mit dem neckischen Ton überspielte Blasius seine Verlegenheit. Der Wagen war der Anführer einer neuen Ära, derjenige, der einen Weg durch schwere Prüfungen aufzeigte, der Licht und Dunkel allein durch seine Geisteskraft im Gleichgewicht hielt. Der neue Privatlehrer war verwirrt. Zum einen hatten beide von ihnen Karten der sogenannten großen Arkana gezogen, was an sich schon erstaunlich war. Zu normalen Zeiten hätte er keine große Sache daraus gemacht, doch im niedergebrannten Studierzimmer seines Onkels konnte er nicht anders, als einen tieferen Sinn darin zu sehen. Zum andern war er auch ein wenig verstimmt, denn es war der Wagen, der dem Narr Ratschläge erteilte. Dabei war es doch an Blasius, Lysander zu leiten und zu unterrichten … Er schob das Päckchen in seinen Ärmel und verkündete:

»Nun, trotz allem habe ich die Sache mit dem Schlüssel noch nicht aufgegeben. Wenn jemand ihn finden kann, dann doch wohl der Wagen! Los, gehen wir hier gründlich durch! Durchkämmen und durchwühlen wir alles. Meine Güte, diese Schlittschuhe sind wohl hundert Jahre alt … Es sind nur noch die Kufen übrig.«

Blasius hatte die Angewohnheit, Selbstgespräche zu führen, wenn er sich unbehaglich fühlte.

»Mein Onkel hatte das Gehirn von drei Männern und den Magen eines einzigen. Er aß schon weniger als ich, als ich noch das Fläschchen bekam. Wenn er zwischen seinen Expeditionen in Frixeln zu Besuch war, nahm er mich bei der Hand und zog mit mir los. Alles interessierte ihn, einfach alles. Der Sprung der Grashüpfer, die Schleimspur der Schnecken, die Keimung von Kichererbsen. Ich habe ihn verehrt. Wenn er wieder abreisen musste, machte ich einen Heidenaufstand. Meine selige Mutter im Himmel wird sich sicher noch daran erinnern. Und als ich älter wurde, lernte ich seine verborgene Seite kennen, seine Besessenheit. Er durchforstete das Universum, um die Grenzen des Unbekannten zu verschieben. Er wollte wissen, was sich hinter dem Leben verbirgt. Warum es das Leben gibt, wie es zustande kommt. Was danach kommt, nach dem Leben. Nun ja. Dieses Rätsel hat sich jetzt für ihn gelüftet …«

Seine Stimme brach.

»Freilich war es ein sehr plötzlicher Tod … Aber wenn du meine Meinung wissen willst, dann ist es eine Tatsache, dass mein Onkel jeden Morgen voller Vorfreude auf seinen Tag erwachte. Mit anderen Worten, es gibt keinen Grund zum Verzweifeln. Wir könnten vielleicht die Lupe und die Schlittschuhe in seinen Sarg legen, was meinst du? Du siehst aus, als würdest du dich nicht ganz wohlfühlen, mein Guter.«

Lysander biss sich auf die Unterlippe. Er war gerade dabei, geschwärzte Seiten umzublättern, die unter seinen Fingern zerbröselten.

»Hm, Felix hatte wohl recht, dies alles ist zu finster, ich hätte dich nicht mit hierher nehmen sollen.«

Lysander zuckte gleichgültig mit den Schultern.

»Oder täusche ich mich? Was geht dir dann gegen den Strich?«

»Glaubt Ihr, der König ist am Leben?«

Blasius zögerte nur eine winzige Sekunde.

»Ganz sicher.«

Er klatschte in die Hände und rieb sie aneinander.

»Kein Schlüssel, also … Genau, wie ich es mir dachte. Kein Schlüssel.«

Lysander fragte sich, warum Blasius ihn überhaupt den Schlüssel hatte suchen lassen, wenn er gar nicht mit dessen Fund rechnete. Aber sein neuer Lehrer wollte keine weiteren Erklärungen abgeben und eilte ihm voraus, auf diversen Algen ausrutschend, die Wendeltreppe hinab.

47

Der König verschollen, sein alter Lehrer im Feuerqualm erstickt – über nichts anderes wurde mehr geredet. Die Verwundeten der Catastrophenschlacht beschlossen, wieder gesund zu sein und sich nützlich zu machen, aber man schickte sie auf ihr Krankenlager zurück. Die anderen wetteiferten darum, die Nachricht von Clemens' Tod in seine Heimatregion zu überbringen, das Zimmer der Totenwache zu entstauben, Trauerkleidung zu flicken oder noch so spät im Jahr Blumen aufzutreiben. Sie rissen einander das Scheuertuch aus der Hand, um die Treppe zu putzen, und stritten darum, wer die Totenwaschung übernehmen durfte.

Letztlich wurde Manfred damit betraut. Als Kammerherr und Haushofmeister besaß er das unbestreitbare Vorrecht. Und dennoch: Eine Ewigkeit lang stand er nur über den Leichnam gebeugt, außerstande, ihn zu berühren. Er starrte ihn an. Er konnte seinen Blick nicht von ihm wenden. Es war schwer zu sagen, welcher der beiden Männer lebendig und welcher tot war – Manfred war bei Weitem der Blassere und Starrere.

Erinnerungen stürmten auf ihn ein. Der für immer geschlossene Mund erschütterte ihn. Er empfand Schmerz in einem Teil seiner selbst, von dem er gar nicht gewusst hatte, dass er existierte: eine Art Trauerorgan zwischen Leber und Gallenblase. Seine Augen brannten, seine Kehle schnürte sich zu. Was ihn am meisten aufwühlte, war die vollkommene Ruhe in Clemens' Gesichtszügen. Seine Haut mochte sich leuchtend rot bis violett gefärbt haben, sie mochte stellenweise gedehnt und stellenweise schrumpelig sein, trotzdem strahlte der Tote Einverständnis aus. Vielleicht lag es an den Verbrennungen, aber Manfred hätte schwören können, dass Clemens kurz davor war zu lächeln.

Ergriffen warf der Kammerherr all seine bisherigen Überzeugungen über Bord. Bislang hatte er den Tod immer für eine Art Weltuntergang gehalten. Dabei bedeutete Sterben vielleicht einfach nur, von einer Reise nach Hause zu kommen. Sich nach einer langen Odyssee endlich auszuruhen. Clemens, der so intensiv gelebt und so leidenschaftlich die Wirklichkeit erkundet hatte, Clemens, der Unerschütterliche, war mit gefalteten Händen, geschlossenen Lidern und dem Hauch eines Lächelns auf den Lippen verschieden. Musste man daraus schließen, dass der Tod nichts Bedrohliches hatte? Dass er eine Art *vollkommenes Ereignis* war? Der überwältigte Manfred hatte das Gefühl, ein letztes Mal etwas von dem alten Weisen zu lernen – ja seine schönste Lektion zu erhalten.

Schließlich berührte er ihn mit einer Fingerspitze, während eine so bittere wie wohltuende Träne über seine Wange lief. Andere, mildere Tränen folgten und vermischten sich mit dem Seifenwasser und den duftenden Ölen. Doch als es daran ging, den Leichnam auszuziehen, ließ Manfred jegliche Behutsamkeit fahren: Die Kleider klebten an der Haut des Toten. Er zog und zog, bis ihm die Kraft ausging, dann beschloss er kurzerhand, eine schwarze Tunika um den bekleideten Körper zu hüllen.

Der Raum der Totenwache war schon vorbereitet: frisch gebügelte Laken, Kerzen an allen vier Ecken des Bettes, genügend Stühle für die Wachenden, ein prächtiger Chrysanthemenstrauß. In einer Ecke, möglichst weit entfernt von dem Verstorbenen, um den Verwesungsprozess nicht zu beschleunigen, bullerte ein gemütlicher Ofen. Die untergehende Sonne warf ihr rötliches Licht durch einen Vorhangspalt, als würde das Turmfeuer noch im Himmel weiterlodern.

Die Tradition wollte es, dass der Leichnam offen aufgebahrt lag, solange die Kerzen brannten. Erst wenn sie erloschen waren, würde man ihn beisetzen. Sobald der Tote zur Besichtigung freigegeben wurde, setzte sich ein endloser Besucherstrom in Bewegung. Zuerst kamen die Menschen des Hofes, dann die Leute vom Hafen, schließlich die Bewohner von Frixeln, die bei Nacht und Kälte den Weg über die schlammige Straße in einem singenden Fackelzug hergekommen waren.

Blasius hatte sich auf dem Stuhl niederlassen, der dem Totenbett am nächsten stand. Um einen guten Eindruck zu machen, streckte Lysander für eine halbe Sekunde seine Nase in den Raum. Die halbe Sekunde genügte ihm, um in dem Toten dort auf dem Bett seinen Großvater, seine Großmutter und seine Eltern zu sehen, und er machte sich schleunigst wieder aus dem Staub.

Ema dagegen war entschlossen, bis zum Morgengrauen Totenwache zu halten, was Ovid und Lukas dazu zwang, sich vor der Tür abzulösen. Die beiden waren so pflichtbewusst, so aufmerksam und ergeben – ausgerechnet um die Person zu schützen, die für das traurige Ende ihres geschätzten Clemens verantwortlich war. Ema hätte sich so gerne jemandem anvertraut. Aber ihre Beichte hätte den Tod der Vertrauensperson bedeutet. Niemand durfte wissen, dass es da ein Geheimnis gab. Sie würde den mit Sidra geschlossenen Pakt in völliger Einsamkeit tragen müssen wie einen kalten Stein auf ihrem Herzen.

Willem Schöne hatte sich in den Kopf gesetzt, ebenfalls zur Totenwache zu kommen. Da nicht nur sein geschwollener Knöchel blau war, sondern inzwischen auch er selbst, brauchte er eine halbe Stunde, um die Besucherschlange zu erreichen, die sich bis in den Schlossgarten zog. Auf seine schwankenden Krücken gestützt, wartete er geduldig. Als er tief einatmete, sprang ihm der letzte Knopf von seiner Uniform und fiel mit der Fuchsschnauze voran ins Gras, als suchte er dort seinen Bau. Ein kleiner Junge aus Frixeln hob ihn auf, besah ihn sich und steckte ihn in seine Tasche.

Endlich kam der Kapitän an die Reihe. Er trat in das andachtsvolle Halbdunkel und humpelte zum Bett des Toten. Er wollte etwas sagen, hatte aber vergessen, was er vorbereitet hatte, außerdem verlor er das Gleichgewicht und wäre fast quer über den Leichnam gefallen. Elisabeth, die hinter ihm stand, konnte ihn gerade noch festhalten. Sie setzte ihn auf einen Stuhl und reichte ihm seine Krücken, bevor sie eine Weile ehrfurchtsvoll vor dem Bett des großen Gelehrten verharrte, dem sie so unvergessliche Stunden verdankte. Als Einzige wagte sie, seine Stirn zu küssen.

Willem rutschte nervös auf seinem Stuhl hin und her. Schon am Festabend im Ballsaal war ihm die eigentlich so unscheinbare Bibliothekarin aufgefallen. Und als sie sich nun im Schein der roten Kerzen voller Dankbarkeit über einen Mann beugte, der vom Feuer völlig entstellt war, erschien sie ihm wie die außergewöhnlichste Frau der Welt. Der Kapitän war bereits von den Schmerzen, der Anspannung, der Erschöpfung und dem Schnaps weichgeklopft – Elisabeth erledigte ihn vollends. Er hätte diesen Augenblick nicht beschreiben können. Seine Krücken glitten ihm aus den Händen, knallten auf den Boden, und alle sahen ihn an.

Auch Ema sah zu ihm auf. Willem hatte schon seit dem Morgen mit ihr sprechen wollen, sie aber nicht zu stören gewagt. Sie grüßte ihn mit einem leichten Kopfnicken, und er beschloss, so lange zu bleiben wie sie.

48

Die Wachenden blieben nicht dauerhaft wach: Die Morgendämmerung überraschte sie eingeschlafen auf ihren Stühlen. Eine schüchterne Sonne stahl sich in das Trauerzimmer und berührte nach und nach Emas Augenlider, Blasius' Wangen, Willems geschwollenen Knöchel. Sie alle wurden mehr oder weniger gleichzeitig wach.

»Meine Königin …«, sagte Blasius verwundert. »Ihr solltet nicht hier sein.«

»Auch der König hätte die Nacht auf diesem Stuhl verbracht«, antwortete sie. »Ich habe ihn vertreten.«

Lukas kam ins Zimmer. Er war unschlüssig, ob er der Königin seinen Arm oder dem Kapitän seine Schulter anbieten sollte. Doch Willem schwenkte seine Krücken zum Zeichen, dass er alleine zurechtkommen würde. Er hatte Ema noch nie so erschöpft gesehen, nicht einmal in ihrer Zeit als Schiffsjunge.

In Emas Boudoir wartete bereits wieder eine Suppe auf sie. Dabei war ihr gar nicht mehr nach Suppe. Inzwischen träumte sie von reifen Mangos, deren Saft einem das Kinn hinunterlief und von deren Existenz man in Eckstein nicht einmal etwas ahnte. Sie versuchte, sich an der Suppenschüssel vorbeizustehlen, doch da tauchte auch schon Madeleine aus der Kleiderkammer auf, um sie zum Essen zu nötigen. Die folgenden Stunden verbrachte Ema in einem benommenen Schlummer. Als sie aufwachte, war es schon dunkel. Lukas saß vor dem Kamin, er hatte seine Füße auf ein Tischchen gelegt und las in einem medizinischen Lehrbuch, das in seinen großen

Händen winzig wirkte. Als er sie kommen hörte, wollte er sofort aufspringen.

»Bleib sitzen«, sagte sie und nahm sich einen fellgefütterten Umhang, um in das Gärtchen hinauszugehen.

Alles dort sah so ordentlich und verheißungsvoll aus, doch bis zum Frühling würde es noch lange dauern. Es war erst November und trotzdem herrschte schon grimmige Kälte. Der Winter wollte die Erde offensichtlich erst ausgiebig leiden lassen, bevor sie wieder aufblühen durfte. Ema atmete die schneidende Luft ein – sie brauchte etwas, was sie wach machte, ihr Blut in Bewegung brachte, sie bereit machte. Sie konnte ihre eigene Schwäche nicht mehr ertragen, wollte sich nicht mehr auf Lukas stützen und von Madeleine mit Suppe füttern lassen. Heute Abend musste sie die Kraft haben, alleine aufzubrechen. Um Mitternacht würde sie Tibald leibhaftig berühren können, seinen Körper und seine Wärme fühlen. Sie würde ihn lebend zum Schloss zurückbringen. Würde ihn in ihren Armen halten und jedem seiner Atemzüge lauschen. Wie viele Stunden trennten sie noch von ihm? Sieben. Sie stellte sich sein Gesicht vor, seine Haut, den Klang seiner Stimme. In welcher Verfassung würde er sein? Was würde er sagen? Was sagte man, wenn man der Catastrophe entkam?

Ein leises Rascheln riss sie aus ihren Gedanken. Ein rotes Eichhörnchen kletterte geschwind das Rankgitter herab und landete direkt vor ihren Füßen. Es reckte seinen Kopf zu ihr hoch. Seine Augen glänzten, und die Backentaschen schienen mit Vorräten gefüllt. Ema wagte sich nicht zu rühren, um es nicht zu verschrecken. Zu ihrer Überraschung kratzte das Eichhörnchen mit seinen Pfoten am Saum ihres Kleides und klammerte sich daran fest, als wollte es hochklettern. Ema kauerte sich in die Hocke und hielt ihm vorsichtig die Hand hin. Statt zu fliehen, kam es näher, grub in seiner Backentasche und ließ eine Haselnuss in ihre ausgestreckte

Hand fallen. Dann stellte es sich auf die Hinterbeine, machte eine drollige Pirouette und huschte dorthin zurück, wo es hergekommen war.

Der kleine Besucher hatte Ema eine solche Freude bereitet, dass sie für einen Moment lang völlig losgelöst die Nuss betrachtete, als hätte es die dramatischen Ereignisse im Königreich nie gegeben. Unter der glatten, gerundeten Schale verbarg sich ein künftiger Baum, und in diesem Baum im Grunde ein neuer Wald. Ema schloss ihre Finger um das seltsame Geschenk.

Allmählich ließ die Kälte ihre Glieder steif werden. Ema schüttelte sich und stampfte mit dem Fuß auf. Gleich würde sie zu Manfred gehen und ihn um den Schlüssel zum königlichen Arbeitszimmer bitten. Unter dem Vorwand, etwas in einer Akte des Ältestenrates nachzuschauen, würde sie eines der Fenster einen Spaltbreit öffnen; durch dieses Fenster würde sie Tibald in später Nacht ins Schloss hineinbringen.

Die Sache gestaltete sich leichter als gedacht. Sichtlich erleichtert darüber, dass die Königin die Kraft fand, sich für Angelegenheiten des Ältestenrates zu interessieren, händigte Manfred ihr nur zu gern den Schlüssel aus. Lukas begleitete Ema bis zum Arbeitszimmer und wartete geduldig draußen vor der Tür. Drinnen befanden sich die Dinge noch in derselben Ordnung oder Unordnung, in der Tibald sie vor der Inselrundreise zurückgelassen hatte. Auf dem Ebenholzsessel lag seine Weste, ein Papiermesser steckte zwischen den Seiten eines Buches, das Tintenfass stand auf der Bussole. Das Schachbrett zeugte von einer weiteren herben Niederlage gegen Willem. Als Ema sich vorstellte, wie Tibalds Hände die Bauern, die Springer oder den Turm auf dem Brett verschoben, spürte sie einen Krampf kommen. Schnell öffnete sie ein Fenster, nahm sich die nächstbeste Akte und verließ den Raum.

Als vom Glockenturm elf Schläge ertönten, war es so weit. Lukas war nach nebenan gegangen, um sich auszuruhen. Ovid, der ihn abgelöst hatte, hatte sich von Ema dazu überreden lassen, statt in ihrem Boudoir auf dem Flur Wache zu halten. Trotz seiner unerträglichen Kopfschmerzen – eine Folge seiner Verletzung – hörte sie ihn durch die Tür hindurch pfeifen. In ihren wärmsten Kleidern und mit einer Nachtlampe ausgestattet, verrückte Ema das Sitzbänkchen in der Kleiderkammer. Lukas hatte den Eingang zum Tunnel wie versprochen mit mehreren Riegeln verschlossen. Ema schob sie auf und stieg die wenigen Stufen hinab ins Dunkle. Sie tastete sich mit der Hand die Mauer entlang. Das sandige Gestein böselte unter ihren Fingern, das Herz schlug ihr in den Schläfen und sie rechnete damit, dass jeden Moment eine Ratte an ihr vorbeiflitzte.

Irgendwann bekam sie die Strickleiter zu fassen, die zu der Luke der Abstellkammer hinaufführte. Drei Sprossen fehlten. Sie erinnerte sich daran, dass eine von ihnen am Tag ihrer Ankunft im Schloss unter Tibalds Gewicht zerbrochen war. Die anderen beiden hatte wohl Sidra zerbrochen. Im Grunde waren sie alle mehr oder weniger morsch. Es gab gerade noch genug, damit Ema ihrerseits hinaufklettern konnte. Sie ließ die Nachtlampe im Tunnel zurück und stieg zu der Platte hoch, die den Durchgang versperrte. Sie verschob sie mit ausgestrecktem Arm und betete, dass die Strickleiter so lange durchhielt.

Die Leiter hielt stand. Ema stemmte sich in die kleine Kammer hoch und trat dann hinaus in den Flur. Da sie jeden Moment jemandem begegnen konnte, der auf dem Weg zur Totenwache war, begann sie zu rennen. Sie nahm die erste Tür, die in den Schlossgarten hinausführte. Kaum war sie draußen, fegte ihr dichter Schnee ins Gesicht. Sie zog sich die Kapuze ihres Umhangs über den Kopf und stürzte sich ins Gestöber, ohne weiter als zwei Schritte sehen zu können.

Es war das ideale Wetter, um ungesehen fortzukommen. Ema würde im Schneetreiben mit der Landschaft verschmelzen. Sie suchte sich eine niedrige Stelle, wo sie von der Umfassungsmauer des Schlossgartens hinunterspringen konnte, dann lief sie um den Rundbogen herum, überquerte die Brücke über die Konstanzia und folgte dem völlig verlassenen Weg. Durch den Vorhang der Schneeflocken erkannte sie zu ihrer Linken vage die fernen Lichter des Hafens. Mit gesenktem Kopf setzte sie ihren Weg zum Vier-Wege-Kreuz fort. Der Wind, der ihr so heftig entgegenblies, kam tatsächlich von Süden, wie Clemens angemerkt hatte. Sie musste an den Schneesturm denken, der Ovid daran gehindert hatte, dem König zu Hilfe zu eilen … Und nun dieser plötzliche Schneefall, der es ihr erlaubte, unauffällig zu verschwinden … Besaß der Wald die Macht, über Regen und Sonnenschein zu bestimmen? Die Vorstellung ließ sie noch stärker frösteln. Die Flocken umschwirrten sie wie ein Schwarm Wespen, drangen unter ihre Kapuze und machten ihre Hände nass.

Ema sah das Vier-Wege-Kreuz erst, als sie beinahe dagegenstieß. Um sie herum war nichts als Weiß. Ein schrecklicher Verdacht beschlich sie. Was, wenn dies eine Falle war? Ema ganz allein im Nirgendwo, mitten in der Nacht: die perfekte Beute. Wenn es keinen König, keine Königin, keine Prinzessin mehr gab, würde Jesko ungehindert den Thron besteigen können. Ema wandte den Kopf in alle Richtungen, unschlüssig, ob sie weitergehen, umkehren oder abwarten sollte. Da bemerkte sie etwas, nur zehn Schritte vom Weg entfernt. Eine unbestimmte Form auf dem Boden: ein kleiner Haufen, ein großer Stein, vielleicht ein Bär. Vorsichtig näherte sie sich.

Ein roter Mantel.

Tibald. Es war Tibald.

Er kauerte mit angewinkelten Beinen auf der Erde, den Kopf

auf den Knien, beide Arme um seine Ohren gelegt, die Finger von Frostbeulen geschwollen. Zusammengerollt wie ein Igel ließ er den Sturm über sich ergehen, dessen Böen über seinen eingeschneiten Rücken peitschten. Ema sank bis zu den Knien ein, als sie sich auf ihn zubewegte. Er rührte sich nicht. Sie kniete sich neben ihn in den Schnee und umfasste seine Schultern. Keine Reaktion. Sein Mantel hing in Fetzen herab, die Stiefel waren zerrissen. Ema nahm ihren Umhang ab, um ihn damit zuzudecken.

»Tibald?«

Er hob ein wenig den Kopf, starrte geradeaus, das Kinn zwischen den Knien. Er schien in einem unsichtbaren Käfig gefangen, wo die Töne ihn nur aus weiter Ferne erreichten.

»Tibald?«

Er neigte den Kopf zur Seite wie ein Spatz. Ema rüttelte an ihm.

»Tibald! Tibald!«

Endlich drehte er sich zu ihr. In einer langsamen Bewegung. Seine tiefliegenden Augen blickten leer. Seine Wangen waren eingefallen. Eine lange Narbe setzte an seinem Augenwinkel an und verlor sich in dem über das Gesicht wuchernden Bart. Der Haarschopf, der ihm auf der Stirn klebte, war ergraut – war weiß geworden wie die Hügel ringsum. Er runzelte sein ganzes Gesicht im Bemühen zu begreifen, wo er war und wer mit ihm sprach.

»Tibald, antworte mir«, flehte Ema und schüttelte ihn. »Antworte mir!«

Er sah sie immer noch an, ohne sie zu sehen.

»Ich bin es, Tibald. Ema.«

»Ema?«, brachte er zögernd hervor, als stammte der Name aus einem früheren Leben.

»Steh auf. Steh auf. Komm mit.«

Sie half ihm, so gut sie konnte. Er schwankte, und sie musste ihn umfassen, um ihn aufrecht zu halten. Indem sie ihre Arme fest um seine Taille schlang, zwang sie ihn vorwärtszugehen. Er ließ sich gehorsam führen, schlaff wie eine Stoffpuppe, schwer wie ein gefülltes Fass.

»Was haben sie mit dir gemacht, Tibald? Was ist mit dir passiert?«

Er antwortete nicht. Aber er bewegte sich voran, das war besser als nichts. Ema zog und schob ihn durch das Schneegestöber. Es war ein unendlich mühevolles Unterfangen, eine lange, weiße Ewigkeit. Ohne ihren gefütterten Umhang war Ema starr vor Kälte. Ohne einen Orientierungspunkt kam sie mehrfach vom Weg ab. Sie gingen irrtümlich Richtung Hafen hinab, dann wieder hinauf bis zum Schlossgarten, wo sie kein Mäuerchen fand, über das sie hinüberkamen. Sie nahmen schließlich das schmiedeeiserne Tor, das zum gefrorenen Teich führte. Im Schloss waren drei Fenster erleuchtet: das der Küche, die niemals schlief; das der Bibliothek, wo Elisabeth oft bis in die frühen Morgenstunden hinein las; und das Fenster vom Zimmer der Totenwache, wo man sich darüber wunderte, dass die Kerzen so ungewöhnlich langsam herabbrannten. Dank dieser drei Lichtquellen konnte Ema ausmachen, wo sich das Fenster des königlichen Arbeitszimmers befand.

Sie stemmte Tibald durch die Öffnung. Er landete der Länge nach auf dem Fußboden und stieß sich den Kopf am Schreibtisch. Sie kletterte hinterher, half ihm auf und schob ihn bis in sein Schlafzimmer, wobei sie eine lange Spur Schmelzwasser zurückließen. Vorsichtig zog sie ihm die Fetzen aus, die von seinem Mantel, seiner Weste und seinem Hemd übrig geblieben waren, und er ließ es geschehen. Seltsam unpassend funkelten die Rubine des Dolches neben den Lumpen. Durch Tibalds Hose und über seinen Oberschenkel zog sich derselbe lange Schnitt. Jeder Riss in den Kleidern hatte seine Entsprechung auf der Haut, doch ohne Blut- und Eiterspuren, wie sie die Freiwilligen mit nach Hause gebracht hatten.

Tibalds Wunden hatten sich bereits geschlossen. Ema berührte eine vorsichtig und stellte fest, dass sie mit einer Art durchsichtigem Gelee überzogen war – einer Salbe.

Tibald blieb völlig teilnahmslos. Seine Schultern erschienen fast zu breit für seinen erschreckend mageren Oberkörper; Schlüsselbein und Rippen traten knochig hervor. Das Medaillon, das er stets um den Hals trug und das ihm so lieb war, war verschwunden. Er zitterte. Seine Haut leuchtete im Dunkeln blass und sauber, sie glänzte beinahe und verströmte einen frischen Duft wie Pfefferminze. Seine Nägel waren zu lang, aber um alles andere hatte sich jemand gekümmert. Wer? Und wie? Ema half ihm aufs Bett, stopfte fest die Decke um ihn, zwang ihn, etwas Wasser zu trinken, und schob ihm ein Kissen unter den Kopf.

Hier war er, direkt vor ihr, greifbar und am Leben, doch sein Blick war abwesend und leer.

Als das Feuer im Kamin kräftig loderte, warf Ema die Kleider hinein, die prasselnd verbrannten. Das Leder von Gürtel und Stiefeln stank nach versengter Haut, der nasse Mantel nach alten Lappen. Sie bettete sich neben Tibald, der von Kopf bis Fuß angespannt dalag und mit den Zähnen klapperte. Sie streichelte seine Stirn. Betrachtete seine Barthaare, die nicht sehr lang, aber dicht waren. Selbst auf dem Schiff hatte er nie so ausgesehen. Die dünne lange Narbe, die über sein Gesicht verlief, war glatt und rosig wie eine neue Haut. Sein Haar, das der Hoffriseur zurückgestutzt hatte, fiel ihm schon tief in die Stirn. Wie viele Tage war Tibald weg gewesen? Nur drei.

Ema versuchte, ihm etwas von ihrer Wärme abzugeben, dabei fühlte sie sich selbst halb erfroren. Genau wie sie es sich vorgestellt hatte, lauschte sie jedem seiner Atemzüge. Zunächst klangen sie rau und heiser, dann wurden sie immer tiefer. Tibald schloss die Augen, sein Körper entspannte sich ein wenig, seine Haut wurde wärmer. Allzu warm. Bald war er glühend heiß. Er fing an, um sich zu schlagen, traf Ema mit dem Ellbogen, trat sie mit dem Fuß. Er knurrte, biss sich in die eigene Faust, stöhnte.

»Hör auf, Tibald, hör auf! Wach auf!«

Sie hielt seinen Arm fest, und fast hätte er sie aus dem Bett geschleudert. Ema begann, ihm auf die Brust zu trommeln.

»Hör auf, hör auf, hör auf!«

Mit heftigem Luftschnappen wachte Tibald auf. Er schob die Deckenmassen von sich, um sich am Bettrand aufzusetzen, schweißgebadet und mit hängenden Schultern. Ema legte ihm sanft die Hand in den Nacken. Er wandte sich zu ihr um. Sein Blick war voller Entsetzen, Verwunderung und Verzweiflung. Es war ein kaum auszuhaltender Blick – aber wenigstens war es ein Blick.

»Ema …?«, murmelte er. »Wo warst du? Ich habe dich so sehr gesucht.«

Die Autorin dankt allen jungen und älteren Lesern von ganzem Herzen, die so geduldig waren, die verschiedenen Versionen von Eckstein *zu lesen, und stets bereit, daran zu glauben. Ihr Beitrag war mir sehr wertvoll.*

Die Figuren dieses Romans

An Bord der Isabelle (nicht vollständige Liste)

Bugspriet, Bruder von Felix, ein Rudergänger

Ema Beatriz Ejea Casarei, blinde Passagierin

Admiral Albert Dorec (hat das Kommando über das Schiff)

Felix, Bruder von Bugspriet, ein Rudergänger

der Geologe (der Gesteinsproben nimmt und Mineralien erforscht)

Hänfling, ein Schiffsjunge (der jüngste Matrose)

Julius, Zimmermann (für Holz- und Tischlerarbeiten zuständig)

der Lepröse, ein Toppsgast (Matrose, der in den Segeln arbeitet)

Lukas Lindmeyer, Krankenpfleger

Marcelino, ein Toppsgast (Matrose, der in den Segeln arbeitet)

Marius (genannt Virus), Chirurg, auch Barbier

Ovid, Schiffsküfer (für die Fässer zuständig)

Peupel, Navigator (für Positionsbestimmung und Kursrichtung zuständig)

Willem Schöne, Steuermann (rechte Hand des Admirals)

der Smutje (Schiffskoch)

Prinz Tibald

der Wäscher (für Sauberkeit, Verteilung und Ausbesserung der Kleidung zuständig)

Auf den Zwischenetappen an Land

Prinz August Maximilian von Lamotting

König Immanuel von Basilis

Lysander

Malaquias Del Puente Saez, Botschafter von Villadeva in Greiland

Die Königsfamilie der Insel Eckstein

König Alberich, Vater von Prinz Tibald und Prinz Jesko

Elisabeth Alsen, Cousine von Prinz Tibald und Zwillingsschwester von Philipp

Philipp Alsen, Cousin von Prinz Tibald und Zwillingsbruder von Elisabeth

Prinz Jesko

Königin Luise, verstorbene Mutter von Prinz Tibald

Königin Sidra, Mutter von Prinz Jesko

Zum Hof gehörende Personen

Baptist, Sohn des Metzgers

Benedikt, ein Kammerdiener

Clemens von Frixeln, ehemaliger Privatlehrer von Prinz Tibald

der Duke of Oats, Hofpoet

Emilia, Tochter von Gabriel

Gabriel, leitender Stallknecht im königlichen Marstall

Karl, Schmied

Lavendel, jüngste Tochter von Manfred

Madeleine, Kammerzofe von Ema

Manfred, Kammerherr und Haushofmeister

Marthe, Köchin

Mathilde, Wäscherin

Pauline, Dienerin von Sidra und Jesko

Sabina, Bäckerin

Simon, ein Kutscher

Doktor Zwillich, ein Hofarzt

Doktor Schnitzer, ein Hofarzt

Florian Van Wolfswinkel, Sohn des königlichen Architekten

Einige Ratgeber aus König Alberichs Ältestenrat

Fischli

Laurenz Lauterbach

Hans Michels

Rötzel

Tumbs

In anderen Regionen der Insel

Anne, Schwester von Lukas

Gwendolin Dorec, Ehefrau von Admiral Dorec

Blasius von Frixeln, ein Neffe von Clemens

Frau Lindmeyer, Mutter von Lukas

Herr Lindmeyer, Vater von Lukas

Frau Golding, Hüterin des Herrenhauses von Ys

Herr Golding, Hüter des Herrenhauses von Ys

Viktoria Golding, Tochter der Haushüter von Ys

Bruno Rötzel, Bärenbändiger und Sohn des Ratgebers Rötzel

Die Tiere

Epinal, Tibalds Pferd

Horaz, Alberichs Pferd

Igor, Jeskos Pferd

Styx, Jeskos Hund

ATLANTIS VERLAG

Pascale Quiviger
und ihr
KÖNIGREICH ECKSTEIN

»Es gibt erste Bände von Sagas, bei denen
man ahnt, dass sie der Anfang einer unvergesslichen
Geschichte sind. Dieses Buch gehört dazu.«
Le Monde des Ados, Paris

Und die Saga geht weiter …

Band 2, *Das Maimädchen,* erscheint im Frühjahr 2023.

Band 3, *Abschiede,* erscheint im Herbst 2023.

Band 4, *Mut,* erscheint im Frühjahr 2024.

»Pascale Quivigers Stil ist wundervoll, nahezu
himmlisch. Und immer wieder blitzt ihr Witz auf.
Eine hinreißende Fantasy-Saga.«
Télérama, Paris

ATLANTIS VERLAG

Joan Aiken
Wölfe ums Schloss
Roman
Aus dem Englischen
von Ilse Lauterbach

Als ihre Eltern eine lange Seereise antreten, bleibt Bonnie gemeinsam mit ihrer Cousine Sylvia auf Willoughby Chase zurück. Es ist der härteste Winter seit Jahren, Schneestürme toben, nachts heulen die Wölfe, aber im Schloss fühlen sich die Mädchen geborgen. Miss Slighcarp, eine entfernte Verwandte, soll auf die beiden aufpassen, doch die hat nichts anderes im Sinn, als das Schloss und all seine Reichtümer an sich zu reißen. Sie entlässt die Dienerschaft, verkauft die Möbel, trägt sogar die Kleider von Bonnies Mutter. Und es kommt noch schlimmer: Eines Tages eröffnet sie Bonnie, ihre Eltern seien bei einem Schiffsunglück ums Leben gekommen, und schickt beide Mädchen in ein Waisenhaus. Die Zustände dort sind fürchterlich. Nicht einmal genug zu essen gibt es. Bonnie und Sylvia gelingt die Flucht. Gemeinsam mit dem Gänsehirten Simon machen sie sich auf den Weg nach London zu Sylvias Tante Jane. Werden sie je wieder nach Willoughby Chase zurückkehren können?

»Dieser Roman ist ein Klassiker,
ein Juwel unter den Kinderbüchern.«
Münchner Merkur

Die französische Originalausgabe erschien 2019 unter dem Titel
Le royaume de Pierre d'Angle. Tome 1: L'Art du naufrage
im Verlag Éditions du Rouergue, Rodez.

www.atlantisverlag.ch
Covergestaltung und -motiv: © Rafael Nobre
Landkarten: © Patrick Connan
Satz: Tristan Walkhoefer, Leipzig
Gesetzt aus der Stempel Garamond LT / 2201xx
Druck und Bindung: GGP Media GmbH, Pößneck
Auch als E-Book erhältlich
ISBN 978 3 7152 3002 3